Robert Coover

Geralds Party

Roman

Aus dem Amerikanischen
von Karin Graf

Rowohlt

Die Originalausgabe erschien 1985 unter dem Titel
«Gerald's Party» bei Linden Press/Simon and Schuster, New York
Umschlagillustration Ian Pollock
Umschlagtypographie und Einbandgestaltung Lo Breier
Foto des Autors Sophie Bassouls
Redaktion Thomas Überhoff

1. Auflage September 1987

Satz aus der Garamond auf Linotron 202
von Utesch Satztechnik, Hamburg
Druck und Bindung von Clausen & Bosse, Leck
Printed in Germany
ISBN 3 498 00878 1

Für John Hawkes, der, als er eines Nachts, lange, lange bevor wir Freunde wurden, im Traum neben mir stand, über die romantische Darstellung des Herbstes bei einem anderen Autor philosophierte (es schienen tatsächlich Hunderte zu sein, vornübergebeugt, auf den endlosen, baumgesäumten Straßen vor uns) und nachdenklich bemerkte: «Es ist so wahr, die Leute tun's immer noch, wissen Sie, sie zählen die toten Blätter. Zehn, neun, acht, sieben, sechs, fünf, drei, vier...»

ANFANGS fiel die Leiche keinem von uns auf. Erst als Roger kam und fragte, ob wir Ros gesehen hätten. Die meisten von uns waren noch auf den Beinen – außer Knud, der reingegangen war, um sich die letzten Sportnachrichten im Fernsehen anzusehen, und auf dem Sofa den Geist aufgegeben hatte–, aber wir waren nicht mehr gerade voll dabei. Ich war im Wohnzimmer und schenkte Drinks nach, eine Flasche trockenen weißen Vermouth für Alison in einer Hand (den Bourbon hatte Vic mir abgenommen), einen Krug mit Old-Fashioned in der anderen, und aus irgendeinem Grund erinnerte ich mich an ein Mädchen, mit dem ich vor langer Zeit in einer italienischen Küstenstadt etwas gehabt hatte. Der Vermouth vielleicht oder der weiche Lichtschein hier drinnen, mein Schwips. Das Geplapper. Oder nur das Auffrischen von Möglichkeiten. Meine Frau drehte im Nebenzimmer mit einem Tablett voll Canapés ihre Runden, brachte Leute zusammen, stellte Neuankömmlinge vor, sammelte gebrauchte Servietten und Zahnstocher ein und gab mir ab und zu von ferne Zeichen, wenn sie in einer Hand ein leeres Glas entdeckte. Komisch, dachte ich. Das einzige, was ich in der Nacht in Italien im Kopf hatte, war, das Mädchen ins Bett zu kriegen, meine ganze Aufmerksamkeit zielte darauf, letztendlich zu einem vollkommenen gemeinsamen Höhepunkt zu kommen (ich steckte damals noch tief in meiner experimentellen Wie-macht-man's-Phase), und doch waren, obwohl ich zweifelsohne Erfolg gehabt hatte, Bett und unvergeßlicher Höhepunkt völlig vergessen. Ich konnte mich nicht einmal mehr an ihr Gesicht erinnern! Und alles, was mir von der Nacht blieb, war eine Vision von verdichtetem Kerzenschimmer durch eine gelbe Tulpe auf unserem Restauranttisch (eine Tulpe? War das möglich), die hohe Tonlage eines komplizierten Familienhändels in einer Gasse, in der sich wie Flaggen aufgehängte Wäsche bauschte, die Vorliebe des Mädchens für Sardellen und Ouzo und mein eigenes anregendes Gefühl von der unendlichen Neuheit der Welt. Nicht viel vielleicht, aber wäre nicht Liebe im Spiel gewesen, das weiß ich, wäre sogar das verloren. Nun ging ich mit der Flasche und dem Krug zwischen meinen Gästen umher, nahm Anteil an den vertrauten Enthüllungen, den taxierenden Beurteilungen, dringenden Suchen und aufeinanderprallenden Leidenschaften und ließ die Gedanken zu jenen jüngeren, leichteren Zeiten zurückschweifen, in denen ein technisch gut ausgeführter Orgasmus mehr als genug schien, fühlte mich angenehm ergriffen – nicht so sehr von den Erinnerungen als von der Harmonie der Erinnerungen – und arbeitete mich durch das Menschengewühl («Sie war großartig in *Das Haus der letzten Hymen*», bemerkte jemand, und jemand anderes sagte lachend: «O ja! Ist das der mit der Witwe und dem Eispfriem?» Nein, dachte ich, das war *Entschwundende Tage*...) auf eine junge Frau namens Alison zu: nicht nur eine ausschließliche Vermouth-Trinkerin – deshalb die Flasche in meiner Hand–, sondern eigentlich die einzige Ursache und Inspiration für die Party überhaupt, Alison. Ihr Name, noch frisch für mich, lag mir nekkisch auf der Zungenspitze, als ich den anderen Old-Fashioned einschenkte (und kein Eispfriem, sondern–): «Noch ein bißchen?»

«Danke, Gerry! Weißt du, daß du der einzige Mann bist, den ich kenne, der noch weiß, wie man so etwas macht!»

«Na ja, die antiken Künste sind die wahren, meine Liebe.»

«Wie Gift, meint er. Hör auf mich, und bleib bei Bier.»

«Ist noch im Kühlschrank, Dolph, nimm dir. Naomi–?»

«Was? Ach ja, danke – Was ist das?»

Ich schenkte ein, peilte durch das quirlige Zimmer Alison an, deren Profil jetzt – wie ein Heiligenschein, eine Aurede – im Lichtstrom der Hängelampen hinter ihr aufschien, und ich wußte, daß durch das Kunststück der Liebe dieser Lichtschimmer immer bei mir bleiben würde, selbst wenn ich alles andere vergessen sollte, diese Party, diese Freunde, sogar Alison selbst, ihr zierliches Profil, ihr weiches kastanienbraunes Haar («Aua, Dolph! Hör auf!»), die feinen goldenen Ringe in ihren kleinen Ohren–

«He, Menschenskind! Das reicht!»

«Hoppla, Entschuldigung, Naomi...!»

«Immer sachte!» rief Charley Trainer, der herbeistürzte, um ihre tropfende Hand abzulecken. «Hm!»

«Was ist das, ein neues Partyspiel?»

«Haha! Jetzt ich, Ger!»

Ich hörte es klingeln, meine Frau begrüßte jemanden im Flur. Klang nach Fats und Brenda, aber die zur Tür herein- und hinausdrängenden Leute versperrten mir die Sicht: Knuds Frau Kitty umarmte Dickie, und er fuhr ihr spielerisch mit den Händen zwischen die Beine, Yvonne sah nachdenklich aus, ihr Mann Woody schüttelte einem alten Mann die Hand, der sagte: «In Babylon, wissen Sie, haben sie die Leute, die das Bier zu billig verkauften, ertränkt – wir haben die Löcher gesehen, in die sie getunkt wurden!»

«Gefällt mir, dein Schlips, Gerry! *Très chic!* Cyril und Peg schon hier?»

«Ja, ich glaube ja. Im Eßzimmer vielleicht. Old-Fashioned?»

«Ich hab hier schon 'nen Hammer.»

«Haha! Mach keine Witze!» quatschte jemand rein, der sich hinter mir herandrängte.

«Ich kann Ihnen Bilder zeigen!»

«Probier erst mal und warte ab!»

Gelächter erhob sich leichthin über das Dröhnen der Musik und das Geschnatter, verebbte wieder, pulsierte gleichmäßig wie ein Herzschlag, während Leute zueinanderdrängten, auseinandergingen, wieder zusammenkamen, ihre Bewegungen im Fluß, beinahe hypnotisch, wie unter (dachte ich in meinem berauschten und verzauberten Zustand) einem träumerischen atavistischen Zwang. Ich zwängte mich, selbst gezwungen, an einer Gruppe ernsthafter Whiskeytrinker vorbei, die eine angemalte Rothaarige mit Negerzöpfchen bearbeiteten (Ginger: eines von Dickies Mädchen), ignorierte ihre enttäuschten Blicke auf die

Vermouth-Flasche in meiner Hand, bahnte mir den Weg zu Alison (Kitty, erhitzt und glücklich, kam links von mir vorbei, gerade als Patrick in makellosem Grün rechts vorbeiging und aus der Anlage jemand sang «It's No Wonder») und spürte ihre Erregung, als ich näher kam.

Der Glanz, das Profil, sie waren anders jetzt, aber wie stereoskopisch überlagert davon, wie ich sie gerade gesehen hatte. Und von jenem anderen Mal durch den dunkler werdenden Zuschauersaal. Wir hatten uns vor ein paar Wochen während der Pause in einem Theaterfoyer kennengelernt. Freunde von Freunden. Wir hatten flüchtig Ansichten über das Stück ausgetauscht, und Alison und ich hatten uns so vertraut aufeinander eingestimmt gefunden, daß wir plötzlich innegehalten, geblinzelt und dann schnell, wie verlegen, das Thema gewechselt hatten. Ihr Mann hatte mir seine Karte gegeben, meine Frau hatte etwas von einer Party gesagt, ich hatte gesagt, ich würde anrufen. Als wir auf dem Weg zu unseren Plätzen parallele Gänge hinuntergingen, hatten Alison und ich verstohlene Blicke gewechselt, und ich war davon so verwirrt gewesen, daß das Stück zu Ende war, ehe mir klar wurde, daß ich nichts mehr davon gesehen oder gehört hatte: nur indem ich meine Frau nach ihrer Meinung zum letzten Akt fragte, erfuhr ich, wie es ausgegangen war. Jetzt war Alisons Blick, als ich mich endlich neben sie drängelte und ihr Glas mit Vermouth auffüllte, überhaupt nicht verstohlen, obwohl mehrere andere Leute darum herum standen, uns beobachteten oder darauf warteten, daß ihnen nachgeschenkt wurde: Sie lächelte mich in einem fort an, ihre Augen (so kamen sie mir in dem Augenblick vor) tiefe braune Teiche reinen Verlangens...

«Irgendwie», sagte ich gedankenverloren, ihrem Blick standhaltend, nach dem Gedanken suchend, der uns mit jenem erhabenen Augenblick im Theater in Verbindung bringen könnte, «habe ich das Gefühl, als sei dies alles schon einmal geschehen...»

«Das ist eine Illusion, Gerald», erwiderte sie, ihre Stimme sanft, beinah eine Umarmung, mein Name in ihrem Mund wie eine Kirsche. Sie fischte in dem Krug mit Old-Fashioned nach einem Eiswürfel, ohne ihre braunen Augen von mir zu wenden. In ihrer Haltung war ein eigentümlich einstudiertes Gleichgewicht, das mich an die Reklamemädchen an Deck einer Yacht denken ließ, oben ohne, auf den bronzenen Brüsten perlt Meeresgischt, die Haare flattern, die Beine sind gespreizt und fest wie gespannte Federn in ihren engen weißen Jeans – obwohl sie heute abend in Wirklichkeit ein grüngoldenes Charmeusekleid von beinah unglaublicher Weichheit trug. Das Eigentümliche an der Liebe ist, dachte ich, tief in jene lockenden Teiche blickend, die noch meinen eigenen Blick reflektierten, der reflektierte Blick selbst eine Widerspiegelung jenes ersten betäubend schönen Austauschs (an dem Abend im Theater hatte sie ein Kostüm im Renaissancestil aus zimtfarbenem Spiegelsamt mit einer weißen Rüschenbluse getragen, die Rüschen an den Manschetten wie Laubwerk für die ausdrucksstarken Blüten ihrer Hände, das kastanienbraune Haar, nun offen, im Genick mit einer Bernsteinspange zusammengehalten), daß man von einem allgemeinen Gefühl des Verlangens überwältigt ist, ehe man weiß, nach was man verlangt – deshalb scheint der Akt, obwohl genau wie alle anderen, immer wieder fremd und neu, eine Entdeckung, eine Erforschung, deshalb muß man still, ohne Grund, ohne Worte darauf zugehen, sich den Weg ertasten... «Ich wette, Sie sind die Art Mann», sagte sie, als sei sie zu einem Entschluß gekommen, ihre Stimme getragen von Intimität und, ja, einer Art Ehrfurcht (ich spürte dies und rückte näher), «der einst geglaubt hat, jede Möse auf der Welt sei irgendwie wunderbar anders.»

«Ja – ja, das habe ich tatsächlich!» Ich schaute von ihrem Blick auf: Wir waren alleine. Unsere Schenkel berührten sich. *«Heiß, was–?»* johlte jemand hinter mir, und ich dachte, vielleicht läuft es letzten Endes doch nicht so, wie ich mir das vorgestellt habe. Meine Frau im Nebenzimmer zeigte, die Hand hoch über dem Kopf, auf Tanias leeres Glas. Tania, die über die Gesichter zwischen uns breit lachte, hielt es hoch wie einen Wegweiser. «Jede einzelne ein... ein einzigartiges Abenteuer.» Alison schleckte den Eiswürfel ab, ehe sie ihn in ihr Glas Vermouth warf, und das schien mich an die Eiswagen zu erinnern, die immer am Haus meiner Großmutter vorfuhren, die schweren Kristallblöcke, die auseinandergeschlagen werden mußten (diese Erinnerung war tröstlich), die Eissplitter auf den Ladeflächen, das kleine Mädchen nebenan... «Aber damals war ich jung...»

«Ah, aber es stimmt, Gerald!» Sie lächelte, keusch an dem Würfel lutschend. Er funkelte wie eine fette Gemme zwischen ihren Lippen. Sie ließ ihn wie bei einer langsamen Geburt hinausrutschen und – *plopp!* – in ihren Vermouth plumpsen. «Jede einzelne ist...»

Und genau da kam Roger, unterbrach alle und fragte, ob wir Ros gesehen hätten.

Ich verstand Rogers Aufregung, ich hatte sie oft zuvor erlebt. Roger liebte Ros hoffnungslos – liebte sie zweifelsohne mehr, als wir anderen etwas auf der Welt liebten, wenn Liebe das richtige Wort war –, und zu seiner Verzweiflung war er wahnsinnig eifersüchtig auf sie. Wie im Märchen hatte er sie als Revuegirl kennengelernt, eine hübsche Blondine mit schönen Beinen und Brüsten, einer sorglosen, ungekünstelten Art und einem ungezwungenen Lächeln (ja mehr als das: Wir waren alle von ihr angezogen gewesen, von ihrer beinah strotzenden Unschuld und einer Art anspruchsloser Majestät, die einem einen verrückten Respekt einflößte, selbst wenn man intim mit ihr war – während meiner eigenen Augenblicke mit ihr hatte ich mich dabei ertappt, daß ich sie Prinzessin nannte), und er war von seinem Glück überwältigt gewesen, als sie ihn noch am Abend, an dem er sie kennenlernte, mit ins Bett nahm. Daß es andere geben könnte, die sein Glück teilten, konnte er kaum glauben. Tatsächlich zog er es vor, so gut es ging, *nicht* daran zu glauben, und damit fing der ganze Kummer an. Denn statt dessen verfolgte er sie mit der erbarmungslosen Leidenschaft eines Mannes, der eine Mission hat, bemühte sich, ihre Nächte auszufüllen, so daß kein Platz für andere war, flehte sie an, ihn zu heiraten, und weil man sie am Ende zu beinah allem überreden konnte, tat sie es. Und lebte weiter wie immer, merkte kaum, daß sie auch nur die Adresse geändert hatte. Armer Roger. Sie liebte ihn natürlich: Sie liebte alle Männer. Er studierte zu der Zeit noch Jura und hatte Schwierigkeiten, das Geld für ihren Lebensunterhalt aufzutreiben. Begierig zu helfen, nahm sie einen Job als Aktmodell für einen Zeichenkurs in einem Männergefängnis an und trieb ihn damit beinah zum Wahnsinn. Sie plante große Überraschungen für ihn, führte ihn etwa zum Essen aus, in Begleitung eines anderen Mannes, der die Rechnung übernahm und danach anbot,

Roger in die Bibliothek zurückzufahren. Sie kehrte zum Theater, zur Schauspielerei, zurück, konnte nicht ohne sein, und also konnte er es auch nicht, studierte bei den Proben in der letzten Reihe, beinah unfähig, durch seine Tränen die Bücher zu sehen. Hinter der Bühne betteten ihre Schenkel natürlich Schauspieler, Techniker und vorbeikommende Freunde gleichermaßen, aber das wußte Roger noch nicht einmal – die im Textbuch vorgeschriebenen Zärtlichkeiten auf der Bühne allein reichten, ihn in so tiefe Verzweiflung zu stürzen, wie er ertragen konnte.

Als er jetzt also mit diesem Ausdruck von Wut und Schrecken und bevorstehendem Zusammenbruch auf dem Gesicht ankam, Gespräche unterbrach, über die Musik hinweg brüllte und zu wissen verlangte, ob wir Ros gesehen hätten, lächelte ich geduldig und sagte, obwohl ich mich in Wirklichkeit nicht erinnern konnte, sie seit ihrer Ankunft gesehen zu haben: «Ich glaube, sie ist in der Küche bei meiner Frau, Roger.»

«Nein, ist sie nicht!» brüllte er und wandte sich gegen mich. Das Licht glänzte auf seinem feuchten Gesicht beinahe so, als zöge er es an. «Von da komme ich gerade!»

Ein paar Leute tanzten noch draußen im Wintergarten oder unterhielten sich in den Ecken, entwischten zur Toilette oder sonstwo hin, aber die meisten hier drinnen beobachteten mittlerweile Roger. Die relative Stille ließ die Musik – merkwürdig romantisch, nostalgisch (eine Frau sang von Spiegelbildern und Erinnerungen) – lauter klingen. Ich erinnere mich, daß Rogers Kanzleipartner Woody einen Schritt vortrat, als wolle er mit Trost zur Seite stehen, doch dann zuckte er die Achseln und wandte sich ab. Eine Frau seufzte auf. Nach solchen Momenten kann man auf Parties die Uhr stellen: Wir alle wußten, wie weit der Abend fortgeschritten war, als Rogers Angst sich Luft machte. Er sah furchtsam von einem Gesicht zum anderen (Dikkie, der neben Vics Tochter Sally Ann am Türrahmen lehnte, zwinkerte und warf Alison neben mir einen anerkennenden Blick zu), dann zu Boden. Roger wurde bleich, seine Augen weiteten sich. Wir alle sahen hin: Da war sie, lag mit dem Gesicht nach unten mitten im Zimmer. Sie mußte die ganze Zeit dagewesen sein. «Ros–!!» stieß er hervor und fiel auf die Knie.

Alison packte meinen Arm, drängte sich näher. Ich konnte

beinah ihren warmen Atem durchs Hemd spüren. «Alles in Ordnung mit ihr?» flüsterte sie.

Ich machte den Mund auf, um etwas zu sagen, vielleicht um sie (als sei ich dazu verpflichtet) zu beruhigen, aber da drehte Roger Ros um. Ros' Brust war blutüberströmt – es spritzte wahrhaftig noch aus einem Loch zwischen ihren Brüsten, durchtränkte ihre silbrige Bluse und hinterließ Pfützen auf dem Teppich. Ich traute meinen Augen kaum. Ich hatte vergessen, daß Blut von so einem Rot war, einem Urrot wie dem Rot in den Farbkästen von Kindern, glänzend und lebendig, aber doch theatralisch, kosmetisch. Ihre Augen waren offen, starrten ins Leere, und aus ihren Mundwinkeln sickerte Blut. Roger stieß einen entsetzlich gellenden Kreischer aus, der uns alle zusammenfahren ließ (einige schrien auf, ich vielleicht auch), und warf sich über sie, bedeckte ihre sprudelnde Wunde mit seiner sich hebenden und senkenden Brust.

Alisons Hüfte war in die Vertiefung über meinem Schenkel gerutscht, als versuche sie sich nun zurückzuziehen und in mir zu verstecken, nachdem sie sich einen Augenblick an mir vorbeigedrängelt hatte, um zu schauen. Sie war mir angenehm da, ihre Hüfte, aber ich fragte mich: Wieso ist es so heiß hier? Wer hat die Lampen so voll aufgedreht? Ist das eine von Ros' Theatervorstellungen? Forschend blickte ich zu Jim hinüber.

Jim starrte wie alle anderen überrascht auf Ros, seine fleischige, kräftige Hand auf dem Hinterkopf, seine professionellen Instinkte im Augenblick unterdrückt. Roger kreischte noch einmal – «*Ros! Ros,* was hast du getan?!» –, und das befreite Jim aus seiner Erstarrung: Er kniete sich hin, fühlte ihr den Puls, die Kehle, spähte unter Roger durch auf die Wunde und schloß dem Mädchen die Augen. Betroffenheit überschattete sein Gesicht, ja verdunkelte es, als wäre (dachte ich) in dem Augenblick, in dem er Ros' Augen schloß, ein Licht im Zimmer gelöscht worden. Alison zitterte leicht und faßte hinter sich, um meine Hand zu berühren: Den Gedanken hatte nicht allein ich gehabt (ein verständnisinniges Beben ließ meinen Kopf zucken), sondern auch sie. Jim, dem sein widerborstiges graues Haar über eine Braue fiel, sah zu mir auf. «Sie ist tot, Gerry», sagte er. «Anscheinend erstochen.»

Ich sah die schockierten Gesichter um mich an, die sich herandrängten, eins nach dem anderen, aber ich konnte sie nicht sehen: Sie mußte in die Küche gegangen sein.

Selbst in dieser Menge Freunde, gegen Alison gedrückt, fühlte ich mich allein. Das Haus war still bis auf das harmonische Klagen der merkwürdig beerdigungsmäßigen Unterhaltungsmusik, die auf dem Plattenspieler lief. Roger brüllte *«Nein! Nein! Nein!»*, und jemand stellte die Musik leiser. «Was ist los?» schrie Tania und zwängte sich durch den verstopften Eingang. Jim war nun aufgestanden und wischte sich die blutigen Hände mit einem weißen Taschentuch ab. Ich sah, daß seine Ärmel hochgekrempelt waren, meinte aber in Erinnerung zu haben, daß er noch im Jackett neben Ros gekniet hatte. Erinnerungen, erkannte ich (wobei mir nun das plötzliche Aufseufzen einfiel, die gemurmelten Füllwörter des Nicht-glauben-Könnens, die Rufe, die wie der Wind von der Leiche zur Tür getragen wurden: *«Es ist Ros! Sie ist umgebracht worden!»*), kommen immer vor der Erfahrung, mit der wir sie verbinden. Von dieser Einsicht irgendwie getröstet, strich ich an Alisons Hüften vorbei, stupste sanft gegen beide festen Backen und ging auf der Suche nach meiner Frau in die Küche.

Sie stand an der Anrichte und dekorierte eine Aufschnittplatte mit frischen kleinen Petersiliensträußlein. Sie trug eine braune Schürze mit lila und weißen Blumen und hielt ein Fleischmesser in der linken Hand. Es war kein Blut daran, aber es alarmierte mich trotzdem, es in ihrer Hand zu sehen. Vielleicht hatte sie das Roastbeef damit geschnitten. «Ros ist ermordet worden», sagte ich.

Meine Frau sah erschreckt auf – oder vielleicht hatte ihr der Schrecken schon im Gesicht gestanden, ehe sie sich mir zuwandte. «Aber nein! Wo–?»

«Im Wohnzimmer», sagte ich, obwohl ich mir nicht sicher war, daß sie das mit ihrer Frage gemeint hatte. Das Atmen fiel mir schwer. Sie starrte über meine Schulter zur Tür, mit offenem Mund, die Stirn von kleinen Sorgenfalten überzogen. Im Spülbecken hinter ihr standen Teller und Gläser, aber die Anrichte war sauber abgewischt. Ich fragte mich, ob sie wollte, daß ich sie beruhigend umarmte oder so. Aber ich hielt all diese Sachen in den Händen. «Was… was meinst du, was wir tun sollen?» fragte ich.

Mühsam konzentrierte sie ihren Blick wieder auf mich. «Ich weiß nicht, Gerald», sagte sie leise und berührte ihre Wange mit dem Rücken der Hand, die das Messer hielt. «Wahrscheinlich sollten wir die Polizei rufen.»

«Ja. Ja, aber natürlich», sagte ich und ging wieder nach vorne, in Gedanken bei meiner Frau mit einem Fleischmesser in der einen und einem Petersiliensträußchen in der anderen Hand, während ich mich an die Notrufnummer zu erinnern versuchte.

Aber Alisons Mann telefonierte gerade. Er raunte heimlichtuerisch in die Muschel, den Kopf eingezogen, ein verschlagenes Grinsen auf seinem mageren bärtigen Gesicht. Ich versuchte ihn zu unterbrechen, aber er scheuchte mich weg, ohne auch nur aufzusehen, die Lippen gekräuselt, als blase er einen Kuß ins Telefon, und leise kichernd. «Hören Sie mal», rief ich, «es ist ein Mord passiert!»

«Ja, ich weiß», sagte er kühl und legte auf. «Ich habe gerade die Polizei gerufen.» Die Art, wie er mich anstarrte, beunruhigte mich. Mir fiel ein, daß ich beinah nichts von ihm wußte: nur Namen und Adresse auf einer weißen Karte.

Ich folgte ihm zurück ins Wohnzimmer, wo Roger immer noch ein erbärmliches Theater über Ros' Leichnam vollführte. Tania hatte sich neben ihn gekniet und versuchte ihn zu trösten, ihn von der Leiche wegzuziehen, aber sie kam nicht an ihn heran. Niemand kam an ihn heran. Er war wild vor Schmerz, sah aus wie ein Schreckgespenst, seine Brust so blutig wie die von Ros; sein Gesicht wirkte verzerrt, als würde eine Gummimaske davon abgerissen, und die Leute, die ihm zusahen, krümmten sich ebenfalls. Vics Freundin Eileen war anscheinend ohnmächtig geworden und lag auf der goldenen Couch. Jim saß neben ihr, hielt ihr Handgelenk und schlug ihr sanft auf Gesicht und Handflächen, während Dickie ihr am Fußende, ihre Schuhe von seiner strahlend weißen Hose und Weste fernhaltend, die Beine hochhielt, damit ihr das Blut ins Gesicht floß. Vic schüttete ihr den Rest seines Drinks in die Nase, und das brachte sie prustend zu sich, aber sie blieb liegen und wimmerte leise vor sich hin. Vic sagte etwas von einer «dummen Fotze», und Jim sagte: «Mach mal halblang, Vic. Sie hat einen schlimmen Schock.»

Der Gegensatz war für jeden sichtbar: Roger und Ros, Vic und Eileen. Es schien eine Art Reife in das Zimmer zu bringen. Alison packte die Hand ihres Mannes und starrte wie hilfeflehend zu mir herüber, aber was wollte sie? Ich fühlte mich verloren und verwirrt, ein Fremder in meinem eigenen Haus. Ich erinnerte mich jedoch jetzt der Notrufnummer. Ihr Mann, der mich beobachtete, zog seine Hand aus der ihren, um die feinen schwarzen Haare seines Bartes zu glätten. «Bis die Polizei kommt, können wir nichts tun», sagte ich schließlich. Das schien Alison zu helfen: sie seufzte, ihre schmalen Schultern entspannten sich ein wenig, und sie wandte sich um, um quer durchs Zimmer mitleidig zu Eileen auf der Couch zu blicken. Ihr dunkles Haar flatterte irrlichternd, wie in Zeitlupe, als sie den Kopf drehte, und ich dachte: Dank dieser Frau verstehe ich mich selbst besser. Das galt natürlich auch für meine Frau.

Tania, die immer noch versuchte, Roger zu trösten, war nun selbst völlig mit Blut bespritzt. «O mein Gott, Gerry!» schrie sie und zeigte mir ihr blutiges Kleid, die ausdrucksvollen dunklen Augen voller Entsetzen und Trauer (ich fühlte, wie mir selbst Tränen in die Augen stiegen: ich biß mir auf die Unterlippe), die Nasenflügel gebläht. *«Das ist ja schrecklich!»*

Wie als Reaktion darauf schwankte Roger plötzlich weit zurück nach hinten, hielt sich mit blutigen Händen das Gesicht und stieß einen grauenhaften Schrei aus, der uns alle erschreckte, dann stürzte er sich wieder auf Ros' aufgerissene Brust, aus der erstaunlicherweise immer noch frisches Blut sprudelte.

Im selben Augenblick schrie Eileen auf. Wir schauten hoch. Vic stand über sie gebeugt vor der Couch, die Beine gespreizt, die Ellbogen abgewinkelt, sein breiter Nacken rot überzogen, und so, wie sie zusammengerollt lag, mit einem Arm über dem schmerzverzerrten Gesicht, hatte ich den Eindruck, Vic habe sie gerade geschlagen. Dickie war zurückgewichen, er wollte einwandfrei nichts damit zu tun haben. Als unsere Blicke sich einen Augenblick trafen, runzelte ich fragend die Stirn, und Dickie zuckte, an den Elfenbeinknöpfen auf dem Ärmelumschlag seines karierten Jacketts zupfend, zur Erwiderung angeödet die Achseln. «Nein...!» heulte Eileen.

«Wir müssen Geduld haben!» sagte ich durchdringend, aber niemand schien zuzuhören. Selbst Alison war abgelenkt. Ihr Mann studierte eine byzantinische Ikone, die die Folter eines Heiligen darstellte, ein kurioses Stück, das meine Frau auf einer Auktion gekauft hatte. Mr. und Mrs. Draper kamen herein und wollten es mit ihm erörtern. Er wandte sich ab. Ich hatte das Gefühl, ich müßte etwas tun, etwas absolut Notwendiges, aber es fiel mir nicht ein, was. Es spielte auch keine Rolle: Ich hatte das gleiche Gefühl schon oft gehabt – eben erst in der Küche beispielsweise – und erkannte es als das, was es war: die rastlose Lähmung, die jeder Verletzung der Gewohnheit folgt.

Nicht immer hatte ich dieses Gefühl richtig gedeutet, muß ich sagen. Da war zum Beispiel die schreckliche Nacht der Totgeburt unseres ersten Sohnes. Der kleine Gerald. Ich war den ganzen qualvollen Tag, der ihr vorausging, an der Seite meiner Frau gewesen, hatte ihr in dem martialischen Schmerz, der sie in Stücke riß, die Hand gehalten, eine kleine, feinknochige Frau, die barst von dieser inneren Macht, die ihr zunehmend fremd wurde, während sie, auch wenn wir das noch nicht argwöhnten, gegen ihre Strangulierung kämpfte, nachdem sie bei verdrehter Nabelschnur zu früh zu atmen versucht hatte – oh, wie ich meine Frau damals geliebt hatte, ihre Zartheit, ihren Mut, ihr Leid, ihre Hoffnung, selbst die feinen Risse, die ihren Leib entstellten, die Adern, die in ihren Beinen dicker wurden, die geschwollenen Zitzen, heftigen Grimassen, Schmerzensschreie. Es war Jim, der plötzlich die Wahrheit erraten und sie so schnell wie möglich in den Kreißsaal hatte schaffen lassen. Aber zu spät, das Kind war tot. Danach hatte sie – unter Narkotika – geschlafen. «Es ist alles so unwirklich», hatte ich, die von so viel natürlicher Gewalt verursachte Verheerung betrachtend, gesagt, «so unglaublich...» Jim hatte mir ein Beruhigungsmittel gegeben, einen Arm um mich gelegt und gesagt, ich solle nach Hause gehen, mich ausruhen und früh am nächsten Morgen zurückkommen. Als ich dann das Krankenhaus verließ, hatte ich genau das gleiche Gefühl gehabt: daß es etwas Wichtiges für mich zu tun gab, mir aber nicht einfiel, was. Als ich halb zu Hause war, hatte ich, weil ich mich vor der Leere dort grauste und noch ein bißchen eingeschüchtert und verängstigt war, an eine Frau gedacht, die ich in den letzten Monaten der Schwangerschaft meiner Frau gelegentlich besucht hatte, und mir war in den Sinn gekommen, daß auch sie Trost und Verständnis und die Chance brauchen mußte, in diesem Unglück gebraucht zu werden, von mir gebraucht zu werden, wenn auch nur dieses letzte Mal (ja, es war wahrscheinlich das letzte Mal), und ich hatte angenommen, dies sei die wichtige Sache, die ich tun mußte, die Sache, auf die ich nicht kam. Und so war ich, voller Trauer, Mitleid und Schmerz vorbeigegangen. Aber ich hatte mich getäuscht. Sie war schockiert, sogar angewidert gewesen. «Mein Gott, hast du denn überhaupt keine Gefühle?» hatte sie gerufen, erst halb wach, das Gesicht aufgedunsen vom Schlaf und das Haar lose vor den Augen. «Das ist es – das ist es ja gerade», hatte ich erklärt oder es versucht, wobei mir Liebe (ich hatte angenommen, es sei Liebe, Liebe zu irgend jemandem) die Zunge schwer machte. «Ich brauche jemanden, mit dem ich reden kann, und ich dachte–» «Gott, Gerry, such dir verdammt noch mal einen Therapeuten!» hatte sie scharf erwidert und die Tür zugeschlagen. Ich war nach Hause gegangen, gründlich angeekelt von mir selbst (aus was für einem Dreck sind wir eigentlich, fragte ich mich elend, meines Fleisches, seiner dumpfen, tierischen Gelüste und vermessenen Verirrungen überdrüssig), und hatte meine Schwiegermutter vorgefunden, die dort auf mich wartete: Sie war gekommen, um mit dem neuen Baby zu helfen, und strahlte übers ganze Gesicht. Es war eine seltsame, alptraumhafte Erinnerung: meine lächelnde Schwiegermutter...

Ich schaute von Ros' Leiche auf und sah Jims Frau Mavis da stehen, als hinge sie von einem Kleiderbügel, in hilfloser Erstarrung gefangen, der weiche rote Mund weit offen, die Augen aufgerissen und hervorgequollen. Ich wußte, wie sie sich fühlte: Ros war ihr wie eine Tochter, das sagte sie jedenfalls oft. Auch Jim war offensichtlich erschüttert, hatte aber die Schutzmechanismen seines Berufes: Im Moment spielte er den Hausarzt und beriet Vics Tochter Sally Ann. Sally Ann trug wie üblich ein weißes Hemd, das vorne offen und in der Taille geknotet war, dazu enge, ausgebleichte Bluejeans mit einem herzförmigen Flicken auf dem Arsch, auf dem stand «KÜSS MICH». Sie hatte sich Augen und Wimpern geschminkt, um erwachsen zu wirken, aber das ließ sie nur um so mehr wie ein Kind aussehen. Vorhin hatte Dickie sich an sie herangemacht, aber jetzt war sie mit Jim allein. Vielleicht redeten sie über ihren Vater: Vic saß wuchtig auf der Couch, den großen Zottelkopf in den Händen, Eileen lag schlaff ausgestreckt hinter ihm und sah weniger lebendig aus als Ros. Jim lächelte zärtlich, und Sally Ann seufzte verdrießlich und schaute weg. Tanias Neffe Anatole lungerte unauffällig gerade noch in Hörweite von ihnen herum. Der Blick auf seinem angespannten kantigen Gesicht schien zu besagen: Ich habe euch doch *gesagt*, daß das passieren würde! Aber diesen Gesichtsausdruck hatte er immer.

Seine Tante, immer noch neben Roger und der Leiche auf dem Boden, war, ihrer berühmten Vitalität völlig beraubt, auf die Fersen zurückgesunken. Die Halbbrille baumelte ihr an einer Kette um den Hals, und die Gruppe um sie herum sah zu, wie sie sich mit den Spitzen ihrer langen besudelten Finger die Augen rieb, die Lippen zusammenpreßte und zu Mavis neben ihr hochsah. Anscheinend wollte Mavis etwas sagen. Sie hing über Tania, starrte trübe vor sich hin und formte krampfhaft ihren weichen Mund um ein schwieriges Wort; ansonsten war ihr gedrungener schwabbliger Körper leblos. Anatole, der dies bemerkte, zupfte Jim am Ärmel, aber Jim argumentierte immer noch geduldig mit Sally Ann und schien ihn nicht zur Kenntnis zu nehmen. Patrick, der sich anscheinend für Jims Rat interessierte, hatte sich ihnen angeschlossen und neben Anatole gedrängt, ein Glas mit Wodka und Grapefruitsaft – Patricks berühmte «scharfe Schnalle» – in einer Hand, eine französische Zigarette in der anderen. Sally Ann sah plötzlich mit funkelnden Augen zu mir herüber, stampfte dann mit dem Fuß auf und verließ das Zimmer. Hinter ihnen konnte ich Alison sehen, alleine, den Kopf gesenkt: Weinte sie? «Wer...?» gelang es Mavis endlich hervorzustoßen, und die anderen Unterhaltungen im Raum erstarben.

Jim sah endlich zu seiner Frau herüber, dann wieder fort, konzentrierte sich auf die Tür zum Flur. Jemand in Rot ging vorbei. «We-wer...?» Es war die Frage, wußte ich, die uns insgeheim alle bewegte. Patrick zog nervös an der Zigarette, die er wie einen Dartpfeil zwischen den Fingerspitzen hielt, und beobachtete dabei nun Mavis über Anatoles Schultern. Dolph kam mit einer Büchse Bier in der Hand herein und riß sie mit einem Plopp auf. Jim redete mit Mr. und Mrs. Draper und nickte zustimmend, während Mr. Draper weitausholend gestikulierte. Ich hatte das Gefühl, er beschreibe eine Art Pyramide oder Tempel. Mavis' dralle weiße Arme hingen mit nach außen gedrehten Handflächen schlapp herunter. Sie hob langsam den Kopf, und wir warteten auf ihre Frage. Ich spürte Menschen hinter mir herandrängen wie Soldaten zur Musterung. Oder ein Theaterchor. An meinem Ohr kaute jemand Kartoffelchips. Vic stand auf. *«Wer-?»*

Es klingelte an der Haustür.

«Ah! Da sind sie!» rief ich und lief sehr erleichtert zur Tür. Die dichten Trauben von Gästen traten murmelnd auseinander, als ich durchging. Ich konnte Roger hinter mir stöhnen und Tania besänftigend mit Mavis sprechen hören. Der alte Mr. Draper trat vor und packte mit seiner krüppligen weißen Hand überraschend kräftig meinen Unterarm. Er warf den Kopf zurück, um mich über seine Knollennase anzusehen, und sagte: «Da ist einer an der Tür, mein Sohn!»

«Ich weiß...»

AUCH DEN FLUR FÜLLTEN erwartungsvoll dreinsehende Menschen. Ich hatte vergessen, daß wir so viele eingeladen hatten. Ich konnte meine Frau sehen, die, sich die Hände am Latz ihrer geblümten Schürze abwischend, versuchte, vom Eßzimmer her durchzukommen. «Kannst du aufmachen, Gerald?» bat sie von hinten im Flur.

«Ja», rief ich über die Köpfe zwischen uns, als es nochmals läutete. «Mach dir keine Sorgen, alles unter Kontrolle!»

Dickie, der, sich noch den Reißverschluß zuziehend, aus der Toilette unten trat, schien dieser Wortwechsel unangemessen zu amüsieren. Hinter ihm füllte sich geräuschvoll der Spülkasten.

Er schaute zu Vics Tochter Sally Ann hoch, die vom Treppenabsatz über seinen Kopf auf mich herunterstarrte und ihren sonnengebräunten Bauch gegen das Geländer drückte. «He!» Grinsend befingerte er die Knöpfe an seiner weißen Weste. «Es ist frei jetzt.»

«Ist mir doch egal», fauchte sie und ging, verärgert ihren Popo schwingend, weiter die Treppe hinauf.

Meine Frau wich ins Eßzimmer zurück, für einen Augenblick sah sie geschlagen, in der Menge verloren aus. Mrs. Draper, die in meiner Nähe stand, zupfte mich am Ärmel und sagte: «Sie ist so blaß, die Arme, sie braucht ein bißchen Sonne.» Die Drapers, die mir vollkommen unbekannt waren, hatten den ganzen Abend alle mit Erzählungen von Rentnerreisen belabert. Solch ein Belebungsmittel, sagten sie, und ich hatte mich schon früh am Abend gefragt, ob meine Party Teil einer Pauschalreise sein könnte, die sie gebucht hatten. Aber es stimmte, wir hatten seit Jahren keinen Urlaub mehr gehabt...

Es klingelte ein drittes Mal, und ich griff hastig nach dem Türknauf, nur um zu entdecken, daß ich immer noch die Flasche Vermouth und den Krug mit Old-Fashioned trug. Ich sah mich nach einem Platz um, wo ich sie abstellen konnte, aber da ging die Tür schon auf, und ein großer schnauzbärtiger Mann mit kariertem Mantel und grauem Filzhut trat ein, gefolgt von zwei uniformierten Polizisten. «Dürfen wir?» fragte er höflich, aber mehr als Verlautbarung denn als Frage: er war schon drinnen.

«Natürlich. Tut mir leid, ich wollte gerade–»

«Inspektor Pardew», erklärte er mit einem leichten Kopfnikken. «Mordkommission.» Er zog sorgfältig die Handschuhe ab, Finger um Finger, stopfte sie in die Taschen und knöpfte seinen Mantel auf. Die beiden Beamten beobachteten uns ungerührt, aber nicht unhöflich. Sie waren bewaffnet, aber ihre Waffen steckten in Halftern, und die Halfter waren verschlossen. Der größere trug fotografisches Gerät und etwas, das wie ein Farbkasten aussah, dazu zusammengerollte Kabel und Schnüre in einer Schlinge über seinen schmalen Schultern; der kleinere hatte einen Werkzeugkasten und ein Stativ. «Nun, wenn ich recht verstehe, ist ein Mord...»

«Ja, ein Mädchen–»

«Ah.» Er schlüpfte aus seinem Mantel, griff nach seinem Filzhut und sah nachdenklich auf Dickies Mädchen Ginger, die gerade, wie von hinten geschubst, neben mich getreten war. «Natürlich...»

Ginger trat unter seinem unnachgiebigen Blick nervös von einem Fuß auf den anderen und suchte an meinem Ellbogen Halt, um ihr Gleichgewicht zu halten. Ihre langen Wimpern schienen beinah metallisch zu klicken, wenn sie sie auf- und zuschlug, und ihre Negerzöpfchen zitterten wie kleine rote Marsantennen.

Inspektor Pardew reichte mir Hut und Mantel, sah aber, als er von Ginger wegschaute, daß meine Hände voll waren. Dies veranlaßte ihn, kurz die Stirn zu runzeln und mein Gesicht zu studieren. Jede seiner Bewegungen hatte etwas Durchdringendes und Forschendes, sein Blick entmutigte und bestätigte mich zugleich. Ich versuchte zu erklären: «Ich war beim Einschenken. Ich bin der Gastgeber, und ich–» Aber er unterbrach mich mit einer ungeduldigen Handbewegung, einem desinteressierten Lächeln. Er faltete seinen Mantel auf dem Sitz eines Stuhls im Flur, legte seinen Filzhut darauf, glättete die wenigen Haare, die er noch oben auf dem Kopf hatte, und schritt, seinen weißen Seidenschal umbehaltend, ins Wohnzimmer, die Daumen in die Westentaschen gehakt.

Der Flur leerte sich, als die anderen ihm neugierig und gespannt folgten. Manche machten einen Schwenk durchs Eßzimmer, um vor den anderen da zu sein. Die von ihrer Befangenheit verunsicherte Ginger stelzte hinter den anderen her, als überwinde sie ein Minenfeld. Vielleicht war es auch nur die übertriebene Höhe ihrer glitzernden roten Pfennigabsätze, die sie so gehen ließ. Die beiden Polizeibeamten blieben im Türeingang stehen, um sie zu beobachten. Es war schwer, sie nicht zu beobachten. Sie trug ein beunruhigend exzentrisches Kostüm, das sie aus bedruckten Taschentüchern mit verschlungenem orientalischem Muster in vielen Farben, aber hauptsächlich in den Schattierungen Malve, Purpur, Saphir und Gold, selbst genäht zu haben schien. An manchen Stellen spannten sie sich fest, an anderen hingen sie lose und klafften auf. Ungefähr so wie Ginger selbst. Dickie nannte sie ein wandelndes Paradox: «Ihr

Loch ist größer als ihr Körper drumherum, Ger. Sie zu ficken ist, als zögst du einen Schwanz über deinen Pariser.» Auch ich beobachtete sie («Was drinnen ist, ist draußen», wie Tania zu sagen pflegte, «draußen drinnen...»), aber als ich, ein zaghaftes Lächeln auf dem Gesicht, wieder auf die Polizisten schaute, starrten sie mich an. An ihrem Starren war nichts Bösartiges, aber irgend etwas machte ihnen einwandfrei zu schaffen. Groß und fremdartig verbarrikadierten sie die Tür zum Wohnzimmer, ihre Messingknöpfe und Lederriemen waren mir fremder als Gingers Taschentücher, ihre Nasen zuckten, und obwohl nichts gesagt wurde, fühlte ich mich wie bei einem Verhör. Ich ertappte mich dabei, daß ich die Ereignisse des Abends im Geist durchging, als stöbere ich nach gefährlichen Lücken in der Geschichte (doch ich schien mich nur an die Lücken zu erinnern, die Ereignisse waren verblaßt), und das Lächeln erstarrte auf meinem Gesicht. Es war, als überschritte ich eine Grenze: Was würden sie suchen? Was würden sie finden?

Aber dann fing Roger wieder wild an zu brüllen, und ihre Hände fuhren an die Halfter, sie wirbelten herum und verließen mich in geduckter Haltung. Der Größere humpelte mit einem Bein, das kürzer aussah als das andere.

Ich stieß einen langen röchelnden Seufzer aus und merkte, daß ich einige Zeit den Atem angehalten hatte. Meine Arme schmerzten vom Gewicht der Flasche und des Krugs, und ich spürte Schweiß unter den Armen und auf der Oberlippe. Tanias Mann Howard kam hinter mir die Treppe herunter. «Was geht hier vor, Gerald?» fragte er leise, ein wenig erhitzt aussehend, die Hand auf dem Knoten seiner roten Seidenkrawatte.

«Ros ist ermordet worden», sagte ich. Ich fühlte mich, als sei ich gerade das Opfer von etwas geworden. Oder hätte es werden können.

«Tatsächlich...!»

Ich ging ins Esszimmer, um Vermouth und Old-Fashioned bei den anderen Getränken auf dem Sideboard zu lassen. Ich bemerkte, daß das ganze Eis in dem Krug mit Old-Fashioned geschmolzen war, und schauderte beim Gedanken daran, wie

Alison den Eiswürfel abgeschleckt hatte, über die Vergänglichkeit der Welt. Ich betrachtete meine Hände, wie um zu sehen, ob die Zeit wie Wasser durch sie rann. Meine Frau kam mit der Aufschnittplatte herein. «Kannst du das leere Tablett wegschieben, Gerald?» sagte sie.

«Es war die Polizei», sagte ich zu ihr, und die Stimme drohte mir zu versagen. «Sie sind jetzt drin und sehen sich Ros an.»

Sie nickte. Sie sah blasser aus als sonst, und ihre Hände waren angespannt, die blauen Adern guckten durch. Ich dachte an ihre halsstarrige, wortkarge Mutter oben und fragte mich, ob meine Frau, die vorzeitig in einen verstockten Stoizismus versank, ein Opfer ihrer Gene, ihrer Mutter oder von mir war. Ich nahm das leere Tablett weg, und sie setzte den Aufschnitt ab, vorsichtig, als habe sie Angst, daß er ihr aus den Händen springen könne. Es gab vier Sorten Aufschnitt, in geraden Reihen ausgebreitet, einander überlappend wie Dachziegel und von Petersilie und Tomatenscheiben auf Abstand gehalten. Vielleicht sollte ich jemanden finden, der bei ihr blieb. «Beunruhige Mutter noch nicht», sagte sie, als lese sie meine Gedanken. «Wir brauchen sie nicht zu beunruhigen, und sie kann sowieso nichts tun.»

«Nein», pflichtete ich bei. Es war, als sagte ich ein Gedicht auf, und ich erinnerte mich an etwas, was meine Großmutter, eine religiöse Frau, einmal über die Freiheit gesagt hatte. «Außerdem wird Mark gerade ins Bett gebracht und...»

Sie nickte noch einmal und beugte sich über den Aufschnitt, als studiere sie den stummen Spieler beim Bridge, ihr schlanker Nacken unter dem festgeknoteten Haar (frei zu tun, was wir müssen, mein Kind, hatte sie mit ihrem lieben verbissenen Lächeln gesagt, frei zu tun, was wir müssen) von dem durchsichtigen fahlen Neonlicht aus der Küche hinter ihr durchteilt. «Du gehst besser wieder rein, Gerald», sagte sie, ohne aufzuschauen. «Du könntest gebraucht werden.»

Irgendwann einmal, irgendwo einmal, vor langer Zeit, so rief ich mir ins Gedächtnis, hatte ihr Nacken so im Mondlicht geschienen: War es an der Riviera? Auf einer Kreuzfahrt über den Atlantik? Die Erinnerung, oder was davon übrig war, betrübte mich. Es ist nicht genug, dachte ich, als ich sie da stehen ließ – es ist schön, aber es ist einfach nicht genug.

Auf dem Rückweg traf ich Vic, der herauskam. Er sah schrecklich aus, sein grobknochiges Gesicht aschfahl und eingefallen, das dicke Haar verfilzt, die Augen feucht, die Bewegungen tapsig, sein blaues Arbeitshemd verschwitzt. «Hast schon keinen mehr?» fragte er säuerlich und knuffte mich mit einer leeren Whiskeyflasche. Ich zeigte auf das Sideboard, um das sich jetzt andere Gäste drängten (durch die Tür zum Fernsehzimmer konnte ich Dickie mit Charley Trainers Frau Janny streiten sehen: «Ich? Du bist wohl verrückt!» schrie er. Sie biß sich auf ihre kleine rosa Lippe, und Tränen traten in die Winkel ihrer geschminkten Augen, aber sie starrte ihn weiter unverwandt an), und ich fand mich wieder mit etwas in der Hand, diesmal dem leeren Tablett. Ich scheine heute abend Probleme zu haben, die Dinge loszulassen, sagte ich mir (zu Vic sagte ich: «Unten links...») und setzte das Tablett hinter dem antiken Betpult ab. «Was für ein schweinisches Durcheinander», bollerte Vic und rannte gegen den Türrahmen. Ich glaubte nicht, daß er betrunken war: Es war noch früh, und Vic konnte viel vertragen. Es war eher wie eine endgültige Verbitterung.

Im Wohnzimmer hockte, umringt von einer Gruppe glotzender Gesichter, Inspektor Pardew neben Ros' Leiche und untersuchte die Wunde, während die beiden Beamten, ihre kriminalistische Ausrüstung neben sich, Roger ein paar Schritte davon entfernt stützten. Roger stand offensichtlich unter Schock, er schielte, der Kopf baumelte idiotisch auf der blutbefleckten Brust, die Beine gaben in den Knien nach wie die einer losgelassenen Marionette. Auf einer Seite hing sein Körper wegen der ungleichen Größe der beiden Polizisten, die ihn stützten, tiefer als auf der anderen, was seinen Schmerz noch ausdrucksvoller machte. Tania, die nun neben Mavis kniete, beobachtete Roger mit Besorgnis. Mavis saß im Lotussitz an der Stelle, wo sie zuvor gestanden hatte. Ihre Beine hatten sie offensichtlich nicht länger getragen. Sie starrte dumpf auf Ros' Leiche, schien aber weit durch sie hindurch zu sehen. Es war, als habe sie in ihrer ruhigen matronenhaften Art etwas erraten, was keinem von uns bis jetzt bewußt geworden war, und das Wissen hatte sie, wie man es von

Visionen kennt, betäubt. Ros' Wunde hatte endlich aufgehört zu bluten, aber das Blut schien sich beinah von selbst auszubreiten: durch den Teppich unter Mavis' Hintern bis zu Rogers Füßen, die Schuhe und Uniformen der beiden Polizisten hinauf, Tanias Brust und Kittys Knie herunter. Selbst auf Jims weißem Hemd, Michelles Wange und des Inspektors herunterhängendem Schnurrbart tauchte es auf.

«Ah!» rief der Inspektor jetzt aus. «Was haben wir denn hier–?!»

Er bat um eine Pinzette, und die Frauen liefen auf der Suche nach ihren Handtaschen in allen Richtungen davon. Naomi, die auch zu Dickies Entourage gehörte, ein über einsachtzig großes, grobknochiges Mädchen mit von Natur aus roten Wangen und langem blonden Haar, das im Nacken von einer Spange zusammengehalten wurde, stürzte impulsiv vor und leerte ihre Schultertasche über den Fußboden aus: Kompaktpuder, Zigaretten, Lippenstift, Ohrringe und Armbänder und Haarklammern, Postkarten, Sicherheitsnadeln, ein Taschentuch, Kämme und Münzen, Antibabypillen, Rennie, abgerissene Eintrittskarten, Reißverschlüsse und Knöpfe, ein Führerschein, Körper- und Haarsprays, Stadtpläne, Streichhölzer, Tampons und Fahrpläne, Garn, Zeitungsausschnitte, Atemreiniger, Fotos, Kaugummis, ein Damen-Springmesser, Adressen, Beruhigungsmittel, Kreditkarten, Hormoncreme, Einkaufszettel, eine Zahnbürste, Schokoriegel, eine eselsohrige Valentinskarte, eine Taschenlampe, ein Döschen mit Vaseline, Sonnenbrillen, Papierhöschen und kleine Haar- und Staubbälle purzelten heraus – sogar eine Tube Fußbalsam, ein halbfertiger Schwanzwärmer, eine Stricknadel und einer meiner mexikanischen Aschenbecher – aber keine Pinzette. «Ich bin mir absolut *sicher*, daß ich eine hatte», beharrte sie, kratzte am Boden ihrer Tasche herum, drehte sie um und schüttelte sie aus. Meine Frau, das wußte ich, verwahrte eine im Badezimmer oben, und ich fragte mich, ob ich sie holen sollte. «Ich habe eine Nagelfeile», bot Mrs. Draper an. Tania erhob sich mit einem Grunzen, setzte die Brille auf und fischte in ihren Taschen, aber dann brachte Patrick eine silberne an seinem Schlüsselanhänger hervor.

Der Inspektor musterte Patrick einen Augenblick lang skeptisch, rümpfte die Nase über die Pinzette, beugte sich dann achselzuckend wieder über die Leiche und ließ seinen weißen Schal wie einen Theatervorhang über Ros' Brust fallen. Jim kniete sich neben ihn und sah kritisch zu. Der Inspektor arbeitete mit penibler Sorgfalt und zog so etwas wie ein blutiges Haar, oder vielleicht einen Faden, aus Ros' Wunde. Er hielt es einen Augenblick gegen's Licht und legte es dann vorsichtig zwischen zwei Glasplättchen, die er in der Tasche gehabt hatte. Während ich ihn beobachtete, überkam mich plötzlich eine Erinnerung an meinen Biologielehrer auf der High-School, der Finger um Finger ein Paar durchsichtige Gummihandschuhe überzerrte, bevor er den Fötus eines Schweins für uns sezierte. Die Handschuhe, entsann ich mich, hatten seine Hände so naß und durchsichtig aussehen lassen wie einen eingelegten Fötus, und als er sie anhatte, sagte er: «Also dann, Jungs und Mädels, fertig für unsere kleine Party?»

Dickie kam herein, aber ohne Janice, und trat neben mich, Zahnstocher zwischen den Zähnen, Hände in den Taschen seiner gestärkten weißen Hose: Er sah gequält aus und kaute heftig auf dem Zahnstocher. Es war die reine Ironie, ihn von einer so unbedarften Person wie Janice Trainer aus dem Gleichgewicht gebracht zu sehen – selbst Chooch, ihr Mann, sagte gerne, daß sie unter all dem Make-up nichts als eine gummigelenkige Fliegenfalle auf einem Besenstiel sei, und die meisten Leute argwöhnten, er sei da noch großzügig. «He, Ger, was zum Teufel ist hier los?» flüsterte er mit dem Zahnstocher zwischen den Zähnen.

«Pardew untersucht die Leiche.»

«Nein, ich meine, was macht Naomi da unten auf Händen und Füßen mit all der Scheiße auf dem Boden?»

«Sshh!» mahnte Howard. Andere warfen strafende Blicke.

Es war tatsächlich sehr leise geworden. Der Inspektor stocherte, dicht über die Wunde gebeugt, wieder mit Patricks Pinzette darin herum (Patrick wurde rot, zuckte zusammen, bleckte die Zähne), und es herrschte eine aufmerksame, beinah atemlose Stille im Raum. Jim erhob sich mit einem Stirnrunzeln auf seinem vierschrötigen Gesicht, über irgend etwas beunruhigt. Ist das Loch das Leere in der Mitte, Daddy, fragte Mark mich einmal, oder das Harte darum herum? Ich wußte die Antwort damals nicht, und ich wußte sie auch jetzt nicht. Weit weg konnte ich das Tock von Darts hören, die auf die Dartscheibe unten im Fitness-Raum trafen. Beinah wie das Ticken einer langsamen Uhr. Das Hacken von Eis. Das Jabot von Ros' blutbefleckter Bluse war dem Inspektor im Weg: Er zog es ein bißchen zur Seite, und eine weiße Brust rutschte heraus.

Woraufhin Roger wieder wie wild anfing zu kreischen, das Schweigen brach und uns alle auffahren ließ. Patrick quiekte und ließ sein Glas fallen, Mavis stöhnte, Tania schrie: *«O mein Gott!»* und sank wieder auf die Knie.

Roger, dessen Augen hervorquollen, als wollten sie aus den Höhlen springen, kämpfte verzweifelt, um zu Ros' Körper zu gelangen. Die beiden Polizeibeamten hielten ihn fest, rangen um Gleichgewicht und festen Halt, ihre Adern traten hervor. «Jehesus!» zischte Dickie zwischen den Zähnen, und Naomi, die noch ihre Sachen einsammelte, ließ sie wieder fallen. Einer der Beamten verlor seine Mütze, und der andere knallte einmal auf die Knie, aber es gelang ihnen, Roger zu überwältigen und ihn gegen eine Wand zu drücken. «Ruhig jetzt, Freund, ruhig!» keuchte der Kleinere und rammte sein Knie in Rogers blutgetränkte Lende, dann schüttelte er den Kopf, mich über die Schulter anblickend, als habe er insgeheim etwas mit mir gemein, und blies die Wangen auf.

Der in seine Untersuchung vertiefte Inspektor Pardew bemerkte wenig davon. Er benutzte die Glasplättchen als behelfsmäßiges Vergrößerungsglas und sah sich eingehend die Wunde an, er sondierte und stocherte und murmelte von Zeit zu Zeit geheimnisvoll vor sich hin. Einmal zog er Ros' Brust am Nippel hoch, um darunter und darum herum zu spähen, aber an der Brust selbst schien er kein Interesse zu haben – wenn überhaupt, dann war sie ihm im Weg. Ich konnte meine Augen nicht davon abwenden. Ros war berühmt für ihre Brüste, und als ich die entkleidete dort sah, so weich und verwundbar, der eingesunkene Nippel wie eine lädierte dunkle, weiche Stelle, eine angeknabberte Frucht, fühlte ich die Trauer, die ich zurückgehalten hatte, wie Hartgummi in meiner Kehle aufsteigen. Ich sah auf und merkte, daß Alison, der die Tränen über die Wangen liefen, mich beobachtete. Sie lächelte zaghaft, und es war ein Lächeln so voller Liebe und Verständnis, daß ich einen Augenblick lang nichts anderes im Zimmer sehen konnte, noch nicht einmal Roger in seiner Verzweiflung oder die arme entseelte Ros. Als ich also den Inspektor, Roger übertönend, fragen hörte: *«Wann ist das passiert?»*, war mir klar, daß er mindestens zum zweitenmal fragte und mich dabei direkt ansah.

«Ich – ich kann mich nicht erinnern», stotterte ich heiser. Ich sah auf die Uhr, aber ich konnte den Zeiger nicht sehen.

«Hier, nimm meine», sagte Dickie.

«Moment mal–!» belferte Pardew und erhob sich.

Dickie lächelte, zuckte die Achseln und nahm seine Uhr zurück. Ich rieb mir die Augen: Es standen Tränen darin.

«He! Wo ist Sally Ann?» rief Vic und polterte herein. Er schien Eileen zu fragen, die jetzt mit in den Händen vergrabenem Gesicht dasaß, ein Bild der Auflösung. Mich überkam das gleiche Gefühl, das ich vorher bei Alison gehabt hatte: daß all dies schon einmal geschehen war. Aber als Sally Ann in der Tür erschien und sagte: «Was ist, Dad?», verschwand es wieder. Ich schaute durchs Zimmer auf Alison, die mich immer noch mit feuchten Augen und sanftem Lächeln beobachtete. Sie sah beinah zerbrechlich aus in ihrem weichen, wie Satin glänzenden Kleid mit den aufgeschlitzten Ärmeln, den duftigen, seidigen Falten. Sie führte das Glas Vermouth an die Lippen. Nein, dachte ich, als Vic vieldeutig grunzte und wieder aus dem Zimmer schob, ich hatte das Gefühl nicht wirklich vorher bei Alison gehabt. Ich hatte es mir nur gewünscht.

«Die *Zeit*», beharrte der Inspektor. «Sie ist *wichtig*!»

«Wie lange», fragte ich, mich ihm zuwendend, ohne wirklich über meine Worte nachzudenken, in Gedanken an eine frühere Alison, verspielt und schelmisch, jetzt beinah so weit weg für mich wie jenes Mädchen in Italien (und nun fiel mir, als würde mein Gedächtnis abgetastet, von jener Nacht das Zerspringen eines Topfes auf Kopfsteinpflaster ein, ein Jammern, etwas über Zigeuner in einem anderen Land und die Art, in der die Schamhaare des Mädchens wie braune Hasenohren auseinandergingen: Entdeckungen wie diese waren damals wichtig), «braucht Eis, bis es in einem Krug schmilzt?»

«Eis?» rief der Inspektor baß erstaunt aus.

«Entschuldigung. Was ich meine, ist–»

«Eis–?!»

«Als Sie hereinkamen», versuchte ich zu erklären, «war ich–»

«Ach ja», unterbrach mich der Inspektor, «tatsächlich.» Er zog eine große holländische Billardpfeife und einen Tabakbeutel aus seinen Taschen. Rogers Raserei war zu einem leisen Wimmern abgeebbt, und er hing wieder mit Schlagseite in den Armen der Polizisten. Der Große stützte sich auf seinem kurzen Bein ab und starrte mich kühl an, ein dunkles Schweißrinnsal befleckte seinen Hemdkragen. Der Kleine hatte seine blaue Jacke aufgeknöpft, und die Hemdbrust, die sich über seinen tief über den Gürtel hängenden Schmerbauch spannte, war blutgetränkt. Er wies mich mit dem Kinn zurück zum Inspektor, der sich erkundigte: «Ich frage mich... ist die Mordwaffe gefunden?»

«Nein», erwiderte ich. Er nahm mich in Augenschein, einen Finger wie anklagend im Kopf seiner Pfeife. Unerklärlicherweise fühlte ich mein Gesicht rot werden. «Wir haben sie genau–»

«Ja, ja, da bin ich mir sicher.» Er hob den Blick zur Decke, als studiere er dort etwas, und unwillkürlich blickten wir anderen auch auf. Nichts zu sehen: eine schlichte weiße Decke, auf die die verschiedenen Lampen im Zimmer überlappende Lichtkreise warfen. Auf merkwürdige Weise schien sie in ihrer weißen Öde auf uns herabzusehen, uns klein zu machen. Ich fragte mich, als ich sie anstarrte, ob Alison nicht das gleiche dachte – oder mich in dem Wissen, daß ich so etwas dachte, widerlegte: es gibt *keine Zuschauer*, Gerald, das macht es ja so traurig. Hatte ich an dem Abend, an dem wir uns kennenlernten, nicht so etwas gesagt: daß die Haupterfindung der Stückeschreiber nicht Stücke oder Schauspieler, sondern Zuschauer seien? «Merkwürdig...» sinnierte der Inspektor. Er sah wieder auf Ros herab. Wie auf Befehl taten wir es auch. Ihre Brust war wieder von der Bluse bedeckt, aber nun schienen ihre Beine weiter auseinander zu liegen, der silbrige Rock endete in der Mitte ihrer bestrumpften Schenkel, und in ihrem Mund steckte eine Art Apparat. Zum Röntgen vielleicht. «Man sollte meinen, ein Mädchen wie sie...» Er machte eine nachdenkliche Pause und zog den Tabakbeutel zu. Was hatte er gemeint? Im Zimmer herrschte tiefes Schweigen, unterbrochen nur von Rogers gedämpftem Schluchzen, einem tiefen Brummen (die Stereoanlage? Oder dieses Ding in Ros' Mund?) und dem mühsamen Atmen der beiden Polizeibeamten. Inspektor Pardew seufzte wie bedauernd, sah mich dann wieder an: «Aber entschuldigen Sie, Sie sprachen von einem Eispfriem, glaube ich...»

Ich fuhr auf. «Nein... Eis!» Das war ein billiger Trick. Um nicht zu sagen eine völlige Absurdität. Und doch (es fiel mir schwer, wieder zu Atem zu kommen), hatte ich nicht gerade...? «Es – war Eis in dem Krug, den ich trug, als Sie–»

«Natürlich.» Er lächelte, tat kokett so, als glaube er mir, stopfte den Tabak in den Pfeifenkopf, steckte den Beutel in die Tasche und zog ein Feuerzeug hervor. «Sie haben also gesagt...»

«Sie meinen also, sie könnte mit einem Eispfriem umgebracht worden sein, oder?» gab ich zurück, obwohl ich das Gefühl hatte, daß ich zu dick auftrug, mich irgendwie in eine mißliche Lage manövrierte. Wo kam das alles her?

«Ich weiß es nicht», erwiderte er, die Pfeife im Mundwinkel verstauend, und beobachtete mich genau. Hinter ihm schüttelte Jim den Kopf. Die meisten anderen sahen einfach verblüfft aus. Oder verwirrt. «Wissen Sie's?»

«Wir – wir *besitzen* noch nicht mal einen Eispfriem, Inspektor», antwortete ich. Das klang vernünftiger, aber ich hatte dennoch das Gefühl, irgendwie Terrain verloren zu haben. «Unser Kühlschrank hat eine Automatik, die–»

«Einen Augenblick!» rief Pardew. Seine Aufmerksamkeit wurde plötzlich von etwas auf der anderen Seite des Zimmers angezogen. «Wenn ich mich nicht sehr täusche, finden wir, was wir suchen, dort drüben in dem weißen Sessel!» Er steckte seine nicht angezündete Pfeife in die Tasche und schritt hinüber. Die Gäste traten auseinander und bildeten einen Korridor. Jetzt sahen wir es alle: Etwas glitzerte unter dem Polster der Rückenlehne, rote Flecken auf dem cremefarbenen Samt. «Aha!» rief er aus, als er das Polster hochhob. So absurd es auch war, ich erwartete halb, er würde einen Eispfriem darunter hervorholen, aber es war nur ein Messer. Ich erkannte es: Es war das Fleischmesser meiner Frau. Genauso, wie ich es in der Küche gesehen hatte. «Es ist abgewischt, sehe ich», beobachtete er und hob es mit einem Taschentuch aus seiner Hosentasche hoch. «Aber hier sind noch Streifen von etwas wie Blut...!»

Weit weg, im anderen Zimmer, halb im Schatten verloren, sah ich meine Frau in Richtung Küche schlüpfen. Sie sah mich zärtlich über die Köpfe unserer Gäste an, durch bläulichen Zigarettendunst und beinahe regelrechten Dampf (ich wischte mir die Stirn mit dem Hemdsärmel ab). Sie sah heiterer aus, als ich sie seit Monaten gesehen hatte. Aber auch gequält und ein bißchen verlassen. Liebe ist *nicht* Kunst, Gerald, hatte sie mich einmal in einem seltenen Anfall von Zorn, aber in einem geläufigen Mißverständnis angebrüllt: *Sie ist ein verzweifelter Zwang! Wie Todesqualen!* «Was? Was haben Sie gesagt?» fragte ich.

Der Inspektor hielt mir das Messer vors Gesicht. Das Taschentuch, mit dem er es umfaßte, war zerknüllt und verwaschen, mit getrockneten und trocknenden Popeln verklebt. «Ich sagte, erkennen Sie das?»

«Ja, es gehört uns.» Ich erwiderte seinen durchdringenden Blick. «Es ist aus unserer Küche.»

«Ich verstehe... und wer würde Zugang dazu haben–?»

«Jeder. Es hängt an der Wand über dem Herd.»

«Hmmm.» Er starrte mit gespitzten Lippen auf das Messer und zwirbelte nachdenklich ein Ende seines Schnurrbarts – dann zog er die Brauen hoch, gab das Messer Anatole und putzte sich im Taschentuch die Nase. Anatole studierte das Messer skeptisch, wog es in der Hand, schloß die Finger um den Griff, testete die Schneide mit dem Daumen und gab es dann, während der Inspektor geistesabwesend in sein schmutziges Taschentuch starrte, an Patrick weiter, der sich an seinen Ellbogen drängte. Patrick fuhr hoch. Jemand sagte: «Ist es das?» Patrick, der in Panik geriet, hielt es auf Armeslänge zwischen Daumen und Zeigefinger, als könne es ihn vergiften. Er stieß es in Richtung des abgelenkten Inspektors, dann wieder in Anatoles, der es achselzuckend ablehnte, und stach dann damit nach Dickie. Lachend warf Dickie es in die Luft, fing es am Griff, wischte die Klinge am Sitz von Patricks grüner Hose ab («Laß das!» quietschte Patrick und verrenkte sich beim Versuch, über seine Hüfte zu sehen, wo Dickie gewischt hatte) und gab es an Charley Trainer weiter, der gerade mit seiner immer noch ein bißchen verweint aussehenden Frau Janice hereingekommen war. Charley sagte: «Was is'n das, hä, soll das 'n Witz sein?»

Und so ging es durchs Zimmer, von Hand zu Hand, als suche es Anerkennung, Lob, Gesellschaft, und während ich zusah, dämmerte es mir plötzlich und endgültig: Ros, unsere unnachahmliche Ros war tot. All diese atemlosen Umarmungen: für immer vorbei. Und nun war alles anders. Grundsätzlich anders. Ich hatte ein Gefühl, als sei ich Zeuge, wie die Zeit sich verhärtete. Und wie die Welt sich, dadurch auseinandergerissen, in Aspik verwandelte.

«Sagen Sie mal», sagte Inspektor Pardew, von seinem Taschentuch aufsehend, «ist Ihre Frau hier?»

«Ja natürlich, in der Küche – aber sie hat nichts damit zu tun!»

«Wer hat das denn behauptet?» fragte der Inspektor und beäugte mich mit zusammengekniffenen Augen. Er stopfte das zusammengeknüllte gelbliche Taschentuch wieder in die Tasche. Das Messer ging immer noch wie eine Botschaft durchs Zimmer. Es erreichte Tania auf dem Fußboden, die es träumerisch mit beiden Händen und geschlossenen Augen abtastete. «Trotzdem verhören wir sie mal besser», sagte der Inspektor zu seinen Assistenten und machte eine Kopfbewegung nach hinten ins Haus.

«Jawohl», sagte der Kleinere, während der Inspektor ein Stativ aufbaute und einen Film auspackte. «Kannst du mit ihm fertig werden, Bob?»

Der Große, Bob, nickte grimmig und drehte Roger noch einmal den Arm um, aber gerade da schlug Tania die Augen auf, setzte die Brille auf die Nase, betrachtete mit neugierigem Stirnrunzeln das Messer in ihren Händen und legte seine Spitze an Ros' Wunde. «WrraAARGHH!» schrie Roger und riß sich los.

«O nein–!»

«Haltet ihn!» brüllte jemand.

Den beiden Polizisten gelang es, ihn von der Leiche fernzuhalten, aber sie waren nicht in der Lage, ihn zu ergreifen. Er schlingerte in wilder, wiehernder Flucht ungestüm durchs Zimmer, blind für alle Hindernisse, klatschte gegen Wände und

Möbel, verhedderte sich in Vorhängen, hinterließ nicht bloß Fingerabdrücke, sondern ganze Körperabdrücke und heulte wie wahnsinnig. Die Leute versuchten ihm auszuweichen, aber er knallte trotzdem in sie, haute sie um, besudelte sie mit Ros' Blut, so daß sie alle schrien und kreischten und entsetzt um sich schlugen. Ich sah Mavis auf ihrem runden Hintern nach hinten kippen, die dicken weißen Beine schwangen sich anmutig über ihren Kopf wie auftauchende Tümmler. Irgendein Typ hinter ihr krachte in einer Wolke aus Staub und Asche in den Kamin, sein Glas hochhaltend. Die dicke Louise rutschte auf Ros' Blut aus, Howard klatschte wie ein Sandsack gegen die Wand, und seine Brille flog davon. Roger war besessen. Die Polizisten jagten hinter ihm her, stolperten durch die Trümmer, schlugen herunter, was Roger verfehlt hatte, aber er war nicht zu fangen. Gläser wurden verschüttet und zerbrochen, Tische kippten um, Topfpflanzen zersprangen wie kleine Bomben, Lampen wirbelten durch die Luft, Kamerateile flogen wie Granaten herum; jemand brüllte: *«Runter! Runter!»* Ich war froh, daß meine Frau weit weg war, aber ich fürchtete um Alison. Sie stand wie angekettet inmitten des Getöses, ihre Blicke in meine versenkt, die Tränen trockneten auf ihren Wangen, und ihr Lächeln erstarb. Dann konnte ich sie nicht mehr sehen, weil Roger sich plötzlich wieder auf Ros stürzte, über Tania stolperte, die in die falsche Richtung türmte und auf Naomi fiel, die in dem Durcheinander verzweifelt versuchte, wieder alles in ihre Tasche zu bekommen. Naomi quiekte, als sie unter seinem Gewicht hingestreckt wurde und ihr ganzes Zeug wieder davonflog. Ehe die Polizisten ihn fassen konnten, war Roger wieder auf den Füßen, galoppierte halb und flog halb durch ein Gestöber von Papier und Toilettenartikeln, rammte Patrick, prallte von dem großen Chooch Trainer ab, dessen Augen von der Wucht des Schlags schielend hervorquollen, und schickte Woody und Yvonne, die gerade mit frischen Drinks in der Hand hereinkamen, auf Händen und Knien wieder zurück durch die Tür.

«He, hör mal, Ger, tu mir einen Gefallen», flüsterte Dickie mir ins Ohr, während wir all das verfolgten (Anatole und Janice wurden gerade wie Zinnsoldaten über den Haufen gerannt, Anatoles schwarze Jacke und Janices rosa Rock blähten sich ihrem Fall hinterher wie Flaggen, die herabgelassen werden), «sag dieser albernen Schnalle, sie soll mich in Ruhe lassen, ja, bitte?»

Ich schaute zu ihm auf (der kleine Beamte war mit dem Fuß in der Werkzeugkiste steckengeblieben und stampfte wütend umher). Er stand groß und adrett da mit seiner weißen Weste und Hose, dem dunklen karierten Sportjackett und der blauen Krawatte, seinem sorgfältig zurückgekämmten Haar, die coole Andeutung eines Lächelns auf den Lippen, aber doch eine Art vager Panik in den Augen. «Wen, wen meinst–?» und genau da rammte Roger mich. Ich spürte das Blut in meiner Nase wie nassen Rost emporstieben, dann stürzte ich zu Boden unter einem Geschöpf so feucht und kalt wie eine Schnecke, aber mit feuerspeiendem Atem und dreschenden, krebsähnlichen Gliedern, bleischwer mit seiner wütenden, aber geistlosen Energie. Es war eine Art Monster, mit dem ich kämpfte, nicht Roger, und die schiere blutige Realität des Vorgangs jagte mir Schauder ein. Vielleicht schrie ich sogar. Ich sah die Polizisten nach ihm schnappen, aber er bohrte mir sein Knie in den Magen und sprang davon, und sie fielen statt dessen über mich her. Dem kleinen Bullen war die Mütze über die Augen gerutscht, und in seiner Blindheit ergriff er mein Handgelenk, warf mich aufs Gesicht und drehte mir den Arm auf den Rücken, daß er ihn beinah brach. *«He!»* brüllte ich, und etwas Kaltes und Hartes schlug mich hinters Ohr.

«Laß, Fred!» keuchte der andere. *«Es ist der Gastgeber!»*

«Wa–?» Der schnaufende und prustende Beamte auf mir beugte sich über mein Gesicht und schob mit dem Pistolenknauf seine Mütze hoch. «*Hopsa* – 'tschuldigung, Mann!» keuchte er und ließ meinen Arm los. Sein Gesicht war mit Blut und Schweiß verschmiert wie eine Kriegsbemalung, und von seiner Hemdbrust waren die Knöpfe abgesprungen, sein blutroter Bauch ragte daraus hervor wie ein grausiger Schild. Er steckte die Pistole, die er mir an den Kopf gehalten hatte, ins Halfter. «Ich dachte, es war der – puh! – Hinterbliebene!»

Roger war bis zu Inspektor Pardew gekommen, der ihn mit einer Hand ruhig von Ros' Leiche weghielt, während er mit der anderen gereizt über die Blutspritzer auf seinem weißen Schal und dreiteiligen Anzug bürstete und etwas von «blödsinniger Energieverschwendung» murmelte. Mißbilligend und ungeduldig blickte er auf die beiden Polizisten, die beschämt von mir abließen (der kleine Bulle schüttelte die Werkzeugkiste vom Fuß, Schraubenschlüssel, Glasschneider und Hämmer klapperten, und Kitty rief aus: «Das wird Knud nie glauben!»), Roger packten und den immer noch Kreischenden ins Nebenzimmer schleppten. Ich setzte mich auf, um mir den verdrehten Arm zu massieren. Mir dröhnte der Kopf, und tief in meinem Magen, wo Roger mir sein Knie reingerammt hatte, war ein dumpfer Schmerz. Die anderen rappelten sich stammelnd und hustend auf (Janny sagte, die Nase hochziehend: «Wo ist mein Schuh?»), um den Schaden zu begutachten.

«Jesus! Erinnere mich bloß dran, daß ich dich nie wieder um einen Gefallen bitte!» stöhnte Dickie mir ins Ohr. «Der hier hat mich beinah umgebracht, verdammt noch mal!»

Er saß neben mir und wischte sich das Gesicht mit dem Hemdschoß ab. Seine strahlend weiße Weste und Hose waren mit Blut besprenkelt wie ein Sieb. Seine rothaarige Freundin Ginger, die sich die ganze Zeit irgendwie auf den Füßen gehalten hatte, fiel jetzt um. In einer Ecke sah ich Alison unter den leicht auseinandergezogenen Falten ihres Rockes die Strumpfhose geradeziehen. Ihr Mann schien nicht in der Nähe zu sein, hatte anscheinend alles verpaßt. Hatte ich ihn verachtungsvoll hinausspazieren sehen, als Roger loslegte? Vielleicht war er auch schon vorher gegangen. Alison sah so verletzlich aus. Ich wollte sie berühren, berührt werden, und bloß darüber nachzudenken, linderte den Schmerz ein wenig. «Sie hat einwandfrei einen niedlichen Hintern», gestand Dickie ein, der meinem Blick gefolgt war. «Fest und weich zugleich, wie bandagierte Fäuste.» Wie um ihn uns vorzuführen, kehrte Alison uns den Rücken zu und glättete ihren Seidenrock. Ich seufzte. Zwischen uns, in Trümmern und Schutt, lag Ros wie eine finstere Anklage. «Erinnert mich an eine Tänzerin, die ich mal kannte, die konnte mit ihrem Korken rausziehen. Wer ist sie übrigens, Ger?»

«Leute, die wir kennengelernt haben», sagte ich obenhin. Dickie hatte Energie, aber kein Zartgefühl. Er war wie ein Kunsthandwerker, der Geschicklichkeit besaß, aber keine guten

Ideen hatte, und was er nicht beendete, verdarb er oft. «Was ist denn eigentlich mit Naomi los?» fragte ich.

Wir sahen zu, wie sie absolut angeschlagen mit Babyschritten aus dem Zimmer humpelte. Ihre Röcke hatte sie um die Knie gerafft, der Inhalt ihrer Schultertasche ergoß sich hinter ihr. «Guter Gott», murmelte Dickie und mühte sich auf die Füße, «sie muß sich in die Hose geschissen haben!» Er folgte ihr hinaus.

Auf der anderen Seite des Zimmers, neben dem Kamin, hielt Tanias Mann Howard seine Brille hoch, damit ich sie sehen konnte: beide Gläser gesprungen. Wie alle anderen war er von Kopf bis Fuß mit Blut bespritzt, was ihn aussehen ließ, als habe seine rote Krawatte ein Leck bekommen. Der indignierte Ausdruck auf seinem geröteten Gesicht schien anzudeuten, daß er mich für die kaputten Brillengläser verantwortlich machte.

«Also, eines begreife ich nicht», beharrte Inspektor Pardew ruhig, eine Hand auf dem Knoten seiner Krawatte, als wolle er sich daran hochziehen. «Warum haben Sie von einem Eispfriem gesprochen?»

«Kein Eispfriem», antwortete ich müde, vom Fußboden zu ihm hochschauend. «Eis.» Schon als ich sie aussprach, wirkten meine Worte, wie die Pointe in einem von Charley Trainers duseligen Kalauern, dumm und doch zwanghaft. Etwas, was Tania einmal über die Kunst als Konkretisierung von Erinnerungen gesagt hatte (wir hatten über ihre «Eisjungfrau» und die Paradoxien des «Realen» geredet), lauerte wie ein Ärgernis hinten in meinem Kopf, da, wo es von dem Revolverschlag auf den Schädel noch pochte. Ich hoffte, beides würde zur selben Zeit verschwinden. Das Messer war nirgends zu sehen, obwohl es in diesem Trümmerhaufen überall sein konnte. «Ich versuchte zur Zeit zu kommen, mich rückwärts vorzuarbeiten...»

«Gerald schenkte Drinks ein», sagte Alison, die durch das Gerümpel kam und nun über mir stand. Ihre Stimme war klar und melodisch, und sie brachte den Inspektor dazu, etwas milder dreinzusehen. Sie ließ eine Hand leicht in mein Haar fallen, ihr seidiges Kleid liebkoste mein Ohr wie ein hingehauchter Kuß. Beine gingen an meinem Kopf vorbei zum Eßzimmer. «Ist dir je aufgefallen, wie Blut *riecht*?» flüsterte jemand. «Es war vor ungefähr einer Stunde.»

«Aha, das ist besser!» Der Inspektor griff in seine Westentasche und zog eine Taschenuhr heraus. Hinter ihm lag Mavis, ins Leere starrend, immer noch auf dem Bauch, Tania kniete neben ihr und sprach ihr leise ins Ohr. Zerschlagene Filmausrüstung lag um sie herum, die Beine des Stativs waren an den Gelenken umgeknickt wie zerbrochene Skistöcke. Von Alison unterstützt, kam ich unter Schmerzen auf die Füße. Die Berührung ihrer Hände war wunderbar tröstlich für mich. Louise, die fette Freundin meiner Frau, kam auf ihrem Weg nach hinten ins Haus an uns vorbei, Mißbilligung verfinsterte ihr Gesicht, als habe man hineingeschlagen. Der Inspektor, das Kinn nach unten gedrückt, starrte auf die Leiche (ich dachte wieder über Ros nach, diese sanften Massagen, die sie zwischen Orgasmen so gern gab und empfing, die Art, wie sie einem mit beiden Händen das Gesicht hielt, wenn sie einen küßte, selbst zur Begrüßung, und die weiche, seidige, beinah unwirkliche Berührung ihres Fingers, wenn sie ihn einem träumerisch in den Anus schob), zog mit Muße seine Taschenuhr auf, steckte sie dann weg, sah auf und sagte: «Ich fürchte, ich muß alle bitten, ihre Uhren bei mir abzugeben, wenn Sie nichts dagegen haben.» Ich seufzte, als Alison ihre Hände wegnahm, und zur Erwiderung lächelte sie. Ihre Nase und Wangen waren blutgetüpfelt, und zwischen ihren Brüsten waren größere Flecken, aber sie trug sie mit Anmut, wie Schönheitsflecken. «Machen Sie schon, Beeilung, bitte!»

Meine Uhr hatte ein Elastikband und ließ sich leicht abstreifen, aber Alisons Band war eine komplizierte Angelegenheit aus grünem Leder mit drei verschiedenen Schnallen. «Hier, lassen Sie mich helfen», sagte ich und nahm ihre Hand in meine. Eine warme Welle der Nostalgie überschwemmte mich, als ich, wieder wie ein Junge mit Büstenhalterhäkchen, mit den Schnallen fummelte. Ihre Finger kitzelten meine Handgelenke, ihre freie Hand fiel zwischen unseren Schenkeln hinab.

Ich wollte diesen Augenblick festhalten, aber Pardew unterbrach. «Ich brauche jemanden, der sie einsammelt», sagte er. Ich wußte, daß er mich ansah, und lächelte Alison entschuldigend an. Ihre Blicke schienen meine Augen zu durchdringen, fieberhaft hinter ihnen zu lesen, während ihre freie Hand die Innenseite meines Schenkels streichelte, als schreibe sie einen Eid dort hin. Oder eine Beschwörung. «Und ich brauche auch die aller Leute, die nicht in diesem Raum sind.»

«Gestatten Sie», erbot sich Mr. Draper, der mit einem Roastbeef-Sandwich in seiner knochigen Faust von hinten ankam, und Alison zog ihre Hand fort. «Ich tauge vielleicht nicht mehr zu viel, alt wie ich bin, haha, aber Kollekten einsammeln ist etwas, was ich noch fertigbringe, wie man sagen könnte.» Zu meiner Verlegenheit wandte er sich an Alison und überreichte ihr sein Sandwich, das an einem Ende schon zerkaut war. «Hier, hältst du das bitte mal für mich, meine Liebe?» sagte er. «Kann meine neuen Hauerchen anscheinend nicht durch das verflixte Ding kriegen.» Er sah mich starren und klapperte zur Demonstration einmal mit den Zähnen für mich. «Aus dem Kaufhaus, wissen Sie», erklärte er wehmütig, zog sein Jackett aus und krempelte sich die Ärmel hoch. «Die Gefahren eines langen Lebens, mein Sohn, nichts funktioniert mehr wie früher.» Er zwinkerte sinnlos und ließ seine Hosenträger schnappen.

«Danke, Mr. Draper», sagte ich und händigte ihm unsere Uhren aus.

«Ganz mein Vergnügen!» Er schnallte sich meine an den Arm und ließ Alisons in eine Tasche seiner schlotternden Hose fallen, machte dann die Runde, sammelte Uhren auf seine Arme und in seine Taschen und begrüßte alle lärmend: «Ich nehme Ihre Uhren, bitte! In meinem Alter brauche ich alle Zeit, die ich kriegen kann!» Dem folgte ein mechanisches Glucksen und Kichern wie eine feierliche Absegnung. Ame-heh-heh-hen.

«Es tut mir leid», sagte ich zu Alison in dem Versuch, mich von ihm zu distanzieren, «ich habe ihn vor heute abend noch nie gesehen.» Ganz gewiß war er fehl am Platz hier, er und seine Frau auch. Ich vermutete, meine Frau hatte sie eingeladen. «Der alte Knabe hat mich den ganzen Abend genervt, mir doch Schnappschüsse von seinen Reisen anzusehen. Ich glaube, er ist ein bißchen–»

«Ich weiß, ich habe sie alle gesehen.» Sie lächelte, aber als ich nach ihrer Hand griff, zog sie sie fort. Geistesabwesend begann sie das Sandwich des Alten zu essen. Dolph kam mit einer Büchse Bier in der Hand vorbei, starrte aber auf etwas hinten im Zimmer, und Alison fuhr zusammen, stieß mich mit der Hüfte an. Sie faßte sich zwischen die Zähne und zog eine kleine Fleischfaser heraus. «Erzählen Sie mir von ihr, Gerald. Dem Mädchen...»

«Von Ros?» Ich sah auf die Leiche hinab. Inspektor Pardew zog mit Kreide einen Umriß um sie. Mir fiel auf, daß sie bei Rogers Amoklauf vorhin etwas herumgeknufft worden war. Ein Arm und Bein waren verschoben, und ihr Kopf war in eine andere Richtung geneigt. Spielte das eine Rolle? Belichtete Filmplatten lagen neben ihr wie letzte Worte, und der Apparat war aus ihrem offenstehenden Mund gefallen. «Sie war Schauspielerin. Keine sehr gute. Ihr Problem war, daß sie auf der Bühne nie etwas anderes als sie selbst sein konnte. Meistens war sie im Corps bei Revuen oder Shows, wo sie nackte Mädchen mit schönen Körpern brauchten.» Roger schien sich beruhigt zu haben. «Haben Sie zufällig *Lots Weib* gesehen?»

«Nein, ich glaube nicht.» Sie kaute, beobachtete mich genau, begierig, so schien es, mich nun sprechen zu hören, ganz gleich worüber. Der Inspektor, der mit dem Kreideumriß der Leiche und des Zeugs darum herum fertig war – einschließlich, bemerkte ich, des Krempels, der aus Naomis Tasche und der Werkzeugkiste gefallen war –, schob nun Ros' Glieder umher, als suche er darunter etwas. Draußen im Flur konnte man Mr. Drapers krächzende alte Stimme hören: «Uhren bitte! Zieht die Zeit ab! Danke, danke! Ihre Zeit ist meine Zeit! Ja, ha, ha...»

«Sie hatte die Titelrolle, wahrscheinlich ihr bester Part, auf jeden Fall einer ihrer besten. Vorher hatte sie wenig mehr als Statistenrollen bekommen, letzte Reihe in der Chorus Line, sogar Nicht-Rollen wie eine von Blaubarts toten Frauen oder der Bote an der Tür, der nie eintritt, und das hauptsächlich, weil Roger immer so einen Wirbel machte, wenn irgend etwas Abenteuerlicheres des Wegs kam. Als sie also die Chance bekam, *Lots Weib* zu spielen, konnte sie das kaum ablehnen.» Ich hatte das Gefühl, daß ich die Worte für sie formte, rundete, glättete, sie über die kleinen Goldringe hineinkringelte: und daß sie sie dort hineinrutschen und ihr inneres Ohr liebkosen fühlte und daß sie deshalb tiefer atmete. «Das Stück war so etwas wie eine dionysische Version der Bibelgeschichte, in der sie, nachdem sie zu Salz verwandelt und von Lot verlassen worden war, von ekstatischen

Sodomiten bedrängt, ausgezogen, gestreichelt, von Kopf bis Fuß abgeleckt und buchstäblich wieder mit Leben befruchtet werden sollte. Am Ende kehrt Lot zurück, erkennt seinen Fehler, bereut und schließt sich den Sodomiten an, nun natürlich nicht mehr als ihr Mann, sondern bloß als einer ihrer vielen Anbeter, was angeblich eine Verbesserung für ihn ist.»

«Und Roger, nehme ich an, war nicht so weise.»

«Ich fürchte nein – natürlich bekam Lot wohl ein bißchen Hilfe vom Regisseur.»

«Roger hatte das Textbuch nicht gesehen.»

«O doch, hatte er schon.» Ich lächelte. «Das war ja das Problem.»

Pardew war jetzt auf Händen und Knien und angelte mit der Pinzette unter Ros' Rock herum. In seiner Hand hielt er Filterpapier; leere Pillendosen, Klebeband und ein Vergrößerungsglas standen neben ihm auf dem Fußboden. Alison sah ihm einen Augenblick zerstreut zu, den letzten Bissen ihres Sandwiches geistesabwesend vor sich haltend wie eine Münze kurz vor dem Einwurf in eine Parkuhr. Die beiden Polizisten waren wiedergekommen, und der Kleine hielt Ros' Glieder in verschiedenen Stellungen, je nachdem wie der Inspektor ihn anwies, während er herumschnüffelte. Der andere machte Skizzen von der Szene. Sie sahen ein bißchen erledigt aus.

Alison wandte sich wieder mir zu, ihr Gesicht wurde sanft von einer vorübergehenden Traurigkeit. «Das Problem–?»

«Er tauchte zur ersten Probe auf, hielt sich eine Pistole an den Kopf und sagte, er würde abdrücken, wenn sie nicht die Produktion verlasse und mit ihm nach Hause komme, und da Ros nicht nein sagen konnte, hat sie's getan.»

«Zurückgeschaut. Wie Lots Weib letzten Endes.» Sie warf den letzten Bissen ein. Ich sah eine ordentliche Reihe glänzender weißer Zähne in rotes Fleisch sinken, in knackigen grünen Salat und mit gelbem Senf bestrichenen dunklen Roggen. Wenn selbst das mich erregt, dachte ich, dann ist es schon ziemlich um mich geschehen... «Sie sagten aber–?»

«Na ja, der Autor weigerte sich, ohne sie mit dem Stück weiterzumachen. Er bestand darauf, daß sie ihn dazu inspiriert habe, ein Traum, den er gehabt hatte oder so etwas, und daß sie die Hauptrolle spielen müsse. Also überredeten sie Ros, Roger für eine Weile einweisen zu lassen. Wegen des Selbstmordversuchs. Zu seinem eigenen Wohl, sagten sie, und das war es wahrscheinlich auch.»

«Bis das Stück auslief.»

«Stimmt. Ros besuchte ihn jeden Tag in der Anstalt, um ihn aufzumuntern, aber sagte ihm nie, daß sie in dem Stück mitmachte, und er fragte nie.»

«Also doch ein alter Theaterhengst. Und so», setzte sie auf ihre Hände starrend hinzu, nicht ironisch, bloß traurig, «lebten alle glücklich und zufrieden.» Sie wischte die Krümel weg, holte mit der Zunge ein Stückchen Brot aus den Zähnen. Aus irgendeinem Grund dachte ich: Vergesse ich etwas? Was mir ins Gedächtnis kam, war ein alter Bettler in Cadiz, der Tricks mit Münzen vorführte. Sein letztes Kunststück war immer, so viele Münzen auf der Zunge zu stapeln, wie die Leute dort hinlegten, und sie dann zu schlucken. Oder so zu tun. Ich machte seinerzeit eine Bemerkung über «puristisches Theater», und die Frau, mit der ich da war, sagte: «Ich kenne einen besseren Trick, aber er ist nicht so praktisch.» Der alte Knabe brachte seine Nummer zum Höhepunkt, indem er laut rülpste und «zum Wechseln» eine Banknote zum Vorschein brachte, und die Wahrheit über die Frau war, daß sie sich täuschte. «Und war das Stück ein Erfolg?»

«Es lief recht gut.»

Tatsächlich füllte sie das Haus zum Bersten. Aber hauptsächlich, weil sie die Zuschauer einluden mitzumachen und weil Abend für Abend dieselbe Meute zurückkam, um Salz zu lekken. Wahre Anhänger. Ihre Brust, sah ich, war wieder aus der Bluse gerutscht. Es schien nun weniger wichtig zu sein. Der Inspektor hatte, als er einen Strumpf hinunterrollte, eine Laufmasche gefunden, die er jetzt durch sein Vergrößerungsglas beäugte. «Hier hinten ist noch eine gute, Chef.» Alison berührte meine Hand. «Sie haben sie sehr geliebt.»

«Ja, wie tausend andere Männer auch.» Ich sah zu, wie Pardew und seine beiden Assistenten ihr totes Gewicht hierhin und dorthin zerrten, sah zu, wie Brust und Kopf vor- und rückwärts schlugen, als wollten sie gegen das Possenspiel protestieren, und dachte: Wie ruhig es geworden ist! Ich senkte die Stimme: «Sie hatte etwas... sehr Besonderes...»

«Hätte ich mir denken können», sagte Alison. Sie grinste. «Einzigartig, sagten Sie, glaube ich, vorhin...»

Ich lächelte, neigte mich ihrer Berührung entgegen. «Mm, aber ihre war es *wirklich*», sagte ich, an den Bluttüpfelchen auf Alisons Nase reibend, und ließ die Wahrheit nun entschlüpfen oder zumindest jene Art Wahrheit, ließ mich gehen, «und nicht nur sozusagen im Auge des Betrachters...»

«Ach, armer Gerald!» Sie lachte. «Wann werden Sie je lernen?»

Sie unterdrückte ihr Lachen: Leute starrten uns an. Selbst die Polizisten hatten von der Leiche aufgeschaut. Sie schlug die Hand vor den Mund, zwang sich einen ernsten Ausdruck aufs Gesicht und linste mich schuldbewußt an. Sie wartete, bis die anderen wieder wegsahen («Zirkel bitte», murmelte der Inspektor), und flüsterte dann: «Aber es war ihre Brust, die Sie beinah zum Weinen brachte.»

Ich nickte und war mir Alisons Brüste bewußt, zart und aufreizend unter den weichen Seidenfalten ihres Kleides. Die Nippel reckten sich nun hart wie erregte kleine Finger, schienen sich durch die Blutflecken in dem eleganten Jacquardmuster zu strecken, wie um hoffnungsvoll darüber hinauszuweisen. «Ihr Geschlecht war ein Geheimnis, nur Millionen bekannt, ihre dunkle Seite, könnten Sie sagen... ihr vergrabener Schatz...» Nicht mehr: Die Polizisten hatten jetzt ihre Nase da unten und stritten über etwas. Ros' Schenkel waren auseinandergezogen, und um die Beinränder ihres Höschens waren die Kringelspitzen kurzer strohfarbener Schamhaare zu sehen. Aus irgendeinem Grund machte mich das schwindelig. Der Seidenschimmer ihres Höschens oder so etwas. «Aber ihre... Brüste», fuhr ich tief Luft holend fort, zwang mich, wegzusehen (irgendwo wurde eine Wasserspülung betätigt; unten im Fitness-Raum waren immer noch die Dart-Spieler zugange) und schaffte es, mich wieder auf Alisons Augen zu konzentrieren. «Ihre Brüste waren ihre öffentliche Standarte, das, woran wir sie erkannten...» Die friedliche Tiefe von Alisons Augen beruhigte mich. Ich war mir sicher, daß alles in Ordnung kommen würde. Irgendwie. «Ihre

Unschuld und ihr Licht, könnten Sie sagen. Die weiße Flagge, die sie führte.» Ich lächelte, als unsere Beine aneinanderstießen: Sie berührte ihre Kehle. «Flaggen...»

«Im dunklen und gefährlichen Land des Scheins», flüsterte Alison, nicht so sehr meinen Gedanken zu Ende führend, als den ihren in einer Art wollüstigem Melodram mit meinem vermählend.

«Ja... ja, das ist es...»

Alisons Augen hatten etwas wahrhaft Außergewöhnliches. Manchmal schienen sie in meinen Kopf einzudringen, als kopulierten sie mit ihm wie ein Mann, und genauso schnell wurden sie dann weich, beinah opak, und luden mich zu sich ein. Oder plötzlich schienen sie von irgendwo her Licht aufzunehmen, um es funkelnd auf mich zurückzuwerfen, anzüglich, mutwillig – und es dann genauso plötzlich wieder zurückzuziehen, zu verbergen, mich herauszufordern, zu kommen und danach zu suchen. «Berückend...»

«Bitte?»

«Ihre Augen, Alison...»

«Ach, das muß der Wermutstropfen sein.» Sie grinste. Jetzt lag wieder schlichte Fröhlichkeit in ihnen, und ich konnte spüren, daß sie mich freigab.

«Wermutstropfen?»

«Der Vermouth. Da kommt der Name her.»

«Ich dachte immer, es sei bloß eine Art Wein, ich wußte nicht, daß ich Ihnen Wermutstropfen gab –»

«O doch. Wermutkraut zumindest und gemeinen Kalmus und Chinarinde und Koriandersamen und Sandelholz – soll ich weitermachen?»

«Ich vermute, Sie wollen mir was sagen.»

«Mmmm, nach dem Sandwich –»

«Bin gleich wieder da», sagte ich und befingerte leicht ihre Hüfte. «Rühren Sie sich nicht von der Stelle.»

«*Niemand* rührt sich von der Stelle!» blaffte der Inspektor und sah mich unter Ros' Rock hervor scharf an. «Niemand verläßt das Haus ohne meine Erlaubnis!»

«Ich – nein – es ist bloß – bloß etwas zu erledigen», stammelte ich. «Im Eßzimmer...»

Pardew betrachtete mich einen Augenblick lang eingehend, von Ros' silbernem Rock umhüllt wie ein Mönch. Er strich sich über seinen dicken Schnurrbart, nahm bedächtig Alison in Augenschein, nickte dann und kehrte wieder an seine Arbeit zurück. Er durchschnitt den Beingummi von Ros' Höschen mit einer winzigen Nagelschere, machte zwei zirka zwei Zentimeter tiefe Kreuzeinschnitte und schälte dann den kleinen Seidenfetzen ab, als löse er eine Briefmarke von einem Umschlag. Jim kam mit seiner schwarzen Tasche herein und gab dem Inspektor eine Sonde mit einer Lichtquelle an einem Ende, und die anderen im Zimmer drängten sich heran. Der Inspektor sah zu mir auf und runzelte die Stirn: «Na, dann ab mit Ihnen!»

Als ich mich umdrehte, beunruhigte mich etwas, etwas am Rand meines Gesichtsfeldes. Vielleicht die Art, in der Ros' Strümpfe wie Doughnuts um die Knöchel gerollt waren und sie gefesselt aussehen ließen, die starre Gesichtspuderweiße der nackten Beine unter ihrem silbrigen Baldachin, die Schatten dahinter, Jim, der ein Thermometer schüttelte... Oder war es jener Lippenstift, der mir auffiel, weil seine fettige rote Spitze wie in plötzlicher Erregung hervorguckte? Er lag nicht weit von Mavis in dem Kreidekreis um eine der herabgefallenen Pflanzen meiner Frau, wie ein Kinderbuntstift auf einer Malbuchzeichnung. Oder Tania, die vor einem Augenblick erst Roger aus dem Weg gekrabbelt war und dabei immer noch –?

«Junge, die haben aber ganz schön was losgemacht hier», bemerkte Daffie in der Tür: eines von Dickies Mädchen, königlich heute abend in ihrem glatten Indigoetui. Ihr Drink sah wie rosa Limonade aus, aber ich wußte, daß es Gin pur war, gefärbt mit Saft von Maraschinokirschen. «Dein Haus sieht aus, als hätte es heftiges Nasenbluten, Ger.»

«Na ja, das kann man wohl so sagen», sagte ich vage.

«Du meinst, stell nie einen Rechtsverdreher als Innenarchitekten an?» Sie lächelte und zog tief an einem kleinen schwarzen Zigarillo. Hinter ihrer Schulter, am Rand des Eßzimmers, konnte ich Dolphs Bürstenkopf mit den Baßschlüsselohren sehen und hinter ihm eine Gruppe Menschen, die sich um Essen und Trinken drängten. Am Sideboard, unter einem Gemälde seiner Frau Tania (ein konventionelles Motiv, «Susanna und die

Ältesten», aber unnachahmlich Tania: ein ungeschicktes, befangenes Mädchen, das über einen schwebenden Handspiegel in eine bodenlose Grube tritt und dabei ängstlich über die Schulter auf einen dunklen Wald blickt, der sich zu ihm herandrängt – Älteste sind nicht zu sehen, aber *irgend etwas beobachtet sie*), mixte Howard einen frischen Krug Martini. Ich hatte Angst, er könne den ganzen trockenen Vermouth aufbrauchen, aber Daffie hatte mich sanft am Unterarm gepackt und hielt mich zurück. «Weißt du, Ger», sagte sie leise, während von ihrer Unterlippe kräuselnd Rauch aufstieg, «irgendwas ist komisch an diesen Bullen.»

«Was denn, Daffie?»

«So in Ros' Unterhosen herumzukratzen», sagte sie. Daffie war Model, eines der besten, aber auf den weichgezeichneten Fotos sah man nie die Sorgenfalten, die dunklen Ringe unter den Augen, das nervöse Zucken der Nasenflugel. «Ich weiß nicht, aber es ist, na ja – als hätten sie das schon mal gemacht.»

«Es sind Profis. Sie haben 'ne Menge Morde gesehen.»

«Nein, ich meine...» sie zögerte, zog ihre Hand zurück und trank einen guten Schluck eisgekühlten Gin. «Tu mir zwei Gefallen, Ger.»

«Klar, Daffie. Wenn ich kann...»

«Erstens, sag diesem kleinwüchsigen, grobfäustigen Affen hinter mir, er soll aufhören, hinter den Kulissen herumzumachen», sagte sie laut. Dolphs Ohren wurden rot wie eingetauchtes Lackmuspapier, und er verschwand um die Ecke. «Und zweitens...» Sie neigte sich vor, berührte meinen Arm wieder, senkte ihre rauhe Stimme: «Paß auf, Ger...» Dann straffte sie sich, legte die Ellbogen an und ließ sich ins Wohnzimmer treiben (sowohl der Inspektor als auch der kleine Bulle, Fred, hatten nun ihre Köpfe unter Ros' Rock, Bob stand mit einem Reagenzglas daneben). Sie bewegte sich mit übertriebener Anmut, als wolle sie mir beweisen, daß sie nüchtern war. Was sie mir jedoch zeigte, waren eine von Kopf bis Fuß mit Blut bespritzte Rückseite, ein aufgerissener Rock und Strumpfhosen, die von der Backe bis zur Ferse von Laufmaschen durchzogen waren wie zerrissene Vorhänge.

Die meisten Leute im Eßzimmer drängten sich um das Warmhaltegerät auf dem Tisch und spießten sich Würstchen aus einer Barbecuesoße, die gemächlich über einer niedrigen blauen Flamme köchelte. Als ich mich auf dem Weg zum Sideboard zwischen ihnen hindurch zwängte – Daffies Warnung hallte mir noch in den Ohren –, wurde ich (Angst durchschauerte mich wie eine plötzliche Leidenschaft) an einen Abend im Theater erinnert, an dem wir nach dem Stück hinter die Bühne gegangen waren, um Ros zu sehen. Auch bei der Gelegenheit war ich gewarnt worden, aber von meiner Frau, die, als sie den völlig wirr aussehenden Roger vor Ros' Tür Wache stehen sah, meinen Arm gepackt und ihre Warnung geflüstert («Paß auf...»), dann Roger zugerufen hatte, Ros von uns zu grüßen, ihm eine Kußhand zugeworfen und mich schließlich durch das quirlige Gewimmel von Schauspielern samt Freunden und Schaulustigen am Bühnenausgang hinausgezogen hatte. Ich hatte geglaubt, sie hätte etwas Spezifischeres als Rogers monströses, aber mittlerweile vertrautes Leiden gesehen – und das hatte sie vielleicht auch, denn als wir nach draußen kamen, sagte sie: «Manchmal habe ich das Gefühl, Gerald, daß die Welt immer kälter wird.» Nachdem wir gerade ein kitschiges, aber liebevolles Stück über ein Haus voller Prostituierter gesehen hatten, die eine unschuldige Jungfrau und eine altmodische Junge-trifft-Mädchen-Romanze am Hals hatten, wollte ich sagen, ja, und Ros ist die Flamme, an der sich alle unterkühlten Männer wärmen können; aber da ich die tiefe Beunruhigung meiner Frau spürte, brachte ich statt dessen vor: «Meinst du, Roger wird verrückt?» «Nein», erwiderte sie, zog mich an sich und drückte ihre Wange gegen meine Schulter, während wir auf die Straße traten. «Was mich erschreckt, ist, daß ich glaube, er wird vernünftig.»

Ich grüßte Howard am Sideboard, und weil ich sah, daß der Martinikrug, in dem er rührte, nur halbvoll war, fragte ich ihn (der Schauer war vergangen; ich dachte: eine Leidenschaft ja, aber Leidenschaft ist Leidenschaft), ob noch genügend Vermouth da sei. Aber ehe er antworten konnte, warf mir der Neffe seiner Frau, Anatole, der wie eine Krähe um ihn herumflatterte, aus langbewimperten Augen einen finsteren Blick zu und fragte knapp, mit kippender Stimme: «Wie lange wollen Sie sich diese

Scheiße eigentlich noch gefallen lassen?» Dann stierte er in sein Glas Bourbon und Ginger Ale, als entdecke er dort etwas Durchdringendes, warf mit einem Kopfschütteln sein langes schwarzes Haar zurück und trank das Glas in einem Zug beinahe leer.

«Der Vermouth ist nicht das *Problem,* Gerald!» schnaubte sein Onkel Howard. »Aber es gibt kein *Eis,* und der *Gin* ist alle!» Er schien ungewöhnlich übellaunig. Seine zerbrochene Brille vielleicht. Dahinter sahen seine Augen, als er mich anschaute, aufgebrochen und verzerrt aus wie kleine kubistische Malübungen, und wahrscheinlich sah die Welt durch sie auch ein bißchen so aus.

Ich legte ihm tröstend eine Hand auf die Schulter. «Keine Sorge, Howard, Eis ist in der Küche und Gin hier unten. Entschuldigung, Anatole.» Ich kniete mich hin wegen des Gins, der Junge zuckte zuruck und rummste gegen Vic, der gerade sein Glas auffüllen wollte. Vic fluchte, Anatole stammelte eine Entschuldigung, und Howard sagte: «Und jemand hat das Obstmesser für die *Zitronen* geklaut!» Dann sah ich, daß er sein Taschenmesser benutzt hatte. Seine Hände waren fleckig und schmutzig und zitterten.

«Die drei Bullen da haben es wahrscheinlich geborgt», sagte Vic säuerlich. Er begann langsam zu nuscheln. «Ich glaube, sie sind jetzt da drin und versuchen, Ros' Pflaume damit zu schälen.»

Anatole lachte, zog einmal nervös an seiner französischen Zigarette und sagte: «Genau das ist es ja, diese dummen Scheißer können den Wald vor lauter Bäumen nicht sehen!»

«Ich fürchte, die ganze beschissene Spezies hat so ziemlich dasselbe Problem, mein Sohn», knurrte Vic und zog vielsagend eine Augenbraue zu Anatole hin hoch. «Wie Fledermäuse bei Tageslicht können wir noch nicht mal sehen, wenn wir uns bepissen.» Vic war ein zäher Bursche mit spärlichem Verstand, aber er hatte eine Schwäche für große Sprüche, besonders, wenn er ein paar hinter die Binde gekippt hatte. Ich gab ihm eine neue Flasche Bourbon, schob mit dem Knie die Schranktür zu, goß für Alison ein Weinglas voll Vermouth und nach einigem Nachdenken auch eines für mich.

«Hier ist ein guter», sagte Anatole. Er las die Cocktailservietten von Kitty und Knud, die mit den üblichen Partywitzen bedruckt waren: «Bitte reiben Sie nicht ihre Stinker in den Teppich» oder «Du sollst keinem Ehebruch entgehen». Auf der, die er herumzeigte, war ein Polizist, der eine Bankräuberin durchsuchte. Sie stand mit dem Gesicht zur Wand, den Rock hochgeschoben, das Höschen (wie aufs Stichwort humpelte der Bulle mit dem Reagenzglas herein, schob die Leute beiseite, entriß Mrs. Draper das Salz und hinkte wieder hinaus), aus dem bündelweise Banknoten flatterten, hinuntergezogen, und er sagte: «Jetzt wollen wir der Sache mal auf den Grund gehen!»

«Sag mal», Vic tauchte die Pfoten in Howards Martinikrug, um sich ein paar Eiswürfel zu angeln, und Howard sprudelte einen Protest hervor, «was meinst du, wo der Bulle die Zeile her hat? Ist sie ihm als einfachem geilem Wesen gekommen, oder wurde sie ihm irgendwie aufgedrückt?»

Anatole errötete, ein nervöses Grinsen zuckte über seine dünnen Lippen. «Sie meinen, von wegen freiem Willen oder –?»

«Ich meine, hat er hier seine eigene, unverbesserlich fiese Natur in das Vakuum einer Berufstätigkeit entleert, oder haben Beruf und Gesellschaft ihn, der bei Geburt unschuldig war, zu dem rohen, brutalen Arschloch gemacht, das er geworden ist?»

«Ich – ich weiß es nicht… Ich vermute, ein bißchen von beidem –»

«Dachte ich's mir doch», grunzte Vic, «schon wieder ein gottverdammter Liberaler.» Und Eiswürfel lutschend, auf ein paar Cocktailservietten schielend, die er auf Armeslänge von sich hielt, drehte er sich wie in Verachtung um.

Anatole, schlimm gekränkt, sah hilfesuchend Howard an, aber sein Onkel, der geistesabwesend die Martinis umrührte, gab nicht acht, er verrenkte sich den Kopf Richtung Fernsehzimmer, wo ein paar Paare knutschten. Aha! Wahrscheinlich die wahre Ursache seiner schlechten Laune: Ich hatte sein kleines Schauspiel unterbrochen. Howard der Kunstkritiker. An der gegenüberliegenden Wand stand Charley Trainers Frau Janice im Clinch mit einem Typ, der mir den Rücken zudrehte. Sie hatte ihm die Arme wie ein Schulmädchen um den Hals gelegt, der rosa Rock war ihr über die erhobenen Schenkel gerutscht.

Unsere Blicke trafen einander für einen Augenblick, und was ich in ihren Augen sah oder zu sehen meinte, war blanker Terror. «Ich glaube, ich hole mir was zu essen», murmelte Anatole unbeholfen und latschte zum Eßtisch, schlaksig und bloßgestellt. «Ich fühle mich betrunken oder so...»

Ginger war dort drüben und stach ungeschickt mit einem Zahnstocher nach den Würstchen im Warmhaltegerät. Sie erwischte ein Ende und hob es zitterig an ihr kleines Comic-Buch «O» von Mund. Es fiel hinunter. Als sie sich auf ihren Stöckelschuhen steifbeinig vorbeugte, um es aufzuheben, trat Dolph hinter sie und ließ wie zufällig, seine Augen anderswo, die hohle Hand auf ihren ausgestreckten Hintern fallen. Anatole sah das, wirbelte herum und fand sich auf dem Weg ins Wohnzimmer. Er paffte an seinem Zigarettenstummel.

«Du warst ganz schön hart zu ihm, Vic.»

«Schadet ihm nichts. Er hat nämlich bloß Stil und keine Substanz. Er muß erwachsen werden.» Ginger richtete sich auf und hielt mit schmerzenden Fingerspitzen die heiße Wurst, die nun pelzig von Staub und Fusseln war. Sie sah sich verzweifelt nach einem Platz um, wo sie sie hinlegen konnte, gab schließlich auf und steckte sie in den Mund; dann wischte sie sich über den Hintern, als scheuche sie Fliegen weg. «Ist das nicht die, die dieser muschigeile Modebubi heute abend mitgebracht hat?»

«Eine davon.» Dolph nahm seine Hand weg und (Vic, der sich bewegte wie ein alterndes Raubtier, tigerte jetzt ins Fernsehzimmer, stieß Türen auf und spähte hinter Möbel) rieb sich damit über die Nase. Armer Dolph. Das Junggesellentum seit seinem Zerwürfnis mit Louise war ihm nicht gut bekommen. Ginger pustete die Wangen um die heiße Wurst auf und hopste auf ihren hohen Absätzen auf und ab. Ihr Heiligenschein aus kleinen Zöpfen zitterte ihr um das herzförmige Gesicht wie Nervenenden.

«He», sagte ich, als Vic zurückkam (Howard hatte uns verlassen, um einen Platz drüben am Eßtisch einzunehmen, von dem aus er noch immer einen Blick ins Fernsehzimmer hatte. Seine gesprungenen Brillengläser glitzerten in tausendfacher Spiegelung der Kerzen auf dem Tisch), «Vaterschaft dauert nicht ewig, weißt du.»

«Sie ist verflucht unschuldig, Gerry, und ich sage dir, wenn der Arschficker seine dreckigen Hände auf sie legt, so wahr mir Gott helfe» – er zerfetzte zur Demonstration eine zusammengeknäulte Papierserviette –, «dann reiße ich ihm die Eier ab!»

Ich glaubte ihm. Das machte Vic zu mehr als bloß einem Salonradikalen: Er konnte töten. «Ich hole noch Eis», sagte ich und nahm den Eimer mit, in den ich die leeren Flaschen schmiß. Vic rief mir nach: «Wenn du Sally Ann siehst, verdammt noch mal, sag ihr, ich will mit ihr reden. Auf der Stelle!» In dem Augenblick kam Alisons Mann mit Rogers Kanzleipartner Woody und seiner Frau Yvonne rein, und als ich an ihnen vorbeiging, hörte ich sie hinter mir lachen. Alle drei trugen Krockethämmer: Hatten sie draußen im Dunklen gespielt?

Louise stand abrupt auf, als ich die Küche betrat, beinah als hätte ich sie bei etwas erwischt. Sie hatte eingezwängt auf der Frühstücksbank gesessen und meiner Frau beim Aufschlagen eines Avocado-Dips oder so etwas zugesehen – vielleicht hatte sie auch beim Kleinhacken geholfen: ein kleines Käsebrett und Messer lagen vor ihr – und riß sich beinah die Knöpfe vorne am Kleid ab, als sie versuchte, da hinauszuspringen.

Patrick, der an der Anrichte mit einem kleinen Steakmesser eine Grapefruit halbierte, rief aus: «Meine Güte, Louise! Das habe ich bis hierhin gespürt!»

«Du mußt nicht gehen, Louise», sagte ich und hob die Stimme, als plötzlich die Geschirrspülmaschine in den Waschgang sprang. «Ich wollte nur Eis und Tonic holen.»

«Laß sie, Gerald», rief meine Frau und stand auf. «Sie ißt sowieso bloß all meine Kartoffelchips auf.»

«Machst du immer noch mehr Essen?» Auf der Anrichte stand eine riesige Platte mit frischen Canapés, leere Thunfischbüchsen und Cracker-Schachteln lagen herum, Pakete von Dip-Mischungen, Brot aus dem Gefrierschrank, die Folie darum noch vereist, selbsteingelegtes Gemüse und Chutneys aus dem Keller, geräucherte Austern auf Toastecken. Und im Ofen briet etwas. «Ich dachte, du hättest alles *vor* der Party fertig gehabt.»

«Hatte ich auch. Aber es geht alles so schnell weg.» Louise blinzelte mißtrauisch über den Eimer mit den leeren Flaschen, den ich trug, auf die beiden vollen Gläser in meiner anderen Hand, während sie ohne ein Wort, nur begleitet vom rauschenden Rumpeln der Geschirrspülmaschine, schwerfällig in Richtung Eßzimmer schob. «Hast du mitbekommen, wie viele Würstchen noch im Warmhaltegerät waren?»

«Nicht viele. Soll ich die Flamme abstellen?»

«Nein, ich habe noch welche.» Sie ging zum Kühlschrank, holte eine Keramikschüssel voll heraus und stieß die Tür mit der Hüfte zu. «Louise, macht es dir etwas aus?» rief sie und hielt sie an der Tür auf.

«Mein Gott, was für niedliche kleine Würstchen», bemerkte Patrick, als Louise errötend die Schüssel aus den Händen meiner Frau nahm.

«Kann ich dir einen Drink machen, ehe du gehst, Louise?» rief ich, aber sie wandte ihr Gesicht düster ins Dunkle ab und ging ohne Antwort rückwärts durch die Eßzimmertür. «Was ist denn mit *der* los?»

«Sie hat dort drin eine schlimme Prellung abbekommen», sagte meine Frau, die Stimme über die Geschirrspülmaschine erhebend. Sie stellte den Avocado-Dip auf den Schlachterblock mitten im Raum unter der Neonröhre, und ich dachte wieder an Alison, an das Stück, das wir gesehen hatten. «Merken Sie nicht? Alles was geschieht», hatte sie an dem Abend gesagt, «geschieht, wo das Licht ist.» «Hast du ihr Gesicht nicht gesehen?»

«Ach, das war eine Prellung...?» Ich steckte die Nase in den Kühlschrank: ungefähr noch ein Dutzend Büchsen Bier – Dolph schien je sechs auf einmal zu trinken. Sie standen dort eingezwängt zwischen unzähligen Tellern mit vorbereitetem Essen, Sardinenbüchsen, Sardellen, Beuteln mit in Streifen geschnittenem und gewürfeltem Gemüse, Pâtées und Dutzenden von Würstchen und eingepackten Käsesorten.

«Sie sagt, Roger habe sie mit dem Ellbogen in die Wange gestoßen», erklärte meine Frau über die Schulter, während sie heißes Brot aus dem Ofen zog und es schnell zum Schlachterblock jonglierte.

«Ich fürchte, ihr *Gesicht* ist nicht *alles,* was geprellt ist», verkündete Patrick schalkhaft. «Gut für euch, daß dieses Haus feste Fundamente hat!»

«Also, Patrick», schimpfte meine Frau neckisch (ihre geschäftigen Hände, schlank, ein bißchen rauh, rührten Dips, arrangierten Nüsse und Cracker, schnitten Brot) und zwinkerte mir zu, während ich einen Karton Bier zum Kühlschrank schleppte, «*so* gewichtig ist sie nun auch wieder nicht!»

«Meine Liebe», erklärte Patrick, eine Hand auf der Hüfte, die andere mit dem Glas wie zu einem Trinkspruch erhoben, «ich war schon gestürzt, als Louise zu Boden ging, und als sie aufprallte, *rutschte ich einen Meter in ihre Richtung*!»

Meine Frau lachte und wackelte mahnend mit dem Finger. «Patrick, du bist ein Lästermaul!» Patrick zündete sich selbstgefällig eine seiner französischen Zigaretten an, und sie setzte einen Topf Wasser auf.

«Übrigens», sagte ich, und in dem Augenblick wurde mir klar, daß mich das schon seit einiger Zeit verfolgte – um die Wahrheit zu sagen, seit ich mit Daffie geredet hatte –, «wo haben sie Roger hingebracht?» Das letzte wurde in relative Stille hinausgebrüllt, weil die Geschirrspülmaschine plötzlich weiterklickte, und meine Frau und Patrick zuckten zusammen. Auch ich erschrak irgendwie. Sie wandten sich ab. Ich senkte die Stimme. «Ich, äh, habe ihn im Eßzimmer nicht mehr gesehen.»

«Sie haben ihn in dein Arbeitszimmer gebracht», erklärte meine Frau. Sie tat einen Deckel auf den Topf und starrte ihn an, als wolle sie die Menge darin abschätzen. «Sie sagten, das Fernsehen störe sie.»

«Wirklich?» Ich zog das kalte Bier vor und packte die warmen Büchsen hinten hinein. «Ich glaube, es läuft noch nicht einmal.»

«Knud hat sich irgendwas angesehen.»

«Er ist eingeschlafen.»

«Weißt du, er hat mir heute abend eine wirklich *unheimliche* Geschichte erzählt», sagte Patrick und lutschte etwas von dem zerstoßenen Eis aus seiner Scharfen Schnalle.

«Knud?»

«Nein, Roger natürlich. Vor dem – vor...»

Während ich die Lebensmittel herumschob, um Platz für das Bier zu machen, entdeckte ich hinten eine alte Flasche Tequila, etwa noch zu einem Drittel voll. Mußte seit Jahren hier stehen.

«Er sagte, er kam eines Abends nach Hause, und Ros war verschwunden.»

«Daran ist doch nichts Unheimliches. Unheimlich wäre es gewesen, sie zu Hause anzutreffen. Sag mal, wann waren wir eigentlich zuletzt in Mexiko?»

«Vor achteinhalb Jahren, Gerald – aber unterbrich nicht. Erzähl uns die Geschichte, Patrick. Was ist passiert...?»

«Na ja, es ist sehr komisch», sagte Patrick. Er drückte seine Zigarette aus, seine glänzenden Augen blinzelten im Rauch, seine Stimme verlor etwas von ihrer gezielten Distanziertheit und bekam einen intimen Schmelz. «Er sagte, er kam eines Abends spät aus dem Büro nach Hause, und Ros war weg, aber an ihrem Platz, in einem Sessel am Fenster, saß eine merkwürdige alte Frau. Roger sagte, das einzige passende Wort für sie sei ‹Vettel›. Eine alte Vettel. Sie hatte langes, zotteliges weißes Haar, wilde, durchdringende Augen, einen Buckel, und sie war in erbärmliche Lumpen gekleidet. Er sagte, er sei merkwürdig voreingenommen gegen sie gewesen, als sei er einem schrecklichen Geheimnis nahe. Er fragte sie, weshalb sie gekommen sei, und sie erwiderte, man habe ihr gesagt, er sei ein guter Rechtsanwalt und könne ihr in ihrem Unglück helfen. Sie behauptete, sie besäße fabelhafte Reichtümer, die sie mit der ganzen Welt teilen wolle, die ihr aber ein böser und gehässiger Sohn weggenommen und in einer geheimen Höhle verborgen habe. Außerdem versuche ihr Sohn, sie für geisteskrank zu erklären und einweisen zu lassen, und sie wolle, daß Roger den Sohn zwinge, das Vermögen zugunsten aller freizugeben und ihre ungerechte Einsperrung zu verhindern. Na! Roger sagte, er habe sofort begriffen, daß sie in einer Parabel sprach, die nur für ihn bestimmt war, *er* war der selbstsüchtige Sohn, und sein Schatz – na ja, er sagte der merkwürdigen alten Frau, daß er, obwohl er Mitgefühl für ihre Misere habe, ihr Verlangen nicht erfüllen könne. ‹Pfui!› zischte die alte Frau. ‹Sie werden in der Hölle schmoren für ihre mangelnde Nächstenliebe!› Von seiner Schwäche gepeinigt, begrub er den Kopf in den Händen, und als er wieder aufsah, war die alte Vettel weg. Er lief zur Tür und fand Ros ohnmächtig draußen im Flur liegen, ihr Haar offen und zerzaust, die Kleider zerrissen.»

«Ohnmächtig –?»

«Das hat er jedenfalls gesagt. Ihr hättet seine Augen sehen sollen, als er uns das erzählte! Er sagte, er fürchtete um ihr Leben. Er trug sie ins Schlafzimmer, saß die ganze Nacht bei ihr, weinte Eimer voll, küßte sie fieberhaft und bat um Vergebung, bis sie schließlich zu sich kam. Er flehte sie an, ihm alles zu erzählen, was passiert war, aber sie sagte, sie könne sich an nichts erinnern, seit sie am Nachmittag die Bank verlassen habe.»

Wir beide starrten Patrick schweigend an, als die Geschirrspülmaschine plötzlich in den Klarspülgang hüpfte und uns alle auffahren ließ. Ich lachte. Meine Frau sagte: «Es muß ein Traum gewesen sein, meinst du nicht, Gerald?»

Selbst über das lärmende Mahlen der Geschirrspülmaschine konnten wir Mr. Drapers dröhnende Stimme auf der anderen Seite der Tür hören: *«Ja, ha, ha, man könnte sagen, ich habe eine Menge Zeit zur Verfügung!»* Patrick schreckte unruhig auf. «Möglich», sagte ich. «Oder vielleicht ein Stück, in dem Ros mitgemacht hat...»

«Die Zeit eilt, äh, heilt! Ja, ha, ha!»

«Meint ihr, sie behalten meine Pinzette?» fragte Patrick besorgt und zog seine Manschetten über die Handgelenke, die Augen auf die Tür gerichtet. «Sie ist aus echtem Silber!»

«Da wir gerade von Silber sprechen, ich habe vergessen, dir zu sagen, daß wir zu Cyril und Pegs großer Silberhochzeits-Party eingeladen sind», sagte meine Frau und spähte in den Wasserkessel. Die Art, wie sie den Deckel hielt, ließ mich an den Inspektor unter Ros' Rock denken.

«Sind sie schon hier?»

«Ein – ein Geschenk von meiner Mutter –!»

«Cyril und Peg? Ich glaube ja.» Sie tastete im Kühlschrank herum und fand einen Karton Eier. «Sind sie nicht mit Fats und Brenda gekommen?»

«Vater Zeit ist hier, Trunkenbolde! Ich meine, Tugendbolde!» sang Mr. Draper gut gelaunt vor sich hin, als er hereinpolterte und Patrick verstohlen hinter ihm hinausschlüpfte. Mr. Draper trug an beiden Armen eine Armbanduhr über der anderen wie Platten einer Rüstung, und seine Hose hing in Falten, wurde mit festgespannten dünnen Hosenträgern von den tiefen, ausgebeul-

ten Taschen nach unten gezogen. «Machen Sie schon, haha, es gibt kein besseres Geschenk als Zeit!»

Meine Frau legte mit einem Schöpflöffel die letzten Eier ins kochende Wasser, sah auf die Uhr, zog sie dann ab und übergab sie ihm. «Meine war Ihre erste, Mr. Draper», sagte ich und zeigte ihm mein Handgelenk.

«Nennen Sie mich Lloyd, mein Sohn! Sie – hoppla – hätte ich beinahe vergessen!» Der alte Mann langte in seine Hüfttasche und zog das Fleischmesser heraus, das der Inspektor gefunden hatte. «Iris sagte, ich soll Ihnen das wiedergeben.»

«Na, so was, danke, Lloyd. Das muß mal gut gespült werden.» Als sie es ins Spülbecken legte, trafen sich unsere Blicke. «Geht's dir gut, Gerald?» fragte sie und lächelte mich an, wie sie unseren kleinen Sohn anlächelte.

«Ja, ich – ich vergesse nur andauernd Sachen...»

«War da nicht noch einer, als ich hereinkam?» fragte Mr. Draper und spähte über seine Brille, gerade als Dolph hereinstapfte, um sich noch ein Bier zu holen.

«Er ist gegangen», sagte meine Frau und drehte den Hintern weg, als Dolph vorbeiging. Sie zwinkerte mir zu.

«Gott, habe ich einen Durst!» rief Dolph und riß die Kühlschranktür auf.

«Gerald hat gerade welches reingetan, Dolph.»

«Kalte vorne», sagte ich. Es fiel mir wieder ein, das Messer, einfach so im Raum wie ein Verweis, dann griff jemand danach, hob es auf...

Dolph zog ein Bier heraus, ließ es aufknallen, nahm einen langen Zug und hielt die Kühlschranktür weit offen.

«Entschuldigen Sie, mein Herr», lächelte Mr. Draper und trat vor (ja, Naomi, Naomi hob es auf und steckte es in ihre Tasche, Mrs. Draper befahl ihr, es wieder herauszunehmen – es mußte gewesen sein, kurz bevor Roger mich gerammt hatte). «Es ist Zeit –»

«Meine haben Sie schon, Trapper», murrte Dolph und wischte sich mit dem Ärmel über den Mund (und eine dicke Frau war in die Topfpflanzen meiner Frau gefallen, sie hatte Grünzeug im Haar wie Lorbeer und einen dummen Ausdruck auf dem Gesicht, als erinnere sie sich gerade an etwas, was sie lieber vergessen hätte). «Die mit dem Goldarmband mitten an Ihrem Arm – verlieren Sie sie nicht!» Er rülpste, und die Geschirrspülmaschine klickste aus. «Das ist besser!»

«Zeit wird nie verloren», erklärte Mr. Draper und reckte das Kinn, damit er einen herrschaftlich scheelen Blick über seine lange, warzige Nase werfen konnte, «nur verlegt!»

«Gott, was für ein Abend», schnaufte Dolph, den alten Mann ignorierend. Er schüttelte wie erstaunt seinen Stachelkopf und zog sich noch ein Bier heraus. «Da draußen sieht's langsam aus wie in einem gottverlassenen Warenlager, Gerry!»

Meine Frau wurde rot und wischte sich die Hände an ihrer karierten Schürze ab. «Ich räume gleich auf, Dolph.»

«Ist das Guacamole?» fragte Mr. Draper am Schlachterblock.

Die beiden Gläser Vermouth standen da, fahle grüne Lichttümpel auf der Ahornfläche neben dem dunklen Brei aus zerdrückten Avocados. Wie zwei Hälften eines Stundenglases. Ich eilte zum Kühlschrank, füllte den Eimer mit Eis. «Du hast recht, Gerry», sagte Dolph, der mich beobachtete («Es sind Avocados drin», erklärte meine Frau, «aber es ist nicht so scharf – möchten Sie probieren?»), «mit *dem* Ding könntest du auf Teufelkommraus keinen erstechen.»

«Ja, in der Tat, Madame – wenn Sie einen Löffel haben. Ich glaube, diese knusperigen Dinger riskiere ich lieber nicht. Neue Zähne aus dem Laden, wissen Sie.» Er grinste dämlich und schob sie ihr halb aus dem Mund entgegen.

Dolph zerdrückte seine leere Büchse, warf sie in den Abfalleimer und ließ dann, gewaltig rülpsend, die andere aufknallen. «Ich nehme den Eimer mit rein für dich, Gerry.»

«Danke, Dolph. Ach hier, die Flasche Tonic auch.»

Mr. Draper schmatzte großzügig mit den Lippen. «Ein Genuß, Senjoretta!» strahlte er. Sie lächelte wieder, aber weniger strahlend. Der Mut verließ sie, und ich konnte die Unruhe und Müdigkeit zurückkommen sehen. «Aber ich muß scheiden!» Er hob seine beschwerten Arme: «Zeit wiegt schwer, wie man sagt – ja, haha!» Und er verließ uns. Dolph war schon grußlos vorausgegangen.

«Mußt du auch scheiden?» fragte meine Frau, die Schürze zwischen den Händen zerknüllend.

«Jaja, die Pflicht», sagte ich und nahm die beiden Gläser auf.

«Irgend jemand...» Sie zögerte, starrte auf die Hände. «Jemand hat gesagt, da war eine Valentinskarte.»

«Was? Eine Valentinskarte?»

«In Naomis Tasche.»

«Mein Gott, was hat sie *nicht* darin gehabt! Selbst unseren –»

«Es wurde gesagt, sie sei von dir.»

«Von *mir*! Was, eine Valentinskarte an Naomi?» Ich wußte nicht, ob ich lachen oder beleidigt sein sollte. Aber sie schien zu zittern, also setzte ich die Gläser ab und nahm sie in die Arme. «He, hat Louise dich wieder bearbeitet?»

Sie wühlte den Kopf in meine Brust, legte die Arme um meinen Hals. Wenigstens, dachte ich, fragt sie nicht nach dem Mündungsschoner. «Gerald, ich habe Angst...»

«Nun komm schon, *du* bist mein einziger Valentinsschatz. Das *weißt* du doch», sagte ich und hob ihr Kinn, um sie zu küssen.

Aber plötzlich strömte schnatterndes Gelächter herein, als die Tür aufflog und Charley Trainer mit Woodys Frau Yvonne und einem großen mageren Mann hereinkam, den er als Earl Elstob vorstellte. Wir fuhren auseinander. Ich erkannte Earl an der nicht zueinanderpassenden Hose und Sportjacke, den grünen Socken und zweifarbigen Mokassins als den Typ, der vor kurzem mit Charleys Frau im Fernsehzimmer im Clinch gestanden hatte. Was ich vorher nicht gesehen hatte, war der entsetzliche Überbiß, der beinah sein Kinn verdeckte. Zweifelsohne einer von Charleys Versicherungskandidaten; er brachte sie oft mit auf Parties, um sie weichzuklopfen.

«He, hallo!» dröhnte Charley leutselig und schlang seinen freien Arm meiner Frau um die Taille; im anderen trug er Gläser und eine halbe Flasche Scotch. *«He, hallo!»*

Meine Frau holte ein frisches Handtuch. «Meine Güte! Ich habe so viel zu tun!» Und Earl Elstob grinste zahnlos und fragte uns, ob wir wüßten, was ein verkappter Schwerttanz sei. Charley Trainer ha-ha'te und polterte zum Kühlschrank hinüber, um ein paar Eiswürfel zu holen. Er bekam zwei zu packen, und ein halbes Dutzend fielen hinaus. «Du siehst wunderbar aus!» sagte er ganz allgemein in den Raum, und Yvonne, einen riesigen Blutfleck auf der linken Gesichtshälfte, streckte ihr leeres Glas aus und rief: «Recht hast du!»

Meine Frau nahm den Avocadodip und reichte ihn herum. Charley verschüttete beim ersten Eintunken die Hälfte davon auf den Boden. Grunzend bückte er sich, um ihn mit den Fingern aufzuwischen, schlug sich das Gesicht an der Kante der Schüssel in den Händen meiner Frau an und kam mit einem grünen Klecks wie eine Art Gemüsetumor über dem rechten Auge wieder hoch. «Was iss'n das überhaupt für 'n Zeug?» fragte er, sich die Finger ableckend. Big Chooch nannte man ihn damals in seinen Football-Tagen am College: Choo-Choo Trainer, der letzte der Dampfwalzen-Stürmer. In jenen Tagen konnte er manchmal aufgehalten, aber selten umgelegt werden: Jetzt konnte man ihn nach der Happy Hour jederzeit mit dem kleinen Finger umschubsen.

«Einer, wo das Chwert in der Cheide bleibt!» johlte Earl, gerade als meine Schwiegermutter, über so viel Lärm die Nase rümpfend, hereinkam, um Kekse und Milch für Mark zu holen. Charley wich ihr aus, zertrat dabei Eiswürfel und stolperte gegen die Küchenschränke, daß die Sachen darin klapperten.

«Da ist Vanillepudding für ihn drin, Mutter», sagte meine Frau und wechselte einen vorsichtigen Blick mit mir. «Hinter dem Bohnensalat.»

«Schläft Mark noch nicht?» fragte ich. Yvonne schien zu weinen.

«Noch *nicht*!» fauchte meine Schwiegermutter und bedachte mich mit einem widerlich durchdringenden Blick, in dem mehr lag als bloßer Tadel. Sie schlug die Kühlschranktür zu, schnappte sich eine Bonbonschachtel vom Schrank und pflanzte mit zusammengebissenen Zähnen einen Schokoladenknopf – *fplopp!* – wie eine Art unumstößliches Urteil mitten auf die kleine Puddingschüssel.

Charley Trainer, der darauf starrte, wurde plötzlich schlaff und verdrossen, seine dicken Backen sackten herab. «Das arme verdammte Kind...», murmelte er unter Tränen, während der Avocadodip ihm über die Augenbraue rutschte, als schmelze er. Meine Frau, den Finger vor den Lippen, schüttelte den Kopf in seine Richtung.

Charley starrte sie benebelt an, verstand nicht, machte den Mund auf, um zu sprechen, und meine Frau packte verzweifelt wieder den Dip: «Charley! Noch ein bißchen...?» Yvonne unterdrückte einen Schluchzer.

«Aber... aber ich habe sie geliebt –!»

«Haben wir alle, Charley. Hier...»

Mir selber verkrampfte sich die Brust, und ich hatte plötzlich das Gefühl, ich müßte hier raus (Mavis über der Leiche, mit den Kiefern mahlend: es war, als versuche man einen Schlüssel in einem eingerosteten Schloß zu drehen, ich hatte das Gefühl, meine Brust sei ein eingerostetes Schloß), aber als ich die Gläser nahm und gehen wollte, platzte Tania mit klingenden Armreifen herein, hielt ihr blutgetränktes Kleid von sich weg, als sei heiße Suppe darauf verschüttet und schrie: «Mein Gott, guckt euch das an! Was soll ich bloß *tun*!»

Meine Schwiegermutter warf einen Blick darauf und antwortete sachlich: «Es sollte in einer Chlor-Kalzium-Lösung eingeweicht werden. Wenn das nicht funktioniert, versuchen Sie es mit Kleesalz.»

«Proteinseife tut's genauso», sagte meine Frau und stellte die Flamme unter den kochenden Eiern ab. «Eine Minute, dann hol ich dir welche, Tania.»

Ihre Mutter zog verächtlich die Nase hoch und marschierte mit der Milch und dem Pudding hinaus, das Kinn hielt sie hocherhoben, ihre alten dunklen Nylons sirrten mißbilligend. Earl Elstob hielt ihr die Tür auf, während er an seinem Drink schlürfte. «Einer, wo – *schlups!* – das Chwert in der Cheide bleibt?» wiederholte er hoffnungsvoll. Yvonne hatte das Gesicht in den Händen vergraben, ihr kurzes glattes Haar, das rasch grau wurde, hing wie ein Vorhang vor dem Gesicht. Es war das erste Mal, daß ich sie zusammenbrechen sah seit dem Tag, an dem sie von ihrem Brustkrebs erfahren hatte.

Tania nahm das Steakmesser in die Hand, mit dem Patrick die Grapefruit aufgeschnitten hatte, und berührte die Spitze mit der Fingerkuppe. «Janny hat auch geweint», sagte sie und linste Charley über ihre Halbbrille an.

«Janny ist nicht sehr flexibel», knurrte Charley entschuldigend und wischte sich den grünen Dip aus dem Auge.

Yvonne hob den Kopf, schüttelte das Haar aus dem Gesicht (ich sah nun, daß ihre Wimpern auf der blutbespritzten Seite dick verklumpt waren und ihre nachgestrichelte Augenbraue weggewischt war: Es sah aus, als sei diese Seite ihres Gesichtes am Verschwinden), putzte sich die Nase und jammerte: «Gott hat mich in den Nippel gekniffen, Charley!»

«Na, dann kneif *zurück*, Yvonne! Gottverdammt!»

Tania hatte das Käsemesser auf dem Frühstückstisch entdeckt und untersucht und durchstöberte nun die Schubladen mit dem Silber und den Küchengeräten. Meine Frau sah besorgt vom Küchenbecken auf, wo sie das Wasser von den Eiern abgoß. «Brauchst du etwas, Tania?»

«Ja», sagte Tania und schloß eine Schublade, während Charley durch das Zimmer schwankte, Eiswürfel in Drinks und auf den Boden fallen ließ und Scotch ausgoß, «vielleicht wasche ich tatsächlich das Kleid aus.»

«Die Seife ist oben im Badezimmer», sagte meine Frau. Sie ließ kaltes Wasser über die Eier laufen. «Im Schränkchen unter dem Becken oder im Handtuchschrank – Gerald, könntest du sie holen? Sie ist in einer blauen Schachtel...»

«Klar...» Kräuterduft stieg mir aus den kühlen, schwitzenden Gläsern in meinen Händen in die Nase, und das mittlerweile vertraute Gefühl von Zeitdruck überkam mich wieder. «Sobald ich –»

«Ist das für meine Frau?» Es war Alisons Mann, der hinter mir in der Tür stand. Eine Hand hatte er in der Jackentasche, den Daumen wie einen Haftbefehl gegen mich gerichtet, mit der anderen hielt er eine Meerschaumpfeife vor den Mund. «Sie hat *gewartet...*»

«Ah! Ja, ich wollte gerade –»

«Zwei? Na ja...» Er klemmte die Pfeife zwischen die Zähne, nahm beide Gläser, als treibe er widerwillig seinen Beuteanteil ein. «Ich kümmere mich darum.»

«Na, *da* geht aber ein schöner Mann!» rief Yvonne, als die Tür zuschlug, und Earl Elstob fragte wie plötzlich inspiriert: «Chagt mal, he! Kennt ühr dü bechte Art, wü man – *schlups* – herausfündet, ob ein Mädchen kützelüg ücht?» Charley fischte im Kühlschrank herum, und die Sachen darin schepperten und klirrten.

Er kam, Platten und Bierflaschen mit sich ziehend, mit der Flasche zum Vorschein, die mir vorher aufgefallen war, hielt sie, spöttisch das Etikett anstarrend, auf Armeslänge von sich, zuckte dann die Achseln und goß sich etwas in sein Scotchglas. «Sieht aus wie Don Juche!»

«Juan?»

«Ja, oder der Scarlet Pippin – Pimpel – wie zum Teufel –?»

«He!» Charley lachte, die Flasche schwenkend. «Wißt ihr, warum der –?»

«Pimpernel», sagte meine Frau.

Tania nahm meinen Arm. «Komm, Gerry. Laß uns saubermachen gehen.»

«Nein, wartet mal!» knurrte Charley. «Bloß 'ne – ha ha! – bloß 'ne verdammte Minute! Warum stößt der Mexikana seine Frau, bis sie – ha ha! – vonner Klippe fällt?»

«Oh, das icht cho was wie – *schlups* – wie 'ne Muß-Heirat», gluckste Earl und zog die Spucke hoch.

«Guck auch mal nach dem Toilettenpapier, wenn du oben bist, Gerald!» rief meine Frau, als Tania sich bei mir einhakte, mich durch die Tür zog und flüsterte: «Ich muß dir was zeigen, Gerry – was Komisches!»

«Kennt ihr, ho, den Fall von der Frau oder –»

«Was für 'ne Kli-hi-hippe?» heulte Yvonne.

«Und Handtüchern!»

»Also – ha ha! – wartet ...!»

Als wir uns auf dem Weg zum Flur durch die Leute um den Eßtisch kämpften, sagte Tania: «Sekunde, bitte», und kramte herum, um ein paar Messer und Fleischspieße zu inspizieren. Ihr Kleid knisterte, wenn es an anderen entlangstrich. Drüben beim Sideboard diskutierte Alison Tanias Gemälde mit Mrs. Draper, zeigte auf etwas, nahm dann «Susannas» Pose an, eine Hand unten vor sich, die andere mit dem Vermouth vor der Brust, und sah über die Schulter zurück. Unsere Blicke trafen sich, und sie lächelte strahlend, ließ die Pose fallen, als wäre sie immer noch Susanna und entblöße sich. Sie prostete mir mit dem neuen Glas Vermouth zu und winkte mich mit einer Kopfbewegung zu sich.

«(Gleich!)» formte ich mit dem Mund, zeigte auf Tanias breiten Rücken (sie ließ etwas in die Tasche ihres Kleides gleiten) und warf ihr dann eine Kußhand zu, gerade als ihr Mann, der im Eingang zum Fernsehzimmer stand, sich umdrehte und die Pfeife in den Mund steckte. Er erstarrte für eine Sekunde, die Zähne um die beinweiße Pfeife gebleckt, und stierte mich an. Ich wischte mir mit der Hand mit dem Kuß darin über die Lippen, als habe ich etwas Heißes im Mund. Alison sah verdattert aus. Ihr Mann zündete sich im Halbdunkel hinter ihr nachdenklich die Pfeife an.

«He, die Frikadellen mit Meerrettich sind Wahnsinn, Ger! Gibt's noch was von dem Dip?»

«Äh... wahrscheinlich. In der Küche, Talbot. Frag meine Frau.» Vorhin hatte Iris Draper etwas über das dämmerige Licht hier drin und die relative Helligkeit der Räume darum herum gesagt und es mit einer Seher-Zeremonie oder dergleichen verglichen, auf die sie bei ihren Vergnügungsreisen gestoßen war, und obwohl ich eben ihr Geplapper über «Geheimkammern» und «Illuminaten-Geheimnisse» naiv und pedantisch gefunden hatte, schien es mir jetzt merkwürdig aufgeladen, während ich auf die kerzenbeleuchteten Gesichter meiner Freunde – gezeichnet, faltig, blutig – um den Tisch blickte (Alison war von Iris und ihrem Mann zu dem Bild zurück gezogen worden und schien sich dort jetzt glänzend zu spiegeln). «Was ist denn mit deinem Ohr los, Talbot?»

«Bin damit gegen den Scheiß-Kamin geschlagen.»

«Oje, oje! Sieht schlimm aus, hast du's Jim gezeigt?»

«Ja, er mußte es mit drei Stichen nähen. Hat verdammt weh getan. Ist aber 'ne gute Entschuldigung, mehr Betäubungsmittel zu schlucken – oh, oh, das alte Hauskreuz ruft. Ich sollte ihr eine von diesen feinen Dingsbums in der Muschel bringen. Bis gleich.» Wo er gestanden hatte, gewahrte ich eines von Gingers Taschentüchern auf dem Boden und bückte mich, um es aufzuheben, desgleichen ein paar Zahnstocher, Löffel, ein Senfmesser, Petersilienzweiglein und eine zerrissene Cocktailserviette. Der Scherz auf der Serviette zeigte, als ich sie zusammensetzte, einen verängstigten jungen Freier mit schlotternden Knien, der einen über ihm thronenden wutschäumenden Vater fragte:

«Darf ich darum bitten, mit Ihrer Tochter in den heiligen Ständer der Ehe zu treten, mein Herr?»

Jemandes Brust berührte meinen Ellbogen. «Hi, Gerry.»

«He, Michelle.» Ihre Brust nestelte sich in meine Armbeuge, als suche sie Schutz. «Alles in Ordnung?»

«Ich glaube, ja. Schrecklich, nicht?»

«Wo ist denn der verdammte Scotch geblieben, Ger?»

«Charley hat ihn in der Küche.»

«Ist der so nüchtern, daß er da gut aufgehoben ist?»

«Ich weiß nicht, Noble – aber da unten im Schrank ist noch mehr.»

«Hör mal.» Er beugte sich vor, das tote Auge auf uns gerichtet, das gute auf der Hut. Nobles Atem war nicht ganz frisch. «Choochs Frau weiß was», flüsterte er, und Michelle wich einen Schritt zurück.

«Janny? Die weiß nicht mal die Tageszeit.»

Noble zuckte mit den Schultern, seine Lider hingen schwer herab. «Vielleicht. Aber sie hat mit den Bullen geredet. Ich glaube, sie nennt Namen. Ich würde es mal checken, wenn ich du wäre.» Er nahm mir Gingers hingefallenes Taschentuch aus der Hand, ließ beiläufig sein falsches Auge hineinplumpsen und knotete es zu.

«Komm jetzt», sagte Tania und nahm mich bei der Hand. Auf der anderen Seite des Zimmers (Michelle «oh'te», als Noble mit schiefem Blick das Taschentuch aufknotete und ihr zeigte, daß es leer war) bewegten sich Alison und ihr Mann parallel zu uns zum Wohnzimmer, und wieder ertappten wir uns dabei, daß wir uns verstohlene Blicke zuwarfen. Was hatte sie an dem Abend gesagt, an dem wir uns kennenlernten? Ich hatte von der Erfindung der Zuschauer gesprochen, Theater als Kunstgriff, ein Wettspiel gegen die Zeit. «Ja», hatte sie gesagt, mich über die Rüschen an ihrer Kehle anlächelnd (ich drückte Tanias Hand ein wenig, wie ich zweifelsohne an dem Abend im Theater die Hand meiner Frau gedrückt hatte), «und deshalb ist das Leben der Schauspieler, das man für oberflächlich hält, im Grunde tragisch, das der Zuschauer komisch.»

Der kleine Polizist, der namens Fred, schob sich vom Vorderzimmer herein und versperrte mir die Sicht auf sie. Am Tisch suchte er drei oder vier Gabeln aus, hielt sie hoch (Noble zwang sein Augenlid auf und offenbarte das falsche Auge wieder an seinem Platz, die goldene Rückseite nach außen: Michelle japste), wählte eine und wandte sich zum Gehen, wurde aber von Woody, Rogers Kanzleipartner, angehalten. Sie steckten einen Augenblick die Köpfe zusammen, genau beobachtet von Tanias Mann Howard, der mit funkelnden gebrochenen Brillengläsern stockstill gegen die Wand gelehnt stand. Ehe ich sie aus den Augen verlor, deuchte mich, Woody habe dem Bullen Geld gegeben.

«Wer spielt da unten eigentlich Darts?» fragte Tania im Flur.

«Ich weiß es nicht.» Ich dachte noch über Noble nach, sein von Vorahnungen verdunkeltes pockiges Gesicht: Ros hatte mir erzählt, daß er sie einmal brutal behandelt habe. Unten konnte man immer noch die Darts auf das Brett aufprallen hören, aber die Unterhaltung, wenn eine stattfand, wurde nicht die Treppe hochgetragen. «Cyril und Peg vielleicht.»

Tania dachte darüber nach, die Schnüre ihres Bauernkleides um einen Finger wickelnd. Noble habe versucht, ihr den Stiel einer Haarbürste den Hintern hochzuschieben, hatte sie gesagt, anscheinend als Teil eines weiteren Amateurzaubertricks, und als es nicht ging, habe er sie mit dem anderen Ende geschlagen. Im Eingang zum Wohnzimmer («Ich bin nicht prüde, Gerry», hatte Ros erklärt, «aber sie hatte noch nicht einmal abgerundete Kanten – Was hat ihn bloß so in Harnisch gebracht?»), betupfte Jim Daffies Ellbogen mit einem nassen Wattebausch. Anatole und Patrick sahen zu. Daffie machte eine Bemerkung zu Anatole, die ihn erröten ließ, sah dann auf und zwinkerte mir zu.

«Merkwürdig», sagte Tania und schwenkte den Arm in einer Art Gruß an ihren Neffen, als sie vorbeiging, «Peg redete gerade über Ros. Sie sagte, sie sei immer ein wenig eifersüchtig auf Ros gewesen, weil sie trotz des verrückten Lebens, das sie führte, nie unglücklich war, soweit man sehen konnte, während Peg, begabt, wohlerzogen, ordentlich, seit über vierundzwanzig Jahren ohne einen ernsthaften Streit oder einen einzigen Seitensprung behaglich mit Cyril verheiratet, nicht wirklich behaupten konnte, auch nur einen einzigen Tag im Leben glücklich gewesen zu sein. Es erscheine ihr so unfair, sagte sie, wie all die

Dinge, mit denen man geboren wird und die man nicht ändern kann.» Tania blieb am Fuß der Treppe stehen, um zu mir zurückzuschauen, eine Hand, knotig von mit schweren Juwelen besetzten Ringen, ruhte auf dem Geländer, und ich dachte an Ros, die in einem Stück, in dem sie eine stattliche mittelalte Matrone spielen sollte, leichtfertig eine breite, überladene Treppe herunterhüpfte, um die Nachricht vom Tod ihres Mannes entgegenzunehmen, den sie selbst vergiftet hatte. «Aber dann sah Peg eines Tages Ros in schrecklichem Zustand, aufgelöst, den Tränen nahe, und die Ursache war einfach, daß Ros versuchte, ihre Rolle für ein Stück zu lernen, was sie immer beinah unmöglich fand. Sie sagte, es sei eine Offenbarung gewesen, nicht in bezug auf Ros, sondern in bezug auf sie selbst: Sie sagte, sie würde ihre Ehe nie wieder so sehen wie vorher!» Tanias dunkle Augen furchten sich vor Belustigung, als sie daran dachte, die Unterlippe blieb ihr zwischen den strahlend weißen Zähnen hängen. Dann sagte sie: «Die Wunde – sie ist nicht von dem Messer, weißt du. Sie sah eher aus wie ein Stich als ein klaffender Riß...»

«Ja, so sah das für mich aus.»

Als wir die Treppe hinaufstiegen, konnte ich über Jim und Daffie und ihr Publikum ins Wohnzimmer sehen, wo Inspektor Pardew seinen beiden Assistenten etwas zu demonstrieren schien. Ros war nicht zu sehen, aber ihr Kreideumriß, am Herzen blutgetränkt, war deutlich sichtbar, umstanden von den Beinen der Zuschauer. Dort drin sah immer noch alles ziemlich zerschlagen und durcheinander aus, aber das Seltsame aus diesem Blickwinkel war das verwickelte Arrangement von Kreideumrissen, das mich an alte Sternenkarten mit ihren Punktzeichnungen von den Konstellationen erinnerte.

Auf dem Treppenabsatz blieb Tania vor einem weiteren ihrer Gemälde stehen und setzte sich die Brille auf die Nase. «Guck mal», sagte sie. Es war ein Gemälde der «Eisjungfrau», ein außergewöhnliches Selbstportrait in Gletschergrün und Kristallblau, wie von der Oberfläche eines eisigen Bergsees aus gesehen. Die Eisjungfrau – Tania – schwamm auf den Betrachter zu, ihr erregtes Gesicht mit den hohen Wangenknochen von etwas zwischen Lust und Terror verzerrt, ein Goldring tief in der

Kehle ihres aufgerissenen Mundes, ihr rechter Arm ausgestreckt. Saphirberingte Finger griffen nach der Hand eines unsichtbaren Schwimmers, wie Adam nach Gottes Hand in all diesen europäischen Gemälden. Aus den verschütteten städtischen Straßen ihrer Kindheit wirbelten hinter ihr – unter ihr – durch eine phantastische Tapisserie aus kristallenem Eis: matte, gefrorene Abbilder aus ihren anderen, bis dato entstandenen Gemälden – «Der Zeitdieb», «Der tote Junge», unsere «Susanna», der gefolterte «Heilige Valentin» mit seiner blutigen Erektion, die orgiastischen Paare der «Rechtgläubigkeit» und die tanzenden «Unreinen Personen», «Die Henkerstochter» bei ihrem Fall auf die vier Buchstaben, die rechtsverdrehenden Geheimen Staatsräte, die eine Versammlung über «Gullivers Petermann» abhielten, plus einer Anzahl weiterer, die ich nicht kannte, und einem von diesen, einer erstaunt verharrenden Frau, war das Gesicht ausgekratzt worden.

«Mein Gott!» rief ich. «Wer hat das getan –?»

«Das wollte ich dir zeigen.»

«Das ist ja – das ist *schrecklich*!» Ich berührte die verschrammte Stelle.

«Macht einem ein komisches Gefühl, nicht? Als hätte jemand ein Loch in die Welt gemacht...»

«Aber das Mädchen, ich war mir nie sicher – es war Ros, nicht?»

Tania nickte. «Es sah ihr nicht sehr ähnlich. Ich habe es aus dem Gedächtnis und nach anderen Skizzen gemalt.»

«Kenne ich das Gemälde, aus dem es stammt?»

«Nein, ich habe es nie zu Ende gebracht.» Sie schien einen Augenblick darüber nachzudenken, auf das ausgelöschte Gesicht starrend, als würde sie wie die Eisjungfrau hineingezogen. «Hast du je das Stück *Blaubarts Geheimnis* gesehen, das –»

«Ja, Ros hatte eine kleine Rolle. Oder Nicht-Rolle. Der einzige Grund, aus dem wir hingingen. Ich... na ja, ich glaube, ich –»

Tania lächelte. «Ich weiß. Die ganze selbstmitleidige Melodramatik, der falsche Symbolismus, das aufgebauschte Geschrei und Getue über freien Willen und Notwendigkeit – größtenteils unreife Mystifizierung und ein paar nackte Busen. Aber es gab mir eine Idee für ein Bild ein, Gerry – mehr als eine Idee: es war wie eine Art Zwang, ein verzweifeltes, beinah überwältigendes Gefühl. Ein Bild ist manchmal so. Es kann der trivialsten Vorstellung oder Idee entspringen und sich plötzlich wie die Monster im Kino verwandeln und einen überwältigen. Das ist mir mit ‹Blaubarts Kammern› passiert. Ich kam nach Hause mit nicht mehr als der Vorstellung von Türen, der Farbe Blau vom Licht der Scheinwerfer, die sie benutzten, und Ros. Und doch –»

«Aber sie hat doch kaum –»

«Ich weiß, das war es ja gerade. Wenigstens zum Teil. Ich wollte viele Türen in meinem Bild haben, Türen aller Größen, geschlossene, teilweise offene, bloß leere Türrahmen, keine Wände. Aber die verschiedenen Winkel der Türen sollten eine komplizierte Kreuzschraffierung verschiedener Ebenen beinhalten und sich auf eine Fülle unzusammenhängender Szenen öffnen, unzusammenhängend nicht nur in bezug auf Inhalt, sondern auch auf Perspektive, Dimension und Stil. In manchen Fällen sollten sie sich sogar auf weitere Türen öffnen, auf Irrgärten von Türen wie Spiegelkabinette – und das einzige in sich geschlossene Bild sollte Ros sein. Wie du sie da siehst.» Als sie sprach, konnte ich die Welle der Erregung fühlen, die sie empfunden haben mußte, während die Idee in ihr wuchs und sie ausfüllte, als würde ihr Gehirn, das sechste Sinnesorgan, erotisch massiert. Ich liebte diese Kraft, die sie hatte: erregt zu sein. Es war eine Art Unschuld. «Bloß aus allen Blickwinkeln, auch von oben und unten, manchmal im Maßstab zu der Szene um sie herum, manchmal nicht, manchmal nur ein Ausschnitt von ihr, der auch komisch verzerrt sein mochte, doch im wesentlichen dieselbe Grundpose, ein Geschöpf, seiner Funktion enteignet. Und wenn sie in ihrer eigenen Vervielfältigung verschwand, würde hoffentlich Blaubart selbst, wenn auch bloß in der Farbe des Bildes gegenwärtig, als die einigende Kraft des Ganzen hervorgetreten sein.» Sie seufzte mit bebender Stimme. «Aber ich wurde nicht damit fertig. Zu viele Türen auf einmal, könnte man sagen.» Es war wie eine verebbende Flut. Ihre Stimme wurde weicher, leiser. «Und Ros war nicht bloß zappelig – sie war beinah quecksilbrig. Nie zweimal die gleiche Pose – nicht einmal in derselben Minute. Aber die Farben waren gut und brachten mich schließlich zu diesem Bild, das ich seit Jahren versuchen wollte.» Sie starrte jetzt ihr eigenes Abbild an, schön, aber erschreckend in seiner Intensität. «Ich glaube, wenn ich es jetzt noch einmal versuchen würde... den ‹Blaubart›, meine ich...»

Sie beendete den Satz nicht, aber ich hatte das Gefühl, ich kannte ihn: Sie würde versuchen, die Gesichter aller Ros-Figuren auszukratzen, genau wie es hier war. «Warum nicht, Tania? Vielleicht bist du jetzt soweit.»

Sie lächelte flüchtig, ein paar Strähnen ihres schwarzen Haares um einen langen, spitzen Fingernagel drehend, der tiefrot lakkiert war. «Es ist zu spät, Gerry...» Automatisch sah ich auf mein nacktes Handgelenk. Unter uns stritten Leute geräuschvoll über das, was sie vor der Entdeckung von Ros' Leiche gesehen oder gehört hatten, und ich hörte, wie mein Name fiel. Tania berührte meinen Arm. «Komm. Wir sind so weit gekommen, da können wir auch diese Flecken auswaschen.»

Als wir hochgingen, ertappte ich mich wieder bei dem Gedanken an jene Stadt in Italien, ein Treppenhaus, das Hotel wahrscheinlich, in das ich das Mädchen mit den Hasenohrenschamlippen mitgenommen hatte – nein, Moment: eine Stadt weiter nördlich. Paris. Ja, ein Haus ohne Aufzug («Ich stelle ihn mir als Mann vor, weißt du», sagte Tania, die anscheinend immer noch über Blaubart redete, «der alles, was er hatte, mit der Welt teilen wollte... aber nicht konnte...»), eine nackte Glühbirne auf dem Treppenabsatz. Über einem algerischen Restaurant am linken Ufer. Mit wem war ich da? Merkwürdigerweise schien es Alison zu sein. Aber später, auf dem Bidet –

«Manchmal denke ich, die Kunst ist feige, Gerry. Schirmt uns von der Wahrheit ab...»

«Na ja ... vorausgesetzt, die Wahrheit ist es wert, daß man sie kennt...» Dies Gespräch hatten wir schon mal geführt. Vics Tochter Sally Ann hing oben an der Treppe über dem Geländer und beobachtete uns.

«Mit anderen Worten, das Gesicht auskratzen war letzten Endes dasselbe, wie es zu malen...»

«Nein, zum einen braucht man Talent, Genie, zum anderen –»

«Ah! Aber du sagst nicht zu welchem!»

Auf Sally Anns Bluejeans direkt über dem Zwickel war ein neuer Flicken – das erste, was ich, um die Wahrheit zu sagen, sah, als wir an ihr vorbeistiegen –, auf dem in hellen fleischigen Farben «SÜSSE FRÜCHTE» stand. Sie lehnte am Geländer, den Körper vorgebeugt, und drehte sich eine Zigarette. Oder vielleicht einen Joint. «He, dein Vater sucht dich», sagte ich, und dann stieß ich, weil sie mich so intensiv anstarrte, den Finger in ihren nackten Nabel und setzte hinzu: «Schleckernabel.»

Sie sprang zurück und ließ ihr Werk die Treppe hinunterfallen. «Ach, Gerry, das ist bescheuert!» Sie gab mir einen Klaps auf die Hand, tänzelte dann den Treppenabsatz hinunter.

«Jemand hat ein Auge auf dich geworfen, Gerry», beobachtete Tania.

«Ich hatte immer schon mehr Glück mit Dichterinnen als mit Malerinnen.» Ich seufzte und bückte mich, um auf der obersten Treppenstufe ein weiteres Taschentuch von Ginger aufzuheben. In Paris trug ich, als ich die Treppe hinaufstieg, ein paar Bücher mit schlichten grünen Umschlägen, einen an einem Stand an der Seine gekauften Druck, und ich bückte mich wegen... wegen... einer Münze? Eines Ringes? Eines Knopfs vielleicht, eines Messing- oder Silberknopfs...

Die Badezimmertür war geschlossen. Ich wollte klopfen, aber Tania mit ihrer üblichen Ungezwungenheit spazierte einfach hinein. «Na, *das* ist ja eine schöne Bescherung», erklärte sie und stellte den Ventilator an. Dickie war da drin und säuberte über der Toilette Naomis Hintern. Sie saß rittlings auf dem Ding, vornübergebeugt und mit dem Gesicht zur Wand, den Rock hochgesteckt, die Ellbogen auf dem Spülkasten. Dickie sah sehr unglücklich aus, rauchte zum Selbstschutz mit einer Hand und tupfte mit der anderen ungeschickt auf ihrem dicken Hintern herum. Seine Hemdsärmel waren hochgerollt, sein kariertes Jackett hing am Türhaken. «He, Ger! Gerade rechtzeitig!» rief er und schnippte seine Kippe in die papierverstopfte Schüssel. Ich sah, daß er das ganze Toilettenpapier auf der Rolle und eine Packung Kleenex aufgebraucht hatte. «*Du* bist der Gastgeber, *du* kannst ihren gottverdammten Arsch abwischen!»

«Nein danke, du machst das gut», protestierte ich, aber er

wusch sich schon die Hände. Ja, die Restaurantgerüche unten, das knarrende Treppenhaus, die nackte Glühbirne, das Bidet – kaltes Wasser. Und ein kleinerer Popo, rundlich, aber wie eine kleine rosa Birne, sanft gekniffen von den Bidetlippen, nicht so eine große Melone wie diese – ah! die meiner Frau!

«Es ist mir so *peinlich*», sagte Naomi. Ich war direkt hinter ihr, hockte vor dem Handtuchschrank und suchte neues Toilettenpapier (diese Kniebeugen, diese Kinderaugenperspektive!), und die Stimme schien aus ihrem drohend aufragenden Hintern zu kommen. «Ich habe so etwas noch nie getan – wißt ihr, auf einer Party in die Hose gemacht. Aber ich hatte solche Angst –!»

«Das nennt man eine durchschlagende Erfahrung, Nay», sagte Dickie und griff nach einem Handtuch. Ich fand auch Tanias Proteinseife da unten. Nur, daß sie in einer weißen Schachtel mit blauer Schrift war und nicht in einer blauen Schachtel. Ich bemerkte einen abgegriffenen Holzgriff hinter der Seife und zog ihn hervor – einen alten Eispfriem! *Wo kam denn der her –?!* «Gott im Himmel! Selbst die Handtücher sind voller Scheiße!»

Dickie kam, um sich ein sauberes aus dem Schrank zu holen, und ich schob das Ding beiseite, bedeckte es hastig mit dem nächsten griffbereiten Tuch. Es war unheimlich; ich hatte seit Jahren keinen gesehen – soweit ich mich erinnern konnte, das letzte Mal im Haus meiner Großmutter, als ich noch ein Junge war – es war beinah, als ob …

«Was ihr braucht, ist ein Bidet», sagte Tania, die Seifenpulver in die Badewanne streute und das Wasser mit den Händen aufschäumte.

«Was –?!» Ich schnappte nach Luft. Naomis Hintern ragte über mir auf, schien mich mit einem mißtrauischen einäugigen Blick zu beobachten, der rosa Mund darunter aufgerissen wie in ungläubigem Erstaunen.

«Ein Bidet. Dafür sind sie da, weißt du, zum Hintern waschen.»

«Ja klar, aber merkwürdigerweise dachte ich – dachte ich gerade über –»

«Ist es denn die Möglichkeit», sagte Dickie und warf das Handtuch über Naomis gebeugten Rücken. «Ich dachte immer, sie wären zum Bierkühlen.» Er neigte sich zum Spiegel vor, kratzte an einem Bluttüpfelchen vor seinen goldenen Koteletten. «Ach, übrigens, Ger, ich weiß nicht, ob du auf dem Weg hierhin gesehen hast, was von dem armen Schwein übriggeblieben ist, aber Roger weilt nicht mehr unter uns, das weißt du.»

«Roger –?!» Es war, als fielen eine Reihe schwerer Tore zu und als schnappten Schlösser ein wie blockierte Getriebe. Ich stolperte auf die Füße.

«Ich wußte es!» stieß Tania hervor. Sie umschlang ihre Arme mit nassen Händen.

Dickie zog den Reißverschluß seiner weißen Hose auf und stopfte den Hemdenschoß hinein, stirnrunzelnd über die Blutflecken auf seiner Weste. Ich stützte mich am Regal ab. «Aber... aber wer –?»

Er zog im Spiegel die Augenbrauen hoch, als wolle er sagen, das wußte ich doch bereits. Und ich wußte es. «Sie haben Krokethämmer benutzt», sagte er und zog mit einer Grimasse den Reißverschluß zu. «Die beschissene große Inquisition, Ger – es war entsetzlich.»

«Aber hast du es gesehen? Konntest du nichts machen?»

Dickie, von Lampen eingerahmt, lächelte enigmatisch. Ich erinnerte mich nun an den dumpfen Ton der Schläge der Polizisten, die Schreie, das Knüppeln, die plötzliche Stille: Wir alle wußten, was sie tun würden, als sie Roger aus dem Zimmer brachten. Vielleicht hatte man es mir sogar gesagt...

«Dickie hat sie gebeten, aufzuhören», sagte Naomi hinter ihrem Hintern. «Aber sie nahmen überhaupt keine Notiz von ihm, es war, als könnten sie ihn nicht einmal hören, vielleicht wegen der Schreie, sie standen irgendwie die ganze Zeit auf seinem Kopf. Und wir konnten nicht bleiben, ich fing wieder an zu... wieder an zu pupsen...»

Dickie schlug seine Manschetten hinunter, knöpfte sie zu, rückte die Krawatte zurecht. «Woody sagt, die Bullen hätten Notwehr geltend gemacht», sagte er und zupfte sich ein Haar vom Hosenschlitz. Er fuhr über seinen Schädel, zog einen Kamm heraus.

Tania drehte die Wasserhähne zu, stützte sich an der Wanne ab und kam langsam auf die Füße. «Notwehr. Ja... vielleicht war es das...» Tränen verschleierten ihre großen dunklen Augen. Sie hatte mit mir im Flur gestanden, als die beiden heute abend angekommen waren, Ros lächelnd, strahlend, Roger nervös wie üblich im Bestreben, seiner Panik Herr zu werden, als Ros sich ins Wohnzimmer stürzte und alle umarmte – es schien so lange her zu sein! Wie eine Art Prähistorie, ganz weit weg, verloren, eine unmögliche Vergangenheit... «Er war schließlich das Gefährlichste auf der Welt: ein Kind...»

«Hallo, Leutchen! Euer alter Zeitnehmer!» brüllte Mr. Draper und schob sich schwer herein, seine glitzernden Arme ausgestreckt wie ein Roboter. «Geben Sie bloß die Zeit her, jederzeit! Ja, haha!»

Dickie, der sich sorgfältig das feine blonde Haar über die dünne Stelle oben zurückkämmte, grunzte, zog seine echtgoldene Armbanduhr ab und hielt sie, sich immer noch im Spiegel prüfend, Mr. Draper hin: Gerade da flackerte eine der Glühbirnen um den Spiegel auf und ging aus.

«He!» rief Dickie mit ausgestrecktem Arm. Die Uhr baumelte am Ende, als hinge sie am selben Stromkreis wie die Birne.

«Alles, was ich bis jetzt gemalt habe», seufzte Tania, die auf ihr Kleid hinunterstarrte und die Schnüre zwischen den Händen verknäuelte, «ist Scheiße...»

«Können Sie sie mir überziehen, mein Sohn? Kann meine verflixten Arme nicht mehr abwinkeln!»

Einmal bei einem Gewitter, als plötzlich das Licht ausgegangen war, hatte mein Sohn gefragt: «Was ist wirklich, Daddy? Das Licht oder das Dunkel?» «Das Licht», hatte ich in dem Augenblick erwidert, in dem meine Frau, die hinter mir eingetreten war, sagte: «Das Dunkel.» Damals wie jetzt fühlte ich mich gleich schuldig für etwas, was ich nicht definieren konnte. Ich fand eine neue Glühbirne auf dem zweiten Regal, schloß dann die Tür des Handtuchschrankes und lehnte mich dagegen.

«Was... wenn ich bin, was ich gemalt habe...»

«Meine Uhr war in meiner Schultertasche», sagte Naomi schniefend. «Tut mir leid...»

«Nun, nun, Kind, weinen Sie nicht über die verlorene Zeit! Wenn Sie so alt sind wie ich, werden Sie – sagen Sie mal! Sieht aus, als brauchten Sie 'nen Klempner!»

«Ich repariere das gleich, Mr. Draper.» Er linste mich über seine Brille an, als entdecke er mich zum erstenmal. Ich dachte noch über meine Frau nach. Was hatte sie über das Fernsehen gesagt? Ich konnte mich nicht erinnern. Aber ich hatte irgendwie das Gefühl, ich sollte sie nicht zu lange alleine lassen. Ich hielt schwach den Arm hoch, als Tania neben mir die Verschnürung ihres Kleides zu lösen begann. «Sie haben schon –»

«Ja, Ihre habe ich, mein Sohn, ich weiß. Ich habe vielleicht das meiste verloren, aber meine Grütze habe ich noch beieinander. Und Lloyd heiße ich, Junge, oder läßt Ihr Gedächtnis *Sie* in Ihrem hohen Alter im Stich?» Er hüstelte trocken und zwinkerte, betrachtete dann nachdenklich Naomis Kehrseite. «Wissen Sie, meiner Frau und mir ist in den Katakomben von Kalkutta mal was Komisches passiert –»

«Ohne die Vorstellungskraft kann man weder Liebe noch Kunst haben, aber es ist gefährlich», murmelte Tania, setzte ihre Halbbrille ab und legte sie auf den Badewannenrand. «Roger sagte das...» Er hatte auch mir einmal erklärt, daß das Theater, wenn das Geschäft schlecht lief, *brutal* war, und wenn es gut lief, *mörderisch*.

Da platzte Talbots Frau Wilma herein und fragte, ob wir Aspirin hätten. «Für Talbot», erklärte sie und begutachtete sich über Dickies Schulter im Spiegel. «Sein Ohr tut ihm so weh. Ich fürchte, der Dussel trinkt sich um den Verstand, und ihr wißt alle, wenn Talbot beduselt ist, dann gute Nacht – hallo, hallo, Lloyd! Mein Gott, Sie haben aber eine ganz schöne Kollekte da!»

«Oh, das ist nicht *meine* Kollekte! Nein, ich – haha! – ich behalte die Zeit nicht ein, ich halte sie bloß, könnte man sagen, *zur Zeit* fest!»

Dickie, der sich immer noch vor dem Spiegel herausputzte, trat beiseite, um mich an den Medizinschrank zu lassen. Ich erblickte mich in der Spiegeltür, ehe ich sie aufmachte, und war schockiert, wie kaputt und blutig ich aussah – und wie natürlich mir das vorkam.

«O Lloyd», sagte Wilma, «Sie haben wirklich die witzigsten Sachen auf Lager! Sie sollten im Fernsehen auftreten! Ich sprach gerade eben mit Ihrer Frau, und sie erzählte, wie im Bus zu den

Pyramiden alle vor Lachen über die Einbalsamierten und Bandagierten Seitenstiche bekamen –»

«*Stiche,* haben Sie gesagt –?»

«Ach du meine Güte! Das muß ansteckend sein!» Sie fummelte an ihrer Dauerwelle herum, die sich an manchen Stellen gelöst hatte. Einzelne Locken sahen wie freigesetzte Sprungfedern hervor.

«Sie meinen doch nicht etwa von Kopf bis Fuß eingewickelt? Ja, haha!»

Im Medizinschränkchen lag der Inhalt des Maniküretuis meiner Frau verstreut auf dem untersten Bord. Die winzige kleine gebogene Schere war verschwunden. Die Pinzette auch, was das betraf. Und war das ein blutiges Haar –? Nein... nein, ein roter Faden. Ich war überreizt. Dickie spannte die Brust und glättete seine Weste, griff dann nach seinem karierten Jackett.

«Ich komme nicht mehr mit», murmelte Tania. Sie sah traurig auf Naomi, die immer noch rittlings auf der Toilette saß, und schürzte die Lippen. «Ich muß zu Landschaften zurück...»

«Wissen Sie, Lloyd, zufällig haben Talbot und ich gestern diskutiert, ob – gib mir ruhig die ganze Packung, Gerry. Wenn ich die Flasche ruhigstellen kann, kann ich mich vielleicht zur Abwechslung mal selbst ein bißchen amüsieren – wir sagten gerade, wir sollten nächstes Jahr vielleicht nach Afrika und in den Mittleren Osten fahren. Wir müssen uns also einmal treffen! Sie und Iris können uns erzählen, was wir mitnehmen sollen, wo man gut ißt, Nachtclubs – Dickie, wo gehst du hin? Ich wollte dich nicht vertreiben!»

«Laß mich nicht im Stich, Dickie!» bettelte Naomi.

«Das wichtigste an Afrika und dem Mittleren Osten ist», sagte Lloyd Draper, «daß es zwei verschiedene Gegenden sind...»

«Dickie, *bitte*! Was soll ich denn *anziehen*?»

«Geh, wie du bist, Nay, sie werden sich dir zu Füßen wälzen!»

«Und natürlich hängt es davon ab, auf was Sie stehen. Manche mögen die Städte, manche das Land, manche die Ferienorte.»

«Aber was ist, wenn alles wieder losgeht –!»

«Habe ich in deiner Schultertasche nicht Wegwerfwäsche gesehen?» fragte Wilma.

«Ich selbst bin ein Götter- und Gräbermann, aber Iris ist mehr für Kunst und Kunsthandwerk.»

«Tatsächlich?»

«Papierhöschen, Dickie, ein ganzes Paket», rief ich, während ich die kaputte Birne ausschraubte. «Du kannst sie nicht verfehlen, sie sind alle mit Kreide umrissen –»

«Du kannst Howard damit raufschicken, Dickie», rief Tania. Im Spiegel sah ich sie, die Schnüre bereits gelöst, ihre Taschen auf die Badewannenumrandung leeren. «Ich muß sowieso mit ihm reden!»

«Von Kopf bis Fuß eingewickelt! Lloyd, wie machen Sie das bloß? Sagt mal, war das nicht absolut entsetzlich mit dem armen Roger! Ich hörte gerade davon, als ich raufkam!» Ich packte die neue Glühbirne aus, schraubte sie ein und spürte sie unter meinen Fingerspitzen angehen. Das Loch in Tanias Bild. Die ganze Zeit hatte ich geargwöhnt, daß Roger es getan hatte. Jetzt nicht mehr. «Sie sagen, er war sehr tapfer, aber wie ich schon zu Talbot sagte, so eine Tapferkeit, Talbot, sagte ich, brauchen wir nicht! Wenn sie dich was fragen wollen, mußt du bloß – aber letzten Endes gibt es keinen wirklichen Grund zur Sorge, Talbot macht bei Interviews immer einen sehr guten Eindruck, weiß Gott, er hat genug Übung darin! Verlassen Sie uns, Lloyd?»

«Ja, äh, ich fürchte, ich darf nicht mehr von Ihrer Zeit stehlen – oder besser, ich *muß*!» Er gluckste, aber nicht von Herzen. Seine Arme und Hosen schienen plötzlich ein paar Zentimeter tiefer zu hängen, als er hinauspolterte.

«Du liebe Güte, mir scheint, ich vertreibe heute abend aber auch alle!» Ich nahm das Handtuch von Naomis Rücken, hängte es über die Stange neben dem Becken und warf alle anderen Handtücher in den Wäschekorb. «Mach die Tür zu, bitte», bettelte sie, «es ist schon schlimm genug, ohne daß jeder –» «Oh, tut mir leid. Mein Gott, Sie sind ein Muster an Geduld!»

«Bei Dickie muß man das sein.»

Wilma besah sich schnell prüfend im Spiegel, wandte sich dann enttäuscht ab und suchte in ihrer Handtasche nach Make-up. «Meint ihr, die Polizisten da unten wissen, was sie tun?» fragte sie leichthin und zog die Kappe von einem Lippenstift ab. «Na ja, ich nehme es an.» Eines Abends war ich hinter der Bühne und unterhielt mich mit Ros vor ihrem Spiegel (sie hatte es am liebsten, wenn sie sich die Lippen kirschrot anmalen konnte), als ein Schauspieler hereingestürzt kam, sich über ihre Schulter beugte, ihre Brüste aus dem Kostüm heraustitschte und sie mit laut saugenden Schmatzern küßte. Dabei rief er: «Hm! Ich *liebe* sie einfach!» Dann stürzte er wieder hinaus mit dem Ruf: «Zwei Minuten, Süße!» Sie drehte sich rot vor Erregung zu mir um, nahm mein Gesicht in die Hände und flüsterte: «Warte auf mich, Gerry!», dann gab sie mir ihre Brüste zum Küssen, stopfte sie hinein und rauschte hinaus. Aber sie kam nie zurück. Nicht an dem Abend. Es war weit von der Bühne bis zu ihrer Garderobe, und wie so oft kam sie einfach nicht so weit.

«Eh du damit anfängst, Gerry», grunzte Tania, «könntest du mir aus diesem verdammten Dirndl helfen? Es ist ein bißchen eng in der Mitte.»

Natürlich, wenn ich geduldiger gewesen wäre...

«Trotzdem, der arme Roger! War es nicht entsetzlich, ich komme immer noch nicht darüber hinweg!»

... Aber zu jener Zeit glaubte ich an Energie und Intellekt: daß es nichts Schönes auf der Welt gab außer dem, wofür man arbeitete.

«Glaubt ihr, der Besuch der verflixten Hexe hat damit zu tun?»

«Was für eine verflixte Hexe?»

Verflixt lange war das her...

«Ich glaube, es hat sich am Büstenhalter verhakt!» rief Tania von unter ihren Röcken, als ich an ihnen zerrte. Beinah konnte ich Ros dort unten kichern hören, die zu erraten versuchte, wer hinter ihr stand, indem sie ihm zwischen die Beine faßte. Ah, Ros... Mir schnürte sich wieder die Kehle zu. «Hinten!» Ich schob meine Hand unter dem schweren Stoff hoch und löste den Büstenhalterverschluß: ihre vollen Brüste mit den schwarzen Höfen ergossen sich wie ein Erdrutsch aus ihrer Zwangsjacke, und Tania war frei. «Danke, Gerry!» keuchte sie und schüttelte das Kleid aus. «Das verdammte Ding ist schlimmer als ein Korsett!»

«Aber schön», seufzte Wilma. «Wo hast du es bloß her, Tania? Nein, sag's mir nicht! Ich würde in so was genauso mausgrau aussehen wie in dem hier. Egal, wieviel ich ausgebe, immer sehe ich aus wie die Vorsteherin in einem Damenclub. Wie kommt das bloß?»

Tania hakte ihren Büstenhalter wieder ein, schob die schweren Brüste in die Körbchen und kniete sich dann hin, um ihr Kleid im Seifenwasser auszubreiten. Mir fiel all die Farbe in ihrem Gesicht und den Hals hinunter auf, die sich von der unvermittelt verletzlichen Milchigkeit ihres nackten Rückens und des weißen Fleisches dort absetzte (ich dachte an Alter, Zeit, Verlust – Ros' Kichern war nun wie ein hohles, erschreckendes Echo – und an die fruchtlosen Bemühungen, sich darüber hinwegzusetzen), das von den Knöpfen und Kreuzbändern des Rockbundes und der Büstenhalterträger tief eingeschnitten war. Ich riß etwas Toilettenpapier ab und wischte prophylaktisch einmal über Naomis Hintern, wie um dagegen anzukämpfen. «Ich schame mich so», sagte sie. «Dickie hätte das nicht dir überlassen sollen –»

«Ist schon gut.»

«Es ist eine Schande», beschwerte sich Wilma, an ihrer Frisur herumtatschend. «Selbst dieser Filmstarspiegel hilft nichts!»

Es klopfte scharf an der Tür, und ich öffnete, das beschmutzte Toilettenpapier in der Hand. Es war die Mutter meiner Frau. «Mark muß mal», sagte sie gereizt.

«Klar. Sag ihm, er soll reinkommen.»

«Nicht, solange *ihr* hier drin seid!» Sie funkelte zornig über meine Schulter hinweg die drei Frauen an.

«Warum bringst du ihn dann nicht runter?»

«Geht nicht. Da unten ist ein Toter.»

«Ach, du... du weißt es also. Es tut mir leid...» Sie stand da, starr in ihrem unerbittlichen Mißtrauen und ihrer Einsamkeit. Ich wußte, daß es schwer für sie war hier, ich wollte an sie herankommen, ja, ihr ein Gefühl von Zuhause geben, aber sie schrak vor all solchen Gesten zurück, wie um einer Schändung zu entgehen. «Also gut. Eine Minute.»

«Beeil dich, Daddy! *Ich kann's nicht mehr aushalten!*» rief mein Sohn hinter ihr.

«Ich wollte sowieso gehen», sagte Wilma und drückte sich an uns vorbei. Sie rappelte mit der Aspirinpackung: «Muß Talbot seinen Schuß geben. Hallo, Mark – na, das ist aber ein schönes Sweatshirt! Du siehst aus wie Little Boy Blue! Erinnerst du dich an mich? Tante Wilma? Nein?»

«Was soll ich bloß *tun*?» wimmerte Naomi. «Ich kann doch so nicht rausgehen. Und wenn ich den Rock runterfallen lasse, wird er ganz schmutzig!»

Tania trocknete sich die Hände an einem großen Badehandtuch ab und wickelte es dann wie eine indianische Decke um sich. Ich holte das benutzte Handtuch aus dem Wäschekorb. «Hier, leg das zwischen deine Beine, Naomi – ich halte es dir, laß bloß deinen Rock darüberfallen...» Sie richtete sich auf und thronte über mir, während ich mich hinhockte, um das Handtuch festzuhalten: ein großes Mädchen.

«Kann ich jetzt rein?»

«Noch nicht!» sagte meine Schwiegermutter, als der Rock fiel.

«So, das wär's – jetzt halt es fest, an beiden Seiten...!» Sie klatschte vorne und hinten die Hände davor, und ich kam unter dem Rock hervor. Selbst im Stehen mußte ich zu ihr aufsehen.

«Bitte sag ihm, er soll nicht so lange machen», bat Naomi leise, als wir hinaustraten, Tania in ihr Handtuch gewickelt, Naomi steifbeinig einherstolzierend, die Füße weit auseinander wie ein Aufziehsoldat, sich den Bauch und den Hintern haltend. «Ich komme mir so blöd vor...!»

MEIN SOHN STÜRZTE an uns vorbei, eine Hand in der Schlafanzughose, gefolgt von meiner hochaufgerichteten und eisig schweigenden Schwiegermutter. «Spült nicht ab! Sie ist ganz verstopft –!» Die Tür schlug mitten unter meiner Warnung zu, und ich konnte hören, wie sie den Riegel einschnappen ließ. Im gleichen Augenblick schnappte auf der anderen Seite des Flurs die Tür zu ihrem Zimmer auf, und Woodys Vetter Noble kam heraus, die Krawatte lose um den Hals. Er knöpfte sich die Manschetten zu und strebte Richtung Badezimmer. «Besetzt», sagte ich, und Noble, der etwas abwesend aussah, sein gesundes Auge so leblos wie das falsche, nickte und ging hinunter.

Tania hatte unterdessen angefangen, mir von Roger und der

schlimmen Zeit zu erzählen, die sie durchgemacht hatte, als er herausfand, daß Ros für sie posierte – «Es waren bloß wir zwei Frauen in einem verschlossenen Atelier, aber er konnte den Gedanken nicht ertragen, daß andere Männer auch nur Ros' nacktes Bild sahen; als er angerast kam, hat er nicht mal geklopft, Gerry, er hat einfach die Tür eingerannt!» –, aber ich konnte ihr nur halb folgen, weil mein Blick nun von Alison gefesselt wurde. Sie stand mit einer Gruppe unten auf dem Treppenabsatz – ihrem Mann, Wilma, dem mit Uhren beschwerten Lloyd Draper, Woody, Noble, der sich immer noch herrichtete, und einer gutaussehenden, dunkel gekleideten Frau, die ich nicht kannte, aber von Rogers Amoklauf erinnerte (die Würde ihres Falls, sogar als ihr Kettenanhänger hochflog und ihr auf die Nase schlug). Vielleicht hatten sie sich vorher alle Tanias Bild angesehen oder sich einfach zufällig auf dem Absatz getroffen (ihr Mann schüttelte jetzt Noble die Hand), aber gerade als ich sie dort erspähte, drehte sie sich um, lächelte, weil sie mich plötzlich entdeckte und warf mir dann, ihren Mann beobachtend (er wurde der Frau neben ihr vorgestellt, während Lloyd Draper schwerfällig die Treppe hinuntertrampelte), eine Kußhand zu, indem sie ihre Hand küßte, sie hinter den Rücken schob und ihn mir dann vom Hintern aus hochschnippte. «Wie es so geht, war Ros an dem Tag, an dem er mein Atelier ruinierte, noch nicht einmal da. Howard saß mir oben auf einem kleinen Podest in einem rosa Gymnastiktrikot als Geheimer Staatsrat Modell, und er ist vor Schock und Scham beinah gestorben, als Roger hereinstürzte.»

«Kann ich mir vorstellen...»

Woody hatte etwas, das er allen herumzeigte, und als sie sich vorbeugten, um es zu sehen oder vielleicht daran zu riechen («Seitdem kann ich ihn nicht mehr überreden, für mich Modell zu stehen...»), schlüpfte Alison davon und lief mit wehendem Haar und leicht in ihren seidenen Taschen hüpfenden Brüsten die Treppe hinauf. «Ich habe Sie überall gesucht!» flüsterte sie. Sie nahm meine Hand, zog mich eilig in den dunklen Eingang zum Nähzimmer (oder was wir das Nähzimmer nannten), außer Sicht von denen da unten, und küßte mich. Sie schmeckte unglaublich nach etwas wie Kräutern und Bergluft, und ein seltsames Gefühl, wie von einer verloren geglaubten Erinnerung, überkam mich – aber nur für einen Augenblick: schepperndes Gelächter brach von unten über uns herein. Sie sah über die Schulter zurück, während ich mir die Lippen leckte. «Er hat ein Stück von der Unterwäsche des Mädchens.»

«Was?»

«Der Mann da unten. Der Rechtsanwalt? Er hat ein Stück von ihrem Höschen.»

«Woody?»

«Ich habe gesehen, wie sie es auseinanderschnitten. Ich dachte, der Polizist – der Chef, der mit dem Schnurrbart – hätte etwas damit vor. Aber offensichtlich hat er es vergessen, und die Stücke wurden herumgereicht. Wie Souvenirs oder so…»

«Ah, das erklärt…»

«Ich habe heute abend tausend Geschichten über sie gehört.» Worüber ich nachdachte, war das Geld. Und was Ros mir einmal über Zeit und Liebe gesagt hatte. «Sie haben recht, Sie waren ganz gewiß nicht der einzige…» Sie drehte sich um und sah zu mir hoch, als schmerze sie etwas, machte dann einen Knopf in der Mitte auf und steckte die Hand in mein Hemd. «Wenn sie wie ein Fluß ist», hatte Ros gesagt, «macht sie mir angst. Ich möchte, daß sie einfach bloß *dahinplätschert.*» In der Dunkelheit des Nähzimmers hinter uns raschelte es leise, ein Paar, vielleicht mehr als eines. Ich sah etwas Rotes, ein Kleid wahrscheinlich, und einen Schimmer von Fleisch. Alisons Mund öffnete sich unter meinem, und ich schloß die Augen und ließ meine freie Hand hinunterrutschen, um eine nachgiebige Backe zu packen. Sie küßte mich, zwängte mit der Zunge meine Lippen auseinander und murmelte mir in den Mund: «Sie haben ihren Mann getötet, Gerald. Es war schrecklich.»

«Ich weiß. Ich habe es gehört. Ich bin immer noch nicht darüber hinweg.» Hinter mir erzählte Naomi Tania von ihrer Kindheit, von der Grausamkeit ihrer Mutter und der Grausamkeit sämtlicher Liebhaber ihrer Mutter.

«Haben Sie das nicht erwartet?» flüsterte Alison und leckte mir über die Lippen.

«Ich vermute doch. Das hat mich nicht so sehr durcheinandergebracht. Es war –»

«Etwas zu erfahren, was Sie schon wußten – das haben Sie an dem Abend gesagt, an dem wir uns kennenlernten.»

Jetzt wurde mir die Quelle des Gefühls klar, das ich hatte, seit ich die Treppe heraufgekommen war. Sie streichelte mir sanft über die Brust, und ich (ich blinzelte aus halbgeschlossenen Augen am Türrahmen vorbei – Noble zog unten eine andere Nummer ab, ließ seine Zigarette verschwinden und sie dann, während sein falsches Auge hervorquoll, aus seinem Mund wieder auftauchen, nun an beiden Enden angezündet) zog sie näher an mich und legte meine Hände um ihre beiden festen Backen, erstaunt, wie vertraut sie mir waren. Ich glaubte nicht an das Schicksal, haßte Stücke und Romane, deren Handlungen davon regiert wurden, aber nun, wo Alisons seidiger Po meine Hand füllte wie eine Idee den Geist... Naomi erzählte Tania, wie sie gefesselt und den ganzen Tag in eine Kammer ohne Töpfchen eingesperrt und schließlich mit einem Gürtel verprügelt wurde, weil sie auf die rosa Wildlederpumps ihrer Mutter gepinkelt hatte. Alison knabberte an meiner Kehle.

«Aber es war noch mehr als das», flüsterte ich ihr ins Ohr, wo ein goldener Ring glitzerte wie ein Wunsch. Oder ein Versprechen. Im Schatten des Nähzimmers hörte ich jemanden heiser grunzen, dann ein leises, unterdrücktes Wimmern. Alison fand eine Brustwarze und zog einen sanften Kreis darumherum, als zeichne sie eine Schießscheibe. «Ich glaube, was mich traf, war nicht so sehr, daß ich etwas erfuhr, was ich schon wußte, sondern die plötzliche Erkenntnis, daß es tatsächlich *erfahren werden* mußte.»

Alison stöhnte leise auf, ihr Hintern spannte sich unter meinem Griff, wie um meine Hand zu drücken, und sie sah zu mir auf, die braunen Augen groß und schwimmend in einer Art Scheu, Erregung, Verwunderung. Ihre Finger zupften an meinem Nippel. «Das ist ja komisch! Ich dachte gerade –!»

Die Badezimmertür hinter uns flog auf, und mein Sohn hüpfte heraus und rief mich – ich ließ Alison los, drehte mich um und hockte mich hin (mein Hemd wurde ihr aus der Hand gezerrt, ein Knopf riß ab), gerade rechtzeitig, um ihn aufzufangen. «Gute Nacht!» brüllte er und gab mir einen dicken Kuß. Auf seinem Sweatshirt prangte ein großes weißes «SUPERLOVER».

«Gute Nacht ist richtig, Kamerad! Weißt du, was die Zeit geschlagen hat?»

«Daddy, sehe ich aus wie Little Boy Blue?»

«Na ja, wie Rotkäppchen siehst du nicht gerade aus, oder?»

«Aber Litte Boy Blue ist ein *kleiner* Junge!»

«Nicht wirklich. Das haben sie nur in das Gedicht geschrieben, damit es besser klingt. Ihm selbst gefällt das auch nicht.» Naomi, die immer noch die beiden Enden des Handtuchs durch den Rock festhielt, schwankte steifbeinig zurück ins Badezimmer. «Und weißt du was, es würde dir nicht schaden, es wie Boy Blue zu machen und unter die Decke –!»

«Das ist ja 'ne komische Frau! Geht die immer so?»

«Ich glaube nicht. Sie muß zu fest eingewickelt worden sein.»

«Daddy...?»

«Ja?»

«Daddy, jemand hat all meine Soldaten zerbrochen!»

«Was –?» Warum rüttelte mich das so auf? «He, weine nicht!»

«Sie haben alle *Köpfe* abgerissen! Alle meine *besten*! Die von *Waterloo*!»

«Ruhig Blut, Freund! Wir kaufen neue! Hier, wisch dir damit die Augen...» Meine Schwiegermutter funkelte uns mit verschränkten Armen ungeduldig an.

Alison fuhr mir mit den Fingern ins Haar über dem Genick. «Bis gleich», murmelte sie, und Mark lächelte durch die Tränen zu ihr hoch.

«Du nicht, Mister!» sagte ich, stand auf und übergab ihn seiner Großmutter. «Ab mit dir ins Bett!»

Er blinzelte überrascht. «Du siehst aus wie ein Buhmann, Daddy!» rief er aus und wich zurück.

«Wir haben Monster gespielt», lachte ich und zog ein Gesicht.

«Kann ich mitspielen?»

«Noch nicht. Wenn du erwachsen bist.» Ich zwinkerte meiner Schwiegermutter zu, aber sie wandte mit zusammengekniffenen Lippen den Kopf ab.

«Ach, du meine Güte, Hilfe!» rief Naomi aus dem Badezimmer. «Ich habe was davon fallengelassen!»

Ich drehte mich um, um zum Abschied Alisons Fingerspitzen zu berühren, aber sie war schon an der Treppe. Sie wedelte mit der Hand hinter dem Rücken und winkte jemandem auf dem Treppenabsatz zu. Ich hörte die Tür meines Sohnes zuschlagen. Die Köpfe?

Im Badezimmer schob Tania den Duschvorhang beiseite, den meine Schwiegermutter anscheinend zugezogen hatte. «Wie Variationen zu einem Thema oder so», sagte sie, und Naomi erwiderte ziemlich betrübt: «Ja, das ist genau das Problem! Es erschien mir so unfair!»

«Hier, laß mich helfen.» Ich kniete nieder und langte unter ihren Rock, um das Handtuch gegen ihre Arschbacken zu halten, aber vorne war es heruntergefallen, und ich steckte aus Versehen meinen Finger in ihre Vagina. «Oh, Entschuldigung, Naomi...» Ich fand das lose Ende. «Okay, jetzt zieh den Rock hoch, ich hab's...»

Sie zog den Rock hoch und setzte sich, ihn mit den Ellbogen festhaltend, wieder rittlings auf die Toilette. «Aua», beklagte sie sich, als sie sich tief über den Spülkasten beugte und ihr hinteres Ende hochreckte, damit der Rock nicht darüber zurückfiel. «Ich glaube, es wird hart!»

«Du lieber Himmel!» rief Tania aus, die einen professionellen Blick auf die Ansicht warf. «Rot, grün, braun, gelb – was hast du heute abend gegessen, Naomi?»

«Bloß, was auf dem Tisch war.»

«Guck mal, da ist sogar ein kleines Stück Kordel!»

«Eine Schande, es wegzuwaschen», sagte ich, während ich das schmutzige Handtuch unter den Heißwasserhahn im Becken hielt. «Vielleicht sollten wir es rahmen und an die Wand hängen.» Ein Monster: ja, das war ich: Ich hatte Blut im Mundwinkel.

Tania kniete sich lächelnd zu ihrer Arbeit hin, immer noch in das Badetuch gewickelt, das sich langsam löste, während sie das Kleid walkte und knetete. Meine Großmutter erzählte mir, wenn sie Kuchenteig ausrollte, Geschichten über die Wildnis, über den verzweifelten, beinah zwanghaften Kampf gegen sie, als wäre sie eine Art Teufel: «Wir mußten sie zähmen, und guck dir an, was uns das eingebracht hat.» Ich konnte immer noch sehen, wie ihre alten mehlbestäubten Hände um die Handgriffe der hölzernen Teigrolle gekrümmt waren, wie ihre mageren, faltigen Ellbogen beim Reden auf und nieder gingen. Einmal erzählte sie mir die Geschichte von einem Mann, der in sein eigenes Spiegelbild verliebt war und dann eines Tages zum Eisfischen ging und sich ertränkte. Sie sagte, es sei ihr Vetter gewesen. Tania hielt das seifige Kleid hoch, um es forschend zu betrachten. «Übrigens, Naomi, wo hast du das Springmesser her?»

«Springmesser?» Ich berührte meine Kehle: eine winzige rote Zahnspur.

«Es war in deiner Schultertasche.»

«Ach du lieber Gott, ich weiß es nicht – ich kenne die *Hälfte* der Sachen in meiner Tasche gar nicht!»

«Auch mein Lieblingsaschenbecher aus Mexiko!» schimpfte ich, drehte mich vom Becken weg und klatschte ihr das weiße Handtuch auf die Kehrseite. Naomi machte dankbar ‹oh oh›. «Und sag mal, was ist mit der Valentinskarte?»

«Hatte ich auch eine Valentinskarte da drin?»

«Jemand sagte, sie wäre von mir.»

«Hast du mir eine Valentinskarte geschrieben?»

«Nein, Dummerchen, das ist es ja gerade.» Ich nahm die Kompresse weg: es schien aufzuweichen. Ich spülte das Handtuch aus und legte es wieder auf, paßte es den Kurven ihrer vollmondigen Backen an. «Was ich wissen will ist, von *wem* ist sie?»

«Ehrlich, ich verstehe kein Wort. Ich glaube nicht, daß ich je in meinem Leben eine Valentinskarte bekommen habe.» Sie seufzte tragisch. «Außer einmal, vor langer Zeit. Und da war es eher Geben als Nehmen.» Sie erschauderte bei der Erinnerung daran. Oder vielleicht war es die Kühle, als ich das Handtuch wegnahm, um es noch einmal auszuspülen. «Meine Mutter ließ mich von einem ihrer Freunde versohlen. Es war nicht das einzige Mal. Aber diesmal tat sie noch nicht einmal so, als hätte ich etwas ausgefressen. Mutter sagte, es sei ein Valentinsgruß, für ihn oder für mich, ich weiß nicht, was sie meinte, aber er konnte draufklatschen bis er knallrot war, ein kleines knallrotes Herz. Sie lachten in einem fort, die ganze Zeit, während sie zuschlugen.»

«Das habe ich gerne», sagte Tania, «ein Happy-End.» Sie hatte ein Bild, das so hieß, das dunkelste, deprimierendste, das sie je gemalt hatte, ihre Vision der Gier zu überleben. «Eine Witzzeichnung», nannte sie es.

«Also, es war so… es war einfach demütigend!» Naomis Hintern schien bei der Erinnerung zu erröten, aber hauptsächlich war es wohl die Wärme, die ihn rosig färbte. «Und da waren noch mehr – an einen alten Mann erinnere ich mich, der ein Ding benutzte, das er seinen ‹Muntermacher› nannte, und an noch einen –»

Tania lachte und tauchte das Kleid unter. «All diese Familiengeschichten! Sie erinnern mich an meinen Vater und den Tag, an dem er mir meinen ersten Farbkasten schenkte.» Sie zog das Kleid aus dem Wasser, um es zu untersuchen, die Arme bis an die Ellbogen voller rosa Schaumblasen. «‹Tania›, sagte er, ‹es gibt keine Lügen auf der Welt, deshalb wird alles, was du malst, wahr sein. Aber nicht alles wird schön sein.›» Sie warf mir über ihre blasse, fleischige Schulter einen Blick zu und tunkte dann ihr Kleid wieder in die gerötete Lauge.

«Au», sagte Naomi und versuchte, über den zusammengeknäuelten Rock auf ihren Hintern zu schielen, «ich habe das Gefühl, er ist ganz rissig jetzt, wie wenn man sich die Knie abschürft!»

«Er ist ein bißchen wund. Ich frage mich, ob wir hier noch irgendwo Babyöl haben…?» Im Medizinschrank oder auf dem Regal unter dem Becken war keines, aber ich fand eine halbe Flasche hinten im Handtuchschrank: So sorgt das Leben für seine kleinen Zeichen, dachte ich – und schloß die Tür dann schnell wieder. Ich hatte beinahe vergessen. Wie sollte ich das Ding da rauskriegen? Sollte ich es überhaupt versuchen? Und was sollte ich damit tun? Das Öl in meiner Hand fühlte sich an wie Schweiß. Ich verteilte es auf einer Arschbacke, während meine Gedanken wie ein Scanner durchs Haus rasten (der Korb ganz unten unter der Wäscherutsche? Die lose Diele im Zimmer meiner Schwiegermutter? Der Gefrierschrank?), und drückte dann noch eine Handvoll für die andere heraus.

«Tatsächlich passen Prügel und Valentin zusammen», bemerkte Tania. «Der heilige Valentin selbst wurde ausgepeitscht, bevor sie ihn enthaupteten, und seitdem gibt es der Kirche immer einen besonderen Kick, Liebespaare zu prügeln.»

«Enthauptet –?» Naomi rang nach Luft. Ihre Arschbacken verkrampften sich, und ich dachte an Alison, an die Art, wie ihre Hüften sich unter meinem Griff gestrafft hatten. Eine Woge von Angst überflutete mich. Es war, als stürze etwas auf mich nieder, auf das ich nicht vorbereitet war, und mir fiel ein, wie meine Mutter auf einem Skihang gegen einen breiten Schlammbuckel gelaufen war – wir hatten in jenem Winter eine ungewöhnliche Trockenperiode erwischt, und der Schnee war an manchen Stellen weggeschmolzen; wir übrigen konnten um die schlammigen Flecken herum laufen, aber meine Mutter war immer noch nicht über den Schneepflug hinausgekommen. Wir konnten sie einen Kamm hinunter auf den großen glitzernden Schlammflecken zurasen sehen, ein sieches, leidendes Lächeln auf dem Gesicht, und wir waren machtlos. «Setz dich hin! Setz dich hin!» hatte mein Vater gerufen, aber sie fuhr einfach weiter auf uns zu, ihre Augen wurden größer und größer. Und dann plötzlich war Schluß. Ich erinnerte mich nicht an den Sturz, ich mußte weggeschaut haben, aber er war schrecklich, und sie lag danach lange im Krankenhaus. Es war unser letzter Winterurlaub. Es war das letzte Mal, daß wir überhaupt irgendwo als Familie hinfuhren.

«Na ja», sagte Tania mit einem Seufzer (natürlich konnte ich ihn einfach der Polizei übergeben – warum kam mir das so unmöglich vor?), «*etwas* mußten sie ja abhacken...»

Ich rieb das Babyöl in die dicken Backen, die größer waren als meine eigenen, und dachte an meinen Sohn als Säugling zurück, sein kleiner Hintern wie zwei fette Knöchel, schmal und spitz, sein Leben noch einfach damals, seine Erinnerungen ganz auf das Nützliche gerichtet und ohne Fixierung. Jetzt... Eine seiner Zeichnungen hing an der Wand über dem Wäschekorb. Es war ein Bild von einer Burg, um die ein Krieg tobte, Blut spritzte und Flaggen wehten, Leichen lagen verstreut wie Spielkarten. Obendrauf war eine große Figur, die vermutlich Daddy darstellte. Er hatte etwas Langes zwischen den Beinen runterhängen, das, sagte Mark, dazu da war, Schurken umzubringen, und er warf jemanden vom Burgwall. Mark sagte, manchmal bringe das Bild ihn zum Lachen, und manchmal mache es ihm angst, aber er wollte mir nicht sagen, wer da hinuntergeschmissen wurde. «Die einzige Geschichte vom heiligen Valentin, an die ich mich erinnere», sagte ich, während ich noch ein bißchen Öl in die Hand tropfen ließ und es in die Falten der Schenkel und die Furche zwischen ihren Backen strich (ich konnte spüren, wie ihre Muskeln sich entspannten, als ich das Öl einrieb – ihr Bauch sackte herab, und ihre Schenkel klafften ein wenig auf, als habe ihr Schambein sich gedehnt), «ist die, in der er einem blinden Mädchen das Augenlicht zurückgibt.»

«Das ist schön...», flüsterte sie. Ich ölte die Außenseite ihres Anus in kleinen Kreisen, als polierte ich einen Knopf (vielleicht, dachte ich, mich der Frage meines Sohnes entsinnend, ist es weder das Harte noch das Leere, sondern etwas dazwischen), und schob dann mit einer leichten Drehung meine Fingerspitze hinein; sie ächzte und preßte vor Freude und Dankbarkeit ihre Backen zusammen, als ich ihn hinauszog: «Ich – *oh!* – mag solche Geschichten...»

«Tja, natürlich wurden sowohl sie als auch ihr Vater bekehrt, und folglich wurden ihnen auch die Köpfe abgehackt, samt den strahlenden Augen.»

«Gott! Warum mußtest du es *verderben*?»

«Ach ja, wer soll über ihn urteilen?» seufzte Tania. Sie trug jetzt rosa Schaum bis zu den Achselhöhlen. «Wahrscheinlich wollte er, wie wir alle, bloß Gesellschaft...»

Ich schraubte die Ölflasche zu, stellte sie beiseite und rubbelte dann Naomis Arschbacken ein letztes Mal ab, um ihnen rosigen Glanz zu verleihen und ihre Spielkartenblässe wegzuwienern. Wenn ich das Ding aus dem Haus bekäme, dachte ich, könnte ich es im Garten vergraben. «Du magst das Mädchen, nicht, die mit dem schönen Haar...?» fragte sie leise, ihre Stimme von der Massage etwas wacklig.

«Was meinst du?»

«Du hast ge-ra-hade an sie ge-da-ha-hacht, da-has ko-honnte ich me-her-ken...»

«Tatsächlich habe ich an all diese Leu-heu-te da u-hunten gedacht und was sie mir antu-hun, wenn ich nicht wieder ru-hunterkomme.» Das war eine Lüge. Ich hatte an Alison gedacht.

Ich hatte den ganzen Abend an nichts als an Alison gedacht. Mit Ausnahme von Ros natürlich. Ich rieb Naomi das überschüssige Öl um die Hüften und die Beine hinunter, gab ihren Backen einen letzten Klaps und richtete mich auf. Und meiner Frau. «Da! Das sollte –»

«Du willst mit ihr schlafen, nicht, Geoffrey?»

«Gerry.» Ich wrang das Handtuch aus, schmiß es in den Wäschekorb, wusch mir die Hände.

«Gerry...» Naomi schien Gefallen an ihrer Position gefunden zu haben, oder vielleicht war sie am Einschlafen. Ihre Stimme war nur ein schläfriges Murmeln. «Würde das deiner Frau was ausmachen?»

Ich schaute im Spiegel auf Tania, ihr breiter Rücken kam mir vor wie eine Steintafel. Eine weiche, mitfühlende Steintafel. «Es würde ihr was ausmachen.» Ich trocknete mir die Hände ab, fuhr mir mit den Fingern durchs Haar. «Ich hole dir was zum Anziehen, Naomi.»

Aber als ich die Tür öffnete, kniete Howard dahinter, seine Augen in Höhe des Schlüsselloches – die Packung Papierhöschen fiel zu Boden. Er schnappte danach. «Ich – Entschuldigung, ich, äh, sie fielen, rutschten...»

«Bist du das, Howard?» rief Tania, und er schoß in die Höhe wie an Drähten gezogen. Sie wickelte sich in das Badetuch und zog die Tür auf. «Also! Nun sieh dich an!»

Er stand mit der Packung Höschen in der drallen Faust unter der Tür und schwankte leicht, die Knie gebeugt, ein dämliches Lächeln auf dem geröteten, blutbefleckten Gesicht, der Hemdenschoß hing ihm heraus, die rote Seidenkrawatte baumelte lose. «Ich wollte – hicks! – bloß – bringen – hier, siehst du. Dikkie, eh...» Er warf mir das Päckchen zu, aber es war geöffnet, und bei mir kam nur die Cellophanpackung an: Die Höschen lagen in einem weichen Haufen zu seinen Füßen. Tania hob sie auf, schaute sie neugierig an und gab sie mir dann augenzwinkernd. «Howard, Howard!» gluckste sie und steckte ihm den Hemdenschoß in die Hose. Er kicherte idiotisch. «Dir sind alle Knöpfe abgesprungen!»

«Hier, Naomi, Howard hat – Naomi? *He*!»

Sie fuhr mit einem Schnarcher auf, blinzelte, der Rock

rutschte ihr über den glänzenden Hintern. «Oh...» Ich konnte Tania ihren Mann nach seinem Pfadfindermesser fragen hören: «Welches ist die Lederkneifzange, Howard?» Naomi lächelte schläfrig, lehnte den Kopf an meine Schulter und schlang die Arme sanft um meinen Hals. «Kannst du mir helfen», gähnte sie, «noch ein einziges Mal?»

«Du bist ein großes Mädchen, Naomi, du kannst –»

«Bitte, Geoffrey? Ich zerreiße diese Dinger immer...»

Ich kniete mich seufzend hin, und tapsig, eine Hand auf meinem Rücken abgestützt, die andere auf dem Waschbecken, schob sie ihre Füße durch die Beinlöcher. Ich konnte sehen, daß es knapp werden würde. «Ist das deine Größe, Naomi?»

«Woher soll ich das wissen?»

Tania öffnete den Handtuchschrank. Vielleicht suchte sie einen Platz, wo sie Howards Messer verstecken konnte. Ich konnte es nicht ändern – das Höschen saß auf halber Höhe von Naomis Schenkeln fest und mußte den restlichen Weg hochgeschoben werden. «Man sollte meinen, das Öl würde helfen», beschwerte ich mich, ein Auge auf Tania gerichtet.

«Deine Frau, ähem, hat mich gebeten, dir zu sagen, Gerald, daß sie ein paar Sachen vom obersten Regal in der Vorratskammer braucht und – rülps! – die Leiter nicht finden kann.» Die Leiter war *in* der Vorratskammer, aber egal, ich begriff. Naomi hob ihren Rock aus dem Weg, während ich an ihrem Fleisch zerrte und den Bund hochschob. «Ich glaube, wir haben's beinahe, Naomi... ganz ruhig!»

«Puh! Uff – danke!» keuchte sie und half mir mit dem Zwikkel. Howards Kopf ruckte hin und her, weil er gleichzeitig versuchte, Naomi anzusehen und sie nicht anzusehen, so daß seine dicken, gebrochenen Brillengläser im reflektiertem Licht funkelten und seine rosa Hängebacken schlotterten. «Paß auf, gerade so, daß ich mich nicht vornüberbeugen muß...»

«Und dann, äh, dann steckt irgendwas zu essen im Gefrierschrank fest, und der Müll quillt über, und überhaupt, sie schien...»

«Ja, schon gut, Howard, sag ihr –»

«Weißt du, es ist komisch», fiel Naomi ein, «aber ich habe das Gefühl, dieses Höschen hat schon mal jemand getragen.»

Tania lächelte; Howard war weg.

Naomi machte Schlangenbewegungen mit den Hüften, damit der Rock herunterfiel. «Vielleicht könnte ich helfen, Geoffrey – ich meine, falls du das Mädchen sehen willst. Weißt du, ich könnte mich vielleicht eine Weile mit deiner Frau unterhalten oder sie dazu bringen, mit mir in den Keller zu gehen und Darts zu spielen oder so...»

«Zu gefährlich, Naomi», sagte ich und trocknete mir die Hände ab. «Sie wirft wie eine Wilde. Überhaupt, ich sehe nicht, weshalb du –»

«Die Liebe!» sagte sie mit einer Art süßem, atemlosem Tremor in der Stimme. «Sie sollte eine Chance haben, wo und wann immer sie sich ergibt. Sie ist so rar... und wunderbar!»

Tania schnaubte. «Roger hat mir mal gesagt, seiner Meinung nach sei die Liebe das Schlimmste auf der Welt – und wenn man sieht, was sie ihm gebracht hat, kann man das kaum abstreiten.»

«Ach, du liebe –!»

«Bring nicht Roger aufs Tapet, Tania, ich habe sie gerade sauber.»

Tania lächelte matt und lehnte sich gegen den Handtuchschrank zurück, in ihr Handtuch eingewickelt wie ein Wüstenmystiker, die Spitze meines Halstuchs lugte zwischen ihren Füßen hervor. Ich sah ihr ins Gesicht, aber es sagte mir nichts. «Es war an dem Tag, an dem er in mein Atelier stürmte. Nachdem er sich beruhigt hatte, redeten wir lange miteinander. Er wußte, wie ihm geschah...»

«Aber das war nicht Liebe, das war etwas... etwas *Verrücktes*!»

«Er erzählte mir, er habe, ehe er Ros kennenlernte, immer geglaubt, daß die Liebe so etwas wie eine Erfindung der Literatur sei, daß Leute sich überhaupt nicht verliebten, wenn sie nicht zuerst darüber läsen. Er sagte, er habe immer geglaubt, daß wir unsere Rolle in der Liebe sozusagen aus Märchen lernten, dann in die Welt hinausgingen und sie spielten, ohne auch nur zu wissen, warum wir das tun mußten. Aber er sagte, als er Ros kennenlernte, habe er all das vergessen, komplett vergessen. Er sagte, sie ließ ihn völlig blöde zurück, als Analphabeten, als Wolfskind, als Mann ganz ohne Vergangenheit, sie erfand ihn so, wie er dastand – es war, als habe er eins über den Schädel bekommen, eine Art spektakulären Kurzschluß des gesamten Nervensystems gehabt, der es auf die simplen synchronen Aktivitäten und ziellosen Entladungen eines neugeborenen Kindes reduzierte.»

«Das kann ich gut verstehen«, sagte Naomi, die mich die ganze Zeit anstarrte, sanft. «Es ist großartig...»

«Er war entsetzt. Er sagte, es war nicht so, daß er sie besitzen mußte, es war noch nicht einmal Egoismus, nicht so, wie man annehmen würde. Und er fühlte sich nicht als ihr Beschützer, fühlte sich nicht gütig oder großzügig ihr gegenüber, war nicht besonders scharf darauf, daß sie glücklich oder erfolgreich oder erfüllt war – es war etwas viel Unmittelbareres, etwas viel Erschreckenderes, es war etwas beinah *Monströses*...»

«Ach, du meine...!» Naomi floh, stürzte, sich den Bauch haltend, an Vics Freundin Eileen vorbei, die gerade hinter uns hereingekommen war. Eileen sah immer noch benommen aus, und eine Seite ihres Gesichts war angeschwollen und wurde blau.

«Nach solch einer abwechslungsreichen Kindheit sollte man meinen», sagte ich, wusch das Becken aus und schmiß das Handtuch zu den anderen (aber auch ich dachte über die Liebe nach), «daß sie ein bißchen abgehärteter wäre.»

Tania lachte trocken. «Mein Gott, Gerry, ich kannte die Eltern des Mädchens. Der Vater war Lehrer und Dichter, die Mutter Musikerin, spielte Bratsche, die sanftesten Leute auf der Welt. Ich bin mir sicher, daß Naomi nie in ihrem Leben eine echte Tracht Prügel bekommen hat. Nicht, daß sie nicht eine gebrauchen könnte...» Eileen setzte ihr leeres Glas auf den Bekkenrand, starrte uns einen Augenblick trübe an, als versuche sie uns einzuordnen, klappte dann den Toilettensitz herunter, hob ihren Schlabberrock, schob ihre Strumpfhose bis zu den Knien runter und setzte sich hin, um zu pinkeln. «Vielleicht ist auch sie auf der falschen Party...»

«Die ist verstopft, Eileen», sagte ich. Ich bemerkte, daß mein Elektrorasierer fehlte. Auch nicht (Tania starrte gedankenverloren auf ihr Dirndl in der Lauge in der Wanne, der Augenblick erschien mir so günstig wie jeder andere) im Handtuchschrank. «Du solltest die unten benutzen.»

«Da ist jemand drin», erwiderte sie dumpf. «Ich glaube, Janice Trainer und irgendein Typ.» Ich hängte frische Handtücher auf die Halter, holte einen Waschlappen heraus und tauchte ihn in kaltes Wasser. Eileen sah auf ihre Schuhe hinab und sagte, untröstlich pinkelnd, zu ihnen: «Es tut mir leid...»

«Hier, Eileen, preß das mal gegen dein Gesicht.»

«Es ist so traurig», sagte sie, «und wir können nichts machen.» Sie putzte sich die Nase im Waschlappen. «Das schlimmste ist, ich empfinde nichts. Das ist das Entsetzliche. Sie sind beide tot, und ich empfinde nichts.»

«Du bist traurig.»

«Ich war traurig, als ich herkam.» Sie hatte die Tür aufgelassen: Alison schien nicht in der Nähe zu sein, aber im Nähzimmer brannte Licht. Eileen zwirbelte ihren Baumwollschlüpfer um den Finger und sah zu mir hoch. «Deine Frau hat nach dir gefragt, Gerry.»

«Ich weiß. Bin schon unterwegs.»

«Gerry, tu mir einen Gefallen», sagte Tania und hielt mich fest, als ich gerade aus der Tür wollte.

«Es ist... es ist noch nicht vorbei, wißt ihr das», murmelte Eileen, die wie über einer tiefen Schlucht dort thronte, leise hinter ihr. Ihr Urinfluß hatte nachgelassen, aber jetzt fing er wieder an, rauschte gegen den Papierklumpen wie ein beunruhigender Gedanke.

«Ich mache mir Sorgen um Mavis. Dieser Ausdruck auf ihrem Gesicht. Er geht mir nicht aus dem Kopf. Siehst du für mich mal nach ihr, bitte?»

«Klar, Tania. Soll ich –?»

Aber etwas, was sie hinter meiner Schulter gesehen hatte, ließ sie plötzlich stirnrunzelnd die Tür schließen. Ich drehte mich um: Die beiden uniformierten Polizisten kamen die Treppe herauf. Im Nähzimmer war nun niemand außer Sally Ann und Dikkie. Das Zimmer meiner Schwiegermutter war verschlossen. Die Polizisten waren auf dem Treppenabsatz stehengeblieben, sie hatten die Mützen zurückgeschoben und stritten mit vollem Mund über etwas: Es schien darum zu gehen, wessen Sandwich wem gehörte, aber der Partylärm von unten übertönte ihre Worte. Im Nähzimmer (eigentlich das Zimmer des kleinen Gerald – das seit der Totgeburt mehr oder minder so geblieben war, die Wände immer noch hellgrün, Abziehbilder auf allen Möbeln und Schranktüren, nur eine Couch und eine Nähmaschine hinzugefügt) versuchte Sally Ann eine Nadel einzufädeln, und Dickie, der sich von hinten an sie schmiegte, hatte sie umfaßt und seine Hand in ihre Jeans geschoben. Sie schaute auf, sah mich zusehen, zog seine Hand heraus, als wolle sie sie küssen, und stach mit der Nadel hinein. Als die Polizisten, von Dikkies Schrei alarmiert, weiter die Treppe heraufkamen, beschloß ich, dies sei eine gute Gelegenheit, mich umzuziehen. Außerdem brauchte ich Zeit zum Nachdenken. Zuviel geschah zu schnell, und ich begann mich zu fühlen wie meine Mutter auf jenem Skihang, setz dich hin, setz dich hin.

«Kannst du ihnen nicht sagen, sie sollen ein bißchen leiser sein?» schimpfte meine Schwiegermutter, die vor dem Eingang zum Zimmer meines Sohnes Wache stand.

Ich lächelte sie an, drückte mich dann an einem Stapel schmutziger Teller und zusammengeknüllter Cocktailservietten vorbei in unser Schlafzimmer und schloß die Tür.

Im Zimmer herrschte Stille, eine beinah gedämpfte Stille; es war nur vom gebündelten gelben Schein der Nachttischlampe erleuchtet, und ich spürte, wie meine Nervosität abebbte. Ich durchquerte das Zimmer, um die Vorhänge zuzuziehen, und sah mich kurz im Wandspiegel, als ich vorbeiging. Hm. Wenn ich mich gesäubert hatte, sollte ich Mark noch einmal gute Nacht sagen, damit er nicht dieses Gesicht mit in den Schlaf nahm. Es sei denn, natürlich (ich rief mir Naomis Valentinsgeschenk ins Gedächtnis), er brauchte das.

Tanias «Susanna und die Ältesten» hatte an Stelle des Spiegels gehangen, bis etwas, was sie eines Abends sagte, uns dazu brachte, es ins Eßzimmer zu hängen. Ihr Mann Howard, der über einen Maler schrieb, den er nicht mochte, hatte seine Arbeit als «Schlafzimmerkunst» bezeichnet, womit zu privat und nachgiebig sich selbst gegenüber gemeint war. Ich hatte argumentiert, daß alle gute Kunst «Schlafzimmerkunst» sei, weil sie eine Offenbarung des innersten Ich und somit eine Art transzendenten Traums sei, aber Howard wollte davon nichts wissen. «Diese weitverbreitete Verwechslung von Kunst und Träumen ist ein romantischer Trugschluß», hatte er gesagt, «der daher rührt, daß beide die assoziativen Kräfte des Hirns brauchen – aber während Träume den Schlaf schützen, beeinträchtigt Kunst ihn.» Tania hatte beigepflichtet: «Ich male nicht im Schlafzimmer, ich *denke* nicht mal ans Malen im Schlafzimmer, und ich würde ganz gewiß keines meiner Bilder dort aufhängen, genausowenig wie ich mit Lockenwicklern und Schlafanzug auf eine Party ginge.» Also hatten wir den Spiegel dahingehängt und «Susanna» ins Eßzimmer hinunterverfrachtet (zugegebenermaßen hatten wir es ursprünglich aus keinem besseren Grund ins Schlafzimmer gehängt, als daß die Waldfarben gut zu den Vorhängen und dem handgewebten rostfarbenen Himmel des Himmelbetts paßten), und um die Wahrheit zu sagen, schien es da unten kraftvoller zu wirken.

Tania und Howard waren heute abend mit Anatole nur ein paar Minuten vor Roger und Ros gekommen – ich versorgte in der Tat noch ihre Mäntel, als ich Ros auf der Veranda lachen hörte –, wir waren also alle zusammen einen Augenblick im Flur, einen Augenblick, der mir jetzt im Rückblick beinah magisch erschien. Ros hatte uns alle fest umarmt (ich erinnerte mich, daß Anatole errötete und an die Decke starrte, als sie ihre Brust gegen ihn preßte, und daß Howard seine verrutschte Brille wieder gerade rückte) und verkündet, sie habe gerade eine neue Rolle in einem Stück bekommen – ich hatte zu der Zeit den Eindruck, daß das auch für Roger eine Neuigkeit war und eine beängstigende obendrein –, und weg war sie, um ihre Umarmungen zu verteilen, das letzte Mal, daß ich sie, soweit ich mich erinnern konnte, lebendig sah. Ros konnte großartig umarmen. Sie gab einem immer ungefähr fünf Sekunden lang das Gefühl, man sei ihr letzter Freund auf Erden und sie habe einen gerade rechtzeitig gefunden, und jetzt, während ich die Kleider im Schrank nach etwas zum Anziehen durchsuchte, ertappte ich mich dabei, daß ich all ihre Umarmungen wie eine einzige erinnerte: nicht ein Mädchen, das umarmte, sondern Umarmung in

Form eines Mädchens. Ich wählte eine leichte Leinenhose und ein rostfarbenes Wickelhemd und warf sie über einen Stuhlrükken. Mußte auch die Schuhe wechseln. Und Socken: Ich trug Blau.

Ros bat uns manchmal, wenn wir sie hinter der Bühne besuchten, ihr beim Kostümwechsel zu helfen. Ich sage «uns»: Ich hatte selten das Glück, sie ganz für mich zu haben. Und überhaupt war man irgendwie nie ganz allein mit Ros, selbst wenn niemand anderes dabei war. Aber es spielte keine Rolle. Tatsächlich war einer der besten Momente, die ich je mit ihr hatte, an dem Tag, an dem ich ankam und einen Fotografen vorfand, der gerade Standfotos machte. Ich war mittlerweile verheiratet und sie auch, deshalb hatten wir einander nur selten gesehen, aber ihre Begrüßung war so, als seien wir ein Liebespaar. Das heißt, genau wie immer. Was der Fotograf wollte, waren einfache, freimütige Werbefotos von Ros im Sinnestaumel, aber immer, wenn sie versuchte, Ekstase vorzu*spielen*, sah sie aus, als sei ihr gerade eine Fliege in die Nase geflogen. Der Fotograf sagte, er würde ihr gerne helfen, sie echt hochzuschaukeln, aber er sei nicht lokker genug, wie er sich ausdrückte, um gleichzeitig Bilder zu schießen und abzuspritzen, deshalb fragte er mich, ob ich ihm den Gefallen täte, Ros aufzugeilen. Für die Kunst, setzte er mit einem professionellen Grinsen hinzu. Ich protestierte – matt, weil Ros gerade ihre weichen Arme um mich geworfen hatte und mir eine ihrer atemlosen Umarmungen zukommen ließ: O ja! laß uns das tun! – daß meine Frau etwas weniger großherzige Ansichten über Kunst und Pflicht habe und ich nicht das Risiko auf mich nehmen könne, daß ein unretuschiertes Foto irgendwo auftauchte. Ros verstand das natürlich alles nicht, aber der Fotograf, bereits dreimal verheiratet, dachte einen Augenblick darüber nach und schlug dann vor: Warum nicht eine Maske tragen? Also besorgten wir uns die Schlüssel zu den Kostümschränken, schlossen uns in einen Probenraum ein, wo es ein paar farbige Scheinwerfer gab, Spiegelwände und Requisiten, und genossen eine verzauberte Stunde, die ich im nachhinein als erotische Erforschung meiner Kindheit betrachtete. Ich war nacheinander Clown, Teufel, Vogelscheuche, Skelett, die hintere Hälfte eines Pferdes, Napoleon, Mumie, Mohr und Marsmensch. Ich spielte die Komödie zu Ros' Tragödie, Inquisitor zu ihrer Hexe, Dornröschen zu ihrem Prinzen, Jesus zu ihrem Papst. Manchmal erschreckten oder erregten mich die Spiegelbilder tatsächlich, änderten mein Verhalten und meine Wahrnehmung dessen, was ich tat, aber Ros war immer gleich, ob als Nymphe, Drachen, alter Mann oder Jungfrau Maria: kurzum, absolut köstlich. Der Fotograf mischte gelegentlich mit – bloß, um seine Hände ruhig zu halten, wie er sich ausdrückte –, und einmal bumsten wir sie zusammen ohne Masken, nur in rotes Licht und Narrenglocken gekleidet. Ich lernte wahrscheinlich in dieser einen Stunde oder so mehr über das Theater – über das Theater als *Spiel* und die Macht des Spiels, unerwartete Einsichten heraufzubeschwören, begrabene Erinnerungen hervorzuholen, Widersprüche zu lösen, das Herz zu erfreuen – als in all den Jahren zuvor oder seitdem. Nach dem dritten Orgasmus wurde alles sehr traumhaft, und wenn ich nicht unten in meinem Arbeitszimmer einen Stapel Fotos eingeschlossen hätte, um zu beweisen, daß es tatsächlich passiert war, würde ich es wahrscheinlich selbst nicht glauben. Ich fand nicht so sehr Gefallen an einem bestimmten Kostüm wie an ihrer merkwürdigen Abfolge – einer Art seltsam stammelnder Erzählung, die sich nicht entfalten wollte, sondern statt dessen immer geheimnisvoller wurde, in sich ruhend, und uns wohltuend in ihre inneren Abgründe zog –, aber vom Standpunkt des Fotografen war das beste wahrscheinlich eines der einfachsten, eine Variation zu ‹Die Schöne und das Biest›, in der Ros nur einen schmalen transparenten weißen Gazestreifen trug und ich mit einem Gorillaanzug herausgeputzt war. Er sagte, ihr erstaunter Ausdruck, als sie zu dem monströsen schwarzen, haarigen Bauch emporsah, aus dem sich ein kleiner weißer Pimmel reckte, sei genau das, was er gesucht habe.

Ich lächelte, fühlte mich dankbar. Meine blauen Flecken taten weniger weh. Ich hatte das Gefühl, ich könnte immer hierbleiben, von Erinnerungen und den warmen Lichtern und Stoffen meines Schlafzimmers umhüllt; aber dann hörte ich meine Schwiegermutter draußen im Flur mit jemandem schimpfen. Ich seufzte, streifte die Schuhe ab, rollte die Socken herunter, zog den Gürtel ab und legte ihn zu den sauberen Kleidern über den Stuhlrücken, ließ die Hose herunter (das ganze Blut in der Leistengegend, ihres: Ich schauderte, schmerzlich berührt von diesem traurigen Abschiedsgeschenk) und hatte ein Bein draußen, als Vics Tochter hereinkam. «He, ich ziehe mich gerade um, Sally Ann!»

«Das macht nichts, lassen Sie sich nicht stören – ich wollte bloß diesen Flicken aufnähen.» Sie spähte in den Flur zurück (ich hörte jemanden protestieren, so etwas wie ein Handgemenge auf der Treppe – was ich auf Sally Anns vier Buchstaben las, war «SITZ DER GLÜCKSELIGKEIT») und machte dann die Tür leise zu. «Überall sonst *belästigt* mich immer einer.»

Sie tappte barfuß durchs Zimmer zum Toilettentisch meiner Frau und blieb dort stehen, um ihren Nabel im Spiegel zu bewundern. Ich hatte die Hose wieder hochgezogen, zum Teil, um die Erektion zu verbergen, die ich von meinen Gedanken an Ros hatte, und blieb so stehen. «Mach schon, ich habe das Haus voller Gäste! Ich muß mich anziehen und –»

«Na, dann machen Sie doch, um Himmels willen», sagte sie mit einem treuherzigen Lächeln, während sie meinen offenen Hosenschlitz betrachtete, «lassen Sie sich von *mir* nicht aufhalten!» Sie wandte mir den Rücken zu und schob ihre Bluejeans hinunter, wobei ihr kleiner Bikinislip mit herabgezerrt wurde. Sie trat aus den Jeans, zog äußerst langsam den Slip wieder hoch und setzte sich dann auf den Hocker vor dem Toilettentisch, den kleinen Arsch gestreckt, als versuche sie, ihn loszuwerden. «Ich meine, wir wissen doch, wie Männer und Frauen *aussehen*, nicht, Gerry?» Sie legte die Bluejeans über den Schoß und nahm Nadel und Faden, als wolle sie mich dirigieren. Jetzt bemerkte ich die beiden Whiskeygläser auf dem Toilettentisch, das halb gegessene Sandwich, den offenen Topf Vaseline, roch das fremde Parfum, den Schweiß und Rauch. Selbst hier also... «Also ich *sehe* noch nicht einmal hin, wenn Sie das stört», fügte sie hinzu und sah mich schelmisch im Toilettentischspiegel an.

«Wie du willst», sagte ich und drehte ihr den Rücken zu. Nun sah ich, daß das Bett zerwühlt, die Tagesdecke wieder lose darüber geworfen war. Ich hob sie: Auf dem Laken war ein Blutfleck, ein kleines braunes Loch von einer Zigarette, Münzen, Krümel, eine nasse Stelle und falsche Wimpern. Nun ja... und der gelbe Schein der Lampe: Er stammte von einem Nachthemd meiner Frau, das darüber drapiert worden war.

Ich zog die Hose aus, warf sie aufs Bett und fühlte mich irgendwie zutiefst betrogen, als Sally Ann: «Aua!» rief und herübergetänzelt kam, um mir ihren Daumen zu zeigen, in den sie sich angeblich gestochen hatte. «Küssen Sie ihn mir, Gerry», stöhnte sie mit schwüler Schulmädchenstimme und drückte sich von hinten an mich.

«Jetzt paß mal auf, verdammt noch mal –!» fauchte ich, wirbelte herum, und der in mein Halstuch gewickelte Eispfriem fiel aus dem Hemd uns zu Füßen auf den Boden.

«Gerry –! Mein Gott!» quietschte sie und trat zurück, immer noch den gestochenen Daumen mit dem winzigen Blutstropfen hochhaltend.

«Er gehört nicht mir», sagte ich lahm. «Er ist eben... aufgetaucht...»

Sie hockte sich hin, um ihn aufzuheben. «Er ist so – so *sexy*!» hauchte sie, ihn sanft streichelnd. Sie wickelte ihn sorgfältig wieder in das Halstuch und gab ihn mir zurück. «Ich sag es niemandem, Gerry!» flüsterte sie ernst, warf mir auf Zehenspitzen stehend die Arme um den Hals und küßte mich. «Ehrenwort!» Ich versuchte mich zu entwinden, aber sie hielt sich mit einer kleinen warmen Hand an meinem Nacken fest und zeigte mit der anderen auf die harte Schwellung in meiner Unterhose: «Sehen Sie, Sie mögen mich doch, Gerry! Ich habe ihn gegen meinen Bauch klopfen gespürt – Sie können es nicht verbergen!»

«Stell dich nicht so blöd an, der wird so durch –»

«Kann ich ihn sehen?»

«Was? Nein, natürlich nicht!» Ich stemmte ihre Hand von meinem Nacken weg.

«Bitte, Gerry!» Sie errötete, ihre welterfahrenen Allüren lösten sich in Luft auf. «Ich habe noch nie wirklich einen gesehen, wissen Sie...» Sie berührte die Spitze behutsam durch die Baumwolle. «Nicht... nicht so aufgerichtet wie...»

«Verarsch mich nicht, süßes Früchtchen, ich habe deine Reklame gelesen.»

«Machen Sie sich nicht über mich lustig, Gerry. Ich war... das war alles bloß für Sie. Sie sind so erfahren, ich dachte, Sie würden...» Sie zog den Kopf ein und lutschte an ihrem gestochenen Daumen. «Ich habe bloß angegeben...» Ihr zusammengeknotetes Hemd klaffte auf und enthüllte die festen kleinen Kügelchen mit ihren rosa Spitzen wie frische Pickelchen. Ich könnte ihn in einer Hutschachtel meiner Frau verstecken, dachte ich. Oder in ihren Stiefeln vielleicht, im Nähkorb... «Ich komme mir so doof vor...» Sie lehnte sich gegen mich, legte einen Arm um meine Taille und zog mit der anderen Hand meine Unterhose hinunter.

«He –!»

Sie zuckte verblüfft zusammen, hielt sich an der Hose fest. «Wow! Soll das etwa reingehen... in mich?» stieß sie hervor und wiegte ihn in beiden Händen. «Tut das nicht... weh?»

«Nur wenn du schluckst», sagte ich trocken und zog mit der freien Hand an meiner Unterhose, um mich zu entziehen.

«Warten Sie, Gerry!» Sie hielt die Hose mit einer Hand entschlossen unten fest und umfaßte mit der anderen meinen steifen Schwanz. «Ich bin nicht so doof, wie Sie denken, ehrlich – aber auf all den Bildern, die uns in der Schule gezeigt wurden, hing er immer wie ein weichgewordenes Bonbon nach unten, ich habe nie einen so ganz steif gesehen wie den!»

Vielleicht stimmte das; aber ihre Neugierde machte mich sowohl wütend als auch traurig, und ich dachte wieder an meinen nächtlichen Spaziergang durch die wäschebehangenen Straßen jener Küstenstadt in Italien: Was für ein Idiot ich war! «Sally Ann, bitte...»

«Aber sehen Sie – hier ist der Penis, und da ist das Scrotum, richtig? Und das Scrotum enthält die Epididymis, die samenerzeugenden, äh, Dingsbumse und die Vasa deferens, die ich, glaube ich, hier hinten gerade noch fühlen kann...» Die Illusion von Neuheit, jener alte Schirm gegen die Zeit: Ihre Finger wanderten zaghaft zwischen meinen Beinen hindurch wie ein Reisender in einer fremden Stadt, erregt von der Möglichkeit hinter der nächsten Biegung, armes Kind... «In der Schule nannten wir Mädchen es die ‹Vase der Differenz›...»

«Sehr komisch.» Sie zog die Unterhose noch ein wenig hinunter, wagte sich mit einer Hand tiefer vor und manövrierte mit der anderen meinen Penis wie einen Hebel – und wahrhaftig fühlte ich mich wie eine antiquierte Maschine, ein Museumsstück, eine einst verblüffende Erfindung, die erste ihrer Art, oder zumindest wurde sie dafür gehalten, und nun wurde sie bloß noch als eine der endlosen Reproduktionen der Zeit angesehen, überholt, zum Wegwerfen, wertlos außer als Kinderspielzeug. Ich bedauerte meinen Sarkasmus.

«Und dann das Perannum –»

«Perineum.»

«Das Perineum, der Anus, die – darf ich versuchen, die Prostata zu ertasten, Gerry?» Sie hielt mein Organ jetzt sanft, seine Spitze ruhte in ihrem bloßen Nabel, während ihr Finger forschend mein Rektum sondierte, und ich dachte: Ja, die Vase der Differenz: ein Schulmädchenkichern. Und doch: vielleicht reichte das… «Es ist alles so weich und quabbelig und –»

Die Tür schlug mit einem Knall gegen die Wand, als Vic hereinstürzte. «SALLY ANN!» röhrte er, sein Gesicht war bleich vor Wut und Besorgnis.

Mit einem Ruck zog sie erschreckt ihren Finger heraus – *fflopp!:* «Autsch –!»

«O Dad!» stöhnte sie. «So laut zu brüllen…!»

«Wenn der gottverdammte Hurensohn –!»

«Daddy, hör auf! Du machst eine Szene!»

«Heiliges Kanonenrohr…!» schnaufte ich und befühlte vorsichtig meinen Anus: Ja, er war noch da.

Vic blinzelte und sah sich triefäugig um. «Oh, hallo, Gerry. Entschuldigung. Ich dachte – na ja, ich habe den Schweinehund nirgendwo gesehen, und…»

«Also wirklich! Man könnte meinen, wir wären im Mittelalter!» Sie seufzte verdrossen, beschnüffelte ihren Finger und hob dann meinen Penis für einen letzten Blick auf die Unterseite an: «Lauter Gänsehaut», murmelte sie, die Vorhaut vor- und zurückschiebend, «wie der Hals eines alten Truthahns!»

«Sally Ann, dein Vater –!»

«Ich kann selbst auf mich aufpassen!»

«Verdammt noch mal, du *kennst* den Typen nicht, Baby!» beharrte Vic, der täppisch durchs Zimmer stolperte. Er sah aus wie ein Läufer, der gerade eine Meile hinter sich gebracht hat und kurz vorm Umfallen ist.

Sally Ann ächzte, schnitt mir mitfühlend eine Grimasse, schenkte mir einen letzten Händedruck und ließ endlich los, als Vic sich auf den Hocker plumpsen ließ. Ich zog meine Unterhose hoch und massierte das Zwacken in meinem Anus weg. «Also, jetzt hast du dich auf meine *Jeans* gesetzt!»

«Entschuldigung», nuschelte er und stand mit abgewandtem Blick wieder auf.

«Du bist betrunken, Daddy, und du weißt nicht, was du tust», schimpfte Sally Ann, während sie ihre Jeans hochzerrte. Vic hatte sich kurz umgedreht und trank, deshalb stopfte ich Halstuch und Eispfriem schnell unter die Matratze. Dort lag bereits etwas – ein Fleischspieß? Noch mehr Eispfrieme? «Ich bin kein Kind mehr, weißt du!»

«Du hättest mich an der Nase rumführen können», brummelte Vic und wischte sich mit dem Ärmel über den Mund. Sein blaues Arbeitshemd, halb aufgeknöpft und blutbefleckt, war im Rücken durchgeschwitzt.

«Ach, Daddy, du gehst mir auf den Keks», sagte Sally Ann und überprüfte sich im Toilettentischspiegel, eine Hand gegen ihren flachen, gebräunten Bauch gedrückt. Als sie merkte, daß ich zusah, band sie ihr Hemd auf und knotete es lose wieder zu, aber ich sah ihre Sterblichkeit, nicht ihre kindischen Flirtversuche. Etwas, was Tania einmal über Spiegel als Symbol von Bewußtsein oder Vorstellungskraft gesagt hatte. Vielleicht hatten wir über ihr Bild «Der Verlobte der heiligen Lucia» geredet, dem mit all den Augen. Es hatte angefangen, so erinnerte ich mich, mit einer ihrer kleinen Parabeln über die Weisheit, über ihren Malerglauben an Immersion, Fluß, innere Vision im Gegensatz zu Technik, Struktur, Verstand. Genau wie Spiegel, hatte sie gesagt, Parodien der Meere seien, an sich Symbole des Unbewußten, des Unergründlichen, des Formlosen und Mysteriösen, so seien Verstand und Erfindung bloß Parodien der Intuition. So etwas stand von Tania zu erwarten. Was mich damals jedoch beeindruckte, war ihre Definition der Parodie: Das Eindringen von Form oder Tod (sie setzte sie gleich) ins Leben. So log der Spiegel als Parodist nicht – im Gegenteil –, aber er spiegelte auch nicht bloß wider: Eher *schuf* er wie eine Kamera die Wahrheit, die wir darin sahen, und brachte somit das

Mögliche zur Strecke. Sally Ann, die mich die ganze Zeit über neugierig beobachtete, hatte den Kragen ihres Hemdes umfaßt und zog ihn eng an sich, als sei ihr kalt. «Was... was ist los...?»

Ich schaute ihr Spiegelbild an, ihren Rücken im Schatten zwischen uns konnte ich nicht sehen. Großes Mitleid stieg in mir auf. «Du bist zu eigenwillig...»

«Das kannst du verdammt noch mal laut sagen!» knurrte Vic und sah auf. «Also, den Rest des Abends will ich dich unten haben, wo ich –»

«Ach Kacke!» schmollte sie, ihre kleinen Fäuste in die Seiten stemmend. «Ihr könnt mich beide mal!»

Vic machte einen Satz in ihre Richtung: «Paß auf, du kleine –!» Aber sie war schon aus der Tür. Wütend starrend blieb er einen Augenblick stehen, die breiten, schweißdunklen Schultern hochgezogen; dann schien ihn die Kraft zu verlassen, und er sank wieder auf den Hocker vor dem Toilettentisch. Ich setzte mich auf die Bettkante, um die sauberen Socken anzuziehen, mir die Schuhe zuzubinden und das Prickeln zwischen meinen Backen zu lindern. Ich dachte noch über Tod und Parodie und Spiegel und die grundsätzliche Formlosigkeit der Liebe nach (meine Schwiegermutter erschien in der Tür, funkelte uns an und schlug die Tür zu) und wie ich das alles Alison erklären könnte. Und dann: Wie sie zu mir aufblicken würde... «Hast du hier oben irgendwo 'ne Flasche? Unter der Matratze oder so?»

«In einer der Schubladen findest du vielleicht Haarwasser...» Und was ist dann mit der Ehe, Gerald? Auch bloß eine Parodie? Ich konnte direkt hören, wie Alison mich das fragte.

Vic brummelte vor sich hin. Sein Gesicht lag im Schatten, aber sein zotteliges weißes Haar war bis zu den Koteletten hinunter von Licht umrahmt. Er erspähte die beiden Gläser auf dem Toilettentisch, schnupperte daran, entschied sich für eines und kippte die Eiswürfel aus seinem Glas hinein. Ich steckte die Sachen aus den Taschen der alten Hose in die neue, wieder schockiert über die Obszönität der Blutflecken (und wie war ich dazu gekommen, einen Büchsenöffner einzustecken, den Tropfenzähler, diese verschrumpelten Austern und die abgestoßenen kleinen Murmeln?), und zog dann den Gürtel durch die Leinenschlaufen. «Gott, was soll ich tun, Gerry?»

«Ich weiß nicht, redest du ab und zu mal mit ihr?»

«Mit ihr reden! Du bist witzig, worüber? Mein Vater war ein Bergarbeiter, der nicht lesen und schreiben konnte, aber alles nahm, wie es kam, und nicht unterzukriegen war, ihrer ist ein verbitterter, überkandidelter bourgeoiser Säufer – was können wir schon gemeinsam haben? Gott, sie versteht meinen Alten besser als ich sie alle beide!»

«Das paßt ins Bild.»

«Komm, blas dich mir gegenüber nicht so auf, Freund –!»

«Ich meinte nur –»

«Du meintest, was wir alle wissen: Liebe macht blind. Ich habe mich an dem Tag als Denker ruiniert, an dem ich meine Frau schwängerte. Seitdem bin ich keinen müden Furz mehr wert.» Ich konnte ihm nicht widersprechen. Er hatte ungefähr seit Sally Anns sechstem Lebensjahr nichts mehr geschrieben und schon lange vorher nachgelassen. Aber ich glaubte nicht, daß es so einfach war. Die Welt auf einen geistlosen Mechanismus zu reduzieren ist eine Sache, darin zu leben eine andere. Daß alles in Fluß war, hatte ihn überrascht, verletzt, ihm den Boden unter den Füßen weggezogen. Selbst jetzt, als er sich aufbäumte und rastlos durchs Zimmer lief, schien er zu schlingern und zu schwanken. «Ich will dir was über meinen Alten erzählen. Bloß weil er einem die Scheiße aus dem Leib prügeln konnte, dachte er, er wäre ein Kraftmeier. Und neunmalklug. Der Hurensohn steckte voll verblasener Sprüche – er hatte es raus. Und weißt du, was es ist? Macht. Dieser unterwürfige Schlappschwanz, der sein Leben lang unten im Arschloch der Nation schuftete, wenn er nicht in der Schlange vor der Suppenküche stand, glaubte an die Macht, wie Kinder an gute Feen glauben. Tut er immer noch. Gibt immer noch seine Kraftsprüche von sich und tut neunmalklug und liegt da in seinem beschissenen Krankenbett im Altenheim und wartet darauf, daß er das Zeitliche segnet. Bei Sally Ann dagegen ist es Erfahrung. Verzogen, naiv, unfähig, etwas Komplizierteres als eine gottverdammte Kummerkastenillustrierte zu begreifen, ein Mädchen, das die reale Welt nicht mal erkennen würde, wenn es von ihr überrollt würde, und woran glaubt sie – wonach richtet sie ihr Leben aus – Erfahrung!»

«Was willst du mir eigentlich sagen, Vic?»

«Daß ich *weiß*, was mein Problem ist, verdammt – aber was mich juckt, ist, daß ich anscheinend nichts dran ändern kann!»

«Na, in deinem Alter kommst du...»

«Was, zur Paradoxie? Gott, nein, die habe ich immer akzeptiert – ich mache bloß keine Religion draus wie du, das ist alles.»

Ich nahm einen Schluck von dem Drink, den Vic stehengelassen hatte: irgend etwas zwischen einem Manhattan und einem Gin Rickey. Schrecklich. Gegen das Licht: Lippenstift auf der anderen Seite des Glasrandes. Volle Lippen. Kirschrot. «Was meinst du, woran Eileen glaubt, Vic?»

Er seufzte, trank sein Glas leer, zerkaute einen Eiswürfel. «Keine Ahnung. Ekstase vielleicht? Lachen aus dem Bauch heraus?»

«Du bist entsetzlich lieblos zu ihr – warum bist du überhaupt mit ihr zusammen?»

«Sie ist ein bequemes Loch, in das ich mich wegstecken kann. Und wenn ich fertig bin, kann ich gehen, und sie beschwert sich nicht.»

«Ist das fair?»

«Weiß ich nicht. Ich denke nicht darüber nach.»

Ich schüttelte den Kopf. «Ich glaube nicht, daß mir das so Spaß machen könnte.»

«Na ja, du bist verbindlicher als ich. Du gibst Parties, ich nicht.»

«Vielleicht ist das Problem, Vic, daß du nie verliebt gewesen bist.»

Er stieß sein verbittertes Lachen aus. «Nein, du blöder Kakker, du hast recht – ich habe geliebt, weiß Gott geliebt, aber *verliebt* war ich noch nie! Außer...» Er hielt inne, wurde etwas nüchterner, fuhr sich mit der breiten Hand durchs Haar. «Außer vielleicht einmal...» Er lehnte sich gegen einen Bettpfosten, sein zerklüftetes Gesicht wurde weich.

«Jemand, den ich kenne?»

Er seufzte, rieb sich übers Kinn und schwankte vom Bettpfosten weg. «Ja.»

Ich trank schweigend, während er auf und ab lief. Etwas schmerzte ihn offensichtlich. Nicht Eileens dumpfer und stoischer Schmerz. Es war beunruhigender. Er schien davon zerrissen, sein Schwung gebrochen, seine Einbildungskraft blockiert, und ich dachte: Ja, ich wußte es die ganze Zeit – Eileen auf der Couch, Vic über ihr, mit dem Rücken zu uns, sein Nacken gerötet, die Fäuste geballt... «Ros», sagte ich.

Er nickte. «Es war kurz nachdem meine Frau und ich uns getrennt hatten.» Seine Stimme war belegt, und wie um das zu überspielen, räusperte er sich und sog noch einen Würfel zum Kauen hoch. «Ich brauchte schnell und leicht jemanden», sagte er. Die Worte knirschten durch das Eis. «Keine Komplikationen.»

«Wie Eileen.»

«Wie Eileen. Nur daß es anders kam.» Er seufzte: mehr ein Ächzen; dann ließ er sich wie ausgehöhlt auf den Hocker fallen. Dort saß er, den Rücken gebeugt, die Ellbogen auf den Knien, und starrte traurig in sein leeres Glas. «Wir begegneten uns zufällig bei einer politischen Veranstaltung. Roger verteidigte ein paar Gefängnisinsassen, die einen Aufstand angezettelt hatten –»

«Ich weiß, ich habe darüber gelesen.»

Er grunzte. «Aus irgendeinem Grund hatte er Ros mitgeschleppt. Wahrscheinlich hatte er Angst, sie irgendwo alleine zu lassen. Die Veranstaltung fand auf der Treppe des Gerichts statt, und die Organisatoren der Sache waren oben auf der Veranda unter der Kolonnade, mit dem Gesicht zu den Leuten. Ich wurde gegen Ros gedrückt, als wir ankamen, und ziemlich schnell waren wir so weit, daß wir Hände und Ärsche hielten und schließlich drauf und dran, es einander zu besorgen – Gott, war ich geil! Wir müssen jeden im Umkreis von dreißig Metern angemacht haben!»

«Wo war Roger?»

«Vorne bei den ganzen Obermackern. Er war wie üblich ziemlich nervös wegen ihr, aber obwohl er sich andauernd den Kopf verrenkte, konnte er eigentlich nichts sehen – außer daß Ros' Gesicht erglühte und daß sie so herumruckte.» Er unterbrach sich und schleckte lasziv an dem schmelzenden Eis, seine dichten Brauen zusammengekniffen. «Willst du das wirklich hören?»

«Ja...»

«Es ist nicht bloß so 'ne billige Machoprahlerei – ich meine...»

«Ich weiß.»

Er beugte sich wieder vor und starrte durch die Wand. «Sie trug einen weichen Wollrock, Lambswool vielleicht. Mir fallen die Kleider einer Frau nie auf, aber ich weiß bis aufs letzte blöde Ding genau, was sie an dem Tag anhatte. Vom Anfühlen her sowieso. Ich erinnere mich nicht mehr, was für eine Farbe der Rock hatte – grünlich kariert, glaube ich –, aber ich werde nie vergessen, was für ein Gefühl es war, ihre Möse durch ihn zu packen.» Die Finger seiner rechten Hand schlossen sich um sein Knie. «Ein fetter samtener Beutel, ein kleines, weiches pelziges Plüschtier, das man zwischen den Ohren kraulte – Gott, ich kriege 'nen Steifen, wenn ich bloß daran denke!» Er kratzte sich am Sack, saugte einen Würfel hoch und spuckte ihn wieder aus. Tränen glitzerten in seinen Augenwinkeln. Ich schraubte den Deckel auf die Vaseline. «Egal, ich kam mit meiner Rede an die Reihe, und ehe ich wegging, flüsterte ich Ros zu, wie verdammt unglücklich ich war und wie sehr ich etwas menschliche Wärme brauchte. Sie wartete auf mich, als ich fertig war – ich weiß nicht, was ich da draußen gesagt habe, aber es muß gut gewesen sein, scharf, drastisch, ohne Brimborium, mein ganzer Körper arbeitete sozusagen an der Message mit – und als ich zurückkam, zog sie mich langsam hinter die anderen und schließlich ins Gebäude rein, dabei lächelte sie die ganze Zeit Roger an. Sie kannte sich im Gericht mächtig gut aus, vermutlich weil sie so oft mit Roger hinmußte. Sie hetzte mich ein paar Treppen rauf, einen Gang entlang, durch einen leeren Gerichtssaal und in eine kleine Garderobe, wo die Richterroben hingen. Wir konnten die Reden und Sprechchöre und den Beifall von drinnen hören und deshalb gut timen. Oder ich jedenfalls. Ich glaube nicht, daß es für sie eine Rolle spielte. Wir waren wahrscheinlich nicht länger als zehn oder fünfzehn Minuten da oben, aber wenn ich daran zurückdenke, habe ich das Gefühl, daß ich die bessere Hälfte meines Lebens in dieser Garderobe verbracht habe, und ich hinterließ genug Samen in Ros und überall auf den blöden Roben, um eine Wüste ergrünen zu lassen! Ich wußte, daß es verrückt, unreif, unwirklich war, aber es war mir egal. Als ich aus dem gottverdammten Gebäude kam, schwebte ich ungefähr einen Meter über dem Boden! Wirklich Pech, daß wir an dem Tag nicht die Barrikaden gestürmt haben, ich hätte als glücklicher Mann sterben können!» Beim Gedanken daran lächelte er breit, und einen Augenblick lang, während ein Schein von Wärme und Unschuld sein zerklüftetes Gesicht erstrahlen ließ, sah er aus wie ein anderer Mensch. Dann kehrte die Skepsis wieder, die verbitterte Intellektualität, der Überdruß: Er schaute mich an, um zu sehen, wie ich das alles aufnahm, zuckte die Achseln über meine Gelassenheit (Ach, ich wußte es, wußte, was sie konnte, wußte, was ich verloren hatte, was wir alle verloren hatten) und setzte sein Glas ab. «Es war so wahnsinnig schön, Gerry...»

«Ja...»

«Hat mich politisch aber ins Aus gebracht. Mein Kopf war nutzlos, sie hat ihn mir regelrecht ausgeblasen. Kein Wille. Alles war Körper.» Schuldbewußt schien er den Gedanken zu genießen. Ich dachte an den alten Witz von Charley: lieber im Gericht verführt als überführt... «Eine unheimliche Assoziation. Für mich jedenfalls. Die Illusion... die Zeit zu besitzen...»

«Ich weiß. Wir haben die Vergangenheit, wir haben die Zukunft, aber die Gegenwart kriegen wir anscheinend nie zu fassen.»

«Ach ja, die Gegenwart ist in den Händen von sehr wenigen.» Ich konnte seine Kiefer unter den breiten Koteletten mahlen sehen.

«Hast du sie oft gesehen?»

Mit feuchten Augen unter struppigen grauen Augenbrauen stierte er mich und dann wieder sein leeres Glas an. «Wir haben uns danach noch ein paarmal getroffen, aber wie du ja weißt, ist es mit Roger nicht leicht. Und es ging gegen meine Prinzipien, auch wenn sie da schon am Arsch waren, die Frau eines anderen zu ficken. Deshalb habe ich mich schließlich zusammengerissen und Schluß gemacht. Mit dem Vögeln auf jeden Fall. Ich wollte immer noch in ihrer Nähe sein, so oft ich konnte, selbst wenn ich meine Vorstellungskraft ein bißchen üben und meine Sichel anderswo putzen mußte. Ich meine, ich will dich nicht beleidigen, aber Ros war eigentlich der Grund, weshalb ich heute abend hergekommen bin. Bloß um... ach ja... und jetzt...» Er biß sich auf die Lippen, bäumte sich auf und begann wieder durchs Zimmer zu staksen, rieb sich mit einer fleischigen Hand übers Gesicht und atmete schwer. *«Sie bearbeiten sie da unten mit einer gottverdammten Gabel, Gerry!»* schrie er.

«Einer Gabel –?»

«Diese Scheiß-Bullen!» Er hieb mit der Faust gegen die Wand. Jetzt fiel mir der Anblick wieder ein, der sich mir im Wohnzimmer über die Köpfe von Daffie und Jim und den anderen hinweg geboten hatte: Inspektor Pardew kniete auf dem Fußboden und streckte, wie ein Chirurg nach dem Skalpell, seine Hand über die Schulter nach den beiden Assistenten aus. Vic wirbelte plötzlich herum, polterte mit geballten Fäusten hinaus und krachte in ein paar Leute direkt vor der Tür: Dolph und Talbot trudelten gegen die Wand, Charley Trainer fiel auf den Arsch, sein Scotch flog in hohem Bogen davon, eine Frau kicherte nervös. *«Wunnerschön!»* rief Charley, dem der Whisky übers Gesicht lief, vom Fußboden, und die Frau, eine pummelige Dame, die ich nicht kannte, aber wegen ihrer rougegeröteten Wangen, des farbenprächtigen, am Bauch stark blutverschmierten Kattunkleides, den kurzen Söckchen und Mokassins (warum stellte ich sie mir in einem Garten vor?) für Mrs. Earl Elstob hielt, kicherte wieder.

Unten auf dem Treppenabsatz gab es ein Getöse, und jemand schrie auf.

«Gott, was war das?» fragte Dolph mit belegter Stimme. Er stolperte gegen den Rücken der dicken Dame, die überrascht dreinsah und wegrückte.

«Vielleicht hat er die Treppe vergessen», sagte Talbot und leckte sich die Hand ab. Mit seinem bandagierten Ohr sah er aus, als wüchse ihm ein zweiter Kopf.

Ich half Charley auf die Füße und zog ihn aus dem schmutzigen Geschirr hoch. Er hatte mitten in einem Teller mit Fleischbällchen in Soße gesessen, aber er schien sich nichts daraus zu machen. «Körperlicher Kontakt – da *steh* ich drauf!» erklärte er händewedelnd und legte schwungvoll einen Arm um mich. Die Flasche Scotch am Ende schlug schwer gegen meine Schulter.

«Du biss ein wunnerbarer Mensch, Big G!» Er verdrehte die Augen und rülpste sentimental, und Dolph schob ein prosaischeres Echo nach.

«Den kenn ich schon», sagte Talbot dämlich. Sie sahen aus wie aufgeblähte Parodien von geilen Teenagern, Pappmaché-Witzfiguren aus einem Karnevalszug, und einen Augenblick lang schienen sie ihre Sterblichkeit wie rote Farbtupfer auf der Nase zu tragen: Ja, wir werden alt, dachte ich und spürte ein warmes Gefühl für sie in mir aufwallen.

Ich wollte mich losmachen, aber Charley hielt mich fest umarmt. Der Hals der Whiskyflasche drückte kalt und naß unter mein Ohr. «He, ich *liebe* diesen Heini!» rief er der dicken Dame zu, und sie begann zu kichern. «Bei Gott, Gladys, er iss mein ältester unn bester Freund! Er iss 'n – er iss ein *Prinz*!»

«Ach, Sie!» gackerte sie, ihr Gesicht erhitzt und blutbespritzt.

«Nein, *es stimmt*, Gladys! Er iss 'n wahrhaftiger *Prinz*! Unn ich will Ihn' mal was sagen –!»

Oh, oh. «Hör mal, Charley, Spaß beiseite, ich –!»

«Märchenhaft», sagte Dolph trocken, ein bißchen langsam in seinem bierseligen Tran. «Dornröschens Märchenprinz.»

«Sehr erfreut, das darf ich wohl sagen», kicherte Gladys und streckte eine rötliche Hand aus. Talbot nahm sie und sagte: «Und dies ist unsere gute Fee, Prinz. Wünsch dir was – du hast einen Wunsch frei!»

«Ich wünschte, ich hätte noch ein Bier», sagte Dolph, dessen Gesicht immer länger wurde, leise, und Charley, der ungehemmt lachte und mich mit seinen nachgebenden Knien nach unten zog, sagte: «Nein, warte mal! Haha! Das häls du nich aus! Wir waren auffem Lande, weißt du –»

«Halt ihn sauber!» rief Talbot, der sich einen kleinen Fetzen Seide unter die Nase hielt. Er schnupperte daran und bot mir den Fetzen augenzwinkernd an: Ich drehte mich um, immer noch in der Klammer von Charleys Griff. In der Ferne konnte ich hören, wie Woodys Frau Yvonne sich laut und trunken beschwerte.

«Ich halte ihn *immer* sauber, Tallpott, das *weissu*!» murmelte Charley, dem ein bißchen Speichel aus den Mundwinkeln lief. «Ich weich ihn dreimal täglich in heißm Borax ein, klopf ihn samstags aus und häng ihn sonntags zum Lüften annie frische

Luft. Wie sauber kamma denn werden? Nee, also ehrlich – fragt Gladys hier, die hat ihn *gesehen*!»

«O Gott!» Sie schnappte nach Luft, während die anderen begeistert ihren Senf dazugaben. «Auf so einer Party bin ich noch nie gewesen!»

«Eimma iss imma das ersse Ma, meine Teure!» erklärte Charley, dessen dunkle Säcke unter dem linken Auge sich zu einem betrunkenen Zwinkern verzogen. «Darauf trinke ich!» sagte Talbot konfus, und Charley, der uns mit schlaff herabhängendem Mund und tränenden Augen spöttisch anstarrte, fragte: «Wovon ham wir geredet? Hmh? Verdammich, Männer!»

«Vom... vom Prinzen...?» flüsterte Gladys.

«Ecks-akt! Sie ham's! Bei Gott, Gladys, Sie ham's!» Er schlurfte (einmal in einem Film, als die Heldin sagte, ihr Liebhaber verschlage ihr den Atem, hatte Charleys Frau Janny müde geseufzt und gesagt, sie wisse genau, wie die Dame sich fühle, und ich dachte jetzt an sie, die bleich war vor Entsetzen über irgendeine Erkenntnis, als ob – konnte das sein? – als ob sie einmal zu oft umarmt worden wäre...) auf sie zu, zog mich mit sich und stellte sein leeres Glas auf ihre dicke runde Schulter. Unten krakeelte Yvonne etwas vom Himmel, der einstürzte. «Sie ham's», knurrte er, *«und ich will's ham!»*

Sie quiekte wieder, schlug sich eine teigige Patschhand vor den Mund, und die großen, weichen Hügel ihres Busens schwabbelten unter ihrem Gekicher, was Dolph und Talbot mit glasigen Blicken beobachteten. Charley, der mich immer noch im Schwitzkasten hielt, zwinkerte mir zu, aber hinter der ganzen Clownerei sah ich eine bodenlose Traurigkeit in seinen blauen Augen aufquellen, eine flehende Bitte: Hilf mir! Es ist schrecklich, alter Knabe, aber das ist alles, was ich tun kann...!

«Ich glaube, deine Frau flippt da unten gleich aus», warf Dolph ein, zerdrückte seine Bierbüchse und warf sie in den Wäschekorb im Flur. «Sie hat mir aufgetragen, dir zu sagen –»

«Ja, ich weiß.»

«Du hass 'nen ganz schönen Saustall da unten, wenn du's wissen wills», erklärte Charley und sah mit gerümpfter Nase besoffen auf mich herab. «Wir sin hier rauf, um dem zu entkomm', Earls Schwester hier unn Dolly unn der alte Tallpott unn ich –

gleich unn gleich beschläft sich gern, du weiss schon!» Talbot grinste dämlich und schaute zum Treppenabsatz, Dolph bekam rote Ohren (er zog wie zum Selbstschutz eine Ersatzbüchse Bier aus der Gesäßtasche), und Gladys sah verständnislos drein. «Aber nee, halt! Deine Gesellschaft wär uns 'ne Ehre, alter Schlappschwanz, wennu dich uns anschließen wills –?»

«Danke, aber ich muß los und schauen, was meine Frau –»

«Hoppla, ich spür Regen, Jungs!» gluckste Charley und duckte sich, als Dolph das Bier aufknallen ließ. Endlich konnte ich mich unter seinem Arm hervorwinden. «Wir gehn bessa ma unna die Decke!» Ein Klatschen, ein nervöses Kichern, etwas über Alter und Schönheit, während vor mir Yvonne: «Brich das verdammte Ding einfach ab, Jim, und wirf es weg – wozu zum Teufel brauche ich es überhaupt?»

«Komm bei Gelegenheit wieder, Ger! Für ein' iss imma noch Platz!»

Das Durcheinander im Flur schien schlimmer zu werden – nicht bloß die schmutzigen Teller und Gläser (als ich mich durchschlängelte, wurde ich an eine ähnliche Gelegenheit erinnert, bei der ich beklommen im Mondschein durch die Trümmer einer antiken Ruine irgendwo in Europa lief, ich war mit einer Frau da, einer Tschechin, glaube ich, obwohl sie sagte, sie sei Französin), sondern auch Kerne und Schalen, Asche, Kippen, Servietten, Zahnstocher: Ich stopfte zehn Gläser mit Abfall voll, hob sie mit den Fingern auf (ich hatte eine Menge herumexperimentiert und verspürte das Bedürfnis nach Tradition, nach etwas Solidem – aber die Ruine war eine erschreckende Sackgasse, kapriziös gefährlich im Mondlicht, und die plötzliche geifernde Lust der Frau auf Oralverkehr jagte mir einen Schrecken bis ins Mark ein; später, wurde mir erzählt, stürzte sie sich in einen Brunnen) und blieb dann einen Augenblick stehen, um an der Tür meines Sohnes zu lauschen. Meine Schwiegermutter las ihm vor: «... bemühte sie sich fröhlich zu erscheinen, setzte sich zu Tisch und legte ihm vor. Danach dachte sie bei sich, das Biest hat sicherlich vor, mich zu mästen, ehe es mich frißt, da es solch ein reiches Gastmahl auftischt...» So wie sie das las, klang es wie aus der Bibel – kein Wunder, daß Mark uns in letzter Zeit erzählte, er möge keine Märchen. Als ich zuhörte, wie sie von den Prüfungen der Schönheit in einer Welt voll Bosheit und Illusion erzählte, wurde ich an die Gute-Nacht-Geschichten meiner Großmutter erinnert, meistens Variationen zu einem einzigen melancholischen Thema: daß die Menschen im allgemeinen besser dran sind, wenn sie nicht bekommen, was sie am liebsten auf der Welt hätten. Für sie wäre die elende Verzauberung des Biests das Paradies gewesen im Vergleich zur schließlichen Reue des Prinzen.

Yvonne heulte vor Schmerz auf und fluchte kräftig. «Halt dich an was fest», konnte ich Jim grunzen hören, und Yvonne kläffte wieder: *«Aauu! Woody –? Wo ist Woody?!»*

Ich stürzte zur Treppe, plötzlich um meine Frau besorgt – wie lange war ich weggewesen? Was hielt die Polizei davon? –, und krachte in Alisons Mann, der gerade aus dem Badezimmer trat: Zwei Gläser rutschten mir aus den Fingern und zerschellten auf dem Fußboden. «Hoppsa, Entschuldigung!» rief ich erschüttert aus.

«Besetzt», erwiderte er tonlos und befingerte seinen Bart. Ich erhaschte bloß einen Blick auf den zugezogenen Duschvorhang und auf etwas an einem Haken, das wie die Schürze meiner Frau aussah, ehe er die Tür fest hinter sich zuzog (wahrscheinlich sollte ich einen Klempner rufen, man konnte es bis hier draußen riechen) und darauf wartete, daß ich vor ihm zur Treppe ging. Wenn er überhaupt folgen wollte.

«Ist schon okay, Yvonne», drängte eine Frau (ich hatte mich schon wie unter Zwang zur Treppe gewandt, als folgte ich Tanzschritten, die mit Fußabdrücken am Boden ausgelegt waren), und Yvonne brüllte: *«Okay –? Was soll okay sein?!»*

Meine Knie knickten auf der obersten Stufe unwillkürlich ein: Es war (als würde ich plötzlich mit Farbe überschüttet, als fiele ein Gedächtnisschleier) wieder der Skihang – nicht der, auf dem meine Mutter stürzte (Yvonne lag, alle viere von sich gestreckt, auf dem Absatz, ein Fuß sah abgeknickt unter Jims Hinterteil hervor, während er sich über sie beugte und beunruhigte Zuschauer sich darum herumdrängten), sondern der immer wiederkehrende Skihang meiner Träume, unmöglich steil, atemberaubend, vieldeutig von Linien durchkreuzt, Katastrophen an seinem Fuß: mein Abkippen (immer von Reihen dunkler

Zuschauer beobachtet und nun wie von hinten gestoßen) in die Vergessenheit... «Yvonne –!»

«Gerry!» schrie Yvonne und sah zu mir hoch (sie alle sahen zu mir hoch, Iris Draper, Howard, die Frau, die ich mit Noble gesehen hatte, Anatole, Daffie, Ginger, als sei ich irgendwo an der Decke angemalt – alle außer Jim, der jetzt Yvonnes Fuß an Ferse und Spann packte). «Sie haben es auf mich abgesehen, Gerry!» Die dunkle Seite ihres Gesichts, verschrammt und blutig, glänzte vor Tränen (die Skier waren weg, ich ging wieder die Treppe hinunter), aber das Auge sah tot aus: allein die mir zugewandte Seite schien mit mir zu sprechen: «Sie bringen mich in *Stücken* fort!» Während sie sprach, zog Jim, gegen Daffie gelehnt, gleichmäßig an dem Bein, drehte es nach innen (die Zehen hatten im Neunzig-Grad-Winkel abgestanden), streckte es richtiggehend, als versuche er tatsächlich, es abzuschrauben, und es knirschte mißtönend – *«Autsch! Gott, leck mich am Arsch, Jim!»* kreischte sie, trat mit dem freien Bein aus und erwischte Ginger so in den Kniekehlen, daß sie sich abrupt hinsetzte. Ihr schmaler Rumpf plumpste mit einem scharfen kleinen Schlag auf die Treppe. *«Nimm ein bißchen Schmiere!»*

«Das hat's gebracht, glaube ich», grunzte Jim, mit einer Hand ihren Fuß haltend und sich mit der anderen über die Stirn wischend. Das knirschende Geräusch hallte in meinem Kopf wider wie die schwachen Obertöne einer verlorenen Erinnerung. Jim schob ihr den Rock hoch, um die Symmetrie der beiden Beine zu studieren, und ich dachte wieder an Ros, an ein Spiel, das wir immer spielten: «Hier ist die Kirche, hier ist der Turm...» Ich atmete schwer. «In Ordnung, jetzt gib mir mal die Schienen, Sohn...»

Anatole, der einige Stufen unter ihm stand, reichte ihm ein paar Krocketstäbe, die Eisendornen noch schlammig. Ich kniete mich neben sie und stützte mich auf den Gläsern ab, die ich trug. «Es war Vic», keuchte Daffie, die daneben hockte («Oh, Gerry!» sagte Ros immer, «haben wir wirklich? Ich erinnere mich einfach nicht!»), und Anatole sagte: «Er war hinter den Bullen her.» Ich konnte es in seinem Magen rumoren hören; er sah nicht gerade gut aus. «Er kam ins Wohnzimmer gerast und schnappte ihnen die Gabel weg –!»

«Die *Gabel* –! Wieso denn, war er etwa am *Verhungern*?» quäkte Yvonne. Ihr Kopf lag nun im Schoß von Nobles Freundin. Ginger löste ein Taschentuch von einer Schulter und gab es Jim, suchte dann ihren Körper nach einem anderen ab. Über unseren Köpfen schienen sich Howard und Mrs. Draper über Tanias Bild «Die Eisjungfrau» zu streiten. Iris fand es zu schlecht ausgeführt und weithergeholt. «Wenn er nicht mehr wollte als das, warum hat er dann nicht gefragt? Sehe ich aus, als würde ich je etwas abschlagen?»

Daffie beugte sich übers Geländer («Aber *natürlich* ist Verzerrung drin», beharrte Howard, «*immer* ist Verzerrung drin!») und rief: «He, Nay, ist das was Neues zu trinken? Bring's hier rauf wie ein braver alter Hund! Wir haben ein Lawinenopfer hier, das dringend was braucht.»

«Würde ich nicht tun», sagte Jim. Er band Yvonnes Beine mit Gingers Taschentüchern zusammen. «Sie hat womöglich Fieber; wenn sie trinkt, könnte es ihr schlecht gehen.»

«*Schlecht* gehen! Junge, Junge! Das ist gut!» dröhnte Yvonne. «*Guckt* mich bloß an! *Schlecht* wäre verdammt noch mal eine *Verbesserung*!»

Ich schaute durchs Geländer und sah Alison unten im Flur zu mir hochblicken. Sie sah an meiner Schulter vorbei, spitzte die Lippen, gab mir dann mit einem kaum sichtbaren kleinen Nikken ein Zeichen und entschwand aus meinem Blickfeld, ersetzt von Kitty, die, ihr Hemd vorn zusammenraffend, vorbeistürzte, ein breites Grinsen auf dem Gesicht. Ginger, die unbequem und mit über den Pfennigabsätzen wackelnden Knöcheln auf zwei Stufen saß, hatte sich vornübergebeugt und war mit der Hand zwischen den Knien die Innenseite des Rocks hinaufgefahren: Plötzlich lächelte sie, ihre roten Zöpfchen schaukelten, und sie zog sich mit Schwung ein weiteres Taschentuch heraus, packte sich dann ans Hinterteil, als fiele dort hinten alles auseinander, verdrehte die Augen und stapfte O-beinig die Treppe hinunter, an Naomi vorbei, die gerade heraufkam. «Es ist zu ehrgeizig», sagte Iris Draper ausdruckslos (ich schaute in die Anhäufung von Gläsern unter meinen Händen, plötzlich von dem Gefühl aus der Fassung gebracht, außerhalb der Zeit verankert zu sein: Ich riß meine Finger heraus), und Howard seufzte angewidert.

«Gott, was ist *passiert*?!» fragte Naomi und starrte mit aufgerissenen Augen Yvonnes Bandagen an. Sie beugte sich vor, um Yvonne ihren Drink anzubieten, und entlockte damit Jim einen mißbilligenden Seufzer. Es gab ein Geräusch, als zerplatze eine Papiertüte, dann ein leises, langsames Reißen. Naomi lächelte mich dämlich an und zuckte die Achseln, und Yvonne sagte: «Danke, Süßes, du hast gerade eine alte Dame vor einem Schicksal gerettet, das schlimmer ist als das Leben!» Sie kippte den Drink hinunter, als Jim mit zuckender Nase fragte: «Was ist da drin?»

«Ich weiß es nicht», sagte Naomi. «Ich hab ihn gerade gefunden.»

«Lecker!» schnaufte Yvonne. «Reiner Bourbon!»

«Riecht wie Salat.»

Unter uns lachte Dickie, und die nach ihrem Blick übers Geländer («Aber ich bitte Sie», argumentierte Howard, «es gibt nicht Kunst *und* Handwerk, es gibt nur Kunst *oder* Handwerk!») traurig gewordene Daffie sagte: «Roger hat mir mal was Komisches erzählt. Er sagte, alle Worte lügen. Sprache ist das viereckige Loch, in das wir andauernd den runden Stöpsel des Lebens zu zwängen versuchen. Es ist das Wahnsinnigste, was wir tun. Er nannte es ein Verbrechen. Ein Wahnsinns-Verbrechen.»

«Du meinst, er… er meinte, es sei ein Verbrechen, wahnsinnig zu sein?» stieß Naomi mit verwirrtem Blick hervor. Yvonne schmatzte mit den Lippen und ließ heiser verlauten: «Mein lieber Jolly! Das sollte mir aber Brust aufs Haar wachsen lassen!»

Die Frau, die Yvonnes Kopf wiegte, schrak zusammen und wechselte einen kummervollen Blick mit Jim, der sagte: «Jetzt müssen wir dich aber bequemer betten. Hier, Sohn, du bist jung und kräftig, du nimmst die Seite, und ich – kannst du die Beine nehmen, Gerry?»

«Klar», sagte ich, als es klingelte. «Ah…»

Jim sah unter Yvonnes rechtem Arm hoch, eine graue Haarsträhne in den Augen. «Das ist sicher der Krankenwagen…»

«Krankenwagen?»

«Die Polizei wollte Ros obduzieren.» Anatole unter dem anderen Arm sah überrascht und verärgert aus. Jim schwenkte zum Fuß der Treppe, gerade als Woody, der von der Hintertür hereinkam, dort auftauchte. Es klingelte wieder. «Sie sagten, an Ort und Stelle, aber ich erklärte ihnen, daß dies nicht der Ort dafür sei...»

«Woody!» jammerte Yvonne und brach in die Tränen aus, die sie zurückgehalten hatte.

Ich nickte und legte ihre Füße sanft hin. «Danke, Jim. Sekunde. Ich lasse sie herein.»

«Wo *warst* du, um Himmels willen?!»

«Tut mir leid, ich hatte 'ne kleine Sitzung», sagte ihr Mann und eilte mit seinem Vetter Noble die Treppe hinauf. Als sie an mir vorbeiwischten, tat Noble einen letzten ungeduldigen Zug und schnippte dann seine Zigarettenkippe übers Geländer (Patrick unten duckte sich mit funkelndem Blick – hinter ihm: eine Schlange vor der Toilettentür). «Ich hab's gerade gehört – alles in Ordnung?»

«Alles *in Ordnung*?! Bist du *wahnsinnig*?» Jetzt heulte sie richtig, die ganze Tapferkeit wurde in der plötzlichen Flut hinweggeschwemmt. Wilma war zur Tür unterwegs, zögerte aber, als sie mich kommen sah, und wandte sich statt dessen dem Flurspiegel zu. «Wir müssen verdammt noch mal dreimal fahren, bloß um mich ganz nach Hause zu bringen, Woody! *Bah hah hah!* Wie kann da alles *in Ordnung* sein?!»

«Sie hat viel durchgemacht», sagte die Frau, die sie gehalten hatte, in scharfem Ton, und Woody, hinter und über mir, murmelte entschuldigend etwas von einem Verhör: «Tut mir leid, die Polizei brauchte Hilfe, um ein paar Schubladen zu öffnen – ich glaube, sie haben eine Spur...»

«Es ist der Krankenwagen», erklärte ich Wilmas Spiegelbild, aber als ich die Tür aufmachte, waren es Fats und Brenda.

«Trara!» sang Fats, die Arme ausgebreitet wie eine Majorette, ein breites Grinsen auf dem Gesicht, und Brenda, in einen knallroten Hosenanzug gezwängt, vollführte eine kleine Pirouette auf der Veranda, eine Hand über dem Kopf, schnalzte mit ihrem Kaugummi und fragte: «He, bin ich nicht schön? Bin ich nicht schön?»

«Aber... was macht ihr denn hier draußen?» fragte ich verwirrt.

«Jetzt geb ich aber auf, Mann», erwiderte Fats, rollte die Augen und warf mir eine Flasche in einer Papiertüte zu. «Was macht *ihr* denn hier *drinnen*?»

«Aber ich dachte – ich dachte, ihr wärt schon –»

«Tut mir leid, daß wir zu spät kommen, Liebster», sagte Brenda atemlos, drängte herein und hauchte mir einen Kuß auf die Wange («Sie ist zu *schwer* für ihn», beschwerte sich Patrick durchs Treppengeländer), «aber es dauerte – hallo Wilma! – es dauerte eine Stunde, in diesen verdammten Hosenanzug zu kommen!»

«Er ist süß!» rief Wilma aus, die sich die Brüste hielt. «Wo hast du ihn bloß –?»

«Und es hat mich so angeturnt, ihr *zuzusehen*», dröhnte Fats grinsend, während er den Reißverschluß seiner daunengefütterten Jacke aufzog, «daß ich sie wieder *raus*steigen ließ!»

«Was beinah so schwer war, wie *rein*zusteigen – Gott steh mir bei, wenn ich – *plopp!*– pinkeln muß!»

«Ist auch egal, ich kann sowieso keine Hosen tragen», seufzte Wilma reuig, wandte sich wieder dem Spiegel zu und zupfte an ihrer Frisur. «Das letzte Mal, als ich es versuchte, meinte Talbot, ich erinnerte ihn an ein Luftkissen.»

«*Rein*zukommen», gab Fats zu und streckte einen steifen feisten Finger gegen uns aus («Vielleicht war es auch Archie...», sinnierte Wilma), «das war ganz schön schwer, okay.» Der Finger fiel herunter: «Aber rauszukommen...»

«Oder Miles...»

«Hört mal», warf ich ein, «ihr müßt wissen, etwas Schreckliches ist –»

«Was? Höre ich da jemanden am Dartsbrett?» tönte Fats und warf seine Jacke auf den Stuhl über den Mantel des Inspektors: Der Filzhut (inzwischen sowohl eingebeult als auch befleckt, bemerkte ich) fiel mit der Krempe nach oben auf den Boden. Über uns wurden Gläser zertreten, heruntergestoßen und umhergeworfen. «Nichts wie hin!»

«Talbot treibt es gern vor Spiegeln», fügte Wilma hinzu und wandte sich von ihrem Spiegelbild ab. Fats hinter ihrer Schulter glättete seine Glatze, jemand hämmerte an die Toilettentür: «Die Polizei ist hier, Brenda. Ros ist –»

«*He*, Baby!» dröhnte Fats über unsere Köpfe. «Was ham sie denn mit dir gemacht?!»

«Hier ist schwer rumgekickt worden, Fats!» erklärte Yvonne auf halbem Weg die Treppe hinunter, die Arme um Jim und Anatole. Woody trug ihre zusammengebundenen Beine, Noble wiegte die Mitte: «Nicht durchhängen lassen, Noble!» keuchte Jim. Patricks Gesicht war verzerrt, sein Körper angespannt, als trage er die Last mit.

«Er sagt, er fühle sich dann wie ein Filmstar», erklärte Wilma niemandem besonderen. «Mich macht es nur deprimiert.»

«Also, jetzt ist der alte Fats hier, Süße – zeig ihm bloß den schlimmen Schurken, der dir das angetan hat!»

«Immer mit der Ruhe!» schnaufte Jim, als sie unten ankamen und er ein Glas unter den Füßen zertrat. Michelle kam herüber, um zu sehen, was los war. Oben auf dem Treppenabsatz legte Alisons Mann Howard und Mrs. Draper etwas dar und zeigte dabei der Eisjungfrau tief in den Mund.

«Sag mal, Gerry, deine Frau –»

«Ja, ja, ich weiß, Michelle –»

«Moment mal, was ist das ganze *rote* Zeug an euch allen?» rief Brenda.

«Genau das, wonach es aussieht», sagte Wilma. «Warte mal, bis du das Wohnzimmer siehst...»

«Ich kann nur sagen», sagte Noble düster (Daffie drehte im Herunterkommen dem Flurspiegel den Rücken zu und präsentierte uns einen höhnischen Vorher-nachher-Kontrast, der beinahe unwirklich aussah: ein Zeittrick, den Tania hätte verwenden können), «es käme besser alles raus!»

Gerade da ging die Tür der Toilette unten auf, und nicht Janice Trainer erschien, sondern der kleine Bulle, dem noch die Hemdenschöße aus der Hose hingen. Er kämpfte mit seinen Knöpfen: «Schon gut, *schon gut! Gott!*» murmelte er mit rot angelaufenem Gesicht und verzog sich ins Wohnzimmer.

«Blut...»

«Sie wollen sie mir immer noch nicht wiedergeben», flüsterte Patrick Woody zu. Woody nickte und brummte mitfühlend: «Sprich mich später noch mal darauf an, Patrick. Wir werden sehen, was wir tun können.»

«Roger ist ausgeflippt», erklärte Michelle Fats, aber der hörte nicht zu: «Hier, Mann, du siehst nicht gerade gut aus», sagte er und löste Anatole ab. «Wie wär's, wenn du jetzt den alten Fats mal knuddeln ließest?»

Anatole, weiß im Gesicht, gab freudig seine Bürde auf, und als sie Yvonne ins Wohnzimmer trugen («Alles okay! Schick mich wieder aufs Feld, Trainer! Ich bin noch nicht am Ende!» deklamierte sie), wandte er sich an Brenda und sagte nach Luft schnappend: «Die Frau war dabei, als sie ihn töteten. Er hat ihr was gegeben.»

«Wer, Süßer?» fragte Brenda und lächelte zu ihm hoch. (Patrick hinter der Schulter des Jungen nahm eine drohende Haltung ein.) «Wen getötet?» Sie blies neckisch einen Ballon, ließ ihn zerplatzen und saugte ihn wieder ein.

«Es war nichts.» Daffie zuckte die Achseln. Sie barg den Ellbogen in der Hand, ein Zigarillo hing ihr vorm Gesicht. «Ich hab's gesehen. Er hat ihr 'nen kleinen goldenen Ohrring gegeben, das ist alles.»

Ich zuckte zusammen. «Was für einen –?»

Aber das Telefon klingelte, und Daffie hob ab. «Wer?»

«Bren!» brüllte Fats aus dem Wohnzimmer. *«Es ist Ros! Unsere kleine Ros! Sie ist TOT!»*

«Was? Ros –?!» schrie sie und lief in ihrer engen roten Hose hinein (ein Rumms, ein Fluch): *«O NEIN –!!»*

Der große Beamte erschien düsteren Blicks in der Tür und stützte sich auf sein kurzes Bein. Daffie am Telefon sagte: «Für Ihren Boss, Junge.»

«Verdammter Schweinehund», murmelte Anatole verhalten, und Michelle flüsterte: «Ich habe so was schon mal geträumt.»

Howard kam mit vom Suff schwingenden Hüften herunter und verkündete verdrossen: «Das Klo oben ist verstopft, Gerald!»

«Ich weiß, zieh nicht ab. Ich rufe einen Klempner. Sobald das Telefon frei ist.»

«Nur, daß es an der Kunstschule war, ein Junge, der mich gemalt hatte – er war tot, aber er malte mich weiter, und ich konnte nicht weg...»

«Hast du Talbot gesehen, Howard? Ich kann ihn nirgendwo finden.»

Inspektor Pardew stand jetzt in der Wohnzimmertür, die Daumen unter seinem drapierten weißen Seidenschal in die Westentaschen gehakt, seine makellose Erscheinung nur von dunklen Flecken und Kreidestaub am Knie seiner Hosenbeine beeinträchtigt. Nachdenklich schaute er Wilma an, dann uns alle der Reihe nach. Anatole drückte sich an ihm vorbei und stieß sich dabei die Schulter an (der Inspektor schien es nicht zu bemerken, weil sein Blick gerade auf seinen umgedrehten Filzhut fiel), und Patrick folgte nervös, kleine, wimmernde Geräusche von sich gebend, die wahrscheinlich Entschuldigungen sein sollten. «Es war so merkwürdig», sagte Michelle leise, «aber dann wurde es plötzlich ein Film, den wir alle sahen. Ich hatte bloß immer noch keine Kleider an. Ich wollte raus aus dem Kino, ehe die Lichter angingen, ich hatte solche Angst...»

Pardew hob seinen Filzhut auf, beulte ihn aus, rieb ihn am Ärmel ab und legte ihn, beiläufig das Etikett in Fats Jacke betrachtend, darauf. Die ganze Zeit schien er insgeheim an Michelles Beschreibung interessiert, wie sie nackt versuchte, sich im Kino ihres Traums an all den Leuten vorbeizudrängen («Ich hörte sie alle lachen, aber jedesmal, wenn ich mich umdrehte, waren sie wie glotzende Statuen, in schrecklichem Entsetzen erstarrt – und das Unheimliche war, daß ich keinen Gang finden konnte...»), und ignorierte Daffie hinter ihm, die sich das Telefon wie einen Dildo vors Geschlecht hielt und ihm Rauch auf den Hinterkopf blies. «Ist das für mich?» fragte Iris Draper, die sich übers Geländer beugte, so daß ihre Brille an der Goldkette herunterbaumelte, und Wilma sagte: «Das erinnert mich daran, wie Talbot mich zu einem Ringkampf mitnahm und der Wolfsmann den ungefähr fünfhundert Pfund schweren Tiny Tim direkt in unseren Schoß warf.» Ja, das Problem mit den Ritualen ist, dachte ich, daß sie einen verpflichten, den Kern auszumachen (Pardew, der auf die Haustür starrte, schien vorübergehend in Verlegenheit), der – kraft seiner Definition – nie genau da ist, wo man meint, und auch nicht das ist, was man meint...

«Aber dann war ich wieder in dem Film, den ich gesehen hatte, und weinte über den toten Jungen und hatte dabei die ganze Zeit das Gefühl, ich müßte aufs Klo...»

«Ich weiß, was du meinst! Als Tiny Tim runterkrachte –»

«Ja, ja», sagte Inspektor Pardew nun (er hielt das Telefon, und Daffie war verschwunden), «ich tue, was in meiner Kraft steht.» Howard schwankte an uns vorbei ins Eßzimmer. Die Hände hielt er ausgebreitet, um das Gleichgewicht zu halten. Er murmelte etwas von «der dumme Junge», und Michelle nahm meinen Arm, ihre Hand wie Marienfäden, und flüsterte: «Es ist so gruselig hier unten ohne Musik. Es gibt einem so ein Gefühl von Verlorenheit oder so etwas...»

«Leg was auf, wenn du willst», sagte ich.

«Nun ja, weil es sehr kompliziert ist», blaffte Pardew. Ginger ging hinter ihm, auf Zehenspitzen federnd, zum Klo. Ihre Zöpfchen zitterten, die Taschentuchzipfel wippten auf und ab. Sie rappelte an der Tür, aber sie war verschlossen. «Ja, ja... in ihren Kammern. Nur ein agonales Phänomen wahrscheinlich. Wir bekommen spater Abzuge. Nein, das ist zerschlagen.»

«Meinst du – das geht?»

«Klar, Michelle, warum nicht?» Ich berührte zärtlich ihre Hand: So zerbrechlich, doch die Knöchel waren scharf und hart. Ich dachte an Susanna in Tanias Bild, die erstarrte, künstliche Art, in der sie da stand, und dann an Alison, wie sie das nachmachte, an den verdutzten Ausdruck auf ihrem Gesicht – und nun Michelle, die für das Bild Modell gestanden hatte, so weich neben mir, so leicht, beinah gespensterhaft, aber spröde: Sozusagen eine Folge von ineinandergreifenden Gestalten, «Susanna» eine Art grundlegender Umriß, wie Pardews helle Kreidezeichnungen auf meinem Wohnzimmerboden (er sah zu mir hin, das Telefon am Ohr, und ich hörte die Schreie von da drin: solch eine Leere darunter, ja, Musik könnte helfen), für die folgenden Inkarnationen... «Etwas Ruhiges.»

«Es ist ein Problem der Dynamik, sehen Sie, sie war blond und – was? Woher soll ich das wissen?» Pardew drehte sich um, bohrte sich in der Nase und sah geistesabwesend zu, wie Ginger ein Ohr gegen die Toilettentür drückte. Sie hielt beide Hände zwischen die Schenkel geklemmt, den Mund zusammengepreßt, die Taschentücher baumelten lose wie Wäschestücke. «Nein, sie war verheiratet. Wahrscheinlich. Ja, natürlich habe ich das, aber wir haben nichts Brauchbares aus ihm rausgekriegt.»

Ein Taschentuch flatterte zu Boden, und Ginger, die dünnen Beine über den hohen Pfennigabsätzen stramm gespannt, bückte sich steif, um es aufzuheben, als Earl Elstob schwungvoll aus der Toilette kam und sich die Schuhe an den Hosenbeinen abwischte: «Hoppla!» rief er aus, als die Tür ihr auf den Hintern knallte und sie in hohem Bogen zu Fall brachte. Er sah zu, wie sie auf dem Bauch landete und glotzäugig, den rosa Mund keck gespitzt, durch den Flur schlitterte, dann schaute er auf, zwinkerte und entblößte grinsend seine Zähne. «He, äh, kennt ühr den von der alten Dame, dü – *schlups!* – rückwärts in den Flugzeugpropeller fül?»

«Also, ich *weiß*, daß das schade ist», fauchte der Inspektor, der stirnrunzelnd seine Fingerspitze betrachtete, als er sich umdrehte, «aber ich kann's nicht ändern!»

Michelle zog mich ins Wohnzimmer weiter und erzählte etwas davon, daß mir verziehen würde (ich machte mir Sorgen darüber: wo war die Zeit geblieben?) oder daß jemandem verziehen werden sollte. «Was?»

«Fiona. Sie hat mir alles erzählt.»

«Tatsächlich?»

«Na ja, ein Tauchrefraktometer vielleicht, wenn Sie eins haben – wir können mal sehen, was hier unten vor sich geht...»

«Sie sagte, sie wisse, wie aufgeregt du an dem Abend warst, und daß sie mehr Verständnis hätte haben sollen, aber sie ist wegen ihrer eigenen Schuldgefühle ausgeflippt.» Elstob hat schon das richtige Wort dafür, dachte ich, als wir ins Vorderzimmer traten (er brabbelte beduselt hinter uns, während er Ginger wieder auf ihre bleistiftdünnen Stelzen half; der Inspektor beschrieb unterdessen jemanden als «verwöhnter Frauenheld mit schwachem Willen, einem Hang zum Draufgängertum und aufgeblähtem Ego» und zählte in groben Zügen auf, was er an Ausstattung brauchte): all diese gewalttätigen Umwälzungen, dieses merkwürdige Licht, diese schockierten, blutigen Gesichter – es war, als seien wir alle irgendwie aufgestört, aus unserem Rahmen gestoßen, in eine Art leere, dimensionslose Lücke zwischen Filmschnitten, zwischen Akten geworfen...

«Aua! Diese verdammten Pfosten durchbohren mich, Jim!»
«Das liegt an deinem dicken Hintern, Yvonne, er ist zu schwer!» grunzte Noble.
«Es ist *schrecklich*, Bren! Ich kann's nicht *glauben*!»
«Warte, wir stützen dich.»
Die Leute standen, zum Schweigen gebracht und verlegen, in Gruppen herum, griffen nach Drinks, Zigaretten, zusammengeknäuelten Servietten, sahen zu, wie Yvonne geräuschvoll auf die Couch gebettet wurde oder wie Fats und Brenda in der anderen Ecke unverdrossen über Ros' Leiche jammerten, oder starrten bloß auf die Leute, die beklommen ins und aus dem Zimmer drifteten. Das Blut schien beim Trocknen ein wenig in die Oberfläche der Dinge eingesunken zu sein und ihnen eine andere Dimension verliehen zu haben. Wie visuelle Echos, Hinweise auf verborgene Ichs. Es war beinah, als ob (Füße hatten Ros' Umrisse zertrampelt, die Konturen verwischt und eine Spur von Kontrollhaken und Pfeilen darum herumgelegt, eine Patina aus grau werdendem Kreidestaub) der Raum irgendwie *gealtert* sei... «Sie weiß, daß es nie im Leben unfreundlich gemeint war – wenn jemand an dem Abend grausam war, sagt sie, dann sie –, aber unter den Umständen, weißt du, nach dem, was gerade passiert war, wo du herkamst und all dem, und dann dein Schwanz, der sich in ihr bewegte, und dazu ihr Gesicht, naß, auf deiner Wange, beinah, als sei etwas übersprungen worden, na ja, da hat sie plötzlich –»
«Wovon um Himmels willen redest du eigentlich, Michelle?»
«Du weißt doch, Fiona. Sie hat mir von dem Abend erzählt, an dem du sie –»
«Aua!» brüllte Yvonne, bäumte sich gegen ihre Fesseln auf und schlug im Reflex nach Jim, der mit Hilfe Nobles und seiner Begleiterin versuchte, eine Ausziehplatte von unserem Eßtisch unter sie zu schieben: «Da sind *Splitter* in dem gottverdammten Ding, Jim!»
«Red keinen Quatsch, ich schiebe es *unter* die Kissen.»
Alison und ihr Mann erschienen in der Tür zum Eßzimmer: Sie schienen über etwas zu streiten, aber er lächelte. Die beiden Polizisten gingen an ihnen vorbei hinaus und kamen dann durch eine andere Tür wieder herein.

«Also, dann, irgend etwas *sticht* mich, ich – AUHHH!»

«Aha», sagte Jim, der unter sie gefaßt und eine zerbrochene Glasscherbe hervorgezogen hatte, Teil eines Objektträgers vom Mikroskop vielleicht («Wie konnte das *passieren*?!» heulte Fats, Brenda umarmte ihn, Woody hockte neben ihnen und hielt gute Ratschläge feil oder erzählte ihnen vielleicht bloß, was er wußte: «Es ist *verrückt*!» «Ach, du lieber *Gott*, Fats!»), und Yvonne kreischte: «Aaahh – ist das Blut *von mir* –?!»

«Ich glaube nicht...»

«Fiona sagte, es sei, wie von einem Zimmer ins andere zu gehen, ohne die Tür zu benutzen», flüsterte Michelle und stützte sich auf meinem Arm (Alison war wieder weg). «Aber sie wollte nicht –»

«Ach, du hast alles falsch verstanden!» fauchte ich wütend und wandte mich gegen sie (armes Mädchen – ich hatte noch nicht einmal zugehört), als Yvonne aufschrie: «Bei Gott, Jim, ich glaube, ihr Typen habt mich reingelegt! Das ist nicht mein *Körper*!»

Bestürzt zog Michelle ihre Hand weg, und ich sah, daß meine Frau uns vom Wintergarten aus beobachtete, einen Besen wie einen Flaggenmast in den Händen. Louise hockte fett mit einer Schaufel vor ihr (und ja, mir wurde nun bewußt, daß viel getan worden war: Tische und Stühle waren zurechtgerückt, Trümmer weggeräumt, Pflanzen neu eingetopft worden – es standen sogar frische Schalen mit Erdnüssen und Crackern hier und da; auf einigen Tischen lagen saubere Tischtücher). «Also, ich weiß nicht, Gerry, *sie* hat das gesagt. Überhaupt, sie ist hier irgendwo, du kannst sie selbst fragen.»

«Fiona –? Aber ich bin sicher, wir haben sie nicht –»

«Ich hatte nie graue Haare! Und wo kommt dieser fette *Hintern* her?»

«Ich glaube, sie ist mit Gottfried gekommen.»

«Gottfried –?» Aber mit einem warnenden Blick über meine Schulter war sie entschlüpft. Ich drehte mich um («Fats! Guck mal! Es hat einer ihre Ringe gestohlen!» schrie Brenda, als Woody, plötzlich von einer Schale schwarzer Oliven auf einem Beistelltisch angezogen, sie verließ, worauf der große Bulle, Bob, mit zusammengekniffenen Augen und Lippen in der Tür erschien, eine Hand auf dem Halfter. Dann entspannte er sich und verdrückte sich wieder) und küßte meine Frau auf die Wange. Sie trug nun eine blauweiße Schürze mit roten Herzen als Taschen und ein malvenfarbenes und purpurrotes Tuch ums Haar. «Ich habe dich gerade gesucht», sagte ich («Wie kommt es, daß all die harten Teile jetzt runterhängen und die schönen weichen Teile hart geworden sind? Hä, Jim?») und rieb an einem Schmutzstreifen unter ihrem Auge. «Man hat mir gesagt, du brauchst mich...»

«O nein.» Sie lächelte und bückte sich, um ein zertretenes Fleischbällchen aufzuheben. Sie schien amüsiert, sogar überrascht, aber ihre Stimme verriet sie. Sie räusperte sich. «Louise hilft mir schon.» Wie aufs Stichwort kam Louise hinter uns herangepoltert, aber als ich mich umdrehte, um ihr zu danken, drehte sie ab und schlingerte mit Schaufel und Mülltüte («Ein Scheiß-Chirurg bist du! Du hast mir die verfaulte Titte gelassen und alles andere abgenommen! Ich bin nicht mehr *ich*!») in den rückwärtigen Teil des Hauses. Meine Frau ließ die Fleischstückchen in eine Schürzentasche fallen, starrte auf die braunen Schmierflecken an ihren Fingerspitzen und wischte sie dann an der Schürze ab. «Die Toilette oben ist verstopft.»

«Ich weiß. Tut mir leid.» Ich sah zu, wie sie das Tuch um ihren Kopf aufknotete und es in eins der roten Herzen auf der Schürze stopfte. Das glänzende Tuch ließ das Herz stumpf und matt aussehen. Es roch schwer nach Chili und warmem Kakao. «Ich rufe gleich einen Klempner an, aber im Augenblick ist die Polizei am Telefon.»

«Warst du in deinem Arbeitszimmer... seit sie...?»

«Ich solle mich nicht damit belasten, sagte er mir! Mir die Brust freimachen, meint er.»

«Nein, aber ich hab's gehört. Armer Roger. Es ist schrecklich.»

«Das Schlimmste war, wie sie mit ihm über Ros geredet haben.»

«Und nun, verdammt noch mal, ist sie das einzige, womit ich noch schweinigeln kann.»

«Woody sagt, sie hätten Leute gezwungen, hereinzukommen und vor seinen Augen alles Mögliche zu gestehen. Schreckliche Dinge.» Drüben im Schein unserer rotbeschirmten Tischlampe bot Woody nun Patrick eine schwarze Olive an. Anatole hing, die Hand auf dem Magen, wie ein flüchtiger Schatten in dem weißen Lehnsessel neben ihnen. «Das einzige Harmlose auf dieser Welt», hatte Roger einmal gesagt – wir hatten neidisch über Dickies Erfolg bei den Frauen gesprochen, und Roger hatte düster bemerkt, daß das für ihn kein Erfolg, sondern eine Katastrophe wäre, und ich hatte gesagt: «Wir reden nicht von Affären, Roger, von emotionalem Engagement, bloß von harmlosem anonymen Sex», worauf er mit Tränen in den Augen trocken gelacht und meinen Satz wiederholt hatte –, «ist der Tod.» «Und sie... sie haben ihm die Fotos gezeigt...» Alison war gerade wieder aufgetaucht. Sie und ihr Mann hatten sich Fats und Brenda bei der Leiche angeschlossen und stellten einander vor. Brenda lächelte und weinte zugleich, Fats rieb sich seine große Nase und schüttelte traurig den Kopf. «Sie wollen jetzt mit mir... reden, Gerald. Ein Verhör, sagten sie...»

«Ja, ich bin mir sicher...»

Sie alle starrten auf Ros hinab, ihre Gesichter bei dem Anblick schmerzverzerrt. Auch ich fühlte meine Wangen um die Nase herum zucken. Ich hatte Fats und Brenda an dem Abend begleitet, an dem sie *Lots Weib* sahen: Sie waren beide vorgetreten, als das Publikum auf die Bühne gebeten wurde, und Ros hatte sie wie alte Freunde an die Brust gedrückt. Damals waren ihre Gesichter in einer Art glasigen Verzückens geglättet gewesen. Aber das Theater, dachte ich, als die vier beinah unisono die Köpfe hoben, ist *kein* Abendmahl. Nein, ein Abendmahl mag theatralisch sein, aber das Theater als etwas *anderes* als Theater zu sehen (ich redete jetzt mit Alison, sie lächelte eifrig zu mir hoch, ihr kastanienbraunes Haar fiel von ihrem schlanken Hals zurück), heißt, es herabzuwürdigen. «Und was hatte Michelle zu sagen?»

«Was –?»

Meine Frau seufzte. «Ihr habt miteinander geredet, als ich –»

«Ach ja, nichts – ein Traum, den sie hatte...»

«Hätte ich mir denken können.» Sie berührte mit dem Handrücken leicht die Schläfe, stützte sich ein wenig auf den Besen, wie um sich eine Richtung zu geben, und ließ ihren Blick durchs

Zimmer schweifen. «Wie kommt es, daß die Leute dir immer ihre Träume erzählen, Gerald?»

«Keine Ahnung. Vielleicht glauben sie, ich hätte keine eigenen.» Ich versuchte, den Gedanken, den ich gerade über die Herabwürdigung des Theaters gehabt hatte, zu rekapitulieren, aber zu meinem Ärger hatte ich den Faden verloren. Ich erinnerte mich auch nicht mehr an viel von Michelles Traum. «Er handelte davon, daß sie in einem Kino ohne Ausgang gefangen saß.»

«Hatte sie was an?»

Alisons Mann hatte das Zimmer verlassen, aber Dickie, Wilma und andere hatten sich zu der kleinen Gruppe um Ros gesellt. Brenda, deren Kiefer energisch den Kaugummi bearbeiteten, bewunderte Dickies weiße Weste und gab mit ihrem Hosenanzug an. Alison schaute sich um – nach mir, da war ich mir sicher –, aber die Sicht wurde ihr von Jim verstellt (da war etwas, was ich ihr darüber sagen wollte, etwas, worüber ich den ganzen Abend nachgedacht hatte), der mitten im Zimmer leise mit Howard und Nobles Freundin sprach. Jim krempelte sich die Manschetten hinunter, knöpfte sie zu, zündete sich eine Zigarette an und schaute zu mir hin. «Hör mal, es tut mir wirklich leid – aber, na ja, ich brauchte einen Augenblick für mich. Du verstehst. Allein.» Meine Frau hängte ihren freien Arm bei mir ein. Ich wollte ihr von Tania erzählen, von der beschädigten «Eisjungfrau» und Eileens Vorahnungen, von Marks kopflosen Soldaten, dem Blut auf unseren Bettlaken, von meinem Fund im Handtuchschrank – aber sie schien ungewöhnlich zerbrechlich in diesem Augenblick, als sie an dem Ehering an ihrem Finger drehte, wie um ihren sinkenden Mut hochzuschrauben, deshalb sagte ich bloß: «Mark geht's gut...»

«Ja... Er sagte, du hättest mit Onkel Dolph und einer blöden Frau, die sagte, er wäre klein, Monster gespielt.»

«Wilma meinte er.»

«Waren Dolph und Wilma zusammen?»

«Nein, aber...»

«Peg sagte, es würde nicht halten. Sie hatte vermutlich recht.» Sie seufzte. «Ich wünschte, sie wären noch zusammen.»

«Du meinst Wilma –?»

«Louise und Dolph.»

«Aha.» Ich hatte ganz kurz das eigentümliche Gefühl, daß dieses unwahrscheinliche Gespräch (Jim zeigte dem großen Bullen die Glasscherbe, die er gefunden hatte: Der Beamte schüttelte den Kopf und gab sie zurück) Wort um Wort eines war, das wir gerade eben erst geführt hatten. Natürlich waren alle Gespräche umschlossen von anderen, ausgesprochenen wie unausgesprochenen, das wußte ich. Das war es, was ihnen ihre wahre Dimension verlieh, wie es zugleich ihren Bezugsrahmen zurücktreten ließ. Es war wie etwas, was Alison über das Stück gesagt hatte, das wir an dem Abend sahen, an dem wir uns kennenlernten – oder besser nicht über das Stück selbst, sondern über das Stück im Stück, in dem die Figuren des Autors die Namen der Schauspieler annahmen, die sie spielten («Das vergegenständlichte Bewußtsein der eigenen Person» hatte Alison es genannt – oder vielleicht hatte sie es in den Programmanmerkungen gelesen: Ich beobachtete sie nun, nachdem Jim und der Bulle wie ein Vorhang zwischen uns auseinandergegangen waren, wie sie zwischen den Seidenträgern ihres Kleides an etwas auf dem nackten Fleisch ihrer Brust kratzte, beifällig beobachtet von Dickie), und dann einen Sketch improvisierten, der auf dem beruhte, was ihnen angeblich an dem Tag draußen in der sogenannten realen Welt zugestoßen war: «Wenn das das Leben ist, Gerald, bloß eine Spiegelgalerie», hatte sie, über ihre Tasse Pausenkaffee pustend, sinniert, das zarte V ihres Kinns wie ein elisabethanischer Höfling in Rüschen und braunem Samt gerahmt, «was machen wir dann hier draußen im Foyer?» «Ich weiß es nicht», sagte ich (Alison lachte nun über eine Bemerkung von Dickie – er zeigte auf seinen Hintern –, und ihr Mann, der mit Drinks für Fats und Brenda zurückkam, leckte sich die Finger und lächelte wie sie). «Sie sahen nie sehr glücklich aus.»

«Wer, Yvonne und Woody?»

«Nein...» Mir wurde klar, daß sie das Thema gewechselt und nun gerade von Yvonnes Weinkrampf erzählt hatte, hervorgerufen durch Earl Elstobs Witz über den pensionierten Büstenhaltervertreter, der gern noch ein Händchen im Geschäft behalten wollte (meine Frau sagte: den Büstenhaltervertreter, der weiterarbeiten wollte, aber schon pensioniert war): «Sie konnte nicht mehr aufhören, es floß einfach immer weiter, deshalb lief sie nach oben, um allein zu sein, und sie war gerade oben angekommen, als Vic sie umrannte und wieder runterschubste.»

«Sie scheint sich ihre Katastrophen beinah selbst auszusuchen», sagte ich, obwohl ich mir nicht sicher war, daß der Spruch von mir stammte. «Vic war über Sally Ann aufgebracht. Ich bin sicher, daß er es nicht böse gemeint hat.»

«Das sagst du immer.» Sie lehnte den Kopf gegen meine Schulter, den Besenstiel in der Beuge des anderen Ellbogens geborgen, die Zeigefinger verhakt. Sie gähnte. «Aber warum wollte er die Gabel?»

«Na, und über Ros natürlich.»

«Ich habe das Gefühl, ich sollte wissen, was du meinst, Gerald», sagte meine Frau nach einem Augenblick, hob den Kopf und löste ihre Finger, um kurz an ihrem Büstenhalterträger zu ziehen, «aber ich tue es nicht.»

Es klingelte an der Tür, und der große Beamte humpelte, sein Halfter aufschnallend, in den Flur. «Ich sehe nach», sagte ich und wollte mich losmachen, aber ehe ich mich rühren konnte, stürzte eine große Frau in einem rüschenbesetzten schwarzen Gewand wie ein riesiger Vogel herein. Sie zog federige Chiffonbahnen hinter sich her und hatte die Hände vor der Brust zusammengeschlagen: eine von Ros' Schauspielerfreundinnen, die, die in dem Bordellstück die Madame und in den *Mutter Gans-Morden* die Nancy Cock gespielt hatte, obwohl sie früher Opernsängerin gewesen war. «Ich bin hergekommen, sowie ich davon gehört habe!» rief sie außer Atem. «Wo ist sie?»

«Sie meinen Ros? Sie –»

«Mein Gott! Ich hätte sie nie wiedererkannt!» keuchte sie, verblüfft auf Yvonne auf der Couch starrend. Yvonne, zum erstenmal sprachlos und genauso verblüfft, stierte starr zurück wie in einen Spiegel. «*Ros!* Was haben sie dir *angetan* –?!» Sie warf sich auf Yvonne, die jetzt ihre Stimme wiederfand und Zeter und Mordio schrie. Jim zerrte die Frau weg und wies ihr den Weg.

«JETZT hat sie das ANDERE gebrochen!»

«Ruhig, Yvonne. Alles in Ordnung...»

«Waahhh!»

«Ros, Liebes! Ich bin's, Regina!» klagte die Frau und stürzte mit ausgebreiteten Armen durch die Leute um die Leiche (Fats' Gesicht verzog sich wieder, als würde er gleich losheulen, und Brenda, den Kaugummi zwischen den Zähnen, grimassierte) und – obwohl sie krampfhaft zu versuchen schien, mitten im Fall innezuhalten – auf Ros hinunter: Ein rauschendes, schepperndes Geräusch, und Ros' Kopf hüpfte einmal kurz vom Boden hoch und schlug dann mit schlaff abgewinkeltem Kiefer wieder auf. *«O Gott, nein!»* krächzte Regina, trat sich ins Kleid und zerriß es in ihrer Hast, wieder auf die Füße zu kommen. Sie sah sich verzweifelt um und fand sich vis-à-vis Anatole, der in dem weißen Sessel langsam grün anlief und die Zähne bleckte, die Augen in einem Entsetzen, das ihres widerspiegelte, aus dem Kopf gequollen. Sie hielt sich die Hand vor den Mund und rannte mit Tränen in den Augen aus dem Zimmer: «Niemand hat mir gesagt, daß sie *tot* ist –» gurgelte sie, als sie vorbeilief.

«Meine Güte! Die arme Regina!» flüsterte meine Frau und rückte näher heran. «Hoffentlich schafft sie's bis zum Badezimmer!» Ros lag mit aufgerissenen Augen und offenem Mund wie in ewigem Erstaunen eingefroren, echter als sie es je hätte spielen können. Ihre Glieder standen nun schief vom Leib ab, die Wunde zwischen den Brüsten war dick und dunkel. «Ich habe es einfach gern, wenn man mich anschaut», sagte sie immer. Ich konnte das süße, kindliche Trällern in ihrer Stimme hören. «Meinst du, sie... lassen sie einfach hier liegen...?»

«Nein, Jim hat einen Krankenwagen gerufen», sagte ich mit einem Kloß im Hals. Alison, die Regina gefolgt war, hatte mich – wie von der Folk-Musik gerufen, die um uns herum leise ertönte – endlich entdeckt: Der schmerzliche Schock auf ihrem Gesicht wich einer sanften Trauer, sie drehte sich zu ihrem Mann um und nahm seine Hand. Ich spürte, wie meine Schultern sich entspannten, als die Töne der Saiteninstrumente hinter mir sich wie zum Hohn verdichteten und verklangen. Ich umarmte meine Frau zur Beruhigung flüchtig und sagte: «Mach dir keine Sorgen, er wird gleich hier sein.»

«Manchmal habe ich das Gefühl, daß ich sie kaum kannte. Ros, meine ich. Sie schien so offen, sie hatte immer etwas so Direktes, so *Unmittelbares* – und doch...»

«Na ja, mehr war vielleicht nicht da.»

«Wie kannst du das sagen, Gerald? Selbst bloße Haut ist eine Art Maske...» Dickie, der sich noch nie etwas aus Melodramen gemacht hatte, hatte bereits, während Regina in ihrem unbarmherzigen Fall hilflos die Luft krallte, die Gruppe um die Leiche verlassen, aber nun schlossen sich Noble und seine Freundin ihm an. Noble, einen frischen Drink in der Hand und eine Zigarette zwischen den dicken Lippen, schien beim Hinüberwandern beinah absichtlich durch die Kreideumrisse zu schlurfen und gegen Gegenstände auf dem Boden zu treten. «Erinnerst du dich nicht? Das hast du selbst gesagt an dem Abend, an dem wir uns das schreckliche Inzeststück über Jesus und seine Familie angesehen haben.»

«*Die Seligpreisungen,* meinst du...» Sie hatte natürlich recht, und es stimmte auch. Noble drehte sein Glas um, was Brenda vor Schreck nach Luft ringen ließ, aber es kam nichts heraus; dann nahm er einen langen, tiefen Schluck.

«Diese Art Offenheit, *Direktheit* ist am schwersten zu verstehen, wirklich zu *durchschauen.*» Alison sah zu mir herüber und schien die eine oder andere Geste machen zu wollen (Noble hatte gerade sein leeres Glas umgedreht, und anscheinend ergoß sich literweise Whiskey auf Ros und den Fußboden), aber gerade da kehrte der große Beamte zurück und versperrte mir die Sicht. Er befahl Anatole, aus dem Lehnsessel aufzustehen und bedrohte ihn, so sah es jedenfalls aus, mit einer Schere. Anatole murrte, zog sich aber mühsam hoch, und Brenda, die ihn beobachtete, sagte etwas, was Fats zum Lachen brachte und ihn den Kopf drehen ließ, um zuzusehen. «Du hast über Amateure und Profis gesprochen, daß es leicht zu sehen sei, wie Leute ihre Rollen *gelernt* haben, aber daß das Geheimnis die Rolle sei, die *nicht* gelernt ist, die *Innerlichkeit*, die – wie hast du es genannt?» Lloyd Draper stampfte in seiner goldenen Rüstung vorbei: «Die Zeit geht vorüber!» rief er mit einer Art bleierner Fröhlichkeit. Automatisch schaute ich wieder auf mein nacktes Handgelenk, was mich an Alisons schlanke Hand erinnerte, als ich die Uhr davon abzog, das schelmische Grinsen unter ihrer sommersprossigen Nase (ich rief mir nun meine Gedanken über versperrte Sicht ins Gedächtnis, die spezielle Anfälligkeit des Live-

Theaters, die Einmaligkeit der dreidimensionalen Erfahrung jedes Zuschauers, die schöpferische Anstrengung, wie im Leben über die Grenzen der Sehfähigkeit hinauszusehen, all diese Dinge, über die ich mit ihr hatte reden wollen), die angespannte Erregung ihres Körpers, als ihr Finger um meinen Nippel kreiste, seine Kuppe müßig über die Spitze strich, der Nagel dagegen sich darunter grub, wie um ihn mit einer sanften zweideutigen Drohung *hervorzuheben*...

«Gerald...?»

«Ah, die... das Angeborensein?»

«Ja. Was ist in der Tüte?»

«Ich weiß nicht, eine Flasche. Fats hat sie mitgebracht.» Ich gab sie ihr, und sie spähte hinein: «Fats? Aber ich dachte, die wären schon...?» Ich hatte offensichtlich übersehen, daß der kleine Bulle, Fred, das Zimmer verlassen hatte, denn er kam nun mit einem frischen Sandwich vom Eßzimmer herein, gerade als sein hammelbeiniger Partner, der den Mützenrand bis über die Brauen gezogen hatte, hinausschlingerte: In der Tür stießen sie zusammen. Das Sandwich fiel aus Freds Hand zu Boden, und Bob, der mit wie ein Schwert erhobener Schere zurückzuckte, trat mit seinem kurzen Bein hinein (weit weg gab es Applaus: Das Folk-Album war eine Live-Aufnahme) und verspritzte Ketchup und Senf über den Teppich. Ich fühlte, wie meine Frau zusammenzuckte, als sein Fuß auftrat. «Ich hoffe, wir haben genug zu essen», murmelte sie. Alison wurde von Brenda und Anatole abgelenkt. «Alle scheinen gehungert zu haben, ehe sie heute abend herkamen, und die beiden sind die Schlimmsten.» Bob kratzte den Schlamassel von seinem Stiefel an einer Stuhlsprosse ab, als es draußen im Flur wieder klingelte.

«O nein, nicht noch mehr...!»

«Vielleicht ist das der Krankenwagen.»

«Ich habe alles für Moussaka da, glaube ich. Und ich könnte ein paar Eierbrötchen und Hühnchenflügel zurechtmachen...»

«Kann ich beim Saubermachen helfen?» fragte Naomi, die mit einem Aschenbecher voll Zigarettenkippen und Olivenkernen herbeistürzte. Sie warf mir einen bedeutungsvollen Blick zu (ich konnte neue Stimmen draußen im Flur hören, laut und nachdrücklich, und es blitzte ein paarmal) und ließ den Aschenbecher fallen. «Hoppla!»

«Ach, Naomi! Ich habe hier drin gerade *saubergemacht*!»

«Ehrlich, ich habe zwei linke Hände!» Sie hockte sich hin, um den Abfall einzusammeln, lächelte mich an und nickte in Richtung Alison.

Meine Frau kniete sich vor sie und griff nach einer kleinen Ansammlung verschütteter Kerne («Weißt du, ich glaube, langsam sind mir die Parties von anderen lieber als meine eigenen», seufzte sie), hielt dann mit ausgestreckter Hand inne und schnupperte neugierig.

«Ich sehe mal nach, wer da ist», sagte ich und riß mich los (jemand brüllte: «Als wäre es nicht schon schlimm genug –»), gerade als Soapie, ein alter Bekannter von der Lokalzeitung, gewissenhaft vergammelt in seiner verschwitzten Mütze mit dem «Presse»-Aufdruck, der schwarzen Hornbrille, dem Sportjackett aus Tweed und zerschlissenen Tennisschuhen zusammen mit seinem Fotografen Leonard eilig hereinkam: «Da ist sie, Leonard! Schön! Sieht aus, als ob sie schreit oder so! Laß nicht die Pillenschachtel weg! Oder – wow! – die Zickzackschere!» Er begrüßte Woody und Patrick – «Nein, bleibt so! Genau so! Hast du's, Leonard?» –, winkte dann Noble zu, schlug Fats auf seinen Schmerbauch («Wie geht's, Kumpel?» «Nicht so übel, Soap...»), steckte sich was zu rauchen an, beobachtete Alison, die hinter Woody und Patrick wegschlüpfte, setzte Leonard auf Brenda an. «Heiliger Strohsack, Yvonne!» schrie er. «Was für Partyspiele hast du denn getrieben? Leonard, mach ein Bild von dem Schlamassel!»

«Nimm meine Schokoladenseite, Leonard! Die hintere!»

Leonard ging in die Hocke, verrenkte sich und knipste nach Soapies Anweisungen drauflos. Manche duckten sich, andere lächelten gezwungen, wieder andere drehten sich weg, wie um die Zeitungsleute zu ignorieren. Hinter mir hörte ich über den einfältigen pulsierenden Akkorden aus der Stereoanlage meine Frau lachen und sagen: «Darts! Du meine Güte, Naomi, ich weiß nicht mal, mit welchem Ende man gegen die Scheibe wirft!»

«Olala», rief Soapie aus, rieb mit dem Finger über einen Fleck an der Wand und leckte daran, während Leonard sich für eine Aufnahme von Ros' Fußsohlen zwischen Beinen hindurch hinhockte. «Das ist das pralle, sinnliche Leben! Hat es sie so mit den Strümpfen runter erwischt?»

«Nein, sie –»

«Sie hat gerade 'ne Rolle in einem neuen Stück bekommen, nicht? Das habe ich irgendwo gehört – etwas über einen Vergewaltiger, der sich als der Präsident oder Gott oder der Papst herausstellt, ich hab vergessen was –»

«Sie sagte, es handele von einem Privatdetektiv, der –»

«Sag, meinst du, da gibt es eine Verbindung, Ger?»

«Du meinst mit dem Mord?»

«Unwahrscheinlich, hm? *Nichts* Privates bei unserer lieben Ros, stimmt's? Dieses Spielzeugland-Musical werde ich nie vergessen, in dem sie eine schlaffe Marionette war, mit Fäden an den Zitzen und sonst nichts! Wie hieß es –?»

«Der bösen Püppchen Alp –»

«Richtig! Sensationell! Solange sie nicht spielen mußte, was? Warum hat sie übrigens all diesen Trödel mit herumgeschleppt?»

«Na ja, eigentlich ist das nicht –»

«Ich meine, so was wie *Pfeifen*reiniger? Au Backe!» Er strich eine Notiz aus, die Zigarette wie ein Blasrohr zwischen den Zähnen. «Das Beste überhaupt war aber die Sache mit der Salzsäule – erinnerst du dich, Leonard?»

Leonard leckte sich über die dicke Bürste unter seiner Nase und rollte die Augen, konzentrierte sich dann aber wieder auf Yvonne, die ein paar Strähnen steifen grauen Haars unter die Nase zog und sagte: «Was würdest du zu einer Säule aus Blutblasen sagen, Leonard?»

«Hm, lecker», bemerkte Soapie geistesabwesend, indes er zusah, wie Brenda einen Arm um einen wackligen Anatole legte. Howard versuchte sich im Schatten der Stores zu verstecken. Soapie hob einen hingefallenen Aschenbecher auf, drückte seine Kippe darin aus, warf den Aschenbecher auf einen Haufen zusammengefegten Abfalls und fischte seine Packung für eine neue Zigarette raus. Ich sah, daß wir uns keine Sorgen darüber machen mußten, wie wir die Flecken aus dem weißen Lehnstuhl bekamen: Sie waren herausgeschnitten. «Habt ihr sie hier gefunden?»

«Nein, eher...» Plötzlich schauten wir alle auf dem Boden herum. «Hier!» sagte ich und zeigte auf ihren Kreideumriß. Er war beinahe ganz weggetrampelt, eine Geisterzeichnung.

«Machst du Witze?» widersprach Noble. «Da habe ich gestanden.»

«Sie war dort drüben – hier!» sagte Wilma und zeigte auf einen anderen Umriß, den von Ros mit ausgebreiteten Armen und Beinen. «Das ist die Stelle!» Yvonne drehte sich im Versuch zuzuschauen in ihren Fesseln, zuckte zusammen und lehnte sich gekränkt und frustriert zurück. Ich befürchtete, sie würde wieder zu weinen anfangen. «Was ist denn mit dem?» fragte Fats, der über einem dritten stand, und Lloyd Draper, nun von seinen Zeitmessern befreit, kam herein und zeigte, die Daumen in seine roten Hosenträger eingehakt, auf noch einen anderen, den von der zusammengerollten Ros am Fußende von Yvonnes Couch. «Hier lag sie, junger Freund, das arme Ding.»

Bald stritten alle, zogen wie auf einer Touristentour von Umriß zu Umriß durchs Zimmer und votierten für den einen oder anderen Kreideumriß. Selbst Dickie, der mir zuzwinkerte und mit einem Zahnstocher im Mund grinste, zeigte auf die Stelle, wo Roger mich umgehauen hatte. «Hier könnt ihr die Blutflecken am Herzen sehen.»

Yvonne streckte die Hand aus und nahm meine, ließ etwas hineingleiten. «Tu mir einen Gefallen, Gerry», flüsterte sie («Was soll das, in allen sind Blutflecken!»): ein kleiner goldener Ring, ein Ohrring...

«Klar, Yvonne –»

«Was auch passiert, laß nicht zu, daß sie mich wegbringen!»

«Aber niemand –»

«Bitte?» Sie drückte meine Hand, hielt sie mit ihrer zitternden Hand fest. «Versprochen?»

«Natürlich verspreche ich das. Aber niemand will –»

«Ich hab dich lieb, Gerry», flüsterte sie, während um uns der Streit tobte: «Ihre Beine waren zusammen! Wie bei diesem!» «Nein, auseinander! Hier!» «Willst du...»

«Gefällt dir der besser, Leonard? Okay? Dann man los!» Durch eine Art Abstimmung hatten sie ausgerechnet den Kreideumriß gewählt, von dem ich wußte, daß er es unmöglich war, denn bis Roger unseren Kaffeetisch aus Messing bei seinem Amoklauf umgestoßen hatte, hatte der da gestanden. Nun begannen Fats, Woody, sein Vetter Noble und Alisons Mann die Leiche nach Soapies Anweisungen zu transportieren. *«Vorsicht –!»*

«Gott, sie ist so verdammt *kalt*!» beschwerte Noble sich, ließ los und wischte sich die Hände an der Hose ab. Lloyd klopfte ihm auf die Schulter und übernahm seinen Platz. «Recht so, Alter» maulte Noble, «das geht mehr in Ihre Richtung.»

«Wirklich? *Ohnmächtig?*» fragte seine Freundin, ihr Medaillon befingernd, und Patrick, der eine kleine Gruppe mit seiner Erzählung von Roger und der alten Vettel in Bann hielt, nickte ernst: «Das hat er jedenfalls gesagt.»

«Du hast alles ganz falsch verstanden», mischte Brenda sich ein (Sie hing an Anatole oder hielt ihn vielleicht auch aufrecht), und Patrick wurde rot, seine Augen verzogen sich zu Schlitzen. «Du übertreibst immer, Patrick.»

«Übrigens, Yvonne», flüsterte ich, den kleinen goldenen Ohrring zärtlich zwischen den Fingern reibend (ich hatte gerade, als ich meinen Blick von dem Neuarrangement der armen Ros abwandte, einen Blick von Alison über den gebeugten Rücken ihres Mannes hinweg aufgefangen: Auch sie hatte sich abgewandt und beobachtete jetzt den großen Polizeibeamten, Bob, der getrocknetes Blut von den Wänden in kleine Pillendosen kratzte, und ich dachte, einmal mehr von der Illusion von Grundmustern fasziniert: Was die Liebe mit dem Theater gemein hat, ist die Poesie des Raums...), «wer ist die Frau, die mit Noble kam? Ich habe ihren Namen nicht mitgekriegt, als –»

«Wer, Cynthia?» bollerte Yvonne plötzlich heraus, und der ganze Raum schien zu erstarren. «Mit dem einäugigen Schwein? Also komm, Gerry, für so schlecht darfst du die Dame nicht halten – das ist die neue Geliebte meines Mannes!»

«Oh, tut mir leid –»

«Leid? Was soll dir da leid tun?» Was hatte Tania vorher über Yvonne gesagt? Ich hätte zuhören sollen. Der Ohrring schien sich zwischen meinen Fingern aufzulösen wie eine schmelzende Münze. «Ich meine, was soll's, zum Teufel, du kannst ihm keinen Vorwurf machen – wer will schon seinen kleinen Glockenschwengel in mich reinstecken und sich 'nen verdammten Krebs einfangen?» Ihre Stimme brach. «Stimmt's, Soapie?»

«Stimmt», erwiderte Soapie geistesabwesend, schob sich die Mütze zurück und zündete sich eine an. «Okay, das sieht wunderbar aus – die Strümpfe spielen keine Rolle. Laß sie da unten, ist ein hübscher Touch. Also, was meinst du dazu, Leonard?»

Yvonne war wieder in Tränen ausgebrochen, und Cynthia hielt ihre Hand und wiegte ihren Kopf gegen ihren Bauch. «Mir ist so verdammt elend zumute, Cynthia!»

«Ich weiß. Ist schon gut...»

«Erinnert mich an einen Matrosen, den ich mal in spanischen Stiefeln gefangen gesehen habe», sagte Lloyd Draper gedehnt und starrte vom Fußende der Couch her über seine lange, knollige Nase.

«He, Ger!» rief Soapie mit ausgestrecktem Arm. «Komm mal eben her!»

«Iris und ich waren damals in Singapur, dachten, spanische Stiefel seien längst aus der Mode, aber nichts wird wirklich unmodern. Wenn ein Gedanke einmal auf die Welt kommt, setzt er sich auf ewig und drei Tage fest, scheint mir.»

«Du warst doch gar nicht hier! Du hast ihn doch gar nicht gesehen! Woher willst du wissen, was er gesagt hat?» rief Patrick, der ein bißchen hysterisch wurde, während Brenda ihre plumpen Finger mit Anatoles verschränkte, Patrick eisig anlächelte und mit den Kiefern mahlte.

Soapie führte mich hinter Ros' Leiche und trat dann zurück (etwas knirschte unter seinem weichbeschuhten Fuß, er trat es beiseite: Glas, es glitzerte), um mich durch einen Rahmen aus Daumen und Zeigefinger anzulinsen: «Das ist es, Ger, bloß – nein, dreh dich ein bißchen nach rechts, von dir aus gesehen!» Während Soapie mich durch die Finger auf dem Kieker hatte (ich zog die Bänder meines rostfarbenen Hemds fest, die sich gelokkert hatten, während ich den Ohrring mit zwei fettigen Fingern in der Handfläche drückte), kniete Leonard sich hinter meine Knöchel, um Ros' Profil gegen das Licht aufzunehmen. «Okay, gut – wo ist deine Frau?»

Michelle, die Hände über den Schultern gekreuzt und die Ellbogen an den Körper gepreßt, tanzte nun allein im Wintergarten, schwankte wie in Trance zu der winselnden, hektischen Musik. «Ich vermute, sie ist wieder in die –»

«Schon gut, mach dir nichts daraus.» Soapie zog Alison von ihrem Mann weg, um sie neben mich zu stellen. «Brauche bloß einen warmen Körper.» Ihr Mann kam herüber, um Leonard zu beobachten, der ungefähr drei Meter entfernt ein Stativ aufstellte. Der große Bulle beschwerte sich: «Jemand ist auf meinen Röntgenapparat getreten...!» «Ich sage dir, Patrick, ich *weiß es.* Ich habe schließlich die alte Dame zu ihm geschickt! Sie ist eine Fürsorgekundin von mir.» Brenda machte eine Blase mit ihrem Kaugummi, Patrick biß sich auf die Lippe; der verwirrt aussehende Anatole starrte durch beide hindurch und ließ sich betätscheln. «Nein, nicht wie Zinnsoldaten – entspannt euch, ihr zwei! Eher so, als würdet ihr reden oder Witze reißen!»

Woody wollte wegschlüpfen, aber Soapie schnappte ihn am Ärmel und steuerte ihn hinter Alison, die er dabei leicht anrempelte, so daß wir uns berührten, obwohl wir versucht hatten, es nicht zu tun.

«Verzeihung», sagte ich und räusperte mich, aber Alison sah in die andere Richtung: ja, der linke fehlte.

«Ich fühle mich so bloßgestellt», stieß sie zwischen den Zähnen hervor und zupfte an der grünen Seidenschärpe um ihre Taille.

«He, Doc –?»

«Jetzt verstehe ich, warum die alte Dame überzeugt war, daß Roger eine Schraube locker hatte!» lachte Brenda hinter uns, und Patrick zischte: «Das ist ja doof!»

«Also, nicht doof», sagte Wilma, «doof war er sicher nicht.»

«Das muß mir einer *bezahlen*», fluchte der Bulle, als er an uns vorbeihumpelte, und Anatole sagte: «Kann ich mich wieder hinsetzen?»

Jim war herübergekommen und hatte unter Soapies Regie seine Jacke wieder ausgezogen und die Hemdsärmel hochgekrempelt. Er stopfte sich das Stethoskop in die Ohren und kniete sich vor Ros hin: «So?»

«Richtig, Doc – aber lehnen Sie sich zurück, damit sie die Sicht nicht versperren! Und hier – wir wollen vorne ein bißchen aufmachen, so, als hörten Sie ihr Herz ab oder so.»

«Gott, Soapie! Müssen wir das?»

«Leonard braucht es. Fleisch hält ihn wach. Außerdem, wie sollen all ihre Fans sie sonst erkennen?» Leonard tat, als döse er vor sich hin, bis die Brust zum Vorschein kam, dann drehte er auf und fummelte mit ruckartigen, beschleunigten Bewegungen an seiner Kamera herum. «Würg! Was haben sie denn da reingerammt, einen Dampfbohrer?»

«Es war vorher nicht so groß», sagte Jim und starrte Bob an, der mit einem Miniaturstaubsauger zurück war und durch kleine Filterpapiere Staubproben von Manschetten, Säumen, Taschen und Schuhen aufsaugte: Ich schloß meine Faust um den goldenen Ohrring. *«Irgend jemand hat es schlimmer gemacht.»* Als Bobs Staubsauger über sein graues Haar fuhr, richtete es sich auf und fiel dann wieder zurück.

Ich hörte wieder das dünne Brausen von Applaus, als Soapie die eingefallene Brust hochwölbte, indem er den Stoff fest unter sie zog: Michelle, allein im Wintergarten, tanzte nicht mehr, sondern stand da wie von ihrer eigenen Trance festgenagelt, die Augen geschlossen, die Schultern umschlungen, als versuche sie, sich selbst festzuhalten. «Okay, ihr Leutchen da hinten: kommt näher, kommt, drängt euch –!»

«Was? Werden wir fotografiert?»

«He, laßt ein bißchen Platz für den alten Fats!»

«Wissen Sie, es ist merkwürdig», murmelte ich, «das Bild hängt seit Jahren im Eßzimmer, und gerade habe ich zum erstenmal bemerkt, daß Susanna Goldringe in den Ohren trägt...»

Alison hielt den Atem an und schaute auf. «Ich muß dich sehen», flüsterte sie und ließ die Hand zwischen uns einen Augenblick um meinen Schenkel fahren, während die anderen sich um uns herandrängten. Ich wollte ihr zeigen, was ich in der Hand hielt (ich war sicher, daß es dort war, obwohl ich in Wirklichkeit das Gefühl dafür verloren hatte), aber wir waren von Zuschauern umringt. «Sobald das hier vorüber ist...»

«Ich sehe so entsetzlich aus», protestierte Wilma, dic sich nervös hinter meiner Schulter zurechtmachte. «Aber das ist vermutlich nichts Neues.»

Fotos, glaubte Tania (Soapie hatte von einigen Lampen die Schirme abgezogen, andere nach oben gebogen, damit das Licht uns anstrahlte, und Cynthia und Alisons Mann angestellt, um die Schirme in der richtigen Stellung zu halten), bewahrten die Vergangenheit nicht, sie verzerrten sie bloß. Das Gedächtnis, wenn man es in Ruhe ließ, hatte immer recht, selbst wenn es wegwusch und neu erfand. Die Fotografie konnte nur, so empfand sie (ich verstand dies, weil mir die Sammlung alter Postkarten, mit der meine Großmutter mich als Kind hatte spielen lassen, noch in Erinnerung war), als phantastische Kunstform verteidigt werden.

«Okay, gleich haben wir's!» Soapie ließ seine Zigarettenkippe auf den Teppich fallen und trat sie mit dem Absatz aus. «Warum wird es so kalt hier drin?» Yvonne, alleine gelassen, wollte das wissen. «Howard? Komm hinter den Stores hervor! Sei nicht schüchtern, misch dich unters Volk – sagt mal, was ist denn mit dem Jungen los?»

«Er fühlt sich nicht gut, Soapie.»

«Na, dann haltet ihn aufrecht!»

«Das erinnert mich daran, wie Archie mich zu einem seiner High-School-Treffen mitgenommen hat», sagte Wilma.

«Ich hab dir doch gesagt, Patrick, sie gehört dir», murmelte Woody direkt hinter meinem Ohr. «Wenn du sie haben willst, nimm sie dir. Das ist dein absolutes Recht.»

«Nur daß ich irgendwie auf dem Gruppenfoto gelandet bin und Archie nicht.»

Bob kam herüber, zog ein Thermometer aus einem Loch in Ros' Seite, das mir vorher nicht aufgefallen war, und verließ, es stirnrunzelnd studierend, das Zimmer. Alison hatte gespürt, wie ich zusammengefahren war, und drückte mich nun ein bißchen. «Sie konnten es hinten nicht reinkriegen», flüsterte sie, «weil da was drin steckte. Sie mußten ein Loch bis zur Leber treiben.»

«Aha...» War es das, was ich wissen wollte?

Seufzend klebte Jim ein Pflaster auf das Loch und bedeckte es mit einem losen Fetzen ihres Kleides. «Wir sollten Cyril und sein Ziegenbärtchen aufs Bild bekommen», bemerkte jemand, und Wilma sagte: «Wußtet ihr, daß Peg eine Tätowierung hat?»

«Also los jetzt, Freunde in Nachtbars», rief Soapie, «zeigt mal ein bißchen *Leben*! Wir wollen doch nicht, daß unsere Leser raten müssen, wer das Opfer ist!»

«Ein kleines rotes Herz – genau da, wo man gewöhnlich seine Grippeimpfungen kriegt...»

«Und was ist das über Cyril?»

«Mein alter Corpus Delicius taugt nicht mehr zu viel, aber – haha – wenn ihr noch einen Beiständer braucht –»

«Nicht unbedingt, Old-Timer. Aber ich sag Ihnen was, wenn Sie einen der Bullen für mich finden könnten –» Anatole rülpste unheildrohend. «Hoppla! Durchhalten, Junge! Sind wir soweit, Leonard?»

«Wer, Fiona –?»

Jim stand auf, spreizte die Knie und ging in einem kleinen Kreis herum. «Mir ist der Fuß eingeschlafen», erklärte er entschuldigend.

«Einen Augenblick, Leonard! Fats, hör auf zu schielen! Du hast keinen Respekt!»

«Du meinst die mit der dicken Nase?»

«*Sschh!* Sie muß hier irgendwo sein!»

«Bist du soweit, Doc?»

«Kaum zu glauben!»

«Wow, guck mal, was gerade hereingeweht ist! Komm rein, Schatz, und zeig diesen Amateuren, wie man's macht!» Regina lehnte hinter Leonard an der Tür, hielt den Türstock umklammert und sah so erledigt aus, als hätte sie ihr Gesicht mit Coldcreme eingecremt gehabt und sie gerade abgewaschen. Das schwarze Haar und das Kostüm hingen schlaff an ihr herunter, an ihren Lippen waren noch Speichelfäden. Langsam hob sie den Kopf und starrte direkt Anatole ins Gesicht, der hilflos zurückstarrte. Kurz spiegelten sie einander wider, keuchend, die Augen feucht, die Hände nach oben gleitend, um sie vor die aufgerissenen Münder zu pressen – dann stürzte Anatole, angestrengt die blubbernden Geräusche in seiner Kehle herunterschluckend, vor, fiel über Ros' Leiche (*«Uff!»* grunzte Jim), rappelte sich auf und torkelte, die Hand vor dem Mund, aus dem Zimmer. Regina war ihm mit einem erstickten Gurgeln vorausgeeilt. «He, ihr Clowns, kommt *zurück*!» rief Soapie und warf ihnen seine Pressemütze nach, während Leonard mit seiner umgekippten Kamera kämpfte und Brenda fragte: «Wer *ist* der Junge überhaupt?»

«Tanias Neffe.»

«Ach ja?» Sie knallte mit dem Kaugummi. *«Niedlich!»*

«In Ordnung, richten Sie nur mal die Knie, wo er sie angestoßen hat, Doc», brüllte Soapie (ich hörte ein gezischtes Flüstern: *«Miststück!»*), «wir haben nicht den ganzen Abend Zeit.» Ich sah verstohlen in meine Hand: ja, er war noch da. Ich hielt ihn zwischen den Fingerspitzen und ließ etwas Luft an meine Handfläche. Mir kamen die kleinen Zaubervorstellungen in den Sinn, die ich immer mit Münzen und Karten und kleinen Bällen für meine Großmutter gegeben hatte. Der Trick beruhte stets auf Ablenkung, sozusagen eine Lektion darüber, wie die Welt funktionierte. In der Zwischenzeit war Lloyd Draper mit dem kleinen Bullen im Schlepptau zurückgekommen. Fred trug nun ein großes dampfendes Stück Pizza in beiden Händen, und Soapie schnippte die Zigarette weg, die er sich gerade angezündet hatte, um Fred herüberzuziehen, damit er sich uns hinter der Leiche anschloß. «Hier am Kopf vielleicht... ja, so – hören Sie mal, geben Sie mir den Müll! Nun einen Schritt zurück... richtig, bleiben Sie so! Wunderbar!»

«Soll ich vielleicht meine Knarre rausholen?»

«Was meinst du, Leonard?» fragte Soapie mit vollem Pizzamund, den Kopf schräg gelegt (hinter den Lampen klingelte es wieder), und Fats sagte: «Sagt mal, gibt es da Happi-Happi?»

«Na ja, meinetwegen, warum nicht?» sagte Soapie nachdenklich und gab den Rest von Freds triefender Pizza Leonard. Leonard faltete ihn zusammen und schob ihn sich auf einmal in den Mund, wischte sich dann die Hände an Yvonnes Verbänden ab («Psst! Tu mir einen Gefallen, Leonard», flüsterte sie, «hol mir was zu trinken!») und bückte sich, während ihm noch der ölige Saft aus dem kümmerlichen Schnauzbärtchen tropfte (Er machte ihr große Augen und zwinkerte: «Ach, du bist 'ne dumme Nuß, Leonard», murrte sie), wieder hinter seinen Sucher. «Los, laß uns das mal hinter uns bringen, Soap, solange es noch was zu Futtern gibt!» greinte Fats, und Soapie sagte: «Nein, richten Sie die Zimmerflak nicht auf die Leiche, Captain! Was soll das denn? Zielen Sie auf Ger dort drüben!»

«He –!»

«Sie ist gesichert», beruhigte Fred mich augenzwinkernd.

«Talbot! Komm mal rein! Du kannst den Platz von dem Jungen einnehmen – rück ein bißchen, Bren!»

«Wie wär's, wenn wir den Set an den Tisch ranschieben und uns gleichzeitig ein bißchen die Magenwände dekorieren?» schlug Fats hoffnungsvoll vor.

«Du könntest wenigstens dein Hemd reintun», schniefte Wilma, als Talbot herübergewackelt kam, ein belämmertes Lächeln im Gesicht. Er trug seine eigene Jacke, aber die Hose, die er jetzt anhatte – an der Taille weit offen und an den Knöcheln in Falten –, gehörte mir.

Ich schaute auf Alison hinab, weil ich mich ein wenig fühlte, als müsse ich mich rechtfertigen, und ertappte sie dabei, wie sie zu mir aufsah. Sie errötete. «Ich dachte gerade an das Stück, das wir gesehen haben», flüsterte sie, «an das, was du über Happy-Ends gesagt hast...»

Talbot, der, eingehullt in eine Wolke von Schweiß und Badezusatz, haltlos vor uns schwankte, rülpste. Der Anblick von Ros' Leiche zu seinen Füßen und Freds erhobenem Revolver schien ihn zu verwirren. Er stützte sich auf Jims Schulter und hob den Fuß hoch über Ros' Körper, als wolle er über einen Zaun klettern. Alison, die sich gegen mich lehnte, um Platz zu machen, streichelte heimlich über die Rückseite meines Schenkels. Ihr Haar erglänzte in einem beinah magischen Licht – bloß daß es von der Lampe kam, mit der ihr Mann, im Schatten dahinter verloren, sie anstrahlte. Talbot stolperte in unsere Mitte und glotzte mich trübe an. «Dein Topf überschwemmt das ganze gottverdammte Haus», verkündete er laut, und Patrick flüsterte: *«Jetzt?»*

«Besser gleich als nie», sagte Woody.

«Und stinkt außerdem.»

«Ich weiß, ich rufe gleich einen Klempner, Talbot», sagte ich, erregt von Alisons Hand, ihrem Schenkel gegen meinen, ihrem Zeh auf meinem unter der Leiche: Ich umklammerte den Ohrring in meiner Hand und erinnerte mich aus irgendeinem Grund daran, wie naß die Zunge des Bettlers gewesen war, als er die Münzen darauf stapelte. Eine Art unstillbaren Hungers... «Sobald wir hier fertig sind –»

«Ach ja, der Klempner, hab ihn getroffen, als ich runterkam.»

«Was?»

«Okay, ihr Faulsäcke, laßt uns mal das kleine Vögelchen betrachten!»

«Liebend gern! Zieh's raus, wo wir es sehen können, Talbot!»

«Du hast einen Klempner gesehen –?»

«Kuckuck!»

«Talbot –!»

«Du rückst deine besten Zentimeter ins rechte Licht, Talbot», krähte Yvonne, während Soapie weitermachte und Leonard loslegte: «Macht schon, alle mal strahlen, rückt zusammen – du bist nicht bei der Sache, Ger! So habe ich dich noch nie erlebt! Biete uns eine Umarmung oder einen Kuß oder so etwas! Talbot hat's raus – was ist mit euch anderen los? Das ist doch verdammt noch mal 'ne Party, oder nicht – Pat, wo gehst du hin?»

«Ich – ich bin gleich wieder da –!»

«Das ist *widerlich*, Talbot!»

«Oh, ist doch gar nicht so schlecht», lachte Brenda und ließ den Kaugummi zerplatzen (Wilma, die sich zu Talbot vorbeugte, um ihm zu helfen, seinen offenstehenden Hosenladen zuzuziehen, hatte uns angerempelt, und als ich um Halt nach Alisons Hinterbacke griff, seufzte sie auf und sagte: «Ich treffe dich an der Kellertreppe!»), «aber da drüben ist was Besseres!»

Wir drehten uns zu Earl Elstob um. Seine Hand steckte in Michelles Bluse, eine Erektion schob seine Hose vorne von ihm weg wie einen Pflug – wir alle lachten, selbst Woody: ein merkwürdiges kleines, bellendes Geräusch –, aber ich machte mir Gedanken über die merkwürdige intensive Schönheit dieser Entladung zwischen uns, kurz, plötzlich, sogar (wir wußten dies, es verlieh unseren verstohlenen Berührungen Heftigkeit, Leidenschaft) flüchtig, dabei aber irgendwie zeitlos: sozusagen besetzt mit Ewigkeit, betäubend und tiefreichend...

«Lacht nicht über ihn, es könnte ein Tumor sein!»

«Phantastisch!» rief Soapie aus, während Leonard kurbelte und schoß. «Jetzt habt ihr's raus! Haha! Bleibt so!»

Fred, der über seine Schulter Elstob angrinste, hatte sein Schießeisen gesenkt, aber nun hob er es wieder. «Sie würden Ihrer besseren Hälfte 'nen Gefallen tun», sagte er, das Lächeln für Soapie beibehaltend, mich aber ominös anstarrend, «wenn

Sie ihr sagten, sie soll aufhören, unsere Nachforschungen zu behindern.»

«Behindern?» Alison streichelte meinen Finger, als versuche sie, eine Vorhaut zurückzuschieben.

«Wie kannst du mich über den Knubbel auf Talbots Ohr überhaupt sehen, Soapie?»

«Ja, fegen, aufräumen, Beweismaterial verstecken – das kann sie ganz schön in die Zwickmühle bringen.» Ich fing an zu erklären (Janny, ihr rosa Rock horizontal geknittert und das Make-up verschmiert, war in der Tür erschienen und hielt etwas hoch), aber Woody lenkte den Bullen ab, murmelte ihm etwas von der Sicherstellung forensischen Beweismaterials ins Ohr; um ihm Platz zu machen (aber ich dachte über meine Frau nach, wie ich ihr eine Botschaft zukommen lassen konnte), beugte ich mich über Alisons Brust. «Er hat *was* –?!» röhrte Fred.

«Ich glaube, Janny hat was für dich», murmelte Talbot. Jetzt sah ich es: der Eispfriem, mein Halstuch um den Griff geknotet – reflexartig sprang ich von Alison weg. Auch sie zuckte erschreckt zurück: «Was – was ist los?»

«Brrrr! Haltet die Pferde!» rief Soapie. Janny bahnte sich einen Weg zwischen den Lampen und der Kamera, den Eispfriem und das Halstuch wie eine kleine Flagge schwenkend. «Nur noch ein paar!»

«Nein –!»

Aber es war Fred, der den Aufnahmen ein Ende machte. Er sprang an uns vorbei und schlug Patrick den Revolvergriff ins Gesicht, als der gerade in den Haufen verstreuter kriminalistischer Ausstattung in der Ecke langte. *«He!»* Lampen kippten um, Soapie brüllte Leonard etwas zu, Patrick kreischte (*‹Nicht hier drin, Janny!›* formulierte ich stumm und wich zurück), Fats schnappte den Bullen am Kragen und zog ihn weg.

«Ein – ein Geschenk von meiner M-mutter...!» heulte Patrick, dem die Lippe gespalten war und das Blut aus Nase und Mund strömte, als sei ein Rohr geplatzt.

«Also, warum machen Sie denn so was?» wollte Fats wissen, seinen feisten Arm um Freds Kehle (es gelang mir, mehrere Leute zwischen mich und Janny zu bekommen, aber sie kam mit einem dämlichen Lächeln näher und hielt den Pfriem hoch).

Dann kam Bob hereingewackelt, den gezogenen Revolver in beiden ausgestreckten Händen, und brüllte: «HÄNDE HOCH!» Und Fats ließ los. «Schon gut, schon gut, ich verstehe einen Wink mit dem Zaunpfahl...»

Die beiden Beamten zwangen die Pinzette aus Patricks geballter Faust und zogen den noch immer blutig Blubbernden hinaus. Bob hielt uns mit der Waffe in Schach. «Blödes kleines Muttersöhnchen», murmelte Noble an der Tür, der den Abgang beobachtete, und wir alle entspannten uns: Ich war wieder auf der Flucht.

«Hier, Gerry!» rief Janny und machte auf ihren bestrumpften Füßen einen weiten Bogen um Ros' verlassene Leiche, während ich mich hinter Leonard duckte. «Wir *haben* das Ding! Es war unter dem *Bett*!»

Ich sah sie drohend an und schüttelte den Kopf. Beinah war ich an der Tür, aber da war sie und überreichte mir den Pfriem wie einen Stafettenstab – was konnte ich tun? Ich schnappte ihn und stopfte ihn mir ins Hemd. «Danke! Ich – ich habe gerade danach gesucht!»

Sie lächelte matt, ein bißchen außer Atem, ihr Gesicht völlig ausdruckslos (hatte jemand sie dazu angestiftet? Ich schielte zu Talbot hinüber: Wilma fummelte an seinen Kleidern herum, und er grinste mich über ihren gebeugten Rücken benommen an), dann plötzlich erspähte sie etwas hinter meiner Schulter, schubste mich gegen die Wand, warf die Arme um meinen Hals, nahm meinen Schenkel zwischen die Beine und küßte mich. Ihr fettiger Mund klaffte in ungespielter Panik auf. «Es ist dieser schreckliche Earl Elstob», hauchte sie. «Steck mir deinen Finger rein, Gerry – *schnell*!»

«Nanu! Kann üch mütmachen?»

«Können Sie nicht sehen, daß wir beschäftigt sind?» keuchte Janny, deren Schenkel mechanisch zwischen meinen Beinen auf und ab ging, als trete sie ein Pedal. «Na ja, nichts funktioniert mehr wie früher, Old-Timer», sagte Soapie ungefähr einen Meter entfernt, während hinten im Zimmer Fats, der Woody Geld gab, vorübergehend bestürzt zu sein schien: «Wer, *Roger* –?» Jannys Zunge fuhr wie ein Wattestäbchen in mein Ohr herein und hinaus. «Man kann seine Unterlippe nicht finden, Gerry!» keuchte sie. «Es ist, als küßte man nur einen halben Mund! Ich hatte das Gefühl, in einen *Abgrund* zu fallen!»

Brenda hielt sich so etwas wie ein kleines Taschentuch an die Nase, ihre Augen tränten. Sie bot es Howard an («Ich meine, ihm einen Zungenkuß zu geben ist schlimmer, als eine *Decke* anzustreichen, Gerry!»), aber der schrak zurück. Fats umfing in schmerzerfülltem Schrecken ihren Ellbogen: «Sie haben ihn *umgebracht*, Bren!» «O *nein*! Nicht *Roger* –!» Und dann, als sie an Noble vorbei hinausstürzten (es klingelte an der Tür), rief jemand von der Treppe: «Sind Sie der Typ, der hier wohnt?» Er lehnte sich übers Geländer, um auf uns im Wohnzimmer herunterzulinsen, ein untersetzter Mann mit Mütze und Latzhose, Universalschraubenschlüssel in der Faust, der Name STEVE über die Tasche gestickt. Neue Stimmen im Flur, das Knallen und Schlagen von Türen war zu hören.

Ich schob Janny sanft von mir weg. «Ja...?»

«Na, mit dem Abort kann ich nicht viel machen, Mister, ich hab nicht das richtige Werkzeug mit – aber was die Wanne verstopft, ist leicht zu sehen.»

«Die Wanne? Ich wußte gar nicht, daß –»

«Doch, irgend 'ne arme Tussi hat gerade ihren letzten Schluck darin genommen.»

«Was?» Ich fühlte den Pfriem rutschen und klemmte ihn mit dem Ellbogen nervös gegen die Rippen. Leute gingen zwischen uns vorbei, begrüßten einander, zogen Mäntel aus, fragten nach Ros («Hier drin!» rief eine von ihnen, eine Frau in einem gelben Strickkleid), es herrschte allgemeines Tohuwabohu. «Wer...?» Aber ich wußte es, ja, schon bevor Anatole hinter dem Klempner die Treppe heruntergetorkelt kam, käseweiß und gramerfüllt, wußte ich es – und auch die anderen wußten es, wußten etwas, denn plötzlich trat furchterfülltes Schweigen ein, wie beim Heben des Taktstocks. Selbst das Kommen und Gehen hatte aufgehört, die Begrüßungen, die Musik, die Schritte, das Rascheln von Stoff gegen Stoff. Nur in einem anderen Zimmer klang irgendwo einsam eine Gabel gegen einen Teller.

«Onkel Howard!» schrie Anatole.

Wir alle drehten uns um, um zu schauen: Howard hockte mitten im Zimmer, alleine neben Ros auf seinem runden Gesäß, eine

Hand unter ihrem silbrigen Rock; er starrte entgeistert zurück, scheinbar wie angewurzelt dort im Schnittpunkt der Lichtbündel. In seinen geborstenen Brillengläsern glitzerten Myriaden winziger Lichter, als zersprängen seine Augen. «Mein Gott, was *machst* du da, Howard –?!» fragte eine Frau.

Sein Mund arbeitete, aber heraus kam nur ein kleiner Quiekser. Eine Röte, die aus der Tiefe seiner baumelnden Krawatte aufzusteigen schien, überflutete Hals und Wangen, kroch ihm hinter die Augen und überzog den Schädel. «Meine – äh... Krawattennadel!» konnte er endlich stammeln. «Ich... äh... gefallen –»

«Es ist Tante Tania, Onkel Howard! Sie ist tot!»

Ein plötzlicher Krampf verzog Howards Lippen zu einem schrecklichen gepreßten Grinsen, die Röte wich ihm aus dem Gesicht, als habe man einen Stöpsel rausgezogen – dann fiel er in Ohnmacht und, von der noch zwischen Ros' Schenkeln eingeklemmten Hand festgehalten, über ihre Leiche. Leonards Blitzlicht poppte in einem fort.

Es gab eine Pause, dann einen Sturm auf die Treppe. Leute brüllten, weinten, fluchten. Der Klempner, der meinen Blick auffing, als sie an ihm vorbeistrebten, zuckte entschuldigend mit den Schultern. «Gott! Wann ist das alles passiert?» fragte jemand hinter mir, und Soapie sagte: «Das ist es, Leonard! Das ist unsere Story!»

«Wir wissen es nicht genau, es ist ein Inspektor von der Mordkommission hier, der gerade versucht, es auszurechnen.»

«Schreib's dir hinter die Ohren!»

«Woody –?»

Ich stand angewurzelt in dem Tumult, hielt den Eispfriem wie einen kostbaren Schatz an die Brust gedrückt und starrte auf meine Füße, von dem beängstigenden Gefühl einer Art endgültigem Déjà vu ergriffen. Ich stand, sah ich, in einer der Kreidezeichnungen von Ros, die die Polizei gemacht hatte, der in Fötusform: Was hatte Tania über grundlegende Umrisse gesagt? Das Leben, hatte sie gesagt (ich meinte sie wieder zu sehen, wie sie vor der Wanne kniete, die Arme mit einer Kruste aus rosa Seifenschaum überzogen, und mich über ihre bleiche, mir zugewandte Schulter anlächelte, als wolle sie mir etwas darbieten:

Liebe vielleicht oder eine Vision davon), sei nichts als eine Abfolge von ineinandergreifenden Inkarnationen, eine unendliche Anstrengung, den unauffüllbaren Umriß zu füllen. Ja, vage Kreideskizzen, das waren die genetischen Codes, der Ursprung des Lebens: Fragen ohne Antworten, nur endlose, unzulängliche Mutmaßungen. Die Kunst, glaubte sie, versuchte nicht, die Mutmaßungen zu reproduzieren, sondern die Fragen; deshalb unterschied Schönheit sich von Dekoration – oder selbst von der Wahrheit, wie ihr Vater das Wort verstand. Deshalb behauptete Tania immer, sie sei entgegen der allgemeinen Meinung in Wirklichkeit eine Realistin. Aber deshalb war die Kunst auch gefährlich: Das Herz der Schönheit war glühend heiß (sie hatte einmal, in dem berüchtigten Selbstportrait, versucht, diese Hitze direkt zu malen), und es konnte einem die Augen verbrennen, das Fleisch versengen. Wie sie heute abend sagte: «Etwas beinah Ungeheuerliches...»

«Jesus, sind sie beide so gestorben?» fragte jemand hinter mir. «Es ist wie ein gottverdammtes Märchen!»

«Nein, du begreifst nicht...»

«Gerald...?»

Ich sah auf und begegnete dem Blick meiner Frau. Wie immer lag ein Anflug von Sorge in ihren Augen, ein Anflug von Unsicherheit; selbst wenn sie lächelte, war er da, obwohl sie im Augenblick nicht lächelte. In den Armen trug sie ein Bündel schmutziger Wäsche, und ich sah, daß sie wieder die Schürze gewechselt hatte. Diesmal war es eine eisblaue mit rosa Birnen und gelben Äpfeln. «Wo sind alle hingegangen?» wollte Yvonne wissen. «Cynthia...?» «Es ist Tania», sagte ich und schluckte. «Sie ist tot.»

«Ich weiß.» Sie drehte sich um, um die Leute auf der Treppe zu betrachten, die verdreckte Wäsche in ihren Armen wie ein gerade empfangenes, aber noch nicht geöffnetes Geschenk. Sie schauderte, und der Ärmel meines blutbefleckten Hemdes fiel herunter und wackelte wie ein gepunkteter Schwanz an dem Bündel. «Kannst du seinen Finger da rausholen, Jim?» fragte jemand hinter mir. «Ich weiß nicht, ich glaube, sie wird steif.» Sie legte eine Hand vor die Stirn und starrte an mir vorbei: Ein Handtuch rollte sich auf, als wolle es wegrutschen, ein blauer

Socken fiel zu Boden, die Unterwäsche von jemandem, ein Taschentuch, alles fiel – ich blieb stehen, um ihr die Sachen aufzusammeln. Sie lagen in Ros' Umriß und drumherum wie intuitive Annäherungen an Formen, wie Marks Zeichnungen von Weihnachtsbäumen (ja, ich fühlte mich selbst in einer Kinderwelt hier unten, losgelöst: Ungesehen rutschte er unter meinem Hemd hervor wie eine abgeschüttelte Pflicht, und ich wickelte meine dreckige Unterhose darum): sogar eine Kopfkissenhülle. Hatte sie die Betten bezogen? «Dank dir, Gerald. Ich dachte, ich wasche mal eine Ladung… eh wir zu weit in Rückstand geraten…»

«Wessen Taschentuch ist das?» Es war beinah zu dreckig, um es aufzuheben: Ich nahm es mit spitzen Fingern an einer Ecke und warf es lose obenauf.

«Seins.» Sie machte eine Kopfbewegung über ihre Schulter zu meinem Arbeitszimmer hin. Daffie war stehengeblieben, um mit Anatole zu sprechen, der jetzt auf der Treppe lag und ausdrucksleer durchs Geländer starrte. Noble flüsterte ihr im Vorbeigehen etwas ins Ohr. Sie schüttete ihr Glas mit rosa Gin über ihm aus. «Gerald, jetzt haben sie Patrick da drin. Ich habe Angst.»

Ich küßte sie auf die Stirn, eine Hand auf jeder Schulter. «Keine Sorge, ich sehe mal nach ihm», sagte ich und ging an ihr vorbei, befreite mich dadurch aus Ros' Umriß. «Ich *glaube* es ja», sagte jemand, als ich mich durch das Gedränge vor der Tür zur Toilette unten drückte (Daffie rieb sich den Arm, wo Noble sie geschlagen hatte, und wechselte einen mitfühlenden Blick mit mir), «aber eine Sache, verdammt noch mal, verstehe ich einfach nicht…»

«Moment, geh nicht rein», mahnte Woody, mich am Arm haltend. «Sie benutzen es als Dunkelkammer.» Gerade als er über die Schulter zurückblickte, kam Cynthia aus meinem Arbeitszimmer. «Alles okay?»

Sie nickte geschäftsmäßig. «Ich habe ihm meinen Taschenrechner geliehen. Das sollte helfen, aber er hat immer noch viel vor sich.» Sie gab Woody eine Golduhr, die er überzog, dann nahm sie seinen Arm und sah zu mir hoch. «Es tut mir leid, wenn wir Ihnen dort drin Ungelegenheiten verursacht haben –?»

«Nein, es war mein –»

«Was macht Patrick?» unterbrach Woody und legte eine Hand auf die ihre, eine Hand, die noch quadratischer war als ihre.

«Du wärst überrascht. Er hat eine gespaltene Lippe, ein paar Prellungen, und er wird ganz schön aufgerieben sein – aber ich glaube, er hat sich verliebt.»

«Patrick –?» Ich konnte mir ein Lächeln nicht verkneifen, und sie erwiderte es: Ich dachte an Lehrerinnen, die ich gehabt hatte, Bankmanager, einen Arzt, der mich in Rouen einmal wegen einer Mundentzündung behandelt hatte. Ein Mann in Flieder und Grau ging an uns vorbei, murmelte etwas von «einem guten Abschnitt» oder «Abschied». «Ich meine, fällt es jemandem auf?» fragte er.

«Sie haben einen Stoß Fotos von dem Mädchen – dem Opfer – entdeckt, wie es von einem verkleideten Mann vergewaltigt wird. Es ist wahr, ich habe ein paar davon gesehen – sie sind ganz schön schweinisch, und auf einem ist sogar ein Dolch oder so was. Der einzige Anhaltspunkt für die Identität des Vergewaltigers ist anscheinend sein exponiertes Geschlecht, deshalb nehmen sie Maß, suchen nach besonderen Kennzeichen, Narben, Beschneidung und so weiter, wie man sich wohl denken kann.» Mein Lächeln war weg. Sie beobachtete mich gelassen. «Jedenfalls, als sie den Pimmel deines Freundes in die Hand nahmen, erigierte er. Das hat einen der Beamten aus irgendeinem Grund in Wut gebracht, und er schlug mit seinem Gummiknüppel drauf. Ziemlich fest, muß ich sagen – du hast den Schrei vielleicht gehört.»

«Aha», lächelte Woody. Die Fotos: Hatte mir nicht gerade jemand...?

«Der Inspektor wies den Beamten zurecht und entschuldigte sich bei deinem Freund, klopfte ihm sogar auf die Schulter, als er sein geschundenes Organ wegsteckte – dann gab er ihm die Pinzette zurück, und damit schmolz der kleine Kerl einfach hin und fing an, ihm alles zu erzählen, was er wußte. Als ich rausging, war es etwas über eine phantastisch reiche alte Frau, die vermutlich mit einer Art Parabel über Liebe und Eifersucht zu Roger kam, wenn ich es recht verstand.»

«Das stimmt schon. Ich erinnere mich an den Tag, an dem Roger mit der blöden Geschichte ins Büro kam», sagte Woody kopfschüttelnd. «Er war sehr begabt, Roger. Manchmal, vor Gericht, konnte er geradezu brillant sein, ein Künstler auf seine Art. Aber er war zu ichbezogen, um je einen wirklich guten Rechtsanwalt abzugeben.»

«Ich hatte immer das Gefühl, es sei sein Ich-*Verlust*, der ihn in Schwulitäten brachte», sagte ich in Erinnerung an Tanias Bericht über den von Liebe geschüttelten Roger.

«Vielleicht.» Woody spitzte die Lippen wie ein skeptischer Staatsanwalt, der mit einem dubiosen Einspruch konfrontiert ist. Es war beinah, als bereite er einen Prozeß gegen seinen ehemaligen Partner vor. «Aber vielleicht *ist* das Ego eben das Fehlende, jenes bodenlose Loch in der Mitte, in das sich Egomanen wie Roger andauernd werfen.»

Cynthia an seinem Arm sah unbewegt drein, anscheinend neutral, aber auch an ihr war etwas Beunruhigendes. Etwas Merkwürdiges. Nun wandte sie sich, ihr Medaillon befingernd, an Woody und sagte: «Wenn wir raufgehen wollen, um uns die Leiche anzusehen, sollten wir es schnell tun, ehe Yvonne uns vermißt.»

«Ich weiß – aber erst, verdammt noch mal, muß ich noch...» Er sah mit bekümmertem Gesicht zum Arbeitszimmer, gerade als Fats und Brenda in Tränen aufgelöst und einander stützend herausgewankt kamen. «Mein Gott, es ist *entsetzlich*, Bren!» «Ich kann es nicht glauben! Hast du seine *Augen* gesehen –?» «Gerry, hör mal, könntest du mir einen kleinen Gefallen tun?»

«Klar, Woody, ich muß nur erst –»

Er legte mir eine Hand auf die Schulter und rückte dicht heran. Durch die Tür zum Eßzimmer erhaschte ich einen Blick auf Alison mit Dickie. Er hatte seinen Arm um sie gelegt, und die beiden lachten – sie schien mich nicht zu sehen. «Würdest du mit mir dort reingehen? Mir liegt wirklich viel daran...»

«Also...» Ich sah mich um. Was hatte meine Frau gewollt? Etwas aus dem Gefrierschrank, eine Trittleiter, ein Obstmesser? Ich konnte mich nicht erinnern. Auf der Treppe herrschte wieselnde Geschäftigkeit, und die konnte ich wie eine Art Aufruhr im Gedärm auch in mir fühlen. Alison, sah ich, hatte beide Hände am Ohr, den Kopf schräg daraufgelegt – was? Meine Hand war leer: *Ich mußte ihn fallengelassen haben!* Dickie lächelte, und sie gab ihm einen kleinen Kuß auf die Wange. «Ich habe viel zu tun, Woody – meine Frau...» Woody starrte mich unverwandt an, wie durch mich hindurch, es war irgendwie mehr als eine flehentliche Bitte. «Aber ich vermute, wenn du wirklich –»

«Danke, Gerry. Ich wußte, daß ich mich auf dich verlassen konnte. Wir sind gleich wieder da, Cyn.»

«Übrigens, beinah hätte ich's vergessen», sagte Cynthia, als Woody mich wegzog. «Die Polizei hat über Ihre Frau geredet. Ich bin mir nicht ganz sicher – ich glaube, sie haben etwas in der Wäsche gefunden.»

«Der Wäsche –! Aber ich bin doch gerade von ihr weggegangen!»

«Na ja, ich weiß nicht, wann», rief sie über die Schulter zurück.

«Ich habe wirklich nicht viel Zeit, Woody», insistierte ich, obwohl es jetzt zu spät war. Wir waren schon an der Tür zu meinem Arbeitszimmer.

Unter der Tür blinzelte ich, wich zurück, stieß gegen Woody. Ich konnte kaum glauben, was ich dort drinnen sah. Das Unterste war nach oben gekehrt. Die Schreibtischschubladen und Aktenschränke waren aufgebrochen und auf dem Fußboden ausgeleert, Bücher aus den Regalen geworfen. Die Wände, durch den Dunst aus Pfeifenrauch und Schatten (die Lampen waren herumgerückt worden, ich konnte mich nur schlecht orientieren) nur schemenhaft zu sehen, waren nun zweifelsohne blutbeschmiert. Die meisten Bilder hatte man mit solcher Gewalt abgerissen, daß Löcher im Putz waren. Statt dessen waren Skizzen des Verbrechens angeheftet, Verfahrenstabellen und Instruktionen, ein Diagramm wie der Grundriß eines Irrgartens in einem Vergnügungspark. Sie hatten eine Menge merkwürdige Geräte aufgebaut und das Zimmer in eine Art Kriminallabor mit Reagenzgläsern, Bunsenbrennern, Sieben, Zirkeln, Stempelkissen, Gummiwalzen und merkwürdigen Meßgeräten verwandelt – mittendrin saß der große Bulle, Bob, an einem Mikroskop und hielt zwischen den Fingern etwas hoch, das aussah wie ein Stück blutiges Fleisch – ach nein, die Probe, die er aus unserem weißen Lehnsessel ausgeschnitten hatte... Fred, der transparente Gummihandschuhe trug, arbeitete an einer Kochplatte. Er schien eine Art Suppe aufzukochen. Von aufgezogenen Leinen hingen Fotos wie Tanzsaaldekorationen, und bunt beschriftete Gegenstände – ich sah Messer, Trinkgläser, eine Axt, Badehosen, Marks Farbkasten, eine zusammengeknotete Strumpfhose, eine Büchse Anchovis, Pillenschachteln und medizinische Probeflaschen, einen Krocketball mit schwarzem Streifen, einen rosa Schuh – umsäumten die leergefegten Bücherregale wie Ausstellungsgegenstände. Ich hatte das Gefühl, mein ganzes Haus erfände sich neu. «Was haben Sie getan –?» stieß ich hervor, und Woody sagte: «Hier ist er.»

Inspektor Pardew sah von seiner Schreibarbeit auf. Er saß hinter einem Haufen Uhren an meinem Schreibtisch, den Taschenrechner in einer Hand und die ausgegangene Pfeife im Mund. Patrick hockte daneben, die Hände zwischen den Beinen, und murmelte etwas über «die Frau in Rot». Der Inspektor sah mich von oben bis unten an und überreichte Woody eine zusammengefaltete Banknote. «Sehr gut.»

«Laß mich wissen, wenn du Hilfe brauchst, Gerry», flüsterte Woody mir ins Ohr. «Wir sind oben.»

«He, warte mal, ich dachte, du –!»

«*Hier!* Gucken Sie sich das bloß an!» befahl Inspektor Pardew und hielt eine kleine herzförmige Uhr an einer Goldkette hoch. In der anderen Hand, sah ich, hielt er nun Alisons Uhr mit den drei geöffneten Schnallen. Die Riemchen schaukelten auf beiden Seiten des antlitzähnlichen Digitalzifferblattes wie grüne geflochtene Locken, zwischen denen die Zahlen blinkten wie ein Scheitel. «Ich sage Ihnen, die Zeit ist *kein* Spielzeug!»

«Eigentlich bin ich, äh, nur vorbeigegangen, ich muß zurück zu –»

«Sie ist *keine* bloße *Dekoration*!»

«Ganz gewiß nicht!» echote Patrick und blickte mich drohend an wie ein Richter. Sein Mund, auf den Fred ihn geschlagen hatte, war purpurrot angeschwollen, und direkt unter seiner

Nase klaffte ein großer blutiger Riß, der ihm ein Aussehen verlieh, als verwandele er sich gerade in einen Frosch oder so etwas. Woody war weg, verschwunden in dem Augenblick, in dem Alisons Uhr mich abgelenkt hatte, und der kleine Bulle, der die Korrespondenz, die Lastzettel, Reisebroschüren, Bücher, Fotos und alten Zeitungsausschnitte durcharbeitete, mit denen der Fußboden übersät war, hatte sich zwischen mich und die Tür gestellt. Er trug noch seine Gummihandschuhe, weißes Pulver bedeckte seine Brust. Ich hatte anscheinend Mühe, klar zu denken, mein Geist war verwirrt von all dieser... dieser Verwirrung.

«Sie ist *Inhalt* und *Form* der Welt selbst», sagte Pardew. «Sehen Sie! Diese hat noch nicht mal ein *Zifferblatt*! Sie hat keine *Zeiger*! Sie ist wie eine Theaterleuchtschrift, spiegelt nichts als unsere erbärmliche *Eitelkeit*!»

Als ich mich ihm wieder zuwandte, sah ich hinter Freds im Stich gelassener Kochplatte, was ich zuvor nicht gesehen hatte: Roger, mit dem Kopf nach unten in der entlegensten Ecke wie eine zerbrochene Puppe. Die Arme in die Seite gestemmt, die Beine gegen die Wände gedrängt, als sei er von der Decke gerutscht, das rechte Bein im Knie abgewinkelt, bildete er eine Art Alef. Sein Gesicht war blutverschmiert, sein Haar blutverklebt, seine Augen unter dem offenstehenden Mund quollen aus den Höhlen wie die eines schwarzen Bänkelsängers. Ich riß selbst den Mund auf (plötzlich dachte ich an Tania und was sie gesagt hatte: «Wie ein neugeborenes Kind...»), um nach Luft zu schnappen. «Wollen Sie ihn einfach – einfach so *da*lassen –?»

«Die Zeit», beharrte Pardew, die herzförmige Uhr vor mir hin und her schwenkend (ich hatte mich gerade rechtzeitig umgedreht, um zu sehen, wie er Alisons Uhr hinter sich schleuderte, als würde sie ihn vergiften: «Sie ist ein *Hohn*! Eine *Verderbnis*!»), «wir reden über die *Zeit*!» Mit einer weitausholenden Bewegung der anderen Hand, die den weißen Seidenschal wie in Ehrfurcht und Staunen um seinen Hals flattern ließ, wies er auf den glitzernden Berg Uhren auf dem Schreibtisch, und da, als mir der schwere Ring mit dem großen roten Stein auffiel, den er trug, wurde mir klar, was mir eben an Cynthia merkwürdig vorgekommen war: ihre Ringe. Sie hatte vier an einer Hand getra-

gen, alle auffallend protzig, und an der anderen keinen. «Sie ist der *Schlüssel* zu allem, *immer,* der Schlüssel zu *allem*!»

«Ja, gib acht, Gerald.»

Der Inspektor seufzte, lehnte sich zurück und nickte Fred zu. «Wenn Sie nichts dagegen haben, bitte», sagte er zu Patrick.

«Aber ich bin noch nicht fertig mit der Geschichte von –!»

«Ich weiß, wir erörtern sie später. Nun muß ich mit diesem Herrn reden.»

«Aber ich bin ganz leise! Ich störe auch nicht! Ich *verspreche* es!»

«Sergeant...?»

«Bitte! Warten Sie! Meine Pinzette!» schrie Patrick und durchsuchte seine Taschen, als Fred seinen Arm nahm.

«Ich habe sie Ihnen zurückgegeben.»

«Ja, aber –» Er fischte sie heraus und warf sie Pardew zu. Tränen stiegen ihm in die Augen. «Es war eine kleine Silberkette dran – sie ist nicht mehr *da*!»

«Ach so, ich verstehe. Nun, Sie müssen einen Erstattungsantrag ausfüllen», sagte der Inspektor. Sein Schnurrbart hob und senkte sich in einem verabschiedenden Lächeln, als er die Pinzette zurückgab. Bob heftete einen Zettel an den Flicken aus unserem Lehnsessel. «Wir lassen Ihnen einen hier, ehe wir gehen.»

Patrick zögerte, während Fred mit seinen bestaubten Gummihandschuhen an ihm zerrte, dann stürzte er verwegen vor und pflanzte einen nassen Karmesinkuß auf Pardews Wange. «Vielen Dank!» blubberte er, und als Fred ihn in die Zange nahm, blutete seine gespaltene Lippe von neuem. «Sie sind so... so *gütig*!»

Der Inspektor zuckte kaum merklich, kniff in Freds Richtung die Augen zusammen, und der Polizist führte den immer noch flötenden und zwitschernden Patrick weg. Er hielt sich kerzengerade, als er davonhumpelte. «In den alten Zeiten», murmelte Pardew eisig, «haben wir Perverse wie den mitten im Winter ausgezogen und auf dem Marktplatz gezüchtigt.» Er sah, daß ich die Stirn runzelte, und setzte hinzu: «Na ja, vor langer Zeit natürlich. Der alte Herr hat mir erzählt...» Er berührte seine Wange und betrachtete seine Fingerspitzen. «Haben Sie vielleicht ein Taschentuch, das ich mir ausborgen kann?»

«Klar, hier, ich –»

«Danke.» Er faltete es zu einem kleinen Kissen und tupfte damit auf der Wange herum wie an einer Wunde. «Ihre Frau hat mir meines weggenommen. Sagte, sie würde es mir waschen.» Bob sah von seinem Mikroskop auf, die Lippe zwischen den Zähnen wie einen Gedanken, an dem er knabberte, dann (plötzlich piepte der Wecker an einer der Armbanduhren in Pardews Haufen. Er machte sie ausfindig und stellte ihn ab) senkte er wieder den Kopf. «Wäscht Ihre Frau gewöhnlich während einer Party?»

«Manchmal. Je nachdem. Warum fragen Sie?»

Er zuckte die Achseln, starrte auf das befleckte Taschentuch, faltete es dann neu und legte es wieder auf die Wange. «Ich bin an Mustern interessiert. Und dem Aufbrechen von Mustern. Das ist mein Job. Ich kläre Verbrechen auf. Verstehen Sie?»

Ich nickte. Ich versuchte zuvorkommend zu sein, aber seine Ungeschliffenheit und der kalte, durchdringende Blick ließen Zuvorkommenheit wie eine Ausflucht erscheinen. Ich fühlte mich zu Unrecht ausgesondert, er an meinem Schreibtisch, ich davor wie bei einer Standpauke, aber als ich mich von ihm wegwandte, starrte nur der arme zerschlagene Roger zurück, der stark beschäftigte Bulle saß vor seinem Mikroskop (er arbeitete an einem Stück Stoff aus dem Haufen zerwühlter Kleidung zu seinen Füßen, und während ich ihm beim Einstellen des Objektivs zusah, dachte ich an meine Frau in der Küche, wie sie den Deckel hochgehoben hatte, um zu schauen, ob das Wasser kochte – mir wurde klar, daß ich auf der Stelle hätte hinübergehen und sie in die Arme nehmen sollen, aber der Augenblick war verpaßt, und was geschehen war, konnte nicht ungeschehen gemacht werden – oder besser Nicht-Geschehenes geschehen –, und ich fühlte eine Welle von Leid meine Brust durchspülen, sich pulsierend durch meinen Körper ausbreiten und verebben wie die Zeit selbst, wie die Hoffnung, wie das Sein, jene große romantische geisterbeschwörende Illusion...), Nahaufnahmen von Ros' Leiche hingen von der Leine, der Raum war durchwühlt und mit den Trümmern meiner aus der Bahn geworfenen Vergangenheit übersät. Was sie hier angestellt hatten, erinnerte mich an eine Textstelle, die Ros einmal in einem Film namens *Die Invasion der Slipschnüffler* von sich geben mußte: «Wenn sie ihre Nase reinsteckten, war es ein Gefühl, als habe alles gerade seine Gestalt gewechselt!» Pardew wartete noch. Beobachtete mich. «Ich meine, Muster und, äh, Verbrechen – Mord – als... wissen Sie...» Ich wand mich. Der Inspektor kniff die Augen zusammen: Ich nahm an, ich war wie ein offenes Buch. «Eine... Störung von Dingen und so –»

«Nicht unbedingt. Auf einer anderen Ebene ist Ihre Party hier die eigentliche Störung. Vielleicht sind alle Konventionen das, alle Bemühungen, gesellschaftlich zu verkehren.» Er seufzte, und das Seufzen machte ihn menschlicher. Er hatte immer noch eine Spur Blut auf der Wange, wo Patrick ihn geküßt hatte, aber er hatte aufgehört, daran herumzureiben. «Seit meiner Kinderzeit hat mich das – nennen wir es das Irrationale – verfolgt und habe ich versucht, eine Ordnung, eine Logik hinter dem zu finden, was uns als Wahnsinn und Unordnung dargestellt wird. Das, was uns allen insgeheim inne ist, verstehen Sie. Nun, ich bin jetzt schon lange bei der Mordkommission, und ich kann Ihnen sagen, je mehr ich auf all die Oberflächenkodierungen und Strukturen stoße – wie wir im Dienst sagen –, die die Leute sich erfinden, desto mehr scheint mir, daß die eine gemeinsame Invariante hinter ihnen allen offengestanden *Mord* ist!»

Ich hatte das Gefühl, er vertraute sich mir an, und ich lächelte höflich, in der Hoffnung, hier rauszukommen. Was ich für einen Irrgarten gehalten hatte, sah ich nun, war nur ein Diagramm des Gehirns, das die Folgen von Verletzungen in den verschiedenen Teilen aufzeigte. «Das ist interessant, aber ich glaube nicht, daß irgend jemand hier auch nur in Frage käme –»

«Was? Was –?! Meinen Sie, ich sehe nicht, was hier los ist?» Er tobte, schoß in einem plötzlichen Wutanfall, der mich einen Schritt zurücktaumeln ließ, aus dem Stuhl hoch. «Ich *lebe* im *Dreck* der Welt! Ich lebe im *Herzen* der absoluten *Sünde und Erniedrigung*! Es ist mein *Beruf*, und in gewissen Dingen bin ich *gut*! Ich habe ein *Auge* dafür! Haß zum Beispiel! Ganz gleich, wie tief er vergraben ist, ich kann ihn *sehen*! Wollust, Zweifel, Furcht, Gier: ich sehe diese Dinge wie Make-up auf den Gesichtern der Leute, eingerieben in ihre Bewegungen, ihre Worte, und glauben Sie mir, dieses Haus *birst davon*!»

«Es – es ist nur eine Party –!» protestierte ich.

«*Nur!* Halten Sie mich für *blind*? Sie haben Drogensüchtige hier! Sie haben Perverse, Anarchisten, Zuhälter und Voyeure! Ehebrecher! Sie haben Trunksüchtige! Sie haben Huren, Halsabschneider, Diebe, Atheisten, Sodomisten und durch und durch Wahnsinnige! Es gibt *nichts*, was sie nicht tun würden!» Er schien beinahe gewachsen zu sein. Er stand aufrecht, mächtig – doch seine Hand zitterte, als er ein Blatt Papier aufhob. «In dieser Welt bleibt nichts, *nichts,* sage ich Ihnen, je völlig verborgen! Ich weiß, was in ihren kranken, stinkenden Herzen ist!»

«Aber –!»

«Sehen Sie sich dies an! Es ist eine Zeichnung von der Mordszene! Nur, sie wurde vor dem Mord gezeichnet! Das können wir *beweisen*! Jemand hat den Mord die ganze Zeit geplant! Verstehen Sie? Jemand hier, *in diesem Haus*! Bis in die *letzte widerliche Einzelheit* – abgesehen davon, daß man offensichtlich vorhatte, sie in den Unterleib statt in die Brust zu stechen – zumindest muß das die wahre *Absicht* des Verbrechens gewesen sein. Sehen Sie hier das Blut, die entsetzliche Waffe zwischen den Beinen. Hier steht der Mörder über ihr. *Weidet sich!* Eins ist interessant: er hat einen Bart. Das könnte ein Hinweis sein oder auch nicht, natürlich. Es könnte beispielsweise eine Verkleidung sein oder ein Phantasiebild der Person, eine Verlagerung irgendeiner Art...» Er beruhigte sich etwas, und weil ich zögerte, ihn wieder aufzubringen, war ich versucht, ihm seinen «bärtigen Mörder» zu lassen. Aber dann setzte er hinzu: «Und neben ihm, diese gehörnte Figur, sein teuflischer Komplize ist, könnte man sagen, *sein schlechtes Gewissen*!» – und ich fühlte mich gezwungen, ihn zu unterbrechen.

«Ich fürchte, das ist die, äh, Heilige Familie.»

«Die was?» Er sah schmerzlich berührt aus, seine Augen weiteten sich, als er mich anstarrte, so, als wären mir selber soeben Hörner gewachsen und ich hätte ihn damit durchbohrt.

«Es ist ein Weihnachtsbild. Sie wissen doch, die Krippe und all das. Mein Sohn hat es für den Kindergarten gezeichnet.»

Er ließ sich in den Stuhl zurückfallen und starrte das Bild ungläubig an. «Aber – all das *Blut* –!»

«In der Woche vorher kam im Fernsehen ein Dokumentarfilm

über eine Geburt, den wir uns alle angesehen haben. Nicht überraschend, daß mein Sohn die beiden Dinge zusammenbrachte. Die ‹Waffe› ist das Baby, und der ‹Mörder› ist der Vater, und das, der, äh, ‹teuflische Komplize› ist eine Kuh.»

Einen Augenblick schien der Inspektor am Boden zerstört, sein Schnurrbart senkte sich, und es tat mir leid, daß ausgerechnet ich ihm das sagen mußte. «Es ist schrecklich», sagte er. Er drehte die Zeichnung um, drückte ein selbstklebendes Etikett auf die Rückseite und kritzelte etwas darauf. «Es könnte schlimmer sein, als ich annahm. Der Name Ihres Sohnes?»

«Sein – Mark, natürlich, aber –»

«Alter?»

«Er ist vier, beinahe fünf, aber er –»

«Hatten Sie oder Ihre Frau je Syphilis?»

«Nein!»

Er gab die Zeichnung Bob, der fragte: «Sollen wir uns Statistiken besorgen?»

«Wahrscheinlich eine gute Idee.»

«Moment mal! Was wollen Sie –?»

«Jetzt zur Gastgeberin und ihrer Wäsche», fuhr der Inspektor mit mir zugedrehtem Rücken eisig fort. Ich sah Bob ein paar eigene Anmerkungen auf das Etikett von Marks Zeichnung schreiben, dann stellte er sie auf das Regal zwischen eine zerdrückte Bierdose und etwas, das aussah wie ein Teil eines Bruchbandes. «Sie ist eine fleißige kleine Frau.»

«Na ja...» Es war falsch, spürte ich, diesem Mann gegenüber zu offen zu sein. Aber es war auch schwierig, etwas vor ihm zu verbergen. «Sie hat gern alles sauber, wenn Sie das meinen.»

«Ich fürchte, so einfach ist das nicht. Ich will Ihnen mal was zeigen.» Er nickte Bob herbei. Der Polizist hob eine Jockey-Unterhose auf, die vor seinen Füßen lag, und brachte sie Pardew. «Die stopfte sie gerade in die Waschmaschine, als wir sie festhielten. Sie heuchelte natürlich Überraschung. Vielleicht war sie auch wirklich überrascht. Sie sehen, daß Blut daran ist. Sehr ähnlich dem des Opfers, würde ich sagen.»

«Ja, aber jeder –»

«Und Kot, den wir noch nicht identifiziert haben» – er sog nachdenklich Luft ein –, «ebenso wie Öl und Alkoholflecken,

Lippenstift vermutlich, das Übliche. Dachten wir jedenfalls. Aber dann, unter dem Mikroskop, entdeckten wir einen Spritzer alter blauer Farbe und einen –»

«Blau?»

Ein Lächeln zuckte um seine Lippen. Bob, der uns beobachtete, strich eine Notiz aus. «Hm hm, oder grün, grau, etwas in der Richtung, und einen Tupfer Rost. Merkwürdig, nicht? Natürlich, Blut, Farbe, Rost – bloß eine schmutzige Unterhose, könnten Sie sagen. Aber wir haben noch etwas gefunden. Gukken Sie: sehen Sie das Loch? Na also! Sie werden zugeben, nur *ein* Instrument kann so eine Perforation machen! Wenn wir die Waffe finden, haben wir unseren... unseren Schänder...»

Ich wußte, daß ich etwas tun oder sagen sollte (zu meinen Füßen lag ein Foto von Ros auf dem Rücken, bekleidet mit Tropenhelm und Patronengürtel. Sie molk einen Tiger, der über ihr kauerte und mit einer riesigen rauhen Zunge an ihrem Geschlecht leckte – wie hatten wir das gemacht? Ich konnte mich nicht erinnern, aber ich erinnerte mich an das Foto, das wir mit Ros als Tiger gemacht hatten: es erschreckte mich bis auf den heutigen Tag...), aber ehe ich meine Gedanken in Ordnung bringen konnte (ich hatte vage das Gefühl, in der Falle zu sitzen: ich versuchte mir den vorangegangenen Dialog noch einmal vorzuspielen), kam Fred hinter mir mit einem frischen Sandwich und Howard herein: «Der hatte seine Finger im Spiel», berichtete Fred mit halbvollem Mund, und der Inspektor zog in meine Richtung die Augenbrauen hoch, als wolle er sagen: Habe ich es Ihnen nicht gerade gesagt?

Howard, der wie ein schlapper Sack in Freds Griff hing – der Hemdenschoß hing heraus, die zerbrochene Brille hatte sich an einem Ohr und der Spitze seiner rosa Nase verhakt, das dünne, graublonde Haar fiel ihm lose über die Stirn wie herausgerissener Futterstoff –, hielt seinen verschmutzten Finger vor die Nase und versuchte, seine schwachen Augen darauf zu konzentrieren. «Etwas... spitz...», murmelte er und steckte ihn in den Mund. Fred haute ihm grimmig eins hinter die Ohren und trat ihm in den Bauch, als er zu Boden fiel.

«Stop!» protestierte ich. «Sie müssen verstehen – er hat gerade seine *Frau* verloren!»

Fred wirbelte zu mir herum, zog, das Sandwich zwischen die Kiefer geklemmt, seinen Gummiknüppel heraus; Bob, den Ellbogen hinterm Rücken abgewinkelt, ließ sein Halfter aufschnappen. «Schon gut, schon gut», sagte Pardew, «das reicht!» Die Bullen entspannten sich, ihre hochgezogenen Schultern fielen herab, die Rücken streckten sich, aber sie beobachteten mich weiterhin mit zusammengekniffenen Augen. Howard würgte zu meinen Füßen jämmerlich in den Teppich, seine Hornbrille war ein für allemal unter ihm zerdrückt. Armer Howard. Ich verstand, was die anderen nicht verstehen konnten: daß an dem, was er getan hatte, nichts Verdorbenes oder Lüsternes war, für ihn war es einfach ein ästhetisches Bedürfnis gewesen. Er war Kunstkritiker. Ein guter. Er *mußte* es wissen.

Auf ein Zeichen von Pardew zogen Bob und Fred Howard auf die Füße und zerrten ihn, mit weichen Knien und sabbernd, in ihren Arbeitsbereich. «Wichtig ist», sagte der Inspektor mit dem Finger in der Nase, «die Augen offenzuhalten, sich nichts entgehen zu lassen, nicht nur zu gucken, sondern zu *sehen* – echte Wahrnehmung ist eine Kunst, aber man muß darauf hinarbeiten, es ist das erste, was man in diesem Spiel lernt.» Er fischte einen langen Rotzfaden aus der Nase wie eine Schnecke aus der Schale und legte ihn in mein Taschentuch. Seine beiden Assistenten vermaßen mit dem Zirkel Howards Kopf und Gesicht. «Ich habe Verbrechen mit den Ohren gelöst, mit dem Mund, selbst mit den Zähnen und dem Hosenboden, aber meistens habe ich sie hier oben gelöst. In dem alten Ballon.»

«Also, die dicken Lippen und geschwollenen Augenlider hat er schon», sagte Fred, während er den letzten Bissen Sandwich in den Mund steckte, «aber das Haar ist zu dünn, und der Kiefer stimmt nicht.»

«Was ist mit Beulen?»

«Es ist, wie wenn man die Grammatik eines Satzes auseinandernimmt», fuhr der Inspektor fort. Er betrachtete den Rotzfaden in meinem Taschentuch. «Sie haben das Objekt und sind sich zumindest über das Verb im klaren.» Er faltete den Rotz in das Taschentuch und gab es mir zurück. «Aber Sie müssen in der Zeit zurückgreifen, um das Subjekt zu lokalisieren. Ich sage, *lokalisieren* –»

«Ach, Sie können es behalten, ich habe –»

«Nehmen Sie es!»

«Was ist mit dem linken?» fragte Bob, und Fred sagte kauend: «Deutlich vom rechten unterschieden.»

«Es – er ist – wegen ihm bin ich hereingekommen», sagte ich und wischte mir die Hände am Hemd ab. Fred hatte eine Strähne von Howards Haar gepackt und ruckte seinen Kopf vor: «Menschenskind, sieh dir das an! Er trägt Tittenbändiger!» «Ausgeflippter Spinner.» Fred riß Howard ein Büschel Haare aus, kratzte etwas Schmalz aus seinem Ohr und ließ ihn auf eine Glasplatte spucken, während Bob vor sich hinmurmelnd auf einen Notizblock kritzelte. «Es ist wegen seiner Frau, verstehen Sie – sie ist oben in der Badewanne, wir haben gerade –»

«Alles zu seiner Zeit!» Der Inspektor klopfte seine Bruyère-Pfeife elegant gegen den Aschenbecher aus. *«Wir sind Wissenschaftler hier, keine Hellseher!»*

«Übrigens, wo Sie von Ihrer Bedürfnisanstalt sprechen», warf Fred über die Schulter ein (sie hatten Howard zu dem Stempelkissen und der Gummiwalze geschleppt und zogen ihm die Unterhose aus), «da oben haben Sie ein echtes Problem!»

«Ich weiß. Ein Klempner –»

«Mach schon, du Scheißer, stell dich gerade hin!» knurrte Bob und gab Howard eins mit dem Knie in den Hintern.

«Oder *wenn schon* Hellseher», fügte der Inspektor nachdenklich hinzu und steckte sich die leere Pfeife in den Mund, «dann sehr spezielle.»

«Bitte?»

«Ist das eine Bruchnarbe?» fragte Bob.

Fred beugte sich näher heran. «Sieht so aus.»

«Ich meine, nicht Hellseher des Ortes, sondern der Zeit.» Pardew nahm ein paar Uhren von dem Stapel und begann, sie hintereinander zu legen. «Wir neigen dazu, uns die Zeit als etwas Vorübergehendes vorzustellen», sagte er, ohne die Pfeife aus dem Mund zu nehmen, «eine Art endlosen Fluß, der aus dem Nichts kommt und ins Nichts geht, und der Raum ist das Theater, in dem dieses Drama des reinen Ablaufs sozusagen szenisch dargestellt wird.» Als er auf dem Schreibtisch keinen Platz mehr hatte, fügte er fünf oder sechs Uhren in einem Winkel von fünfundvierzig Grad an und verwandelte das Ganze in eine Art Abzeichnungshaken. «Aber was ist, wenn es andersherum ist? Was ist, wenn die Welt das Immaterielle ist und die Zeit die unbewegliche Bühne für ihre geisterhaften Konstellationen? Was?» Der Abzeichnungshaken war ein Pfeil geworden. Von meinem Standpunkt aus zeigte er von rechts nach links.

«Ich will dir was sagen», sagte Fred, «das ist nicht der von den Fotos.»

«Und *wenn* sie eine Bühne ist», fuhr der Inspektor fort, indem er eine große goldene Taschenuhr aufnahm und auf ihr Zifferblatt wies, «wenn sie in ihrer Gesamtheit da ist, das Drehbuch sozusagen geschrieben ist, eine Art Rundgemälde, das sich zu bewegen scheint, nur weil wir uns wie diese Zeiger hier hindurch bewegen, dann sollte es, wenn wir nur unsere begrenzten Wahrnehmungsfähigkeiten überkommen könnten, möglich sein, jeden *Teil darin* zu betreten, einschließlich des *nicht mehr* und des *noch nicht*!» An den Stellen stieß er mit dem Finger gegen die Uhr, und das rief mir ein Stück namens *Entschwundene Tage* ins Gedächtnis, in dem Ros mitgespielt hatte. Das, in dem sie, nachdem sie ihren Mann vergiftet hatte, die Treppe herunterkam, um die Nachricht von seinem Tod entgegenzunehmen. «Die Idee ist mir erstmals gekommen – und die möglichen Konsequenzen für Kriminalisten können Sie sich vorstellen! –, als ich am Fall eines westindischen Nabelfetischisten arbeitete, bei dem ich auf das Problem der genauen – worüber lächeln Sie?»

«Tut mir leid. Ich dachte an...»

«Sie würden es nicht komisch finden, wenn Sie eins seiner Opfer gewesen wären!»

«Nein...» Bei der ersten Probe war sie die Treppe heruntergehüpft und zu dem Typen hinübergegangen, der die Nachricht brachte, hatte ihm in die Hose gefaßt und so heftig gedreht, daß er jaulend in die Kulissen zurückgestolpert war. «Nein, nein, Ros!» hatte der Regisseur gebrüllt. «Du sollst die *Uhr* packen und aufziehen!» So ging wenigstens die Legende. Eine von vielen...

«Er schnitt sie tatsächlich heraus und *aß* die blutigen Dinger!» Als fände er das eklig, nahm der Inspektor die kalte Pfeife aus dem Mund. «Das Problem war, ich konnte den genauen Augenblick, in dem es geschah, nicht festlegen. Ich konnte ihn mir nicht einmal *vorstellen*! In einem Augenblick war das Messer *vor* dem Fleisch» – er führte dies vor, indem er den Pfeifenstiel gegen seinen Bauch hielt –» und dann war es *drinnen*: aber was war der Augenblick dazwischen, in dem es *weder noch* war?» Das konnte ich mir auch nicht vorstellen. Ich konnte es noch nicht einmal versuchen. Ros hatte wieder völlig von meinen Gedanken Besitz ergriffen, und ich konnte mich nur ihrer leidenschaftlichen Umarmungen erinnern, der straffen Seidigkeit ihres Fleisches um *ihren* Nabel, des reichen pikanten Flusses, der meinen Mund füllte, wenn ihre Klitoris stechend meine Zunge berührt hatte, und nun (in einer anderen Version natürlich war es keine Uhr, sondern –) – *«Erstochen!»* schrie er. «Was *heißt* das? Wenn wir sagen, er, der Mörder, *ersticht* sie, gibt es mindestens zwanzig Arten, das zu verifizieren, aber wenn wir sagen, er...» Ich war bei seinem ersten Wort heftig zusammengezuckt, weil ich glaubte, ich hätte laut geredet, und nun beobachtete er mich gespannt. «Ist was –?»

«Nein! Tut mir leid, ich... ich dachte gerade über Ihre Vorstellung von Zeit nach...» Versuchte es jedenfalls. Ich konnte mich anscheinend nicht konzentrieren. Die beiden Polizisten zogen Howard wieder die Schuhe an. Seine zermalmte Brille starrte mich vom Teppich neben einer Karte von der Provence und einem zerrissenen Reißverschluß an. «Eine Bühne, sagten Sie, eine Art Raum – wie eine vierte Dimension –»

«Nicht vierte – *erste*!»

«Na ja, gut, ich meine die Vorstellung, daß Ereignisse einfach da sind, auf uns warten, wie Bahnhöfe, in die wir immer wieder einfahren –»

«Das ist korrekt. Verbrechen zum Beispiel...»

Er peilte mich über Zwirbelschnurrbart und weißen Seidenschal hinweg an, sein Kahlkopf glänzte in dem gedämpften Licht. Seine Pfeife hatte er wieder in den Aschenbecher gelegt, und er schien die Uhren wie Karten zu mischen. Wir waren allein, seine beiden Assistenten hatten Howard mit den Füßen voran aus dem Zimmer geschleppt, wie einen alten Sack. *«Morde...»*

«Und – und ihre Aufklärung.» Es war sehr still. Freds Suppe

blubberte. Roger, auf den Nacken gerutscht, starrte uns leer an. Ich senkte die Stimme. «Oder nicht: die Aufklärung bleibt versagt. Die Möglichkeit wartet auch. Was uns zu bloßen passiven Beobachtern machen würde, und Sie scheinen, na ja... *eigenwilliger* zu sein...»

«Im Gegenteil. Der Wille, frei oder sonstwas, ist genauso eine Halluzination wie der Fluß der Zeit oder die Veränderung oder die Bedeutung. Detektive wie Kriminelle werden geboren, nicht gemacht, denn selbst die gesellschaftlichen Kräfte, von denen man behaupten könnte, sie würden sie formen, sind schon Teil ihres Geburtsrechts. Wenn wir in der Branche beispielsweise vom ‹Übeltäter› sprechen, der ein Verbrechen begeht, sprechen wir in Wirklichkeit nicht von diesem oder jenem Akteur wie von einem Charakter in einem Stück, sondern eher von gewissen angeborenen Zügen und Neigungen, die verschiedenen Individuen wie Samen, wie Wellenlängen, wie die Merkmale von Theoremen innewohnen – meine Neugierde beispielsweise, oder Ihre überängstliche Besorgtheit und Ihr Hedonismus.»

«Ich glaube nicht, daß das –»

«Seien Sie nicht beleidigt. Ich versuche bloß klarzumachen, daß ich von der scheinbaren Rastlosigkeit der Materie mitgerissen werde wie alle anderen. Meine kriminalistischen Bemühungen bestimmen mich vielleicht, aber sie sind nicht verantwortlich für meinen Erfolg. Tatsächlich sind meine berühmtesten Fallösungen mir ganz unerwartet zugefallen, wie Geschenke. Visionen. Ich benutze die Wissenschaft als Disziplin, aber nur, um mich als Gefäß für die Intuition bereitzuhalten. Das ist das Geheimnis jeder großen Detektivarbeit, möchte ich sagen, und die wichtigsten Hinweise sind deshalb nicht Fakten, sondern eher, was Sie ‹Impressionen von Ausstrahlung› nennen könnten – wie heute abend hier meine ziemlich ominöse Vorahnung von einem unaussprechlichen Verbrechen im Verbrechen, einem Tändeln sozusagen – so empfinde ich es jedenfalls – mit *der Vergessenheit selbst*!» Er beobachtete mich mit der gleichen strengen Intensität wie zuvor, und ich spürte, wie mein Mund sich unwillkürlich zu einem halben Lächeln verzog.

«Aber dann –»

Er sah weg, als wolle er mich entlassen, konzentrierte sich

aber statt dessen auf seine Uhren und erweiterte sein Diagramm: er kreuzte seinen Pfeil nun mit einer Senkrechten. «Ich weiß nicht, *was* diese Dinge wahrnimmt. Ich fühle keine persönliche Identität – kein ‹Ich› oder ‹Mich›; ich fühle einfach, daß ich auf der Landkarte der Zeit an einem Scheideweg stehe, daß ich ein Scheideweg *bin*, daß wir *alle* es sind – können Sie mir folgen?» Er schaute auf und durchbohrte mich mit seinem inbrünstigen Blick. «Mir ist klar, daß es nicht leicht ist, daß es eines außergewöhnlichen Geistes bedarf...» Ich widersprach ihm lieber nicht, sondern als er sich wieder seinem Schaubild zuwandte und die Uhren von der Pfeilspitze zur Mitte verschob und andere hinzulegte, bis sie eine Art Feld ergaben, das mit Bändern, Ketten und Schnallen durchsetzt war, rief ich mir einen Geschichtslehrer ins Gedächtnis, den wir einmal gehabt hatten und der uns beschuldigt hatte, «uns nur um die Spitze des Pfeiles zu kümmern und den Schwanz zu vernachlässigen», was wir seinerzeit alle als schmutzigen Witz aufgefaßt hatten. «Was ich will – *das einzige*, was ich wirklich will – ist, die Zeit zu *sehen*!» Er lauerte angespannt über dem Feld von Uhren, die Hände ausgebreitet, als wolle er sie alle zusammenraffen, vor vermeintlicher Gier beinahe zitternd – und tatsächlich vermittelten sie mit all dem Ticken, Klicken oder Pulsieren einen Eindruck von Überfluß. «Ja...» Er konzentrierte sich auf sie, seine Augen verengten sich. «Nun...» Schweißperlen traten ihm auf die Stirn und oben auf den Kopf. Auch ich, ganz konzentriert, hatte Angst, mich zu rühren. «Ehne» stimmte er ernst an; seine Hände zitterten heftig in erzwungener Selbstbeherrschung «mehne...» Er langte wie durch einen dichten magnetischen Sturm nach einer Uhr. «Muh!» Die meiner Frau.

«He, guck mal, Leonard! Unser alter Kumpel Nigel!» brüllte Soapie, der wie ein plötzlicher Windstoß hereingestürmt kam, von der Tür: Der Inspektor versteifte sich einen Augenblick lang, als habe er eins draufbekommen, lehnte sich dann zurück und verschränkte die Arme. Fred und Bob, die Howard hinausgeschleppt hatten, schleppten ihn jetzt wieder herein: »'tschuldigung, Chef – sie wollen, daß wir das Verhör von dem Knaben noch mal aufführen, damit sie ein paar Fotos kriegen.» Pardew, dem der Schweiß auf der Stirn stand, erteilte nickend die Erlaubnis und sah wachsam zu, wie der Reporter in seinen verlotterten Turnschuhen durch die Papiere auf der Erde wühlte, eine mexikanische Rassel aufhob – einen getrockneten Kürbis, der aussah wie ein tätowierter Hoden –, sie schüttelte, in Bobs Mikroskop spähte und an den Probenflaschen schnüffelte. Die beiden Polizisten schleppten unterdessen Howard mit nachschleifenden Füßen zum Arbeitsbereich und nahmen ihn wieder auseinander. Soapie probierte einen Magneten an einer Reihe von Nadeln und Proben aus, dann an Leonards Eiern – Leonard rollte die Augen, fotografierte aber weiter, während seine Füße sich vom Boden zu heben und wieder zurückzufallen schienen – und schließlich an dem Uhrenarrangement auf dem Schreibtisch zwischen Pardew und mir. «Was versucht der schlaffe Sack dir denn anzuhängen, Ger?» lachte Soapie, als eine Uhr an seinen Magnet sprang. Er steckte Uhr und Magnet ein, bewunderte die Fotos, die an der Leine hingen, und zündete sich eine Zigarette an. Leonards Blitzlicht knallte die ganze Zeit wie zerplatzende Magnesiumblasen. «Also, was haben Sie gefunden, Nigel? Wer war's?»

«Wir haben mehrere Anhaltspunkte», erwiderte der Inspektor frostig, «aber wir stellen noch Nachforschungen an.»

«Ja? Also, was ist dann mit dem Dickerchen hier mit der roten Krawatte und dem tintenbeschmierten Dingdong?»

«Was ist mit ihm?»

«Na ja, das habeas corpus so zu mißbrauchen, weil, vielleicht war er ja auf dem Weg zurück dorthin, was man den Tatort nennen könnte – und dann hat er offensichtlich den Arsch vollgekriegt –»

Inspektor Pardew sprang auf die Füße. «Wir ziehen hier keine halbgaren Schlußfolgerungen! Wir verhökern hier keine Schlagzeilen – wir suchen die *Wahrheit*!»

«Schon gut, schon gut, beruhigen Sie sich –!»

«Die holistische Kriminalistik lehnt diese bornierten Ursache-und-Wirkung-Märchen ab, die bei den Medien so beliebt sind! Meinen Sie, das arme Kind da drin starb auf Grund eines arbiträren, indeterminierten und zufälligen Aktes? O nein, *nichts* auf der Welt geschieht auf die Art! Nur durch solch einfältiges atavistisches Denken füllen wir unsere Leichenhallen und Gefängnisse, verfehlen wir das, worauf es ankommt, lösen nichts!» Pardew stürmte armeschwenkend durchs Zimmer. Soapie zog blitzschnell sein Notizbuch heraus. «Der Mord ist wie das Lachen eine muskuläre Konfliktlösung, biologisch grundlegend und unvermeidlich, ein psychologischer Imperativ und im Fall des Mordes ein todbringender Akt, der zur *totalen ontologischen Realität in Beziehung gesetzt werden muß!*»

«Nicht so schnell, nicht so schnell!» rief Soapie, der, die Mütze zurückgeschoben und die Zigarette zwischen den Zähnen, wie wahnsinnig kritzelte. «Gott! Wie schreibt man ‹interterminierenten›?»

«Der Todesfall heute abend war eine gewalttätige, aber dynamisch vorherbestimmte Invasion dessen, was wir Kriminologen ein in sich geschlossenes System rituell geächteten Verhaltens nennen, in dem die Teile durch unerbittliche Kräfte verbunden sind und der Verlauf des Ganzen durch die Gesetze der sozialen Ätiologie *präzise* definiert ist – und ich *versichere* Sie, wir lassen uns nicht von klatschsüchtigen Lohnschreibern zwingen, unsere umfassende *Verantwortung* aufzugeben und voreilig unverbürgte und sogar irrelevante parochiale *Schlußfolgerungen* zu ziehen!» «Hahaha!» lachte Soapie, dessen Stift wie wahnsinnig über den Block in seiner Hand fuhr. «Gewalttätiges, totales, antilogisches, uh, irreverentes System... wow! Ich weiß nicht, worum es bei diesen Latrinenparolen geht, Nigel, bei Gott, aber den Leuten werden die Augen übergehen, wenn sie die Witzseite aufschlagen!» Er machte ein paar i-Punkte, schnippte seine Kippe weg, schlug den Notizblock zu und nickte Leonard zu, der die ätzende Tirade des Inspektors mit einem Vordergrund aus Reagenz- und Bechergläsern abgelichtet hatte. «Komm, Leonard, laß uns ein paar schweinische Fotos von diesen makellosen Hähnen machen und dann was essen. Gers alte Dame tischt anständig was auf.»

«Bleiben Sie in der Nähe», drängte Fred, der mit Bob hereinkam, nachdem sie Howard draußen abgeladen hatten, «der hier ist der nächste!»

«Nö», grinste Soapie und zwinkerte mir zu. «Der ist ein alter Kunde.»

«Diese schamlosen, egoistischen Schwindler!» kreischte der Inspektor, als die beiden Zeitungsleute gegangen waren, und dann begann er in einem Anfall von dampfablassender Wut den Kopf gegen die Wand zu schlagen. *«Dreckige, aufgeblasene Mythomanen, die sich wie Köter von den Exkrementen ihrer eigenen schmutzigen Lügen ernähren!»* Ich hielt dies für den Augenblick, mich davonzumachen, aber ehe ich zum Zuge kam, wirbelte der Inspektor herum und brüllte: *«Packt ihn!»*

«Nein, warten –!» Aber sie hatten mich schon ergriffen, mir den Arm auf den Rücken gedreht und schleppten mich im Klammergriff, meine Füße ein paar Zentimeter über dem Boden, zu ihrem Arbeitsplatz. *«Nicht –!»*

«Ruhig Blut, Junge!»

«Wir wollen doch nicht grob werden müssen!»

Der Inspektor, der sich mit den Fäusten gegen die Schläfen schlug und etwas von «dunklen Abgründen der Seele» und «massiver geistiger Deformation» stöhnte, warf jetzt einen Stoß Fotos vor mich auf den Tisch, zeigte mit einem zitternden Finger auf den erigierten Penis, den Ros sich, als Telefonistin verkleidet, ans Ohr hielt und brüllte: «Wem *gehört* der?!»

«Ich – ich weiß es nicht», stammelte ich, denn der, in den sie sprach, war meiner.

«Und *der*?« verlangte er zu wissen und zeigte dabei auf Ros' pumpende Faust in einem Foto von der *Pieta*, dann auf eines von Little Miss Muffet mit etwas unter dem Rock, das wie ein Lamm aussah: «Und *der*!!»

«Um die Wahrheit zu sagen, äh, das ist aus einer Show, glaube ich – *Die Mutter Gans* – ein Standfoto –»

«Was versuchen Sie zu verbergen?» kreischte er und schlug mit der Faust auf den Tisch, daß die Fotos flogen.

Bob verstärkte den Griff um meinen Arm, Fred zog den Gummiknüppel heraus. *«Nichts!»*

«*Nichts? Nichts?* Wie erklären Sie dann *das*?!» brüllte er und klatschte eine Valentinskarte auf den Tisch.

«Wo haben Sie die gefunden?» Ich rang nach Luft. Es war eine, die ich vor langer Zeit meiner Frau geschenkt hatte – ich erkannte das ‹*Honeymoon-Hotel*› mit seinen herzförmigen Läden wieder, ein privater Scherz: In der Tür des Abtritts, den wir benutzen mußten, war ein herzförmiges Loch gewesen...

«Neben der Leiche!»

«Ach, das muß die sein, die Naomi –»

«Wir *wissen*, was es ist! Halten Sie uns für *Idioten*? Wollen Sie *leugnen*, daß sie das Opfer kannten?»

«Natürlich nicht! Sie ist –»

«Sie ist *gestorben*! Das *weiß* ich! Aber ich muß wissen *wie*! Und *wann*! Also, zum letztenmal: Was haben Sie *gesehen*? Na? *Was haben Sie gehört?*»

Bob verstärkte seinen Griff noch; Fred, der immer noch die staubigen Gummihandschuhe trug, packte mit einer Hand meinen Gürtel und ließ mit der anderen den Gummiknüppel auf den Tisch krachen – *«Dickie!»* bellte ich. Es war das einzige, was mir einfiel. Ich konnte kaum atmen. Ich hatte ein Gefühl, als hätten sich meine Eier in den Brustkasten zurückgezogen. «Einer hat gesagt –!»

«Dickie?»

Sie beäugten mich genau. Ich fühlte mich von meiner eigenen Verzweiflung betrogen, schämte mich meines Ausbruchs. Ich schluckte. «Eigentlich –»

«Ist das der Lackaffe in den weißen Jeans?» grunzte Bob hinter meinem Rücken.

«Ja», quiekste ich, «aber, ich… Mrs. Trainer hat gesagt –»

Fred schüttelte den Kopf. «Nichts da, Chef. Den haben wir gecheckt. Doppelt und dreifach.»

«Was –? Noch mehr Lügen?!» Ich fühlte mich erleichtert, selbst als Bob mir seinen freien Arm um den Hals warf und mich halb erwürgte. «Ich sage Ihnen, ich kann Lügen *nicht ausstehen*! Sie verwandeln unser Gewissen in Moder und zersetzen den Geist!» Er wedelte mir mit einem Foto von einem Bullen mit Schutzhelm, der von einem maskierten Superhelden angemacht wurde, vor dem Gesicht herum: «Also, wer *ist* das?»

Bob drückte, daß sich mir der Rücken durchbog und ich nur noch die Decke sehen konnte. Fred schnaufte und holte aus. «Ich… ich kann's *erklären* –!»

«Erklären? *Erklären?!»* tobte der Inspektor. Die Decke schien zu pulsieren, und ein stechender Chemikaliengeruch hing in der Luft. *«Zieht ihn aus!»*

«Nein, Moment mal!» keuchte ich. Ich tastete nach meiner Gürtelschnalle – «Am Ende, Gerry», sagte mein Vater immer,

«*greifen* wir nach dem Unausweichlichen» – und Fred nahm seine Hand weg. «Ich… ich mach's schon…»

Das schienen sie zu akzeptieren. Fred senkte seinen Knüppel. Bob lockerte seinen Griff ein wenig, hielt aber weiter den Arm um mich. «Also gut», knurrte er, «*raus damit!*»

Die drei drängten sich um mich und zwängten mich ein. Wir alle atmeten schwer. An die Wand vor mir hatten sie ihre Tabellen für spektrochemische Analysen geheftet: Sie sahen aus wie Anklageschriften, drohende Pfeiler, über die etwas mit Bleistift geschrieben war. Ich betrachtete es, ohne es zu sehen, die Hände an der Gürtelschnalle. Ich könnte es genausogut hinter mich bringen, dachte ich. Wer weiß, vielleicht würde ich noch nicht einmal erkannt. Aber ich glaubte es nicht. Ich fühlte mich irgendwie betrogen. Etwas wie untröstliche Betrübnis und Einsamkeit überfiel mich, und mein Blick verschleierte sich (ich hatte solche Träume gehabt: eine endgültige hochgeschraubte Forderung, mein Wille ausgelöscht), als ich nach meinem Reißverschluß griff.

Bob und Fred traten lachend einen Schritt zurück. Auch der Inspektor entspannte sich und legte eine einhaltgebietende Hand auf meine. «Schon gut», sagte er ruhig. «Wir wissen, daß Sie es nicht sind. Wir haben Ihrer Frau die Fotos gezeigt, und sie sagte, mit Sicherheit nicht.»

«War bloß 'n Scherz», sagte Fred.

«Ach so…» Das Herz schlug mir noch bis zum Hals. Ich wischte mir über die Augen. Die bleistiftgeschriebenen Bemerkungen auf der Tabelle lauteten: «Verwechseln Sie nie die objektiven mit den subjektiven Abschnitten des Protokolls.» Es klang wie eine Zeile aus einem Theaterstück.

«Natürlich würden wir jede Hilfe zu schätzen wissen, die Sie uns leisten könnten», sagte Pardew und füllte seine Pfeife aus einem kleinen sackähnlichen Tabakbeutel. Ich ließ mich zurücksinken. Ich hatte die ganze Zeit auf den Zehen gestanden, und das hatte irgendwie zu meinem Gefühl von Isolation und vager, namenloser Schuld beigetragen.

Bob war davongehumpelt, um die Lampe am Mikroskop abzuschalten und die Show dort zu beenden. Jetzt sammelte er kleine Schachteln, Plastiktüten und Werkzeuge ein. «Soll ich die

Zähne ausschlagen, ehe wir sie einsacken», fragte er, «oder bis später warten?»

«Können wir auch gleich erledigen. Was ist mit dem Gipsabdruck?»

«Das Zeug ist fertig», sagte Fred, der an der Kochplatte stand und rührte (ich konnte jetzt Musik hören, Unterhaltungen, Leute, die auf der Treppe herumbrüllten: Wo waren sie vorher gewesen?). «Wollen Sie die ganze Brust oder bloß –?»

«Die ganze.» Der Inspektor stopfte mit dem kleinen Finger den Tabak in den Pfeifenkopf. Er schien einen der merkwürdigen Tintenabdrücke zu studieren, die die Bullen genommen hatten. Mir fiel immer noch das Atmen schwer, und ich war mir nicht sicher, ob meine Knie mich tragen würden: In solchen Momenten ärgerte ich mich über meine Vornehmheit, begriff aber, daß sie mir mindestens genausooft Schlimmeres erspart hatte. «Passen Sie auf, daß Sie den Penetrationswinkel kriegen.»

«Ich helf dir dabei, Fred», sagte Bob und klemmte sich die Werkzeuge unter den Arm.

«Vorsicht, es ist heiß...»

«Ich möchte Ihnen danken, daß Sie gekommen sind», sagte Pardew, als sie hinausgingen. Er führte die Pfeife unter seinem herunterhängenden Schnurrbart ein (ich hörte ein Glas zerbrechen, Gelächter, jemand sagte: «Versuch mir nicht zu erklären...») und durchwühlte seine Taschen. «Es hat gutgetan, mit jemandem reden zu können, einem, der versteht...»

«Na ja, ich –!»

Er lächelte. «Sie sind eine größere Hilfe gewesen, als Sie wissen. Haben Sie Streichhölzer?»

«Nein, tut mir leid...» Ich klopfte sinnlos meine Rippen ab.

Er stöberte auf den Regalen, dem Arbeitstisch herum und zündete schließlich seine Pfeife an einem Bunsenbrenner an. Ich tupfte mir mit dem Taschentuch, das ich zu spät als das vom Inspektor gebrauchte erkannte, über die Stirn und dachte (nicht zum erstenmal auf einer Party wie dieser): Ich sollte meine Zeit besser nutzen. «Wie alle intellektuellen Beschäftigungen», sagte er zwischen anfachenden Zügen (draußen schien die Unruhe zu wachsen, wie um sich gegen die tiefe Stille hier in meinem Arbeitszimmer abzusetzen), «ist dies ein einsamer und undankbarer Beruf, eine tägliche Begegnung mit Verderbtheit, Grausamkeit und plötzlichen –»

Fred platzte herein, verschwitzt, die Augen hervorgequollen. *«Sie versuchen, die Leiche wegzuschaffen!»* schrie er und stürzte wieder hinaus.

«Was?!» brauste der Inspektor auf und fuhr hoch. Sein Schnurrbart sträubte sich.

«Es sind wahrscheinlich nur die Männer von der Ambulanz», brachte ich vor, aber er schob mich beiseite und schritt im Gefolge seiner Assistenten hinaus, die Fäuste geballt, die Zähne zusammengepreßt, der weiße Schal flatternd.

LEUTE – manche kannte ich nicht einmal – drängten sich die Treppe herunter, stapften aus der Küche herbei und stürzten ins Wohnzimmer, wo großes Durcheinander herrschte. *«Haltet sie auf!»* schrien sie. *«O mein Gott!»* «Er hat ihren Mund mit einem *Hammer* bearbeitet!» Mitten im Zimmer versuchten Jim und zwei Männer in weißen Jacken Ros' Leiche auf eine Bahre zu heben, aber die beiden Polizisten, die je ein Bein gepackt hielten, hatten sie in ein grausiges Tauziehen verwickelt. *«Der Inspektor* – grunz! – *sagt, sie bleibt hier!»*

«Tut mir leid, Kollege! Wir haben Befehl!»

«Upps!»

«*Unternimm* was, Gerry! Ich kann's nicht mit ansehen!»

Talbot, Fats und ein Typ in einem breitgestreiften grauen Anzug mit fliederfarbenem Hemd (er kam mir bekannt vor, ich hatte ihn schon mal irgendwo gesehen) unternahmen bereits etwas. Sie rangelten unbeholfen mit den beiden Polizisten («Talbot! Du hältst dich da auf der Stelle raus!» erregte Wilma sich aus dem Abseits), und nun stürzte sich auf der anderen Seite Pardew ins Handgemenge, trat rittlings über einen Arm von Ros (ihre Hände waren mittlerweile genau wie ihre Füße in Plastiktüten gehüllt, sah ich, und ihre Brust war mit trocknendem Gips bekleckert, als habe jemand sie mit Sahnetorte beworfen) und stach mit einem langen Finger gegen Jims Rockschoß. «Ich warne Sie, jede weitere Einmischung wird als *strafbare Handlung* betrachtet!»

«Ich mische mich *nicht* ein, verdammt noch mal, ich *versuche* –»

Aber genau in dem Augenblick schlenderte Vic herein («O Junge! Paßt auf!» krähte Yvonne, «es ist der Galgenvögler!»), ging im Takt der Tanzmusik aus der Anlage gelassen auf Fred zu und versetzte ihm – *zack!* – einen Handkantenschlag in den Nacken. «Autsch! Menschenskind, das war doch nicht nötig!» heulte Fred, als er zu Boden ging.

Bob ließ die Leiche los, zog seinen Revolver und wich geduckt zurück: *«Keine Bewegung –!»*

Vic lächelte zähnebleckend, drehte sich um und ging mit dem Rücken zu dem Bullen nonchalant in Richtung Eßzimmer. Es war so still, daß man in einem leeren Glas irgendwo das Eis klirren hören konnte. «Donnerkeil», wimmerte Fred zusammengerollt auf dem Fußboden, die Hände hinter dem Kopf (Jim, der die gezogene Waffe ebenfalls ignorierte, kniete sich hin, um Freds Hals zu untersuchen), «wir tun doch bloß unsere Arbeit, Herrschaftsteufel noch mal!»

«Der geht noch mal zu weit, wenn er nicht aufpaßt», brummelte Noble zu Eileen, die teilnahmslos daneben stand. «Was?» fragte sie geistesabwesend und nahm Vics Glas auf, das er stehengelassen hatte. Bob feuerte und zerschmetterte das Glas: Noble warf sich mit Wucht hinter die Couch, und jemand kreischte, aber Eileen schien gar nicht zu bemerken, was passiert war, sondern starrte in geprellter Verwirrung auf ihre tropfende Hand und die Überbleibsel des Glases. «Gebt dem Jungen 'nen Silberdollar!» applaudierte Yvonne von der Couch, und Talbot in seinem besoffenen Kopf (Wilma schien ihm das Aspirin löffelweise zu geben) schloß sich an, schlug tapsig wie ein dressierter Seehund die Hände zusammen. «Tut mir leid», sagte Eileen, und Fats, der Bob wachsam beobachtete, zündete sich eine dicke schwarze Zigarre an. «Vielleicht... vielleicht tut's mir auch nicht leid...»

«Bitte», drängte ich, aber niemand schien zuzuhören. Ich fühlte mich in eins von Pardews Raum-Zeit-Bildern eingeschlossen, wo das einzige, was sich bewegte, meine Wahrnehmung war. Der Inspektor kniete neben Jim und dem verletzten Beamten (Jim verpaßte ihm eine Art Nackenstütze, nahm dafür ein Kissen von der Couch und befestigte es mit einem Strumpfband – mochte meiner Frau gehören), und Bob, der uns mit seiner Knarre in Schach hielt, sprang ihnen nun bei. Das gab den beiden Sanitätern Gelegenheit, Ros wegzutragen. Aber gerade als sie die Leiche auf die Bahre gehievt hatten (so leicht: sie schien beinahe zu schweben, ihr Torso hob und senkte sich ätherisch), erschien Regina mit ihrem Freund Zack Quagg, dem Autor-Regisseur, und dem Schauspieler Malcolm Mee in der Tür. Quagg trug sein berühmtes violettes Cape über einem weißen Gymnastiktrikot, Malcolm verschossene Bluejeans und ein gestreiftes Seemannshemd. Quagg war relativ normal (nicht, daß meine Frau das dachte: Einmal war er in einer Vorstellung ins Publikum getreten und hatte sie mit einem toten Fisch ins Gesicht geschlagen), aber Mee kam mir immer wie ein gefährlicher Meuchelmörder vor. Vielleicht waren es bloß die Rollen, die er oft spielte, aber sein kalter, glasiger Blick und die Narbe auf seiner Wange jagten mir stets einen Schauer über den Rükken. Regina, die Hand vor dem Mund und das Gesicht abgewandt, zeigte mit einem langen weißen, zitternden Finger durch den Raum auf Ros, und Quagg, der mit dem Blick folgte, fegte mit flammenden Augen ins Zimmer. «Was für ’ne billige Sensationsshow ist das denn?» schrie er und schob die Sanitäter beiseite. «Das ist mein *Star*!»

«He, Moment mal –!»

«*Raus* mit den Teddyboys hier!» brüllte Quagg und holte zu einem wilden Schwinger aus, aber ehe er etwas treffen konnte, umfing Fats ihn in einer Umarmung: «Puh! Halten Sie sich zurück, Zack!»

«Bei welcher Truppe sind Sie denn, Fats?» grunzte Quagg, während Talbot sich benebelt von Wilma losmachte und alle anrempelte: Mee holte mit eisig ausdruckslosem Gesicht zu einem sausenden linken Haken aus und schlug ihn k.o. Auch Anatole war nun da, dünn und bleich in seiner gänzlich schwarzen Aufmachung, hinter ihm Earl Elstob mit geballten Fäusten und blödem Grinsen. Aus der Anlage sang jemand etwas über «brauche jemanden, mit dem ich reden kann», und ich dachte: Vielleicht wäre es besser, ich würde die Platte wechseln. «Der Doktor will sie aus dem Licht schaffen lassen, Zack – es bekommt ihr nicht gut hier drinnen!» stieß Fats mit Zigarre im Mund hervor, und die Frau in Gelb kam heran und trat ihm gegens Schienbein. «AU!»

Ich trat vor, um zu vermitteln, etwas beunruhigt von dem merkwürdigen Gefühl, durch ein Gitter sich kreuzender Vektoren zu gehen. Da sprang Bob neben Fred aus der Hocke und schwang seinen Revolverknauf: Er hätte mich erwischt, wäre nicht Ginger auf ihren hohen Absätzen, die zerfetzten Reste ihres Kostüms mit beiden Händen zusammenhaltend, in dem Augenblick zwischen uns durchgewackelt und ihm in die Quere gekommen, so daß er ihr zwischen die Beine fiel wie ein in die Falle gegangenes Karnickel. Ich duckte mich, und im Fallen schlugen sie gegen Anatole und schubsten ihn in ein kleines Gerangel zwischen Mee und einem der Sanitäter («Hört auf! Hört auf!» konnte ich Patrick über das Getöse kreischen hören). Ginger quiekte affektiert auf wie eine Sprechpuppe, als sie mit Bob über sich auf dem Teppich landete. Der Beamte fluchte, als sein Kopf – Knochen auf Knochen – gegen ihren schlug. «Juhu», sagte Earl Elstob, der in Quaggs Cape gewickelt über Talbot stolperte. Dolph spazierte in einem meiner Skipullover schläfrig herein und öffnete eine Büchse Bier: «Heiliger Bimbam, was ist denn hier unten los?» Leonard, der Pin-up-Fotos von Daffie gemacht hatte, die rittlings wie zum Auspeitschen über einer Sessellehne hing, drehte sich um, um eines von Ginger zu machen, die schielend und mit gespitzten Lippen die mageren Beine wie staksige rote Wegweiser in die Luft streckte. Bob zwischen ihnen rammelte anscheinend, was das Zeug hielt, versuchte aber in Wirklichkeit bloß vergeblich, sein kurzes Bein zu befreien. Daffie rutschte vom Sessel, ging hinüber (Noble schrie von hinter der Couch jemandem zu, er solle das Maul halten) und trat dem Bullen ins Gesicht. Dessen Knarre ballerte wieder los, und Fats flog die Zigarre aus dem Mund.

«Wa –?» rief Fats aus und befingerte forschend seine Knollennase. Ein Typ in der Tür warf die Hände hoch und grölte: «He, *das* Theater gefällt mir!» Ich erkannte ihn: der Schauspieler, der in Quaggs Soft-Porno-Produktion von *Der bösen Püppchen Alptraum* den aufziehbaren Hauptfeldwebel gespielt hatte. Gudrun, die Maskenbildnerin, und eine rundliche Schauspiele-

rin in Toga und übergroßen klatschenden Gummigaloschen drängte hinter ihm heran; Knuds Frau Kitty, die etwas von amtlicher Vergewaltigung schrie, war mittlerweile auf den Bullen zwischen Gingers Beinen gesprungen und zog ihn an den Ohren, und nun hechtete Earl Elstob, der anscheinend alles falsch verstand, auf Kitty und schob ihr den Rock hoch. «Kannst du noch ein Talent brauchen, Zack?» johlte der Schauspieler, während er sich den Weg herein bahnte.

«Klar», rief Quagg, der versuchte, dem Mann im fliederfarbenen Hemd die Bahrengriffe zu entwinden, «aber verbreite erst mal die Neuigkeit, Jacko: Ros ist übel mitgespielt worden! Geh, ruf Hoo-Sin und Vachel an und schaff sie her! Und alle anderen, die dir einfallen!»

«Ich mach das schon!» sagte Regina, die dicht hinter dem Schauspieler in der Tür erschien, und der sprang mit glitzernden Augen und einem schiefen Lächeln erlöst herbei – *«Haha! Besetzt die Ausgänge!»* heulte er – und stürzte sich auf den Mann im fliederfarbenen Hemd.

Brenda, die über Elstob gebeugt war, um ihn von Kitty wegzuziehen (sie hatte die Ohren des Bullen losgelassen und strampelte, um ihr Höschen anzubehalten), jaulte plötzlich auf, wirbelte herum und langte Patrick eine. *«Du kleines Miststück!»* kreischte sie mit fliegenden Fäusten.

«Ich war das nicht!» quoll es aus seinem erneut blutenden gespaltenen Mund, während Dolph bierschlürfend entschlüpfte. (Ich spürte Alison wieder in meiner Nähe und fragte mich, ob sie, obwohl sie hier relativ fremd war, begriff, was ablief und deshalb wieder in meine Nähe gekommen war.) Mee, der auf Anatoles Gesicht stand («Kann nicht einer was *tun*?» jammerte Wilma, denn auch Talbot war irgendwo da drunter), schien einen der Sanitäter zu erwürgen – der andere hatte Quagg im Schwitzkasten, und sie waren über Ros gefallen. Deren plastikumhüllte Glieder schlugen hin und her, ihr Gesicht war eine Maske aus gesprungenem Gips, der auch einen Bart auf Kehle und Brust bildete, und ich spürte (während ein weicher Bauch sich an meine Arschbacken preßte) neue Trauer aufsteigen: «Es ist beinahe traurig», sagte sie nach oralem Sex immer, «daß es so gut schmeckt.»

«Das reicht!» rief einer. «Ihr wißt nicht, was ihr tut!»
«Kann nicht einer Cyril holen!»
«Halt die Nulpe unten, Malcolm, während ich –»
«Warte mal! Ich – *uff!* – ich hab eine Idee!»
Das Wort «Crepitus» fiel mir ein, das Wort, an das ich mich zu erinnern versuchte, seit ich Yvonne auf dem Treppenabsatz erblickt hatte (sie redeten jetzt über sie, die Keilerei kam zum Ende, und es wurde verhandelt), und mit ihm kam ein allgemeines Gefühl des Verlustes auf, das Ros, Tania, Yvonne, meine Mutter und Großmutter, das Leben selbst in seiner flüchtigen Kürze, seinem erbarmungslosen Verschleiß einbezog. Ja, dachte ich, während Arme meine Taille umschlangen und eine Hand unter mein Hemd glitt (Bob kam endlich auf die Füße, wobei er Gingers Beine als Krücken benutzte und das fette kleine rote Döschen zwischen ihnen freilegte: Es weitete sich rhythmisch und zog sich zusammen wie ein Kauwerkzeug), es stimmt: Liebe ist tatsächlich, wie mir eine Frau einmal zuflüsterte (von unserem Balkon konnten wir Mullahs in Minaretten zum Sonnenuntergang singen hören: Die Atmosphäre, die mich jetzt wie ein Duft in der Luft wieder anrührte, war günstig für solche Regungen), die tragische Leidenschaft – nicht aus den von ihr angeführten Gründen natürlich (sie hatte gerade ihren Mann verlassen, um eine merkwürdige, flüchtige, aber schöne Woche mit mir in Istanbul zu verbringen, die vielleicht, auch wenn ich es bis jetzt vergessen hatte, die schönste meines Lebens war), sondern wegen ihrer grundlegenden Unzulänglichkeit: Trotz all ihres Zaubers war die Liebe in dieser aufreibenden und knirschenden, knarrenden Welt nicht genug. Und war das etwa, fragte ich mich, während eine sanfte Hand meinen Nippel liebkoste und die andere unterhalb meines Gürtels vergraben war (Ros war verlassen worden und mit ihr der Ort der allgemeinen Keilerei, Leute rappelten sich ächzend, lachend auf – «Oje! das war ja eine heiße Schlacht!» –, und die schweratmenden Sanitäter hatten ihre Aufmerksamkeit Yvonne zugewandt: «Klar, warum nicht? Man hat uns gesagt, wir sollten – *uff!* – eine Tote abholen, aber nicht – *keuch!* – welche!»), die Ursache ihrer merkwürdig starken Anziehungskraft: ihre tragische Unzulänglichkeit? In der Frage selbst schwangen viele leidenschaft-

liche Implikationen mit, tragisch oder sonstwie, aber gerade, als ich mich umdrehte, um an ihnen teilzuhaben (aus dem Augenwinkel erblickte ich meinen Sohn Mark, der, eine meiner Skimützen über den Ohren, Sachen vom Boden aß. Meine Schwiegermutter, die etwas in ihrer weißen Faust gepackt hielt, zerrte ihn in meine Richtung. Yvonne fluchte unflätig und schrie um Hilfe. Jim war von seinen Bemühungen, Talbot zu sich zu bringen, abgelenkt.), wurde mir klar, daß ich nicht Vermouth gerochen hatte (Alison beobachtete mich in Wirklichkeit von der Tür zum Eßzimmer und sah etwas verblüfft aus), sondern Kaugummi. «Verdammt noch mal, Sally Ann, dies ist nicht die Zeit für pubertäre Verführungskünste!» rief ich und riß ihr die Hände weg. «Hier sind Menschen verletzt! Dein eigener Vater!»

«Ach, scheiß drauf, Gerry! Hören Sie auf, mich wie ein Kind zu behandeln, ich meine, ich will doch nur mit Ihnen schlafen – ist das so schlimm?»

«Ich dulde das einfach nicht!» schnappte meine Schwiegermutter und funkelte Sally Anns Hände auf meinem Gürtel an. Sie hielt den Eispfriem hoch wie eine öffentliche Brandmarkung: »*Damit* hat er gespielt!»

«Ah –!»

«Ich nehme ihn», sagte Sally Ann ruhig und steckte ihn in ihr Hemd. Über der Brusttasche war jetzt ein Flicken, auf dem stand: «HÄNDE WEG, WENN'S NICHT ERNST IST.» Ich schaute zu Alison hinüber, aber sie beobachtete mit einem schmerzlichen Ausdruck in den Augen die Sanitäter.

«Wo kommt das her, Daddy?»

«Ich – ich bin mir nicht sicher...» Fred drehte sich im Kreis herum, um sich an seine Nackenstütze zu gewöhnen; zu seinen Füßen band der Inspektor einen Plastiksack um Ros' Kopf. «He, Mann, was für ein Spielchen treibst du denn hier?» wollte Quagg wissen. «Was ißt du da gerade, mein Sohn?»

«Hormontabletten», erwiderte meine Schwiegermutter eisig, die Stimme erhebend, um sich über Yvonnes Gebrüll hinweg verständlich zu machen, die von den Sanitätern auf der Bahre fortgetragen wurde. «Und davor *Fußbalsam*!»

«Nein, he, das *gefällt mir*, es hat was!»

«Au, was ist passiert?» ächzte Talbot, dann fing er an zu husten und zu würgen. Jim hielt ihm etwas unter die Nase. «Wen habe ich getroffen?»

«Du hast bloß mit deinem dämlichen Gesicht die Faust des jungen Mannes hier getroffen», schniefte Wilma. «Und dann den Fußboden.»

«Aber fest – stimmt's? *Fest!* Oh...!»

«Riech noch mal», sagte Jim, und Talbot nieste und würgte wieder.

«Gerry –? Tu was! Hilf mir!» Ich bekam nur einen flüchtigen Eindruck von dem Entsetzen auf ihrem betroffenen Gesicht («Weißt du, was ich am meisten hasse, Gerald?» hatte meine Mutter einmal ausgerufen – vielleicht ließ der Ausdruck auf Yvonnes Gesicht mich daran denken – «was ich am meisten hasse, ist, *mich zu amüsieren*!»), als sie sich mit ihr an den hereindrängenden Neuankömmlingen vorbei durch die Tür in den Flur zwängten. «Mann, da hat aber einer die Ausstattung tüchtig angeknabbert!» sagte einer von ihnen: Scarborough, Quaggs kummervoller Bühnenbildner mit den Ringen unter den Augen. Er schaute sich um, als messe er den Raum aus.

«Wenn das 'ne Party ist, Daddy, warum haben wir dann keine Luftballons?»

«Tja, hier ist einer durchgedreht, Scar...»

«Ich bin auch brav! Ich beklage mich nicht!»

«Ich habe nicht gewußt, daß das so weh tun würde», wimmerte Anatole und hielt sich den Mund, wie um seine Zähne festzuhalten.

«Hier, versuch das mal, Mark», schlug Sally Ann vor und hob eins der Kondome auf, die Naomi vorhin fallengelassen hatte. Alison war verschwunden, und wo sie gestanden hatte, wackelte gerade Ginger auf ihren hohen roten Absätzen aus dem Zimmer. Ihre Zöpfchen hingen schief, und ihre schmalen, vom Teppich wundgescheuerten Hinterbacken spähten durch Löcher in ihrem Kostüm. Auch andere ließen sich forttreiben.

«Junge, Junge! Nach der ganzen Aufregung muß ich, glaube ich, mal rausgehen und – *rülps!* – ein großes Geschäft machen!»

Mark blies vergeblich in das Kondom und gab es dann Sally Ann zurück. «Das Loch ist zu groß.»

«Was –?!» rief Brenda.

Der große Bulle kroch auf Händen und Füßen herum. «Ich habe ihre verdammten Zähne verloren», murrte er.

«Es macht auch Spaß, sie mit Wasser vollaufen zu lassen», wisperte Sally Ann verschwörerisch, «und sie dann wie Bomben zu werfen!» Mark grinste, seine Augen unter dem Rand der Wollmütze leuchteten auf, und meine Schwiegermutter sagte: «Das ist schmutzig! Es lag auf dem Fußboden!» Sie sah mich anklagend an. «Daddy, wer ist die Frau in der Badewanne?»

«Niemand, mein Freund – du gehst jetzt ins Bett.» Ich nahm ihn an der Hand und führte ihn zur Tür. Hinter mir heulte Brenda: «O nein! Mein Gott, wo ist Fats? *Fats?!*» gerade als Yvonne im Flur vor uns schrie («Last Year's Valentine» kam vom Plattenspieler, eine dämliche Schnulze über Zeit und Verlust, und sie erinnerte mich irgendwie an etwas, was Tania mir einmal darüber gesagt hatte, wie die Sprache die Realität verzerrt: «Ich weiß, daß wir ohne sie nicht auskommen können, Gerry, wahrscheinlich brauchen wir sogar all die Märchen von der in Grammatik eingebetteten Zeit – aber die große Aufgabe der Kunst ist, uns mit der wahren *menschlichen* Zeit der *ewigen Gegenwart* zu versöhnen. Das Kind in uns *weiß*, daß das die *echte Zeit* ist!» Deshalb hatte sie paradoxerweise auch immer das Abstrakte als die Quintessenz des Realismus verteidigt): *«Woody –?!»*

«Fats sagte, er hätte Luft im Bauch», sagte jemand. «Ich glaube, er ist zum Futtertrog gegangen.»

«Fats –?!» schrie Brenda und raste Richtung Eßzimmer. «Du wirst es nicht für möglich halten!»

«Laß mich nicht wegschaffen, Woody! *Bitte!*»

Woody und Cynthia standen eine Stufe oder zwei unterhalb des Treppenabsatzes, händchenhaltend und in Unterwäsche, Woody in unförmigen Boxer-Shorts und geripptem Unterhemd, Cynthia in einem schweren Büstenhalter mit Kreuzträgern und altmodischem ausgestelltem Spitzenunterhöschen, anscheinend gelähmt von tiefem mitleidigem Schweigen. *«Cyn –?* Gott im Himmel! *Steht doch nicht einfach bloß rum!»*

In Cynthias Augen standen Tränen, als sie Woodys gedrungene Hand in ihre beiden Hände nahm (ihr schwerer Schmuck ließ sie nun überladener aussehen denn je), ein wenig hinter ihn glitt und ihre bleiche Wange in die dunklen Haarbüschel auf seiner nackten Schulter schmiegte. *«Helft mir! WOODY –?!»*

«Daddy, warum ist die Frau so gefesselt? Hat sie was Böses getan –?»

«Nein, mein Junge, sie –»

«Gerry?!» heulte Yvonne, die Augen wund, das graue Haar strähnig und zerzaust, als sie mich hinter den anderen erspähte. Sie hielt den Knauf der Haustür gepackt, und die Sanitäter lösten ihre Hände mit Gewalt. «Verdammt noch mal, Gerry, du hast *versprochen* –!»

«Ich – ich hole Jim», erbot ich mich (und da war noch etwas mit meiner Mutter: Man konnte alles von ihr haben, was sie hatte, jegliches Besitzergreifende war ihr völlig fremd. Sie betrachtete nichts auf der Welt als ihr ausschließliches Eigentum; aber nie, nie – dies fiel mir jetzt ein, und ich empfand, merkwürdigerweise wie zum erstenmal, wie ungerecht das war – schenkte sie einem etwas), aber ehe ich die Hand meines Sohnes loslassen konnte, polterte Charley Trainer, meinen Bademantel um seine Wampe gespannt, lärmend die Treppe herunter und brüllte: *«Was is'n los? Was is'n hier los?»*

«Charley! Ich bin's! Hilfe!» kreischte Yvonne von der vorderen Veranda, als die Tür schon hinter ihr zugeschlagen war und ihre Stimme wie in einem Tunnel verhallte. Charley schrie: *«Halt durch, Yvonne! Verdammt noch mal! Der alte Chooch is unterwegs!»*, aber auf halbem Weg zum Treppenabsatz knickten ihm die Knie ein, und es war ihm unmöglich, durch die rechtwinklige Kurve dort zu manövrieren – Woody und Cynthia klammerten sich aneinander und duckten sich, als er an ihnen vorbeistürzte, mit seinem weichen Bauch gegen's Geländer klatschte und in einem Salto darüber auf den Boden unten flog: «FUUUFF!» Er schnaufte mächtig, als er auf dem Rücken landete (es gelang mir noch gerade rechtzeitig, Mark aus dem Weg zu zerren), der Bademantel auseinanderfiel und seine großen weichen Geschlechtsteile zwischen seinen fetten Beinen auf und ab hüpften, als sei es seine Absicht gewesen, allein sie zu

Boden zu schleudern. «Ach du Scheiße!» keuchte er (Mark lachte und klatschte, während die Mutter meiner Frau ihn verkniffen mit pssts und schschs zur Ruhe zu bringen versuchte), als er bleich und – abgesehen von den Vibrationen des Nachschocks, die seine schlappe Bauchdecke noch durchschauerten – vollkommen leblos da lag: «Also, was hab ichenn jetz gemacht...?»

«Vorsicht, bleib einen Augenblick still liegen», warnte Jim, kniete sich neben ihn und tastete sanft Hals und Schlüsselbein ab, während Cynthia über ihnen sagte (Woody schien ihr noch einen Ring an den Finger zu stecken): «Woody, du solltest nicht...»

«Wer zum Teufel hat mich da gerammt?» ächzte Charley, während Jim unter ihn faßte und mit der Hand langsam über seinen breiten Rücken fuhr.

Das Telefon klingelte, aber als ich abheben wollte, kamen Fats und Brenda mit tränenüberströmten Gesichtern aus dem Eßzimmer getappt, was uns alle innehalten ließ. «O *mein Gott*, Brenda», weinte Fats, der sich den letzten Bissen eines Cheese-Dogs zwischen die Zähne schob und über Charleys aufgestellte Füße stolperte («Unf! Schreib seine gottverdammte Nummer auf, Trainer!»). «Das ist *zuviel*! Nicht *Tania* –!» Dann rappelte er sich auf und schwankte hinter ihr die Treppe hinauf. Woody und Cynthia drückten sich gegen das Geländer, um sie vorbeizulassen. «Ja», sagte jemand ins Telefon («Hoppla! Verdammt!» murmelte Woody, als der Ring durchs Geländer rutschte und in Charleys Nähe auf den Boden fiel – «Gerry, könntest du mir den hochreichen?«), «es ist Ros! Ein kalter Abgang, Mann – genau, ja, der Vorhang ist gefallen! Kommst du rüber?»

«He, Ger», stöhnte Charley leise, als ich unter seinem Ohr nach dem Ring grub: verschnörkelt mit einem schweren Stein, irgendwie war er mir vertraut. «Ich sitz inner Patsche.»

«Richtig, Hoo-Sin ist schon da – tritt im Moment auf», sagte der Mensch am Telefon, der jetzt nicht mehr zu sehen war hinter all den Leuten, die, um Charley besorgt, zusammenliefen. Der lag immer noch flach ausgestreckt, bewegungslos, meinen Bademantel wie eine Rinde um seinen feisten Torso gewickelt. «Ist es sein Herz?»

«Muß sein – er ist ganz Herz, der alte Chooch...»

«Aber ich *will nicht rauf*! Ich will sehen, wie Onkel Charley es noch mal tut!»

«Und Gudrun, Prissy Loo, das Narbengesicht Scar...»

«Wird schon wieder werden, Charley«, sagte ich und reichte Woody den Ring («Prima – und bring Benedetto mit», sagte der Mensch am Telefon, «wir *brauchen* einen Knödler!»), «Jim ist hier, er –»

«Nein, ich mein – hat Tallpott 's dir nich gesagt?» Er weinte beinahe, seine Augen waren verquollen, die Nase rot angelaufen. «Ich hab's grad rausgefunden... der Grund, daß man's nich mitnehmen kann...»

«Ah», sagte Jim und machte auf seiner Reise Charleys Rückgrat hinunter eine nachdenkliche Pause.

«...is, weil's vor einem stirbt!»

«Eine Bandscheibe ist rausgerutscht«, sagte Jim. «Wir müssen seine Knie zurückbiegen und sehen, ob wir sie wieder einrenken können.» «Ach du meine Güte! Laßt mich helfen!» rief Patrick aus und erntete Gelächter, gerade als Lloyd Draper vortrat und von oben herab bemerkte: «Sieh mal einer an, sieht aus, als hätten Sie einen kleinen Sturz getan, junger Freund!»

«Seit Ros tot ist, Ger, kannich einfach nich... kann – ich nich...»

«Um Himmels willen, Charley!» rief seine Frau, Janice, die, den Reißverschluß ihres rosa Rockes zuziehend, atemlos hereingestolpert kam. «Was hast du gemacht – wieder versucht zu fliegen?»

«Ja», murmelte er und zwinkerte mir durch seine Tränen zu («Ros ist die einzige», sagte er immer, wenn er sich mit komischem Armsünderblick wegen seiner tölpelhaften Eile und Ungeschicklichkeit bei der Liebe Vorwürfe machte – «Das Netteste an Charley ist», sagte Janice gerne, «daß es bei ihm nicht dieses Ruck-Zuck-Dank-Madame-Getue gibt: er ist immer noch schneller!» –, «die mir je danach *gedankt hat...*»), «'ne Sekunde lang hab ich's geschafft!»

«He, Leute!» rief Janny und hüpfte auf und ab. «Laßt uns alle einstimmen für Choo-Choo Trainer!» Sie zog den Rock hoch und ging in die Majoretten-Hockstellung, einen Arm steif ausgestreckt, den anderen hinter den Rücken gelegt, und während Patrick und Jim Charleys fette Knie packten, kam die alte Schul-Lokomotive langsam wieder in Gang. *«CHOO-oo-oo!»* Pause. *«CHOO-oo-oo!»* Ja, dachte ich, während ich zusah, wie Jim und Patrick stöhnend Charleys Knie gegen seine Brust drückten und die Menge in der Halle sich Janny anschloß, die jetzt Dampf aufmachte – «Mitmachen, alle! *Choo-oo! Choo-oo!* Genau so! *Choo-oo! Choo-oo!*» –, ob die Zeit vergeht oder nicht, wer soll das wissen, aber etwas, verdammt noch mal, vergeht auf jeden Fall. *«Choo! Choo! Choo! Choo!»* Woody und Cynthia über uns küßten sich jetzt. Woody umfing ihre Hüften mit festem Griff, aber irgendwie keusch mit seinen vierschrötigen behaarten Händen, ihre Hände ruhten auf seinen Schultern, als wolle sie ihn mit all ihren Ringen und Armreifen zum Ritter schlagen. Und obwohl an ihrer Umarmung etwas unverkennbar Zärtliches war und obwohl eine gewisse rührende Verletzlichkeit in ihrer schlichten Unterwäsche lag, dem ordentlich und sorgfältig gekämmten Haar, selbst in der schmalen Stufe, auf der sie standen, dort oben über der schnaufenden Choo-Choo Trainer Lokomotive – *«CHOO-choo! CHOO-choo! CHOO-choo! CHOO-choo!»* (Charley selbst war nun hinter seinem hoch erhobenen Rumpf – Dolph half mit seinem Gewicht nach – nicht mehr zu sehen) *«CHOO-choo-CHOO-choo! CHOO-choo-CHOO-choo!»* –, hatte ihre unerschütterliche Fassung, als sie sich so diskret, so schicklich küßten, auch etwas Beunruhigendes, beinah Schockierendes, das Ros' Tod *(Oh! Oh! oh!* dachte ich im Takt des Gejubels, *was haben wir verloren –?»)* plötzlich um so bitterer und einschneidender machte, und ich wäre wohl wie der rotnasige Charley wirklich rührselig geworden, hätte ich nicht Naomis Schwanzwärmer auf Alisons Mittelfinger erspäht, der mich von der Eßzimmertür lockte. *«CHOO-choo-CHOO-choo CHOO-CHOO-CHOO-CHOO!»* röhrte die Menge, und Jannys Arm fuhrwerkte hin und her wie ein fliegender Kolben. «O Gott, tut das weh!» rief Charley und furzte donnernd («Böser Junge!» rief Patrick zu jedermanns Vergnügen aus) – und in der plötzlich folgenden vorübergehenden Stille gab es ein hohles KRR-POP!, einen Sturm von Jubelrufen und Gelächter, und von Charley, während sie seine Masse zu Boden senkten und mit dem Bademantel zudeckten, ein dankbares *«Ach ja...!»* «WHEE-EE-EE-ee-oo-OO-OO!» johlte die Menge, eine Zugpfeife nachahmend, während Janny herumwirbelte und dann in einem immer noch passablen Spagat zu Boden ging: *«CHOO-CHOO TRAINER!»*

Während die Menge um Charley pfiff und klatschte, verdrückte ich mich nach hinten und rammte beinah Steve, den Klempner, der mit einem großen Universalschraubenschlüssel in der Hand aus dem Keller kam. «Moment, Moment!» befahl Inspektor Pardew hinter mir. «Spielt da unten jemand Darts?»

«Ein paar Frauen», sagte Steve, «wenn man das spielen nennen kann.»

«Hallo», hauchte Alison («Eine davon wird wohl sie sein», sagte Bob hinter meinem Rücken, während zu unseren Füßen Anatole hockte und fragte: «Geht's einigermaßen, Onkel Howard?»), «ich habe dich überall gesucht, Superlover!»

«Ah, dann mußt du meinen Sohn gesucht haben.»

«Ich dachte mir, es liegt in der Familie.» Die Menge um Charley zerstreute sich, viele strebten an uns vorbei ins Eßzimmer («Nein, nein, nein, nein, *nein*!» stieß Howard störrisch hervor, als erwache er plötzlich aus einem schlechten Traum oder rede einfach im Schlaf – Iris Draper war bei ihm und versuchte ihm Suppe einzuflößen), wo Jims Frau Mavis hofhielt, anscheinend wieder ganz sie selbst. Ich konnte breit grinsende Leute ins und aus dem Fernsehzimmer schlüpfen und im Vorbeigehen stehenbleiben sehen, um zu hören, was Mavis zu sagen hatte. Soapie füllte eine Tragetasche mit Essen vom Tisch.

«He, Prissy Loo! Ich dachte, du hättest dich abgeseilt!»

«Nein, ein Typ hat mich 'ne Weile in Schutzhaft gehalten, das ist alles. Wo habt ihr denn das Feuerwasser her?»

«Also», sagte Bob. «Wir sind soweit für sie.»

«Da drin, es gibt eimerweise davon...»

Alison bohrte mir ihren steifen, schwanzwärmerbekleideten Finger in die Brust und parodierte ein Rekrutierungsplakat: «I want *you*, Gerald!» erklärte sie, krallte mit der freien Hand meinen Gürtel und stieß ihre Scham gegen meine. Das schien das Telefon zum Läuten zu bringen: Regina ging ran, während Pardew sagte: «Sehr gut, dann macht ihr am besten mal voran damit.» «*Show*-Time, Temperamentbolzen! Wann fangen wir an?»

«Sobald wir von der Hauptbühne abtreten können.» Ich hob ihren Zeigefinger zum Mund, um unter dem Wärmer – der, erkannte ich, das gleiche Muster wie eine meiner Skimützen hatte – seinen Ansatz mit der Zunge zu liebkosen. Sie spreizte die Finger, und ihre Brüste hoben und senkten sich in ihren Seidentaschen, während ihre Blicke funkelnd die meinen suchten. «He, was ist denn hier unten los, Vagina?» rief jemand, der durch die Eingangstür hinter uns hereinstürmte, mit dünner, krähender Stimme. «Zeig mir das Programm!» «Im Wohnzimmer, Vachel! Es ist Ros!» *«Ros –?»* «Nur *ein* Problem», raunte ich durch ihre Finger, «ich muß so dringend aufs Klo, daß es mir schon bis zu den Ohren steht!»

«Ich auch», gab sie zu und ließ meinen Gürtel los, um sich demonstrativ zwischen den Beinen zu drücken, «aber dieses haben sie in eine Dunkelkammer verwandelt, und das oben ...»

«He, das ist ja niedlich», sagte Soapie, zog den Bezug von Alisons Finger, spähte hinein und gab ihn dann zurück. «So was könnte ich gebrauchen, um meine Bleistifte warmzuhalten.» Im Arm trug er eine fettige Papiertüte voller Lebensmittel und eine ungeöffnete Flasche Scotch. Alison hatte sich unter meinen anderen Arm gekuschelt und fuhr jetzt mit der Hand unter dem Hemd meinen Rücken hoch (*«Wir können hinten raus gehen»*, flüsterte ich: *«Ja, los!»* drängte sie), als Soapie seine Nase die Kellertreppe hinuntersteckte und fragte: «Was meint ihr, was da unten läuft?»

Aber wir waren schon weg, schlüpften durch die Küchentür. Alison nahm unterwegs noch ein paar Papierservietten mit («Ich habe immer gerne was zu lesen.» Sie lächelte). Als wir vorbeigingen, sagte Woody etwas von einer «Lektion». «Ja? Wer's glaubt, wird selig!» knurrte Vic, als die Tür hinter uns zufiel.

Die Küche schien geschlossen für heute: alles weggeräumt, Arbeitsflächen sauber, Lampen ausgeschaltet und der Raum im Schatten bis auf das Nachtlicht über dem Herd und die Neonröhre über dem Schlachterblock. Töpfe und Pfannen waren aufgehängt, Küchengeräte wieder unter die Hängeschränke geschoben. «Deine Frau ist so eine großartige Hausfrau», sagte Alison immer noch im Flüsterton. «Ich beneide sie wirklich!» «Na ja, dies hier ist ein bißchen ungewöhnlich», gab ich zu. Die allgemeine Sauberkeit des Raumes war durch die schlammigen Spuren, die zur Hintertür herein und hinaus führten, etwas beeinträchtigt: Wir waren anscheinend nicht die ersten, die daran gedacht hatten, den Hinterhof zu benutzen. Auch konnte ich, als ich nun genauer hinsah, erkennen, daß auf einer Kochplatte im Schatten ein Topf vor sich hin köchelte, etwas im Herd brutzelte, ein paar gekochte Eier auf der Ablage neben dem Becken kühlten, Messer und Werkzeuge auf dem Schlachterblock ausgelegt waren, eine Schürze – Wachstuch, mit ausländischen Gepäcketiketten bedruckt – über der Frühstücksbank lag. «Merkwürdig», murmelte Alison, die sich zu mir umdrehte, als ich stehenblieb, von einer fernen Erinnerung berührt (aber nicht an meine Frau, nein – bei einer Vorstellung des Spielzeugland-Stücks wartete ich in den Kulissen auf Ros, die Spielzeugkiste, in die die anderen Spielzeuge alle verschwanden, war im Scheinwerferlicht in der Bühnenmitte, Ros auf dem Boden davor, die Arme ausgestreckt, wie vergessen...), «aber ich habe das Gefühl, ich stehe an einem Scheideweg – oder besser, ich *bin* auf ganz komische Art ein Scheideweg, an dem die Welt vorbeizieht. Klingt das unsinnig?» Sie legte die Arme um meinen Hals. «Nein.» Ich nahm ihre schmale Seidentaille zwischen meine Hände. Blinzelnd fuhr sie sich mit der Zunge über die Lippen, die angeschwollen zu sein schienen. Auf ihrer Haut lag eine weiche Röte, ein warmer Duft, und ihr Atem kam in schnellen kurzen Stößen. «Um die Wahrheit zu sagen, es ist komisch, aber ich dachte gerade...» Ich ließ meine Hände über ihre Hüften nach unten gleiten – und nahm sie wieder fort, als ihr Mann durch die Tür hinter ihr kam.

«Ah!» sagte ich und räusperte mich. «Wir wollten gerade, äh...»

«Du hast deinen Ohrring gefunden», sagte er kurz angebunden, mich ignorierend.

«Ja, der nette Mann in der weißen Hose hat ihn entdeckt», erwiderte sie und drehte sich verträumt zu ihm um. «Auf dem

Fußboden im Wohnzimmer – war das nicht ein Glück?» Sie lächelte und berührte den Ohrring, als wolle sie ihn ihm zeigen, wobei sie ihre freie Hand in meine hintere Hosentasche gleiten ließ, um diskret meine Backe zu kitzeln, als wolle sie ihren Namen dorthin schreiben. «Wir wollten gerade frische Luft schnappen.»

«Ja natürlich», sagte er mit einem abrupten, gequälten Lächeln, sah mich kurz an und dann wieder weg. Er schien über seine Schulter zurückschauen zu wollen, versagte es sich aber, schob die Hände in die Jackentaschen und biß sich kurz auf seinen Schnurrbart. «Paß auf, wo du hintrittst», setzte er hinzu, als er an uns vorbeimarschierte.

Alison nahm meine Hand und zog mich in die Dunkelheit der hinteren Veranda. *«Beeil dich –!»* Sie riß mein Wickelhemd auseinander und warf die Arme um meinen nackten Rücken. *«Küß mich!»* bettelte sie und zog sich hoch, um meinem Mund mit ihrem zu begegnen. Ihr Mund war offen, ihre Zunge schob sich zwischen meine Zähne, als wolle sie sich dort paaren, ihr wohlriechender Atem mischte sich mit den nostalgischen Landgerüchen des Hinterhofes und den süßen Düften, die aus ihrem Kleid aufstiegen. Ich preßte ihren Körper dicht an meinen – es war das Richtige, das wußte ich, das Timing perfekt! – und küßte ihre Augen, ihre Wangen, ihren Mund, ihre Kehle, meine Hände wühlten sich unter dem raschelnden Charmeuserock nach oben, Kindheitserinnerungen an Campingausflüge, Mitternachtswanderungen, Waldtau, Stelldicheins kamen mir in den Sinn (es war eine feuchte Nacht, kühl, undurchdringlich) und – ihre Schärpe löste sich – hinunter in ihre Strumpfhose. *«O Gerald!»* keuchte sie (ihr Fleisch da unten war kühl, geschmeidig, so glatt, daß es sich gepudert anfühlte, war es vielleicht auch, der Flaum zwischen ihren kreisenden Backen war weich wie Schwanendaunen), rammte ihre Hände in meinen Hosenbund oder versuchte es zumindest und rubbelte schließlich frustriert wie wild über die Außenseite meiner Hose («Keine Proben mehr, Superlover», meinte ich zu hören, «ich will 'nen Höhepunkt, *ich will den Kleinen!*» – aber ihr Mund war auf meinen gepreßt), fummelte, wühlte nach Öffnungen. Ich schob eine Hand um die Rundung ihrer Hüfte auf den weichen Bauch und weiter hinab in den feuchten, samtigen Schopf zwischen ihren Beinen, der sich ihr entgegenhob. Ihre Beine spreizten sich, wie sie sich vor meinem geistigen Auge (und deshalb in Wahrheit! In Wahrheit!) seit dem Abend spreizten, an dem wir uns kennengelernt hatten. Doch selbst nackte Haut ist eine Art Maske, dachte ich sehnsuchtsvoll und stieß tiefer vor, bis meine Fingerspitzen sich vorn und hinten ausgestreckt, in der klebrigsüßen Tiefe ihrer erstaunlichen Furche trafen. Vielleicht war das tatsächlich etwas, was sie an dem Abend in der Pause gesagt hatte: jenes verzweifelte, aber vergebliche Bemühen (doch ich bemühte mich, ich bemühte mich) zu berühren, was nie berührt werden kann. Ich hatte an dem Abend vorgebracht, daß Theater wie alle Kunst eine Art Halluzination im Dienste der Realität sei und daß seine volle Würdigung totale, erniedrigende Hingabe verlangte – wie die Religion. «Ja», hatte sie, ihre Kaffeetasse absetzend, gesagt. «Oder die Liebe...» *«Ach fuck!»* wimmerte sie jetzt, wild an meiner Hose reißend, die Nägel in meinen Rücken schlagend und an meinen Eiern zerrend, während sie leidenschaftlich (ja, dieser unglaubliche Eindruck von Ganzheit, dieser Eindruck von Brillanz, von universeller Wahrheit, die scheinbare Angst davor machte die Hingabe möglich, dachte ich, beinah unfähig, überhaupt zu denken, unfähig zu atmen – was hatte ich gerade gesagt?) gegen die kleine Öffnung stieß, die ich mit meinen beiden Fingern und dem umgeknickten Daumenknöchel geschaffen hatte – *«Du bist der schönste Mann, den ich kenne!»* «Alison –!» ächzte ich und stieß von hinten tiefer zu. *«(Keuch!) Ein bißchen... mehr –!»*

Jemand drückte meine Hand, und ich riß sie fort. Es war Dikkie, dessen weißer Anzug im Dämmerlicht geisterhaft leuchtete. «Hab mich gefragt, was ihr dahinten wächst», sagte er und hob Alisons Rock, um nachzusehen. Er spielte den Zwischenrufer, den Lümmel auf den billigen Stehplätzen. «Egal, ich bin froh zu sehen, daß du als Künstler, Ger, deinen Gegenstand gut im Griff hast.» Er klatschte ihr auf den Hintern, wie um ihn zu segnen. Ich wollte etwas sagen, etwas Dummes wahrscheinlich, aber er hatte sich schon abgewandt. «He, du Hitzkopf!» lachte er, die Verandatreppe hinuntergehend. «Was hältst du davon, wenn wir uns hinter den Büschen ein paar Grasflecken holen!»

«Da ist es dreckig!» gab Sally Ann zurück. «Wie du, du Miststück!»

«Gerald», keuchte Alison heiser – sie lehnte nun in sich zusammengesunken an meiner Brust und atmete schwer, meine Arme um ihre Schultern, ihre um meine Hüften, «wo können wir nun hin?»

«Da muß ich überlegen. Mein Arbeitszimmer haben sie mit Beschlag belegt und –»

«Was ist mit dem grünen Zimmer oben?»

«Grünes Zimmer?» Ich kämpfte immer noch um meine Stimme. Ich fühlte mich seltsam in der Schwebe, nicht ganz außerhalb der Zeit, aber auch nicht in ihr.

«Wo du mich geküßt hast...»

«Ja, das Nähzimmer, okay...» Sally Ann stand in der Nähe und starrte her – vermutlich starrte sie her, es war schwer zu sagen –, anscheinend verblüfft, uns hier zu finden, und ich machte mir Sorgen, daß sie nicht wegginge, wenn wir uns nicht rührten. «Aber erst...» Ich löste meine Arme (Gekicher drang nach draußen, und mir fiel wieder auf, wie kühl die Luft war) und führte Alison von der Veranda – uns beiden war ein bißchen schwindelig zumute, unsere Körper bewegten sich noch immer wie von selbst, unsere Beine waren mehr oder weniger anderswo.

«Hoppla!»

«Sachte!»

Im Hof war es ein wenig heller, da vom Inneren des Hauses erleuchtet, und ich sah, daß ihr Kleidersaum in der Strumpfhose eingeklemmt war: Ich zog ihn heraus, glättete ihn, schwelgte (ich mag Seide nicht) im Gefühl von Seide, und sie kuschelte sich enger an mich. «Kann ich ihn dir halten, Gerald?» «Klar.» Sie lehnte sowieso schon darauf wie auf einem Spazierstock. Einem Offizierstock. Wenn sie losließ, würde sie wahrscheinlich hinfallen. Auch andere waren hier draußen, flüsterten, tuschelten leise hinter den Büschen, gaben Grunzlaute von sich, und wieder überflutete mich – wenn auch nicht so intensiv wie eben mit meinen Händen zwischen Alisons Beinen – jene nostalgische Welle von ländlichen Erinnerungen: Campingausflüge, Fahrradtouren, ein nächtliches Picknick im College (das Mädchen, das ihn mir in jener Nacht gehalten hatte, hatte, um ein Tüpfelchen aufs *i* zu machen, wie sie behauptete, blöderweise reingekniffen), süße Ernteabende an Rhein und Duero, unsere Flitterwochen in den Alpen, Sterngucken mit meinem Vater beim Haus meiner Großmutter («Sieh mal, Gerry! Dort oben bei den Fischen: die angekettete Dame!»): Es schien sogar ein Duft von Äpfeln in der Luft zu liegen.

Ich führte Alison zu einer dunklen Ecke beim Geräteschuppen (überall waren Schlammspuren, Pfützen, aufgeweichte Cocktail-Servietten, Zigarettenkippen), und sie kniete sich hin, um meinen Hosenladen aufzumachen. «Gott! Ist der *süß*!» rief sie leise, als sie meine Boxershorts öffnete und ihn, bleich wie eine Steinsäule, in die Nacht fallen ließ. Sie streichelte ihn sanft. Ich spürte nichts: er war ganz angeschwollen, taub vor Erregung und Vorfreude. Drinnen quiekte jemand, und ich konnte etwas wie das Klappern von Löffeln hören, jemand blies auf einer Flöte. Ein großer Mann stand im Schatten an einem offenen Fenster und sah hinaus, wie ein Spiegelbild von mir. «Wohin sollen wir ihn richten?»

«Na, weg von den Blumenbeeten –» Aber sie war verschwunden. «Alison –?»

«Ich hasse es, Ihrer Frau in den Garten zu pieseln», polterte Lloyd Draper neben mir, «aber ich bin ein alter Mann, und ich kann's einfach nicht mehr halten.» Ich meinte sie hinter mir flüstern zu hören – doch ich konnte mir nicht sicher sein, es hätte irgendwer sein können: «Ist da noch Platz...?» «Klar, Süße, setz dich, setz dich...» Ich sah mich um, aber es war zu dunkel, um etwas zu erkennen außer ein paar Büschen, die da kauerten wie angestrahlte Dreiecke, schwarz an den Wurzeln. «Was ist los, mein Sohn? Für einen jungen Mann scheint es Ihnen aber schwerzufallen, Wasser zu lassen», bemerkte Lloyd und schielte durch seine Zweistärkenbrille. «Oh, ich verstehe.» Er ließ einen kurzen Strahl ab, brach ab, dann wieder einen. «Na, das hemmt mich natürlich ein bißchen...»

«Ich hoffe bloß, hier wächst kein Giftefeu...»

«Machste Reklame für den häßlichen Wasserspeier da, Big G, oder erklärste bloß, wo's lang geht?» fragte Charley, der sich beschickert über meine Schulter beugte, den Mop meiner Frau als Krücke unter dem einen Arm, während Jim den anderen stützte.

«Tja, entschwundene Tage und all das...»

«Lach nicht, Charley. Es tut weh.»

«Solche hab ich zu meiner Zeit 'ne Menge gesehen», seufzte Lloyd, aus dem es von Zeit zu Zeit immer noch tröpfelte. «Die haben's natürlich auch nicht sonderlich gut getan...»

«Wer lacht da? Da halt ich glatt mit unn geb meine neuen Alligator-Golfschuhe noch obendrein!»

«Juuupü! Nennt mich doch Püpü, denn üch bin ganz der eure!» dröhnte Earl Elstob, der sich zu uns gesellte («Heiße Weide nannten wir das im Jargon...») und einen Strahl über die Blumenbeete und – kladderadatsch! – gegen die Wand des Geräteschuppens verströmte. Jim und Charley hatten schon mit kürzerer Reichweite losgelegt, und ich konnte mich ihnen endlich auch anschließen. Unsere glänzenden Ströme funkelten im fahlen Glanz der Fenster (der Mann, der dort gestanden hatte, war verschwunden) wie eine Batterie Rampenlichter. Tania hatte einmal sechs Monate an einem Gemälde gearbeitet, das sie «Der Garten» genannt und in dem sie versucht hatte, diesen Glanz, dieses merkwürdige Sehnen einzufangen (sie assoziierte es mit dem, was sie «den schlafenden Drachen, die verborgene Kraft der Natur» nannte). Letzten Endes war, sagte sie, eine einigermaßen gelungene Nachahmung einer Illustration aus einem Kinderbuch herausgekommen, das sie als kleines Mädchen besessen hatte.

«He, Earl», lachte Charley, «kennssu den von dem Typ, der seine Frau mit ins Theater nimmt unn inner – haha! – Pause –»

«Üns Tee-ater?»

«Rückt mal, Mädels», sagte Fats, der sich uns anschloß, «ich muß das Bühnenbild hier absegnen!»

«Ja, unn inner Pause mussa pissen, deshalb rasta zum Lokus. Aber irgendwie gehta durch ne falsche Tür und landet innem blöden Garten!» «Ach ja? Huh huh», schnaubte Elstob unter seinem Überbiß. Es gelang ihm immer noch, die Wand zu treffen, aber die Gefahr, daß er ein Loch reinbohrte, bestand nicht mehr, und Fats, der Earls Strom mit seinem kreuzte, sagte: «Tou-schee!»

«Also, der Garten is sehr gepflegt, wißter – so im *französischen* Stil, könnt man sagen –»

«Juhu hü hü», kicherte Earl und schlenkerte Tröpfchen. Lloyd hatte uns verlassen, aber sein Platz wurde beinah auf der Stelle von einem Typ in Kordhose und Tweed-Jackett mit Wildlederflicken auf den Ellbogen eingenommen: «Ist das hier richtig?» fragte er und lächelte entschuldigend mit einer gebogenen Bruyère-Pfeife im Mund. Jemand in den Büschen hinter uns sagte grunzend: «Also – *unk!* – da geht ein bißchen Ewigkeit hin...»

«Unnin sonem feinen Garten, Earl, willa doch nich auf die Lotusse pinkeln oder eklige Pfützen hinterlassen, stimmt's? Also hebta vorsichtig, vorsichtig 'ne Pflanze ausm Topf, läßt laufen, steckt dann die Pflanze wieder rein und – hopp! – auf Zehenspitzen zu seinem Platz –»

«Hört sich an wie der über die Publikums-Katharsis in den tragischen Farcen», bemerkte Jim, der zum Ende kam und ausschüttelte.

«Ja», sagte ich, meinte aber etwas anderes. Alison hatte an dem Abend im Theater eine Bemerkung über Pausen gemacht und ihnen dabei ein Gewicht verliehen, das mich nun bedrückte. «Genau...»

«Das gottverdammte Stück hat bloß schon angefangen, alsa zu seim Platz zurückkommt, –»

«Mein Name ist Gottfried», stellte der Mann sich vor und streckte seine freie Hand aus. Ich wechselte die Hände und nahm seine.

«Ach ja – Sie sind mit Fiona gekommen.»

«Unner beugt sich ssu seiner Alten», dröhnte Charley und beugte sich zu Earl, «unner sagt zu ihr, sagt er («Fiona –?»): ‹He, Mullemaus, wassis bis jetz passiert?›» Was Alison an dem Abend, an dem wir uns kennenlernten, gesagt hatte, während sie mich über ihre zweite Tasse Kaffee hinweg anlächelte, war, daß es im modernen Theater ohne Pause vielleicht keine Katharsis geben könne – und erst viel später fiel mir auf («Ich habe das Gefühl, meine ganze Energie sickert weg», murmelte jemand hinter uns, «und das macht mir ein ganz mystisches Gefühl, als sei ich im Einklang mit dem Universum oder so was...»), daß sie in Wirklichkeit retardierende Momente gemeint hatte... «‹Du mußt es doch wissen, du Doofkopp›, sagt seine Frau», sagte Charley, «ganz in sich zusammengesackt unn wütend wien Bär mit ner Hummel im Arsch: *‹du warst doch dabei!›*»

Earl taumelte unter unkontrolliertem Gepruste zurück, so daß wir uns alle ducken mußten. Gerade da hüpfte Leonard hinter dem Geräteschuppen hervor und fing an, Fotos zu schießen: «Hilfe! Ich bin blind!» jammerte Fats und strudelte senkrecht in die Luft.

«Laß, Leonard, was machst du denn da?»

«Ist das für die Sportseite oder den Kirchenanzeiger?»

«Gott, ich sehe nur noch Pünktchen!»

«Manchmal ist es schwer», seufzte Gottfried neben mir und saugte an seiner herunterhängenden Pfeife, «einfach loszulassen...»

«Für die Todesanzeigen, wahrscheinlich...»

«Gott, ich dachte, diese zwei Clowns seien gegangen, als sie Yvonne weggebracht haben!»

«Yvonne –?» rief Fats («...Und manchmal ist überhaupt nichts dabei...»). *«Wer?»*

«Beeil dich!» flüsterte Alison hinter mir im Vorbeihasten eindringlich. «Ich bin beinah am Ende!» Ich schnappte nach Luft und versuchte, meine vorübergehende Blindheit fortzuzwinkern, aber sie war schon weg, verschwunden wie eine Erscheinung. «Warte!» Dann ging Leonards Blitzlichtfeuer wieder los, und ich sah sie barfuß auf die rückwärtige Veranda zulaufen (wie klein sie aussah!). Sie hielt ihre Strumpfhose wie zur Deckung gepackt, ihre grüne Schärpe flatterte lose hinter ihr her, und Dickie und der Typ in dem breitgestreiften Anzug verfolgten sie – *«He!»* brüllte ich genau in dem Augenblick, in dem Dickie mit einem Zeh in einem Krockettor hängenblieb und der Länge nach in den Schlamm schlug. Leonard verpaßte das, er hatte stattdessen einen verwirrten und verdreckten Howard im Visier, dem Daffie und Anatole die Verandatreppe hinunterhalfen («Uh, sieh dich bloß nicht um!» murmelte jemand hinter mir). Noble, der sich die Eier hielt, folgte ihnen hinaus, und bei jedem Poppen des Blitzlichtes leuchtete sein Glasauge auf. «Ach du Scheiße», fluchte Dickie und wischte vergeblich über die dunklen Flecken auf seiner strahlend weißen Hose, während Alison bei einem verzweifelten Blick zurück gegen Noble krachte, «doch nicht *Scheiße* –!» «Yvonne?» blubberte Fats. «Ich kann's nicht *glauben*!» Leonards Blitzlicht feuerte erneut los (Howard streckte ihm die Zunge heraus, Anatole riß die Hand hoch): Alison, Noble und der Typ im Breitgestreiften waren verschwunden.

«Also, Leute – *schlups!* – gute Verrüchtung!» verkündete Earl Elstob mit einem zähnebleckenden, von sich eingenommenen Grinsen, knöpfte sich wieder zu und spazierte davon. Er ging Richtung Veranda, schien sich aber zu verlaufen und machte statt dessen einen Schwenk zurück in die Büsche hinter uns.

«Wegen uns braucht ihr nicht wegzulaufen, Jungs», verkündete Daffie mit vom Gin schwerer Zunge, als sie und Anatole Howard herüberschleppten und ihn neben uns aufstellten (Fats war gerade weinend davongestürzt: *«Bren! Mein Gott, Bren! Es ist Yvonne! Sie haben unsere Yvonne mitgenommen...!»* und Jim zog sich den Reißverschluß hoch). «Da drin läuft sowieso nichts außer 'ner gottverdammten Beerdigung.»

«Hier draußen iss aba ziemich viel los», bemerkte Charley und schüttelte sein Glied aus. «Na ja, wie auch imma, ich bin im Dunkeln nich schwer ssu finden...»

«Beerdigung?»

«...Taste einfach rum, es iss nicht schwer...»

«Ja, für Ros. Irr, Geister-Festival, so nennen sie's, reden mit den Geistern – sie sind ganz aus dem Häuschen.» Sie öffnete Howard die Hose und fischte darin herum. Sie hatte Mühe, sich auf den Beinen zu halten. In den Büschen schrie jemand auf, Elstob kicherte albern, es folgte ein Plumps, Earl tauchte zusammengekrümmt wieder auf und machte sich erneut auf den Weg zur rückwärtigen Veranda. «Gott, Howard, wo *ist* das verdammte Ding –?»

«Kann ich helfen?» bot Jim an.

«Kann ich *selbst*!» rief Howard aus, aber es war die pure Prahlerei, er war hilflos. Aus dem Schlafzimmer oben erklang Gekreisch und Gelächter, zum großen Teil übertönt vom Gekreisch und Gelächter hinter uns, als Leonards Blitzlicht in den Büschen aufflammte.

«Übrigens, Ger, der Typ mit dem Nubbelgummi überm Kinn

sagt, er will dir was erzählen. He – nein! Stop, Howard! *Warte, bis ich ihn draußen habe!*»

«Cyril?»

«Er will dir wahrscheinlich das mit der Leiche im Keller erzählen», sagte Jim. «Bist du soweit, Charley?»

«Leiche? Was für 'ne Leiche –?!»

«Gottverdammt noch mal, Howard... jetzt schau mal, was du getan hast...»

«Unten im Fitness-Raum, meinst du», sagte Dolph, der sich uns anschloß, als Gottfried davonschlenderte («Wofür hatta Typ 'n Tonbandgerät?» fragte Charley), und zielte seinen Strahl in eine Schubkarre neben dem Geräteschuppen. «Darüber habe ich mich auch gewundert. Ich sah die Füße hinter dem Pingpongtisch hervorspitzen, aber ich habe nicht näher hingesehen – dachte, ich würde stören.»

«Besser so», sagte Jim. «Es war kein schöner Anblick.»

«Ich glaube, er ist Soziologe...»

«Was sagst du da – *im Fitness-Raum –?*»

«Stimmt. Der Dart ist in den Hinterkopf eingedrungen und hat das Mark durchbohrt. Das garantiert einen ziemlich jämmerlichen und unappetitlichen Tod, fürchte ich. Wahrscheinlich bloß ein Unfall, aber –»

«Aber – meine Frau war – !»

«Mit deiner Frau ist alles in Ordnung», versicherte Dolph mir. «Sie ist in der Küche. Die Bullen sind, äh, bei ihr...»

«Arschlöcher!» murmelte Anatole verhalten, als ich davoneilte (Sie hatte versucht, mir etwas über ein Verhör zu erzählen, fiel mir jetzt ein, und ich hatte nicht zugehört), und Howard jaulte: «Meine Hose ist ganz naß!»

«Klar, Howard – was erwartest du denn?»

An der Treppe fiel mir etwas Glitzerndes im Gras ins Auge, ein kleiner Lichtring: Ah, sie hat ihn wieder fallengelassen, dachte ich, als ich mich bückte, um ihn aufzuheben, diesmal extra für mich vielleicht. Ich lächelte. Oder hatte Noble –? Jemand schrie auf: Ich dachte, es wäre vielleicht Alison oder meine Frau, und stürzte weiter (der Schweinehund! dachte ich, ohne jemand Bestimmtes zu meinen), doch an der Küchentür versperrte mir ein Mann den Weg. «Entschuldigung –!»

«Meine Frau», sagte der Mann eisern. Es war Alisons Mann. Er stand unerschütterlich in der offenen Tür, gegen das Licht aus der Küche abgehoben (ja, meine Frau war dort drinnen, ich sah sie und die beiden Polizisten auch, beide wirkten erhitzt und verschwitzt, ihre Kleider zerwühlt, Fred immer noch mit seiner unförmigen Nackenstütze, Bob mit loser Krawatte), eine Hand in der Jackentasche, in der anderen den geschnitzten Kopf seiner Meerschaum-Pfeife. «Wo ist sie?»

«Weiß ich nicht», keuchte ich. «Drinnen irgendwo, glaube ich, ich war bloß –»

«Nein.»

Ich konnte sein Gesicht überhaupt nicht sehen, und das ließ seine Stimme kalt, kompromißlos, erschreckend seelenlos klingen. Es war wichtig, daß ich zu meiner Frau kam («Wir zapfen besser auch ein bißchen Blut ab, Fred», murmelte der große Bulle, und Fred, der mit ein paar Flaschenzügen über dem Schlachterblock kämpfte, nickte steif), aber ich war nicht so blöd zu versuchen, mich an ihm vorbeizudrängen.

«Sie sind zusammen hier rausgekommen.»

«Ja, wir, äh, haben uns zufällig getroffen – aber dann sind wir natürlich auseinandergegangen –»

«Sie haben ihre Brüste berührt –»

«Nein –»

«Und andere Körperteile.» Es war wie ein Sprechgesang, eine Darbietung, distanziert, mechanisch, drohend. Und absolut (dachte ich, davon ernüchtert) wahnsinnig.

«Hören Sie, Sie haben alles mißverstanden», versuchte ich zu erklären, «das ist nur eine Party –»

«Ja, ich kenne mich aus mit Parties.» Hinter mir konnte ich Charley schwerfällig die Stufen heraufklettern hören, von Dolph und Jim assistiert. «Sie haben sie hier rausgebracht – was haben Sie jetzt mit ihr angestellt?»

«Ich habe Ihnen doch gesagt –»

«Haben Sie sie vergewaltigt?»

«Nein –!»

«Vergewaltigt, wer?» schnaufte Charley hinter meiner Schulter.

«Wen», korrigierte Dolph.

«Ich kann sie an Ihnen riechen», sagte Alisons Mann.

«Können wir *alle*», sagte Dolph. «Schlimmer als ein Misthaufen. Über den Geschmack mancher Leute läßt sich wirklich streiten!»

«Sagt ma», polterte Charley liebenswürdig, «da wir grad davon sprechen, kennt ihr den vonnen sswei Schauspielern inner hintersten Provinz, die das vordere und hintere Ende 'ner Kuh spielen ?»

«Sind Sie in sie verliebt?»

«Was?»

«Sie wern vonner verdammten Bühne gejagt, verstehta, und – haha! – getrennt –»

«Ich habe Sie gefragt –»

«Komm schon, Charley», sagte Dolph und führte ihn weg. «Ich glaube, Ger kriegt den Knalleffekt auch ohne unsere Hilfe mit.»

«Schon gut, schon gut», seufzte Charley. Er humpelte. «Puh! Iss mir elend! Wo gibt's wassu saufen? Ich glaub, ich hab ssuviel Blut im Alkoholkreislauf!»

«Sehr komisch», sagte Jim und bewahrte Charley davor, in Alisons Mann zu stolpern, «aber in Wahrheit hast du genug.» Ich machte Anstalten, ihnen zu folgen, aber der Raum, durch den sie sich bewegten, schien sich hinter ihnen zu schließen. «Du solltest es gelassener angehen. Es ist langsames Gift, das weißt du.»

«Okay, Jim, ich binnich in Eile...»

«Ich habe gefragt, ob Sie in sie verliebt sind.»

Seine Silhouette, die für einen Augenblick im breiteren Schemen der anderen aufgegangen war, trat jetzt wieder scharf hervor, als das Licht hinter ihm den Rahmen füllte. Als würde er es abschleifen, dachte ich. «Meinen Sie nicht, daß Sie, nun ja, Ihrer Einbildung –?»

«Glauben Sie mir, ich weiß, was es heißt, ein Opfer der Liebe zu sein.» Die ganze Zeit über hatten wir uns nicht gerührt. Noch nicht einmal, als Charley und die anderen sich an ihm vorbeigedrückt hatten (sie redeten jetzt drinnen mit meiner Frau und dem kleinen Bullen, Charley schüttelte seinen großen Kopf und sagte etwas von älter oder kälter werden, Jim untersuchte ein kleines

Werkzeug, das Bob benutzte) – er hätte eine mit einer Tonbandbotschaft an der Küchentür aufgestellte Pappfigur sein können. Er seufzte. «Es ist eine Art Wahnsinn...»

«Also, ja – ich weiß nicht, was Sie sahen oder meinten zu sehen, aber in Wirklichkeit –»

«Ich weiß, das Fluidum daran ist, was mich am meisten beunruhigt. Wie es alles verdreht, daß man sich nicht mehr auf seinen gesunden Verstand verlassen kann. Es ist wie ein starkes Rauschmittel, das unsere konventionelle Realität in etwas Ungeheuerliches und Gefährliches verwandelt – ich habe immer das Gefühl, es öffne sich ein Loch im Universum, und ich würde hineingestürzt. Empfinden Sie das auch so?»

«Also, na ja, etwas in der Art...» Ich mochte solche Unterhaltungen nicht und fühlte mich zu Unrecht ausgesondert. «Aber ehrlich, was Alison – Ihre Frau – betrifft –»

«Unmenschlich. Absolut amoralisch. Atavistisch. Aber transzendent. Manchmal frage ich, ob auch die Atome das fühlen, wenn sie zu Molekülen zusammengezogen werden – oder Sterne, wenn sie bersten und in sich zusammenstürzen...»

Hinter mir hörte ich Wilma sich mit jemandem auf der Treppe unterhalten. Sie beschwerte sich darüber, wie ungemütlich nasse Strumpfgürtel waren. Woody und Cynthia kamen heraus, immer noch in Unterwäsche, und Woody, der die Lage schnell erfaßte, nickte über seine Schulter zurück und sagte: «Deine Frau braucht dich, Gerry, du machst besser mal, daß du reinkommst.» «Ich weiß...» Fred befestigte etwas an ihrem Fußgelenk; Bob stand mit einem Glas Dijon-Senf in der Hand daneben.

«Ganz gewiß hat sie nichts mit der Ehe zu tun – das weiß ich, man kann sie nicht zähmen, man kann sie nicht institutionalisieren – ihre rohe Kraft durchbricht einfach alles.» Zum erstenmal bewegte er sich: Er steckte seine Pfeife – eine bleiche schwebende Erscheinung zwischen uns – in den Mund, zog einmal daran und nahm sie wieder heraus. Ich wußte nicht, ob ich das als Ermutigung auffassen sollte oder nicht.

«Hören Sie, ich weiß, was Sie sagen wollen, und Ihre Frau ist natürlich sehr attraktiv, aber –»

«Ich dachte anfangs, die Ehe wäre ein Weg, sie zu isolieren, sie zu bewahren, ihr Zeit und Raum zu geben, damit ich wenigstens den Rest meines Lebens in den Griff bekommen könnte – aber ich habe mich geirrt...»

Hinter mir drückte Wilma Woody ihr Beileid aus. «Sie war so *tapfer*!» «Ja, ich weiß.» Ich war natürlich schon mit Situationen wie diesen konfrontiert gewesen. Zu oft vielleicht. Immer gab es Mißverständnisse... «Ich wäre einfach zusammengebrochen!» «Wir alle müssen uns arrangieren. Sag, wo ist der beste Platz?» «Also, *nicht* da, wo ich war!» Das Wichtige war, sie am Reden zu halten. «Ihr könntet es dahinten an der Schaukel versuchen.»

«Ich wußte es die ganze Zeit, vermute ich, aber es dämmerte mir schließlich gerade heute abend, als ich Sie und Alison beobachtete...»

«Hallo, Gerry, bißchen frische Luft schnappen?»

«Eigentlich, Wilma, war ich bloß –»

«Sag mal, das ist ja ein irres Hemd! Vielleicht könnte ich Talbot so eins kaufen – nicht, daß es ihm so gut stehen würde wie dir! Übrigens, kennst du Pegs Schwester Teresa?»

«Nein.» Es war die Frau im gelben Kleid. «Aber –»

«Sehr erfreut!»

«In der Art, wie Sie einander ansahen, lag eine Art Ehrfurcht, eine Art Elektrizität – besonders als Sie sie unter der Strumpfhose streichelten...»

«Wer?» fragte Wilma.

«Niemand», sagte ich. Vielleicht, wenn ich mich bei den beiden einhängte, mich zwischen sie zwängte... «Es ist eine... Geschichte...»

«Oh, ich *mag* Geschichten», sprudelte Teresa hervor. «Und ich mag *Parties*!»

«Und dann später, als sie sich hinkniete, um Ihr Glied in den Mund zu nehmen –»

«Das ist nicht, was –»

«Es war wie eine Offenbarung...»

«Manche haben den Spaß gepachtet», sagte Wilma und tupfte an ihrem Haar herum. «Wenn ich mich hinkniete, würde ich bloß mein Korsett sprengen.»

«... Wie das Ende von etwas, der Unschuld beispielsweise – und zuerst wußte ich gar nichts damit anzufangen...»

«Und ist das Ihre Frau dort drinnen auf dem Schlachtblock?»
«Ja, um die Wahrheit zu sagen, ich wollte gerade –»
«Komm, Teresa», sagte Wilma. «Ich stelle dich vor.»
«Mir fiel vieles ein, was ich tun konnte – zumeist Gewalttätiges ...» Sie waren weg, ich war wieder allein mit ihm, die Chance vertan – beinah, als hätte ich sie nie gehabt. Hinter mir, in der Nähe der Veranda, hörte ich leises Gemurmel, etwas von wegen grausigem Ort. Oder Mord. Das Wort «gewalttätig» hing mir nach – es schien eine neue Spannung in seiner Stimme, eine geringfügig höhere Tonlage hervorgerufen zu haben. «Das Schlimmste, erkannte ich, war nicht die Art, wie Sie mit ihren Geschlechtsteilen spielten – letzten Endes bloß ein flüchtiges Verlangen, das machen wir alle durch –, sondern eher die merkwürdige Beziehung zwischen Ihnen, jene merkwürdig intensive *Seelenverwandtschaft*, die da zu bestehen scheint. Das habe ich schon an dem Abend gespürt, an dem wir uns im Theater trafen. Wenn Sie miteinander sprachen, war es, als habe sich die Geographie der Welt verschoben und sie an einen Ort versetzt, den ich nicht erreichen konnte.»
Er war vollkommen verrückt, das war offensichtlich. Mir war klar, daß es gefährlich war, ihn zu ignorieren – sogar unmöglich («Komm, Teresa», sagte Wilma in der Küche, «da mischt man sich am besten nicht ein ...») – aber man konnte auch nicht vernünftig mit ihm reden. «Also gut», sagte ich («Also, was ich meine», argumentierte Teresa – alles, was ich von meiner Frau sehen konnte, waren ihre Füße über Teresas Kopf –, während Bob stirnrunzelnd ein Messer durch unseren elektrischen Schleifer zog, «ist, daß es mir blöde erscheint, so vorzugehen!»), «was wollen Sie von mir?»
«Ich hasse diese destruktiven Gefühle. Sie stehen meinem Lebenswerk vollkommen entgegen. Ich möchte, daß Sie mir helfen, mich davon zu befreien.» Ich war mir nicht sicher, was er meinte, aber es klang nicht gut. In der Küche beugte sich Pegs Schwester Teresa über meine Frau und sagte: «Jedenfalls freue ich mich sehr, Sie kennenzulernen! Es ist eine wunderbare Party!» Die Antwort meiner Frau, wenn sie denn eine gab, konnte ich nicht hören, aber ich dachte, daß Vic vielleicht recht hatte, diese Parties waren möglicherweise ein Fehler. Vielleicht

sollten wir statt dessen mehr reisen oder uns ein Hobby zulegen... «Ich möchte, daß Sie Alison geben, was sie will», sagte ihr Mann. «Oder zu wollen glaubt...»

«Aber ich –»

«Unter einer Bedingung.» Ich ging auf die Hacken zurück. Er hatte mich zunächst verblüfft, aber nun wußte ich, woran ich war. Es gab immer eine Bedingung... «Ich möchte, daß Sie mich über das Theater belehren», sagte er.

«Ich verstehe...» Ich hatte natürlich recht gehabt, aber nicht, wie ich es mir vorgestellt hatte. «Das Theater, sagen Sie.» Ros, erinnerte ich mich, hatte einmal, als sie mich lutschte, einen Augenblick innegehalten, aufgesehen und mich gebeten («Es muß 'ne leichtere Art geben, sich sein Brot zu verdienen», beschwerte Fred sich in der Küche, als er sich mit einem Geschirrtuch über die erglühte Stirn wischte), sie über die Ehe zu belehren, und ich hatte mich damals wie heute überfordert gefühlt. «Das ist... das ist ein kompliziertes Thema.»

«Ich möchte meinen Weg zu ihr zurückfinden», sagte er schlicht. «Und irgendwie habe ich das Gefühl, das ist der Schlüssel zu allem.» Er hatte sich leicht gedreht, und Licht von der Küche fiel nun auf eine Hälfte seines Gesichts. Ich konnte die Sorge und Erschöpfung in seinen Augen sehen, während er mich betrachtete. «Aus dem, was ich über Sie gehört habe», fügte er hinzu und trat beiseite, um mich eintreten zu lassen, «kann ich wohl schließen, daß Sie mir helfen werden.»

Als ich über die Schwelle trat, kam es mir vor, als sei ein Zeitalter vergangen, seit ich sie in der anderen Richtung überschritten hatte, und aus irgendeinem Grund fiel mir der Satz ein, den Tania so gern gemocht und in mehreren ihrer Gemälde verborgen hatte – in «Rechtgläubigkeit» zum Beispiel und in (oder auf) «Gullivers Petermann»: *«Was draußen war, ist drinnen, drinnen, draußen.»* «Also, Madame, versuchen Sie doch mal, uns ein bißchen mehr zu helfen, wenn Sie können», sagte Fred, damit mehr oder minder ein Echo von Alisons Mann (ich fühlte ihn dicht hinter mir wie einen Unparteiischen, einen Schiedsrichter), und ich dachte: Tania hatte recht, alles – selbst zum Pinkeln in den Garten zu gehen – war voller Geheimnisse. «Ich würde ungern das altbekannte Knallbonbon ins Spiel bringen...»

«Einen Augenblick», protestierte ich. «Das ist wirklich nicht nötig. Meine Frau hat nichts mit –»

«Ist schon gut, Gerald», sagte sie schwach und verrenkte den Kopf unter der gleißenden Neonlampe. «Es ist nur eine Routine –»

«Stimmt, also weiter mit Ihnen, Freund –»

«Aber ich sage Ihnen, Sie verschwenden Ihre Zeit! Sie weiß nichts!»

«Sie weiß mehr, als Sie glauben, mein Herr», sagte Bob und zog die Gummihandschuhe vom Spülbecken an. Meine Frau flüsterte: «Dein Hosenschlitz steht offen, Gerald.»

«Ach! Entschuldigung...»

«Was ist das... da in deiner Hand?»

«Was –? Ach, nichts...» Ich hatte es beinah vergessen. Mir wurde klar, daß ich es die ganze Zeit während meiner Begegnung mit Alisons Mann, der sich nun vorbeugte, um zu sehen, was es war, wie einen Talisman zwischen den Fingern gerieben haben mußte. «Bloß etwas, was ich, äh, draußen gefunden habe –»

«Sieht aus wie ein Knopf von mir», sagte Fred. Wir sahen alle hin: es war tatsächlich einer. Er untersuchte seine Jacke, die an seinem blutbefleckten Bauch immer noch aufklaffte. «Ja, da. Muß abgegangen sein, als ich versucht habe, mich draußen im Dunkeln zuzuknöpfen...»

«Draußen...?» fragte meine Frau kraftlos, ihr Gesicht aufgedunsen. Bob hielt einen feuchten Streifen Lackmus-Papier ans Licht. «Ist mit meinen... Blumen alles in Ordnung?»

«Na ja...»

«Ich stehe wohl in Ihrer Schuld», gestand Fred und steckte den Knopf ein. Alisons Mann hatte sich zurückgezogen, aber ich konnte noch immer seine Pfeife riechen (ich dachte an verborgene Schätze, an etwas, was eine Frau mir einmal irgendwo in einer Katakombe gesagt hatte: «All diese Knochen – wie vergrabene Perlen, getrockneter Samen...» – was war bloß aus dieser Frau geworden?), ihr Aroma hing wie ein leichter Zweifel in der Luft. «Der Alte würde einen Höllenkrach schlagen, wenn ich ihn verloren hätte!»

«Sie könnten anfangen», schlug ich vor, «indem Sie sie herunterlassen.»

Fred zögerte und warf seinem Partner einen Blick zu. Bob zuckte die Achseln, nickte: Fred lockerte die Seile und ließ sie vorsichtig herab, obwohl er ihre Beine noch in den Fesseln beließ, zehn Zentimeter oder so über dem Tisch. Meine Frau wirkte sehr erleichtert und wechselte einen zärtlichen Blick mit mir. Wie müde sie aussah! «Es sind noch mehr Leute gekommen», sagte sie mit einem schmerzlichen Seufzer.

«Ja.» Ich konnte sie im Nebenzimmer klagen hören. «Ros' Freunde größtenteils.» Das Blut, das ihr vorher in den Kopf geschossen war, floß nun ab, die alte Blässe kehrte zurück und ließ die blauen Flecken dort noch dunkler aussehen. Vielleicht war es auch bloß das kalte Licht der Neonlampe. «Hör mal, Liebes, wenn das alles vorbei ist, nehmen wir uns ein paar Tage frei und machen einen altmodischen Urlaub – wir können irgendwo hinfahren, irgendwohin, wo die Sonne scheint – sogar Mrs. Draper hat gesagt...« Sie lächelte matt.

«Klingt gut», sagte Fred, der eine Lampe mit einer merkwürdig geformten Birne aufstellte («Ultraviolett», setzte er hinzu, als er mich starren sah: «gewisse, äh, Substanzen fluoreszieren gewöhnlich...»), während sein Partner mit irgendeiner kleinen Gummiröhre herumhantierte.

Eileen kam wegen Eis: «Für Vic», sagte sie. Die Prellungen in ihrem Gesicht verliehen ihr ein zugleich schmachtendes und verstocktes Aussehen. «Er ist gerade unten im Fitness-Raum gewesen, er *braucht* was zu trinken.»

«Der Schweinehund», murmelte Fred und faßte an seine Nakkenstütze. Bob grunzte: «Keine Sorge, Kumpel. Den kriegen wir noch.»

«Bist du oben gewesen, um... Tania zu sehen?» fragte meine Frau, wie um das Thema zu wechseln.

Es war merkwürdig. Als ich anfing zu sprechen, fühlte ich, wie alles, was an dem Abend passiert war, hinter mir heranwogte, um meiner Antwort Nahrung zu geben – und dann, noch ehe ich die Worte herausbekam, versickerte es... «Noch... nicht –»

«Es ist, als ob... sie versuchte..., das Feuer zu löschen»,

fügte sie hinzu. Ich hatte das Gefühl, als bliebe etwas unvollendet, wie ein unterbrochener Nieser. Als hätte ich mich (*«Aua!»* schrie sie zusammenzuckend, und ich spürte, wie meine Augen sich vor Mitleid verdrehten) die ganze Nacht darauf vorbereitet, etwas zu tun – und dann vergessen, was es war. Meine Frau schloß für einen Augenblick die Augen, während Bob seinen Mund um ein Ende der Röhre legte. «Es muß den ganzen Abend – *tzzz!* – angedauert haben. Ich weiß nicht, warum ich... nicht gemerkt...»

«Nun, wir alle sehen nur, was wir sehen wollen...»

«Vielleicht hatte sie einfach keine Lust mehr zu warten», sagte Eileen angeödet.

«Ich... ich habe das Wasser... aus der Wanne gelassen...» Ihre fest zusammengeballten Knöchel waren weiß wie poliertes Salz. Eileen war gegangen. «Wenn du raufgehst, Gerald...», setzte sie hinzu, schnappte dann nach Luft und hielt einen Augenblick den Atem an, «könntest du – *oh!*... nach Mark sehen? Er... kann anscheinend nicht zur Ruhe kommen.»

«Natürlich...» Iris Draper schob mit Michelle durch die Eßzimmertür herein, die Sprechgesänge von drüben schwollen vorübergehend an. Sie schienen dort drinnen um den Tisch zu marschieren. «Es war am selben Tag», sagte Michelle gerade, «an dem Roger den Traum von der buckeligen Alten mit den Schubladen voll Gold hatte.» «War das ein Traum?»

«Er hat Louise einen Wasserbeutel auf den Kopf fallen lassen. Es...» Sie rang nach Luft. Ich starrte auf die kahle Stelle oben auf Bobs Kopf und dachte an des Inspektors Haltung zur Zeit und dem, was er – wie hatte er es noch mal ausgedrückt? – die trügerische Gegenwart nannte...

«Ja, und anscheinend machte Ros dann, verstehen Sie, einfach die Tür auf und trat heraus.»

«Es... hat sie zum Weinen gebracht...»

«Also wirklich!» rief Iris aus, als sie nach draußen traten. «Es hätte sie umbringen können!»

...Die mysteriöse Ausdehnung zur Zukünftigkeit...

«Also, sie war auf einem Trip oder so was...»

«Vielleicht führt letzten Endes jede Nachgiebigkeit gegenüber sich selber zur Tragödie», murmelte Alisons Mann hinter meiner Schulter. Fred suchte eine Steckdose. «Wir müssen ein Verlängerungskabel haben», brummte er, und Bob, der sich eine kleine Flasche von nahem anguckte, wischte sich über den Mund und grunzte. «Aber andererseits wiederum, was tut nicht...?»

«Es war so traurig. Früher, da bin ich mir sicher... hätte sie gelacht.» Sie schlug die Augen wieder auf. Es standen Tränen darin. «Erinnerst du dich an das volle, frohe Lachen, das Louise immer hatte...?»

«Das ist schon lange her.»

«Ich glaube nicht, daß Sie hierbei zuschauen wollen», sagte Fred beim Kabelaufwickeln. «Wir geben Ihnen Bescheid –»

«Nein, ich gehe nicht», beharrte ich, aber genau in dem Augenblick kam Alison durch die Hintertür herein, barfuß, das Kleid aufgeknöpft, das Haar lose, die Augen von der Dunkelheit geweitet. Sie warf mir einen Blick zu voller – Liebe? Verrat? Verlangen? Furcht? («Und Dolph war so komisch», sagte meine Frau, «wir hatten damals... immer so viel Spaß...») – dann tappte sie eilig ins Eßzimmer weiter. Noble und der Mann im breitgestreiften Anzug polterten mit heraushängenden Hemdenschößen hinter ihr herein. «Wo ist sie hin?» lachten sie.

«Sie müssen sich beeilen!» flüsterte Alisons Mann, einwandfrei erschüttert (das hatten wir gemein), und meine Frau streckte eine Hand aus, um die meine zu berühren. «Ja, Gerald», seufzte sie, «es ist schon gut... du könntest gebraucht werden...»

«Ich – ich suche den Inspektor!» erklärte ich (Nobel hatte, als er sich durch die Eßzimmertür quetschte, mit einem einäugigen dreckigen Grinsen zurückgeschaut, einen Streifen Rot über eine Wange, Alisons grüne Strumpfhose wie das Cape eines Superhelden um den dicken Hals gebunden). «Der wird dem ein Ende setzen!»

«Na, na», ermahnte Fred und linste mich über seine Nackenstütze an (ich war schon an der Tür), «nicht doch...!»

«Warte, Gerald!» rief meine Frau kraftlos. «Beinah hätte ich vergessen...!» Vielleicht, dachte ich, sollte ich dem Inspektor etwas von Noble, der Haarbürste und all dem erzählen – er ist zu allem fähig. «Ich habe ein paar Nachos gemacht. Sie sind... auf einem Kuchenblech im Ofen... könntest du...?»

«Nachos! Aber –?!»

«Sind das die, die Sie suchen?» fragte Steve der Klempner und polterte mit einer Sammlung kleiner Zangen mit roten Griffen in den schwieligen Händen hinter mir herein. Bob setzte eine Dose Haarspray ab und sagte: «Genau.»

«Bitte, Gerald... sie sind schon... zu lange drin!»

«Ich habe die Dichtungsringe an den Wasserhähnen unten gewechselt und die Trommel Ihres Trockners neu eingestellt», sagte Steve auf dem Weg zum unteren Ende des Tisches, «aber an dem Abort oben konnte ich noch nichts machen.»

«Bitte...»

Aus diesem Winkel konnte ich das Gesicht meiner Frau nicht sehen – Fred und Steve zwischen ihren Beinen versperrten mir den Blick –, aber ich wußte, daß sie den Tränen nahe sein mußte. Ich eilte zum Herd, zwängte meine Hände ungeduldig in die Topfhandschuhe (Alisons Mann kaute wieder auf seinem Bart) und öffnete die Ofentür. «Du lieber Gott!» rief ich, als ich das Blech mit Nachos herauszog. «Hier ist ein *Truthahn drin*!»

«Ja... aus dem Gefrierschrank», keuchte sie. Steve sah auf und sagte: «Ich habe meinen Partner angerufen. Er bringt die Werkzeuge, die wir fürs Scheißhaus brauchen.» «Er könnte noch... zwanzig Minuten oder so brauchen...»

«Aber –!»

«Keine Sorge, wir behalten die Uhr im Auge», beruhigte Fred mich und öffnete mir die Tür zum Eßzimmer, anscheinend begierig, mich loszuwerden. Ich hörte immer noch die Sprechgesänge, aber weiter entfernt, von Schweigepausen unterbrochen: Sie waren in einen anderen Teil des Hauses gezogen. «Und gehen Sie dem Inspektor nicht auf die Nerven», setzte er hinzu, schnappte sich ein paar heiße Nachos, jonglierte sie in den Händen (Steve sah genau zu, wie der große Bulle den Staubsauger anschloß und mit dem Schlauch auf meine Frau zuhumpelte) und warf sich dann einen ein. «Er hat im Augenblick viel im Kopf.»

SEINE WARNUNG ERSCHIEN MIR beinahe wie eine Herausforderung, eine Provokation, und als ich das Tablett mit Nachos ins Eßzimmer trug (Dolph stand am Tisch und kratzte die Überreste einer Schüssel Moussaka aus, Dickie zündete sich an einer Kerze einen Joint an), dachte ich: Eins steht fest, ich muß auf der Stelle Pardew von Angesicht zu Angesicht konfrontieren. Hatte ich diese Entscheidung nicht tatsächlich schon getroffen, ehe ich von draußen hereingekommen war? «Dolph, kannst du die Schüssel rüberrücken, damit ich die Warmhalteplatte nehmen kann?»

«He, Nachos! Deine Frau hat sich endlich an uns Biertrinker erinnert!»

Auf der anderen Seite des Zimmers reckte Mavis, umgeben von einem versprengten Häufchen, das sich für Quaggs Beerdigungsparade im Nebenzimmer nicht interessierte, die Arme hoch, die Handflächen nach außen, als presse sie sie gegen eine unsichtbare Wand: Ich konnte das nachempfinden. «Und das ist Koriander, durch den sie da latscht, wenn ich mich nicht irre, und das da ist gemeiner Kalmus», sagte Iris Draper in der Nähe. Sie identifizierte die Pflanzen auf Tanias Bild für Eileen, die gegen eine Wand gelehnt stand und kurzatmig ins Leere starrte. «Und das sieht wie Brustbeerbäume aus, die die Altvorderen mit etwas anderem verwechselten, und das ist meines Erachtens Sandelholz...» Zwischen ihnen goß sich Vic, der mitgenommen und wackelig, aber immer noch kräftig aussah, noch was zu trinken ein. «Sieht aus, als seist du ganz schön tief ins nasse Gras getreten, Gerry», bemerkte Dolph, einen halb zerkauten Nacho im Mund. «Bis zum halben Hosenbein...»

«Ein Scheiß-Durcheinander», stimmte Dickie zu, tat schnell einen Zug an seinem Joint und reichte ihn mir: Ich streifte die Topfhandschuhe ab und tat es ihm gleich («Ich frage mich, ob das alles Sinn macht...?» sinnierte Iris, und Vic grunzte: «Die Frage ist, was will sie damit verkaufen?»). Ich sog den süßen Rauch tief in meine Lungen, wie um, hatte ich das Gefühl, eine Wende zu markieren, die Vollendung oder den Beginn von etwas, was vielleicht noch nicht ganz gegenwärtig, aber greifbar war... «Deine Parties haben keinen Stil mehr, Ger («Das ist keine sehr großzügige Haltung zur Kunst», meinte Iris, über ihre Brille spähend), es gibt zu viel Scheiße und Blut.»

«Vielleicht wirst du einfach erwachsen», knurrte Vic und drehte sich langsam um sich selbst. «So unwahrscheinlich mir das auch vorkommt.» Ich erhaschte einen Blick auf Ros, die, Arme und Beine in Plastiktüten verborgen, auf einer Art Bahre herumgetragen wurde. Sie war aus einem unserer Wohnzimmerstores gemacht, der an den Ecken um drei Krockethämmer und einen Golfschläger (er sah aus wie ein Nr. 5-Eisen) geknotet war. Sie wurde hochgehalten, während Hoo-Sin in ihrem Kimono mit geschlossenen Augen und rhythmisch wehklagend darunter herumwirbelte. «Ritualisiertes Leben braucht ritualisierte Formen der Freisetzung. Parties wurden schließlich von Priestern erfunden – letzten Endes auch nur ein Macht-Trick.»

«Nicht für mich, alter Junge», sagte Dickie mit einem kalten Lächeln und nahm den Joint zurück. «Für mich sind sie wie ein Puzzle – ich denke jedesmal, ich finde genau das kleine Stück, das mir fehlt.» Vic biß die Zähne zusammen – Dickie wandte sich zu mir und zwinkerte mir zu, blickte dann über die Schulter zurück ins Wohnzimmer und sah, was ich auch sah: Alison unter den Trauernden. Sie sah ängstlich aus, umzingelt von Noble und dem Typ in dem breitgestreiften Anzug und ein paar von Zack Quaggs Truppe – Vachel dem Zwerg, dem Schauspieler, der den Holzsoldaten gespielt hatte, und Hilario, dem panamesischen Steptänzer – «Da wir gerade davon reden», murmelte Dickie («Bitte, Vic», flüsterte Eileen) und entfernte sich, mit der Hand wieder einmal über seine kahle Stelle streichelnd. «Wie so viele offene Türen, durch die man nicht treten kann», meinte ich Mavis sagen zu hören, gerade als Dolph, der sich nun mit beiden Händen kratzte, sagte: «Der Oberbulle ist im Fernsehzimmer, Gerry, wenn du den suchst.»

«Ja...» Ich hatte sie aus den Augen verloren. Fats tanzte im Vorderzimmer um Hoo-Sin herum, die jetzt auf den Knien lag und ekstatisch stöhnend ihren Rumpf kreisen ließ, während ein Typ mit einer Kamera sie umkreiste und alles auf Video aufnahm. Ros hatten sie auf den Boden gelegt, und Hoo-Sin fegte mit ihrem langen glänzenden Haar über die Leiche, hin und her, hin und her, während sie eintönige Klagelaute durch die Nase ausstieß und die anderen sangen und klatschten oder auf Wände und Möbel einhieben. Hilario schlug auf ein Tamburin, Vachel klapperte mit Löffeln, Fats tanzte, die Augen geschlossen, die Zähne lächelnd gebleckt. Sein schwerer Körper hüpfte über den anderen durchs Zimmer, als würde er von den Rhythmen getragen.

WÄHREND QUAGG, der Regie über die Kameramannschaft führte, Lampen umherschob, Kamerapositionen zuwies und gleichzeitig die anderen zu einem Kreis um Ros zusammenzog, stürzte Regina in die Mitte, Augen und Hände wie im Gebet erhoben. Sie rief Ros' Namen in einem dumpfen Bühnenwispern, und die anderen nahmen ihn wie in einem Gesang auf. Alison (ich sah sie jetzt) machte eine Bewegung in meine Richtung, aber Quagg hielt sie fest und führte sie zurück in den Kreis, in eine Lücke zwischen Dickie und den Holzsoldaten. Ich versuchte ihren Blick aufzufangen, aber sie spähte ängstlich hinter sich, wo Noble und Talbot, der zwischen seinen Beinen herumgrub, als suche er den Schalter, sich an sie drängten.

Dann erschien wie aus dem Nichts Malcolm Mee in seiner zerlumpten Jeans und dem gestreiften Seemannshemd: Er kniete sich feierlich neben Ros' Leiche, beugte sich steif vor und legte den Kopf auf ihre Brust. Als er sich wieder aufrichtete, tropfte ihm zwischen den Augen frisches Blut von der Stirn. Regina stieß einen Schrei aus und fiel mit verdrehten Augen zu Boden, (ich hatte sie das als «Tendresse» im *Liebeslexikon* tun sehen), Fats blieb stehen, die Musik brach ab. «Ros!» flüsterte Fats, und die anderen stimmten ihren Gesang hauchzart wieder an, als atmeten sie gemeinsam tief ein.

«Was soll das alles?» fragte Alisons Mann, der unbemerkt neben mich getreten war, aber Quagg zeigte auf die Kamera und machte ärgerlich Sschsch.

Aller Augen hingen an Mee, der noch mit durchgebogenem Rücken neben Ros kniete und wie in Trance zur Decke starrte. Seine Hose schien sich von selbst geöffnet zu haben, und nun kroch wie ein Wurm sein Penis heraus, sah erst in die eine, dann in die andere Richtung und richtete sich schließlich im Licht auf wie eine Blume in der Sonne. Schweres Atmen mischte sich mit dem geflüsterten Sprechgesang von *«Ros! Ros! Ros!»* Mees Augen schlossen sich, und seine Lippen zogen sich wie unter Schmerzen zurück. Der Kopf seines Penis begann sich wie ein

Kolben unter der Vorhaut zu bewegen, tauchte immer schneller auf und weg – oder vielleicht bewegte sich die Vorhaut. «Guckt mal!» ächzte jemand. «Es wird naß!» Es stimmte: die Eichel glitzerte jetzt wie mit Schweiß überzogen. Oder Speichel. Mees Hüften zuckten unkontrollierbar, sein Kopf war zurückgeworfen, das blutüberströmte Gesicht verzerrt, die Narbe auf der Wange bleifarben, der Penis am Pumpen. Die anderen drängten sich singend darum herum – auch ich ertappte mich dabei, daß ich mich vordrängelte, um zuzusehen. Plötzlich bäumte Malcolm sich auf und wurde starr: der geschwollene Kopf seines Gliedes, nun naß und purpurn, stieß soweit es ging aus seiner fleischigen Hülle, schien sich zusammenzuziehen und entlud sich dann – aber während sein Samen noch verspritzte (wir alle wichen zurück), schien er sich in Luft aufzulösen. Leute schnappten vor Verwunderung nach Luft, und andere fielen zu Boden. Regina, die aus ihrer Trance erwachte, untersuchte ihr Kleid: es war trocken. Der Teppich auch. Es war wie eine Joghurtexplosion gewesen, und nun konnten wir keine Spur davon sehen. Mee lag keuchend und zitternd da, die Augen, zwischen denen das Blut heruntertropfte, fest geschlossen. Regina packte mit herrschaftlichen und zugleich ergebenen Gesten seinen Penis weg und zog den Reißverschluß seiner Jeans zu. «Gut!» rief Zack Quagg strahlend und schlug dem Kameramann auf die Schulter. «Wunderbar!»

«Ich bin vielleicht blöd oder unsensibel», seufzte Alisons Mann, «aber das kapiere ich einfach nicht. Ich meine, soll es beim Theater etwa um Kommunikation mit den Toten gehen?»

Sie war weg. Mee hatte mich abgelenkt. Und auch Noble, Talbot, der Typ mit dem fliederfarbenen Hemd und dem grauen Breitgestreiften, alle waren sie verschwunden. Dickie war noch da: Er hatte Sally Ann in der Nähe erspäht, die mich anstarrte, eine Hand in den Bluejeans, als spiele sie mit sich. Sie hielt meinem Blick stand, zog ihre Hand heraus, hielt die Fingerspitzen vor die Lippen und blies – Dickie streckte den Arm aus, wie um ihre Botschaft abzufangen, schloß seine Hand darum und zog sie sich grinsend an die Nase. Sie schnitt ein Gesicht, schlängelte sich um ihn herum und kam auf mich zu. «O là là, du schlüpfriger Schlitz!» lachte er und hielt sie an den Hosentasche fest.

«Dem Wesen nach unterhält das Theater weder, noch informiert es, verdammt noch mal – es ist ein atavistischer folkloristischer Ritus», erklärte Quagg etwas gereizt. «Oh, ich verstehe», sagte Alisons Mann und flüsterte mir dann zu: «Sie ist durch die Tür da ins Eßzimmer gegangen...» «Ah...» Die Tür war drüben auf der anderen Seite des Zimmers. Wie war ich so weit davon abgedriftet? Es war, als habe der Raum sich um mich gedreht. «Gott, das hätten Cyril und Peg sehen sollen!» «Waren sie nicht gerade hier?» Regina tupfte mit einem weißen Schal Malcolm das Blut von Stirn und Nase. «*Das,* meine Dramen und Horen, ist, was man aus dem *Stehreif* – nennt!» quiekte Vachel und erntete verkrampftes Gelächter («Aus dem *Handgelenk*, Mann!» «Nein, hast du nicht gehört?»), und Fats, dessen kahle Kuppel vor Schweiß glänzte, hielt mich unter der Tür an: «Verflucht! Was ist passiert, Ger? Ich hatte die Augen zu!»

Doch sie war auch nicht im Esszimmer. Dort aßen und tranken ein paar Leute, und Mavis zog immer noch ihre trübe und melancholische Show ab, aber weder Alison noch die Typen, die sie durch die Gegend jagten, waren zu sehen. «Der Tod kam zu mir als Frau», sagte Mavis – ein paar ihrer Zuschauer waren zur Tür geschlendert, um Malcolms Nummer mitzukriegen, ließen sich aber nun zurücktreiben –, während hinter mir Wilma seufzte und sagte: «Gott, was für eine Verschwendung!»

«Nun ja, ungelegte Eier kosten nichts», erwiderte jemand hinter ihr, und Mavis sagte: «Das Haar schien ihr um den Kopf zu flattern wie vom Wind erhascht. Sie hatte einen großen vollen Mund, und wenn sie ihn öffnete, schien darin ein merkwürdiges fluoreszierendes Licht.» Ich machte kehrt, aber Alisons Mann, der ebenfalls verblüfft aussah, stand in der Tür. «Ihr Atem roch nach Wermutkraut und Enzianwurzel, und ihre Augen schrumpften wie Trockenpilze, angeknabberte Früchte. Sie sah aus... wie meine Mutter...»

«Was –?» blaffte Vic, wirbelte herum und starrte böse über meine Schulter, gerade als der Mann im breitgestreiften Anzug grinsend aus dem Fernsehzimmer kam.

«Sie war blind und unbeholfen, und das Eislabyrinth war

selbst für einen, der sehen konnte, undurchdringlich – es war leicht, sie abzuhängen –»

«Der gottverdammte Hurensohn –!»

«Hast du da unten einen Schatz vergraben, Dolph?»

«Schaut mal, wie der sich ranmacht! Bewegt sich wie einer, der nur halb so alt ist wie er!»

«Er ist reif für einen Coronar...»

«Ich glaube, ich muß mir was geholt haben...»

«Aber dann, nachdem ich ihr entkommen war, wurde ich einsam und sehnte mich trotz meiner schrecklichen Angst danach, sie wiederzusehen...»

AUCH NICHT IM FERNSEHZIMMER, wo Jim dem Inspektor am Kartentisch gegenübersaß («Es ist ein Problem der Dynamik, eine Subjekt-Objekt-Beziehung», sagte Pardew gerade, «denn in gewissem Sinne formt und prägt das Opfer den Kriminellen...«). Patrick saß direkt hinter ihm, der alte Lloyd Draper drüben im Lehnstuhl sah schläfrig fern, Knud schnarchte auf dem Sofa. Hinter dem Apparat arbeitete inmitten von auf dem Boden verstreutem Werkzeug ein Techniker und montierte eine Art Schalter zwischen dem Recorder obendrauf und der Glotze selbst, auf der nun Mavis in extremer Nahaufnahme erschien, als würde sie interviewt, und sagte: »Ich machte mich auf die Suche nach ihr, aber ich konnte sie nicht finden...» Der Techniker drückte einen Schalter, und das Bild von Mavis machte einer statischen Weitwinkelaufnahme von einem Mann mit hochhakkigen Stiefeln, einer Lederweste und dichtem schwarzen Bart Platz, der mit einem Stativ über der Schulter durch die Haustür kam. Es war der Techniker selbst, erkannte ich, auf dem Bildschirm genauso humorlos wie bei der Arbeit. «Litt das Opfer vielleicht unter extremer Empfindlichkeit?» fragte der Inspektor.

Jim lächelte und sah zu mir hoch. «Kaum», sagte er augenzwinkernd, und der Inspektor blickte sich um. «Ah», rief er und winkte mich mit etwas herbei, was wie eine Stricknadel aussah, «vielleicht können Sie helfen!»

«Also, na ja, ich war gerade auf der Suche nach –»

«Der gute Doktor hier scheint keine Lust zu haben, uns mit der kompletten Krankengeschichte des Opfers bekanntzumachen, mit der ziemlich unprofessionellen Begründung, sie sei nicht von Bedeutung», fuhr er bissig fort. Ein paar von Marks Spielzeugsoldaten waren auf dem Tisch vor ihm aufgestellt, anscheinend um die eine oder andere Theorie zu illustrieren, und mir fiel plötzlich ein, was jene «Murmeln» waren, die ich in meiner Tasche gefunden hatte. Es lagen auch noch eine Zeichnung von Mark da – die, auf der laut Mark der Nikolaus die Indianer tötete – und Peedie, sein Plüschkaninchen. «Und ich versuche ihn zu überzeugen, daß hier eine definitive Abhängigkeit besteht, daß der Kriminelle und sein Opfer lange vor dem Augenblick der Katastrophe, bevor sie einander überhaupt getroffen haben, aufeinander einwirken, und daß man im Krieg gegen das Verbrechen, um den einen zu kennen», hier wies er mit der Stricknadel auf einen der kleinen Soldaten, «den anderen kennen muß!» Er wies auf einen weiteren Soldaten, stieß dann kurz zu und kippte ihn um. «Übrigens, warum fehlen diesen Dingern die Köpfe?»

«Ich weiß es nicht...»

«Das mag ja für Wölfe und Tiger zutreffen», sagte Jim, «aber es hat rein gar nichts mit Menschen zu tun.»

«Ich sehe, daß Sie die Menschheit höher – und geringer – einschätzen als ich», erwiderte der Inspektor, legte die Nadel hin und zündete sich eine Pfeife an. Ohne den Schal sah sein Nacken brutal und nackt aus. Nun erhaschte ich einen Blick auf Janny Trainer hinter der offenen Schranktür, ihr rosa Rock war über die Taille hochgezogen, eine Männerhand steckte in ihrem herzförmigen Bikinihöschen. Auf dem Fernsehschirm erschien eine Weitwinkelaufnahme von meinem Arbeitszimmer, in dem Rogers lebloser Körper auf dem Gesicht in der Ecke lag. Nichts rührte sich. Aber die unbarmherzige Intensität des unbeweglichen Bildes war beinah unerträglich. Pardew drehte sich um, um mich anzusehen, und hielt die Nadel hoch. «Übrigens, *strickt* Ihr Junge?»

«Nein –!»

«Da ist er», sagte Wilma, die Pegs Schwester Teresa ins Zimmer und zum Sofa führte.

«Wir haben sie in seinem Zimmer gefunden.»

«Ach Gott! In *seinen* Träumen käme ich gern vor!»

«Kitty meint, es würde dir wohl *nicht* gefallen.»

«Sie gehört wahrscheinlich seiner Großmutter, der Mutter –»

«Wer war die Mutter des *Opfers*?»

«Guck mal, Wilma!» rief Teresa mit ausgestrecktem Zeigefinger. «Da ist Talbot im Fernsehen!»

«Ros? Sie war Waise –!»

«Aha!» Er schlug mit der Nadel auf den Tisch, daß die kleinen Soldaten auseinanderstoben. Jim sah schmerzlich berührt drein und schüttelte den Kopf in meine Richtung (meine Frau, erinnerte ich mich, hatte versucht, mir etwas über Mark zu sagen), und Wilma sagte: «Ich wünschte, die Flasche würde wenigstens aufhören, sich an der Hose rumzukratzen!» «Waise! Jetzt wird alles *klar*!»

Charley trat ein. Er stöhnte bei jedem seiner langsamen Schritte gequält auf, und der Typ bei Janny – es war Steve, der Klempner – eilte, verlegen an den Knöpfen seiner Latzhose herumfummelnd, hinüber, um dem bärtigen Techniker hinter dem Fernseher zu helfen. Was sagte Teresa? Etwas von «einem kleinen Jungen» oder «kleinen Jungen». «Hat kein' Zweck, Janny! Bin ganz – ganz erledigt...»

«Ach, Charley, hör auf zu greinen! Warum schiebst du dir nicht 'nen Cocktailquirl rein oder so was?»

Die Kamera war Talbot und Dolph und den anderen (Talbot hatte auf eine Frage des Interviewers sein Vergnügen an Spiegelsex beschrieben) zur Tür unseres ehelichen Schlafzimmers gefolgt und schwenkte jetzt den Flur hinunter zum Badezimmer. Als sie an der Tür meines Sohnes vorbeifuhr, sah ich, daß sie offen stand: Das Zimmer war offensichtlich leer, Spielsachen und Bettzeug waren barbarisch überall verstreut worden – und war das ein Fuß, der hinter der Schranktür hervorragte? «Nun zu dem Loch in seinem Plüschkaninchen», sagte Pardew, und die Fernsehkamera nahm das Badezimmer ins Visier, wo der Duschvorhang weggezogen wurde, aber ich war schon auf dem Weg aus dem Zimmer: Mir fiel jetzt ein, daß an Marks Tür ein blutiger Handabdruck gewesen war, als ich vorhin vorbeikam – wie hatte ich das da nicht registrieren können?! –, *es war keine Zeit zu verlieren!*

In der Tür stiess ich mit Hilario zusammen – *«Uups!» «Pardon!»* rief er. «Ich abe zwei linke *Füsse*!» – und über seinen Rüschenkragen erspähte ich Alison in der Gruppe um Mavis: Noble war auch da, Earl Elstob, Dolph... «Endlich sah ich sie», sagte Mavis, «aber sie war hinter einer hohen Mauer aus schimmerndem Eis gefangen – sie war ungeheuerlich, aber auch rührend, und ich empfand schreckliche Nähe und schreckliche Ferne zugleich.» Alison formte mit fragendem Gesichtsausdruck stumm etwas mit dem Mund – es sah aus wie «das grüne Zimmer?» – und zeigte auf ihr Geschlecht hinunter. *«(Bin gleich wieder da!)»* gestikulierte ich zurück, und Dolph legte eine Hand ans Ohr (die andere war nicht zu sehen) und bewegte die Lippen: *«(Was?)»* «Und dann *plötzlich*», kam es von Mavis, als Alison zusammenzuckte, etwas zur Seite rückte und mir einen panikerfüllten Blick zuwarf – aber was konnte ich tun? Da war der blutige Handabdruck, das durchwühlte Zimmer meines Sohnes (*«Was –?!* Unten im *Fitness-Raum?»* schrie Brenda. «Oh nein!») –, *«begann alles zu schmelzen...!»*

«Hatte Malcolm nicht 'ne andere Nummer?» bemerkte jemand am Tisch, als ich mich vorbeischob – Quaggs gesamte Truppe war jetzt hier und drängelte sich ums Essen –, und Hoo-Sin antwortete («Fats! *Fats!*»): «Es war wie die Begegnung von Wolken und Regen, hohe Berge, die durch die weichen Nebel im Tal brechen!»

«Ich sage Ihnen, sie war *da*, Mann!» Der Typ, der den Holzsoldaten gespielt hatte, stand am Telefon: «Haben Sie ihren *Geruch* nicht mitgekriegt? Das konnte *nur* Ros sein!»

«Du wirst es nicht *glauben*, Fats...!»

«Ich habe nichts gerochen, aber ich konnte sie *fühlen*», seufzte Michelle unter mir, als ich drei Stufen auf einmal nahm. «Es war, als wehte sie durch meine Kleider!»

«Aber ich dachte, Mees Schwanz wäre tätowiert wie eine Schlange...?»

Gerade als ich oben ankam, schwankte Ginger aus dem Badezimmer. Sie sah aus, als sei ihr übel. Sie blickte auf, entgegnete meinem verwirrten Blick mit aufgerissenen Augen, und wie im

Schock wurden all die steifen kleinen Zöpfchen, die ihr Gesicht umringten, schlaff. Sie riß sich ein Taschentuch von der Brust, preßte es sich vor den Mund, bedeckte mit der anderen Hand die Brust und klapperte die Treppe hinunter.

Als ich zum Zimmer meines Sohnes kam, fand ich doch kein Blut an der Tür, vielleicht hatte ich mich geirrt – aber innen war das Zimmer, wie ich es im Fernsehen gesehen hatte, völlig durchwühlt. Und das Bett war leer, voller Flecken –! *«Mark –?!»*

«Hände hoch, Daddy! Hier ist der Red Pimple!» schrie er und sprang hinter der Schranktür hervor.

«He –!»

«Habe ich dir einen Schrecken eingejagt, Daddy?» kicherte er, als meine Schwiegermutter mit einem Glas Milch hereinkam. Sein Gesicht war knallrot bepinselt, und er hatte sich ein Handtuch als Cape um den Hals gebunden. Mir schlug das Herz bis zum Hals.

«Junge, Junge, das kann man wohl sagen!»

«Die Polizei war hier», sagte seine Großmutter, ohne mich anzusehen. Das Zimmer war ein Schlachtfeld, überall lagen Dinge herum, Bücher, Spielsachen, Bettzeug, aufgewickelte Garnknäuel.

«Tut mir leid...»

«Sie haben Peedie mitgenommen!»

«Sie bringen ihn wieder, Sohn.» Wovor hatte ich Angst gehabt? Ich wollte nicht darüber nachdenken.

«Wehe, wenn nicht! Das ist *mein* Peedie!»

«Jetzt sind sie in der Küche.» Sie schien mit dem Schrank zu reden. Sie gab Mark seine Milch.

«Ich weiß. Ich komme gerade von –»

«Das Handtuch ist schmutzig, Mark. Und was hast du mit deinem Gesicht gemacht?»

«Iih! Das schmeckt ja wie Seife!» Jetzt hatte er einen weißen Schnurrbart auf seinem roten Gesicht.

Seine Großmutter sammelte die Laken und Decken ein und breitete sie auf dem Bett aus; ihre Bewegungen waren langsam und gezwungen, als verursachten sie ihr körperliche Schmerzen. «Ich hole einen Waschlappen», sagte sie und nahm das Handtuch mit, als sie ging.

«Warum haben die Polizisten alle meine Sachen auf die Erde geworfen?»

«Sie haben wahrscheinlich was gesucht. Das gehört zu ihrer Arbeit.»

«Haben sie auch meine Soldaten kaputtgemacht?»

«Das glaube ich nicht. In die Kiste mit dir jetzt, es ist spät, und Großmutter wird sonst böse.»

«Nicht ohne Peedie! Ohne Peedie kann ich nicht schlafen!»

Das wußte ich. Er schmiegte sich an ihn und steckte den Finger in ein Loch, das er gebohrt hatte. Wir mußten das Kaninchen überallhin mitnehmen. «Vielleicht, wenn ich dir eine Geschichte erzähle...»

«Oma hat mir schon eine erzählt. Über einen bösen Mann, der Frauen den Kopf abschnitt. Daddy, warum leben sie noch heute?»

«Noch heute leben? Das ist bloß eine Redensart, um eine Geschichte zum Ende zu bringen.»

«Warum sagen sie nicht einfach ‹Ende›?»

«Manchmal tun sie das ja.»

«Oder ‹Küsse und Grüße› wie in einem Brief?»

Ich lächelte. Seine Großmutter begann seine Bemalung mit einem Waschlappen zu bearbeiten, und er verzog angewidert das Gesicht: «Autsch!» Meine Großmutter unterschrieb ihre Briefe immer mit: «Bitte vergiß mich nicht.» Mein Vater mit: «Sei tapfer.» Meine Mutter schrieb nie. «Was ist ein Pariser, Daddy?»

«Ich denke, äh, das ist ein Mann aus Frankreich.»

«Nein, es ist ein Ballon. Das Mädchen da unten hat es mir gesagt.»

«Also gut, meinetwegen, ein Ballon.» Ich sah auf ihn hinab, wie er da auf dem Kissen am Daumen lutschte (seine Großmutter hatte sich in ihren Schaukelstuhl zurückgezogen und starrte zornig auf die gleichmäßige Fläche des zugezogenen Fensterrollos) und erinnerte mich dabei an ein junges Mädchen, mit dem ich in Schleswig-Holstein einmal geschlafen hatte, eines Nachmittags in einem Naturschutzgebiet. Wir lagen nackt im hohen

Gras vor Blicken verborgen, mehr oder weniger vor Blicken verborgen (was spielte das für eine Rolle, wir waren jung und eins mit der Natur um uns, das Fleisch war damals die *Wahrheit* – es war schon lange her) und brachten uns alle Sex-Wörter unserer jeweiligen Sprache bei. An dem Tag hatte ich mein Kondom in ihr verloren, und sie hatte, während sie danach angelte, gereizt ausgerufen: «Ach, die elenden Pariser! Was kann man von denen schon erwarten?» «Na ja, immerhin sind sie spritzig», murmelte ich lahm, weil ich mich schuldig fühlte (die Wahrheit des Fleisches ist komplex und verwirrend und nie ganz erschöpfend, jene schöne Einheit mit der Natur letzten Endes ein Bett mit Steinen und beißenden Ameisen, vielleicht begann ich da in der Sonne darüber nachzudenken), aber sie fauchte: «Ja, aber sie zahlen nie Alimente!»

«Aber das stimmt nicht, oder, Daddy? Bis heute...»

«Was soll das, mein Sohn?» Während er am Daumen lutschte, stupste er mit dem Zeigefinger die Nase herunter.

«Das Ende.»

Ich zögerte. In seinen kleinen Augen, seiner heruntergedrückten Nase lag eine solche Traurigkeit. Ich wollte sie mit einem kleinen Scherz verscheuchen, aber ich konnte seine Frage nicht herabwürdigen, auch wenn das, wie ich wußte, eine Art Verrat bedeutete. Seine Augen schienen sich zu weiten und wurden dann ausdruckslos. «Mommy soll raufkommen und mir einen Gute-Nacht-Kuß geben», sagte er mit dem Daumen im Mund.

«Tja, sie... hat zu tun, aber sie –»

«Sofort», sagte meine Schwiegermutter kühl von ihrem Sessel.

«Ja, *sofort,* Daddy», wiederholte Mark.

«Natürlich.» Ich konnte ihre Gefühle verstehen – ich haßte die Polizei schließlich mehr als sie meine Gäste –, aber mir schien, daß ihre Erwartungen an mich sich nicht sehr von denen Marks unterschieden: Ich war in ihren Augen, wie natürlich auch in seinen, eine Art allgemeine Ursache.

«Und hol meinen Peedie!»

Das Nähzimmer war dunkel, als ich daran vorbeikam, die Tür halb geschlossen. *«Halt dich zurück!»* – oder *«sie»* – keuchte jemand hinter der Tür, erstickte Kampfgeräusche waren zu hören. Ich blieb wie angenagelt stehen. Aber dann erhaschte ich einen Blick auf meine Schwiegermutter, die von ihrem Sessel aufgestanden war und mich streng von Marks Tür aus beobachtete. «Bin gleich zurück!» sagte ich zu ihr – und zu jedem sonst, der vielleicht zuhörte –, und wie in Erwiderung wisperte da drinnen jemand: *«Weißt du, was du da machst?»*

Vor dem Spiegel am Fuß der Treppe (auf dem Treppenabsatz sagte Wilma, die Teresa Tanias Bild zeigte: «Also, wie du siehst, hat sie nie wirklich versucht, sich zu schmeicheln – aber ich glaube wirklich, sie sah angezogen immer besser aus...«) behandelte Jim Eileens linkes Auge, das, angeschwollen und rot wie es war, jetzt zum rechten paßte. «Nicht schon wieder!» rief ich beim Hinabgehen, und Jim zuckte die Achseln. «Sie hat Vic gesagt, er sei nichts als ein utopischer Gefühlsmensch oder etwas in der Richtung, und er lieferte den Beweis, indem er ihr eins überzog.»

«Mein Vater ist außer Rand und Band», sagte Sally Ann und lächelte dann zu mir hoch, während ihr die Röte ins Gesicht stieg.

«Es wird noch schlimmer werden», brummte Eileen. Ganz in der Nähe wickelte Ginger sich in Pardews Seidenschal und steckte ihn vorne und hinten an einer Art Schultertuch fest, das sie aus den Resten ihrer Taschentücher drapiert hatte. «Ich habe versucht, ihn zum Gehen zu überreden, ehe es zu spät ist, aber er will nicht hören.»

«Hm. Übrigens, ich hab's in der Küche versucht», bemerkte Jim mit einem Blick zu mir, «aber sie wollen auch nicht hören.»

«Ich weiß. Mir reicht es. Ich unternehme auf der Stelle etwas dagegen.»

«Wenn du Hilfe brauchst...»

«Danke, Jim. Ich sage dir Bescheid.»

Ginger, Pardews Filzhut keck auf ihren drahtigen Zöpfchen, die Fingerspitzen an der Krempe, damit er nicht hinunterfiel, schwankte auf ihren hohen roten Absätzen ins vordere Zimmer, lüstern von Vachel dem Zwerg beobachtet. Vachel kaute an einer fetten schwarzen Zigarre, die beinah so groß war wie er. *«Gute Show!»* flötete er.

»Gott! Es ist schrecklich!» sagte Brenda. Sie weinte beinah. Sie und Fats waren anscheinend gerade aus dem Keller gekommen. Sie stützten einander, und Fats blinzelte im hellen Licht des Flurs. «Schau bloß, Gerry!» Sie zeigte mir ein Foto: Es war Ros auf Händen und Knien, die über die Schulter auf ihren hochgereckten Herodes sah – oder besser nicht auf ihren Herodes, sondern auf einen reichen Banker, einen kapitalistischen Schneemann mit gierigen kohlschwarzen Augen auf jeder bleichen Wange, einer Karottennase im Loch, Zylinderhut oben draufgestülpt, und einem nassen bärtigen Mund, der gerade eine glänzende goldene Rute verschlingen wollte. Das Foto war voller Löcher. «Sie haben *Darts* darauf geworfen, Gerry! Wer um Himmels willen tut so etwas?»

«Da unten geht auch noch was anderes vor, Mann!» sagte Fats und wischte sich mit einem großen Tuch übers Gesicht.

Daffie, die mit einem etwas benommenen Anatole vom rückwärtigen Teil des Hauses hereinkam und ihn in Richtung Treppe führte, nahm das Foto weg und sagte: «Der Eierschläger kommt mir bekannt vor – ich glaube, ich habe irgendwo einen gesehen, der genauso aussah.» Sie zwinkerte mir besoffen zu, und auf der Stelle, wie aufs Stichwort, klingelte das Telefon. Ich drehte mich um, um ranzugehen, und rempelte beinah Louise an, die mit einem frischen Badetuch gewichtig nach hinten schob. Ihr Blick war vernichtend. «Warst du auf der Wiese und hast ein Geschäft in der Natur gemacht, Süßer?» fragte Brenda, was Anatole zum Erröten brachte. Der Schauspieler, der den Holzsoldaten in der Spielzeugland-Schnulze gespielt hatte, nahm ab und sagte: «Hallo? Nein, Horner heiße ich.»

«Wenn ein Mann dran ist, ist es für mich», rief Pegs Schwester Teresa übers Geländer gelehnt.

«Nein, hier gibt es keinen Gerald, Arschgesicht – Sie müssen sich verwählt haben.» «Moment –!» Aber er hatte schon eingehängt. «Ich wußte von Anfang an, daß dieser Saftsack nicht deine Klasse hat, Baby!» sagte er grinsend zur Teresa, die wie automatisch ein Knie durchs Geländer schob («Ich – ich war schon», stotterte Anatole, als Brenda sich bei ihm einhängte:

«Na und, du kannst *mir* helfen, Süßer...»), und im Eßzimmer brach tosender Applaus los.

Aber dann sah ich sie, endlich frei, drinnen am Tisch mit Janny Trainer und Hoo-Sin –

«He!» RIEF ICH ZÄRTLICH und umarmte sie von hinten.

«Also, Gerry, was für eine schöne Überraschung!» Es war Knuds Frau Kitty, den Mund voll Brot und Salami.

«Oh, bedaure – ich dachte, es wäre meine Frau...!»

«Was gibt's da zu bedauern?» lachte sie schlabbernd. «Hoppla! Siehst du, wie du mich erregst?» Sie wischte sich mit einer Cocktail-Serviette übers Kinn und untersuchte ihre Brust. Obwohl meine Frau ein ähnliches Kleid hatte und sie beide ungefähr gleich groß waren, war ich dennoch erstaunt, daß ich die beiden verwechseln konnte. Alison war weg, wie ich gewußt hatte – Mavis, die jetzt in einem Holzsessel saß, war hauptsächlich von Frauen umgeben. Nur Talbot stand dazwischen, sein Ohrverband nun schmutzig und aufgelöst wie eine Art primitiver Kopfschmuck. «Ich habe mir ein Kleid von deiner Frau geliehen. Ich hoffe, sie hat nichts dagegen, meines war ganz...» Kittys fidele Manier verging. Sie schluckte. «Einmal auf einer Party, als er, du weißt schon, eine seiner Launen hatte», sagte sie und starrte Mavis an (Janny seufzte, Hoo-Sin nickte, Brenda kam kaugummiknallend von vorn herein, einen widerstrebenden Anatole im Schlepptau), «habe ich versucht, ihn aufzuheitern. Ich sagte: ‹Entspann dich, Roger, es ist alles ein Spiel, was soll's.› Ohne die Augen von mir abzuwenden, Gerry, biß er glatt in das Glas, aus dem er trank, und begann die Splitter zu zerkauen – Gott! Ich bin beinah in Ohnmacht gefallen!»

«Wenn der Lotus inmitten des Feuers blüht, wird er nie vergehen», sagte Hoo-Sinn feierlich.

«O nein!» schrie Janny. Brenda und Anatole, die versuchten, sich durch die Küchentür zu schlängeln, wurden von jemandem aufgehalten, der hereindrängte («Aber ich hab's *eiliger* als du!» lachte Brenda laut durch die Tür). «Erzähl mir nicht, es ist irgendwo ein *Feuer* ausgebrochen!»

«Nur in meinem Herzen», sang Fats gefühlvoll und legte seine

Arme um beide: Hoo-Sin versetzte ihm mit dem Ellbogen einen Stoß in den Bauch, er wich glupschäugig und japsend zurück und taumelte in Hilario, der gerade aus dem Fernsehzimmer kam und rief: «Eh! Fats! Sie müssen lernen, nicht zu pumpsen in die bewegliche Kraft der Natur!»

Während Brenda sich durchsetzte und Anatole lachend in die Küche zerrte («Ich glaube, Onkel Howard braucht mich!» flehte er und bemühte sich, zurückzubleiben), überkam mich plötzlich eine schreckliche Traurigkeit – ich weiß nicht, was sie auslöste, vielleicht die Vorstellung von Roger, der Glas kaute, oder Hoo-Sin, die Fats so in die Magengrube rammte, daß es ihm den Atem verschlug, oder vielleicht war es nur die Massierung von allem, was in der Nacht passiert war, Ros und Roger, Eileen, Tania, die mit rosa Seifenschaum bis an die Ellbogen vor der Wanne kniete, die Polizei mit all ihrem Zeugs und Ros' heruntergerollte Strümpfe, meine Frau, die Eier kochte, all diese Leute, mein durchwühltes Arbeitszimmer, das in den Teppich getretene Essen, die Schweinerei im Fitness-Raum, der Ausdruck auf Yvonnes Gesicht, als sie durch die Haustür verschwand oder auf dem Gesicht meines Sohnes gerade eben, als ich ihn verließ, oder auf Daffies jetzt in diesem Augenblick – was immer es war, es ließ mich für einen Augenblick erstarren, so daß Woody, als er gerade mit Cynthia aus der Küche hereinkam («Technisch gesehen vielleicht ja», sagte sie, während sie das Medaillon auf den Kreuzträgern ihres Büstenhalters befingerte, «aber ich weiß nicht, irgendwie scheint es nicht –»), plötzlich ein besorgtes Gesicht machte und sie unterbrach, um zu fragen: «Alles in Ordnung, Gerry?»

«Du weißt doch, daß nichts in Ordnung ist», sagte ich mit versagender Stimme. «Du weißt doch, was sie tun.» Die Tür hinter ihm bewegte sich noch, scheuerte leicht über die Türschwelle. «Kannst du nicht helfen?»

Er betrachtete mich prüfend, eine Hand am Träger seines gerippten Unterhemdes. Seine undurchdringliche Anwaltsruhe kehrte zurück. «Klar, Gerry. Ich kann es zumindest versuchen. Mach dir keine Sorgen, es gibt Gesetze, Präzedenzfälle – es wird sich alles regeln. Warum machst du nicht Cynthia in der Zwischenzeit einen Drink?»

«Ja, Sie haben mich vernachlässigt», sagte sie und schaute mich mit dem gleichen beunruhigten Blick an, den sie vorhin Yvonne geschenkt hatte. Sie nahm meinen Arm und führte mich wie einen Invaliden zum Sideboard. «Was war das für ein Spezial-Drink, den Sie heute abend gemixt haben?»

«Old-Fashioned, glaube ich.»

«Nein, es war Gin drin. Er hatte eine komische Farbe.» Fats machte sich mit einem schmerzverzerrten Grinsen auf dem Gesicht wieder an Hoo-Sin heran, Hilario warnte ihn aus dem Hintergrund: «Denken Sie nach zweimal darüpper, was Sie tun, mein Freund.»

«Blue Moon?»

«Ja, genau.»

Leute schienen ohne Plan und Ziel herumzuschlendern. Wir drängelten uns zwischen ihnen durch. Es war wie die Happy Hour in der Skihütte. Vielleicht würde das letzte Theaterstück der Welt so sein: eine endlose Pause. Über uns trat Susanna ins Nichts. Nein, ich hatte mich vertan: Sie trug keine Goldringe in den Ohren.

«All we got is love, baby, in this crazy mazy world», trompetete Fats hinter Hoo-Sins Rücken und machte ein paar hoffnungsvolle kleine Tanzschritte, und Kitty, die sich der Gruppe um Mavis anschloß (Michelle sah mich über die Schulter an: die Ähnlichkeit war noch da, aber sie und Susanna hatten sich auseinanderentwickelt, die eine zum Geheimnisvollen oder der Angst davor, die andere zur Trauer hin), sagte: «Erzähl uns noch mal, Mavis, wie du Ros kennengelernt hast...» Wir duckten uns, als Fats langsam und in hohem Bogen beinah elegant über Hoo-Sin segelte und hinter uns zu Boden krachte, und ich dachte («Sind die wieder modern?» erkundigte sich Iris Draper, sich bückend und die Brille zurechtrückend. «Ich frage mich, ob ich meine alle weggeschmissen habe...?»), Vic hatte recht, wer war ich eigentlich, daß ich hier Drinks mixte und die Tür aufmachte? Ich wünschte, einfach nach Hause gehen zu können.

«Ich weiß«, sagte Cynthia und tätschelte mir mit einer ringüberladenen Hand den Arm. Hatte ich laut geredet? «Wir alle fühlen uns manchmal so.»

«Alles begann eines Tages, als Jim wegen eines merkwürdigen ärztlichen Notfalls in ein Waisenhaus gerufen wurde», sagte Mavis mit unheilverkündender Stimme. Iris drehte sich um und flüsterte: «Ah! Das will ich nicht verpassen!» Ich zog die Crème Yvette heraus, überprüfte den Eiskübel: drei Würfel, eine Pfütze verfärbten Wassers von undefinierbarer Farbe, ein paar aufgeweichte Zigarettenkippen... und der Eispfriem mit dem Holzgriff. «Er wurde natürlich oft für Beschneidungen, heiße Ausspülungen, Infibulationen und ähnliches gerufen, wenn die Mädchen in die Pubertät kamen, doch in diesem Fall war das Kind erst zehn Jahre alt – aber so frühreif, daß man durch Skandalgeschichten schon drei Lehrer verloren hatte, einen Hausmeister und zwei Mitglieder des Aufsichtsrates. Was die anderen Mädchen betraf...»

«Hier», sagte ich, goß den Drink in ein Cocktailglas und gab es ihr. Meine Hand zitterte. Ich sah über ihre Schulter, in die der schwere Träger einschnitt, ins Fernsehzimmer, wo Charley mit Steve dem Klempner in einer Besprechung stand. Anscheinend versuchte er, ihm etwas anzudrehen. Der Inspektor stand direkt hinter ihnen und sah mit dem Rücken zur Tür fern. Also, dachte ich, wenn alles so plan- und ziellos lief, konnte ich etwas unternehmen. Ich griff nach dem Pfriem im Eiskübel. Der Griff fühlte sich abgenutzt an in der Hand. «Also, wenn Sie nichts dagegen haben, mein Sohn hat mich gebeten...»

«Ich gehe mit Ihnen rein.» Sie schien mich nicht loslassen zu wollen.

An der Tür kam uns Charley entgegen, die Daumen nach oben gereckt. «Ich krieg hier vielleich 'ne Gruppe raus», brabbelte er glücklich, «wenn ich's bloß richtig mache – ha, *da issie ja*!»

Wie auf eine Ankündigung hin drehte Pardew sich um und sagte: «Gut, unsere Ingenieurin! Vielleicht kann sie uns helfen!»

Steve hockte wieder hinter dem Fernsehapparat und assistierte dem bärtigen Techniker. In unregelmäßigen Abständen flackerten Einzelbilder und manchmal auch Montagen über den Schirm, als seien die Schaltkabel irgendwie verschmolzen. «Solche Unruhen flackerten früher bei öffentlichen Hinrichtungen auf – und auch heutzutage, wissen Sie», bemerkte Lloyd Draper, der über seine Nase auf den Apparat schielte (ich bekam dort flüchtige Einstellungen auf Jims Hinterkopf mit, auf Noble, der einen obszönen Taschentuchtrick vorführte, Fats auf dem Fußboden, die verstopfte Toilette, Elstob, der kreischte und schnaubte, Mee, der eine Rasierklinge auf der Handfläche ausprobierte, einen Flicken auf Sally Anns Hosenladen, auf dem stand: «VORSICHTIG ÖFFNEN UND ZIPFEL HIER EINFÜHREN», Horner, der bei ihr stand und etwas ins Ohr geflüstert bekam, eine Faust in einer Schale Erdnüsse, unscharf eingestellte strahlend helle Lampen), und Pardew sagte: «Ich weiß. Ansteckende hysteroide Reaktionen dieser Art treten überall da auf, wo Massen versammelt sind – das ist eine nachahmende Ritualisierung der bizarren und halluzinatorischen Neigungen einiger weniger und immer, habe ich bemerkt, von einem Stich ins Burleske begleitet. Offengestanden ist es die Art Verhalten, die ich zu oft sehe.» Patrick, nicht weit vom Ellbogen des Inspektors, stieß einen mitfühlenden kleinen Seufzer aus.

«Ich glaube, jetzt haben wir's», sagte Cynthia, zog ein paar Kabel heraus und steckte andere hinein. Die Einstellung war bei Mavis stehengeblieben («– beschloß, daß es das beste für alle Betroffenen sei, das Kind mit nach Hause zu bringen, damit es eine Zeitlang bei mir und meinem Mann lebte», sagte sie in die Kamera, der Blick konzentriert und doch verschleiert, «um es unter ständiger Beobachtung zu halten und ihm vielleicht – durch enge persönliche Führung und eine pedantischere Erziehung – zu helfen, seine außergewöhnliche, einzigartige und etwas –») und wechselte dann zu Quagg, der interviewt wurde oder sich vielleicht selbst interviewte.

«Okay», sagte der Techniker, kroch hinter dem Apparat hervor und justierte die Farbeinstellung. «Dann hole ich mal die Kamera.»

«Das stimmt», sagte Quagg, «Ros hatte gerade die Hauptrolle in unserem neuen Sittenknüller bekommen, *Sozialistischer Kopf*. Es ist ein radikales und theatralisch atemberaubendes Mirakelspiel, das die Methoden und Varianten von oralem Sex in einer revolutionären Gesellschaft untersucht – Dynamit eigentlich, und natürlich war Ros wie geschaffen für die Rolle. Wie das kommt? Etwas Besonderes? Da können Sie Ihren Allerwertesten drauf wetten, Baby! Wir hatten mit dem Stück wirklich gehofft, ein paar Eier beiseite zu schaffen, den Arsch aus dem Sumpf zu kriegen, aber jetzt... mit der armen Ros auf Eis...» Die Stimme brach ihm. «Ach Scheiße...»

Während die Kamera, handgehalten, sich von Zack wegzubewegen begann, vorbei an Vic und Daffie, Eileen, Scarborough, der in sich zusammengesunken war wie ein armer Sünder, Alisons Mann, der Gruppe um Mavis («– aber wie wenig konnten wir uns vorstellen –», hörte ich sie sagen) und hinaus in den Flur, wo man Horner und den Mann im breitgestreiften Anzug um die Wette auf die Kellertreppe zurennen sehen konnte und Teresa in die Toilette spähte (die Kamera schien entweder hinaus oder hinauf zu wollen: jetzt kam die Haustür in Sicht), setzte der Inspektor, der das ausgestopfte Kaninchen meines Sohnes, den Finger im Loch, in den Armen kuschelte, seine Tirade über, wie er es nannte, «dieses zwanghafte Sich-hingezogen-Fühlen zu Neuem, zu Sensationen, Kitzel, Überspanntheiten, menschlicher Einbildung, das nicht von den gehörigen und notwendigen Eingriffen des nüchternen kritischen Urteilsvermögens in Schach gehalten wird und so für alle möglichen Arten von Exzeß, Wahn und Delirium empfänglich ist». Patrick unterstrich diesen Monolog mit seiner verblendeten Jasagerei («O ja! Absolut! Entsetzlich! Völlig verrückt!» – seine gespaltene Lippe hatte sein Lispeln verschlimmert) und versuchte dabei die ganze Zeit, das Kaninchen in Pardews Armen zu berühren. Als ich dem Plüschtier in die Glasaugen starrte, meinte ich den strengen, fordernden Blick meiner Schwiegermutter zu sehen. *Sofort,* hatte sie gesagt. Ich räusperte mich. «Entschuldigen Sie, Inspektor, ich –»

«Sschsch!» zischte Pardew, der mit zusammengekniffenen Augen auf den Apparat starrte, und Patrick fauchte: «Ja, Gerald, red nicht dazwischen!»

«Aber Sie *müssen* – die Polizei – ihre beiden Beamten – in der Küche, *meine* –!»

«Nicht jetzt, verdammt noch mal!»

«Aber –!» Ich hatte einen Kloß im Hals, konnte kaum spre-

chen. «Mein Sohn *braucht* sie! Das ist nicht *fair*!» Ich hätte genausogut gegen eine Wand reden können. Ich hielt den Eispfriem in meiner zitternden Faust hoch: *«Sehen Sie!»* Cynthia sah erschreckt hoch. «*Hier ist*, was Sie –!»

«Da! Sehen Sie?!» Pardew zeigte aufgeregt auf den Fernseher, wo Ginger, anscheinend unter Schock, die Zöpfchen zusammengefallen, oben auf die Treppe zuwankte. «Wer war der Mann, der gerade bei ihr war?» «Ich habe es nicht mitbekommen, wir lassen's noch mal zurücklaufen...» Ein Taschentuch vor den Mund und eine Hand vor die entblößte Brust gepreßt, taumelte sie vorwärts, aber so, als würde sie die Treppe vor ihr nicht bemerken: Einen Augenblick lang hing sie mit einem wie eine Wünschelrute vorgestreckten Fuß in der Luft, dann fiel sie, schlug mit ihrem dünnen Pfennigabsatz gegen die Kante der ersten Stufe, ihr Knöchel knickte um, die Knie krümmten sich, und abwärts ging's, Hals über Kopf. Die Taschentücher flogen, die Glieder spreizten sich in alle Richtungen, alles in Zeitlupe und deshalb mit einem komischen Balletteffekt, als purzele jemand auf dem Mond herum. *«Eine Rothaarige! Natürlich...!»* Irgendwie landete sie mit den Füßen auf dem Treppenabsatz, ging geschmeidig in eine Froschhocke, mit dem Rücken zur Kamera, die langsam heranzoomte – aber nicht lange: ihr kleiner Hintern titschte in Zeitlupe wie der Kopf eines Hammers mit Doppelpinne wieder vom Boden ab, und sie begann wieder zu steigen, schwebte einmal mehr durch den Raum, kam im hohen Bogen kopfüber auf die Kamera zu. «Das hätte ich wissen müssen!»

«Im griechischen Theater, wissen Sie», vertraute Patrick an seinem Ellbogen ihm an, «setzten sie diese herrlichen roten Perücken –»

«Was ist passiert –?!» schrie Pardew so überraschend, daß Patrick rückwärts gegen Knud fiel, der böse grunzte und hintenüber kugelte. Das Bild war genau in dem Augenblick verschwunden, in dem Ginger mit voller Wucht und den Füßen voran auf die heranzoomende Kamera zuraste, und nun hämmerte der Inspektor mit den Fäusten auf den Apparat: *«Komm schon, verdammt noch mal!»*

«Ich glaube nicht, daß es an der Röhre liegt», sagte Cynthia.

Sie bediente die Schalter, erwischte Mavis («‹– dafür ist es *da*, Tante May›, rief das süße Kind und berührte mich. Ich... ich wußte noch nicht einmal, daß ich eine *hatte*...»), dann Daffie, die mit einem Löffel gegen ihre schimmernden Zähne schlug, Noble mit einem Strohhalm in der Nase, aber nur Flimmern, wo Ginger sein sollte. Ich senkte den Arm, der jetzt weh tat von der langweiligen Sensation in meiner Hand.

«Das ist ein Komplott!» tobte Pardew, trat gegen den Fernseher und schmetterte Peedie so fest dagegen, daß ihm ein Ohr abflog.

«Äh... ich checke mal die Kamera», murmelte Steve der Klempner und schlüpfte davon.

«Wo sind meine Beamten –?!»

«Das versuche ich Ihnen ja die ganze Zeit zu erzählen!» schrie ich und zeigte mit der Waffe in der Hand hinter seine Schulter. Aber ich zeigte in die falsche Richtung. Die beiden standen in der Tür hinter mir.

«Äh, Chef, wir haben ein paar Probleme...»

«Probleme? Die Hälfte davon kennt ihr noch nicht mal!» röhrte der Inspektor. Sie schauten mich beklommen an. Oder vielleicht respektvoll, ich konnte es nicht sagen. *«Wenn ich dieses Bild nicht zurückbekomme –!»*

Fred wandte sich zu Bob, der die Achseln zuckte, und sie traten ins Zimmer.

«Es ist nicht der Apparat, ihr Idioten!» brüllte der Inspektor und drohte ihnen mit dem ausgestopften Kaninchen. *«Es ist die Kamera! Draußen im Flur! BEWEGT EUCH, verdammt noch mal! Wir verpassen alles!»*

«Jawohl, Sir», sagte Fred, und sie stapften hinaus. Bob brummelte verdrossen etwas vor sich hin. Auf dem Fernsehschirm umfing Regina ihre Schultern und starrte vor sich hin. Dann sagte Mavis bildausfüllend etwas über Jims Zunge. Vic rülpste, Prissy Loo hob ihre Toga, um Dolph ihre langen Militärunterhosen zu zeigen. «Ich glaube, Sie haben das gesucht», beharrte ich und hielt Pardew den Eispfriem hin.

«Wir haben's!» rief Cynthia.

«Aha...!»

Der Sturz war vorbei. Die Kamera schien jetzt im Wohnzimmer zu sein. Ginger, den weißen Schal des Inspektors als eine Art Windel oder Lendentuch unter dem, was von den Taschentüchern übriggeblieben war, stand mit vorgeschobenen Knien in der Tür und probierte seinen zerdrückten Filzhut auf.

«Was jetzt?!»

«Ich nehme ihn schon», sagte Cynthia und kam zu mir herüber.

«Es spielt wirklich keine Rolle», seufzte ich. «Ich weiß sowieso nicht, wo er herkommt.»

«Ich weiß. Woody soll sich darum kümmern.»

«Sie haben die Kamera wieder in Gang gekriegt», sagte Fred in der Tür.

«Meinen Sie, ich bin blind?» knurrte der Inspektor, biß sich auf die Lippe und grub gereizt in Peedies Loch herum. «Verflixtes Weibsstück!»

Der Filzhut federte auf Gingers wiederauferstandenen Zöpfchen und schaukelte beim Gehen über ihrem Kopf. Wenn sie stehenblieb, neigte der Hut sich nach vorne über die Augen und wippte dann zurück. Wenn sie einen Schritt vorwärts machte, schien er einen Augenblick zu zögern, ehe er ihr folgte.

«In den meisten Ländern, in denen ich war», warf Lloyd Draper ein, «bringt rotes Haar Unglück. Die Leute haben eine Art, es abzuhacken, wissen Sie das? Samt Kopf und allem...»

«Was ist mit meinem Mantel –?!» bellte der Inspektor. Ginger zog ihn gerade über, ihre dünnen Arme verloren sich in seinen langen flatternden Ärmeln. Er war zerknittert, ausgebeult und mit großen dunklen Flecken übersät. Sein Gewicht schien sie herunterzuziehen, und ihre Knie knickten noch ein paar Zentimeter tiefer ein.

«Fragen Sie jeden x-beliebigen Hindu, er wird Ihnen sagen, daß Rot, haha, einfach eine schlechte Nachricht bedeutet. Einmal, als Iris und ich in Indien waren, bekamen wir Karten für –»

«Sie haben ihn benutzt», sagte Bob (Ginger stolperte nun in dem massigen Mantel herum, der Filzhut hüpfte ihr auf dem Kopf; und sie nahm alles durch ein überdimensionales Vergrößerungsglas in Augenschein, das wie eine künstliche Klaue aus einem Ärmel ragte), «um den Nachlauf aus dem Scheißhaus oben aufzufangen.»

«Was?!»

«Ich sagte, als Iris und ich in Indien waren –»

«Genug!» kläffte Pardew und riß Peedie das andere Ohr ab. Er zeigte damit nach vorn ins Haus, und die beiden Beamten zogen ihre Knüppel und verschwanden.

Nun hatte Ginger Ros' Leiche entdeckt (die Totenwache um sie herum schien wieder angefangen zu haben) und lag auf knochigen Knien vor ihr, den Kopf unter ihrem Rock. Mit einem Ausdruck des Triumphes auf dem Gesicht und um die Ohren geklatschtem Filzhut tauchte sie wieder auf. Sie rollte einen dikken Ärmel zurück, langte hinein und fischte mit rollenden Augen in ihm herum, dann begann sie an etwas zu ziehen: sie zerrte angestrengt, verdrehte die Augen – es gab nach, und sie taumelte zurück. Sie hielt es hoch: es war die Bruyère-Pfeife des Inspektors. «Verdammt!» murmelte er, seine Taschen abklopfend. Ginger betrachtete sie neugierig, schnupperte daran und wollte sie sich dann in den Herzmund stecken – aber etwas hinter ihrer Schulter ließ sie hochschrecken: sie rappelte sich auf und strauchelte durch die Trauernden aus dem Bild, den Schwanz ihres dicken karierten Mantels hinter sich herziehend. Bob und Fred erschienen auf dem Bildschirm. Sie sahen sich verwirrt um – dann nahmen sie knüppelschwingend die Verfolgung auf. Mein Herz tat einen Hüpfer. Die Kamera war, dem Abgang der Bullen folgend, bei Alison hängengeblieben. Langsam zoomte sie heran. Alison starrte geradewegs hinein, mit dem gleichen Ausdruck von Terror und Ergebenheit, den ich zuletzt im Eßzimmer gesehen hatte. Noble, Dickie, Horner und der Mann im Breitgestreiften, alle drängten sich um sie herum – und unter ihrem Charmeuserock waren nicht zwei, sondern vier Beine – Vachel! «Also, was», fragte der Inspektor sich mir zuwendend, «wollten Sie –?»

Aber ich war schon aus der Tür, schob mich durch das Menschenknäuel im Eßzimmer («– beobachteten die erstaunliche Vorführung des Kindes durch den doppelten Spiegel, als wären Kunst und Leben irgendwie getrennt», sagte Mavis, die nun schwer atmete und sich die bleichen weißen Schenkel unter dem hochgeschobenen Rock streichelte, «aber dann schließlich, von Erregung und Verlangen überwältigt...») und kämpfte mich wie durch eine alptraumhafte Dornenhecke zum Wohnzimmer durch – doch vergebens. Abgesehen von Vic, der zusammengesunken neben Ros in einem Sessel hing, und Malcolm Mee im Wintergarten, der den Kopf feierlich über einen Handspiegel gesenkt hielt («I've never done anything like this before», leierte ein Schnulzensänger aus der Anlage), war das Zimmer leer. Das mußte eine Einspielung im Fernsehen gewesen sein. Tatsächlich hatte ich, wenn ich einen Augenblick lang darüber nachdachte, die Bullen gerade im Eßzimmer gesehen, wo sie Besteck und Tellerstapel auf dem Tisch absetzten, und die Kamera war natürlich auf Mavis gerichtet.

Zu viele Lampen brannten hier. Die Havarie, die Trümmer waren überdeutlich sichtbar. Es war wie im Theater, wenn das Spiel vorbei ist, öde und schrill, die Illusionen enthüllt. Ich sammelte ein paar zerknüllte Servietten ein, hingefallene Aschenbecher, ein halbes, mit Ketchup beschmiertes Brötchen, einen weggeworfenen Zigarrenstumpen, ein paar Gläser und eine Krokodilsklemme – aber dann wußte ich nicht, was ich damit tun sollte, und legte sie wieder hin. Diesmal auf den Kaffeetisch. Dort lag, einen Fußbreit entfernt, Alisons grüne Seidenschärpe. Ich hob sie auf und hielt sie an die Lippen.

«Darfst es nicht so schwer nehmen», sagte Vic, aber ich war mir nicht sicher, ob er mit mir oder mit sich selbst redete. Er starrte auf Ros hinunter, die nun außer an den Fetzen ihrer silbrigen Bluse nicht mehr zu erkennen war. «Es ist verdammt traurig, aber zum Teufel, es ist nichts Tragisches daran.»

«Nein...»

«Das Leben ist zu schrecklich, um tragisch zu sein. Das wissen wir alle. Das ist was für Teenies, die sich noch nicht an die Scheiße gewöhnt haben.» Er schüttelte das Eis im Glas und beobachtete es. «Nichtsdestotrotz...» Er kämpfte immer noch mit seinem Verlustgefühl. Das verstand ich. Ich hatte das gleiche schon oft gesagt und es halb geglaubt. Als ich meinen Vater gefunden hatte, zum Beispiel. In einem Zimmer, das diesem ziemlich ähnlich war, seiner letzten Hotelsuite. Der tröstliche Überblick: Die Katastrophe als Mechanismus, der Leben ermöglicht, die Trauer eine morbide Entzündung des Egos. Eine Zeile wie jede andere... «Weißt du, ich habe über das Stück nachgedacht, in dem Ros die Salzsäule gespielt hat...»

«Da bist du hingegangen?»

«Ja. Ich habe nicht daran gedacht, mich auf der Bühne lächerlich zu machen, wenn du das meinst, auch wenn ich verrückt nach ihr war, aber ich habe den anderen zugesehen, die es getan haben. Dabei hatte ich Zeit, über die Geschichte nachzudenken. Gott hat Lot gerettet, wenn du dich erinnerst, damit der nachher seine Töchter ficken konnte, aber das Weib ließ er zur Salzsäule erstarren, weil sie zurückschaute. Oberflächlich betrachtet, ergibt das nicht viel Sinn. Aber die radikale Botschaft hinter der Legende ist, daß Inzest, Sodomie, Ehebruch und all das keine Verbrechen sind – nur sich Umdrehen ist ein Verbrechen: Erstarrung in Erinnerungen, Bindung an die Vergangenheit. Das Stück war ein Versuch, die Legende zu untergraben, das Gedächtnis aufzutauen, wieder an das Hier und Jetzt anzuschließen.» Stirnrunzelnd sah er in sein Glas. Ich dachte an Ros, die, blaugepökelt, unter all den Zungen wieder zu rosigem Leben erweckt wurde. Ros, die nie zurückschaute, nicht einmal nach einer weichen Stelle zum Umfallen. «Und vielleicht... vielleicht war ihr Mord ein weiterer...»

«Was meinst du damit?»

«Oder vielleicht...» Er grunzte, seufzte, tat einen tiefen Schluck. «Wer weiß?» Er erschauderte. «Warum kann ich das nicht abschütteln, Gerry?»

«Na ja, vielleicht», schlug ich vor, weil ich mich daran erinnerte, was für ein Gefühl es war, als auf der Hinterveranda Alisons Schärpe wegrutschte und ich mir die Liebe als eine Art zärtliche Kapitulation vorstellte, eine Alternative zu Resignation und Konfrontation (Mee schwebte auf dem Weg zum Eßzimmer an uns vorbei. Er trug mein durchweichtes Halstuch nun als Stirnband), «solltest du aufhören, dagegen anzukämpfen.»

«Hm, du bist genau so schlimm wie die tote Hose, die ich heute abend mit habe», murrte er. «Weißt du, wie sie mich genannt hat? Einen abgeschlafften sentimentalen Humanisten! Ha! Eine wahre Beleidigung für das Universum, hat sie gesagt!» Die Spur eines zynischen Lächelns flackerte über seine zerklüfteten Züge. «Nicht schlecht, muß ich zugeben... aber verdammt noch mal, Gerry, ich *hasse* Sentimentalität! Ich *hasse* Hirngespinste, Träumerei – ich *hasse wirre Gefühle*!»

«Pech», sagte Jim, der vom Flur kam, die Jacke wieder an, einen Drink in der Hand. «das sind wahrscheinlich die einzigen, die es gibt.» Die meinen waren nun mit Schuld gemischt: das entsetzte Flehen auf ihrem Gesicht gerade auf dem Fernsehschirm und dann davor das im Eßzimmer – oder war es hier gewesen? – und in der Küche... «Was macht deine Frau, Gerry?»

«Was? Oh, ich weiß nicht, Jim. Die Polizei...»

«Die Polizei was?» wollte Vic wissen und schaute auf.

«Du weißt doch, ihre Verhöre, eben waren sie –»

«Was – deine Frau? Diese gottverdammten geilen – was hast du unternommen?»

«Na also, ich habe mit Woody gesprochen –»

«Ach so. Gut...» Er schien wieder in seine Gedanken verloren, starrte ins Glas, die Ellbogen auf den Knien. Jim beobachtete ihn besorgt. Ich dachte an etwas, was mein Vater gesagt hatte, als ich ihn zum letztenmal sah, ungefähr sechs Monate, ehe er, wie er es gerne ausdrückte, nach dem Unvermeidlichen griff. «Warum läßt du mich nicht mal deinen Blutdruck messen, Vic?»

«Was – mit dem Dingsda, das sie eben um Ros' Hals aufgeblasen haben? Nein, danke!»

«Sie haben bloß einen Fingerabdruck genommen. Es jedenfalls versucht. Sie mußten das Ding benutzen, um die Röntgenfilmkassette an die Haut zu klemmen, das ist alles.» Er lächelte. «Wo ist das Problem? Meinst du, es ist ansteckend?»

«Das ist es nicht...»

«Oje, oje!» Regina fegte in ihrem Flattergewand stöhnend ins Zimmer, die Hände wie zum Protest erhoben. «Die Tante da drin ist einfach zuviel!»

«Tante –?»

«Diese – diese Kinderschänderin! Diese aufgegeilte Tussi mit ihren fetten Händen in der Unterhose! Ich kann's nicht *fassen*!» Die Zeit ist schwer und jammervoll, hatte mein Vater gesagt, aber der Mensch ist weich und gefügig. Wenn er durchhalten will, dann will er auch die Metamorphose, vielleicht eine Metamorphose unerwarteter und sogar unvorstellbarer Art, damit der freie Wille nicht mehr Teil seiner Befindlichkeit ist. Eine Warnung, die ich natürlich nicht beachtet hatte. Ich drapierte die Schärpe um meinen Hals und dachte über meine eigenen Metamorphosen, meine zerfließende Befindlichkeit nach. «Sie gibt eine minutiöse Beschreibung, die reinpfeift – und ich wähle meine Worte *avec circonspection*! –, von einem wahnsinnigen Dreier mit ihr, ihrem Alten und Ros, als sie noch keine zehn Jahre alt war und noch nicht einmal ihre *Haare* hatte! O mein Gott! *Arme Ros!*»

«Es hat ihr anscheinend nicht geschadet», sagte Jim ruhig. Lloyd Draper kam mit einer Leinwand und einem Diaprojektor herein und begann sie im Wintergarten aufzubauen. «O ja, viele Kinder», sagte er. «Ein Bursche hat mal zehn auf einmal aufgeknüpft, nannte es eine Warnung für die Menschen und ein – haha – Schauspiel für die Engel! Ich habe Bilder hier, Sie werden sehen!» «Wir gehen wahrscheinlich zu emotional mit der Pädophilie um. In vielen Gesellschaften haben Kinder ständig Sex mit ihren Eltern, Großeltern, Brüdern und Schwestern, Tanten und Onkeln, und soweit wir wissen, wirkt es sich nicht schädlich auf sie aus.»

«Ich glaube es», sagte Vic, hinter dessen Schläfen es pochte und der sein Glas zwischen den Händen drückte, als wolle er es zusammenquetschen wie eine von Dolphs Bierbüchsen, «aber ich glaube es auch wieder nicht.»

«Ehrlich, Sex mit den Großeltern ist vermutlich sogar *gut* für sie.»

«Pahh! Von meinen hätte ich mir den Tripper geholt!» entgegnete Regina und verschränkte die Hände über der Brust. «Ich muß aber zugeben, das kleine Kind da drin ist mit Lust und Liebe dabei!» Das Telefon klingelte. «Ich gehe ran, es könnte Beni sein!»

«Was für ein kleines Kind?» rief ich ihr nach.

«Ich glaube, sie meint Mark», sagte Jim und nippte an seinem Drink. «Er ist runtergekommen, um sein Kaninchen zu suchen, hat er gesagt.»

«Was –?!»

An der Tür (wie oft war ich hier durchgegangen? Ich hatte ein Gefühl, als jage ich auf einem Flughafen verlorenem Gepäck nach oder so etwas) begegnete ich Alisons Mann, der bleich wurde, als er die Seidenschärpe um meinen Hals sah. «Ist es... vorüber?»

«Noch nicht», sagte ich und nieste. «Ich habe noch nicht mal –»

«Ssch!» schimpfte jemand.

Er runzelte die Stirn und sah sich um, die Pfeife zwischen die Zähne geklemmt, den Hals verrenkt. Sie war nicht da, wohl aber Mark: ganz vorne saß er in seinem SUPERLOVER-Sweatshirt neben Vachel dem Zwerg auf dem Betpult. Ich hatte den Eindruck, Vachel fummelte an ihm herum, aber all die anderen, die sich drumherumdrängten, versperrten mir die Sicht, und ich konnte nicht sicher sein. Mavis, den Rock jetzt über die marmorierten Schenkel hochgezogen und beide Hände wie wahnsinnig in ihrer glänzenden, ballonähnlichen Unterhose vergrabend, beschrieb offenbar Ros' kindlichen Körper («– wie Kirschen, und – *ah!* – ihre kleinen Backen waren – *oh!* – mit einem Rosenschimmer – *uh!* – überzogen...!»), wie sie über Mavis' Gesicht hockte, mit einer Hand sie befriedigte und mit der anderen Jim streichelte und einen von ihnen leckte – ich konnte nicht verstehen, wen, vielleicht beide, es spielte aber auch keine Rolle – ich wollte bloß Mark da rausholen.

«He, laß das! Hör auf zu drängeln!»

«Wir waren zuerst hier!»

«Psst! Mark!»

«Autsch!»

«– Mit ihrer Samtzunge und ihren – *keuch!* – Fingern in mir wie die Füße – *oh!* – kleiner Vögel; ich hatte das Gefühl, meine Seele explodierte und breitete sich durch meinen – *uh!* – ganzen Körper aus, strahlte – *ah!* – völlig außer sich einen unglaublichen – *grunz!* – Glanz und – und eine *Wahrheit* aus!»

Vachel schielte mich gehässig über die Schulter an, als ich Mark wegzog. Mavis zerrte jetzt an ihrer Vulva, als schrubbe sie Wäsche auf einem Waschbrett, ihre Hüften klatschten gegen den Sessel, der Kopf rollte, die Augen waren glasig, vor dem Mund standen Speichelblasen. «Ich will nicht –!» jaulte Mark, und ein paar von Quaggs Truppe zischten und buhten mich im Spaß aus, während sie in freimütiger Bewunderung über Mavis' anwachsenden Orgasmus grinsten. *«Los! Los!»* stimmten ein paar von ihnen an. «Nein, Daddy! Ich will die Geschichte hören!»

«Sie ist zu Ende!» beharrte ich und schleppte ihn wie durch ein dichtes Gebüsch weg. Jedenfalls so gut wie: jetzt war nichts mehr zu hören außer Gejaule, Gestöhne, Gequieke und ein paar hingeworfenen Halbsätzen (etwas über «Wunder» und «süße Düfte» und «Haine voll wilder Engel» oder «Bengel» – Ros hatte offenbar die Stellung gewechselt) und dem rhythmischen Platschplatsch ihrer riesigen weichen Arschbacken gegen die Sitzfläche des Sessels. «Halt deine Schlafanzughose fest!»

Zu spät, er hatte sie verloren. Er ließ sich auf Hände und Knie fallen und krabbelte eilig davon, um sie zu holen, aber ich zog ihn wieder heraus – und gerade noch rechtzeitig, denn plötzlich kreischte Mavis verzückt auf und fiel vom Sessel, so daß alle Leute um sie herum zurück- und gegeneinandertaumelten. «Man hätte auf dich treten können, Sohn!» schimpfte ich, während die anderen würgten und kicherten, Entschuldigungen murmelten («Aber meine Schlafanzughose, Daddy –!» «Du hast doch noch andere...») oder den Atem anhielten. *«Wow –!»*

«Und dann...!» stieß Mavis auf dem Fußboden aus, und die Menge wurde wieder still. Ihr Atem ging schwer, ihre Stimme klang kratzig und Meilen entfernt. «Und dann... *küßte*... Jim mich!»

Ihre Zuhörer, von denen einige noch dabei waren, sich aufzurappeln, grölten und pfiffen, spendeten großzügig Beifall. «Gott, das war 'ne tolle, rührende Geschichte!» rief jemand. «Wild – aber *real*!»

«Warum liest Grandma mir nicht solche Geschichten vor?» wollte Mark wissen.

«Stil, Mann – manche Leute haben welchen, manche nicht.»

«Wo ist Grandma überhaupt?»

«Sie ist bei einem Mann.»

«Ist sie auf Speed, was meinst du?»

«Grandma –?»

«Hast du nicht gesehen, als ihr Rock oben war?»

«Ist das deine, Mark?» fragte Kitty, als sie aus der Menge auftauchte, die nun umherwirbelte. Sie hielt sie vor sich wie eine Schürze. «Eines ist sicher, meine ist es nicht, das sieht man!»

Mark lachte und Kitty kniete sich hin, um ihm beim Anziehen zu helfen, immer noch ein bißchen erhitzt von Mavis' Bericht und nicht allzu standfest. «Bist du drin gewesen, um dir deinen Alten anzugucken, Kitty?» fragte Talbot, den Kopf zur Seite seines guten Ohrs hin geneigt.

«Was gibt's da zu sehen?» Der bärtige Techniker in den Cowboystiefeln hockte jetzt hinter ihrer Schulter, die Kamera auf Mark und Kittys herumfummelnde Hände gerichtet – ich trat vor, um ihm die Sicht zu versperren, aber genau in dem Augenblick schwankten die beiden Polizisten aus der Küche, einen riesigen Truthahn zwischen sich, und riefen mir zu: «He, *Sie*! Tun Sie mal das leere Tablett weg, ja? *Schnell!*» «Nur Schein, Talbot – glaub mir, Träume sind nie so gut wie das Reale! Stimmt's nicht, Mark?»

«Was ist das Reale?»

«He! Guck mal da, das kleine Piepmätzchen!»

«Sachte!» grunzte Fred, als sie den Truthahn mit äußerster Vorsicht auf die Warmhalteplatte abluden und die anderen im Zimmer begannen, sich um den Tisch zu drängen.

«He, geben Sie mir mal den Lappen!» rief er und riß mir die Schärpe vom Hals.

«Moment!»

«Zurück jetzt!»

«Gott, wer immer hier wohnt, führt wirklich ein offenes Haus!»

«Du hättest früher hier sein sollen, Gudrun – es gab ein Curry-Krabben-Dip, unglaublich gut!»

«Sagen Sie mal», flüsterte Zack Quagg mir ins Ohr und nickte in Richtung von Alisons Mann unter der Tür («Aber ich habe gehört, wie er gesagt hat, er würde es tun», beharrte Janny Trainer mit Tränen in den Augen, «direkt in die Brust!»), «hat der bärtige Stutzer da drüben Moos?»

«Und Champignon-Pastetchen im Teigmantel!»

«Es geht ihm nicht schlecht, glaube ich.»

«Er ist so niedlich!»

«Danke, Mann – das wollte ich hören.»

«Ich hole eine Schüssel für die Füllung», sagte Bob und zog die Topfhandschuhe aus, und Janice Trainer neben mir schnappte ungläubig nach Luft und hielt sich die Brüste: «O nein! Du meinst, er setzt sich ihnen direkt aufs Gesicht und –?!»

«Und das Messer, das du gerade gewetzt hast!» rief Fred ihm nach.

«Richtig, du dumme Nuß», sagte Daffie säuerlich und stieß Rauch aus. «Und jetzt hast du ihn mit deinen schmutzigen kleinen Gerüchten vertrieben.»

«Also, das habe ich nicht gewußt!»

«Was? Ist Dickie weggegangen?»

«Er geht gerade», sagte Dolph, der («Macht es... macht es Spaß?») mit einem besoffenen Lächeln auf dem Gesicht hereinspazierte. Er zwinkerte Talbot zu und nickte über die Schulter in den Flur zurück. «Hallo, Mark. Sag mal, du bist ja wirklich gut drauf heut abend, stimmt's?»

«Es ist zu fühlen», erklärte Hoo-Sin an Jannys Schulter, «aber nicht zu begreifen.»

«Ja? Versuch das mal Dolph zu sagen!» ächzte Kitty und schlug seine Hand fort, als ich Marks nahm. «Onkel Dolph hat Hummeln im Hintern, Daddy.»

«He, was macht Mavis denn da auf dem Boden?»

«Egal, was es ist», erklärte Regina, die vom Wohnzimmer hereinflatterte, «ihr könnt euch drauf verlassen, es ist was *Schmuddeliges*!»

«Es hat keine Oberfläche...»

«Das Problem mit Dolph ist, er fängt immer ganz unten an, aber er kommt nie hoch!»

«Mach den Akt nicht runter, Vadge, die dicke Dame hat Talent», meinte Zack Quagg und schlängelte sich mit einem guten Stück Brust vom Tisch weg, gerade als Fats hinter Regina herangewatschelt kam und lauthals sang: «Huhuh-gina! Sei meine Valentina!» Sie zog ein Gesicht und wich zurück.

«...Kein Innenleben...»

«Mann, dieser Truthahn ist ein verdammter Überflieger!» Quagg hatte ihn offensichtlich in den Senf getaucht; der lief ihm jetzt übers Kinn und tröpfelte auf sein Gymnastiktrikot. Regina schob Fats' Hände weg und starrte Hoo-Sin drohend an («Gott, klingt das *schön*», sagte Janny, und Hoo-Sin schob geheimnisvoll lächelnd ab). «Hast du Benedetto erwischt?»

«Er kommt, sobald seine Show vorbei ist», sagte Regina. Hoo-Sin hatte Fats jetzt in einem Halb-Nelson. «Moment –! Haben Sie ein Herz!» stöhnte er. «Barmherzigkeit mit Wölfen zu üben, heißt, den Schafen gegenüber tyrannisch zu sein», erwiderte Hoo-Sin, als lese sie aus der Heiligen Schrift. «Er bringt ein paar von der Truppe mit.» Fats flog wieder durch die Luft.

«Wahnsinn! He, wir haben alles, was wir brauchen – laßt uns hier 'ne Show abziehen! Malcolm –?»

Zu spät merkte ich, daß wir den anderen Weg hätten nehmen sollen. Wir waren bis zur Flurtür gekommen, wurden dort aber vom hereinströmenden Verkehr aufgehalten. «Malcolm ist vielleicht unten im Verlies, Zack – da ist schwer was los...» Mark zog mich zurück, deshalb nahm ich ihn auf den Arm. «Ist der kleine Mann Lipilulaner, Daddy?» «Ja.» «Ein echter?» Es war, als müsse man auf einem Bahnhof im Stoßverkehr in die falsche Richtung gehen. «Laßt mich mal an den gebratenen Kanarienvogel, Jungs! Ich muß meinen leeren Beutel füllen!» Aber es gab auch kein Zurück mehr, Leute drängten gleichzeitig zum Tisch hin und davon weg. Fred war, vorsorglich die Nackenstütze haltend, zurückgewichen: Sie rissen den Vogel mit bloßen Händen auseinander, es war, als hätten wir den ganzen Abend nichts zu essen hingestellt.

«Sind echte Lipilulaner böse?»

Der grosse Bulle, Bob, der mit dem Fleischermesser durchhumpelte, schlug uns schließlich eine Bresche, durch die wir schlüpfen konnten. Er knurrte böse, als er sich an uns vorbeidrückte, und im Aufblicken sah ich, daß Mark ihm die Zunge herausstreckte. «He, Mark! Das ist nicht nett!»

«Ich mag ihn nicht, Daddy. Er hat mich *gezwickt.*»

«Der Polizist hat dich gezwickt –?»

«Was sagst du da, Mark?» grinste Charley, der herein wollte. «Was machta alte Pudding-Podex?»

«Was macht dein alter Buh-Buh-Popo, Onkel Charley!»

erwiderte Mark kichernd. Charley rollte mit den Augen und führte einen traurigen kleinen Plattfußtanz um uns auf. «Mein alter Buhbuh is kakadu!» erklärte er kummervoll. Die Kellertreppe herauf und hinunter wälzten sich Menschen («Wow! Spiel, Satz und *Sieg*!» «Haha! Du gehst wieder runter?» «Ja, Mann, noch einmal...»), aber hier draußen herrschte weniger Gedränge. «Ade, ade, buhbuh, Mark, altes Haus!» rief Charley. Mark lachte und hopste auf meinen Armen auf und ab, als ich ihn zur Treppe trug. Die Tür zu meinem Arbeitszimmer war zu, aber die Toilettentür stand offen, das Dunkelkammerlicht brannte noch. Von drinnen leuchtete es wie die Hölle in einem Melodram. «Buh-huh-huh-huh-muh!» Quagg hatte in *Der bösen Püppchen Alptraum* genauso ein Bühnenbild eingesetzt, als der Holzsoldat seine Seele an die Vogelscheuche verkaufte. «Was macht dein altes *Puh-Puh*, Onkel Charley!» krähte Mark.

«Das reicht, Mark. Du bist zu aufgedreht –»

«Warte, Daddy!»

«Nein, Onkel Charley ist jetzt weg, es ist Zeit –»

«Aber *Peedie*!» jammerte er. *«Ich will meinen Peedie!»*

«Ah.» Das war etwas anderes. Tatsächlich blieb mir, wenn ich Ruhe haben wollte, keine Wahl. Aber das Fernsehzimmer war unmöglich weit weg. Ich wußte nicht, ob ich die Kraft hatte, den ganzen Weg dorthin noch einmal zurückzulegen. Ich hatte das Gefühl, eine Grenze zuviel überschritten zu haben: ich wollte bloß irgendwo unterkommen. Mich zurücklehnen und den Zimmer-Service kommen lassen. Was brachte mich auf den Gedanken, daß wir wieder reisen wollten? «Meinst du, du brauchst ihn wirklich, Mark? Vielleicht sollten wir versuchen, einmal ohne – schon gut, schon gut, hör auf zu weinen.» Er war schwer oder kam mir plötzlich so vor. Ich setzte ihn ab. Das vordere Zimmer sah leer aus, aber es spielte Musik. Eine Tanzmelodie, «Learning About Love» – sie klang blechern und hohl. «Warte hier, ich hole ihn.»

Aber als ich mich umdrehte, stand Cynthia da und hielt das Kaninchen hoch, schwenkte es wie eine Flagge. Mark lief mit ausgestreckten Armen zu ihr, und ich folgte. Es hatte sogar seine Ohren wieder. «Danke, Sie haben mir das Leben gerettet», sagte ich.

«Seine Ohren sind ganz komisch!» rief Mark. Sie hatte sie falsch herum angesteckt.

«Oh, tut mir leid – ich fürchte, ich verstehe nicht viel von Kaninchen!»

«Er trägt sie so für die Party», schlug ich vor. «Du kennst doch Peedie – immer zum Scherzen aufgelegt.» Ich zwinkerte müde, und Cynthia lächelte. Ihre Haut hatte einen schwachen Schimmer von dem Dunkelkammerlicht. «Morgen drehen wir sie wieder um.»

«Böser Peedie!» schimpfte Mark und versetzte dem Ding einen Schlag. Dann kuschelte er es an sich, schob einen Finger ins Loch und steckte den Daumen in den Mund.

«Sie gehen so gut mit Kindern um», sagte Cynthia.

«Bist du ins Fernsehzimmer reingekommen?» fragte Woody sie, der die Kellertreppe heraufkam, als ich Mark wegführte.

«Ja. Es war eine Enttäuschung.» Hinter uns lachte daraufhin jemand: «Ist es immer!» Woody, bemerkte ich, lief immer noch in Unterwäsche herum, aber seine Unterhose saß nun falsch herum. Seine Haare waren zerzaust, die Augen vom Dunkel im Keller geweitet. «Sie sind jetzt drin und betrachten Zeitlupenaufnahmen von der Frau des Arztes.»

«Mavis...?»

«...Eine Geschichte...»

Meine Großmutter hatte mir immer eine Geschichte von einem Mann erzählt, der, um in den Himmel zu kommen, ein Treppenhaus mit tausend Stufen erklimmen mußte. Sie fing unten an und nahm sie eine nach der anderen, und ich schlief natürlich immer ein, ehe der Mann oben ankam. Ich erinnerte mich – würde mich immer erinnern – an die schrecklichen Qualen jenes Aufstiegs, während ich mich verzweifelt bemühte, die Augen bis zum Ende offenzuhalten, und ich träumte immer noch davon: ich blieb mit bleiernen Beinen auf halber Höhe eines unendlichen Treppenhauses stecken. Eine Zeitlang vermutete ich sogar, tausend sei tatsächlich eine unendliche Zahl, aber dann versuchte ich sie am Tag auszuzählen und fand heraus, daß ich nur zehn oder fünfzehn Minuten dazu brauchte. Tatsächlich war es, wie ich bei Ferien in den Bergen mit meinem Vater herausbekam, noch nicht einmal eine so hohe Klettertour. Natürlich zählte meine Großmutter immer langsamer als ich, aber das erklärte noch nicht, weshalb ich immer auf halbem Weg und gewöhnlich noch eher einschlief. Ich dachte, es könne der schläfrige Rhythmus des Zählens an sich sein, und um dem etwas entgegenzusetzen, versuchte ich, mich mit Rätseln und Gedächtnisübungen und eigenen stummen Geschichten abzulenken. Damit hatte ich noch weniger Erfolg als mit der Konzentration auf das Zählen, und noch schlimmer, ich schien den Faden der Geschichten und Erinnerungen zu verlieren, die ich derart benutzte. Es war, als würden sie vom Zählen aufgesogen und dort ausgelöscht. Nicht, daß ich sie nicht gerne geopfert hätte, um oben anzukommen, um sehen zu können, was der Mann sah, aber das war einwandfrei nicht der richtige Weg. Anscheinend gab es den nicht, und ich begann mir Sorgen zu machen, daß etwas mit mir nicht stimmte, etwas, was mit Worten zu tun hatte, die ich gelernt hatte, wie «Seele» und «Korruption» und «Prädestination». Ich erinnerte mich, daß ich eines Tages auf der Fahrt zum Haus meiner Großmutter meine Eltern mit der Frage verblüffte, was die Ursünde sei. «Keine Karte lesen zu können», sagte meine Mutter trocken, und mein Vater lachte und sagte: «Geboren zu werden.» Dann entdeckte ich eines Tages das Geheimnis meiner Großmutter. Es war einfach. Es gab immer ein Vorspiel vor dem Aufstieg, eine Geschichte darüber, wer der Mann war und wie er gestorben war – oft behauptete sie, er sei ein Verwandter oder jemand, der in der Stadt gelebt hatte –, und dann ein mehr oder weniger ausgeschmückter Bericht über seine Reise durch die nächste Welt, ehe er endlich zu der Treppe kam. Und natürlich stimmte meine Großmutter die Länge dieses Prologs auf meine erkennbare Schläfrigkeit und die Uhrzeit ab. Deshalb stellte ich ihr eine Falle, rollte mich wie erschöpft früh in einer Ecke zusammen und tat so, als schliefe ich an ihrer Schulter ein, während sie mir den Schlafanzug anzog, ich gähnte und döste durch ihre einleitende Geschichte, bis der Mann zur untersten Stufe kam, und ließ ihn auch die ersten zwölf Stufen hinaufklettern, damit es keine Umkehr gab. Während dieser ersten umständlichen Schritte, als ich mit geschlossenen Augen da lag, durchzuckte mich ein vorübergehendes Schuldgefühl, daß ich meiner Großmutter das antat, und ich war nahe daran, die Täuschung geradewegs in vorgetäuschten Schlaf zu überführen – oder richtigen Schlaf, es hätte durcheinandergeraten können. Aber die Neugierde gewann die Oberhand, ich hatte zu lange darauf gewartet: ehe ich mich versah, saß ich kerzengerade im Bett, umschlang die Knie, riß die Augen weit auf und sah ihr gespannt zu. Sie ließ sich nicht anmerken, daß irgend etwas anders war, rückte resolut, Stufe um Stufe, zum Gipfel vor, als hätte sie es immer so gehalten – und wie konnte ich sicher sein, daß sie es nicht getan hatte? Die ersten vierhundert Stufen oder so waren qualvoll schwer – ich hatte nicht unrecht mit den beschwörenden Zauberkräften des langsamen Aufstiegs, und trotz all meiner Vorbereitungen schafften sie mich beinah. Danach spitzte ich wieder die Ohren, angespornt von der Herausforderung, zumindest die Hälfte zu schaffen, aber bei siebenhundert nickte ich wieder ein und verpaßte sogar ein paar Stufen – oder vielleicht ließ meine Großmutter welche aus, als sie sah, daß ich die Augen verdrehte und mir der Kopf auf die Brust fiel. Als der Mann die letzten hundert Stufen in Angriff nahm, fühlte ich eine Woge der Erregung – plötzlich war es die beste Geschichte, die ich je gehört hatte, und ich war hellwach. Endlich! Aber typisch, ich wähnte mich zu früh am Ziel. Fünfzig Stufen später dämmerte ich wieder ein, überwältigt von einer undurchdringlichen betäubenden Dumpfheit. Ich konnte es nicht fassen. Was war los, fragte ich mich eindringlich, wollte ich es nicht sehen? Wollte ich nicht wissen, wie es war? Ich zwickte mich, schüttelte den Kopf, ließ die Augen hervorquellen, versuchte im Bett auf und ab zu hopsen, aber ich konnte die Müdigkeit nicht abschütteln. Jede Stufe, die der Mann überwand, sank wie Blei in mein Hirn. Es war, als habe sich mein ganzer Körper gegen mich gewandt und verweigere mir im letzten Augenblick alles, wofür ich gekämpft hatte. Ich konnte meine Großmutter nicht mehr sehen, bloß die Stufen, die hoch über mir ragten. Die Zahlen schlugen tönern wie schwere Glocken in meinem Hinterkopf. Es war meine erste wirkliche Willensprobe, wenn es so etwas gibt. Und während der Mann die letzten Stufen durch die Wolken erklomm, muß ich ein bißchen wie er ausgesehen haben – eigentlich fast leblos, mit starrem Blick, gebleckten Zähnen, wild entschlossen, nicht aufzugeben. Erstaunlicherweise schafften wir beide es. Als er sich die letzte Stufe hinaufzog, war ich vor Müdigkeit und Aufregung gelähmt, aber ich konnte wenigstens meine Großmutter wieder sehen. «Und was meinst du, was er fand?» fragte sie. Ihr Ausdruck war genau so wie am Anfang. «Was?» erwiderte ich heiser, beinah ängstlich. «Sag du es mir», sagte sie. Ich dachte, es könne ein Rätsel sein, eine letzte Probe oder ihre Art, mir zu helfen, genügend aufzuwachen, um das Ende zu hören. «Engel», sagte ich. Mir schmerzte der Nacken, weil ich zu lange versucht hatte, den Kopf oben zu halten. «Und jede Menge Spielzeug und Bonbons und so etwas.» Das schien nicht ernsthaft genug zu sein. Ich versuchte mich an Dinge zu erinnern, die man mir vorgelesen oder erzählt hatte. «Gott – und seinen Vater und seine Mutter. Und die Großmutter.» «Ja...» Sie schien mehr zu wollen. Ich sank aufs Kissen zurück und versuchte nachzudenken. «Straßen aus Gold. Blumen, die gut schmecken und... Glück...» «Richtig.» Ich zögerte. Meine Zunge war wund, wo ich daraufgebissen hatte. Und meine Augen, die weh taten, weil ich sie so lange offengehalten hatte, wollten sich jetzt nicht schließen. «Ist das... ist das alles?» Sie deckte mich zu und gab mir einen Kuß. «Er fand alles, was er wollte», sagte sie und verließ mich. Es war eine schreckliche Enttäuschung. Ich lag stundenlang wach und dachte darüber nach und hatte noch Tage danach Kopfschmerzen. Es wurde mir nicht ganz klar, was es war, aber ich hatte das Gefühl, ich hätte etwas Wertvolles verloren – zum einen die Geschichte selbstverständlich: jenes spezielle Band, das, solange sie unvollendet blieb, zwischen meiner Großmutter und mir bestanden hatte, war nun für immer weg. Und dann die Einleitungen zu den verschiedenen Kletternden und wie sie gestorben waren und dann ihre Reisen im Jenseits – ich merkte, daß sie mir mehr Spaß gemacht hatten, als mir damals, besessen vom Verlangen nach Denouement, klar gewesen war. Ich wollte sie wiederhaben, aber sie hatten sozusagen ihr Fundament verloren. Keine Treppen mehr am Ende jetzt, nur ein Abgrund. Lange Zeit danach noch fragte ich mich, ob ich etwas verpaßt hatte, ob ich vielleicht im falschen Augenblick eingedöst war oder einen wichtigen Anhaltspunkt nicht verstanden hatte. Erst Jahre später, ungefähr zu der Zeit, da meine

Großmutter starb und ihren eigenen Aufstieg begann – oder besser umgekehrt – begriff ich endlich, daß es nichts mehr zu suchen gab, daß ich in der Tat begriffen hatte, worauf es ankam. Es war, wie meine Großmutter es von der ersten Stufe an geplant hatte, ihr Hauptvermächtnis an mich...

Mark hatte recht, es *war* jemand bei ihr. Ich konnte sie reden hören. Meine Schwiegermutter sagte in ihrem ausdruckslosen, moralistischen Ton etwas über «den Mutterfinger saugen». Ein Euphemismus, vermutete ich und legte mein Ohr an die Tür: So hatte ich sie noch nie sprechen hören. «Er war also verheiratet», sagte der Mann, dessen Stimme gedämpft klang, «und vergewaltigte eine Frau, die so gut wie tot war.»

«Ja. Und dann verließ er sie und vergaß sie, wie man sich denken kann. Obwohl er später zurückging und seine unerlaubten Liebschaften wiederaufnahm, weil das in seiner ausschweifenden Natur lag.»

«Ich verstehe, es ist also nicht wahr, daß die Schwiegermutter, die Anschuldigung, ich meine, daß sie mordete – oder zumindest versuchte –»

«Wie soll das gehen? Unmöglich, wenn man darüber nachdenkt. Nein, es war seine Frau, die mit gutem Grund diese sogenannten entsetzlichen Wünsche zum Vollzug brachte...»

«Das ist eine sehr ernsthafte Anschuldigung, Madame. Doch meine Erfahrung sagt mir, daß es so sein muß. Komisch, wie sich mit der Wiederholung alles umdreht.»

«Weshalb warten wir draußen, Daddy?»

«Ssch! Störe Oma nicht!» flüsterte ich und schob die Tür auf.

Ich war mir nicht sicher, ob sie uns gehört hatten, aber wenn, gaben sie es nicht zu erkennen. Sie saß in ihrem Schaukelstuhl, und der Mann lag ihr zu Füßen auf dem Boden, den Kopf in ihrem Schoß. «Sie waren mir eine große Hilfe», sagte er. Es war Inspektor Pardew. Sie schien seine Schläfen zu streicheln. «Ich hatte mir diese Geschichte immer als eine Parabel auf die Zeit vorgestellt – die zum Traum komprimierten hundert Jahre, die illegitime Geburt der Chronologie, dann unsere irrationale Angst, sie zu verlieren. Die Zerstörung der Dämmerung und all unserer Tage, unserer Sonne, unseres Mondes schien so gräßlich, daß nur etwas jenseits unserer Vorstellungskraft, ein Dämon oder Oger, dafür verantwortlich sein konnte. Aber natürlich bedarf es nur einer eifersüchtigen Ehefrau ...»

«Ja, aber man darf nicht das zugrundeliegende Verbrechen vergessen, das die anderen auslöste –»

«Daddy? In Peedie ist etwas *Hartes*.»

«Ja, schon gut ...»

«Weshalb flüstern wir?»

Der Inspektor sah auf. «Kommt rein, kommt rein», sagte er gereizt und legte den Kopf in ihren Schoß zurück. Er trug wieder seinen Schal und umklammerte die Enden mit einer Hand. Ich stieß die Tür hinter uns ins Schloß. «Sie sagten, Madame, das ursprüngliche –?»

«Sie wissen, die Party, der verstimmte Gast, der Fluch. Das Erstechen ...»

«Ah ja – aber war es wirklich ein Verbrechen? Oder nur eine Art zugrundeliegender Bedingung?»

«Hol es *raus*, Daddy!»

«Schon gut, schon gut.» Ich legte ihn ins Bett, zog ein loses Bettuch über ihn (er strampelte es weg) und nahm das ausgestopfte Kaninchen. Noch ehe ich meinen Finger durch das Loch geschoben und es berührt hatte, wußte ich, was es war. «Es macht ihn stärker, Mark, wie ein Rückgrat – bist du sicher, daß du's nicht drinlassen willst –?»

«Ich will es *raushaben*! Es tut ihm *weh*!» Der Inspektor seufzte ungeduldig und schloß die Augen. Mark war müde und nervös von all der Aufregung – auch nur das Geringste, und er konnte einen Koller bekommen. Ich faßte mit zwei Fingern hinein, umklammerte den Griff und schob die Spitze von außen nach.

«Vielleicht habe ich mich, wie Sie sagen, zu lange mit diesem Problem herumgeschlagen», brütete Pardew. «Während ich es umkreise, ertaste, erforsche und sondiere, spüre ich, daß hier etwas versucht, zur Welt zu kommen – aber daß es leider schon tot sein könnte.» Daraufhin zuckte meine Schwiegermutter zusammen. «Entschuldigung, habe ich –?»

«Nein ... eine Erinnerung ...»

Das Ende des Griffes sah nun hervor: ich zog ihn heraus und erinnerte mich an etwas, was meine Frau gesagt hatte, kurz nachdem sie aus dem Krankenhaus gekommen war: «Es ist nicht der Verlust, Gerald, andere warten darauf, geboren zu werden, sondern eher...»

«Daddy, ich habe Angst im Dunkeln.»

Ich bückte mich, um ihn zu küssen und zuzudecken. «Eher», hatte meine Frau gesagt, «ist es die Art, wie es mich am Ende *haßte*. Ich kannte all seine Gedanken, die schreckliche Bitterkeit und Wut, die es empfand. Es hätte mich *umgebracht*, wenn es gekonnt hätte – und was schlimmer war, ich willigte ein...» «Nun, jetzt ist es nicht dunkel.»

«Wenn ich einschlafe, *wird* es dunkel.»

«Ich meinte nur, daß die Wahrheit, wenn sie nicht mehr zweckdienlich ist, nicht länger im selben Sinn Wahrheit ist. Können Sie mir folgen, Madame? Ich decke das Verbrechen vielleicht bloß auf, verstehen Sie, um zu entdecken, daß das, was es ausmacht, sich auf eine andere Ebene verlagert hat.» Der Inspektor schien nicht unterbrochen werden zu wollen, deshalb legte ich den Eispfriem auf eines der geleerten Regale neben ihm, wo er ihn später finden konnte. Meine Schwiegermutter runzelte die Stirn darüber und sah mich scharf an. Ich zuckte die Achseln. «Es ist, als würde Ihr Prinz sich den Weg durch das Dornengestrüpp freihacken, bloß, um ein Geschöpf aufzuwecken, das sozusagen an einer tödlichen Krankheit leidet oder von Sinnen ist.»

«Oder vielleicht, um einen Schwarm konkurrierender Schönheiten zu finden», schlug sie vor und wandte sich, das Gesicht düster vor Bestürzung, wieder dem Inspektor zu, »eine anscheinend schöner als die andere, und was soll er dann tun? Nur eine aufwecken und die anderen zum Tod im Leben verdammen? Nein, aber wenn er sie alle küßte, würde die vielfache Erwekkung sein eigenes Leben auf Chaos und Wahnsinn reduzieren...»

«Ja! Seltsam! Ich – ich habe gerade das gleiche gedacht...!»

«Ich weiß», seufzte sie und streichelte ihm über den Kopf.

«Es bewegt sich alles im Kreis», sagte der Inspektor mit zitternder Stimme. «Manchmal... weiß ich nicht mehr, wo ich bin!»

«Ja, ja... es wird alles gut...»

Ich drehte mich um, um zu gehen, hörte aber jede Menge Leute vor der Tür – Wilma, Patrick, Vachel, Kitty, Cyril vielleicht («Fiona –?» fragte jemand), Teresa, dazu andere – und ich fühlte mich außerstande, ihnen entgegenzutreten. Außerdem kam Mark endlich mit flatternden Augenlidern zur Ruhe. Es schien am besten, ihn von nichts und niemandem stören zu lassen.

«Darf ich... darf ich Ihnen eine Geschichte erzählen, Madame? Sie liegt mir auf der Seele, und ich –»

«Gewiß.» Meine Schwiegermutter hatte ein paar schmutzige Teller und Gläser auf der Kommode bei der Tür gestapelt – ich fand einen halben warmen Old-Fashioned und noch was anderes mit Eis und mischte sie.

«Nun, vor vielen Jahren, als ich gerade bei der Polizei anfing, wurde ich beauftragt, bei einem merkwürdigen Fall zu assistieren, der die scharfsinnigsten und erfahrensten Köpfe unserer Abteilung absolut durcheinandergebracht hatte. Ein berühmter Historiker – sein eigentliches Feld war die Prähistorie, glaube ich: war er dann ein Prähistoriker? Nein, das klingt nicht richtig. Jedenfalls wurde dieser Historiker eines Morgens in seiner Bibliothek gefunden, an Händen und Füßen gefesselt und mit einer Garotte, die man für antiker iberischer Herkunft hielt, zu Tode stranguliert. Anfangs hatte es ausgesehen wie ein Fall von einfachem Raub – mehrere Gold- und Silbergegenstände wurden vermißt, das Fenster war aufgebrochen worden, im Garten waren Fußabdrücke – aber in Wirklichkeit sah es *zu* einfach aus, zu *selbstbezogen*, wenn Sie verstehen, was ich meine. Eine gründliche Untersuchung der Spuren, die das Brecheisen im Fensterrahmen hinterlassen hatte, offenbarte es als ein exotisches Relikt aus der Eisenzeit, und das zusammen mit der Mordwaffe wies auf jemanden hin, der mit dem wissenschaftlichen Fachgebiet des Opfers vertraut war. Dieser Verdacht wurde schnell bestätigt durch eine Laboranalyse gewisser Fasern, die der tote Mann in der geschlossenen Faust hielt, und einem einzelnen Fingerabdruck auf der Garotte. In beiden Fällen stellte sich heraus, daß sie dem jungen Assistenten des Historikers gehörten, einem Mann, der für seine Abenteuerlust und seinen hemmungslosen Ehrgeiz bekannt war. Aber ehe er verhaftet werden konnte, starb der Verdächtige plötzlich an einer seltenen subtropischen Krankheit. Poetische Gerechtigkeit, könnte man sagen. Ein paar der fehlenden Artefakte wurden in der Unterkunft des jungen Mannes gefunden, dazu – noch belastender – das exotische Brecheisen. Der Fall schien gelöst – bis eine peinlich genaue Autopsie ungefähr fünf Zentimeter tief im Rektum des jungen Mannes die Überreste eines Suppositoriums zutage brachte, in dem sich Spuren eines tödlichen Bakteriengiftes fanden. Überflüssig zu sagen, daß intimer Verkehr mit dem Angreifer angenommen wurde, was den mit dem Fall befaßten Inspektor darauf brachte, die Tochter des Historikers zu verdächtigen, die laut Aussage des Butlers der Familie von dem jungen Mann einmal verführt worden und anschließend, obwohl mit einem anderen verlobt, seine Sklavin und Konkubine gewesen war – ich zitiere natürlich den Butler, Madame, der als Andenbewohner mit einer gewissen kuriosen Offenheit sprach. Wohl wurden andere Suppositorien unschuldiger Natur im Medizinschrank des Mannes gefunden, so daß theoretisch die Mordwaffe sozusagen selbst eingeführt worden sein konnte, aber es gab noch weitere Gründe, die den Verdacht auf die Tochter fallen ließen, nicht nur in bezug auf den Mord an ihm, sondern auch in bezug auf den an ihrem Vater. Jetzt, wo der junge Assistent aus dem Weg geräumt war, war sie die Alleinerbin der Arbeiten ihres Vaters, der veröffentlichten und unveröffentlichten, zusammen mit den ganzen Forschungsmaterialien, die die beiden zusammengetragen hatten. Ihre öffentlich ausgetragene Rivalität mit dem jungen Mann war genau so bekannt wie ihre leidenschaftliche Liebesbeziehung, was zweifellos alle eventuellen feindseligen Gefühle verstärkte, und es war auch kein Geheimnis, daß sie ihrem Vater, einem Mann, der sich so hinter seiner Arbeit verschanzte, daß er ihr ihr ganzes Leben lang kaum Aufmerksamkeit schenkte, keine natürliche Zuneigung entgegenbrachte. Ich brauche Sie, Madame, kaum auf die traurigen Folgen hinzuweisen, die die Vernachlässigung der elterlichen Pflichten so oft nach sich ziehen. Darüber hinaus hatte sie die Leiche ihres Vaters gefunden, was bei allen Verbrechen ein verdächtiger Umstand ist, und man erinnerte sich nun, daß sie zu dem Zeitpunkt weiße Handschuhe getragen hatte, von der Art, wie sie Museumsangestellte tragen, wenn sie wertvolle Schaustücke umräumen, oder Techniker, die mit Film zu tun haben. Es war alles in allem nicht auszuschließen, daß der Butler sie bei der Vollendung ihrer mörderischen Tat überrascht hatte, so daß sie, ich zitiere den Butler, die Leiche eher entdecken mußte, als sie geplant hatte, wenn Sie meinem Gedankengang folgen können. Als schließlich ein Schamhaar von ihr in den zugegebenermaßen winzigen Rückständen des Suppositoriums in der Unterleibsanatomie des jungen Mannes gefunden wurde, war das Beweismaterial gegen sie, wie Sie sich vorstellen können, unwiderlegbar. Natürlich war es möglich, daß der junge Mann das Haar irgendwie geschluckt hatte, aber die Möglichkeiten, das zu tun, jedenfalls in jenen Tagen und in solch erlauchten Kreisen, schienen ziemlich unvorstellbar – wie es Ihnen, Madame, trotz der verderbten Zeiten, in denen wir leben, auch heute vielleicht unvorstellbar ist. Jedenfalls versammelte der Inspektor alle Verdächtigen in der Bibliothek des Vaters, dem Schauplatz des vorangegangenen und, wie sich herausstellte, ursächlichen ersten Mordes, und verkündete mit den angemessenen dramaturgischen Präliminarien seinen Verdacht. Die junge Frau sah schockiert aus, schmerzerfüllt – aber es war, wie es sich so traf, echter Schmerz, denn sie befand sich im Todeskampf, vergiftet, so schien es, von jemandem im Raum. Ihr Glas Cascarillatinktur war, wie wir schnell entdeckten, mit tödlichem Eisenhut versetzt. An dem Punkt wurde ich zu dem Fall hinzugerufen, ein junger Leutnant, der damals auf forensische Anthropologie spezialisiert war. Ich muß nicht ins Detail gehen. Einwandfrei schien der Butler, der bei allen drei Gelegenheiten am Schauplatz des Verbrechens gewesen war und kraft seines Dienstes überall Spuren hinterlassen hatte, einschließlich, wie sich herausstellte, der verräterischen Fußabdrücke im Garten, diesen verblüffenden Dreifach-Mord eingefädelt zu haben, offensichtlich motiviert von dem Wunsch, die rücksichtslose Plünderung der Schätze seiner Nation durch diese ausländischen Intellektuellen zu rächen und so vielleicht die Legende von einem Fluch auf diesen Artefakten zu schaffen, die ihrer eventuellen Rückkehr zu seinem Volk Vorschub leisten sollte – aber kaum meinten wir, alles über ihn in

Erfahrung gebracht zu haben, als auch er plötzlich hinweggerafft wurde, in diesem Fall mit besonderer Brutalität: Er wurde, Madame, von dem Luchs, den sich die Familie als Schoßtier hielt, angefallen, der, so glaubt man, durch ein in sein Gehege geworfenes Büschel seltener tropischer Kräuter toll gemacht worden war. Und so ging es weiter, von einem Verdächtigen zum anderen – der halbinvaliden Frau des Historikers, dem jungen kreolischen Dienstmädchen, einem ehemaligen Studenten des Historikers, dem Verbindungen zu einer feindlich gesonnenen ausländischen Regierung nachgesagt wurden, einem älteren Kollegen in der Historischen Gesellschaft: alle des Mordes Verdächtigen wurden der Reihe nach ermordet aufgefunden.» Der Inspektor machte eine Pause in seiner Geschichte. Mark war, an Peedie geschmiegt, endlich eingeschlafen, und der Betrieb vor der Tür hatte nachgelassen. Es war ein guter Augenblick, um wegzuschlüpfen, aber ich wußte wirklich nicht wohin – wie Mark fühlte ich mich von all dieser sanften Gewalt eingelullt und zögerte, eine Bewegung zu machen, die den Zauber brechen könnte. «Es war meine erste Herausforderung, Madame, und ich versagte. Ich... ich begann mich sogar zu fragen, ob unsere Anstrengungen nicht auf bizarre Art... na ja... ich meine, es war beinahe so, als wählten wir die Opfer aus...» Seine Stimme kippte leicht.

«Es war eine Prüfung», sagte sie. «Sie wurden auf die Probe gestellt.»

«Das stimmt... es waren finstere Zeiten, Madame...»

«Aber am Ende haben Sie sich durchgesetzt...»

«Das habe ich. Aber nicht, wie ich es hätte voraussehen können. Als junger Kriminalrechtler war ich der klassischen empirischen Tradition verpflichtet, der reinen wissenschaftlichen Analyse und dem deduktiven Vorgehen. Aber letzten Endes kam mir die Lösung, muß ich Ihnen sagen... in einem Traum...» Ein konvulsivischer Seufzer entrang sich ihm und erschütterte seine Brust. «Eine... eine junge Frau...»

«Ich verstehe...»

«Sie war so... so...» Er vergrub das Gesicht in den Händen, seine Schultern bebten.

«Nun, nun», sagte meine Schwiegermutter und tätschelte seine Glatze.

Es entstand eine Pause. Sein Zittern ließ nach. Als er seine Geschichte wiederaufnahm, hatte er die Fassung wiedererlangt, aber seine Stimme vibrierte noch, die Stimmbänder waren angespannt. «Sie... sie kam zu mir über eine ungeheure Strecke, die im Traum eher Zeit als Raum zu sein schien. Ein unfruchtbares Ödland – wie die Wahrheit selbst, dachte ich, als ich aufwachte.»

«Ja...»

«Davor war etwas mit einer Stadt gewesen oder mehr als einer vielleicht – ich war, glaube ich, durch dekadente antike Reiche gereist, zweifelsohne Traumbilder jener beklagenswerten Auswirkungen der unverbesserlichen Natur des Menschen, die zu studieren und zu durchleben mein Los geworden war – aber nun waren wir alleine zusammen in dieser unendlichen Einöde. Sie trug eine reinweiße Tunika, eine Schärpe um die Taille, Kopf und Schultern waren bloß, die Füße vielleicht auch, ich erinnere mich nicht mehr. Ein geläufiges Stereotyp, werden Sie sagen, ein Roman-Klischee: und es stimmt, als ich sie mit einer Anmut, die an sich archetypisch war, über die Ebenen auf mich zugleiten sah, fühlte ich mich zu einer gewissen hilflosen Unschuld reduziert, vereinfacht, all meiner Anmaßungen, meiner professionellen Gewohnheiten, meiner Gelehrtheit entblößt – buchstäblich entblößt vielleicht, denn ich empfand eine gewisse ungewöhnte Verwundbarkeit, nicht unähnlich der Nacktheit, wenn auch geistiger Natur, wie Sie sicher richtig einschätzen...»

«Ich weiß...»

«Aber sie war nicht, wie sie aussah. O nein! Es war, als habe sie sich als Allgemeinplatz verkleidet, um ihre Einzigartigkeit, ihre Außergewöhnlichkeit, ihre besondere – wie soll ich sagen? – ihre durchdringende *Selbstheit* um so mehr hervorzuheben. Instinktiv begriff ich: Sie war die *Wahrheit.* Der Rest meines Lebens erschien mir wie jene zerstörten Städte, die ich gerade besucht hatte, berstend von angestauter Aktivität und fieberhaftem Streben und Trachten, aber innerlich leer und ziellos. Und absolut zum Scheitern verurteilt. Sie können sich also vorstellen, wie ich mich fühlte, als ich dort wie angenagelt in dem grenzenlosen Raum – oder der Zeit – stand. Ich fühlte mich nackt und unwürdig, aber von einer Art verstörter Ehrfurcht durchflutet, daß ich auserwählt worden sein sollte, unter allen Menschen auserwählt, sie zu empfangen. So etwas war mir noch nie widerfahren, weder im Traum noch sonst. Ich war vor Verwunderung wie vom Donner gerührt. Als sie näher kam, schien die Öde um mich herum zu glühen, vor innerer Erregung zu pulsieren. Und dann blieb sie stehen. Nicht nahe genug, um sie zu berühren. Aber ich hätte sie nicht berührt, selbst wenn ich gekonnt hätte, Madame, ich konnte mich nicht rühren. Sie lächelte – oder besser, das heitere Lächeln, das sie von Natur hatte, vertiefte sich – und sprach. Sie sagte: ‹Das Opfer ist der Mörder.› » Er hielt inne, wie um diese Neuigkeit noch einmal zu verdauen. Die Hand, die den Schal am Hals zusammenknüllte, zitterte leicht. «Selbst jetzt kann ich wieder ihre Stimme hören …»

«Ein Rätsel …»

«Das dachte ich auch, obwohl ich später anderes erfahren sollte. Jetzt bat ich sie ängstlich und zitternd, es noch einmal zu wiederholen, aber sie wollte nicht, sie lächelte bloß. Ich bettelte um ein weiteres Wort, ein Zeichen; hatte ich sie richtig verstanden? Aber sie lächelte bloß weiter. Oder besser, das Lächeln schien auf ihrem Gesicht erstarrt, denn sie sah nicht mehr wirklich aus, sondern eher wie ein Bild, eine Art Statue, die sich langsam auflöste – das Herz schlug mir bis zum Hals! Ich sollte sie verlieren, alles verlieren! Endlich streckte ich die Hände nach jener silbrigen Erscheinung aus – aber ins Nichts, sie löste sich in Luft auf! Sie war tatsächlich Luft – ich saß aufrecht in meinem Bett, tastete im Morgenlicht herum und stierte auf eine bleiche starre Gestalt auf der anderen Seite des Zimmers: mich selbst in dem bis zum Boden reichenden Spiegel an der gegenüberliegenden Wand.» So stierte er auch jetzt, sein Gesicht war verzerrt, sein Schnurrbart hing schwer hinunter wie ein Anker und schien das Fleisch nach sich zu ziehen.

Meine Schwiegermutter zog seinen Kopf wieder in ihren Schoß und liebkoste seine Schläfen. «Es war kein Rätsel?»

«Nein.» Seine Stimme war jetzt dumpf, mitgenommen, aber gefaßt, als er wieder anhob. «Ich quälte mich damit, als wäre es eins, allein natürlich, weil ich es meinen sturen und ernsten Kollegen gegenüber nicht erwähnen wollte – sie hätten mich für verrückt gehalten, wie ich es selbst manchmal tat. Aber dann starb eine weitere Verdächtige – eine frühere Geliebte des Historikers und Spezialistin für hellenische Romanzen, die im Pindus, wohin sie offenbar geflohen war, in eine Höhle fiel oder gestoßen wurde – und plötzlich wurde mir der ganze unheilvolle Aufriß dieses bizarren Falles klar. Ohne mich zu erklären, aber unter Andeutung meiner Verdachtsmomente bat ich darum, daß die privaten Tagebücher des Historikers geöffnet würden. Meine Kollegen höhnten – ‹Keckheit bringt einen hier auf keinen grünen Zweig, mein Sohn›, sagte der mit dem Fall betraute Inspektor, der von der alten Schule war, verstehen Sie –, aber ich warnte sie, daß, wenn wir nicht schnell handelten, mit größter Wahrscheinlichkeit weitere Opfer in dieser tödlichen Kette gefangen werden würden. Widerstrebend ließen sie mir meinen Willen – und tatsächlich, verborgen in den Eintragungen neueren Datums, verschlüsselt, damit er nach Aufzeichnungen zu einer antiken Kalenderstele der Maya aussah, steckte der kunstvolle Plan des Historikers, mit seinem Selbstmord eine endlose und unabwendbare Mordserie auszulösen. Manche hatte er bloß vorausgesehen, andere hatte er selbst begangen – die Vergiftung seiner Tochter beispielsweise: mit seiner gründlichen Kenntniss historischer – und prähistorischer – Theaterkunst hatte er unsere Versammlung in der Bibliothek an dem Abend vorausgesehen und, da er die ungewöhnliche Schwäche seiner Tochter für Cascarilla gekannt hatte, im voraus die Fingerabdrücke des ahnungslosen Butlers auf der Karaffe beschafft. Die Geliebte in der Höhle umklammerte, als man sie fand, etwas, was wie eine altertümliche, mit pflanzlichen Tinten gezeichnete Schatzkarte aussah, und auch die fand man im Safe des Historikers. Der ältere Kollege von der Historischen Gesellschaft hatte in dem Raum, in dem die Polizei ihn verhörte, auf einer vergifteten Heftzwecke gesessen. Der Raum war, wie der Prähistoriker wohl wußte, immer verschlossen, bis auf besondere Anlässe, bei denen äußerste Ungestörtheit verlangt war. Anderseits war es ziemlich wahrscheinlich, daß tatsächlich der ehemalige Student das kreolische Dienstmädchen erschossen hatte, ein notwendiges Glied in der Kette, aber kaum weniger unumgänglich als die anderen.»

«Das ist ja wirklich außerordentlich!»

«Ja, Madame, die tödliche Serie wäre vielleicht ewig weitergegangen, hätten wir nicht, nachdem wir hinter das verschlüsselte Komplott gekommen waren, den Schwager des Historikers davon abgehalten, den Verlobten der verstorbenen Tochter mit zur Jagd zu nehmen. Und gerade noch rechtzeitig. Es war ein berühmter Fall, der Wendepunkt meiner Laufbahn. Mit ihm kamen für mich Beförderung, Ruhm, die Hochachtung meiner Kollegen.» Er seufzte. «Aber...»

«Das ist nicht der Grund, weshalb Sie mir die Geschichte erzählt haben.»

«Nein...» Der Inspektor zog eines von Gingers Taschentüchern hervor und schneuzte sich. «Sind Sie sicher, daß Sie das alles hören wollen?»

«Natürlich...»

«Ich... ich bin nicht verheiratet, verstehen Sie...»

«Die junge Frau im Traum...»

«Ja. Ich dachte mir, daß Sie... daß Sie verstehen würden. Ich habe schon lange das Bedürfnis, jemandem davon zu erzählen. Ich habe es... die ganzen Jahre immer unterdrückt. Es war ein sehr merkwürdiger Abschnitt meines Lebens...» Er legte den Kopf wieder zurück. «Eine Durchdringung von Leben und Traum, die dem Wahnsinn sehr nahe kam...»

«War das das einzige Mal –?»

«Nein, in den nächsten Jahren tauchte sie dann und wann in meinen Träumen auf, oft, um mir bei einem Fall zu helfen, manchmal, um mir Trost zu spenden oder Mut zu machen, einmal, um mir, wenn Sie mir verzeihen, daß ich Ihnen so mein Herz öffne, Madame, eine Freude zu gewähren – die einzige dieser Art, die ich je erfahren habe oder will, es sei denn, sie käme von ihren Lippen, ihren Händen... und so weiter.»

«Das ist selten. Sich im Traum zu verlieben, meine ich...»

«Ich weiß. Und Sie können mir glauben, es ist eine sehr gefährliche Liebe. Eine Art Besessenheit eigentlich. Wie alle Liebenden allerorten war ich heftigen Extremen von Leidenschaft und Verlangen ausgesetzt, aber sie hatten kein lebendiges Objekt. Obwohl meine Geliebte weniger als ein Phantom war, liebte ich sie mehr als das Leben selbst, das ohne sie unerträglich und noch geisterhafter als meine Träume war. Ich verlor den

Appetit, ich ließ mich leicht ablenken, geriet schnell in Wut. Am meisten, wenn ich aus dem Schlaf erwachte. Er war zu der Zeit alles, wonach ich mich sehnte: die Chance – die *einzige* Chance –, wieder mit ihr vereint zu sein. Ich verbrachte mein Leben immer mehr im Bett, erzwang den Schlaf, durchsuchte halb wirkliche, halb alptraumhafte Landschaften nach ihr, bat sie, wiederzukommen. Sie tat es nur selten, aber oft gerade zur rechten Zeit: Ohne ihre Einsichten hätte ich wahrscheinlich bei meiner vernachlässigten Arbeit völlig versagt und meine Stellung bei der Polizei verloren. Davor bewahrte sie mich. Aber nicht vor meiner verrückten Leidenschaft, die so grenzenlos und im Grunde so unfruchtbar war wie die ungeheure Ebene, in der wir uns kennenlernten. Einmal fragte ich sie, woher sie komme. ‹Von weit weg, einem anderen Ort›, erwiderte sie, und wieder war ich mir sicher, daß sie die *Zeit* meinte. Nach dem, was beim erstenmal geschehen war, wagte ich nie wieder, sie anzufassen, obwohl sie einmal…» Wieder brach ein qualvoller Seufzer aus der Brust des Inspektors, und sein Gesicht schien vorübergehend erhitzt und geschwollen, die Augen fiebrig.

«Ich verstehe…»

«Schließlich konsultierte ich, weil ich um meine geistige Gesundheit fürchtete, einen Spezialisten, einen Psychiater, der uns oft in Fällen geholfen hatte, wo wir eine Trauminterpretation brauchten. Er überzeugte mich, daß meine ursprüngliche Erkenntnis richtig gewesen war: Sie war tatsächlich die Wahrheit. Nur eben keine abstrakte, äußere Wahrheit, die mysteriös aus dem Nichts auftauchte, sondern die komplexere und tiefere Wahrheit, die ich in mir trug. Ich mußte zugeben, daß ich wahrscheinlich alles, was sie gesagt hatte, in der einen oder anderen Form intuitiv selbst erkannt hatte, aber aus Schüchternheit oder professioneller Vorsicht oder sogar aus Angst oder Scham vielleicht hatte ich diese Gedanken in irgendeiner tiefen Nische meines inneren Ichs verborgen: sie war die figurative Repräsentation der Schönheit, der Heiterkeit, welche die Freisetzung der Gedanken aus der Repression begleitet, wie er es in seiner Fachsprache ausdrückte. Nachdem ich das hatte akzeptieren können, verschwand sie, obwohl ich sie noch liebte und nie eine andere lieben würde, wenigstens und endlich aus meinen Träumen und gestattet mir, in die wache Welt zurückzukehren, und ich... sah sie... nie wieder.» Er begann zu würgen. Er preßte seine zitternden Finger an die Schläfen, als wolle er verhindern, daß sein Kopf platzte, und tat einen tiefen, rasselnden Atemzug. «Bis... bis heute abend...!»

«Ach du meine Güte!»

«Das Mädchen... da unten!» Sie umfing ihn, als er zu schluchzen begann. «In der – *keuch!* – der *silbrigen Bluse*!»

«Nun, nun...»

«Es war *sie*! Ich *weiß* es!» weinte er. *«Ich habe sie so vermißt! Buh huh! Und jetzt...!»*

«Das ist gut, weinen Sie nur, dann fühlen Sie sich besser.»

«O Madame –!» Seine Brust hob und senkte sich, und er stürzte sich nach vorne in ihren Schoß und vergrub sein Gesicht dort, gerade als irgend jemand oder irgend etwas mit ungeheuerlicher Kraft gegen die Tür schlug und uns alle auffahren ließ.

Meine Schwiegermutter fegte herum, um mich drohend anzustarren, da schlugen sie wieder zu. Das ganze Zimmer erzitterte, eine Wimpelkette fiel zu Boden, ein Riß erschien über der Tür. *«Zurück!»* rief jemand – es klang nach dem großen Bullen, Bob.

«Es ist offen!» brüllte ich und machte einen Satz zur Tür – aber zu spät, die Tür gab mit einem splitternden Krach nach, und Bob und Fred stürzten kopfüber ins Zimmer. Sie sprangen auf und aufs Bett, kippten die Matratze um, samt Mark und allem. *«He, warten Sie mal –!!»*

«Wir können nicht warten, wir haben einen heißen Tip!» zeterte Fred, robbte durchs Bettzeug und unters Bett. Ich stürzte herbei, um meiner Schwiegermutter zu helfen, Mark unter der Matratze herauszuziehen – seine Augen waren weit offen, aber bis jetzt hatte er keinen Pieps von sich gegeben. Er schien nicht einmal zu wissen, wo er war. Oder wer ich war, als ich ihn hochhob. *«Da ist es!»* rief Bob.

Sie rissen Peedie aus seinen Armen, rupften ihn auseinander und warfen die Füllung wie Schnee in die Luft. Jetzt legte Mark los: er begann in höchster Lautstärke zu kreischen. Der Inspektor stand mit dem Rücken zu uns und putzte sich mit Gingers Taschentuch die Nase; er drehte sich um und sah Mark mit geröteten Augen böse über die Schulter an. Meine Schwiegermutter nahm mir das heulende Kind aus dem Arm: «Jetzt sehen Sie mal, was Sie angerichtet haben!» schäumte sie.

«Da drin ist er nicht», sagte Fred; auch nicht mehr auf dem Bücherregel, bemerkte ich. Von dem Kaninchen war nur noch ein schlapper Lappen übrig. Fred erblickte die Leute, die hinter mir ins Zimmer drängten («Was ist los?» rief eine Frau aus dem Flur – «Sie verprügeln das Kind!»), und zuckte dann die Achseln: «Na ja, wie gewonnen, so zerronnen. Hier, Junge.» Er versuchte, Mark, der in Panik aufkreischte («Ehrlich? Laß mal sehen!») und zurückzuckte, die leere Fellhülle zurückzugeben.

Es war unmöglich, ihn jetzt zur Ruhe zu bringen, er war vollkommen außer Kontrolle. Meine Schwiegermutter riß in eiskalter Wut dem Bullen den Lappen aus den Händen und fing an, die Füllung aufzusammeln. Mark (*«Ich liebe es!»* rief jemand) strampelte und brüllte in ihren Armen noch wie am Spieß. «Ehe Sie gehen, können Sie die Matratze wieder zurücklegen!» befahl sie, und mit einem grämlich gemurmelten «Jawohl, Madame», hievten die beiden Beamten sie gehorsam wieder auf die Sprungfedern.

«Was ist mit dem verdammten Kind los?» beschwerte Inspektor Pardew sich und strich gereizt über seinen grauen Anzug.

«Ich hole seine Mutter», bot ich an, weil ich nicht wußte, was ich sonst tun sollte. Mark, das wußte ich, konnte stundenlang so brüllen. Fred sah mit hochgezogenen Brauen erst mich, dann Bob an, der wegguckte. «*Und* das Bettzeug!» befahl meine Schwiegermutter. «Wir sind doch keine Dienstmädchen», murrte Bob, aber sie taten wie geheißen.

«Der junge Mann braucht ein wenig Disziplin», bemerkte Pardew barsch und nickte seinen Bullen zu.

Ich schob mich durch das Gedränge in dem gesplitterten Türrahmen (Patrick lief draußen nervös auf und ab: «Denkst du, ich kann jetzt rein?» fragte er Woody), und ich dachte, was *ich* jetzt auf der Stelle brauchte, wäre ein großer kühler Drink. Das sagte meine Mutter immer, wenn mein Vater begann, philosophisch zu werden. Er war bei diesen Gelegenheiten nie sehr glücklich; aber das machte ihn immer noch unglücklicher. Sie versuchte es auch einmal bei mir, als ich anfing, ihr zu erzählen, was ich werden wollte, wenn ich erwachsen war; ich konnte mir vorstellen, wie er sich fühlte. Natürlich war ein Übermaß an Philosophischem im Augenblick nicht gerade mein Problem («Hoppla! 'tschuldigung, Gerry», sagte Wilma, die mir den Ellbogen in die Rippen gestoßen hatte, «ist Talbot da drin?»), aber etwas von der schlechten Laune, die die Abhandlungen meines Vaters immer begleitete, baute sich tief in mir auf – manchmal auf langen Familienfahrten wurde es beinah unerträglich, und (Mark kreischte immer noch, Pardew brüllte, seine Assistenten brüllten zurück, ich war von betrunkenen und reizbaren Gästen umgeben, säuerlichen Alkoholfahnen, vollkommen Fremden, der Typ mit der Fernsehkamera schob an mir vorbei, als sei er hier zu Hause, mein Haus fiel mir über dem Kopf zusammen) auch jetzt war es beinah unerträglich, so daß ich Kitty, als sie mich oben an der Treppe am Arm faßte, beinah hinunterwarf. «Da ist jemand», flüsterte sie. *«Was –?!»* blaffte ich wütend. «Da drin», sagte sie, angesichts meines Ausbruchs zurückschrekkend, und («Ach, steig von deinem hohen Roß», sagte meine Mutter immer, wenn mein Vater gerade bemerkte: «Schönheit ist wie die Rettung einer angeketteten Jungfer vor einem Monster aus der Tiefe des Ozeans – aber das arme verdammte Biest ist die Wahrheit», «und mix mir einen kühlen Drink!») nickte zum Nähzimmer hin. «Und wartet auf dich.» «Ah...! Tut mir leid...»

Ich konnte mich kaum bewegen. Ich hatte so gut wie aufgegeben und nun, plötzlich... Nein, nein, so geht es oft, rief ich mir mit klopfendem Herzen ins Gedächtnis: hab keine Angst. Aber ich hatte Angst. Ich hatte zu lange gewartet: nun («Und die unbekümmerte Dummheit der Jungfer ist die Rechtschaffenheit», setzte er dann hinzu und wandte sich mit dem Cocktail-Shaker in der Hand zu mir, «die sehnsuchtsvolle Hingabe des Biestes...») schien es unwirklich. Und nur eine Armeslänge entfernt. Ich befahl meinen Beinen, sich in Bewegung zu setzen, und ging in Richtung Tür. Die Luft war schwer in der Nähe des Badezimmers, es war beinah, als schwämme ich. «Alison –?» flüsterte ich. Die Tür stand ein paar Zentimeter offen: das Licht war gelöscht, drinnen war es dunkel. Dann sah ich den Schwanzwärmer an ihrem Finger, und nach einem schnellen Blick hinunter auf den Treppenabsatz (er war leer) folgte ich ihm.

«HE, MACH DIE TÜR ZU», murmelte jemand hinten im Zimmer. «Alison!» Sie zog mich herein und warf mit einem beinah schmerzlichen Wimmern die Arme um mich. Auch ich fühlte es: Meine Brust zog sich zusammen (der Schwanzwärmer war das einzige, was sie trug!), daß mir die Luft wegblieb. «Endlich!» rief ich und umschlang ihr Fleisch in meinen Armen, voll Freude darüber und die Vertrautheit, die Biegsamkeit – «Ich kann's nicht glauben! Ich dachte, du –» *«Psss!»* zischte sie und preßte ihren Mund auf meinen, fuhr mit den Händen unter mein Hemd, löste die Krawatte, fummelte mit dem Gürtel. Ihre Erregung macht sie beinah kindlich in ihrer Unbeholfenheit, und auch ich war unbeholfen, meine Hände zitterten, mein Atem kam in kurzen Stößen – das war es also! Es ging los! *«Beeil dich!»* flüsterte sie und zog mich zur Nähecke (die Doppelbettcouch in der Ecke war besetzt, ich konnte Geraschel und Gemurmel hören: «Na ja, es ist *anders*», gab jemand zu), wo Kissen hingeschmissen und mit sauberer Wäsche belegt worden waren. Meine Hose hing wie eine Fußfessel um mich: es gelang mir, einen Leinenschuh abzuschütteln und ein Bein zu befreien. Ich fühlte mich gehetzt, als sei etwas Wichtiges (in der Ferne schrie Mark, ich hörte ihn nicht) übergangen worden, aber ich begriff es – es war wie das, was Tania immer über das Malen sagte: Man plant und plant, aber wenn es soweit ist, ist es ein totaler Schock, plötzlich und überwältigend, und man muß es nehmen, wie es kommt, sich auf sein Können verlassen und dem Unerwarteten hingeben. Sie hielt meinen Penis mit der bloßen Hand (ich gab ihn hin, ganz und gar nicht sehnsuchtsvoll, das Unerwartete umhüllte mich wie ein Kondom), streichelte meine Testikel mit dem pelzigen Schwanzwärmer, ihr Mund an meiner Kehle. Ich vergrub mein Gesicht in ihrem Haar, das beinah vor Erregung knisterte. Sein süßer Geruch mischte sich mit dem intensiveren Aroma, das jetzt zwischen ihren Beinen heraufwehte, sie gab reichlich, wenn das das richtige Wort war, es klang zu krämerhaft, meine Hände suhlten sich dort, griffen sozusagen nach jenem magischen Augenblick auf der rückwärtigen Veranda, obwohl jetzt alles härter war, wirklicher, nein, trotz aller Vertrautheit, dies war *nicht* zuvor geschehen, dies war neu – und *nun:* das Kommen und Gehen war vorüber, *es lief* auf vollen Touren! «O ja! Braver Junge!» keuchte eine Frau in der Ecke. «Das ist nicht er, das bin ich», sagte eine andere Frau mit erstickter Stimme. Ich kniete mich und ließ meinen Mund (*Können! Können!* rief ich meinem explodierenden Hirn zu) über ihren angespannten, zitternden Körper nach unten zu dem süßen Fluß gleiten, aber sie wich zurück, sank auf den Haufen Kissen und Wäsche und zog mich mit sich. Ja, wie wahr, es sollte nicht verschwendet werden – sie kam, ihr ganzer Körper zitterte, als ich mich zwischen ihren Beinen wand, und meine eigene Erregung wogte auf die ihre zu – verknäuelt rasten wir auf jenes Denouément zu, das wir teilen würden, das Knallbonbon, wie Quagg sagen würde, die Klimax, den letzten Knüller. Was am Ende, wie ich an jenem Abend im Theater hätte sagen können und vielleicht auch gesagt hatte, weder durch Kunst noch durch Natur erreicht wird, sondern durch eine vollkommene Synthese (solche Worte wie Synthese konnte ich noch erinnern) beider. Es war solch ein Übermaß an Flüssigkeit zwischen ihren Beinen, daß ich glatt am Eingang vorbeirutschte und mich durch den schlüpfrigen Gang zwischen den Hinterbacken zwängte: Sie griff unter mich (mit der anderen Hand hielt sie sich an meinem Nacken fest, ihr Mund war an meinem Ohr, die duftige Wäsche blähte sich wie eine Zauberwolke um uns) und führte mich ein: sie war erstaunlich eng, als widerstehe sie ihrer steigenden Erregung, halte sich zurück und warte auf mich. Ich stieß heftig in sie (die Leute auf der Bettcouch kamen auch zum Höhepunkt, ich konnte sie keuchen und grunzen hören – «Gott, bin ich geil!» japste einer von ihnen), als sie sich aufbäumte, um mir entgegenzukommen, ihre Schenkel unter meine Arme rammte und mir ins Ohr wimmerte: «Oh, ich liebe dich, Gerry! Ich liebe dich!»

«Sally Ann –!!» blaffte ich so laut, daß ihr ganzer Körper sich erschreckt verkrampfte und mich in ihr einschloß, mein Penis direkt unter der Krone vom messerscharfen Rand ihres halbgerissenen Hymens umpackt. *«Um Himmels willen, laß los!»* schrie ich.

«Ich kann nicht!» jammerte sie. *«Au!»*

«Verdammt noch mal, Sally Ann! Du tust mir weh!»

«Was ist los?» fragte eine der Frauen auf der Bettcouch.

«Bist du ganz drin, Gerry?» Sally Ann erstickte beinah, ihre Stimme war quieksig vor Schock und Schmerz.

«Nein! *Au!* – ich bin weder drinnen noch draußen, es ist viel schlimmer!»

«Macht nichts, ich bin sowieso fertig», sagte ein Mann. «Ich geh sie mal abspritzen.» Ich konnte ihn durchs Zimmer zur Tür tapsen hören.

«*Bitte,* Gerry! Hör jetzt nicht auf! Ist mir egal, wie weh es tut!»

Die Lampen gingen an und blendeten uns einen Augenblick. Sally Ann, die mich in ihrer Pein fest umklammert hielt, pumpte weiter und versuchte, mich tiefer hineinzuziehen, aber ich war vor Schmerz schon lange schlaff geworden.

«Nanu, was haben wir denn hier?» Es war Horner, der Holzsoldat, am Lichtschalter, der sich mit einer Hand die Hose hoch hielt. Teresa zog sich überstürzt ihr gelbes Strickkleid über, Daffie lag nackt auf der Bettcouch neben ihr ausgestreckt, die Beine erschöpft gespreizt. «Ihr hättet auch 'ne Minute warten können!» rief Teresa aus ihrem Kleid heraus, während sie den Saum über die Rundung des Bauches zerrte.

Ich hatte Sally Ann die Hände weggerissen und versuchte mich rauszuziehen, aber die Tür zu diesem Königreich war zugeschlagen, wie man so sagt. «Ich wußte nicht, daß es *so* enden würde, Gerry! Es tut mir so leid!» ächzte sie. Ihre Augenschminke war verschmiert, so daß sie wie eine theatralische Parodie auf einen Zombie aussah. Ich zog meine Knie unter ihr auf und ab hüpfendes Hinterteil und ging in die Hocke zurück – nicht sehr bequem, aber so konnte ich sie unten und davon abhalten, mir das Ding abzuschneiden.

Die Tür ging auf, und Zack Quagg steckte die Nase herein – «He, Horn, ich habe dich gesucht, was geht hier vor sich?» –, gefolgt von Woody und Cynthia (Horner leckte sich augenzwinkernd den Daumen, als wolle er eine Seite umdrehen) Hand in Hand: «O nein», sagte Woody. Seine Augen bekamen Mitleidsfältchen, als er mich sah. «Ich hole Jim.»

«Ja, bitte!» keuchte ich. *«Beeil dich!»* Ich konnte Mark wieder hören – sein Gejammer war nun schläfrig und rhythmisch wie bei einem Grabgesang. «Halt still, Sally Ann!»

«Will ich ja – aber es bewegt sich alles ganz von allein!»

«Um Himmels willen! Was hast du *gemacht*?!» fragte Wilma, die außer Atem ankam, als wäre sie gelaufen. «Lloyd Draper gibt eine Dia-Vorführung unten, Teresa, und wir haben auf dich *gewartet*!» Cynthia kniete sich neben uns und hielt meine Schamhaare zurück, um genauer hinschauen zu können. «Kannst du dich ein bißchen entspannen?» fragte sie, und Sally Ann jammerte: «Ich entspanne mich ja!» Quagg zog Horner («Das Zimmer sieht zu voll aus», sagte Janny Trainer, die mit unserem Klempner Steve im Schlepptau hereinspähte), der noch Kußhände über die Schulter warf, zur Tür hinaus: «Komm, wir haben gerade was in der Mache, Mann – was *Tolles*!» «Ja, okay, Zack, aber laß mich erst was essen…»

«Er hat mir eine Rolle versprochen«, erklärte Teresa und glättete, während sie noch etwas auf dem Boden suchte, ihr Kleid, worauf Wilma sagte: «Also, erzähl das mal Peg!» «Was? Ist meine Schwester noch hier?» Cynthia fummelte mit meinem Glied hin und her, als versuche sie, einen Schlüssel aus einem zerbrochenen Schloß zu holen: «Au, laß das!» schrie ich. «Das nützt nichts!»

«Du blutest, Sally Ann», beobachtete Cynthia, als sie ihre Finger betrachtete. «Wirklich?» Sally Ann stützte sich auf die Ellbogen, um selbst nachzusehen. «Ja!» keuchte sie und lehnte sich mit naßgeschwitztem Gesicht zurück. «Gott! Ich blute!»

«Vielleicht bin *ich* das!» wimmerte ich.

«Das ist unser Nähzimmer», sagte meine Frau. «Näzimer?» Sie stand mit Iris Draper unter der Tür, gefolgt von Alisons Mann, Hilario, dem panamesischen Steptänzer («Ah! Nerz-Zimmer! Viech mit kleine, wie sagt man, spitze Zähne!»), dem Typen mit den Ellbogenflicken, den ich im Hinterhof getroffen hatte, und zwei Leuten, die ich noch nie gesehen hatte. «Es ist leider seit ein paar Jahren nicht mehr gestrichen worden.»

«Es ist sehr hübsch», sagte Iris, und meine Frau seufzte und sagte: «Für seinen Zweck reicht es wohl.» Alisons Mann runzelte die Stirn, als er mich sah; Wie-hieß-er-gleich noch (Geoffrey?) lächelte und winkte von draußen! «Brauchst du Hilfe, Gerald?»

«Jim kommt schon», keuchte ich, mit den Zähnen mahlend, und Wilma, die Teresa hinten zuknöpfte, sagte: «Du hättest gerade mal Cyril auf der Mattscheibe sehen sollen! Da habt ihr wirklich was verpaßt! Er ist ein Naturtalent!» «Er ist ein Schwein.» «Wie kannst du das sagen?» «Hast du nicht gehört?» Gottfried, so hieß er («Fiona? Wirklich –?»); ich konnte kaum denken. In meinem Kopf schienen lauter kleine Funken zu tanzen. «Aber mit dir ist alles... in Ordnung –?»

«In Ordnung?»

«Das-*keuch*-Verhör...»

«Ach ja, Woody war sehr hilfreich. Einiges, was sie getan haben, war anscheinend illegal.« Sie trug die Plastikschürze mit der alten Seifenreklame darauf, und die ließ sie irgendwie steif und roboterhaft aussehen. «Er hat sie zum Beispiel gezwungen, die Kerze rauszunehmen.» Iris kam vorbei, offenbar in Betrachtung des Anstrichs oder vielleicht all der kindischen Klebebilder darauf versunken. «Meine Güte, vielleicht war es ein Fehler, die ganze Wäsche zu waschen...»

Der bärtige Typ mit der Video-Kamera auf der Schulter drängte sich hinter den anderen herein, den Sucher vor dem Auge, eine Hand am Zoom. Ich versuchte ihm den Rücken zuzuwenden, aber jede Bewegung tat einfach zu weh. Iris erspähte den hingefallenen Schwanzwärmer und hob ihn auf. Sie rückte ihre Brille zurecht. «Interessant!» sagte sie dann. Sally Ann hob die Arme und bedeckte sich, als der Kameramann näher kam. «Wenn du's nicht wirklich geschafft hast, Gerry, laß es ihn nicht sehen.»

«Warte auf mich!» rief Teresa (Wilma stand in der Tür und stellte sich den beiden Fremden vor, einem gedrungenen Mann in einem braunen dreiteiligen Anzug und einer weißhaarigen Dame mit einer lindgrünen Hose und einem rosa- und zitronenfarbenen Hemd. Iris sagte etwas davon, daß sie ihre Kataloge durchgucken müsse, wenn sie nach Hause komme, um zu sehen, ob sie einen finden könne, Lloyd erkälte sich immer so schnell). «Mein anderer Schuh...»

«Ich glaube, ich liege drauf», murmelte Daffie, und Hilario, der sich zum Gehen umdrehte, fragte: «Ist rrrosa, Signora, nicht?»

«Jede Farbe, die du kriegen kannst, Süßer.»

«Das einzige Problem ist», beschloß Iris nach einem Inspektionsgang durch das Zimmer («Was versucht sie zu verbergen?» wollte der Kameramann wissen, und Cynthia zog Sally Ann die Hände weg: «Mach dir keine Sorgen, Liebes, ist alles in Ordnung...»), «daß es nicht hell genug ist.»

«Ich weiß, es liegt nach Norden.»

«Nein, ich meinte die Tapete.»

«Also, dann wollen wir mal sehen, was wir hier haben», kündigte Jim sich an, und der Kameramann zog weiter («Die Farbe heißt ‹Malkastengrün›», sagte meine Frau), um Daffie aufzunehmen. «Was halten Sie vom Zusammenbruch von Gesetz und Ordnung in unserer Gesellschaft?» fragte er, als er heranzoomte. «Sie hält ihn fest», erklärte Cynthia ruhig und hob meinen Penis an der Wurzel hoch. «Direkt hier an der Spitze.» Jim setzte seine Tasche ab und kniete sich neben uns. «Hmmm», sagte er und tastete Sally Anns Schenkel und die Muskeln um ihren Anus ab. «Die ganze Handcreme, die sie hier reingeklatscht hat, würde ja helfen, wenn sie sie an die richtige Stelle geschmiert hätte...»

«Das ist die Nähmaschinen-Marke, von der ich dir erzählt habe, Schatz», sagte die Dame in der lindgrünen Hose.

«Ach, ja...»

«Das sind unsere neuen Nachbarn von ein paar Häuser weiter die Straße runter, Gerald. Mr. und Mrs. Waddilow.»

Ich verrenkte mir den Hals, um sie anzugucken. «Wir haben die Musik gehört und reingeschaut, um guten Tag zu sagen.» Mr. Waddilow lächelte. «Ich hoffe, Sie haben nichts dagegen.» Alisons Mann war verschwunden, Hilario auch, aber jetzt war Howard im Zimmer, drüben in der Ecke beim Bügelbrett-Schrank. Er trug Tanias Halbbrille auf der Nase und sah dem Kameramann zu, wie er Daffies Körper in der Horizontale abschwenkte. «Schönes Haus haben Sie», sagte Mr. Waddilow.

«Warum steckst du dir nicht die Laserpistole in den Arsch, Cowboy?» schlug Daffie vor.

«Ganz leicht und beinah vollautomatisch, mit einer speziellen

Vorrichtung für Spitzensäume», rief Mrs. Waddilow quer durchs Zimmer.

«Was?» Ihr Mann watschelte hinüber, um sie sich anzugukken, seine Hosenaufschläge vier, fünf Zentimeter über den weißen Socken und zweifarbigen Schuhen. Sein Weg kreuzte Howards, der nun ohne ein Wort hinausschwebte, die Hände dekorativ über den Büstenhalterkörbchen zusammengeschlagen. «Ach so, aha. Sehr gut.»

«Mr. Waddilow ist Pilot, Gerald.» «Tut das weh?» fragte Jim. *«Ja!»* schrie Sally Ann, und auch ich jaulte auf. «Ich glaube nicht, daß wir schon mal einen richtigen Piloten in unserer Nachbarschaft hatten, oder?»

«Nein... aber – *au!* – wenn es dir nichts ausmacht...»

«Pensioniert, um die Wahrheit zu sagen», sagte Mr. Waddilow und hakte die Daumen in die Taschen seiner braunen Weste. «Jetzt mache ich in Reisen.»

«Der alte Nähkorb ist auch hübsch», sagte Mrs. Waddilow.

«Du solltest mal nach Mark sehen», stieß ich hervor, »sie haben die Tür aufgebrochen –»

«Ich weiß, ich war gerade da. Mutter repariert Peedie.»

Ja richtig, merkte ich jetzt, ich konnte ihn nicht mehr hören. «Jemand hat die Ohren verkehrt rum angenäht.»

«Ich fürchte, das war meine Schuld», lächelte Cynthia und sah über die Schulter hoch. «Ich verstehe nicht viel von Kaninchen.»

«Autsch –!»

«Entschuldigung...»

«Wenn ich irgendwie helfen kann», sagte Mr. Waddilow. «Ich habe früher Kaninchen gezüchtet.»

«Hier kann man die Adduktoren fühlen», erklärte Jim (Woody war zurückgekehrt und hockte jetzt mit nachdenklich gespitzten Lippen neben Cynthia), «die sogenannten ‹Stützen der Jungfräulichkeit›, wie angespannt sie sind, direkt bis in die Vagina.» «O ja...» Er kramte in seiner Tasche, genau beobachtet von dem Kameramann, der jetzt neben uns kniete und auf Jims Hände hielt. «Was haben Sie vor?» fragte Sally Ann ängstlich und stützte sich auf die Ellbogen.

«Dir die Mandeln rausnehmen», lächelte Jim. «Jetzt leg dich mal zurück...»

«So ein Ding habe ich seit Jahren nicht mehr gesehen», murmelte Woody. Seine Unterhose, die er immer noch verkehrt herum anhatte, bauschte sich merkwürdig über den Schenkeln.

«Kommen Sie, ich zeige Ihnen das Gästezimmer», sagte meine Frau.

«Wenn man darüber nachdenkt», flüsterte Cynthia und trennte mit ihren beringten Fingern sanft Sally Anns schwammige Außenlippen, «ist es eigentlich ein Verpackungsproblem.»

«Obwohl es gerade jetzt von meiner Mutter benutzt wird.»

«Bis gleich», rief Mr. Waddilow und folgte meiner Frau hinaus, und Gottfried steckte seine lange gebogene Pfeife in den Mund und winkte wieder. «Oh, Ihre Mutter wohnt bei Ihnen?» sagte draußen im Flur jemand. «Da haben Sie aber Glück!»

«Ich mache einen ganz winzigen Schnitt», erklärte Jim, und ich spürte sie wieder zusammenzucken. «Dann kannst du den Rest mit den Fingern erledigen.»

«Tut es nicht weh ...?»

«Nur ein bißchen.» Er zog einen Kaugummistreifen aus der Tasche und gab ihn ihr. «Hier, das lenkt dich ab.»

Sally Ann legte sich zurück und wickelte den Kaugummi aus. Ihre dunklen Augen wirkten beunruhigt und waren mit Make-up verschmiert. «Ist sie dann keine Jungfrau mehr?» fragte der Kameramann und zoomte heran, als Jim sich vorbeugte.

«Wer kann das sagen? Technisch gesehen ist sie weder das eine noch das andere, aber –»

«Aua!» schrie ich.

«Tut mir leid, Gerry.»

Woody räusperte sich. «Also juristisch –»

«Etwas hat mich *gepiekst*!»

«Ich weiß. Hier, halten Sie das mal für mich hoch, bitte», sagte er zu Cynthia, die den Schaft zwischen Daumen und Zeigefinger sanft im Zangengriff hielt. «Lassen Sie ihn nicht sinken ...» Sally Anns Kiefer schnappten nach dem Gummi, als versuche sie die Zeit voranzutreiben, und einen kurzen Augenblick verspürte ich ein gewisses Einfühlungsvermögen für das Kind, so derb, aber intim, wie ich mit ihr verbunden war, als hätte ich ihr das Leben geschenkt und die Nabelschnur hätte sich verknotet und müsse durchgeschnitten werden. Nicht (ich schauderte, und Cynthia tätschelte sanft mein Glied: «Es dauert nicht mehr lange...»), daß das Bild mich tröstete.

«Noch ein bißchen...»

Sally Ann ächzte. Ihre Kiefer waren jetzt zusammengepreßt, die Zähne gebleckt, eine kleine Kaugummiblase ragte wie eine fleischige Wucherung zwischen ihnen hervor: sie schluckte, als Jim den Durchbruch erzielte, und der Gummi verschwand. «Ach du lieber Gott», würgte sie, «ich glaube, ich habe ihn *verschluckt*!»

«Du machst das schon gut», sagte Jim und führte ihre Hände nach unten. «Jetzt faß mal hier an und dehne dich langsam...»

«Ich dachte, das soll Spaß machen», wimmerte sie. Drüben auf der Couch lachte Daffie und sagte: «Da bist du aber schief gewickelt, Kindchen.»

Unsere Hebamme Cynthia, die wieder am Bolzen ruckte, zog einmal schnell und fest, und ich kam frei, glitt zwischen Sally Anns verklemmten Scharnieren wie auf Schienen hinaus. Ich fiel zurück und strampelte mit den Beinen, um sie zu lockern. Eines war noch in der Hose verfangen: Cynthia zog den Schuh aus und den Rest ab. Ich streckte mich, ohne den Kameramann zu beachten, der über mir lauerte, und dachte: Darauf läuft es also hinaus, dic ganze kunstvolle Vorbereitung, das Speichern von Erfahrung und die sinnliche Feineinstellung, daß man bloß eine weitere Kuriosität ist, eine Art sittsames Ungeheuer, das seiner Frau auf die Blumen pinkelt und Kinder schändet.

Sally Ann weinte. Sie lag zusammengerollt auf der Seite, die Hände zwischen den Schenkeln, während der Kameramann von ihren blutüberströmten Hinterbacken auf ihr tränenüberströmtes Gesicht schwenkte und dann abschaltete. Er hakte die Kamera aus dem Gürtel und nahm das Gewicht von der Schulter: «Gute Show», grunzte er und setzte eine Kappe auf die Linse. «Ich glaube wirklich nicht, daß das nötig ist, Woody», sagte Jim, und Woody, der über mir mit Cynthia Händchen hielt, sagte: «Vielleicht nicht, aber er ist ein Klient. Ich habe eine ethische Verantwortung, ihn zu informieren.»

Jim schüttelte den Kopf, als sie weggingen, und bückte sich dann, um seine Geräte wieder in die Tasche zu stopfen. «Hier, leg das zwischen deine Beine», sagte er und gab Sally Ann einen unserer Küchenvorhänge. «Wenn du mal zu mir kommst, zeige ich dir, wie du abgestufte, erhitzbare pneumatische Muskelerweiterer bis zu zwanzig Zentimeter tief einführst, dann hast du keine Probleme mehr.» Sally Ann, zusammengekrümmt in ihrem Wäschenest, ächzte nur und klemmte den Vorhang in den Schritt wie ein Kind seine Sicherheitsdecke, aber der Kameramann sagte: «Ob Sie sich wohl mal den Schnitt in meinem Gesicht angucken können, Doc?»

«Hmm. Ist mir gar nicht aufgefallen, da unter dem Bart. Ziemlich tief –»

«Ja, Pfennigabsätze. Sehr scharf.»

«Im Badezimmer ist, glaube ich, entzündungshemmende Salbe.»

«Schade, daß sie ihn nicht im Auge erwischt hat», murrte Daffie, als Jim den Kameramann hinausführte. «Wenn er nicht wäre, wären Dickie und die anderen noch hier.« Ich suchte meine Kleider, konnte aber nur Hemd und Socken finden. «Deine Hose ist hier drüben, Ger.»

Ich rappelte mich auf und durchquerte das Zimmer, aber meine Knie waren so schwach, daß ich kaum gehen konnte. «Darf ich?»

«Setz dich, setz dich ...»

Meine Hose war vollkommen verknotet und verdreht. Es war, als hätte jemand versucht, ein Fadenspiel daraus zu machen. Allein die Unterwäsche von der Hose zu separieren war wie ein chinesisches Puzzle. «Dickie ist also wirklich weg», sagte ich.

«Ja. Zwischen den Bullen, seine schönen Kleider vollkommen hinüber, und der irre Alte von deinem kleinen Spundloch da ...» Sie zog an ihrem Zigarillo und seufzte dann, blies dunklen Rauch an meiner Hüfte vorbei. Auch Sally Ann begann sich zu rühren, sie stützte sich auf einem Ellbogen auf, um den Vorhang zwischen ihren Beinen zu untersuchen. Wir drei waren jetzt alleine.

«Warum bist du nicht mitgegangen?»

«Er war ausgebucht.» Das war es also. Zwecklos zu fragen, wen er an ihrer Stelle mitgenommen hatte. Ich seufzte und kapitulierte vor dem Unausweichlichen, als nähme ich eine neue Gewohnheit an. «Wozu all diese *Vorbereitungen*?» hatte

Ros mich einmal gefragt. «Worauf *warten wir*?» Ich hätte zuhören sollen. Sally Ann, die jetzt in ihrem Bikini-Höschen mit Extra-Einlage im Zwickel herumwatschelte, hatte einen Spiegel entdeckt (der Rahmen war ein witziges Clowns-Gesicht, der Spiegel sein lachender – oder offenstehender – Mund: der kleine Gerald, dachte ich, war noch bei uns) und wischte sich mit einer Kissenhülle die Schminke aus den Augen. «Willst du die Wahrheit wissen, Ger?» sagte Daffie mit zugeschnürter Kehle. «Ich hasse dieses verdammte Stück Fleisch. Es bringt mir 'ne Menge Geld ein, aber ich hasse es.» Sie drückte das glimmende Zigarillo auf ihrem Venushügel aus.

«Daffie –! *He!*» Ich stieß ihre Hand weg. Direkt über dem Hügel war eine frische rosa Wunde und in der Luft das schwache Aroma von verbranntem Haar und Fleisch. Es waren viele Narben dort, sah ich. «Ich... ich habe mich schon immer gefragt, weshalb du nie Frontalposen aufgenommen hast», sagte ich und berührte die Narben. Sie waren glänzend, hart und höckerig und zogen sich in Streifen über ihren Unterleib wie Schichtbrüche, als wäre das Fleisch abgeschürft worden. Ihr Nabel war von überwachsenem Narbengewebe ausgelöscht wie das ausgekratzte Gesicht in Tanias Bild.

«Ich will glauben, daß der Geist etwas Einzigartiges ist, Ger, daß es etwas namens Herz oder Seele in mir gibt, das nur mir gehört und sich vom Körper unterscheidet und eines Tages irgendwie rauskommen kann: das ist mein größter Wunsch. Und es ist alles bloß ein verdammtes Märchen, nicht? Ihr Alter hat recht. Und der arme doofe Roger. Der Körper ist das, was wir haben. Ein Sack Würmer...»

Ihre Tat hatte mir einen Schauder über den Rücken gejagt. Es war, als versuche sie, ihr Fleisch in Stein zu verwandeln. Tania sagte gern, daß die Vorstellung von Leere sie tröstete. Was für mich die letzte Form von Verrücktheit war: der Geist, der zu seinem tiefsten Punkt aufstieg. Ich drückte Daffie die Hand. «Vielleicht», sagte ich, während mir die Tränen kamen. «Aber deiner ist schöner als die meisten anderen. Um unseretwillen solltest du ihn so bewahren.»

Sally Ann, die neben uns stand, hatte ebenfalls ein Glitzern in den Augen, obwohl das vielleicht davon kam, daß sie gerade die

Farbe weggerieben hatte. Sie hatte jetzt einen Flicken auf den Jeans, auf dem stand «EINTRITT FREI» – wahrscheinlich hatte sie ihn dafür aufgespart. «Ich danke dir, Gerry», sagte sie zärtlich und knotete ihr Hemd zu. «Es war wunderschön. Es war der schönste Augenblick meines Lebens.» Sie starrte nachsichtig auf mein schlaffes Organ. «Und versuch nichts zu erklären. Ich verstehe. Ehrlich, Gerry, ich war überhaupt nicht enttäuscht, es war mehr als –»

«Es war ein billiger Trick, Sally Ann. Ich sollte dir den Hintern versohlen!»

«Ächz-ächz», sagte sie und wickelte noch einen weiteren Kaugummi-Streifen aus, «ihr schmutzigen alten Männer seid alle gleich! Na, dann mach!» Sie faltete den Kaugummi in den Mund, wirbelte herum und drängte mir ihren Podex ins Gesicht: ich konnte nicht widerstehen. Ich holte aus und schlug mit aller Macht zu. Sie jaulte überrascht auf und fing dann an zu würgen. «Ach *Scheiße*, Gerry!» jammerte sie. *«Jetzt hab ich schon wieder meinen Kaugummi verschluckt!»* Sie griff mich mit einem wilden Schwinger an, den ich parierte, und dann lief sie heulend aus dem Zimmer. «Junge, das hat gutgetan!» sagte ich.

Daffie lachte, stützte sich dann auf einen Ellbogen und hob meinen Penis hoch, um ihn sich anzugucken. «Jedenfalls ist er nicht gepellt.» Mit einem geschickten Finger schob sie die Vorhaut zurück.

«Autsch!»

«Oje, ich sehe. Hier unter dem Kranz ist es ganz wund, als hätte jemand versucht, den Kopf abzubeißen. Na, er ist hübsch, Ger, das weißt du, aber nicht verhornt genug.» Sie ließ ihn fallen und stemmte sich von der Couch hoch, stand schwankend da, die Füße weit auseinander. Ich bekam ein Hosenbein aus den Shorts frei, aber das andere war in einer Art Schlippsteg verknotet. Ich löste ihn und drehte die Hosenbeine richtig herum. «Hast du was hier, was ich anziehen kann? Meine Takelage ist im Arsch.»

«Was immer du findest, bedien dich.» Ich zog die Shorts an, sah zu, wie sie durch das Durcheinander stolperte (sie ging kurz auf ein Knie, kam aber wieder hoch), und erinnerte mich daran, wie wir dieses Zimmer ursprünglich als Kinderzimmer hergerichtet hatten: alles an seinem Platz wie Bühnenrequisiten. So lange her. Und so viel war passiert. Aber andererseits, dachte ich, als ich mich an meine Frau unter der Tür eben erinnerte (sie schien ganz sie selbst, kaum in Mitleidenschaft gezogen von dem, was ich sie in der Küche alles hatte mitmachen sehen – das fiel mir jetzt, als ich die Hose anzog, wieder ein, als käme es von weit her: die blauen Flecken an der Unterseite ihrer Schenkel beispielsweise, ihr Bauch in Ziehharmonikafalten, das dünne Blutrinnsal, das sich über ihre bleichen Bollen ausbreitete – wie krackeliertes Porzellan, hatte ich gedacht, gerade überwältigt von einem unsäglichen Mitleid... oder zumindest war es mir unsäglich vorgekommen, und das war es wahrscheinlich auch), auch wieder nicht so viel. Was hatte Pardew gesagt? Veränderung sei eine Illusion der menschlichen Befindlichkeit oder so etwas. Die flüchtigen Bilder, die unsere Sinne uns bei unserer zwangsweisen Erforschung des Raum-Zeit-Kontinuums zusammengestückelt wie Filmbilder liefern, um die Fiktion von Bewegung und Veränderung zu schaffen und dadurch Motivation zu erfinden. Wie dies Bild von Daffies international berühmtem Derrière vor mir jetzt, als sie sich schweißglänzend und betrunken aus der Hüfte vorbeugte, um in der verstreuten Wäsche zu wühlen: eine Zwischenstation auf der Flugbahn wie jede andere. Trotzdem war ich froh, es nicht verpaßt zu haben.

Sie hielt ein paar hellblaue Stretch-Jeans von mir hoch, die meine Frau zum Stopfen hier oben hatte. «Sind die okay?»

«Klar.»

Einen Fuß bekam sie gut hinein, hatte aber Probleme, mit dem anderen klarzukommen und stolperte und strauchelte durch die Kissen und Wäsche, bis sie gegen eine Wand rempelte, die sie abstützte. «Sag mal, Ger», keuchte sie, «das *war* doch dein Lustschwengel auf den Fotos mit Ros, nicht?» Ich nickte und spürte wieder ein Kribbeln in den Augen. «Ich dachte, ich hätte ihn erkannt, als du draußen warst und die Rosen besprengt hast. Wer hat die Aufnahmen gemacht?»

«Irgendein Typ. Wir haben den ganzen Nachmittag damit verbracht.» Daffie hatte die Jeans über die Schenkel, aber trotz der Nachgiebigkeit des Materials Schwierigkeiten, den Rest hineinzuquetschen. «Es war komisch, es gab eine Nachmittagsvorstellung an dem Tag, und Ros hatte eigentlich einen letzten kurzen Auftritt in einer Gruppe von Widerstandskämpfern. Sie vergaß ihn komplett, bis die anderen nach ihr riefen, da schlenderte sie träumerisch davon und durch den falschen Eingang auf die Bühne, bekleidet mit grüner Leuchtfarbe, ein paar Federn auf dem verlängerten Rücken und einer goldenen Krone, was natürlich das Haus zum Wackeln brachte. Dann, von wegen auf der Bühne passiert nichts, brachte sie ihre einzige Zeile: ‹*Folgt mir, Brüder, wir haben die Schlacht verloren, doch den Kampf nicht!*›» Daffie lachte, aber gleichzeitig weinte sie auch. Ich wischte mir mit dem Ärmel über die Augen. «Wahrscheinlich ihre größte Stunde...»

Daffie nahm mich am Arm. Die Jeans spannten sich so eng um ihre Hüften, daß sie beinah zu glänzen schienen, aber der Hosenbund darüber stand auf wie ein offenes Faß. «Komm, Ger, hör auf zu schniefen, laß uns gehen und uns den Kanal vollaufen lassen.»

«Willst du ein Hemd haben?»

«Nee, ist zu heiß...»

Earl Elstob zog eine benommene Michelle hinter sich her ins Zimmer, als wir gerade gehen wollten. «Huh!» sabberte er, ein wenig schwankend und schielend. «Wüßt ihr, wü man – schlups! – ein Mädchen tsum Chtrahlen brüngt?»

«Hör mal, Michelle», sagte Daffie und griff nach ihrer freien Hand, «laß uns mal gehen und schauen, ob wir noch 'ne Bockwurst zum Knabbern finden.»

«Ist schon gut», murmelte Michelle. «Macht mir nichts aus.»

«Ja, aber komm, sieh mal, Süße, *diesen Nußknacker*?»

«Man chteckt den Chtöpsel rein!» grölte Elstob und fiel rückwärts gegen den Türrahmen. Steve der Klempner und ein älterer Typ, sah ich, versuchten die Tür zum Zimmer meines Sohnes zu reparieren, grimmig von meiner Schwiegermutter beobachtet; Janny stand daneben und plauderte gelangweilt mit Hoo-Sin.

«Ich weiß, wie er sich fühlt», sagte Michelle gütig. «Ich hatte mal einen Traum, in dem ich solche Zähne in der Vagina hatte.» Hoo-Sin fuhrwerkte mit den Händen herum, als beschreibe sie einen ungeheuren Raum: «Im Westen stellt man sie sich als Fluß vor, aber im Osten ist sie ein friedlicher stiller Teich», sagte sie. Mark schien endlich zur Ruhe gekommen zu sein. «Alle lachten mich aus und schoben schreckliche Dinge in mich rein, um mich kauen zu sehen. Mein Daddy brachte mich zu einem Zahnorthopäden, aber als er ihm das Problem zeigte, habe ich ihm den Finger abgebissen.» Sie seufzte. «Juh huh huh!» schnaubte Earl und schlug sich auf die Knie. Janny sagte: «Ich glaube, ich stelle mir sie meistens als lecken Hahn vor.» «Danach waren die Zähne nicht mehr da, es war ein anderer Traum...»

«He-*huh*! – wüßt ihr, was 'n Bettrost ist?»

«Ersparen Sie's mir!» bat Daffie und zog mich zur Treppe, wo wir beinah in unsere neue Nachbarin, Mrs. Waddilow, krachten, die mit bleichem Gesicht aus dem Badezimmer stolperte. Die Augen quollen ihr aus den Höhlen: «Um Himmels willen, warum hat mir denn niemand *gesagt* –?!» krächzte sie und klabasterte mit weichen Knien vor uns die Treppe hinunter. «Ich weiß, was für 'n Kick dir deine komischen Gästelisten geben, Ger, aber wo hast du denn *den* bescheuerten Schluckspecht ausgegraben?»

«Charley hat ihn mitgebracht...»

Die Verandatür am Fuß der Treppe flog auf, und herein spazierten Benedetto und vier oder fünf Freunde, alle noch in ihren Renaissance-Theaterkostümen. Als sie mich auf dem Treppenabsatz entdeckten, breitete Beni die Arme aus und rief: «Sir! Was geht an diesem Orte vor? Es liegt ein *Leichnam* dort draußen im Gebüsch!»

«Was –?»

Daffie schien zu stolpern und packte meinen Arm. «War er... weiß gekleidet?»

«Madame, ich bin mir nicht einmal gewiß, daß er ein *Er* war! Was, beeile ich mich hinzuzufügen, nicht allein ein *augenblickliches* Dilemma ist...!» Er zwirbelte die Spitzen seines falschen Schnurrbarts hoch, beäugte mit großer Geste ihren Busen, zog dann schwungvoll seinen Federhut und verbeugte sich.

«Ich ruf ihn an», sagte ich und entfernte mich. Hilario, der mit zwei Drinks in den Händen – einem Highball und etwas, was aussah wie der Bodensatz aus einem Putzeimer – am Fuß der

Treppe stand, sagte: «Peni, du 'aben noch einiges zu sehen, glaube ich!»

Mir fiel ein Stück ein, das ich einmal gesehen hatte, Ros war nicht dabei, in dem die Schauspieler, wenn sie einmal auf der Bühne waren – es war vorgeblich eine Art konventioneller Salonkomödie –, so taten, als könnten sie nicht wieder herunter. Die alten Profis im Ensemble versuchten weiterzumachen, aber die Bühne war schnell mit Nebendarstellern überfüllt – Boten, Butlern, Zofen und ähnlichem –, die, gefangen und ohne Sprechrollen, immer mehr in Panik gerieten. In dem Durcheinander wurden die Hauptdarsteller in den Bühnenhintergrund und außer Sicht gedrängt, nur ein paar Zeilen hier und da kamen als Zeugnis ihrer Professionalität durch. Manche versuchten, die Aufführung zu retten, andere einander, die meisten bloß sich selbst. Das sollte eine Art Versammlungsangst hervorrufen, aber obwohl ich das damals nicht empfunden hatte (eine Bühne ist schließlich bloß eine Bühne), empfand ich es jetzt plötzlich.

Ich wählte die Nummer und drehte mich zu Daffie um, die von Hilario angehalten worden war: «Ich kann rrrosa nicht finden, also ich mixe feilchenplau und grün – okay?»

«Hallo?»

«Benedetto!» rief Quagg und stürzte mit wehendem Cape an mir vorbei.

«Zachariah! Mein Freund!»

«Hallo? Bist du's, Dickie?» Ohne den Drink anzusehen, kippte Daffie die Hälfte davon hinunter – dann stieß sie einen Pfeifton aus und hielt ihn auf Armeslänge entfernt, während ihr die Augen hervorquollen. Zack verbreitete sich lautstark über die Show, die er inszenierte («Wir haben diesen Wahnsinnsrahmen, Mann, mit einer eifersüchtigen alten Vettel, die Roger verhext und Ros verzaubert hat – eine Art gute Fee, antike Sex-Königin und Todesdämon, alles in einem, verstehst du...»). Beni erteilte geräuschvoll seinen Segen und stellte dröhnend Leute vor, während hinter mir Leute die Kellertreppe herauf- und hinunterkletterten oder vom Hof hereinkamen. Aus dem Wohnzimmer erscholl Musik – ich konnte kein Wort verstehen. «Dickie –?»

«Wer ist da? Ger?»

«Benedetto!» rief Regina und fegte vorbei.

«Dickie! Alles in Ordnung mit dir?» brüllte ich. Daffie, deren feuchte Brüste vor Erleichterung herabsanken, ließ sich rückwärts gegen die Treppe fallen und trank («Regina! Mein süßes Entchen!») mit gerümpfter Nase weiter.

«Verdammt, ich weiß nicht, ich glaub, ich hab zuviel getrunken. Hör mal, Ger, ruf mich morgen früh an, wenn's mir besser geht, ja?»

«Ach! Regina!»

«Olga!»

«Es tut mir leid, Dickie, da draußen ist... liegt 'ne Leiche – und wir dachten –»

«Ja, hab ich gesehen. He, was hast du mit meiner kleinen Nay gemacht, Ger?»

«Was meinst du?» Ich warf einen Blick auf das Gewühl auf der Kellertreppe. Noble kam herauf und hielt sich die Eier, sein gutes Auge geweitet von der Dunkelheit, das falsche anscheinend herausgefallen. «Gott», ächzte er glücklich, «ich glaube, ich hab mir blaue Flecken auf den Eiern geholt!» Er trug mein neues Fischgräthemd – ich hatte noch nicht einmal die Nadeln rausgenommen, aber es war schon aus der Form geraten und unter den Ärmeln verschwitzt. Ich drehte mich um.

«Also, sie ist total hin und weg, Ger, redet von nichts anderem als dir.»

«Ist sie bei dir?» Vic war in der Tür zum Wohnzimmer aufgetaucht. Er sah zerzaust und müde aus, wollte wahrscheinlich nach Hause gehen. Auf dem Plattenspieler lief ein melancholisches altes Lied aus einer Show: «It's All Happened Before», ein Lied aus einem von Ros' Stücken, dem *Liebeslexikon*.

«Tja, aber ich muß zugeben, ich bin nur zweite Wahl. Du hast den Bogen raus, ja – sie hat einen richtigen *Narren* an dir gefressen, kann man sagen.» Es war eine Erleichterung zu wissen, daß sie gut aufgehoben war. Woran hatte ich gedacht? «I don't know if it's over», wurde gesungen, «or if it's just begun...» Quagg hatte irgendwo Alisons Mann aufgegabelt und schleppte ihn nun zu den Neuankömmlingen, damit er sie kennenlernte. Eine der Frauen küßte ihn. Benedetto umarmte ihn herzlich und pflanzte ihm seinen breitrandigen Schlapphut auf den Kopf. Er wurde rot, zupfte an seinem Bart und grinste dämlich darunter hervor.

Vic sah huldvoll zu, er schien in irgendeiner empyreischen Höhe zu schweben. Ich empfand seine Gelöstheit wie Balsam und begann mich («... but tonight», klang das Lied, «you're the only one...») selbst allem zu entziehen. Was, dachte ich, blieb einem sonst auch übrig? «Sie sagt, du bist der netteste, liebste Mann, den sie je kennengelernt hat.»

«Das einzige, was ich getan habe, war, ihr den Hintern zu versohlen, Dickie.»

«Na, du weißt ja, was man im Showbiz sagt, Ger, es ist nicht das Ei –»

«Ich weiß...» Es ist, wie man es legt. Oder aufschlägt. Aber manchmal, sagte meine Frau gern («Es ist, wie man es in die Pfanne haut», sagte Dickie in der Ferne, nicht zu mir, sondern sozusagen ins Off zu jemandem bei ihm im Raum), ist es doch das Ei. Woody hatte sich zu Vic in der Wohnzimmertür gesellt und beobachtete mich über Vics Schulter. Ich lächelte und nickte, aber er reagierte nicht darauf. Vic spielte nachdenklich mit einer Gabel in der Hand. Er sah so gefaßt und gelassen aus, wie ich ihn den ganzen Abend nicht gesehen hatte. Ich erinnerte mich an etwas, was er mir einmal über sogenannte «Wellen der Stille» im Gehirn erzählt hatte, die offenbar von manchen Leuten als eine Art örtlich begrenzter Verschwörung auf zellularer Ebene empfangen wurden, damit sie vorübergehend abschalteten und sich ausruhten, und die er als Beispiel für «ideologische Biologie» gebrandmarkt hatte, aber die ich, der mehr Vertrauen in die Chemie als in den Willen hatte, grundsätzlich auf jedes Benehmen, menschliches oder sonst welches, anwendbar sah. Ich fühlte mich gerade jetzt tatsächlich von solch einer Welle aufgehoben, als sei diese ruhige Stimmung nicht in mir, sondern im Flur selbst, vielleicht im ganzen Haus, sozusagen ein verschwörerisches Nähren des Bedürfnisses nach Ruhe.

«Warte mal, Ger! Ich hab noch 'ne schöne Dame hier, die guten Tag sagen will!» Ich konnte hören, wie sie ihn zum Schweigen bringen wollte. Ich hatte mir gedacht, daß er mir das unter die Nase reiben mußte. Ihr Mann, Benedettos Federhut um die Ohren und fiebrige Betörung auf dem Gesicht, stolzierte jetzt vor Quagg herum, der ihn durch einen Kreis aus Daumen und Zeigefinger betrachtete, als mache er Probeaufnahmen. Ich sah das selbst wie durch eine Linse, als betrachtete ich es an einem Schneidetisch oder in einem verdunkelten Theater. «Fürr den Sketsch wirr nehmen also fette Dame, ja?» «Sie hat uns was verheimlicht, Ger.»

«Die Polarforscherin? Nee, die schnurrt da drin wie eine Katze, Hilly, aber wir können ihre verrückte Geschichte einarbeiten – ein Art Initiations-Ritus, die heilige Höhle –»

«Sie ist wahnsinnig...»

«Da bin ich mir sicher», sagte ich und schluckte. «Heilige Höhle?» fragte ihr Mann unter der Krempe von Benis Hut hervor. Er schien es nicht zu wissen. Oder wenn doch, akzeptierte er es. Vielleicht war ich nicht der einzige, mit dem er einen Deal gemacht hatte. Ich begann Kopfschmerzen zu bekommen. «Ja, sie ist ein Symbol für das Unbewußte», erkärte Quagg ihm. Er sah schmerzlich berührt aus. «Wissen Sie, wo sich die ganze Action abspielt.» Ich schloß die Augen. «Bestell ihr von mir... alles Liebe», flüsterte ich in Gedanken an etwas, was sie an dem Abend gesagt hatte, an dem wir uns kennenlernten: Schönheit im Theater ist nicht eine Frage der Sprache *oder* Aktion, hatte sie behauptet (ich hatte versucht zu beweisen, daß sie ein Gleichgewicht von beidem sei), sondern der *verborgenen* Stimme und der geheimnisvollen Illusion *sich kreuzender Schicksalswege.* Ja (ich öffnete die Augen), das konnte ich begreifen..., Vic, den grauen Kopf Woody zugeneigt (er beäugte mich immer noch über Vics heruntergezogene Schulter), schien wieder in Wallung zu geraten. Vielleicht verebbte die Welle. Ich drehte mich um, um ins Eßzimmer zu schauen («Du wirst nicht glauben, was sie auf ihren hübschen kleinen Hintern tätowiert hat, Ger!»), erhaschte aber einen Blick (*»Was?!»* röhrte Vic. *«Mit Sally Ann?!»*) auf Horner, der Mund und Augen aufriß: *«Ducken!»* jaulte er.

«Du! Du gottverdammter, hundsfotziger Hurensohn – DU warst das!»

Ich wirbelte gerade noch rechtzeitig herum, um zu sehen, wie Vic sich auf mich stürzte, einen schrecklichen Ausdruck in dem zerklüfteten Gesicht, wie ich ihn noch nie zuvor gesehen hatte, jedenfalls nicht so frontal wie jetzt, die blutunterlaufenen Augen blitzend, die Lippen zurückgezogen, die Faust um die Gabel geklammert, zum Stoß erhoben –! *«Vic! Warte –!»*

Zwei Schüsse ertönten, etwas traf mich an der Schulter, ein Schrei, ein Sturz, um mich herum fielen Leute – Vic plumpste auf ein Knie, ein Blick voll Hochachtung und Staunen wusch seine Wut hinweg, dann kippte er nach vorn und fiel mir in die Arme. Der große Bulle, Bob, hockte in der Wohnzimmertür (Woody war verschwunden), der rauchende Lauf seines Revolvers starrte mir ins Gesicht. «O mein Gott! *Vic* –!»

Ich spürte etwas Warmes und Nasses an meinen Händen. Vic stöhnte, sein Zottelkopf lag schwer an meiner Brust. Der Bulle humpelte auf uns zu, die Waffe auf ihn gerichtet. «Was haben Sie *gemacht* –?» schrie ich.

«Er wollte auf Sie los, also habe ich ihn erschossen.»

«Aber – er war mein bester *Freund*!» Der Bulle packte Vic am Kragen und warf ihn rückwärts zu Boden. In seiner Brust war ein großes Loch. «Er hatte doch bloß eine verdammte *Gabel*!» Ich kreischte beinah.

«Ich habe ihn einmal verfehlt – diesmal bin ich auf Nummer Sicher gegangen.» Er trat Vic, der aber nicht reagierte. Sein Atem kam stoßweise, seine Augenlider flatterten.

Die anderen begannen sich aufzurappeln. «Was ist passiert?» fragte Teresa, die mit einem Dessertteller voll Truthahnfüllung, Käsehappen und eingelegtem Gemüse aus dem Eßzimmer kam. Ich starrte mit tränenden Augen auf meine blutigen Hände und kniete mich dann neben Vic. Es war alles so schnell gegangen... «He, alter Freund...?» Keine Antwort: sein Kopf rollte hin und her, sein Mund stand offen. «Das wär's also», sagte Eileen steinern, von der Wohnzimmertür eingerahmt. «Ich wußte, daß es so kommen würde.» Vielleicht hatte sie es gewußt. Ich rief mir ihr Orakel auf der Toilette ins Gedächtnis, und selbst davor, als Vic sie gerade geschlagen hatte, erinnerte ich mich, gedacht zu haben, daß sie etwas erblickt hatte, dessen sich keiner von uns schon bewußt war. Vielleicht hatte Vic es auch gesehen und einfach blind nach einer Wahrheit geschlagen, die ihn in Rage brachte. «Ich habe versucht, ihn zu warnen, und die dumme Sau hat mich geprügelt.»

Cynthia zwängte sich an ihr vorbei, hockte sich neben Vic («Du kannst wiederkommen jetzt, Tiger», sagte Daffie, die den hingefallenen Telefonhörer aufgehoben hatte, «sie haben gerade den Alten von der Kleinen erschossen...») und berührte seine Kehle. Das schien aus irgendeinem Grund zu helfen: Er schloß den Mund, blinzelte, versuchte den Blick zu konzentrieren. Als er mich sah, überzog ein schmerzlicher Ausdruck sein Gesicht, verging dann aber wieder. «Hol Sally Ann...» flüsterte er.

«Klar, Vic, aber –»

«Und was zu trinken.»

«Hör mal, tut mir leid, aber –»

«*Scheiß* aufs Leidtun! Hol mir verdammt noch mal was zu *trinken*!» krächzte er.

«Vic –?»

«Er hört nicht auf dich», sagte Eileen gleichgültig. Die anderen beobachteten uns nun aus sicherer Entfernung und hatten dabei ein wachsames Auge auf den Bullen, der seinen Revolver wieder lud. «Er ist smart. Er weiß alles.»

«Ich hole ihm was», bot Teresa an, die an einer Peperoni lutschte. «Was –?»

«Bourbon.»

«Der Kleine? Nee, das letzte, was ich gesehen habe, war, daß diese aufgedrehte Sozialarbeiterin mit dem Fettsteiß ihn mit auf die hintere Veranda genommen hat, um ihm die Latte zu messen», sagte Daffie sauer ins Telefon. «Ich hab bloß die Scheiß-Verlierer gehabt, Dickie, mir gefällt's hier nicht.»

«Wo zum Teufel *bin* ich?» röchelte Vic. Er tastete schwach nach seiner Brust, als suche er etwas in seiner Tasche.

«In meinem Haus, Vic. Eine Party –»

«Lieber Gott! Ich *blute*! Ach du Scheiße, Gerry! Was hast du gemacht...?»

«He, vielleicht können wir das einarbeiten», sinnierte Quagg und schielte auf Vic hinunter, wie er zusammengesunken an Cynthia gelehnt da lag («Also, wer weiß... vielleicht – *keuch!* – wollte ich es so...?») und seine Wunde hielt. «Die schnelle Action *gefällt* mir!» Malcolm Mee, der zu ihm getreten war, nickte und machte dann nach, wie der Revolver gezogen worden war. «*Richtig!* Wie ein geölter Blitz, Mann!» lachte Quagg.

«Na ja, wenn du fertig bist, kannst du ja mich an meinem lecken», murmelte Daffie unter Tränen und knallte den Hörer auf die Gabel.

«Nur daß vielleicht der Typ, dem das Licht ausgeblasen wird, der ist, der auf der Bühne Roger spielt, und Roger selbst unten aus dem Publikum schießt!»

«Roger ist tot, Zack.»

«Hör mal, das weiß ich. Meinst du, ich bin verrückt? Ich rede von dem *Stück*, Mann!»

«Roger –?»

«Es ist ein langer Abend gewesen, Prissy Loo.»

Teresa kehrte mit einem Glas Whiskey mit Eis zurück. «Hier», sagte sie und kippte Vic im Bücken ihr Essen in den Schoß. «Ups! Blöd, das war der letzte Rest von der Füllung!»

Cynthia nahm das Glas und hielt es ihm an die Lippen – er schlürfte gierig, würgte und spuckte, schlug es dann zu Boden; es rollte durch den Flur, die Eiswürfel wurden versprengt wie geworfene Würfel.

«He», warnte Bob und spielte mit dem Revolver.

«Darf ich?» fragte Teresa, klaubte ihm mit den Fingern das Essen aus dem Schoß und aß. «Es ist eine Schande, das zu verschwenden.»

«So wie ich es sehe, haben wir Ros, die sich selbst spielen muß – wir nehmen die Leiche, meine ich –, aber der Rest des Ensembles agiert damit, als sei sie lebendig, capito? Der Trick ist, den Zuschauern das Gefühl zu geben, daß sie wirklich lebendig ist!»

Vic blinzelte uns unter seinen struppigen grauen Brauen an. Er schielte. *«Noch einen!»* verlangte er und bekam einen Hustenanfall.

«Mir gefällt das gar nicht«, wandte Regina ein. «Es ist, als würde man die Toten mißbrauchen oder so.»

«Ich glaube, er...»

«Wir mißbrauchen Ros nicht, Baby, wir mißbrauchen den Tod *durch* Ros – wirklich, das ist ganz positiv!»

«Ich weiß nicht, Zack, irgendwie ist es wie das eine Mal, als du die Autopsie auf der Bühne –»

«Er braucht Hilfe», sagte Cynthia. «Ist der Doktor –?»

Bob wirbelte den Revolver um den Zeigefinger («Aber das war *wunderschön*, Vadge!») und stopfte ihn ins Halfter. «Ich glaube, ich habe ihn in der Küche gesehen.»

«Ja, wenn du nicht gekotzt hättest.»

«Ich hole ihn», sagte ich.

Ehe ich aber die Küchentür erreichte («Sag mal, wo ist die Kanalratte?» wandte Quagg sich an mich, als ich vorbeiging. «Wir könnten ihn als Extra-Kulissenschieber für Scar gebrauchen.» «Es sind jetzt zwei davon da, Zack», sagte Horner, «er und sein Partner...»), kamen Talbot, Dolph und der Typ in dem breitgestreiften Anzug grölend und johlend mit Anatole auf den Schultern durch. «TRARA!» riefen sie. Anatole, halb angezogen und dämlich grinsend, bettelte, heruntergelassen zu werden, aber seine Träger johlten nur um so lauter und marschierten mit ihm durchs Zimmer, bis alle klatschten und im Chor sangen «Flupp! Weg ist das Wiesel!» Die Tür schlug hinter ihnen auf, und Brenda flitzte durch, sich ihre rote Hose vors Gesicht haltend – *«Hipp, hipp, HIPP!»* brüllten sie –, und ich schlüpfte hinter ihr durch.

JIM STAND AM KÜCHENHERD und sterilisierte eine Nadel in etwas, das aussah wie eine Sardinenbüchse. «Jim!» rief ich. Der Raum war dämmerig, aufgeräumt, eine Art Ruhe war hier eingekehrt. Oder auferlegt worden. Aber ich fühlte mich nicht ruhig. Ich schaffte es bis zum Schlachterblock und lehnte mich dagegen. Fred, der kleine Bulle, saß in Hemdsärmeln und Nackenstütze auf der Frühstücksbank und aß Würstchen mit gekühltem Wodka aus dem Kühlschrank. Meine Frau auf einem Stuhl daneben nähte den Messingknopf an seinen Rock. Etwas widersinnig Häusliches, beinah Emblematisches haftete den dreien an – wie sie da in der Stille, in dem gedämpften Licht kochten, nähten, aßen; hinter mir schwelgten die anderen wie auf einer anderen Party. «Es geht um Vic! *Er ist angeschossen worden!*»

«Schon gut», sagte er müde. «Komme gleich.»

«Es ist *dringend*, Jim!» Ich hielt meine blutigen Hände hoch.

Er sah zu mir herüber. «Ja, ich weiß, ist es immer – sag mal, was ist denn mit deiner Schulter los?»

Meine Frau sah erschreckt auf. «Nichts, ein Kratzer –»

«Komm mal her, laß mich gucken.»

Der andere Polizist streckte den Kopf durch die Tür hinter mir. «Hab ihn, Fred.»

«Ja, danke, hab's gerade gehört.»

«Sieht aus, als wärst du von einer Kugel gestreift worden. Warst du in Vics Nähe, als –?»

«Ja, ich war am Telefon, aber –!»

«Mmm. Das erklärt es.» Er stellte das Feuer unter der Nadel ab und kniete sich hin, um in der schwarzen Tasche zu seinen Füßen zu kramen. «Brauchst du Hilfe, Jim?» fragte meine Frau.

«Nein...»

«Ich wünschte, die Leute würden in diesem Haus keine Schußwaffen benutzen.» Ihre Stimme zitterte ein wenig.

«Vic ist schlimm getroffen, Jim. Ich glaube, du solltest –»

«Alles der Reihe nach, Gerry. Das ist keine ernsthafte Verletzung, aber sie sollte sofort gesäubert werden.» Er kam mit einer Flasche Jod hoch, einem Schwämmchen und ein paar Verbänden und setzte sie auf den Herd, dann ging er zum Becken und wusch unter heißem Wasser einen grauen Spüllappen aus.

«Wenn es nach mir ginge, ich würde die Dinger gesetzlich verbieten lassen, Madame», sagte Fred, den Mund voller Knoblauchwurst, «aber dann könnte man genausogut Essen und Sch – äh, Schlafen verbieten.» Louise trat aus einer dunklen Ecke – ich hatte sie dort gar nicht bemerkt – und stürzte wie verfolgt aus dem Raum, von meiner Frau traurig beobachtet. Fred spülte die Wurst mit Wodka hinunter. «Ich hoffe, ich habe nichts gesagt, was –»

«Nein...»

«Jetzt wollen wir mal sehen, was wir hier haben», sagte Jim und riß das Hemd von der Wunde. «Das brennt vielleicht ein bißchen...»

«Ja – AU!»

«Er ist solch ein Baby», lächelte meine Frau. Das stimmte. Ich fürchtete das Jod mehr, als noch mal angeschossen zu werden – allein der dreckige Spüllappen trieb mir die Tränen in die Augen.

«Noch einen Millimeter», sagte Jim, dem die graue Locke über die Schläfe fiel, «und du hättest Knochen eingebüßt.»

«Du hast mir mal so einen Knopf geschenkt, Gerald. Erinnerst du dich?»

«Nein...» Statt dessen erinnerte ich mich aus irgendeinem Grund an Naomi, die sich über die Toilette beugte, an Dickie, der zermürbt aussah, an Tania, die (und da war dieses merkwürdige Gefühl, gerade eine Art Wechselgesang vollendet zu haben wie eine Runde verpaßter Einsätze, als hallten mir gleichsam noch Echos jener Schüsse in den Ohren) etwas von Feigheit und Hysterie erzählte. Vielleicht war es der muffig riechende Lappen in Jims Hand...

«Weißt du, du solltest dir nicht so viel Sorgen über andere machen, Gerry«, riet er jetzt, «und zur Abwechslung mal an dich selbst denken.»

«Mein Lohn, hast du gesagt.» Sie wandte sich an Fred. «Er sagte, wenn ich es ihm schön machte, würde ich einen zweiten kriegen.» Sie seufzte. «Habe ich aber nie bekommen.»

Fred gluckste und zwinkerte mir zu. Jim tauchte das Schwämmchen in Jod. «Es hat ihn in der Brust erwischt, Jim. Mindestens zweimal. Ich glaube wirklich, du solltest – AUTSCH!»

«Meine Güte, Gerald – du bist schlimmer als Mark, wenn man ihm einen Splitter rauszieht!»

«Lassen Sie sich nicht hinters Licht führen, er ist tapferer, als Sie meinen, Madame», sagte Fred und zwinkerte noch einmal.

«Komm schon, Jim, *das reicht*!»

«Ruhe! Noch ein bißchen...»

«Hast du Cyrils Blick gesehen, als Peg ihm sagte, daß sie ihn verläßt?» fragte meine Frau, wie um mich abzulenken.

«Ich weiß gar nicht, ob ich sie überhaupt gesehen habe heute abend», stieß ich hervor, und Jim sagte: «Du machst wohl Witze! Nicht Cyril und Peg –?!»

«Doch, ich begreife es gar nicht. Du, Gerald?»

«Was? Nein! Ja! *Au!* Ich bin mir nicht sicher!»

«Was willst du denn nun sagen, Gerald?»

«Ich glaube, Tania hat es mir erzählt», erklärte ich, die Worte zwischen zusammengebissenen Zähnen hinauspressend. Stimmte das? Es schien unwahrscheinlich, selbst während ich es aussprach. Cyril und Peg? «Oder wollte gerade. *Oh! Ah!* Es hat etwas mit Ros zu tun, mit dem, was sie in einem Stück sagen sollte und sie lieber aus dem Stegreif wollte oder so, ich weiß nicht – AUA!»

«Also, das macht es ja klar wie Kloßbrühe», bemerkte meine

Frau trocken, schnitt ein Gesicht zu Fred hin, der lachte und sich noch einen großen Happen Wurst in den Mund schaufelte.

«Ich kann es wirklich kaum glauben», sagte Jim. Er hatte aufgehört, die Wunde mit seinem Schwämmchen zu belästigen und rollte nun einen Verband auf. Er drückte ein zusammengefaltetes Stück Gaze gegen meine Schulter. «Halt das mal, Gerry.»

«Jedenfalls ist das 'ne Party, die wir wohl verpassen», sagte meine Frau. Sie biß den Faden ab, steckte die Nadel in ihre Kattunschürze und hielt den Rock hoch. «Das muß dich und Mavis hier zu den wahren Veteranen des Abends machen, Jim.»

«Charley und Janny wahrscheinlich...»

«Na ja, bei denen läuft es, glaube ich, auch nicht so gut», sagte sie, faltete den Rock behutsam und legte ihn dem Polizisten gegenüber auf die Bank. «Nach dem, was ich gehört habe...»

«Vielen Dank, Madame.»

Jim klebte den Verband an meiner Schulter fest und murmelte: «Merkwürdig, sie waren beinah eine Legende...» Ich starrte in den Hinterhof hinaus, wo sich eine dunkle schwere Stille niedergelassen hatte und gegen die Hintertür drückte, als wolle sie uns umfangen. Ach ja... Ich rief mir das weiche pelzige V ihrer Scham ins Gedächtnis, als sie sich dort draußen gegen meine Finger drängte, die rauhe Liebkosung ihrer Zunge, als sie sich zwischen meine Zähne schlängelte, ihre Hände, die wie kleine hungrige Krebse über mich krabbelten – aber es war keine erotische Erinnerung, nein, es war eher wie eine weihevolle Meditation über die Erinnerung an sich: der warme, schlüpfrige Stoff, aus dem die Zeit ist, die dürren, aber irgendwie strahlenden Impressionen, die bleiben. Wie die Schlammspuren (die Stimmen waren nun zur Ruhe gekommen, das Herein- und Hinauslatschen hatte sich gelegt) auf dem Küchenfußboden.

«Ich hatte alles geputzt», sagte meine Frau, die meinem Blick folgte, «aber dann sind Anatole und Brenda und die ganze Truppe durchgelaufen.»

«Ich weiß, ich habe gesehen, wie sie ihn drinnen zur Schau gestellt haben...»

«Ja, das war hübsch. Ich glaube, er hatte sich ein bißchen einsam gefühlt, besonders seit... seit seine Tante...» Sie starrte auf ihre Hände, ihre Augen wurden feucht. Jim schraubte das Jod zu, steckte es zurück in die Tasche, rollte den Verband wieder auf und zog den metallenen Schutzring über das Heftpflaster. «Das nächste Mal sollten wir mehr junge Leute einladen.»

«Vielleicht treibt das dem kleinen Fiesling seine Hundsfötterei ein bißchen aus», murrte Fred. «Entschuldigen Sie, wenn ich Tacheles rede, Madame. Er hat dem Chef 'ne Menge Scherereien gemacht, und wir hatten das ganz schön satt.»

«Er ist noch sehr jung», erinnerte meine Frau ihn.

«Ja, aber er würdigt die Schwierigkeiten nicht – es ist kein leichter Job.»

«Ich glaube, der Inspektor macht sich die Schwierigkeiten selbst», sagte ich.

Fred fuhr drohend auf, aber dann besann er sich und schnitt sich noch ein Stück Wurst ab. «Na ja, der Alte hat seine Schwächen, das gebe ich zu. Haben wir alle. Er hat zum Beispiel die ganze Zeit da drin mit den Uhren verbracht, bloß um auszurechnen, daß der Mord genau dreißig Minuten, nachdem wir hier ankamen, stattgefunden hat, haha!» Jim paßte eine der sterilisierten Nadeln in eine Spritze ein, steckte die anderen in eine Plastikdose, leerte den kleinen Topf ins Becken und warf ihn dann in den Müll. «Bob und ich haben's wieder ausgebügelt. Wir haben durch das kleine Bohrloch in der Leber die Temperatur gemessen, aber so einfach ist es nicht immer – er ist ein ganz schön genialischer Mensch, wie Sie gesehen haben, und manchmal haben wir keine Ahnung, wie wir hinterher wieder klar Schiff machen sollen. Manchmal wissen wir noch nicht mal, worüber zum Teufel er redet. Aber, hören Sie mal, auch wenn's so aussieht, als hätte er 'ne Schraube locker, der alte Nigel hat 'ne Menge Verbrechen aufgeklärt. Er hat den Kniff raus.» Er goß sich einen kleinen Wodka ein, kippte ihn hinunter, schmatzte mit den Lippen und goß sich noch einen ein. «Irgendwie schafft er es. Er versenkt sich ins Verbrechen, macht 'ne Art Sender aus sich, fragen Sie mich nicht wie. Was ihn betrifft, verstehen Sie, gibt's nicht so was wie ein Verbrechen für sich, es ist immer Teil von was Größerem, und er denkt, die einzige Art, an dieses Größere zu kommen, ist, nicht bloß das Gehirn einzusetzen, sondern die ganze Maschinerie – das nennt er ein Verbrechen *durchschauen*. Darin ist er ein Künstler, der beste, den ich kenne!»

Jim hatte uns unterdessen mit seiner Spritze verlassen, die Nadel nach oben wie ein Zeigfinger. Meine Frau spülte den blutigen Lappen aus. «Es stimmt also, was über Mavis gesagt wurde – daß sie...»

«Ja, sie ist Epileptikerin, Gerald. Ich dachte, du wüßtest das.»

«Der alte Nigel hat mir mal was ganz schön Unheimliches erzählt», fuhr Fred fort, nachdenklich seinen Wodka schlürfend. Epileptikerin? «Er sagte, wenn ein Mann sich in das *Böse* verliebt, findet er sich schließlich in einer *Umarmung mit dem Entzücken.* Genau das hat der Chef gesagt: *Umarmung mit dem Entzücken.* Natürlich schließt das Böse Tod, Krankheit, Einsamkeit, Verbrechen ein, das ganze Drum und Dran – da hat man nicht viel Chancen, hmm?» Er stand auf, bürstete sich die Krümel vom Schoß und ging zum Becken, um sich die Hände zu waschen. «Am Ende aber, das muß trotz seines Geschwafels gesagt sein, verdächtigt der alte Nigel immer noch Ausländer, Perverse, Freaks und Landstreicher, genauso wie wir auch.»

«Das ist nicht sehr mildherzig», bemerkte meine Frau und wischte den Frühstückstisch mit dem feuchten Lappen ab, den Jim für meine Schulter gebraucht hatte.

«Übrigens», sagte ich (mir wurde klar, daß ich schon seit einiger Zeit auf den kleinen herzförmigen Flecken neben der Dose Deodorant auf dem Schlachterblock starrte: etwas, was einer gesagt hatte...?), «es hat sich herausgestellt, daß die Valentinskarte, die Naomi hatte, von mir an dich war –»

«Ja, ich weiß. Dickie bat mich, ihre Tasche zu durchstöbern, ehe sie gingen, und sie war drin. Sie hatte auch deinen Elektrorasierer und jemandes Pfadfindermesser, Mutters Haarnetz, einen gelben Ball, der mit einem Auge bemalt war, sogar Marks altes Töpfchen und einen ganzen Stapel tintiger Daumenabdrücke.» Fred sah auf und zwinkerte mir über seiner Nackenstütze zu, während er das Wasser von den Händen schüttelte. «Aber Cyril sagt, sie kann nichts dafür.»

«Cyril?»

«Ja, er hat Peg natürlich verabschiedet.» Sie stellte Wodka und Wurst in den Kühlschrank zurück und starrte dann hinein, als sehe sie einen Film dort. «Jetzt frage ich mich, was ich –»

«Peg...!» Langsam, ganz langsam dämmerte es mir...

«Ja, als sie mit Dickie wegging – aber sag, was ist los mit dir, Gerald? Wir sprachen gerade von –»

«Richtig...!» Ich drehte mich um, um noch einmal auf die hintere Veranda hinauszustarren, wo die dichte Flut der Nacht plötzlich zurückzuweichen schien: Natürlich, es war Peg, die mit ihm gegangen war, ihr tätowierter Hintern, Dickie hatte ihn erwähnt – die Offenbarung traf mich wie der Blitz: *Alison war also noch hier!*

«Vielleicht könnte ich flambierte gefüllte Eier machen...»

«Exakt!» Aber wo? «Was?»

«Sie hatten übrigens recht mit dem schweinigeligen Hallodri», sagte Fred. «Hat uns sein rothaariges Anhängsel unter der Nase weggeschnappt, gerade als wir die Anklagepunkte zusammenhatten. Beihilfe zum – *WurrPPP!*» Er rülpste laut und tätschelte sich den Magen. «Uff, das ist besser!» Er rülpste noch einmal, eine Art kurzes, kleines Nachspiel (ja, dachte ich, die Arme um mich schlingend, selbst einfältige Narren haben eine zweite Chance!), und fragte dann: »Sie haben nie daran gedacht, bei der Polizei anzufangen, oder?»

«Im Augenblick nicht...» Meine Gedanken waren anderswo, durchsuchten sozusagen Haus und Garten.

«Schade. 'nen Burschen wie Sie könnten wir gebrauchen. Sie haben die Birne dafür. Und ein gutes Auge.»

«Was? Ach, na ja... aber nicht den Magen.» Die anderen quälten sie; vielleicht war sie nach draußen gegangen, um sich zu verstecken. Ich meinte jemanden auf der rückwärtigen Veranda zu sehen. Aber nein, die Typen waren gerade von dort hereingekommen...

«Sie gewöhnen sich dran. Sie haben die richtige Einstellung, und das zählt. Natürlich ist es als Laufbahn nicht mehr das, was es mal war, das gebe ich zu, nicht, seit sie den vorehelichen Geschlechtsverkehr legalisiert haben.» Er zog seinen Rock an, spannte die Schultern gegen die Nähte und knöpfte ihn zu. Meine Frau setzte Wasser auf (wo hatte ich sie zuletzt gesehen? Im Wohnzimmer? Ich konnte mich nicht erinnern, es schien so lange her zu sein...), holte ein paar Tomaten und grüne Bohnen aus dem Kühlschrank, Hüttenkäse und Butter, einen Karton mit braunen Eiern. «Ich hoffe, wir haben noch Kapern», sagte sie.

«Das waren noch Zeiten – Verbrechen überall und selbst die, die nicht vorehelich verkehrten, waren um so eher eines anderen Delikts zu überführen: Hirngespinste oder Mord oder gemeingefährliche Besessenheit – ein Gefühlswallungsexzeß, wie die alten gesetzlichen Bestimmungen es ausdrückten. Damals mußte man bei der Polizei sein, das werde ich nie vergessen, das war was Besonderes.» Vielleicht sollte ich, dachte ich, als erstes nachsehen, ob noch Vermouth da war, um wieder da anzuknüpfen, wo wir… «Natürlich war ich jung damals, aber wir brachten jede Menge Berufsstolz und Begeisterung mit, es war 'ne Art goldenes Zeitalter für den Polizeidienst, die hellsten Köpfe waren drin – damals trat zum Beispiel der alte Nigel ein –, aber heute, nein, die meisten Jungs sind weg. Der Nachwuchs sieht alles aus einem anderen Blickwinkel. Heute ist alles Statistik, die Flut eindämmen, wie sie gern sagen – tatsächlich ist der voreheliche Verkehr heutzutage eine Art Polizeiwaffe, um die Bürger in Verwirrung zu halten – diese jungen Kerle haben keine Zeit für Schwanzabdrücke oder Staubproben oder versteckte Motive. Und dann gibt's heute all diese Weltverbesserungsverbrechen, Bombenwerfen und Lageraufstände für besseres Essen und Computerstürmerei und ähnliches. Meistens ist mir das zu hoch – obwohl das nicht heißt, daß ich nicht deswegen 'nen Arm oder 'n Bein verliere. Schon ein Pokerspiel im Rathaus unten zu verteidigen, kann einen heutzutage alle machen.» Er steckte die Mütze unter seinen Arm, rückte den Knoten seiner Krawatte unter der Nackenstütze zurecht und überprüfte seine Waffe. Reifliche Überlegung, darauf kommt es an, dachte ich. Keine impulsiven Sprünge im Dunklen mehr. Harmonie und Ausgewogenheit – ich war sehr erregt…! «Nein, Verbrechen machen heutzutage keinen Spaß mehr, sie haben keine persönliche Note mehr – ich meine, es spornt uns richtig an, so einen altmodischen Mord wie den hier zu kriegen, er hält uns noch 'ne Woche danach bei der Stange, selbst wenn das was von Luxus hat – Sie hätten mal den alten Nigel auf dem Weg hierher sehen sollen, er war ganz kribbelig.»

«Dabei fällt mir ein, Gerald», sagte meine Frau, die den Dekkel von einer Mehlbüchse stemmte, «*wie* findet man denn nun heraus, ob ein Mädchen kitzlig ist?»

«Wie bitte?» Das grüne Zimmer, hatten wir gesagt. Richtig! Aber dann...?

«Hmm, sieht gut aus», sagte Fred, der in das kochende Wasser starrte.

«Der Mann mit den Hasenzähnen», erwiderte sie vage, während sie zwischen dem Geschirr im Becken herumkramte. «Er hat gesagt...»

«Du meinst den Witz von Earl? Man reibt ihren Kitzler zwischen den Nüssen.»

«Ja und, was soll das?»

«Nüsse! Hoden!» Ich zeigte hin. Sie rührten sich wieder. Ich lächelte.

«Ach so, ich verstehe.» Sie seufzte und spähte trübsinnig in den leeren Dijon-Senftopf. «Worüber wolltest du mit Alison reden?»

«Mit wem –?» Sie hatte eine erstaunliche Art, die Dinge aneinanderzufügen (das Lächeln war zur Grimasse geworden: zimperlich berührte ich meine Schulter). Vielleicht war dies das Geheimnis ihrer Kochkunst.

«Die Frau, die wir im Theater kennengelernt haben. Louise hat gehört, wie Sally Ann ihr sagte, du würdest unten im Fitness-Raum auf sie warten.»

Einen Augenblick lang konnte ich nicht denken. «Was?» Was hatte sie gesagt? Plötzlich schnappte etwas in mir zu, tief drinnen. Und dann brach etwas auf, es war wie die Polizei, die durch Marks Schlafzimmertür brach, ein splitterndes Krachen, und ich taumelte zurück. Oder vielleicht taumelte ich schon vorher. Der Fitness-Raum! Ich hätte es wissen sollen: all diese Witzeleien, das Gewimmel die Kellertreppe herauf und hinunter (hatte nicht jemand Fesselspiele erwähnt?), Alisons Mann, der furchtsam hinabstarrte, als ich Mark zu Bett brachte, Nobles verschwitzte Achselhöhlen und unverschämtes Genörgel – jetzt paßte alles zusammen, ich sah alles klar, nur zu klar, und die Knie wurden mir weich. Geschwächt torkelte ich gegen den Schlachterblock. Ging zu Boden.

«Gerald? Was ist los –?!»

«Seine Verletzung, Madame. Er hat wahrscheinlich einen kleinen Schock.»

Was schlimmer war, sie würde annehmen, ich hätte sie hereingelegt – sie war noch nie auf einer unserer Parties gewesen, wie konnte sie wissen, daß es nicht ein Spiel war, das wir mit allen Neulingen trieben? Ich fühlte mich zum Weinen. Ich *weinte.* Verdammte Sally Ann! Die Lampen in der Küche schienen schwächer zu werden, und eine Welle von Übelkeit durchlief mich.

«Vielleicht sollte er sich hinlegen.»

«Es ist gewöhnlich besser, wenn man versucht, es durch Herumlaufen loszuwerden.»

«He, Ger, was ist los? Du siehst ja schrecklich aus!»

«Er ist verletzt, Sir, nichts Ernstes.»

Ich erkannte, daß wir im Eßzimmer waren. Ich schien es ohne eigene Anstrengung zu durchqueren, von Fred und meiner Frau aufrechtgehalten. Der Kopf war mir immer noch leicht und schwummrig. Das einzige, an das ich im Augenblick denken konnte, war Tania, die verzweifelt in die Badewanne voll rosa Schaum starrte, überwältigt – das war mir jetzt klar, es war das einzige, was mir klar war – von einem Anfall von Selbsthaß.

«Hier, versuch das mal.»

Sie hielten mir etwas Alkoholisches an die Lippen. Es tröpfelte mir übers Kinn. Irgendwie hatte ich vergessen, wie man schluckt.

Da tauchte Jim auf und sagte, nein, ich solle mich hinlegen, die Füße höher als der Kopf.

«Das habe ich gleich gesagt», sagte meine Frau.

«So sind mir schon welche weggestorben.» Fred war anderer Meinung. «Wir halten sie lieber am Laufen.»

Sie machten Platz für mich vor dem Sideboard, schleppten Mavis aus dem Weg und streckten mich aus. Etwas hämmerte mir in den Ohren. Es hätte mein Herz sein können. Aber es klang eher wie Füße, die die Treppe hinauf- und heruntertrampelten. Jemand brachte unseren Kamelsattel aus dem Fernsehzimmer und schob ihn mir unter die Fesseln. Fred stellte klar, daß er keine Schuld trage, wenn ich hops ging, und Wilma, die in der Nähe stand, sagte, ich erinnere sie an das letzte Mal, wo sie ihren dritten Mann Archie gesehen hatte. «Er sah auch so blau im Gesicht aus.»

«Macht sein Hemd auf, gebt ihm Luft!»

«Löst ihm den Gürtel!»

Köpfe senkten sich über mich und schnellten wieder weg wie die kleinen Trinkvögel, die in Souvenirläden zu kaufen sind. Auch die Decke schien zu pulsieren. Einmal drückte sie herunter, ein andermal verschwand sie in ungeheurer Entfernung, wie der leere Horizont aus Pardews Traum. Schatten flimmerten darüber wie schwache Bilder auf einer Kinoleinwand oder einer zugezogenen Jalousie. Ich erinnerte mich, daß Alison gesagt hatte: «Es gibt kein Publikum, Gerald, das macht es ja so traurig.» Oder vielleicht hatte meine Frau das gesagt. Auf jeden Fall...

«Ach du meine Güte, guckt euch mal den blauen Flecken unter seinem Nabel an», sagte sie jetzt.

«Er sieht überhaupt ganz mürbe aus.»

«Können wir sonst noch was tun?»

«Ihr könntet einen Waschlappen unter kaltes Wasser halten», sagte Jim.

«Hat er geweint?»

«Na ja, Vic war schließlich sein bester Freund.»

«Hören Sie mal», sagte Fred, und beugte sich über mich, »ich muß jetzt gehen, und ich frage mich, ob Sie noch 'nen heißen Tip für uns haben?» Sein Atem stank nach Knoblauch und Wodka. Ich drehte den Kopf weg. Ich schaute einer Frau unter den Rock und schloß die Augen. «Sie würden uns echt 'nen Gefallen tun...»

«Nein...», flüsterte ich schwach oder wollte es zumindest – erappte mich aber bei: «No...ble...»

«Ich glaube, er hat was gesagt.«

«Das ist ein gutes Zeichen.»

«Den feisten Witzbold mit dem Glaslicht meinen Sie?» murmelte mir Fred ins Ohr. Ich schauderte. «Hmm, ganz schön happig – er hat den Rechtsanwalt zum Kumpel, sind irgendwie verwandt. Trotzdem...»

«Er scheint auch wieder ein bißchen Farbe zu kriegen.»

«Gott, es war *toll*, Onkel Howard!» sagte Anatole irgendwo

außerhalb meines Blickfelds. «Ich habe nie gewußt, daß es so einfach geht!»

«... Mal sehen, was ich tun kann.»

«Nein, das ist wahrscheinlich bloß Fieber.»

«Und jetzt werde ich Dramatiker!»

«Gerry? Kannst du mich hören?»

«Mr. Quagg hat gesagt, daß ich das A & O der Show sein werde!»

«Warten Sie –!» flüsterte ich und drehte mich wieder um («Reden Sie keinen Unsinn, er war bei mir», schien ich meine Frau sagen zu hören), aber der Polizist war weg. Statt dessen sah ich hoch über mir Fats fliegen, als schwebe er mitten in der Luft: Verdutzt hing er dort oben und sah aus, als wolle er gleich in den Weltraum abheben – dann krachte er herunter und brachte den ganzen Raum zum Erbeben.

«Was?»

«Je mehr die Dinge sich ändern, desto gleicher sind sie», sagte Hoo-Sin.

«Es wird rauh hier drin, Scar – willst du raufgehen und die Landpomeranze mal versuchen?»

«Nein danke, sie hat zu viele Flöhe, und ich habe außerdem die Premiere aufzubauen. Ich hab sowieso gerade in der Höhle unten die Gummis gezwirbelt, Mann, der Schwung ist raus.»

«Was mache ich nur falsch?» ächzte Fats vom Fußboden («Zieht das Opus immer noch?»), und jemand sagte: «Mir gefällt, was Sie mit dem Raum hier drin gemacht haben, dieses delikate Gleichgewicht von Alt und Neu.»

«Ja, aber nicht mehr lange – wenn du ihre Nummer mitkriegen willst, machst du besser, daß du hier runterkommst.»

«He, wenn du hier durchpreschst wie 'ne Dampfwalze, Fats, mußt du dich nicht wundern!»

«Materialabnutzung?»

«Du machst Witze –!»

«Das mit Tania ist einfach schrecklich, Howard. Eine Tragödie!»

«Schwanger?»

«Na ja, der Auftritt ist ein bißchen dünn – aber was der Show wirklich die Krone aufsetzt, ist dieser kesse Vater da oben an der

Treppe, der über jeden mit einem aufrechten Kameraden eine Seifenkisten-Nummer abzieht...»

«Ich weiß, wie du dich fühlen mußt.»

«Tatsächlich.»

«...Ich meine, sie nimmt dem Ganzen das Steife...»

«Ich meinte nur...»

Ich schloß wieder die Augen und erinnerte mich («Deshalb hat Cyril also...») oder versuchte mich an etwas zu erinnern, was die Frau in Istanbul zu mir gesagt hatte. Wir überquerten eine Bogenbrücke, fiel mir wieder ein («Eileen?» fragte jemand ganz weit weg), überladene Karren, von Maultieren gezogen, ein bleierner Himmel, eine gewisse Würzigkeit in der Luft. «Das wird bald zu Ende sein», hatte sie gesagt. Auf einem der Karren hinten klapperte Blechgeschirr, und unter den Füßen rumpelte und pumpelte es in einem fort. «Gewissermaßen war es schon zu Ende, ehe es begann. Wir haben vom ersten Augenblick an mit dem letzten gelebt. Darin lag der ganze Zauber: die Zukunft mit der sinnlichen Unmittelbarkeit der Gegenwart und der Nostalgie der Vergangenheit zu erfahren...»

Aber dann...

«Papperlapapp», sagte jemand. Was? Ich hörte Eis in Gläsern klingeln, roch heißes Essen, oder vielleicht *fühlte* ich diese Dinge: ein kühler Hauch, eine Hitzewelle... «Ich habe nie etwas gefühlt», sagte Janny Trainer, und jemand fragte: «Kotzone?» Jemand hatte mir ein nasses Geschirrtuch auf die Stirn gelegt. «Lecker!» «Quagg macht die Besetzung!» «Ach ja?» «Ich habe es immer getan, weil ich dachte, ich müßte, aber plötzlich fühle ich mich nicht mehr so blöd wie früher!» «Oh, ich verstehe – ich dachte, es sei ein Brechmittel!» Das war Jim. Ich schlug die Augen auf. Um mich herum herrschte eifrige Betriebsamkeit. Leute putzten sich heraus, zogen Strümpfe gerade, stopften Hemdenschöße in die Hose. Fats war wieder auf den Beinen. «He, Mann, können Sie einen guten Klavierspieler gebrauchen?» «Im Augenblick», sagte Quagg, «brauche ich ein paar Kulissenschieber, die Scarborough helfen, die Scheidewände aufzustellen!» Vielleicht war ich eingenickt. Mein Kopf war dumpf, und ich hatte einen metallischen Geschmack auf der Zunge. «Mir ist, als hätte ich mir das Gehirn ganz zugepappt, weil ich die Männer die ganze Zeit ihren Pimmel in mich reinstecken ließ...» «Besser?» Jim beugte sich über mich. «Heiß wie ein Kanarienvogel, der die große Flatter hat, Mann!» »He, wo wart ihr denn, Jungs?» «Was? Fetter?» «Noble», murmelte ich. «Ich muß ihm sagen...» «Alles in Ordnung mit ihm. Die Polizei redet mit ihm. Willst du mal versuchen, dich aufzusetzen?» «Am Arsch, Zack, du weißt – was haben wir denn jetzt auf der Karte, was Besonderes?» Was haben wir auf der Karte. Der Satz blieb mir einen Augenblick im Kopf. Als Quagg es verlas («Ach ja, *Seks*!»), meinte ich richtige Speisekarten zu sehen, einseitige Bücher, verlockend, aber unleserlich, die sich vor meinen Augen öffneten. Man hatte die Wahl, sagten sie. Es war immer dieselbe Wahl. «Gerry...?»

«Man lasse sich von einem, der einen wahrhaft kennt», hauchte Hoo-Sin tröstend, «den Puls fühlen.»

«Also, es hat noch keinen Namen, aber der Junge denkt darüber nach. Es geht jedenfalls um Zeit und Erinnerung und verlorene Illusionen...»

«O ja! Ist es das, wo der Regisseur reingestürzt kommt und sagt: ‹Nein, nein, Ros! Du sollst die *Uhr* nehmen und –›?»

«Oder wie wär's mit einem kleinen Shimmy», schmeichelte Fats. «*Und* Klavierspielen!»

«Nein, das hier ist total neu, Mann!»

«So, wie ich's gehört hab, sollte sie – haha – die Klunker nehmen und laufen...»

«Beides zugleich, Zack, beides zugleich!»

Speisekarten, sagte meine Mutter immer, waren Köder der Kurzweil, Kostüme des Elends. Sie konnte so schlagfertig sein. Sie saß bei heißem Kaffee, rauchte nervös und dachte sich diese deprimierenden kleinen Aphorismen aus. Glück, sagte sie immer, ist ein verpaßter Anschluß...

«Mach schon, Gerry...» Jim klatschte mir sanft auf die Wangen. Ich fühlte mich absolut außen vor. Die Speisekarten wurden zum Stichwortzettel, einer alten Vettel, einer Wiese voll Nessel, Ohrensessel, dem weißen Kielwasser von Ozeandampfern (Regina sagte etwas vom «letzten Akt» oder vielleicht «Katarakt», und weit weg wurde gelacht, wie Wasseruhren), nasser Wäsche...

«Um perfekte Durchdringung zu erfahren, müssen alle Knoten gelöst werden.»

«Na ja, ich vermute, es hat schon seine Richtigkeit...», sagte Janny.

«Hier, wir brauchen nicht alles bis aufs i-Tüpfelchen, mein Sohn – gib uns bloß den allgemeinen Drift und ein, zwei Pointen, und den Rest klopfen wir schon hin.»

«Obwohl ich da ein bißchen kitzlig bin!»

«Was *macht* Scarborough da drinnen?»

«Äh, was hat er gesagt, Onkel Howard?»

«Hat mit einem Heiligen zu tun, hat er gesagt.»

«Ja? Mann, das ist ja *scharf*, Mann.»

«Ich glaube, er will, daß du einen Entwurf vorbereitest.»

«Haben Sie mich schon mal *loslegen* gesehen, Zack?»

«Gerry...?»

Ich schlug wieder die Augen auf (das kostete mich Mühe) und stellte fest, daß ich über den Boden auf Mavis starrte, die mitleiderregend zurückstarrte. Ihre Augen waren glasig («Hoo! Ha! Richte deine Glotzer bloß mal – *uff!* – auf die Szene, Mann!»), und sie grinste, aber sie schien nicht tot zu sein. Bloß zu lauschen. Die bleichen Fleischrollen an ihren Armen und Beinen lagen auf dem Teppich ausgebreitet, als habe man die Luft herausgelassen. Oder sie entbeint. Ich versuchte meine Arme abzuwinkeln, konnte es aber nicht.

«Gott, der sieht aus, als sei's um ihn geschehen!» murmelte Dolph.

«Nein, es geht schon wieder», flüsterte ich. Aber er redete nicht über mich, sondern schaute auf jemanden hinten im Zimmer.

«Hu, alle Wetten auf den da canceln!»

Ich verrenkte mir den Kopf. Steve der Klempner und ein älterer Mann zerrten Vic mit den Füßen voran durch die Menge, Hilario und Daffie machten den Weg frei. Der ältere Mann hatte wie Steve seinen Namen über die Latzhosentasche gestickt, aber ich konnte ihn nicht lesen. Er schien etwas dagegen zu haben, Vic hereinschleppen zu müssen, und rammte ihn unterwegs überall gegen, schlug seinen hin- und herrollenden Kopf gegen Türrahmen und Tischbein und verscheuchte Leute mit den Ellbogen (Fats schnaufte eine nasale Melodie und hüpfte unermüdlich auf und ab, so daß der kleine Vachel sich duckte und einen Flunsch zog und Hoo-Sin, die Jannys Nieren massierte – «Oh, das ist gut, genau da hat's mich gejuckt!» –, ihn mit der Ferse kräftig in die Eier trat, gerade als Dolph eine Bierdose aufknallen ließ). Bei jedem Schritt blubberte Blut aus Vics Brustwunde und färbte sein hellblaues Arbeitshemd dunkel. «Was... was *macht* ihr da –?!» stieß ich hervor.

«In *Tuntenklamotten*?» wimmerte Fats, der gekrümmt herumhoppelte. «*Mmmh*, Zack? Was sagen Sie? Und *Gummititten*?»

«Wir pringen das As zum Fluß.» Hilario lächelte und half den beiden Arbeitern, Vic in der Ecke zwischen Sideboard und Wand zu postieren. Er hielt immer noch die Gabel umklammert, aber eher wie eine Standarte als eine Waffe.

«Er wollte alle fünf Minuten was zu trinken», keuchte Daffie und wischte sich den Schweiß von den Brüsten («Mit hohen Absätzen? Eh? Und gestreiften langen Unterhosen? Wie wär's damit, Zack?«). «Er wurde verdammt lästig.»

Vic stöhnte, und Blut tröpfelte ihm übers Kinn. «Sieht aus, als würden seine Ventile klappern, Goldy», seufzte Steve und grub in dem geschwärzten Zwickel seiner Latzhose. «Tja nun, *dafür* habe ich nicht die richtigen Werkzeuge.»

«Wer zum Teufel hat das getan?» wollte Dolph wissen.

«Weiß nicht. Gerry («Olga –?») war dabei...»

«Vic –?» Ich versuchte mich aufzusetzen («O ja, noch einen, Monsieur!»), aber mir war zu schwindelig im Kopf.

«Ach, Zack, hör mal – du meinst den Schickimicki, der immer vor Ros' Pforte rumhing?» greinte Vachel. «Du machst wohl Witze!»

«Tut mir leid, Gerry», sagte Jim. «Die zweite Kugel ist («Das ist genug!») anscheinend von einer Rippe abgeprallt und im Herz steckengeblieben, da kann ich nichts machen.»

«Was willst du? Es ist genau die Rolle für dich, Vaych! Guck ihn dir an, er ist ein richtiger Typ für die Rampe! Und du kannst die Rolle interpretieren, wie du –»

«Um die Wahrheit zu sagen, wahrscheinlich ein Glück für dich.»

«Dank' schön.»

«Was –? Der schnieke Lackaffe? Dieser Hochglanzstenz?»

«Das ist der Typ dort drüben, Goldy, der, dem der blaue Bauch raushängt. Es ist seine Sause.»

«Gott, Zack! Hab ein *Herz*!»

«Schon gut, schon gut, ich hör schon...»

«He, Mister, sonst noch was?» Ich schlug wieder die Augen auf: Der ältere Klempner stand über mir, vierschrötig und mit Hängebacken, und wischte sich die Hände an einem öligen Lappen ab. Er hatte irgendeinen Priem in einer Backe, den er jetzt in die andere schob.

«Ich sag dir was, Mann, wir machen die Hauptsprechrolle daraus, was sagst du dazu?»

«Machen Sie schon, Kumpel, ich hab nicht die ganze Nacht Zeit, wissen Sie.»

«Okay, okay», quiekte Vachel, «wenn ihr mich bloß nicht wieder in so einen Roboteranzug steckt wie beim letzten Mal.» Und Steve sagte: «Ich glaube, seine Frau hat etwas davon gesagt, daß die Geschirrspülmaschine ein komisches Geräusch macht, Goldy.»

«Ja? Wo ist sie denn? Laß es uns hinter uns bringen, verdammt noch mal – du hast mich mitten aus 'nem guten Film in der Glotze geholt.»

Mein Kopf war ein Sieb, alles fiel durch. Es war wie eine Frequenzabtastung. Weißes Rauschen. Meine Schulter begann wieder weh zu tun, obwohl das wahrscheinlich ein gutes Zeichen war.

«Wassu *trinken*!» brabbelte Vic.

«Was meinst du, Jim?»

«Klar, was kann es ihm denn schaden?»

«Armer Fick! Err, wie sagt man, macht den Apgang, nicht?»

«Ja. Weiß seine Tochter Bescheid?»

«Was ist? Vic geht?» fragte Fats und polterte herbei. «Tritt nicht auf Gerry», sagte jemand. «He, kann er nicht ein paar neue Coronas mitbringen?»

«Ich glaube, Woody bringt es ihr gerade bei.»

«Nein, nein, Fats, ich meine, err ist fini, aus und forbei, Goodpye, auf Widerrseh'n!»

«Okay, jetzt zur eigentlichen Mordszene, die machen wir nackt, wir brauchen also eine, die gut strippen kann.»

«Fini?» Fats, der über mir schwankte, schaukelte auf die Fersen zurück. «Wer, *Vic* –?!»

«Prima Idee! Was ist mit Vagina?»

«O nein», sagten mindestens zwei Leute gleichzeitig, und Daffie, die sich ein Wasserglas voll Bourbon eingoß, murmelte: «Dieser Woody ist ein fleißiger junger Mann.» «Die tritt sich mittlerweile auf ihr Fallobst, und ihre Wahnsinns-Backen (*«Bren!* Es ist *Vic*! O mein Gott, Bren! Er ist *erschossen worden*!») hängen ihr schon über die Knie!»

«Wunnerschön!» polterte Charley Trainer, der zum Sideboard gestolpert kam, als Fats davontaumelte. In einem anderen Zimmer meinte ich Leute Beifall klatschen zu hören. «Hallo, Dollfisch, Howard – he, der Beha gefällt mir aber, Howard!» Und Buhen. «Affengeil!» Ich erhob mich auf die Ellbogen (mehr Applaus) und starrte auf meinen bloßen Nabel, versuchte mich zusammenzuraffen. Da war tatsächlich ein blauer Fleck – hatte Sally Ann mich getreten? Nein, richtig, Roger... Ich sank wieder zurück. «Du hast wohl was, um dich inne Brust zu werfen, wa?»

Und noch mehr Buhrufe: Schienen aus dem Fernsehzimmer zu kommen. Es war wie eine Art Abstimmung. Jim schob mir den Kamelsattel unter den Kopf.

«Sag, ziema deine Pfote für 'ne Sekunde aus Olgas Muu-muu, Dolph, alter Freund, und gieß dem ollen Dad ein' ein, würd'ste?»

«Ich hab's, Zack! Wie wär's mit dem reifen Falter in dem gelben Strick?»

«Das warres also! Ich habe gedenkt, ich haben Wurmer da hinten!»

«Fetter?»

«Gib's ihm, Stümper!» rief jemand aus dem anderen Zimmer. *«Leg ihn auf Eis!»*

«Du meinst diese Vorstadtmadame? Hör mal, ein bißchen mehr Ernst bitte!»

«Das isser alte Dolfer, meine Liebe – haha! – der nimmt immer gern hinten Blatz!»

«Und ob!»

«Wir machen keine Farce hier, Horn, wir wollen keine Travestie, verdammt noch mal!»

«Furz?»

«Nein, Moment mal, Zack, denk mal drüber nach. Jeder hier würde eine Travestie auf Ros sein, stimmt's? Also gut, deshalb *akzeptiert* man das und stößt zu was *anderem* vor! Capito?»

«Gib ihm 'nen Kleinen, Dolph», warnte Jim. «Charley hat schon zuviel intus.»

«Schick ihn auf den Acker!»

«Buh!»

«Ich meine, du willst doch den Leuten nicht bloß was Billiges vorgaukeln, oder?»

«Weshalb brüllen die da drin so?»

«Okay, Horner, vielleicht ist da was dran. Warum nicht? Guck mal, ob sie's macht.»

«He! Wass issn mit meim *Drink*, Dolfball? Sis doch bloß'n *halber*!»

«Sie schauen sich alte Video-Tapes an. Ausgeklinktes Zeug. Voller Sex und Gewalt.»

«Bedaure, Charley, Jim hat gesagt –!»

«Was ist daran ausgeklinkt?»

«Was? *Was?!*»

«Es ist so verdammt *kalt*... meine Beine...»

«Der Drink is 'ne *Beleidigung* für mich, alta Freund!»

«Immer die Ruhe, Vic.»

«Hast du die Zeitlupen-Sequenz mit den Krockethämmern mitgekriegt?»

«Ja, ganz schön kaputt, Mann! Dieser ganze Quatsch und Klatsch – hat mich wirklich betroffen gemacht!»

«Gosseidank bin ich 'n lockera Typ, ich kann 'ne Beleidigung *schlucken*!»

«Ich kann immer noch nicht begreifen, warum sie sich getrennt haben», sagte Jim («Aber wunderschön gefilmt!») und zog mir die Hose zu. «Nach all der Zeit...»

«Ich weiß nicht», sagte Daffie. «Vielleicht haben sie gedacht, die Leute beachten sie nicht genug.»

«Daddy –?!»

«Hoppla, paßt auf, hier kommt sie!»

«Oh, *Daddy*!» schrie Sally Ann mit brechender Stimme. Sie stolperte über mich und fiel schwer in Vics Arme. «Was hast du *gemacht*?»

«Sally Ann? Bist du's?»

«Ja, Daddy. Nicht reden...!»

«Mich hat's erwischt... diesmal, Kind! Das ist das – *huch! hach!* – das Ende!» Er rang nach Luft. («Er macht's nicht mehr viel länger», sagte jemand, und Olga fragte: «Viel länger als wessen?») «Ich habe nie wirklich gedacht, daß ich... sterben müßte...»

«Ist das alles, was du kannst, Olga, Witze reißen?»

«Ich – ich habe immer gewußt», stotterte Vic, «...worum es im Leben geht...»

«Na, na ja, das sein doch was.»

«Hmm – gut, was ist das?»

«Und ich hab mir nie was vorgemacht über – o verdammt! Es tut weh, Baby...! – über den Tod...»

«Es ist eine Art Pilaf. Mit Joghurtsoße.»

«Aber ich konnte mir nie vorstellen... dieser Augenblick...»

«Gott, ich weiß nicht», sagte Teresa («Auf jeden Fall ist es *köstlich*! Ich weiß nicht, wie Sie das machen!»), «vor allen Leuten?»

«...Dazwischen...»

«Nicht, Daddy, du machst mir angst, wenn du so redest.»

«Mach schon, Süße! Das ist deine *große Chance*!»

«Die Wahrheit...»

«Der Durchbruch, auf den du gewartet hast!»

«Nur Reste, fürchte ich.»

«...Macht immer angst, Mädchen...»

«Na ja, wenn's Kunst ist, wird es wohl okay sein.»

«Auf jeden Fall ist es so ungefähr das einzige, was ich noch habe...»

«Braves Mädchen!»

«...was ich dir geben kann», hauchte Vic («Also *rein* mit dir und *runter* damit, Baby!»). Er schien wieder wegzudämmern. «Und was ist in diesen phan-tas-tischen Eiern?» «Ich gebe Ihnen das Rezept», sagte meine Frau, und Quagg rief: «Okay, ihr alle, in den Salon! Es ist Zeit für Ros' Auferstehung!»

«Sag Mom... es tut mir leid, und...»

«Oh, oh», rief jemand aus («Ich habe sie schon angerufen, Dad, und sie hat gesagt, sie weiß nicht, von wem ich rede...»), «hier kommt die Damen-Guerrilla wieder!» Ich spürte irgendwelche Hände unter meinen Achselhöhlen. «Du gehst ihr besser aus dem Weg, Gerry», sagte Jim irgendwo hinter meinem Ohr («Und tu mir einen Gefallen, Baby...»), als ich zu schweben begann, vom Boden hochgehoben wurde: «Könnten Sie uns – *pprrr!*– helfen? Bitte?» Es war Eileen: Sie trug einen Trenchcoat mit hochgeschlagenem Kragen, die Hände in den Taschen, einen Schal um den Kopf.

«Er ist schwach... und leichtfertig... durcheinander...»

«Keine Sorge, Daddy, mach ich nicht...»

«Sehen Sie, wir treffen uns wieder», sagte Mr. Waddilow. Er war einer von denen, die mich hochhielten. Der andere («...ist sowieso zu alt...») war der ältere Klempner, Goldy; Jim ließ los, weil Quaggs Bühnenbildner Scarborough ihn wegzerrte. Er erklärte: «Wir brauchen sie als Bestandteil des Bühnenbildes, capito, und wir brauchen Sie, damit Sie sie herrichten...»

«Ich weiß nicht...»

«Und halt dich an die – *haff! hoff! hoh!*...! – Gegenwart, Baby! Das ist alles, was du –»

«O Daddy, hör auf! Du spuckst Blut!»

«Nein, hör zu –!»

Eileen kam rüber und trat ihm das Glas aus den Händen. «Wofür trägst du die Gabel mit dir herum, Freßsack? Du brauchst keine guten Manieren mehr, wenn du kalten Schlamm frißt.» Vic grinste und pfiff anerkennend, während seine Hand nach dem verlorenen Glas tastete. Ich merkte («*So* habe ich Eileen noch nie gesehen!«), daß meine ganze rechte Seite zu Stein geworden war. «Das gefällt dir? Wie wär's mit dem hier!» Sie trat ihm in den Mund: Sein Kopf prallte von der Wand ab, Zähne flogen.

«Gott, das hat weh getan!» wimmerte Vic lachend.

«Red nicht mit ihr, Daddy.»

«Gut gemacht, Schwester!» Goldy grinste und spuckte fett in eine Plastiktasse, die er in der freien Hand hielt, und Charley, der seine dicke weiche Mitte an meinem versteinerten Ellbogen vorbeischob («Als Jim ihr sagte, daß Vic 'ne Kugel im Herzen hat, weißt du, was sie da gesagt hat? Sie hat gesagt: ‹Warum greifst du denn nicht einfach in sein Arschloch und ziehst sie raus!›»), sagte: «Ich glaub, ich hab das Vergnügn noch nich gehabt. Trainer mein Name, Lebensie... versicherungen.»

«Das ist Mr. Waddilow, Charley.» Ich keuchte und versuchte, alleine zu stehen. «Neue Nachbarn...»

«Der nächste in die Klöten, Mann!»

«O ha ha! Verschone mich!» stöhnte Vic.

«Nachbarn, hm?»

«Ich hab Ihre Rechnung auf die Geschirrspülmaschine gelegt, Mister», sagte der Klempner mit dem Priem im Mund und schielte zu mir hoch. «Sachte, Eileen, er stirbt», warnte Daffie und faßte nach ihrem Unterarm. Eileen schüttelte sie ab. «Na und? Wer nicht? Manche haben bloß mehr Spaß dabei als andere, das ist alles.» «Danke», sagte ich und hielt mich am Sideboard fest. «Sie können gern bleiben... Trinken Sie was oder so...» «Nein, danke.» Er spuckte noch eine Aule aus. «Ich habe keine Zeit für so 'nen Scheiß.»

«Eigentlich sieht er gut aus, wenn ihm das Blut aus der Nase läuft – als wäre endlich die Maske von dem Schweinehund ab.»

«Steve ist noch jung, für den ist alles neu, der kann hierbleiben, wenn er will. Ich, ich kenne das alles. Ich mache meinen Job, damit hat es sich.» Er wandte sich zum Gehen. «Kann ich Sie irgendwohin mitnehmen, Schwester?»

«Nein, danke. Ich laufe.»

«He», fragte Kitty, «wo *sind* alle?»

«Seien Sie nicht dumm, Mädchen, draußen ist es gefährlich.»

Ich sah mich um. Kitty hatte recht («Anatole hat ein Stück geschrieben», erklärte Howard ihr – er hatte sich etwas gesäubert, trug jetzt Tanias Brille an einer Kette um den Hals, seine rote Krawatte und den Büstenhalter, aber kein Hemd, dazu meine weiße Segelmütze, «du hast gerade die Rollenbesetzung verpaßt...»): Das Eßzimmer hatte sich geleert. Nur wir paar sammelten uns wie Flüchtlinge um die Drinks. Mrs. Waddilow stand allein drüben am Tisch, Mavis grinste uns vom Fußboden an, und Cynthia und Woody im Nebenzimmer sahen fern.

«Und regen Sie sich ab, Schwester, das Ficken hab ich hinter mir. Ehrenwort, ich steh jetzt auf Bier, alte Filme und Modelleisenbahnen. Wenn ich nicht gerade bei reichen Typen die Klos entpfropfe.» Sein Partner Steve kam mit Scarborough und Horner herein, und sie trugen Mrs. Waddilow den Eßtisch unter der Nase fort. «'tschuldigen Sie, Madame.» «Wass is also Ihr Laster, Waterloo?» fragte Charley, der sich schwer gegen das Sideboard stützte. «Sie mögen Modelleisenbahnen?»

«Nur ein bißchen Tonic, danke. Bin für meine Person nicht fürs Trinken.»

«Ich weiß nicht», sagte Eileen, die, die Hände in den Taschen, das Gesicht geschwollen und blau von Prellungen, Goldy anstarrte. «Ich glaube nicht.»

«Gerry?» Es war Sally Ann mit besorgter Stimme. «Ich glaube, mit Daddy wird es schlimmer!»

«Sie sollten mal kommen und sich meine Anlage ansehen, ich habe alles, den halben Keller voll, das ganze Scheiß-Land in Miniatur.»

Das stimmte: Seine Augen waren zurückgerollt, der Kopf zur Seite gefallen, und immer noch tröpfelte ihm Blut übers Kinn («Genau wie im wirklichen Leben. Nur ohne die Scheiße...»), sein Atem kam in heiseren, unregelmäßigen Stößen. Ein Zahn lag lose auf seinem Kinn wie ein gestrandeter Schiffbrüchiger. «Vic?» Seine Lippen bewegten sich («Sie sind genau so mies wie der Typ hier», sagte Eileen, «auch nur so ein Klosett-Idealist!», und Goldy sagte: «He, Sie mögen Scheiße? Dann tu ich Scheiße rein!»), aber nur einzelne Wörter kamen heraus: «...nihilistischer Schweinehund... was?... und Hoffnung, Scheiße... was ich *hasse* – haff! puh!... so wahnsinnig naß –» «Ich hole Jim», sagte ich.

«Beeil dich...!»

Sich zu beeilen war nicht leicht. An meiner Rechten schien ich hundert Pfund totes Gewicht zu tragen, und meine Knie waren wie Pudding. Ich schleppte mich zur Tür, lehnte mich schwindelig dagegen und starrte auf Scarboroughs Verwandlung unseres Wohnzimmers. Nichts war an seinem Platz, außer vielleicht meiner Frau, die den Läufer staubsaugte. Es war wie eine spektakuläre Verschmelzung des Vertrauten. Das ganze Zimmer war mit Laken, Handtüchern, blutigen Stores und Vorhängen als

Zelt verkleidet. All das sollte wohl eine Art Höhle darstellen, vermutete ich («Gleich, Zack», rief meine Frau drinnen, als Quagg in gemimtem Protest sein Cape herumschwenkte, «ich will nur den Gipsstaub aufsaugen, ehe er sich im Teppich festtritt!»). Das Ganze war von hinten beleuchtet – oder besser von oben: Scarborough hatte Löcher durch die Decke gebohrt und Tisch- und Stehlampen dort oben über den Tüchern befestigt. An der Höhlenöffnung stand nackt und verängstigt Teresa («Ich komme mir so blöd vor», beklagte sie sich und versuchte nicht, ihre Brüste – die Gudrun mit Rouge bearbeitete – oder ihr Geschlecht zu bedecken, sondern die weißen Fettröllchen an ihrem Bauch), während sich in der Nähe Jim, das Fleischmesser in der Hand, über Ros' Kadaver neigte, der zwischen Pilaf, Käsehappen und Salamischeiben auf unserem Eßtisch ausgelegt war. Er sah kleiner aus als gewöhnlich. «Nein, nein, ich will die Video-Kamera *in* der Höhle. Sie soll aufs *Publikum* gerichtet sein!» brüllte Quagg über das Getöse des Staubsaugers, und Scarborough rief: «Verdammt noch mal, Fats, raus hier! Sie werfen alles um!» «Ich will doch bloß helfen, Scar!» «Na, dann helfen Sie Gudrun!» Merkwürdigerweise erinnerte all das mich an etwas, was ich schon einmal gesehen hatte, als sei – ich dachte an Inspektor Pardews exzentrische Spekulation über «die Geographie der Zeit» – ich irgendwie in eine Endlosschleife versetzt worden (hatte ich gerade Goldy etwas darüber zu Eileen sagen hören? Jetzt sagte sie jedenfalls mit Sicherheit: «Klingt wie die Geschichte meines Lebens», aber vielleicht hatte er seine Rangier-Manöver beschrieben), so daß dies – obwohl der Raum sich verändert hatte und ich mich von einem entgegengesetzten Winkel näherte – ein Punkt auf der Karte der Zeit war, den ich bereits durchwandert hatte. Ich drückte fest die Augen zu und schüttelte den Kopf.

«Sie haben gesagt, der Eßzimmertisch wäre zu hoch und sie wollten die Beine absägen», sagte plötzlich meine Frau neben mir, «aber ich habe es ihnen ausgeredet.»

«Was –?!» Ich wankte zurück und schlug mit dem Kopf gegen den Türrahmen.

«Ich wollte dich nicht erschrecken, Gerald, es ist alles in Ordnung.» Was war los? Es war, als hätten wir etwas übersprungen! Vor einem Augenblick hatte sie den Teppich gesaugt, und Quagg, in seinem weißen Gymnastiktrikot herumtänzelnd, hatte über den Lärm hinweggebrüllt, im nächsten stand sie vor mir und diskutierte über den Eßzimmertisch. Louise karrte den Staubsauger ab, Fats lag auf den Knien und schmierte Teresas Beine clownweiß ein, und Quagg, wie eine schlafende Fledermaus in sein violettes Cape gehüllt, erklärte Alisons Mann («Im Theater *ist* der Dialog die Handlung, Mann!») leise, worum es in dem Stück ging. Was war mit dem Augenblick *dazwischen* geschehen? «Ich habe aus der Lamäng heraus etwas über die richtige Höhe von Altären erfunden, und Gott sei Dank haben sie's akzeptiert.» Hinter ihr stank es nach Gras und Räucherstäbchen. «Nein, nein, nein, Fats!» rief Gudrun aus. «Ich habe gesagt, *nicht* in ihrem Busch – jetzt gehen Sie, ich mach's alleine!» «Tatsächlich habe ich es übertrieben, befürchte ich, denn der Tisch stellte sich als zu niedrig heraus, und sie mußten ihn mit ein paar Schallplatten von dir höher machen.»

«Ah. Gut.» Ich wußte wirklich nicht mehr, was ich sagte. Regina kam hereingefegt, blieb wie angewurzelt stehen, als sie Teresa erspähte, und schrie: «Wie kommt es, daß *sie* die Rolle gekriegt hat?!» Mit hochstilisiertem Unwillen, den ich mit Sicherheit zuvor schon einmal erlebt hatte, stürmte sie wieder hinaus. Ich war total verwirrt. Ich wußte nicht mehr, ob der Abend vorwärts oder rückwärts lief. Ich hatte Angst, es würde klingeln und Ros vor der Tür stehen. Sie würde einen Schritt zurücktreten, von ihrem Umhang umhüllt, und ihre Begrüßungsumarmung würde sich in Wunschdenken auflösen – und dann klingelte es tatsächlich! «O nein!» rief ich.

«Nicht noch *mehr* Leute!» ächzte meine Frau und nahm meinen Arm. Aber es waren noch mehr Leute: die kleine Bunky Baird, die Schauspielerin, die im *Liebeslexikon* «Honigsüße Blicke» gespielt hatte, eine von Lots Töchtern und in den *Seligpreisungen* Jesus' nymphomanische Schwester, begleitet von einem älteren Typ in den Fünfzigern und einem jungen Gigolo, der der Partner von einem von beiden oder beiden sein konnte. Quagg hatte gerade Alisons Mann erklärt: «Worauf wir hier abzielen, ist die Transmutation von Material tief unten im Innenleben, verstehen Sie, in etwas an der Außenseite, etwas, das wir sehen können, etwas, das aus Sprache und Bewegung gemacht ist, capito, um zu zeigen –» als Bunky an der Tür einen schrecklichen Schrei ausstieß: *«Haltet ihn! Er bringt sie um!»*

Teresa kreischte, als habe Gudrun, die jetzt ihren Hintern rot färbte, sie mit etwas gestochen. Olga jaulte auf und ließ ihren Drink fallen. Jim sah auf: «Reden Sie keinen Unsinn», seufzte er («Wir brauchen einen Schmetterling für den Strahler an der Öffnung», brüllte Scarborough) und schüttelte seinen losen Schopf grauen Haars, «ich versuche nur, den Gips abzuschlagen.»

«Alles in Ordnung, Bunky», erklärte Quagg und legte den Arm um sie: «Sie ist schon tot. Es ist Ros.» «Okay, schieß los – das ist es, Lampen an, nun dreh sie auf!» «Sie hatte ein großes Herz, das will ich für die Produktion benutzen.»

«Es wird alles so verwirrend», brummelte meine Frau, die Hand auf meinem bleiernen Ellbogen («Ja, ich hab's läuten hören, daß du was auf die Bretter bringst, Zack – sieht toll aus!» sagte Bunky, die sich genauso rasch wieder abregte, wie sie sich erregt hatte, und Vachel, der gereizt durch Anatoles Skript blätterte, beschwerte sich: «Wah, hab ich überhaupt nichts zu fikken?»), «ich kenne viele der Leute noch nicht mal.»

«Gut, gestorben!»

«He, wieso habt ihr so lange gebraucht, Jungs?» fragte Quagg, als Steve, der Klempner und Horner den Pingpongtisch hereinschleppten.

«Haben noch die Retrospektiven auf den billigen Plätzen mitgenommen, Zack.»

«Ist das nicht dein Sport-Suspensorium, was Vachel da auf dem Kopf trägt, Ger?»

«Sieht so aus.» Auch meine Golfschuhe und Bermudashorts, meine Skibrille auf seinem knolligen Arsch und Marks blaues SUPERLOVER-Sweatshirt.

«Willst du ihn hierhin?»

«Ja.» Sie setzten den noch zusammengeklappten Tisch am Eingang zur Höhle ab: Offensichtlich sollte er als eine Art Bühne dienen. «Sieh zu, daß dir was einfällt, Hillie», sagte Quagg und wandte sich dann, seinen Penis im Steg seines Gymnastiktrikots von der linken zur rechten Seite verlagernd, an Bunky: «Was treibst du dieser Tage denn so, Kind?»

«Ich bin, äh, zwischen zwei Shows, Zack.»

«Ich – ich weiß nicht, was ich sagen soll», sagte ich, und meine Frau sagte («Na, dann komm», lächelte Quagg, «wir bringen dich unter»): «Ich setz den Kaffee auf.»

«Danke, Zack», sagte Bunky zärtlich und berührte ihn unter dem Cape. Sie hatte schon den Mantel ausgezogen, mit dem ihre beiden Männer an mir vorbei ins Eßzimmer gingen, unterwegs zum Sideboard. Dahinten konnte ich Vic immer noch hilflos brabbeln hören: «Zu Salz geworden... *was –?*... genau das Problem... kein Eis mehr... wer – *huff! harff!* – wollte dann...? Nein, verdammt noch mal!» Ja, dachte ich und fühlte mich langsam besser, Kaffee würde helfen.

«Jetzt laß mich mal das Skript sehen, Junge.»

Ich schob mich aus dem Gedrängel zu Jim hinüber (er schien plötzlich sehr müde, erschöpft zu sein, das Haar hing ihm in die Augen, und sein Kiefer sackte herab, während er den Gips von Ros' Brust wegschaufelte). Hilario steppte, als ich vorbeikam, ein nachdrückliches Stakkato auf den Pingpongtisch, das wie Maschinengewehrfeuer klang. Hinter seinem verbissenen Rat-a-tat-tat konnte ich Anatole erklären hören, daß sein Stück eigentlich eine Art metaphysisches Märchen sei, eine poetische Meditation über den Tod der Schönheit und das Biest der Gewalt, das hinter aller Liebe lauerte. Vachel nörgelte mit seiner quieksigen Stimme: «Ja, aber *wenigstens* sollte ich irgendeine gottverdammte Titte drücken dürfen, hmh, Zack?» «Gott, soviel – *keuch!* – Verschwendung... immer wieder...» Man konnte ihn bis hierhin brummen und stottern hören. «Hast du 'ne Rolle für mich, Süßer?» fragte Bunky. «Hab ich recht...? *Geschichte* – chaff! schnaub! – was? *tötet*!» «Vic ist in schlechter Verfassung, Jim», sagte ich. Es war eine Wohltat, ein vertrautes Gesicht um sich zu haben. «Ich glaube, er braucht dich.»

Jim seufzte und starrte auf Ros hinab. «Schöne Party erlebe *ich* da», sagte er. Eine von Ros' eingetüteten Händen steckte im Pilaf. Drumherum verstreut lagen Papierservietten, Truthahnknochen («Verdammt noch mal, du mußt es runterspielen, Junge», schimpfte Quagg, während Alisons Mann ihm über die

Schulter spähte und versuchte, das Skript zu lesen. «Du bist nicht mehr in der Schule, also laß die überflüssigen Schnörkel – das ist *Theater*!»), Alisons Seidenschärpe, Chorizo-Würfel, irgendein Vibrator, benutztes Besteck. Wie hingeworfene Brotkrumen der Zeit, dachte ich: Nein, wir bewegten uns nicht im Kreis, Ros auf jeden Fall nicht. Und die Schärpe: Sie war fettiger denn je. Es gibt keine Endlosschleifen, schien sie zu sagen. Die Grenzen sind absolut. Dinge enden. Wiederholungen, ob augenblicklich oder später (der Kameramann hatte gerade von Jims Händen weg- und auf Teresa geschwenkt, die – abgesehen von ihrem knallroten Busen und Hintern von Kopf bis Fuß clownweiß – jetzt auf den Pingpongtisch gebeten wurde, um mit Hilario zu tanzen. Scarborough nagelte unterdessen meine Skier an die vorderen Ecken des Tisches, er wollte anscheinend eine Art Proszenium-Bogen schaffen, und seine Hammerschläge kontrapunktierten Hilarios klappernden Steptanz und Zack Quaggs blaffende Vorhaltungen vor einem in sich zusammengesunkenen Anatole: «Besser, du lernst es gleich, Junge: Mach's schlicht! Das Geheimnisvolle zerbröselt einfach bei all dem Klamauk. Wenn du was zu sagen hast, dann heraus damit!»), waren eine Manipulation nicht der Zeit, sondern der Materie. Benedetto, der sich Rogers blutgetränkten Geschäftsanzug angezogen hatte (das war neu), kam herein: «Der *trieft* ja noch!» beschwerte er sich (das hatte er vorher nicht gesagt), während er versuchte, ihn um seinen Opern-Bauch zu dehnen. «Gudrun, alte Socke, könntest du den ein bißchen auslassen?» «Wie ist die Schulter, Gerry?»

«Steif ...»

«Denk dran, Junge, der geheimnisvollste Satz der Welt hat nur drei Buchstaben. Alles andere ist nichts als beschissene Fußnoten dazu, Variationen zu einem – he, warum so betrübt?»

«Hier hinten sind nur noch ein bis zwei Zentimeter», sagte Gudrun, die die Naht in Rogers Hosensitz untersuchte, während Benedetto über seine Schulter auf sie herablinste. «Warum machen wir nicht einfach einen Hosenbeutel?»

«Tut mir leid, Mr. Quagg. Es ist meine Schuld. Ich glaube, ich verstehe wirklich nicht viel davon –!»

«Was soll denn das, du machst das phantastisch!»

«Wirklich?»

«He, Scar, guck mal, was ich gefunden habe!» erklärte Horner, der mit Marks Tretauto hereinkam. Scarborough stand oben auf einer Trittleiter, den Mund voller Nadeln, hängte unsere Stores wie Theatervorhänge über die Ski-Torpfosten und drapierte sie so, daß die Blutflecken ungefähr großen Herzen ähnelten. «Toll», rief er trübsinnig runter und heftete weiter, «guck mal, ob er reinpaßt», und Vachel quiekte: «Nein, Mann, in das Ding kriegt ihr mich nicht rein!» Unterdessen nahm Gudrun bei Beni für seinen Hosenbeutel Maß, und das erinnerte mich, während ich mich gegen den Tisch zurücklehnte und jetzt alles akzeptierte, Ros, Roger, Tania, die Polizei, die Wunden und Prellungen, alles, oder beinah alles («Klar, Mensch! Du hast *massenhaft* Talent!» tönte Quagg), daran, wie Ros einmal die Spitze meines erschöpften Glieds in die Luft gehalten und gesagt hatte: «Mir liegt nichts daran, wie groß er ist, Gerry. Mir liegt noch nicht einmal daran, wie hart er ist. Mir liegt nur daran, wie *hier* er ist...» Ja, dachte ich – ich sah zu, wie Teresas Purpurbakken wie reife Äpfel hüpften, während Hilario ihr mit schmerzlichem Gesichtsausdruck aufmunternd zuklatschte –, das ist die einzige süße Sache, die wir haben: die ewige Gegenwart. Unsere einzige Freiheit. Sie schien sich unter mir auszustrecken, und endlich gab aller Widerstand nach.

«Gerry...»

«Ich meine, ich *liebe* den Märchenteil, Junge, die alte Oma in dem Eisschloß, die kleine Waise Ros vor der Tür – wir setzen sie vielleicht in einen Korb, geben ihr eine Rassel zum Klappern oder einen Dildo zum Lutschen oder so was, blenden all das in den Begrüßungs-Rahmen, um ein paar Motive anklingen zu lassen, ein paar Glöckchen zu läuten, boxen dann die Folter-Nummer rein, um den Totentanz und die Abendmahlsprozedur vorzubereiten: Scheiße, Mann, das ist ein Wahnsinns-*Klassiker*!»

«Wirklich?»

«Nein, nein, Teresita! Sie sind, bie sagt man? Die Göttin derr Liepe, nicht?»

«Und diese Zeile über Fledermäuse bei Tag – ich meine, *wow*!»

Die Uhrzeit entführte vielleicht Dinge – Ros zum Beispiel –

immer weiter weg, zumindest sah es so aus, aber die menschliche Zeit («Also Schwamm drüber, Junge, weiter so!») – was hatte der Inspektor gesagt?

«He, kommt hier einer mit 'ner Klampfe klar?»

«Gerry, du, äh...»

«Sie mussen *liinks*! Und *liinks*! So!»

Pulsieren, ja. Vielleicht. (Sagte er.) Aber Fluß, nein.

«Ui, ich kann's nicht *glauben*!»

«Was ist mit *mir*, Zack? Geben Sie mir was zum Trommeln, und ich wirke Zauber, Mann!»

«Vics Tochter spielt, glaube ich.»

«Gerry...? He...!»

«Was?» Mir wurde klar, daß Jim schon seit einiger Zeit versuchte, mich auf sich aufmerksam zu machen. Ich lehnte mich zu ihm zurück («Sie ist im Eßzimmer, Zack. Ihr Alter hat Probleme...»), meinen tauben Arm im gesunden geborgen und in Gedanken bei dem Spiel, das Ros und ich immer mit unseren Zehen und Nasen gespielt hatten – Zesen und Nahen nannten wir es –, beim entzückenden konzentrierten Zucken ihrer Lippen und der Zungenspitze, die wie die Erektion eines Tieres dazwischen herausrutschte...

«Okay, engagier sie. He, Süße, was *machst du denn da* –?!»

«...Sitzt auf ihrer Hand», sagte Jim.

«Oh –!» Ich machte einen Satz vom Tisch weg, und ihr Arm schlenkerte lose herunter. «Nein...!» Ich hatte beinah vergessen, daß sie da war. Jim legte die Hand wieder hoch. Die Finger mit den vorstehenden Knöcheln sahen in ihrer Plastikhülle eher wie ein Säckchen Murmeln aus.

«Das ist kein Gemeinschaftssingen, Baby! Wir sehen uns kein Springballspiel an! Das ist ein *Totentanz! Sagt* dir das was?»

«Es ist bloß... Ich hab so was noch nie *gemacht*», wimmerte Teresa, die zitternden Hände, weiß auf weiß, auf dem Bauch.

«Die Geschichte mit Roger und Ros und der alten Dame, weißt du, ist vollkommen erstunken und erlogen», setzte Jim hinzu. «Und Zack weiß das.»

Ich nickte, fühlte mich zu schwach, um alleine zu stehen, war aber auch zu entsetzt, um mich wieder gegen den Tisch zu lehnen (ich fühlte immer noch die vorstehenden Knöchel ihrer brüchigen Finger wie eine Aufforderung in meinen Hintern gedrückt) oder ihn auch nur anzusehen, sondern hielt meine Augen statt dessen auf die stämmige Teresa gerichtet, die jetzt, von Hilario und Quagg unterwiesen, versuchte, (laut Hilario) «wie eine Fokker zu fliegen» – «Nein, nein, *guapa*! Wie eine *Taupe*, nicht wie *Trutann*!»

«Nennt man das eine Metapher?» fragte Alisons Mann unter seinem Schlapphut hervor. Olga, schien mir, hatte ihre Hand in seiner Tasche.

«Ros hat mich an dem Tag besucht. Irgend jemand hatte ihr anscheinend ein Halluzinogen gegeben, ohne daß sie es wußte, und sie hatte Angst. Nicht wegen der Visionen, sondern wegen des Gefühls des Alleinseins, das sie dabei hatte, sagte sie.»

«Metaff – *wer*?»

«Merkwürdig...»

«Moment mal! *Moment mal!* Zur Sache jetzt! Wir reden vom Tod, Baby, vom *Tod*! – du weißt, vom Abgang, vom Abnippeln, vom Aus und Vorbei: Also, *mach schon*, woran mußt du dabei denken?»

«Warum steckst du ihr nicht 'ne Feder in den Arsch, Zack, und läßt es sie auf allen vieren probieren?»

«Ros haßte es, allein zu sein. Sie brauchte sogar immer jemand im Badezimmer, wenn sie sich die Zähne putzte oder...»

«Ich weiß...»

«Ich – ich hab mal einen nachgemacht, der sich das Klo runterspült», bot Teresa schüchtern an. «Das ist natürlich schon lange her...»

«Seine blinde Tochter?» fragte Bunky, die Anatoles Text studierte. Lloyd Draper hatte den Raum betreten, in Hut und Mantel, Fotoalben unter dem Arm, Iris neben sich. «Ja, ha ha!» rief er, als er mich entdeckte, und sie kamen herüberspaziert.

«In einem... Ferienlager der Kirche...»

«Wunderbar!» schwärmte Benedetto und bewunderte den seidigen Flicken, den Gudrun vor seinen klaffenden Hosenschlitz hielt. «Wem hat das gehört?»

«Also gut», blaffte Zack, der die Geduld verlor («Zieh die Hose aus», sagte Gudrun mit der Nadel im Mund, «und ich nähe ihn fest...»), «laß sehen!»

«Es war einfach alles köstlich!» rief Iris aus, und Lloyd pflichtete bei: «Ja, tatsächelchen! Das kann ich unterschreiben!» Er packte meinen rechten Arm und schüttelte ihn, daß es weh tat. Hinter ihm stimmte jemand eine Gitarre. «Gott, sie ist schrecklich!» ächzte Zack, schlug sich die Hände vor die Augen und spähte zwischen den Fingern auf Teresa, die sich hinunterzuspülen versuchte. «Heute abend sind wir unter Garantie erster Klasse gereist, nicht, Mutti?»

«Ich wußte noch nicht mal, daß er überhaupt eine Tochter *hat*!»

«Ja», lachte Horner. «Es ist wunderbar!»

«Vielen Dank für die Einladung!» Sie trug den Schwanzwärmer, sah ich, wie eine Ansteckblume oder einen Politbutton ans Kleid gesteckt. «Wir haben Ihre Frau gesucht...»

«Wie geht's ihm, Sally Ann?» fragte Jim hinter mir.

«Sie ist wahrscheinlich in der Küche...»

«Ja, dann sagen Sie ihr bitte...»

«Immer noch unverändert.» Sie zupfte an einer Gitarre, schlug einen Akkord an. «Er blutet nicht mehr so schlimm, aber mit seinem Kopf wird's schlimmer.»

«Kann ich jetzt aufhören, abzuziehen?»

«Sag mal, Mutti, erinnert dich das nicht an die Tänzerinnen, die wir im Osten gesehen haben – du weißt doch...»

«Nein, *guapa*, ist schön so!»

«Armer Dad, ich glaube, er macht's nicht mehr lange.»

«O doch. Die rote Farbe, meinst du. Es war sehr hübsch, wenn ich mich recht erinnere, Lieber, und sehr geschickt – aber die Köpfe auf den Pfählen hinterher mochte ich nicht.»

«Jetzt forstelle dirr, du bist ganz komplett ferstopftes Klo!»

«Was?»

«Und fließ! Üperallin! *Ffllüeß!*»

Lloyd und Iris Draper, die sich überall verabschiedeten, waren stehengeblieben, um mit Alisons Mann zu sprechen. Er drehte sich zu ihnen um, so daß Olga stolperte und auf die Knie fiel. «Na ja, ich liebe meinen Vater sehr», sagte Sally Ann (jemand hatte sie gefragt, warum sie ihn in diesem Zustand alleingelassen hatte, um die Wahrheit zu sagen, sogar ich), «aber schließlich, Gerry, muß ich an meine eigene Karriere denken.»

«Mach dir keine Sorgen, ich schau nach ihm», beruhigte Jim sie, als Alisons Mann die Schultern zuckte und zu mir herübersah. «Ich weiß nicht», sagte er, oder sagte er vielleicht. Olga und die Drapers folgten seinem Blick und stierten ebenfalls über die Schulter zurück.

Ich wandte mich ab, gerade als Eileen in ihrem Khaki-Regenmantel hereinspaziert kam, den Kragen hochgeschlagen, die Hände in den Taschen, und mich direkt anstarrte – oder durch mich hindurch. «Du siehst lächerlich aus!» sagte sie. «Ich weiß.» Ich sank ein bißchen in mich zusammen, und da kam von direkt hinter mir ein Echo: Sie hatte, wurde mir klar, nicht mit mir, sondern mit Teresa gesprochen. «Kannst – kannst du bitte Wilma suchen gehen?» wimmerte Teresa, und Eileen («Dieser bärtige Kloß treibt mich zum Wahnsinn, Priss!» zischte Zack) sagte: «Sie und Talbot sind schon weg, Teresa. Und wir gehen auch.» Sie stürmte an mir vorbei und rempelte mich an, als sie ihren Regenmantel auszog. «Zieh das an.»

«Warum schnappst du dir nicht zusammen mit Olga diesen Bock und legst ihn aufs Kreuz?»

«Wen, diesen durchgewalkten Hut, Zack?»

«Ich weiß nicht, ob ich *kann* –?»

«Klar, Teresa. Dazu braucht man nur ein Paar Füße. Komm schon, ich hab die Nase voll von diesem ganzen billigen Schmierentheater. Laß uns machen, daß wir hier rauskommen.»

«Ja, der hat 'n gutes Polster, Priss, ich pflege und hätschele ihn – *he,* Moment mal! Das ist unser *Star*! Lassen Sie sie in Ruhe, verdammt noch mal!»

«Siehst du?» Teresa versank in dem Regenmantel, den Eileen ihr umlegte, während Horner, Scarborough und Quagg sie drohend umstellten. Goldy hinter meinen Ellbogen spuckte in eine Tasse und sagte: «Wissen Sie, wenn ich die Jungs wäre, ich hätte keine Lust, mich mit der Schnalle anzulegen...»

«Das reicht, du kaltärschiges Miststück!» fauchte Horner und versperrte ihnen den Augang. Eileen riß kaltblütig das Knie hoch, und Horner krümmte sich und heulte jämmerlich auf, während die anderen einen Schritt zurückwichen. «Wie ich gesagt hab», lachte Goldy und schoß – *ppscht!* – einen weiteren Batzen in die Tasse.

«Also gut», sagte Eileen unbeeindruckt, «wer ist der nächste?»

In Erwiderung stöhnten die Zuschauer, die sich in der Nähe der Flurtür drängten, plötzlich auf und traten geschlossen den Rückzug an: Da stand eine unheimliche nackte Gestalt, wie eine Mumie in Plastikmülltüten eingewickelt, ein Kondom über den Kopf gezogen. Es war Malcolm Mee. Er sah aus wie aus dem Weltraum – oder besser, dem inneren Raum: eine Art fehlgeborener Fötus. Er sprang mit zwei Schritten in den Raum (Prissy Loo kreischte auf, Fats fiel über einen Kaffeetisch und riß Teile der Höhlenwand herunter) und hielt dann in der Hocke inne; in seiner erhobenen Hand: *der Eispfriem!* «O nein...»

«He, Mann, wir sind noch nicht soweit!» protestierte Scarborough, und Mee ließ stumm den Eispfriem vor ihm aufblitzen, als wolle er zustoßen. Er atmete schwer und unregelmäßig durch ein winziges Loch im Kondom. Bei jedem Atemzug schnappte der Gummi rein und raus. Ich war mir nicht sicher, aber er schien zu lächeln. Der Kameramann nahm aus der Hocke den sich blähenden Gummi unter seinen Nasenlöchern auf. Beni sagte: «Was ist das denn?! Ich habe doch noch nicht mal meinen Hosenbeutel!» – Aber er verstummte schnell, als Mee sich ihm zuwandte und den Pfriem durch die Luft pfeifen ließ.

«Gott, ich glaube, er meint's ernst...!»

«Malcolm –?»

«Du mußt ihn *aufhalten*, Zack!» rief eine Frau.

«Halt die Klappe!» fauchte Quagg und zog sich sein violettes Cape wie einen Schutzschirm um den Leib. Prissy Loo schien in Ohnmacht zu fallen. Oder vielleicht stolperte sie auch bloß über ihre schweren Galoschen. Horner, der sich den Sack hielt und schmerzerfüllt stöhnte, schleppte sich über den Teppich davon, Mee im Auge behaltend. «Verdammte Scheiße...!»

«Ist das eine Art Protest?»

Mee sprang geschmeidig aus dem Schatten auf die scheinwerfererleuchtete Bühne und posierte dort starr, den Eispfriem hocherhoben. Alle schlichen zurück bis auf Teresa und Eileen, die sich anscheinend nicht rühren konnten. «Bitte...!» wimmerte Teresa. Der Regenmantel fiel ihr von den angemalten Brüsten, die jetzt im Deckenlicht leuchteten. Eileen hielt den Mantel an Teresas Schultern fest und sah Mee unverwandt an; Quagg kniete nieder; der in die zusammengefallene Höhlenwand gewickelte Fats glotzte mit hervorquellenden Augen.

«Laß gut sein, Mee», sagte ich, als ich die Sprache wiederfand oder zumindestens einen Teil davon. «Genug ist genug, verdammt noch mal!»

Er schien mich nicht zu hören, sondern machte einen Schlenker auf Teresa zu, als verliere er die Kontrolle, anscheinend (seine weitaufgerissenen Augen waren durch die gedehnte Gummihülle klar und deutlich zu sehen, das Fleisch um sie herum war gequetscht wie glänzendes Narbengewebe) von ihren sich hebenden und senkenden roten Flecken angezogen. Der Pfriem bebte in seiner erhobenen Faust.

Beni, in Rogers schlechtsitzendem Jackett und seinen eigenen theatralischen langen Unterhosen, riß die Arme auseinander und trat vor: «Malcolm, mein alter Freund!»

«Nicht, Beni! Er weiß, was er tut!» brüllte Quagg.

«Aber sie ist keine von uns», widersprach Beni, «sie würde nicht verstehen!» Mees freie Hand schoß vor und packte eine von Teresas karmesinroten Brüsten – sie quiekte in Panik auf und fiel nach hinten in Eileens Arme, als er die Brust zu sich hinzog. Beni riß seinen falschen Schnurrbart ab. «Malcolm, mein Freund, es ist dein alter Kamerad Benedetto, erinnerst du dich?»

«Wird das nicht langsam ein bißchen gefährlich?» murmelte Alisons Mann. Seine Züge waren bleich jetzt unter der herabhängenden Krempe von Benis Hut, seine Lippen in einer verängstigten Grimasse zurückgezogen. Wenn Beni ihn ablenkt, dachte ich, kann ich ihn vielleicht irgendwie entwaffnen. Malcolm war aber stärker als ich, ich würde Hilfe brauchen. Ich sah mich nach den Polizisten um. Erstaunlicherweise beobachteten sie mich, nicht Mee!

«Das hier ist Theater, Mann!» sagte Quagg, seine Stimme ein durchdringendes Flüstern. «Theater ist hart. Es ist real. Meinten Sie, wir würden bloß Späßchen treiben?»

«Aber ich dachte –»

«Tu mir einen Gefallen, ja, lieber Freund», beharrte Beni und trat kühn zwischen Mee und Teresa, «leih mir das –» Mee stieß zu, Beni japste ungläubig auf, taumelte einen Schritt zurück und packte den Griff des Pfriems, der jetzt wie ein dicker, warziger Finger aus seiner Brust zu wachsen schien und auf Mee zurückzeigte. *«O nein...!»* stieß er hervor und landete verwundert auf dem Hintern – *platsch!* –, als habe ihm jemand den Stuhl unter dem Hintern weggezogen. Blut begann aus der Wunde zu sickern.

«Mein Gott –!»

«*Jetzt* schau dir an, was du getan hast!» schrie ich. Ich wußte nicht, wen ich anbrüllte – Mee vielleicht, Quagg, die Polizisten oder den ganzen verdammten Haufen –, aber ich war plötzlich zornig. Grimmige Wut kochte in mir hoch: *«Du bist, verdammt noch mal, zu weit gegangen!»* Jemand schien zu weinen. Ich stieß Mee unsanft beiseite und kniete mich neben Beni: Er blutete jetzt schlimm, und als er etwas von einem «überraschenden Ende» zu murmeln versuchte, quoll ihm Blut aus dem Mundwinkel und über sein fettes Kinn. *«Jim –!»* kreischte ich – ich schien mit dem Schreien gar nicht wieder *aufhören* zu können. *«Hol doch einer Jim! Beeilt euch, um Himmels willen!»* Aber niemand rührte sich: Sie schienen vor Schock oder Angst erstarrt zu sein. Ich sprang auf die Füße: *«Jim! Komm her! Schnell!»* brüllte ich und wandte mich dann an die beiden Bullen: «Warum habt ihr nichts unternommen, verdammt noch mal? Warum steht ihr da bloß rum?» Sie sahen völlig perplex aus, als verständen sie noch nicht einmal die Frage. Das Zimmer war still bis auf das unterdrückte Wimmern, Benis rasselndes Stöhnen, meinen eigenen schweren Atem. Ich schwang mich zu Mee herum und schlug ihm mit dem heilen Arm gegen die Brust: *«Du hinterfotziges Ekel!»* Er steckte meine Hiebe ohne Reaktion ein, als sei er über seine eigene Tat verblüfft. «Nie schein ich's...», keuchte Beni heiser, «bis zum Schlußvorhang durchzuhalten...!» *«Du bist ein Wahnsinniger, Mee!»* kreischte ich und stieß ihn von der Bühne. *«Dich sollte man einsperren!»*

«Es ist Zeit... Schluß zu machen, Freunde... Laßt den eisernen Vorhang runter», ächzte Beni. Ich wandte mich ihm zu. Er lag mit verdrehten Augen gegen eine Topfpflanze meiner Frau (hatte irgend jemand sie dorthin umgestellt?) hingestreckt, und Blut strömte ihm aus dem Mund und der Stichwunde. «Sie... machen weiter mit der Show... alter Benedetto, Freunde... der letzte Akt...!» O nein... ich beugte mich tiefer über ihn, und neue Wut mischte sich in die alte: «Beni...?» Er rollte die Augen wieder zurück, heftete den Blick auf mich, zwinkerte und schob eine halb zerkaute Blutpatrone wie ein Blasrohr zwischen den Zähnen vor. *«Der Teufel hol dich!»* Ich riß ihm den Pfriem aus den Händen: eine Theaterwaffe! Das Gekicher (ich hatte niemanden grinsen sehen) schlug um in Gelächter und lauten Applaus. Ich sah auf und fand mich vis-à-vis dem Objektiv der Video-Kamera. Mee pellte seine Gesichtsmaske ab und bleckte feixend die Zähne. Selbst Eileen hatte ein Grienen auf dem Gesicht, als sie Teresa wieder einwickelte, und Fats fragte: «Wie war ich, Zack?» «Phantastisch!» lachte Quagg. «Ach, fickt euch doch ins Knie!» sagte ich, schleuderte den Pfriem durchs Zimmer und schob ab, was einen weiteren Ausbruch von Jubel und Applaus zur Folge hatte.

In der Tür zum Eßzimmer lachten Kitty und die weißhaarige Nachbarin in der lindgrünen Hose und dem rosa- und zitronenfarbenem Hemd über ein Foto: «Sehen Sie sich das niedliche kleine Ding an!» «Ist das Gerry?» Ich entriß es ihnen und zerfetzte es: Ich war diese Schmähungen leid. Sie starrten mich erstaunt an. Als ich genauer hinsah, bemerkte ich, daß es nicht, wie ich angenommen hatte, eins der Fotos von mir und Ros war, sondern ein Bild von Mark auf meinem Arm. Hinter mir sagte Quagg: «Okay, was haltet ihr davon, wenn wir für die zweite Nummer den alten Gag aus Ros' Witwenstück wieder ausgraben, den, wo sie Rübe anstatt Robe versteht und dem Typen in die Hose langt –»

«Ist das nicht ein bißchen zu sehr Slapstick für den Anlaß, Zack?»

«Entschuldigen Sie mich», murmelte ich und zwängte mich an den beiden Frauen vorbei. Ich fühlte mich wie ein verkrüppelter, verrohter Idiot.

«Wir spielen sie ganz straight – ihr wißt schon. Neuaufführung einer geheiligten Legende, nehmen sie auseinander und verlangsamen sie, so wie in *Blaubarts Geheimnis...*»

«Jedenfalls war's, glaub ich, eine Latte anstatt einer Matte...»

KAUM IM ESSZIMMER ANGEKOMMEN, stockte ich. Beim Eintreten hatte ich Seide gestreift. Sie stand im Schatten bei der Tür. Vielleicht hatte sie auf mich gewartet. Ich schöpfte keine Hoffnung daraus: Ich hatte sie schließlich betrogen, in ihren Augen jedenfalls – und in meinen auch (hatte ich im Theater nicht an dem Abend, an dem wir uns kennenlernten, gesagt, daß, künstlerisch gesehen, das letzte Wort die unvermeidliche Konsequenz des ersten war, daß Wahrheit ein ästhetisches Prinzip und Schönheit Moral war?), es war alles so durcheinander. Ich konnte sie nicht einmal anschauen. Drüben beim Sideboard stöhnte Vic. Mehrere Leute standen um ihn herum, aber sie redeten nur untereinander – selbst Jim hatte sich umgedreht, um sich was zu trinken zu mixen. Über ihm trat Tanias «Susanna» in die Vergessenheit. «Sie macht einen Fehler», hatte Vic einmal über sie gesagt. «Sie schaut zurück, zurück auf das Establishment, die Älteren. Sie hat den Teich, den Strom des Lebens, in eine bodenlose Grube verwandelt. Sie sollte einen Schritt zurück machen, sich umdrehen und ihnen endgültig die Scheiße aus dem Leibe prügeln. Dann kann sie ihr blödes Bad in Frieden nehmen.» Aber was, wenn die wirkliche Ursache ihres Entsetzens ist, dachte ich zitternd, daß niemand hinter ihr ist? Daß nur sie da ist, die sich selbst beobachtet oder besser – *was?* Sie weinte! Endlich drehte ich mich um und nahm sie, während mir Tränen in die Augen schossen, in die Arme – oder einen Arm: Mein rechter war immer noch absolut unbrauchbar. «Es – es tut mir so leid!» stieß ich hervor. Irgendwie war ich mir sicher, daß sie mir verzeihen würde.

«Mir auch!» schluchzte sie. «Der arme Vic!» Vic? Es war Brenda: Ich ließ ihren teigigen, unter der Seide nackten und wulstigen Körper los. «So ein toller Typ, Gerry!»

«Wo hast du das Kleid her?»

«Fats hat es irgendwo gefunden. Gehört es deiner Frau? Ich bin nicht mehr in den verdammten Hosenanzug reingekommen.»

«Gerald würde mich nie so ein Kleid kaufen lassen», sagte meine Frau, die mit einem Obstsahnekuchen vorbeikam. «Er mag keine Seide.»

«Genug? Was ist je genug?» maulte Vic. Ich konnte es ihm

sagen. Im Wohnzimmer sang jemand über den «Old Man», Sally Ann vielleicht, und ich konnte Kitty und Mrs. Waddilow über den Obstkuchen ohen und ahen hören. «Es gibt auch frische Erdbeeren dazu», sagte meine Frau, und Vic wurde von einem neuen Hustenanfall geschüttelt. «Ihr meint, es ist alles nur ein – *pfich! würg!* – Scherz?»

«Er ist so tapfer», schniefte Brenda und putzte sich am Saum des Kleides die Nase. Ich fühlte mich zum Wegschmeißen. Leer. Wie Brendas Nase. Hinter ihr kamen Steve der Klempner und der Typ mit der Pfeife und den ledernen Ellbogenflicken herein, die sich über Mees Nummer unterhielten («Wissen Sie, ein bißchen sah er aus wie das tote Mädchen, so eingetütet!» «Na ja, das wollte er wohl auch...») und zu lachen anfingen, als sie mich sahen. Erneut spürte ich die Demütigung. Wo war all die Schönheit hin? «Du hast sie wahrscheinlich gegessen», hätte Vic wohl gesagt. Jener Satz von der «Ästhetik der Wahrheit», die ich im Theater geäußert hatte, stammte eigentlich auch von ihm, ich hatte sie für die Gelegenheit ausgeliehen. Sie hatte nicht widersprochen («It felt like a lifetime», sang Sally Ann oder wer auch immer, «our little husband-and-wife time...»), aber sie hatte natürlich eine Erwiderung parat gehabt, nämlich: daß aus einem anderen Blickwinkel (meiner war der auf ihre weichen Lippen, gespitzt über einer Tasse dampfenden Kaffees, der zu ihren Augen und dem Samtkostüm paßte, und um die Wahrheit zu sagen, hatten Gedanken der Ethik überhaupt nicht hineingespielt) das *erste* Wort die Konsequenz des *letzten* war. «Und er ist immer noch voll bei Bewußtsein», fügte Brenda hinzu, holte einen Klumpen gekauten Gummi hinter ihrem Ohr hervor und steckte ihn sich zwischen die Zähne. Sie wischte sich mit einem aufgeschlitzten Ärmel über die Augen und nahm meinen Arm. «Ich weiß, daß er nicht gerade – *krach! pop!* – vernünftiges Zeug redet, aber er gibt einem das *Gefühl*, daß er es tut.»

«Gott *verdamm* euch!» brüllte er jetzt, als wir uns näherten (im Wohnzimmer wurde applaudiert), und Mr. Waddilow hakte die Daumen in die Weste und sagte: «Ist das nicht ein bißchen frevelhaft?» Mavis hatte sich nun aufgerichtet und gegen einen Stuhl gestützt, obwohl ihre Augen immer noch glasig waren und ihr Kiefer herunterklappte. Ihr Mann, Jim, hielt in einiger Entfernung einen Drink gegen's Licht, direkt unter Tanias «Susanna», die ihren verhängnisvollen Schritt tat, und es war beinah, als trete sie in sein Glas. Steve sagte lächelnd etwas zu Bunkys beiden Freunden, die dumpf zurückstarrten, und Charley, der in einer Art Hebarmgeste eingerastet zu sein schien (er wurde oft starr, bevor er am Ende eines Abends umkippte), bäumte sich plötzlich auf und packte Mr. Waddilow am Kragen. «Verdammt richtig!» kläffte er. Mr. Waddilow schwankte erschreckt auf den Fersen nach rückwärts.

«Übrigens, Gerry, wer ist der niedliche Knabe in dem Tweedjackett?»

«Er heißt Gottfried, mehr weiß ich –»

«Oh, das ist der berühmte Gottfried...»

«Wo ist das Licht? Macht verdammt noch mal... das Licht an!» bettelte Vic.

«He, Big Ger!» dröhnte Charley und fuhr schwerfällig herum. «Wo warste denn?» Jim senkte das Glas, als zöge er es Susanna unter den Füßen weg, obwohl sie natürlich nicht fiel. Nein, dieser Abgrund erwartete sie ewig. Ohne sie wäre er nicht einmal da. Dieser Gedanke brachte mich irgendwie ein bißchen auf Vordermann, wie etwas, was ich vergessen, aber schließlich erinnert hatte. «'s war *schrecklich* hier, seite gegangen biss!»

Howard mit seinem Büstenhalter, roter Krawatte, halbierter Lesebrille und Segelmütze schniefte mißmutig, als Steve achselzuckend an Bunkys Freunden vorbei nach der Ginflasche langte. Ich erinnerte mich jetzt an den älteren Typ: Er war der Engel, der das Geld für die Science-fiction-Parodie aufgebracht hatte, in der Ros und Bunky die Hauptrolle gespielt hatten, *Die Invasion der Slipschnüffler.* Der Jüngere, der Gigolo-Typ, hatte Regie geführt. Ein schrecklicher Film. So war er mir damals jedenfalls vorgekommen. Jetzt wünschte ich mir nichts mehr, als mich irgendwo hinsetzen und ihn mir ansehen zu können. Vielleicht wollte ich mich auch bloß (ich meinte zu hören, wie mich jemand dazu aufforderte: setz dich) setzen.

«Wir *femissen* dich, alta Kumpel! Wenn du gehs, *passiert* nix! Was, Waterloo?»

«Bitte?» fragte Steve. Seine Hand geriet über der Ginflasche ins Zögern. Gottfried steckte sich die Pfeife in den Mund und sagte: «Nein, ein älterer Herr war bei ihr, glaube ich – der mit dem Ziegenbärtchen.»

Ich schenkte mir einen Brandy ein und starrte auf die «Susanna» hoch. Ich dachte: Mein Vater hatte recht, wir sind die Produkte des Unheils, verwandeln uns allein auf Grund unseres Willens auszuhalten, werden bei lebendigem Leibe in das zerfasernde Material des Universums gequetscht – dort wird alles geschaffen. «Eh ich es vergesse, Howard», sagte ich, während ich Susannas kleinen Fuß betrachtete, so zerbrechlich in der Schwebe über der Leere. «Ich möchte Tanias ‹Blaubart›-Bild kaufen.»

«Cyril? Da müssen Sie sich irren», sagte Brenda zu Gottfried und lächelte mit heftig arbeitenden Kiefern zu ihm auf, gerade als Steve, von dem jüngeren Typen geschubst, zurücktaumelte. Der große Bulle humpelte mit seinem Werkzeugkasten herbei und murmelte etwas von einem fehlenden Dynamometer, und Howard sagte: «Ich fürchte, das kannst du dir nicht leisten, Gerald.»

«Was meinst du? Es ist noch nicht mal fertig, Howard –»

«Ein paar Zangen fehlen auch», murrte Bob, und Brenda, die verwirrt aussah (auch Steve sah verwirrt aus: «Wen nennen Sie hier Arschgesicht?» fragte er), sagte: «Sie haben *was*...?»

«Um so mehr», erwiderte Howard anmaßend («Ich glaube, ich habe sie auf der Truthahnplatte gesehen», sagte Jim). «Es ist wahrscheinlich unbezahlbar. Du kannst von Glück sagen, daß du die Stücke hast, die du jetzt besitzt.»

«Ach ja?» fragte Mr. Waddilow und suchte in seiner Brusttasche nach einer Brille. «Ist das eines davon?»

«O nein!» schrie Brenda. *«Nicht Cyril und Peg!»* Steve langte mit mißtrauischem Blick wieder nach der Ginflasche, aber der Gigolo versperrte ihm den Weg. «Ist das 'ne Reklame, Süßer?» fragte der ältere Mann höhnisch und zeigte auf den gestickten Namen über Steves Tasche. «Ich kann's nicht *glauben! Fats –?*» Ich hatte jetzt das Gefühl, zu begreifen, was Tania gemeint hatte, als sie sagte, daß die Wahrheit («Das ist doch keine Kunst, das ist ein Scheiß», protestierte Bob, «sie kann noch nicht mal zeichnen!»), auf die aufeinanderprallenden Widersinnigkeiten der Welt verteilt, als Schönheit wiederkehrt:

und das ist, mit der Erinnerung, alles, was wir an Substanz haben. «Ihr *hört nicht zu!*» brüllte Vic, und die davonrennende Brenda («He, Mister, suchen Sie Streit?» fragte Steve): *«Fats? O mein Gott, Fats –!»*

«Scheiß auf eure Schatten! Der Mensch ist – *gurgel! schluck!* – etwas *Hartes*!»

Was? Redete Vic mit mir? Kitty kam mit Mrs. Waddilow von der Tür herüber und sagte: «He, ihr Leutchen hier, ihr verpaßt alles!» «Ach ja?» krähte Charley dümmlich, und Vic, der unter großen Mühen atmete («Für wieviel verkaufst du denn deinen Arsch, du Prolet?» höhnte der Gigolo und blies Rauch aus), würgte etwas über «das schwindende Licht» oder «ich» hervor. Nein, nicht zu mir oder sonst jemand: Vic war durch das Loch der Welt gefallen, von dem Tania gesprochen hatte, er war weit weg, an einem anderen Ort. Mich durchfuhr plötzlich schmerzvoll das Gefühl, etwas verloren zu haben, von etwas Wertvollem getrennt worden zu sein. Etwas wie der Wahrheit. «Ach ja, was soll's zum Teufel, es ist sowieso alles bloß eine – *furrr! farr!* – Fiktion», brabbelte er jetzt. Ich drehte mich Brandy schlürfend um, bloß um zu sehen, wie Steve zu einem halbherzigen Schwinger ausholte, den der Gigolo parierte. Nein («Ja», lachte Kitty, «sie haben Vachel als eine Art wandelnden Liebesknochen ausstaffiert. Er ist von Kopf bis Fuß mit Vaseline eingeschmiert und läßt als Nubbelpariser der Zeit dummes Zeug über Morde und Paradoxa ab – *es ist zum Schreien!*»), nicht so sehr Wahrheit wie Bindung, Engagement, Lebenskraft selbst: das hatte Vic mir bedeutet. *Die Idee der Berufung.* Der junge Klempner, der es jetzt satt hatte, richtete sich auf und bewegte prüfend seine kräftigen Schultern. Der ältere Typ («Guck dir mal dieses interessante Bild an, Schatz», sagte Mr. Waddilow) schlug ihm die Mütze vom Kopf. «Ja, es ist sehr schön. Hast du die Ikone im vorderen Zimmer gesehen?» «Wir *brauchen* Revolutionen», argumentierte Vic immer und schlug dann mit den Fäusten auf den Tisch oder die Theke oder das Rednerpult, wo immer er war, «sonst würde die Hoffnung *sterben*!» Es war wunderschön (Kitty, die von der neue Maske der kleinen Bunky Baird sprach, hatte gerade mehr oder weniger das gleiche gesagt): «Seid auf der Hut vor der Kunst», rief er oft aus, «sie ist ein billiger Trick, um die Welt verschwinden zu lassen!» Oder: «Weißt du, was ich hasse, Gerry? Die Idee der Ursünde – in *jeder* Form! Mach es neu! Hab keine Angst! Änder dich, verdammt noch mal, und du bewohnst eine erneuerte Welt!» Ich glaubte natürlich an nichts davon. Aber die Inbrunst gefiel mir.

«Nein, Bunky spielt die ‹Frau in Rot›, und sie ist wirklich toll in Form! Regina hat versucht, sie in den Hintergrund zu drängen, indem sie nackt auf die Bühne fegte, aber leider ist ihr Evaskostüm seit fünfzehn Jahren aus der Mode!»

«Ja, ich hab's in der Glotze gesehen!» lachte der Mann in dem grauen, breitgestreiften Anzug, der, ein leeres Glas in der Hand, vom Fernsehzimmer zu uns herüberkam. «Die arme, alte Krähe!» Steve, der sich blind aufrappelte – als er sich gerade nach seiner Mütze gebückt hatte, hatte er einen Hieb in den Nacken, einen Tritt in die Rippen und einen Drink ins Gesicht bekommen –, krachte in ihn. *«Hoa!»* heulte der Mann, während sein Glas davonflog, und Kitty duckte sich (Bob, der sie beobachtete, griff nach seinem Revolver) und sagte: «Zeigen sie's im Fernsehn?»

«Ja, wenigstens das Beste, zusammen mit – he! Da wir gerade von Ihrer Glanzleistung reden!» johlte er, hob sein Glas auf und zeigte damit auf mich. «Sie sind wirklich auf die olle Kamelle reingefallen!»

«Wassis?» grinste Charley, der seinen mächtigen Kopf zwischen uns vor- und zurückdrehte: Es war sein einziger Körperteil, der noch funktionierte, alles andere schien vollkommen immobil zu sein. Bob hatte sich wieder entspannt und zeigte Howard einige seiner Zeichnungen vom Tatort.

«Ein Ladenhüter der Bühne!» lachte der Kerl in dem Breitgestreiften. «Der alte Trick mit der einziehbaren Spitze – haha! Da kriegt man ja Seitenstiche!»

Charleys Backen sackten herunter. «Was is'n daran komisch?» wollte er wissen. «Is 'ne verdammte *Trag-öde*!»

«Nun ja, sie verraten ganz gewiß Geschicklichkeit, Sensibilität, ein Bewußtsein für Form und Gestaltung«, erläuterte Howard, der durch Tanias schmale Brille Bobs Zeichnungen auf Armeslänge begutachtete. «Aber es fehlt ihnen, eine gewisse Dichte, mythische Komplexität, Innovation...»

«Ach...», stöhnte Vic wie – wäre er noch bei Verstand gewesen – im Spott, «sag, daß es... *hust!* nicht so ist!»

«Was ist mit, äh, der Wahrnehmungsfähigkeit?» fragte Bob hoffnungsvoll. Die Küchentür wurde aufgestoßen, und Woody und Cynthia kamen händchenhaltend herein. «Wenn Sie mit Wahrnehmungsfähigkeit ein scharfsichtiges Auge fürs Detail meinen, ja», gab Howard zu, «aber wahre intuitive Erkenntnis: noch nicht.» Bob sah ein bißchen niedergeschlagen aus, aber Gottfried nahm die Pfeife aus dem Mund (hinter seiner Schulter hatte der Gigolo Steve im Schwitzkasten, und der andere Typ trat ihm in den Bauch), beugte sich gespannt zu Howard und sagte: «Ah! Sie interessieren sich also für Mythen...?»

«Gerry, vielen Dank für die Party», Woody lächelte, während Bunkys älterer Freund den Universalschlüssel aus Steves Hintertasche zog und ihn ihm in den Mund schob, «aber wir müssen gehen.»

«So früh?»

«Sie waren sehr freundlich», sagte Cynthia und gab mir die Hand, die knotig war von Ringen. Sanfte Röte überzog ihre Wangen und die Haut über dem BH mit den Kreuzträgern, teilweise verdeckt von dem vulgären Pelz, den sie um die Schultern trug. «Wir wissen es beide zu würdigen.»

«He, du gehs dono nich, oder, Woodpecker?» protestierte Charley. Neben ihm redete Howard mit Gottfried über orchestrale Wiedergabe von Symbol und Prophezeiung und die dunklen Wurzeln der Schöpfung, während Vic unter ihnen pfeifend und prustend mit dem Tode rang. «Die Nacht is noch jung, verdammt noch mal! Wie duunich!»

«Ich fürchte doch, Charley. Ich habe morgen einen wichtigen Fall und jetzt außerdem noch Rogers ganze verdammte Arbeit. Tut mir leid.» Cynthia ließ meine Hand los.

«Ein Eintauchen ins Geheimnisvolle, verstehen Sie, in den Schmerz...»

«Also, was kommt... nächstes Howard?» keuchte Vic. «Die alte – *ho! hust!* – ‹Sprache der verdammten Wunde› –?» Er wurde wieder aufsässig. Alle Farbe war aus seinem Gesicht gewichen, es war eingefallen, sein Mund stand offen, Blut färbte sein blaues Arbeitshemd dunkel, und seine Hose war naß von

Urin. «Der Künstler als visionärer Show-*huff*!-Scheißer?» Howards Augen tränten vor Wut. Auch ich fühlte mich auf unerklärliche Weise verärgert (er umklammerte immer noch die blöde Gabel) und drehte mich um, um zuzusehen, wie Bunkys Freunde den strampelnden Steve, der noch an seinem Universalschlüssel kaute, aus dem Zimmer zur Haustür schleppten. Diese ganze hart errungene Weisheit, dieser gewitzte und gewiefte Intellekt verwandelte sich am Ende in Pudding: eine Lektion, die ich heute abend wirklich nicht nötig hatte. «Du bist eine pomm – *pumm! Scheiße!* – pimpernde Hure, Howard!»

«Übrigens, hast du Noble gesehen?» fragte Woody, der die Stimme heben mußte, um sich verständlich zu machen. Bob, der mich anstarrte wie ein Ölgötze, zwinkerte mir zu. Genau wie Earl Elstob, der, als er hereinkam, von Charley gefragt wurde: «Was? Schon srück, Earl?»

«Äh, ich glaube, er –»

«Tja, na ja, huh! Wü das eine Karnückel – *schlups!* – zum anderen sagt: ‹Das geht ruckzuck! Nüch?›»

«Als ich Ihren Vetter zuletzt gesehen habe», sagte der Mensch im Breitgestreiften, «war er gut drauf – sogar sein Goldauge leuchtete und blinkte wie eine Signalleuchte!»

«Ich verstehe. Nun ja, Noble hat ein bißchen Spaß verdient. Wenn Sie ihn sehen, sagen Sie ihm, ich rufe ihn morgen an.»

«Was ich – *huff! hah!* – hasse», rasselte Vic verbissen weiter, «ist verdammte Spitzfindigkeit! Trivialität, Ver... Verschleierung...»

«Der arme alte Jack der Gabler», sagte Scarborough, der mit Gudrun aus dem Wohnzimmer kam, düster. «Immer noch dabei, was?» Er hielt eine Flasche gegen's Licht. «Des Sängers Abschied», bemerkte Gudrun. Sie war aufs Geratewohl mit Fettfarbe beschmiert, obwohl ihre Hände mehr oder weniger scharlachrot waren: Als sie sich die Nase rieb («... Diese ganze – *schnief!* – ‹Alles – ist – Eitelkeit›-Scheiße!»), machte sie sich einen Schnurrbart. «Bah!» Scarborough warf die leere Flasche ungeduldig über die Schulter. Sie prallte gegen den Türrahmen und polterte ins Fernsehzimmer.

«Dahinter steckt mehr –»

«Ich will... *Klarheit*... Authen... – *keuch!* –»

«Äh, huh! Meine Chwester gechehen?»

«Was meinst du denn, was der machen könnte?» sinnierte Gudrun, die Bob in Augenschein nahm.

«Die alte Gladsuht sich aus, Earl! Keine Sorge, zieh zu un amüsier dich!»

«Na, daß er nicht tanzen kann, ist klar», murmelte Scarborough in der Hocke.

«Tja, üch dacht, üch laß offen, damit üch keine – *schlups!* – Zeit verlüre!»

«Könnten Sie das wiederholen?» fragte Gottfried über Vic gebeugt. Es war wahr, ich sah es jetzt: Er hatte ein Tonbandgerät.

«Was ich... von der Kunst will... ist ein Wissen...»

«Alles... hat sich geändert...», stimmte Mavis würdevoll an. Sie war jetzt auf den Füßen, lehnte mit breit gespreizten Beinen an der Wand, den Blick wie ein Zombie in irgendeine Ferne gerichtet. Bunkys junger Freund, der schwer atmend zurückgekehrt war, nahm einen Schluck aus der Brandyflasche und gab sie dann an den älteren Mann weiter. «Ich meine mich zu erinnern... eine Statue...»

«Sagt mal, wüßt ihr – *schlups!* – was chlümmer ist als kalte Bauern – *schlups* – auf dem Reißverchluß?»

«... Ein wissendes moralisches Zentrum!»

«... aus Eis... mit Spiegeln als Augen...»

«Also, wer will das nicht?» fauchte Howard und sah verächtlich auf Vic hinab («... und einem kleinen Mann, der, wo das Herz sein sollte...»). Gottfried zwängte sich mit seinem Mikro zwischen die beiden Männer. «Aber das ist einfach eine zu enge Sicht der Kunst. Jeder Schöpfungsakt, ganz gleich, wie oberflächlich er aussieht, ist im Grunde ein *magischer Akt*!»

«Ah, das ist sehr gut», sagte Gottfried, der sich wegen Mavis hinter ihm ein Ohr zuhielt. Gudrun klatschte in ihre scharlachroten Hände, als Scarborough, der unten in den Regalen herumwühlte, mit einer Flasche Tennessee Sourmash auftauchte. «Aber mit ‹magisch› meinen Sie –?»

«... seinen Hintern vorzeigte...»

«Nein, verdammt noch mal, das ist... eine zu enge Sicht... des Handelns...!» warf Vic schnaufend und abgehackt ein.

«Man braucht lange... lange – Scheiße! Kann anscheinend nicht...» Beim Luftholen machte er ein erschreckendes blubberndes Geräusch, das ihn durchrasselte, als risse es in ihm alles auseinander. Er öffnete die flatternden Lider, aber seine Augäpfel waren verdreht, blind und halb verdeckt von seinem widerspenstigen grauen Haar. «...lange Zeit, um herauszufinden, daß... daß das einzig *Magische* in der Welt... das *Handeln ist*!»

«...mit einer Warze darauf...» Mavis schob sich von der Wand ab und stand schwankend auf gespreizten Beinen.

«Gott, der arme ausgepowerte Arsch hat's hinter sich», murmelte Bunkys Gigolo-Freund und griff wieder zur Brandyflasche. Es stimmte. Vic sah jetzt fiebrig aus, hatte eine unnatürliche Röte auf den eingefallenen Wangen, und sein Atem ging stoßweise. Der Gigolo nahm einen tiefen Schluck, schob die Flasche von sich («Gibt's noch was zu essen?» fragte Gudrun und akzeptierte ein Glas Whiskey. «Wenn ich das ins Leere kippe, reißt es mich mit!»), rülpste und sagte: «Der da wird heute abend mit 'ner Schaufel ins Bettchen gebracht!»

«Da verlaß dich mal nicht drauf», lachte der ältere Mann und hob wieder die Flasche. Vic leckte sich über die geschwollenen Lippen – Howard schwadronierte mit großer Geste weiter über Kunst als «des Menschen Transzendierung der trügerischen Gegenwart, sein Flirt mit der Ewigkeit, mit der Zeitlosigkeit» («Aber was ist dann mit Malcolms tätowiertem Schwanz?» unterbrach Kitty) –, und seine Lider flatterten wieder. «*Existiert* nicht!» kläffte er. «Wie bitte?» sagte Gottfried. «Doch, tut er wohl», beharrte Kitty. «Ich habe ihn gesehen.» «Ich glaube, ich bin auf dem Weg ins Wohnzimmer 'nem Erdbeersahnekuchen begegnet.» *«Ewigkeit!»* «Klingt nicht, als würde das zum Bourbon passen.» «Was hecken die da drin jetzt aus?» fragte der Mann im breitgestreiften Anzug Scarborough. «Noch so eine... Scheiß-*Illusion*!» brüllte Vic. Es war erschütternd, ihm zuzusehen. «Ich kannte mal einen Typen», das war Bunkys älterer Freund, der nach einem langen Zug die Flasche absetzte («Und die Gegenwart ist...») und dann fortfuhr, «der so angeschossen wurde und *Tage* zum Sterben brauchte.»

«...Ist *nicht* trügerisch... verdammt noch mal!»

«Irgendeinen Softporno vom grausigen Besuch eines Kindes

in der Unterwelt», erwiderte Scarborough («*Allein* das Todesröcheln von dem Kerl hat acht Stunden gedauert!»), «heißt ‹Wiedergeburt im Fitness-Raum› oder so 'n ähnlicher Quatsch», und Gudrun ermahnte ihn: «Er ist noch jung, so was ist ihm im Augenblick wichtig. Da wächst er drüber raus.»

«Habe ich das... bloß geträumt?» fragte Mavis sich und schaukelte sanft hin und her.

«Was Sie sagen wollen, wenn ich es recht verstehe», warf Gottfried ein und bückte sich mit seinem Mikro über Vic, «ist, daß das Handeln eine Art unflätiger Sprache ist, die herrührt von den Reflexzentren des –»

«ICH BIN NOCH NICHT FERTIG!» dröhnte Vic, daß wir alle zusammenfuhren. «Entschuldigung», flüstert Gottfried, der rückwärts gegen Howard geknallt war, und Mavis, die immer noch dumpf vor sich hinmurmelte, setzte hinzu: «Und... träume ich das...?» Earl Elstob rannte gekrümmt umher und schlupste vor sich hin. Jemand befahl ihm, die Klappe zu halten. «Huh –?» Wir warteten. Das war's. Oder konnte es gewesen sein. Vic sog Luft ein und stieß sie rasselnd wieder aus. Blut tröpfelte ihm über die Lippen: Er leckte daran. «Was habe ich...?» Seine Lider gingen ruckartig auf, seine Augäpfel hörten auf, die Schädeldecke zu betrachten, rollten herunter, und sein Blick suchte mich. «Bist... bist du da, Gerry...?»

Ich hockte mich vor ihn hin, und seine Augen schlossen sich wieder. «Ja, nimm's nicht so schwer, alter Freund. Alles in Ordnung...»

«... Verarsch mich nicht... von wegen alles in Ordnung, verdammt noch mal... ich weiß es besser. Hör mal... ist einer von den – *uff!* verdammt...! – einer von den Bullen in der Nähe?»

«Ja, aber –»

«Es ist *wichtig*, verdammt noch mal!» Mavis hatte sich mit hängenden Schultern und schwerfällig von einem Fuß auf den anderen wankend davongemacht, immer noch halb weggetreten, aber wir anderen drängten uns zusammen, um Vic zu beobachten. Er schnaufte und prustete mühsam. «Ignoriert ihn, er ist ein verblödeter und intoleranter Monomane», erklärte Howard verdrossen, aber in Wirklichkeit wurde er selbst ignoriert. «Kann er... mich hören?»

«Sicher.» Ich sah auf: Bob lehnte am Sideboard und musterte Vic ungerührt.

«Gut. Sag ihm... sag ihm, ich hab's getan... ich hab sie umgebracht!»

«Was? Wen umgebracht, Vic?»

«Sie *alle*, verdammt!» Er mühte sich ab, um sich aufzusetzen, aber mit seiner Körperbeherrschung war es vorbei, und die Anstrengung schien ihn auseinanderzureißen. «Ros, Roger...»

«Vic, hör mal, du weißt nicht, was –»

«Wen noch?» ächzte er. «Wen noch, verdammt noch mal – mir fällt's nicht mehr ein –»

«Du meinst Tania?»

«Ja, richtig... Tania, auch sie... erstochen!»

«Sie wurde nicht erstochen, Vic.»

«Erwürgt, meine ich!»

«Sie wurde ertränkt.»

«Ertränkt ... hab ich ja – *würg!* – gesagt!»

«He, hör mal, nett, daß du's versuchst, Vic, aber –»

«Nein! Ich hab sie untergetaucht, ich – guck dir bloß meine Hände an...! Das sind die Hände... eines Mörders, sie – *was*?!» Sein Kinnladen klappte hoch; ein Bein streckte sich aus, eine Schulter zuckte. «Wo sind sie? Meine *Hände*, Gerry! *Wo sind meine gottverdammten... Hände –?!*»

«Hier, Vic, ruhig...!»

«Siehst du?» Howard rümpfte die Nase.

«Gott», murmelte jemand leise, «man sollte den armen Schweinehund aus seiner Not erlösen!»

«Ach Scheiße.» Vic weinte. «Ich kann... ich kann sie nicht *fühlen*... ich kann überhaupt nichts fühlen!»

Ich schaute zu Jim auf, der traurig den Kopf schüttelte. Howard sah angewidert aus. «Sie würden ihm 'nen Gefallen tun», sagte der Polizeibeamte.

«Was?»

«Stimmt, Gerry», sagte Jim leise. Es war in der Tat ganz still um uns herum, nur Vics röchelnder Atem, blechern klingelndes Eis in irgendeinem Glas und Earls chronische Sauggeräusche waren zu hören. Der Bulle zog den Revolver aus demHalfter und kontrollierte die Kammern. «Es wird nur schlimmer für ihn.»

«Einen Drink!» brüllte er, so daß wir alle zusammenfuhren. *«Um Himmels willen, Gerry –!»*

Jim gab mir sein Glas. Ich roch daran. «Ist das –?» «Er merkt den Unterschied nicht.»

«Wo sind alle –?!»

«Hier, zur Stelle, Vic.» Ich hielt ihm das Glas an die Lippen. Er schlürfte und schlabberte, und das meiste endete als blutiger Schaum, der ihm wie Babysabber über Kinn und Hemd tröpfelte. «Immer mit der Ruhe...»

«Mehr!» verlangte er. Er warf den Kopf herum, schlug mit der Nase gegen das Glas und rumste mit dem Kopf gegen die Wand. Einst, als ich sehr klein war (daran dachte ich jetzt, als ich zusah, wie Vic versuchte, den Kopf hoch- und die Augen offenzuhalten), hatten wir im Hinterhof meiner Großmutter einen toten Kater gefunden. Ein paar Abende später hatte sie ihn in ihre Gute-Nacht-Geschichte über den Aufstieg zum Himmel eingebaut. Die Katze eignete sich nicht gut für diesen Aufstieg, und ich schlief wahrscheinlich schon tief unten ein, aber die Vorgeschichte bekam ich mit und erinnerte mich heute noch daran. Weil der Kater sich für eine Katze im Nachbarhaus interessierte, war er herausgekommen, um ihr ein Ständchen zu bringen, und von einem wütenden Nachbarn erschossen worden, der sich nicht den Schlaf stören lassen wollte. Am Eingang zum Treppenhaus saß dann eine Art Kartenabreißer, wie die vor Karussells und Zirkuszelten, und der Kater beschwerte sich bei ihm über die Ungerechtigkeit, wegen seines Gesangs erschossen zu werden: «Ist das der Lohn dafür, daß man ein bißchen Schönheit in die Welt bringt?» protestierte er. «Das ist nicht gerecht!» «Was willst du, du hast Glück gehabt!» erwiderte der Kartenabreißer. «An einem langen Leben ist nichts Besonderes – was zählt, ist die *Qualität des Abgangs.* Deiner war wunderbar! Du bist schnell gestorben, mehr oder minder schmerzlos und im Augenblick deines größten Glücks!» «Nein, du verstehst nicht», wandte der Kater ein, «das Singen war nur die *Vorbereitung.*» «Genau!» lächelte der Kartenabreißer. In der Tat hatte ich, wo ich jetzt darüber nachdachte, früher am Abend etwas ziemlich Ähnliches zu jemandem gesagt, nur...

«Ah, *hör mal zu*!» kläffte Vic.

«*Was?!*»

«Ich habe gesagt, hör zu, verdammt noch mal! Ich rede... über das, was hier... heute abend geschieht...»

«Ah...» Mir schlug das Herz bis zum Halse. Bob, bemerkte ich, streckte mir, Knauf voran, seinen Revolver hin. Jim nahm das leere Glas. «Aber... glaubst du wirklich –?»

«Du *weißt*... in was für einer... Welt... wir leben...!»

«Du siehst es doch selbst», sagte Jim. «Die Größe der Wunde, das verlorene Blut, Funktionsstörungen der Nieren und des Darms, Taubheit der Glieder –»

«Weshalb also... lassen sie dich...?»

«Und das Rasseln bedeutet, daß seine Lungen mit Blut vollaufen: Er erstickt langsam, Gerry. Dann, während ihm der Sauerstoff ausgeht, wird das Gehirn – na, hör ihn dir bloß an...»

«... Lassen sie dich überhaupt... solche Parties *geben*?»

«Der arme Kerl», sagte Gudrun. Howard schnaubte verächtlich. «Ja? Wass ist?» fragte Charley blöde.

«Ich – ich habe noch nie...»

«Hier», sagte Bob und zeigte mir den Sicherungshebel. «Es ist ganz leicht.» Hinter mir ertönte ein leises surrendes Geräusch, und das Licht wurde heller: schon wieder der Typ mit der Video-Kamera. «Der Winkel ist schlecht», sagte er. «Moment, ich hole mir einen Stuhl.»

«Verdammt noch mal, Gerry! Ich... habe dich gefragt –!» blubberte Vic.

«Was? Ich weiß es nicht, Vic. Vielleicht, weil sie's nicht besser wissen.» Das Gewicht des Dings überraschte mich: Ich ließ es beinah fallen. Es schien lauflastig zu sein oder so was. «Oh, die Cowboy-Stiefel gefallen mir aber!» säuselte Patrick mit seinem geschwollenen Lispeln hinter mir. «Sie sind so gut gearbeitet!» Mein steiler Schatten, der Vics Brust verdunkelt hatte, fiel jetzt unterhalb meiner Knie von ihm ab. Er war ganz gewiß am Ende, das konnte ich nicht leugnen. «Fassen Sie ihn ein bißchen höher», sagte der Bulle, und Gudrun fragte: «Wie sind die Hauttöne?»

«Unterschätze... sie nicht...!»

«Nicht schlecht – könnte unterm Haaransatz hinten vielleicht einen Touch gebrauchen», sagte eine Stimme hoch über mir.

«He! Werissn der große Schweinepriester da?» fragte Charley.

«Er ist nicht groß, Charley, er steht auf einem –»

«Nein? Gott, dann liegs vielleich an *mir*! Vielleich *schrumpf* ich!»

Meine Schulter schmerzte von dem plötzlichen unangenehmen Gewicht. Vic sah entsetzlich aus in dem heißen Gleißen. Es tat weh, ihn so zu sehen. «Ich hab 'ne Menge zu tun, ich glaube nicht, daß ich das will ...»

«Sie machen's schon gut, halten Sie ihn nur ruhig.»

«Grrr-rrr-*rr-rr*!» Patrick gab ein oder zwei nervöse Lacher von sich.

«Genau so. Jetzt müssen Sie nur noch abziehen.»

«Ich möchte sie am liebsten *auffressen*!»

«Wenn auch nur ein bißchen Spucke auf meine Stiefel kommt, du alte Schwuchtel, dann kriegst du einen mit ihnen in die Fresse – jetzt das Mikro aus dem Weg!»

Gottfried kauerte sich neben mich, hockte sich in meinen Schatten. «Oh, was für ein *Unmensch*!» rief Patrick übermütig aus. «Ist er nicht einfach best-ia-lisch!»

«Ruckeln und wackeln Sie nicht daran, schließen Sie einfach die Faust, ganz ruhig», sagte Bob.

«Auf die eine oder andere Art», keuchte Vic, dessen Zottelkopf unter den strahlenden Lampen hin und her baumelte («He, wo willst du hin – wird es dir zuviel?» fragte jemand), «bist du ... ihnen *nützlich* ...»

«Nein, ich will es live auf der Mattscheibe mitkriegen.» Jemand streichelte mir den Nacken («*Hier* ist es live ...») und nahm den Schmerz fort. «Ich – ich glaube, sie wissen nicht, daß ich existiere, Vic», seufzte ich («Ja, aber hier kriege ich die Zooms nicht mit!»), und Bob sagte: «Hören Sie, vielleicht sollten Sie beide Hände nehmen.»

«Und drehen Sie sich um dreißig Grad, damit ich die Kanone sehen kann!» rief der Typ auf dem Stuhl. «Wow! Scharfe Brötchen! Komm her, laß dich anschauen!» «Was meinst du ...?» knurrte Vic gerade, als die kleine Bunky Baird, pudelnackt und von Kopf bis Fuß in einem glänzenden Scharlachrot angestrichen (pudelnackt, weil selbst ihr Haar abrasiert war, ihr Schädel eine glänzende rote Kugel, ihr Venushügel glatt wie eine Pflaume) ins Licht zwischen uns tänzelte. *«He –!»* «Ist das nicht einfach *Wahnsinn*?» rief sie atemlos, eine Hand auf der Hüfte, die andere hinter dem Ohr («Sie sind *hier*, Gerry», kam die knarrende Stimme zwischen ihren Beinen durch, «das ist eine verbürgte Tatsache...!») und wechselte nahtlos von einer Pose in die andere, daß die Farbe funkelte. «Gudrun hier hat das gemacht! Es ist ein *Meisterwerk*!» Ich ging ihr aus dem Weg und ließ meinen Arm ausruhen. Sie war lose mit einem feinen metallischen Faden eingebunden, der ihr Fleisch an merkwürdigen Stellen hervorquellen ließ, und mit schmalen Silberbändern dekoriert, die aufs Geratewohl an dem Faden befestigt waren. Sie sah aus wie jemand, der sich im Schwanz eines Drachen verfangen hatte. «Es ist für Zacks *wahnsinnige* neue Show! Sie heißt *Party Time*, und ich habe so eine *großartige* Rolle – es ist dermaßen *aufregend*!» Sie sah zu den Lampen hoch, als sähe sie sie zum erstenmal, und ließ ein strahlendes, unschuldiges Lächeln aufblitzen («Passen Sie auf, daß Sie sich nicht in den Fuß schießen», murmelte Bob mir nervös ins Ohr): «Oh, hallo! Bin ich in irgendwas reingeplatzt?»

«Ja, spiel dich nicht so in den Vordergrund, Süße, und zieh ab mit deiner dicken Nummer! Hier unten läuft 'ne ganz schön harte Geschichte!»

«Was –?» Sie drehte sich um und starrte auf Vic hinunter, schnappte hörbar nach Luft und schlug die Hände vors Gesicht. Diese Pose behielt sie einen Augenblick starr und steif bei, dann ließ sie die Fingerspitzen langsam an ihrem eingesäumten Körper hinabgleiten («Selbst das Vergnügen...», murmelte er auf der anderen Seite, «hat seine verdammten Konsequenzen...») und knapp vor der Falte zwischen Schenkeln und glänzenden Backen zur Ruhe kommen, die Schultern bei geradem Rücken eingefallen, die nackten Füße über seinem Körper gespreizt. Als sie sich umdrehte, glitzerten zwei Tränen in den Winkeln ihrer aufgerissenen Augen.

«O ja, gut!» applaudierte ihr jüngerer Freund («Die Geste, die stilisierte Geste», hatte ich an dem Abend im Theater bemerkt – vielleicht erinnerten mich ihre aufgerissenen Augen daran, vielleicht auch die schwere Waffe in meiner Hand – «ist in

Wirklichkeit eine Verkleidung für die Unsicherheit: Deshalb fühlen wir uns so angezogen davon» – aber vielleicht hatte ich mich da geirrt), und der ältere sagte: »Haha, komm mal her, Baby, und guck mal, was dein alter Freund für dich hat!»

Weil man genausogut sagen könnte (ich wünschte, es wäre mir zu der Zeit eingefallen), daß, was uns anzieht, nicht die ritualisierte Geste an sich ist – denn in gewissem Sinne ist keine Geste originär oder kann es sein –, sondern eher dies merkwürdige Sekundärphänomen, das die Wiederholung, die offenkundige Stilisierung der Geste, kreiert: nämlich jene mysteriösen Räume *dazwischen*. «Was... was machst du da..., Gerry...?»

«Bitte?» Seine Augen waren offen. Eines zumindest: Er fixierte den Revolver in meiner Hand. «Ach. Tut mir leid, Vic», sagte ich und schwenkte ihn vieldeutig («Gott, ist der *süß*!» schwärmte Bunky hinter mir, und Howard, der grimmig auf meine Hand starrte, sagte: «Würdest du bitte aufpassen, wohin du mit dem Ding *zielst*, Gerald?»), «ich will nur, weißt du...» Ich senkte ihn. Sein offenes Auge («Ist das ein Saphir?») rollte hoch, begegnete kurz meinem Blick und schloß sich wieder. «Ach ja, es... es kommt... wohl die Senilität hervor», röchelte er und brachte mit einer Schulter eine ruckartige, kleine Bewegung zustande, die vielleicht als Achselzucken gedacht war. «Ja, ein kleines Etwas, um deinen neuen Erfolg zu feiern, Baby – zieh ihn über deinen kleinen Finger hier!» «Es ist – sowieso beinah vorüber, Vic, und ich dachte –»

«Nein, verdammt noch mal, ist es *nicht*!» tobte er blutspeiend. «Je schneller Sie es hinter sich bringen, desto besser für alle», murmelte Bob mir ins Ohr. «Er ist so *groß*!» «Noch... noch mehr wird geschehen, aber ich werde nicht... hier sein... es zu erleben... und das... macht mir angst...» Ich teilte sein Grauen: jene für immer geschlossene Tür. Nichtsein. Ewige Abwesenheit. «Na ja, du bist eben ein großer *Star*, Süße!» Schon der Gedanke daran ließ mich erschaudern. Dieses Bewußtsein war, was ich hatte, und wie er wollte ich nicht, daß es – «Ich *will nicht*... daß es *endet*!»

«Ich weiß», sagte ich mit stockendem Atem. «Tatsächlich habe ich gerade merkwürdigerweise –»

«Wenn ich einen Wunsch frei hätte», spie er hervor («He,

beschmier mich nicht überall mit dem roten Zeug!» lachte der Gigolo hinter mir, als Bunky Dankesumarmungen und -küsse verteilte), «würde ich mir immer wünschen... eine *Minute*... mehr zu haben...!» Natürlich verursachte der Tod selbst kein Leiden, nur dieses nagende Entsetzen davor – mehr oder weniger ersparte ich ihm das. «Ist... ist meine Tochter...?»

«Sie ist nebenan, Vic. Sie hat eine Rolle in Zacks Stück. Soll ich –?»

«Nein... sag ihr nur von mir... sag ihr, sie soll sich in acht nehmen vor Worten wie... wie Denken und... und Seele, Geist...»

«Sie zielen besser ein bißchen höher», murmelte Bob, «sonst richten Sie nur noch mehr Unheil an.»

Jim kniete sich hin und neigte Vics Kopf zur Seite. «Die beste Stelle, Gerry, ist hier hinter dem Ohr...»

«Dieser ganze Scheiß... ist... ist bloß eine Metapher, sag ihr das... alte animistische Gewohnheit...»

«So durchdringst du die Medulla über dem Rückgrat, das Zentrum für die Regulierung aller inneren Funktionen...»

«Isabern ganz schöna *Sonnenbrand*, junge Frau», polterte Charley hinter mir.

«...Da ist nichts drin, verdammt noch mal... kein Ich, kein...»

«Das Atmen beispielsweise.»

«...Das Gehirn... erfindet das alles bloß... die erste Person...»

«Oder das Sprechen.»

«Issogar *verschorft*.»

«...Ist Hokuspokus, ein aufgeblasener, fauler Zauber... die erste Person...»

«Die kleine Stelle macht das alles?»

«Ja, die kleinste Verletzung dort führt in wenigen Minuten zum Tod.»

«...Ist keine Person...überhaupt nicht! Sag ihr...»

«Was soll denn dann der ganze Scheiß von wegen mit dem ganzen Körper denken, alter Freund?» murmelte ich heiser vor mich hin, als ich den Hahn spannte.

«Hab ich das gesagt?» Er sah mich an, rollte vielsagend ein

gelbliches Auge (das brachte mich aus der Fassung), und ein nasses, sardonisches Grinsen erschien in einem Mundwinkel. Er schien urplötzlich bestürzend lebendig. «Na, dann paß mal auf... auf meine... Nachzuckungen...!» grunzte er.

«Vic?» Aber er war wieder im Delirium, polterte was von «militanter Zeit» und «lebendiger organischer Arena...» («Das kommt oft vor», erklärte Jim leise, «eine Art unwillkürlicher sublingualer Reflex...») «...der Wahl und Freiheit...» Hinter mir hörte ich jemanden etwas über den «Gastgeber» sagen und dann um einen Drink bitten. Oder vielleicht einen anbieten. «Ja, er ist ein netter Kerl...» Vic tätschelte mit der freien Hand sein Knie (mit der anderen hielt er noch immer die Gabel umklammert wie eine Art Credo), und ich nahm an, daß er wieder an Ros dachte. Na ja, warum auch nicht? Trotz seines Dogmas von der Unterdrückung der Vergangenheit: Wer war ich, der ich mich selbst jetzt in Träumereien verfing (dieses ruhige Gespräch, das wir vorhin in meinem Schlafzimmer geführt hatten, jetzt von so besonderer Bedeutung: es war uralte Geschichte!), daß ich ihm etwas vorhalten könnte? Diese unerwartete Schwäche hatte ihn mir in Wahrheit noch lieber gemacht. «Einer in einer Million», murmelte jemand, und meine Frau von irgendwo hinten: «Gerald, kannst du mir mit dem Kaffee helfen, bitte?»

«Ja, gleich.» Meine Schulter pochte, und mein Blick verschwamm. Tränen vielleicht. Ich konnte sein Gesicht überhaupt nicht mehr sehen, es war wie das Gesicht auf Tanias Bild.

«Warum... lernst du nicht dazu, alter Freund?» stieß er hervor. Ich fand die Stelle. Ich hoffte, Jim hatte recht. «Es ist nicht... mehr viel Zeit...!»

«Um die Wahrheit zu sagen, Vic», seufzte ich, «ich wüßte nicht, wo ich anfangen sollte.»

«Berühmte letzte Worte», grunzte er, und ich drückte ab.

Es gab einen schwächeren Rückstoß, als ich erwartet hatte, und weniger Lärm. Ich hatte mich auf Schlimmeres gefaßt gemacht. Und Vic irrte sich. Ich wartete geduldig (nein, das stimmt nicht, es war nicht Geduld: Ich war am Boden festgenagelt, erstarrt, eine Figur aus dem Wachsfigurenkabinett, die Beine gespreizt, Körper und Hals starr, Arme ausgestreckt, Lippen über die zusammengebissenen Zähne zurückgezogen – ich war nicht geeignet für so was) und beobachtete ihn, aber nichts zuckte nach. Außer meiner Schulter, nachdem mir der Bulle die Waffe aus der Hand gewunden hatte. «Das war doch gar nicht so schlimm, oder?» sagte er. Jim, der mit dem Stethoskop neben Vic kniete, sah zu mir hoch und nickte feierlich. Er faßte nach Vics Augen, die jetzt weit offenstanden, wie in Verblüffung über etwas, das er gerade gesehen (oder erinnert?) hatte, und schloß sie. «Okay!» sagte jemand, ein Stuhl scharrte, das Licht wurde dämmriger, dann wieder heller und wirbelte herum: *«Daddy –?»* Mein Arm fiel herab, die Sperre in meinem versteinerten Rückgrat sprang auf, und es sackte weg, während das Licht abdrehte. *«O nein! Daddy –!»*

Als Jim, dessen müdes Gesicht sich vor Anteilnahme verkrampfte, aufstand, um über meine Schulter zur Wohnzimmertür zu spähen, drehte ich mich, der Anteilnahme überdrüssig, in die andere Richtung. «Was halten Sie also vom Nihilismus als entwicklungsfähiger Kunstform?» Gottfried hielt mir das Mikrophon unter die Nase, aber ich schob von dannen, an Scarborough, Patrick und dem Typ auf dem Stuhl vorbei, mitten durchs Zimmer («Gerry, deine Frau –» «Ich weiß, ich weiß...») und durch die Schwingtür in die Küche.

«Ah, gerade rechtzeitig, Gerald», sagte sie und stellte den Ofenwecker ab. «Der Kaffee ist fertig. Würdest du bitte dieses Tablett mit Tassen hineintragen? Dann bringen wir die Pralinés und die Schlagsahne –»

«Gleich!» fauchte ich. Ich hatte es bis zum Schlachterblock in der Mitte des Raums geschafft und stand nun dagegengelehnt. Die Flecken waren weg, er war sauber geschrubbt worden.

«Du siehst erschöpft aus, Gerald.» Zumindest soviel konnte sie sehen. Ich spürte ihr Ego, verhärtet und geschwollen, aus ihr herauswallen, die Küche bis zum Bersten füllen und mich zerquetschen. Vielleicht war es auch mein eigenes Ego, und das ihre ob seiner Nichtigkeit empörend. Vielleicht hatte Vic recht, vielleicht hatte es nichts mit Egoismus zu tun. «Ist Vic...?»

«Er ist tot», schleuderte ich ihr entgegen.

«Na ja», seufzte sie, «das ist wahrscheinlich das Beste.» Sie brachte die Schüssel Sahne herüber und setzte sie auf dem Schlachterblock ab. Ich hielt den Kopf zwischen beiden Händen. «Oh, es tut mir leid, Gerald, ich habe deine Schulter vergessen – mach dir keine Gedanken wegen der Tassen. Warum bringst du statt dessen nicht –»

«Mein Gott!» schrie ich. «Was ist denn *los* mit dir? Er ist *tot*, sage ich dir, sein Leben ist *vorbei*, es ist alles *vorüber* –!»

«Ich weiß, du hast es gerade –»

«Aber wie kann das das *Beste* sein? Das ist ja verrückt!»

«Ja, wahrscheinlich vertue ich mich da, Gerald, bitte brüll mich nicht so an.» Sie schaute über die Schulter zurück. «Vielleicht könntest du den Brandy reinbringen. Und was die Leute vielleicht sonst noch zu ihrem –»

«Bring *du* den verdammten Brandy rein! Ich... ich –» Ich hatte Lust, die Schüssel vor mir aufzuheben und durch den Raum zu schmettern. Ich mußte mich anstrengen, um mich unter Kontrolle zu halten. *«Ich bringe die Schlagsahne rein!»* brüllte ich.

«Na ja, wenn du willst, aber Alison hatte angeboten –»

«Was?» Die ganze Zeit hatte ich Louise dort drüben auf der Frühstücksbank gesehen, wie üblich. Aber es war Alison. Sie saß da und sah mürrisch zu, in einen schweren, karierten Mantel gehüllt. «Ah...» Ich wischte mir mit dem Ärmel über die Augen. Ihr Haar war verfilzt, ihr Make-up verschwunden, der Lidschatten verwischt. Als sie aufstand, sah ich, daß sie auch barfuß war, und an ihren Fesseln waren Striemen. «Tut mir leid, ist schon wieder gut, ich, äh, bringe das dann mal rein –»

«Nein, ich bin die Sensationsnummer hier heute abend, wenn ich bitten darf», warf sie eisig ein und riß die Sahneschüssel an sich. Sie sah mich kurz an, als sie vorbeitappte, die braunen Augen hart und stumpf wie Hämmer.

«Geht sie immer so», fragte meine Frau sich, als die Tür hinter ihr zuschlug, «oder liegt das bloß an dem komischen Mantel...?»

«Weiß der Inspektor, daß sie –?»

«Oh, ist das seiner? Sie kam hungrig und ausgekühlt herein, deshalb hab ich was zum Essen gemacht, während Woody ihr was zum Anziehen suchen gegangen ist. Sie scheint ihre Sachen alle verlegt zu haben.» Sie zog die Topfhandschuhe über, öffnete die Ofenklappe und holte einen gedeckten Kuchen heraus, stellte ihn auf die Anrichte, griff nach einem weiteren hinein. «Ich muß schon sagen, Gerald, ich habe noch nie jemanden kennengelernt, der dich so unbarmherzig beurteilt.»

«Na ja…, wahrscheinlich verdiene ich es.»

«O nein. Sie fühlt sich schlecht behandelt, aber ich bin mir sicher, du hast alles getan, was du konntest, Gerald. Es sind all diese zusätzlichen Gäste.» Sie schnitt die Kuchen an, fuhr mit dem Finger über die Messerklinge und leckte ihn ab, wischte ihn dann an der Schürze ab (es war die handgewebte rot-grün-roggen- und goldfarbene, die wir auf der Rückfahrt von Delphi an einem Straßenstand in den Bergen gekauft hatten) und streute Puderzucker über den Kuchen. «Daß sie nicht genügend Aufmerksamkeit bekommen hat, ist doch kein Grund, dich für alles verantwortlich zu machen, was passiert ist! Selbst für den armen Roger und Cyril und Peg – wirklich, sie hat sich ziemlich gehässig darüber geäußert, es sei alles deine Schuld, du seist nicht besser als ein mieser, kleiner Dieb!»

«Ja…» Sie hatte an dem Abend im Theater über Diebstahl gesprochen. Oder auch ich. Die theatralische Transaktion…

«Sie mag über ihre Uhr geredet haben, ich erinnere mich nicht mehr, aber es hat Louise so aufgebracht, daß sie aus der Küche gestürmt ist!» Sie füllte einen großen Korb mit frischen Früchten aus dem Kühlschrank, brachte ein paar Schachteln Pralinés aus der Vorratskammer, holte einen Stapel Dessertteller aus dem Schrank und kletterte auf einen Stuhl, um an ein paar Silberschalen auf dem obersten Regal zu kommen. «Ehrlich, ich hatte ihr gerade eine schöne heiße Suppe und ein paar frische Spinatcrêpes gemacht, da sollte man doch annehmen, daß sie, egal, was sie so verdrossen hat, ein *bißchen* freundlicher hätte sein können.» Sie füllte die Zuckerdose auf, das Milchkännchen – «Aber manche Leute sind eben nie zufrieden!» – und faßte dann vorsichtig die Kaffeekanne an. «Gut, noch heiß. Wenn du den Kaffee und das Obst reinbringst, kann ich den Rest tragen.»

«Natürlich. Ist das alles?» Ich fühlte mich jetzt ziemlich benebelt.

«Ich denke, ja. Im Augenblick. Außer… na ja…» Sie lächelte

zu mir hoch und zog ein wenig die Nase kraus, als schaue sie in die Sonne. «Ich weiß, daß Alisons Benehmen ziemlich unerfreulich ist, Gerald, aber sie *ist* unser Gast. Ich glaube, du solltest versuchen, dich irgendwie wieder mit ihr zu versöhnen.»

«Ich weiß wirklich nicht... was ich tun könnte...» Ich versuchte, mir die glücklichere, jetzt so lange vergangene Zeit ins Gedächtnis zu rufen, als ihre Augen einen anderen Ausdruck gehabt hatten, aber alles, was mir einfiel, war ihr Mann auf der rückwärtigen Veranda, der mir den Weg ins Haus verstellte. Was hatte er gesagt? (Es war, als hätte sich die Geographie der Welt verrückt.) Ja, «etwas Anarchisches und Gefährliches» – jetzt fiel es mir wieder ein. «Sie streichelten ihre Schenkel», hatte er gesagt, «sie bückte sich, um Ihren –» «Aber ich werd's versuchen», sagte ich.

«Bitte verzeih mir, was ich eben gesagt habe. Das mit Vic tut mir ehrlich leid.»

«Vic?» Ich sah auf sie herab. Sie lächelte immer noch, aber Tränen standen in ihren Augenwinkeln. «Ach ja, richtig...»

«He, ihr zwei Turteltauben!» tönte Fats, der großspurig durch die Eßzimmertür hereingepoltert kam. Der graue Filzhut des Inspektors thronte ausgebeult auf seinem Kopf wie ein Party-Hütchen, und Scarborough, Gudrun, Michelle, Benedetto, Earl Elstob und andere folgten ihm. «Ihr verschwindet jetzt hier mal und amüsiert euch! Der alte Fats übernimmt!»

«Ach du meine Güte. Fats, ich habe hier drin gerade sauber gemacht –!»

«Keine Widerrede, junge Frau! Wir haben hier ein paar Bürger mit entsetzlichem Magenfaltenrunzeln, aber Sie haben Ihre Pflicht getan!» Er trällerte eine Striptease-Melodie, während er meiner Frau die Schürze aufband, und hopste um sie herum, während er sie auswickelte. «La-la-la-*la*-la-la!» sang Beni, der in seinem seidenen Hosenbeutel herumstolzierte und Tonleitern übte. «Jetzt machen wir hier mal 'ne richtige *Fete*!» Auf dem Weg zum Kühlschrank band Fats sich die Schürze um, und beim Reinschauen rutschte ihm der Filzhut über die Nase. «Was haben wir denn hier? Hüttenkäse? Gut! Cocktailzwiebeln, Traubengelee, Ketchup – was ist denn in den kleinen Dosen?» «Warum sind wir eigentlich hier?» fragte Michelle vage und schaute sich um, und Beni entgegnete einen halben Ton höher als zuvor: «La-la-la-LA-la-la-la!»

Meine Frau sah mich an, zuckte hilflos mit den Schultern und nahm das Tablett mit den Tassen auf. «Was für eine Spur ziehen Sie denn da hinter sich her, Mr. Elstob?»

«Huh? Äh – *schlups!* – Chluckchahne!»

«Ich fürchte, das Zeug ist überall auf eurem Flurfußboden», sagte Dolph und hob einen Fuß, um es uns zu zeigen. «Ich glaube, sie versuchen, darauf Ski zu laufen oder so was.»

«Ach du meine Güte... ich glaube, das war die letzte Sahne...»

«Hier, Gerry, ich helfe dir dabei, wenn du dafür Zack rettest», sagte Gudrun, nahm die Schale mit rosa Birnen und Melonenkugeln in ihre scharlachroten Hände und drückte mit dem Hintern die Tür vor mir auf. «Komm mal mit, da drin ist irgend so' ne alte Hexe, die ihm ins Handwerk pfuscht, und Zack ist am Ausflippen.»

«Junge, Junge! Haltet euch bereit, eure Hauer in die echten bona filets zu schlagen, Freunde! Der alte Fats kehrt heim in die Weidegründe!»

«La-la-la-LA-la-la-la!»

DRAUSSEN IM FLUR lachten und johlten Leute: «Los, packt sie, ihr Knacker!» riefen sie die Treppe hinauf. «Packziege, *was*?» Ich spähte hoffnungsvoll ins Eßzimmer, wo die Brandyflaschen standen («Kacker eher! Haha!»), aber sie war nicht da: nur Sally Ann, die jetzt Tanias schweres Bauernkleid trug und vor den grellen Lampen und dem Video-Objektiv des Kameramanns schmachtend ihren toten Vater in den Armen wiegte; Patrick half bei der Beleuchtung, und Gottfried schien Brenda zu interviewen oder umgekehrt – sie schlenderten, die Köpfe übers Mikro gebeugt, an dem verlassenen Sideboard vorbei Richtung Fernsehzimmer. Aber alle anderen waren weg, und hier sah es besonders öde und einsam aus. Eine schreckliche Abwesenheit... «Okay!» blaffte der Kameramann. «Jetzt neig seinen Kopf in die andere Richtung!»

«Nett, die Jungs hier zu haben, sie bringen ein bißchen *Leben* in die Bude!» lachte Horner, während er sich vom Fuß der Treppe abwandte, und Mr. Waddilow, der auf dem Absatz stand, wurde merklich rot. Vielleicht versuchte er auch nur, etwas zu heben. Unter ihm trat Daffie aus der Toilette, den Unterarm gegen eine nackte Brust gedrückt. «Hi», sagte sie mit einem ausdruckslos strahlenden Lächeln. Malcolm Mee war noch hinter ihr da drin, unter der roten Dunkelkammerbirnen, mit dem Rücken zur offenen Tür. «Es warr wie die Nacht fon follen Mond, nein?» grinste Hilario und hob den hingefallenen Mantel auf, während Zack Quagg schäumend vor Wut aus dem Wohnzimmer kam und mit flatterndem Cape durch den Sahneteppich auf dem Fußboden schlitterte. «Wo zum Teufel ist Hoo-Sin? *Hillie –?* Gott! *Mit wem arbeite ich hier eigentlich, einem Haufen Amateuren?* Wir haben eine *Show* auf den Brettern da drin, zum Teufel! Wo ist der extra Schieber? *Horner –?*»

«Immer mit der Ruhe, Zack», sagte Horner, «der Schlammstocherer hat ins Gras gebissen.»

«*Was –?!* Ach du Scheiße, Herrgott! Wir haben unser verdammtes Orchester verloren, die Hälfte der Bühnenarbeiter, unsere neue Schlußnummer macht Schwanzgymnastik, der bärtige Stenz hat seine Visage aus der Show rausgezogen – *wir sterben hier in den Sielen, wenn wir nicht hopp-hopp machen!*» Er trat, vor Wut weiß im Gesicht, die hingefallene Sahneschüssel durch den Flur.

«Schon gut, halt die Luft an, Zack, wir tun, was wir –»

«Aha!» schrie Quagg und packte mich am Arm. «*Dich* hab ich gesucht!» Er zerrte mich zum Wohnzimmer. «Da drin läuft 'ne alte Kratzbürste Amok und macht uns die Produktion *hin*! Sie geht an die Decke, Mann, und ich gleich mit! Du *mußt* was tun!»

Meine Schwiegermutter stand ungerührt auf dem zusammengeklappten Pingpongtisch, die Arme verschränkt. Genau das war er nämlich jetzt: ein zusammengeklappter Pingpongtisch. Ihre Anwesenheit hatte unser Wohnzimmer mühelos entzaubert. Die heilige Höhle war zu einem Bündel Schmutzwäsche geworden, der Altar zu einem Tisch mit einer Leiche darauf (letztere, der Großteil ihres Rocks nun weggeschnitten, wurde von Vachel und Gudrun unter Anleitung meiner Frau, die eine Ecke des Tabletts mit Tassen und Tellern gegen den Tisch abstützte, entfernt, um Platz zu schaffen), der Proszenium-Bogen zu nichts als meinen Skiern mit Nagellöchern darin. Halb erwartete ich, daß in der peinlichen Situation die Lampen von der Decke fallen würden. «Es ist Zeit, nach Hause zu gehen», sagte meine Schwiegermutter tonlos.

«Stellen Sie's ab! Stellen Sie's ab!» kreischte Vachel, dessen Kopf noch glänzend und glitschig von Vaseline war. *«Hau ruck!»*

«Siehst du, was ich *meine*?» stöhnte Zack und ruderte wild mit den Armen. Meine Schwiegermutter biß die Zähne nur noch fester zusammen. «Danke, Vachel», sagte meine Frau. «Ich weiß, daß es nicht angenehm ist, aber es ist nicht zu ändern. Würdest du bitte die Obstschale mehr in die Mitte rücken, Louise?» «Du *mußt* diese dröge alte Schachtel *hier rausschaffen*, Mann!»

Ich sah fragend meine Frau an, die jetzt Tassen und Dessertteller auf den Tisch verteilte: Sie lächelte in Richtung ihrer Mutter und schüttelte den Kopf, schickte Louise wegen der Obstkuchen in die Küche und gab Vachel einen Klaps auf die Finger, als er sie in die Schokoladensoße tauchte. «Ich fürchte, da kann ich nichts machen, Zack», sagte ich. «Sie wird keinen Zentimeter weichen.»

«Das ist doch nicht *Ihr Ernst*!» Er raufte sich das Haar (»Gott! Hab ich einen Hunger!» sagte Gudrun und schälte sich eine Banane), als wolle er es ausreißen. «Wir sind gerade zum springenden Punkt gekommen, Mann, es ging um die Wurst, die Lösung des Knotens! Alles, wofür wir heute abend *gearbeitet* haben! Was sollen wir jetzt *machen* –?!»

«Nun ja, Zack», warf meine Frau ein und nahm Michelle, die benommen daneben stand, die Kaffeekanne ab, «ich vermute, Sie müssen einfach Ihre Phantasie bemühen. Kannst du bitte die Erdbeeren zur Seite schieben, Gerald, damit ich den Kaffee hinstellen kann?»

«Vielleicht sollten wir einpacken, Zack», murmelte Gudrun, den Mund voll halbgekauter Banane.

«Nein, warte mal!» sagte er und starrte meine Schwiegermutter nachdenklich an («Das ist ja komisch», sagte meine Frau, als sie den Erdbeersahnekuchen hochhob, «wo ist denn der Teller hingekommen?»), «wenn die alte Schnepfe unbedingt zum Bühnenbild gehören will, dann, verdammt noch mal, konstruieren wir einfach die Show *um sie herum*!»

«In der nächsten Szene kommt sogar eine alte Lady vor», bemerkte Anatole. «Es ist die Traumsequenz, in der –»

«He, du hast recht! Laß mich mal das Textbuch sehen!» Meine Schwiegermutter sah beunruhigt aus, hielt aber hartnäckig die Stellung. «In der Zwischenzeit, Junge, geh doch mal rein und hol unsere Gitarristin wieder raus – selbst wenn du ihren Arsch hochheben und sie *hertragen* mußt –!»

«Ja, Sir, Mr. Quagg!»

«Ich hatte einmal einen Traum von einer alten Frau», bemerkte Michelle gedehnt. «Sie stand auf einem Berg oder irgendeinem hohen Platz. Sie sagte, sie sei schon sehr lange da.»

«Meinst du, jemand hat ihn mitgenommen?» fragte meine Frau. Ich sah auf den Kuchen, der wie auf den Arsch gefallen auf dem nackten Tisch thronte, und versuchte mir darüber klarzuwerden, was mich störte.

«Ihre Kleider waren ganz verschlissen, und ihre Haut war mit Wunden und Schorf und mit dickem, sandähnlichem Staub bedeckt...» Michelle berührte ihre Brüste, ihre Geschlechtsteile –

«O nein...!»

«Was ist, Gerald? Was ist los?»

«Die Frau im Traum, meine ich...»

Ich wandte mich zum Eßzimmer um: Ja, es nagte an mir, seit ich die Küche verlassen hatte – dieses sonderbare Gefühl von Leere, von Auslöschung...

«‹Aber das schlimmste am Altwerden›, sagte sie», sagte Michelle, «‹ist, was mit deinem Nabel passiert...›»

«Richtig! Der Eispalast, das mit dem feuchten Traum, freier Wille gegen Notwendigkeit, die alte Frau – der Text ist Wahnsinn! Der Junge hat Talent!»

«Die ‹Susanna›...!» wisperte ich.

«Was? Wovon redest du, Gerald?»

«‹Das Ding wird tiefer und tiefer...›»

«He, Jack! Hol mal Scar! Sag ihm, wir brauchen die Scheiben aus sämtlichen Fenstern im Haus und so viele Spiegel, wie er kriegen kann! Wir haben hier immer noch 'ne *Show* laufen!»

«Weg.»

«Weg?»

«Lecker!» begeisterte sich Bunky, machte einen Schritt über Ros' Leiche und klaubte sich eine Melonenkugel heraus.

«Tanias Gemälde», erklärte ich mit zugeschnürter Kehle.

«Ich hab's gesehen jetzt. Ein Nabel. Mitten im Bauch der alten Frau. Wie ein Nagelloch.»

«Ich habe gerade gemerkt –»

«Nur viel größer...»

«Es ist nicht mehr da.»

«Was –?!»

«...Wie eine Art Tunnel, der ins Nichts führt...»

«Und Gudrun! Hör zu, pell mal diesen ganzen roten Scheiß von Bunky!»

«‹Du kannst hineingehen und dich umschauen, wenn du willst›, sagte sie, aber ich hatte Angst.»

Meine Frau stürzte zur Tür. Diese Gedanken über die Vergessenheit, die mich durchzuckt hatten, als ich aus der Küche kam und zu Vic schaute (ich hatte etwas gesucht): beinah als hätte sie letztendlich jenen schrecklichen Schritt irgendwie getan...

«Ich will sie jetzt mitternachtsblau haben, von Kopf bis Fuß! Mit einem Sprühregen von Ziermünzen, wenn du welche finden kannst – und einem silbernen Mützchen!»

«Geht in Ordnung, Zack.» Gudrun stopfte sich das Ende der einen Banane in den Mund, griff sich eine andere und deutete damit. «Wasch willschte mit de Frau hie machen?»

«Was?»

«Aber ich habe viele Dinge in ihren Nabel hinein- und herauskrabbeln sehen», sagte Michelle, die sich träge kratzte, «und ganz hinten war ein kleiner Lichtfleck, so wie wenn man den Fernseher abstellt...»

Solch eine Leere, jene Wand. Vor meinem geistigen Auge war es nicht einmal eine Wand, sondern der unendliche Raum, entsetzlich indifferent. Ich empfand ihr Verschwinden, als sei es zum Teil mein eigenes, und war sehr erleichtert, als meine Frau zurückkam («Ach, die Alte – laß sie, wie sie ist, Gud! Das wird, verdammt noch mal, der unheimlichste Strip, den man je im Showbiz gesehen hat!») und meine Hand nahm: «Meinst du... er ist gestohlen worden?»

«‹Da ist der Himmel›, sagte jemand – ich glaube, es war eins der Dinger, die hinein- und herauskrabbelten...»

«He, das war Prissy Loos Rolle!» wandte Vachel ein (sie ließ meine Hand los, als hätte ich ihr geantwortet – hatte ich wohl auch), und Zack sagte: «Sie ist weg, um was für mich zu erledigen, Vaych, sie wird's nie erfahren – jetzt hör mal, du hast doch gesagt, du wolltest 'ne Sex-Szene, oder?»

«...Aber ich wollte es nicht glauben.»

«Jemand muß dich belauscht haben», deutete meine Frau an (»Aber ja! He, kann ich die Gitarristin haben? Hm, Zack?»), «als du mit Howard verhandelt hast.»

«Ja...»

«Nein, sie ist das einzige, was wir an Orchester haben, Vaych – ich habe mir vorgestellt, Bunky zu nehmen für –»

«Bunky?»

«Als ich genauer hinschaute», fuhr Michelle fort, «sah ich, daß die kleinen Dinger, die in ihren Nabel krabbelten, winzige Menschen waren...» Ich betrachtete sie, wie sie dort stand und ihre dünnen Arme umklammert hielt, verloren in ihre Traumgeschichte («Okay! Toll! Einverstanden! Vielen Dank, Zack! Ich kriege Bunky!» «Na ja, nicht wirklich, Vaych...») und dachte, sie sieht plötzlich jünger aus, als schrumpfe sie zu ihrem verschwundenen Bild... «und immer, wenn sie die Köpfe drehten und mich anschauten...»

«Um die Wahrheit zu sagen, es ist so eine Art Traumsequenz...»

«...Rollten sie sich wie Wasserwanzen zusammen und fielen irgendwo runter...»

«Ohne Scheiß!» grinste Anatole, als er mit Sally Ann («Zuerst *sieht es aus* wie Bunky, verstehst du – oder das, wofür sie steht», erläuterte Zack, während meine Schwiegermutter mit zunehmender Besorgnis zusah), die die Gitarre um den Hals geschlungen hatte, durch die Tür kam: «Du auch? Heute abend?»

«Aber als ich versuchte zu sehen, wohin die kleinen Dinger fielen», murmelte Michelle, «entdeckte ich, daß ich ganz allein dastand...»

«O *nein* –! Moment mal, *Moment mal*!» krächzte Vachel und wich zurück. «Doch nicht diese schimmlige alte *Schrippe* –!»

«Na ja, so gut wie», sagte Sally Ann und warf mir im Vorbeigehen einen finsteren Blick zu. Genau da brach meine Frau ihr besorgtes Schweigen und rief: *«Oh, Louise!»* Die stand hinter uns, das runde Gesicht rot wie eine Pfingstrose, und hielt zwei dampfend heiße Obstkuchen in bloßen Händen. «Warum nimmst du nicht die Topfhandschuhe, um Himmels willen?»

«Was *soll* diese Scheiße, Vachel? Ich dachte, du wärst ein Profi, verdammt noch mal!»

«Na, klar, aber – *Jesus*!»

«...Der Wind blies, es war dunkel geworden...!»

«Also, guck dir mal die *Power* in dieser Szene an, Mann! Das *Risiko*! Die *Bedeutungsebenen*!» Er schnappte sich den Rocksaum meiner Schwiegermutter und zerrte ihn über den Strumpfgürtel hoch. Sie wurde bleich, taumelte einen Schritt zurück, der Kiefer klappte ihr herunter. «Das ist nicht *schön* genug für dich, verdammt noch mal? Liegt es daran?»

«Die alte Dame war weg, ich war ganz allein.»

Meine Frau räumte einen Platz auf dem Tisch frei und half Louise, die Kuchen abzustellen. Louise schlug sich die Hände unter die Achselhöhlen («Meine ursprüngliche Idee war eigentlich», sagte Anatole, «ein paar alte Archetypen zu nehmen und –» «Richtig!» schmetterte Quagg und klatschte meiner Schwiegermutter auf den korsettierten Hintern. «Es ist originär, es ist uralt, es ist archetypisch – ich meine, bist du nun *gut* genug dafür oder *nicht*, Vaych?»). Ihre Augen waren feucht und quollen aus den Höhlen, und Michelle sagte wie von weit weg: «Alle meine Kleider waren weggeweht...» Meine Frau sah zu Michelle hin, ein flüchtiges Lächeln kräuselte ihre Lippen. «...Und jetzt hatte *ich* den Nabel mit dem Loch...»

«Ich glaube, an der Stelle kam ich ins Spiel», sagte meine Frau. «Ich geh mal nachsehen, ob ich die Küche von Fats zurückerobern kann.»

«Niemand», sagte eine Kommandostimme von der Flurtür, «geht *irgendwohin*!» Es war Inspektor Pardew. Er umklammerte sein Revers, der weiße Schal war lose um den Hals drapiert, der dicke Schnurrbart sträubte sich. «Oh, oh», sagte jemand. «Wo ist die, äh, Toilette?» «Alles in Ordnung, Madame», setzte Pardew hinzu, nickte streng, und meine Schwiegermutter atmete tief durch und glättete mit zitternden Händen ihren Rock. «Wir haben jetzt alles, was wir brauchen. Vielen Dank für Ihre Hilfe.»

«Moment mal –!» widersprach Zack Quagg. Meine Schwiegermutter richtete sich zu voller Größe auf, zog das Kinn ein und stieg, Quagg anfunkelnd, vom Pingpongtisch. «*He* –! Das können Sie nicht machen! Wir waren kurz vor dem Höhepunkt der Action!» Andere strömten langsam hinzu, einige im Geleit der beiden Polizeibeamten, Bob und Fred. «Ich checke oben nach», sagte Fred. Meine Frau nahm meinen Arm und flüsterte: «Ich habe Angst, daß der Kaffee kalt wird», und der Inspektor sah scharf auf: «Hat einer was gesagt?» «Ja, ich, Sie schnöseliger Schnüffler! Das ist *unser* Spielfeld, Mann, raus hier, diese Fläche ist gebucht –!» Bob schlug mit seinem Knüppel zu. «Wuff-ff-FF-Fuu!» Heulend und in sein violettes Cape eingerollt ging Quagg zu Boden... «Ich hoffe», sagte der Inspektor, zog seine Bruyère-Pfeife aus der Jackentasche und klopfte sie in der Hand aus, während er uns der Reihe nach anstarrte (Anatole stellte sich zwischen Zack und den Bullen, Sally Ann kniete sich hin und flüsterte: «Geht's Ihnen gut, Mr. Quagg?»), «es gibt keine weiteren Störungen mehr.»

Er füllte die Pfeife aus seinem Lederbeutel, legte die Hand trichterförmig um den Kopf, zog die Schnur des Beutels mit den Zähnen zu (Quagg stöhnte und streckte sich: «Autsch, etwas... klemmt...!» keuchte er) und trat beiseite, als Fred hinter ihm die Treppe herunterkam und eine Gruppe Leute auf uns zu trieb. Hilario führte die Meute die Treppe hinunter an und prahlte mit einer komplizierten Folge von Hüpfern und Pirouetten, es folgten Kitty, Dolph, Janny und Hoo-Sin, die Kleider getauscht hatten, Charley, Regina, der Typ im breitgestreiften Anzug – oder besser in breitgestreifter Unterhose: Er war jetzt entkleidet bis auf ein Unterhemd darüber und ein Handtuch um den

Nacken. Seine Wangen schimmerten, als habe er sich gerade rasiert. Regina, in eins unserer Laken gewickelt (Sally Ann auf den Knien zupfte forschend an der Naht von Zacks weißem Zwickel: «Hier meinen Sie, Mr. Quagg?»), fegte an Hilario vorbei ins Zimmer. Mit nach oben verdrehten Pupillen und vor die bleiche Stirn gepreßtem Handrücken heulte sie: «Ist denn *nichts* heilig?» «Hab sie beim Wichsen erwischt», erklärte Fred dem Inspektor hinter vorgehaltener Hand, während Dolph unbemerkt hinter ihm in Richtung Küche entwischte. «Sind noch ein paar oben, die gleich runterkommen, Chef. In der Zwischenzeit gehe ich mal und checke hinten nach.» Pardew nickte und tastete seine Taschen nach Feuer ab. Bunkys Gigolo-Freund zog ein Streichholz hinterm Ohr hervor, zündete es mit dem Daumen an und hielt es, von der hohlen Hand geschützt, über Pardews Pfeifenkopf. «Ah! Vielen Dank», sagte der Inspektor, und von Zack Quagg auf dem Fußboden kam ein kehliges Echo (Sally Ann, die die Naht seines Gymnastiktrikots dehnte, schob vorsichtig seine Eier zur Seite). «Nun, ich habe Sie alle zusammengerufen hier in diesem –»

«He, *Big Ger*!» platzte Charley heraus, der jetzt durch ein Durcheinander aus zusammengebrochener Höhlenwand schwerfällig ins Zimmer trampelte, die Arme um Janny und Hoo-Sin gelegt. Janny sah strahlend aus in ihrem Kimono, Hoo-Sin in dem verknitterten pinken Kostüm merkwürdig verwelkt und unschuldig zugleich. «Bin wieda aufferstann, alta Junge! Stehe fest gebauert! Dank diesa sswei süssen Mädels kann ich's jetz mit jem steifen Pinkel aufnehm!»

«Sachte, Charley», warnte ich und nickte zu Bob hin, der, finster die Stirn runzelnd, direkt hinter ihm stand, den Knüppel schlagbereit.

Charley reckte sich achtlos und schwang herum, wobei sein dicker Kopf mitwackelte. «Wen hamwa denn hier, den alten Bobbers? Nee, deris eina meina besten *Kli-Enten*, Ger! Hab ihm und seim Kumpel auch 'nen phantastischen Abschluß gemacht! 'ne – haha! – gemeinsame Police!» Er grinste erwartungsvoll, sein Kopf schwankte berauscht. «Hör mal, alta Futfinga, die Nacht wa lang, schenk uns 'n Lächeln! 'ne *gemeinsame* Police!»

Bob hatte sich zur Eßzimmertür umgedreht, durch die Fred jetzt eine weitere Gruppe von Gästen trieb: «Mensch, Mann, mir kokelt hier das ganze Hasch weg!» protestierte Fats, auf dessen Kopf der graue Filzhut des Inspektors schaukelte.

Pardew, die Pfeife zwischen die Zähne geklemmt, sog ungestüm daran. «Nun, wie ich bereits sagte, habe ich Sie alle hierhin bestellt, hier an den Schauplatz des Verbrechens, um –»

«Ich sag ja bloß, daß ihr Jungs keinen Respekt vor dem inneren Menschen habt!» beschwerte sich Fats und grunzte dann «krrrink!», als Fred ihm plötzlich das Ende seines Knüppels kräftig in den beschürzten Bauch stieß. Er klappte zusammen, der Hut fiel hinunter, Fred fing ihn auf und gab ihn dem Inspektor. «Ah... ja...»

«Dasisses, was ich an dir liebe, alta Kumpel», polterte Charley und legte einen fetten Arm um mich, «du lachst über meine Wisse. Verdammtnochma, alta Junge, du *hörssu*!»

«Was?»

«Wo willst du die hinhaben, Zack?» rief Scarborough, der mit Benedettos Hilfe einen Stapel Fensterscheiben hereintrug, und Earl Elstob fragte: »He, huh! Habt ühr chon mal – *schlups!* – den von dem Mädchen gehört, das Rützenfüller nücht von Vaselüne untercheiden konnte?» Charley zwinkerte meiner Frau zu, Regina warf sich scheinbar verzweifelt aufs Sofa, Dolph ließ eine Büchse Bier aufknallen, und Kitty, die Fats half, sich aufzurichten, sagte: «Na, das ist auch 'ne Möglichkeit, einem den Appetit zu verderben!» Pardew, der gereizt über seinen Hut bürstete, sah auf, als wolle er zu sprechen beginnen, aber genau in dem Augenblick platzte Charley heraus: «Wow! Ich riech *Kaffee*, Mädels –!» und schob von dannen. Das erschreckte Louise, die einen Schritt zurückwich und Fred auf den Fuß trat, daß es knirschte. «*Au!* SCHEISSE!» brüllte der und stürzte sich mit gezücktem Knüppel auf Louise – Dolph hob, wie es schien, beinah lässig die Hand, fing ihn im Schwung ab und hielt ihn fest. Er gab Earl sein Bier und zog gegen Freds Widerstand den Knüppel auf sich zu, packte das Ende mit der anderen Hand und brach ihn – *knacks* – entzwei. «Danke, Dolph!» sagte Louise leise, das Gesicht rot überzogen. Fred, der sich über der Nakkenstütze den Kopf kratzte, starrte verblüfft auf den zerbrochenen Knüppel in seiner Hand, und Earl sagte: «Juh, na ja, huh! All ihre Fönster – *schlups* – sind rausgefallen!»

«Ach, das ist doch alles Scheiße!» sagte Daffie vage und verließ das Zimmer.

Pardew fummelte, die Pfeife zwischen den Zähnen, weiter an dem Filzhut herum, aber beim Versuch, wieder einen Knick hineinzumachen, schlug er in seiner Wut so fest darauf, daß er ihm aus der Hand flog. Wütend bückte er sich danach, aber gleichzeitig gelang es ihm irgendwie, darauf zu treten. «Verdammt noch mal!» murmelte er mit der Pfeife im Mund. *«Mich und Sucker, Mädels?»* rief Charley. «SSSCCCHHH!» zischte Patrick. «Hmh?» In der Stille, die sich gesenkt hatte, sah Charley sich benebelt um. Wir alle beobachteten den Inspektor. Er versuchte, den Fuß vom Hut zu heben, aber er schien am Schuh festzukleben. Er überdachte die Lage, eine Hand in der Jackentasche, die andere um den Pfeifenkopf in seinem Mund. Bob näherte sich, aber er scheuchte ihn fort, kniete sich hin, band den Schuh auf und zog den Fuß heraus. Abgesehen vom Glucksen einiger Frauen über die Löcher in seiner Socke war es mäuschenstill im Zimmer. Regina saß jetzt aufrecht und sah zu; desgleichen der von Sally Ann und Horner gestützte Zack. Der Inspektor hob den Schuh vom Hut: kein Problem. Perplex betrachtete er die Sohle des Schuhs, zuckte die Achseln, zog ihn wieder an und band ihn zu. Unglücklicherweise trat er dabei auf den Hut, und als er den Fuß hob, merkte er, daß der Hut wieder festklebte. Er kratzte sich unterm Schal am Nacken und dachte darüber nach. Er trat mit dem anderen Fuß auf den Hut, um ihn festzuhalten, und versuchte den ersten Fuß abzuziehen, ohne Erfolg. Dann entdeckte er, daß auch der zweite kleben blieb. Mit dem Problem schlug er sich einen Augenblick herum und vollführte dabei eine Art Shimmy auf der Stelle. Verdrossen murmelte er etwas von dem Gefühl, das er schon den ganzen Abend habe, nämlich «in einen verfluchten Ort, eine verbotene Sphäre eingedrungen zu sein, die nicht ist, was sie zu sein scheint». Schließlich sah er den größeren Bullen an und machte eine Kopfbewegung zu seinem Halfter hin: Bob gab ihm die Waffe. Der Inspektor überprüfte die Kammern, nachdenklich an der Pfeife nuckelnd. «Auf eins muß man bei Morden achten. Das habe ich gelernt», sagte er mit der Pfeife im Mund. Seine Glatze schimmerte unter den Deckenlampen. «Und zwar darauf, daß der Mörder immer versucht, die Tatsache zu vertuschen, daß tatsächlich ein Mord vorliegt.» Mit der rechten Hand umfaßte er den Revolver, mit der linken nahm er die Pfeife aus dem Mund. «Der Erfindungsgabe von Mördern, ihre Tat zu verschleiern, sind keine Grenzen gesetzt – und auch nicht ihrem Ideenreichtum bei der Entfernung aller Spuren von Opfer *und* Tat. Leichen sind verbrannt worden, in die Luft gesprengt, vergraben, in Beton gegossen, in Säure aufgelöst, zerlegt und verschlungen.» Über den Lauf zielend, ließ er den Arm in einem langsamen Bogen sinken, bis er zwischen seine Füße zeigte. «Was Ihnen auch einfällt, es ist alles schon dagewesen.» Es gab eine entsetzliche Detonation, die uns alle zusammenfahren ließ, obwohl wir sie erwartet hatten. «Natürlich haben wir in diesem Fall nicht nur ein deutlich erkennbares Opfer», fuhr der Inspektor fort, gab dem Polizisten den Revolver zurück, nahm die Füße vom Hut und bückte sich, um ihn aufzuheben, «es hat auch ein Loch» – er hielt ihn hoch und strich leicht darüber – «so groß wie der Hut hier!» Das brachte ihm einen Beifallssturm und Gelächter ein, zuvörderst von Patrick (selbst Zack Quagg schloß sich an, wenn auch zögernd), und der Inspektor nickte kurz, als er Bob den Hut reichte.

«Verdammt! Das habe ich verpaßt!» flüsterte der Kameramann und starrte auf das Gerät in seiner Hand.

«Nichts jedoch», fuhr Pardew fort und begann, langsam durchs Zimmer zu gehen und uns einen nach dem anderen anzustarren (Scarborough und Benedetto lehnten ächzend die Fensterscheiben gegen den Tisch), «ist je so unkompliziert, wie es auf den ersten Blick wirkt. Wir haben Fakten, ja eine Leiche, einen Ort und eine Zeit und all die dazugehörigen Beweise, die wir so mühsam gesammelt haben – aber Fakten sind letztlich kaum mehr als oberflächliche Verschlüsselungen einer verborgenen Wahrheit, deren nebelhaftes Gefüge uns selbst noch im Moment entgeht, wo sie uns vorwärtszieht, sich beharrlich hervorhebt, unsere Aufmerksamkeit absorbiert und Offenbarung erzwingt.» Abrupt nahm er den Typ in der breitgestreiften

Unterwäsche ins Visier, der sich das Gesicht mit dem Handtuch trocknete, aber jetzt innehielt. «Ja, *erzwingt*!» wiederholte Pardew und hob einen knochigen Zeigefinger. Der Mann trat einen Schritt zurück. «Deduktion steht, da bin ich überzeugt, *au fond* in einer innigen, aber mysteriösen Beziehung zu dieser Suche nach der Invarianten, der verborgenen, aber wesentlichen Rumpfwahrheit, dieser zwanghaften Suche danach, wie die Nuß zu knacken ist.» Dolph, der sich gerade eine Nuß aus der Schale genommen hatte, legte sie wieder zurück. «Das ist auf jeden Fall *mein* größtes Verlangen», fuhr der Inspektor fort und nahm seine Runde wieder auf, nun von dem Kameramann gefolgt, «und als ich ihm nachging, hatte ich mich zu fragen» – und nun blieb er der Wirkung halber stehen, zog einmal grüblerisch an der Pfeife und betrachtete meine Frau (ihre Hand verkrampfte sich um meinen Arm, ich umschlang sie, und er sah zu) – «*warum*? Na? Was mag – und ich wähle meine Worte mit Bedacht –, was mag unseren Übeltäter oder die Übeltäter geritten haben» – er schaute mich aus zusammengekniffenen Augen kurz an und wandte sich dann an die anderen –, «diese abscheuliche Untat zu begehen, diese sinnlose, anmaßende Eitelkeit aufzubringen? Das frage ich Sie!» Er war weitergegangen (die Hand meiner Frau entspannte sich und wurde fortgezogen: «Waren das mal meine, Beni?» flüsterte sie über ihre Schulter) und vor Regina stehengeblieben, die sich erschreckt wie ein altes Weib in ihre Bettlaken zurückzog. «War es Angst? Eifersucht? Moralische Entrüstung? Begierde?» Regina machte ein kleines krächzendes Geräusch und schüttelte den Kopf. Beni flüsterte meiner Frau etwas über die unaussprechliche Dankbarkeit seiner Scham zu. «Na ja, ich hoffe, sie waren sauber», sagte sie. Pardew reckte uns anderen herausfordernd den Kopf entgegen. «Natürlich ist jedes Verbrechen, selbst Betrug, Verrat, Exhibitionismus, Völlerei» – er starrte uns alle der Reihe nach an, während der Kameramann über die glotzenden Gesichter schwenkte – «im Grunde eine Form der Lebensverachtung, eine Art psychischer Epilepsie, und so gibt es in einem ganz realen Sinn immer nur ein Motiv. Nichtsdestotrotz ...» Sein Blick schweifte ab, und er zog nachdenklich an der Pfeife, dann kniff er sich unter dem weißen Schal in den Nacken. Er studierte seine Finger und drückte fein lächelnd einen Daumennagel gegen die Kuppe des Zeigefingers. «Ich wurde», sagte er händereibend, den Pfeifenstiel im Mund («Eine leere Faust enthält für die etwas Wirkliches», murmelte Hoo-Sin zu Janny, «und der Zeigefinger ist für sie das gezeigte Objekt...» *«Wirklich?!»*), «an einen merkwürdigen Fall erinnert, den ich vor ein paar Jahren hatte und in dem der Mörder, wie sich herausstellte, ein ungeborener Fötus war. Das Opfer war sein mutmaßlicher Vater, der im Suff die schwangere Frau ein paarmal in den Bauch geschlagen hatte. Der Fötus benutzte die einzige Waffe, die ihm zur Verfügung stand: Scheinwehen. Es war eine Winternacht, der Mann schwer berauscht, und auf dem Weg zum Krankenhaus geschah ein schrecklicher Unfall. Die Frau, die noch eine Zeitlang lebte, sprach von wahnsinnigen Schmerzen unterwegs, und es sieht aus, als habe sie in ihrem Delirium ins Lenkrad gegriffen oder mit dem Fuß aufs Gas getreten. Attackierte der Fötus seinen Angreifer oder seinen Wirt? Das war vielleicht ein Detail, das ihm unter den Umständen entging. Ganz gewiß erreichte er sein Ziel, und obwohl man einwenden könnte, daß er in Notwehr handelte, lag es für mich auf der Hand, daß das wahre Motiv wie so oft *Rache* war.» Er machte eine Pause, damit sich das setzen konnte, während er ein neues Streichholz an den Pfeifenkopf führte. «Die Erdbeeren fangen an, weich zu werden», flüsterte meine Frau. «Wir jedenfalls werden es nie erfahren. Strafrechtliche Verfolgung war unmöglich, weil der Fötus – eine Hasenscharte – tot geboren wurde. Aber der Punkt –»

«Moment mal», unterbrach Dolph. «Wollen Sie damit andeuten, daß Ros aus Rache getötet wurde?» Pardew hielt das Streichholz über den Pfeifenkopf und sah Dolph ausdruckslos an. «Ich weiß nicht. Das kann ich einfach nicht so sehen, nicht bei Ros.»

«Ich auch nicht», sagte Pardew und sah sich nach einem Platz um, wo er das Streichholz hinwerfen konnte; er entschied sich für eine der Topfpflanzen, die Scarborough um den Höhleneingang aufgestellt hatte. «Nein, Rache ist eine edle Leidenschaft, eine instinktive Suche nach Ordnung, das Bemühen, ein gewisses Gleichgewicht im Universum wiederherzustellen. Unser Mord hier heute abend scheint mir viel finsterer zu sein: ein Streben nach Abweichung, ein korruptes Verlangen, zu stören, zu entstellen: ein Mord, der vielleicht aus Neugierde oder Schamlosigkeit begangen wurde» – meine Frau, von dem stirnrunzelnden Pardew beobachtet, unterdrückte ein Gähnen («Entschuldigung», murmelte sie) – «oder sogar aus Liebe, die ja für ihre zerstörerischen Kräfte wohlbekannt ist. Nein, was mich an den Fall des rachsüchtigen Fötus erinnerte, war das Gefühl, daß das Motiv hier nicht bloß irrational war, sondern *prä*rational, atavistisch, von allen geteilt, könnte man sagen, und so im tiefsten Sinne des Wortes kriminell. Sowie mir dies klar wurde, war meine Aufgabe leichter. Es ging schlicht darum, sich gewisser überlieferter Regeln zu erinnern, die auf der Hand liegenden Assoziationen zu knüpfen und dann nach bestem Gutdünken den Prinzipien der professionellen Kriminalistik zu folgen. Woraufhin unser Verbrechen praktisch gelöst war.» Er nickte seinen beiden Assistenten zu, und die schwärmten aus und versperrten die beiden Eingänge, schnitten damit Fats den Weg zum einen und Bunkys Freunden den zum anderen ab. «Huch», sagte jemand. Der Fernsehmensch senkte die Kamera und sah sich wie nach einem Ausgang um. Plötzlich war es nicht mehr amüsant. «Wer...?» Howard verkroch sich zum entlegensten Fenster, Michelle schien sich darzubieten. Earl Elstob versuchte, seine Lippen über den vorstehenden Zähnen zu schließen, als zöge er einen Vorhang zu. Der Inspektor, von oben angestrahlt, beobachtete all dies, die Hände in den Taschen, die Pfeife im Mund, als spinne er still und stumm die letzten Fäden seines Netzes – dann sah er Fred an, drehte uns den Rücken zu und zeigte mit dem Daumen auf uns. *«Los!»* «Ach du Scheiße», stöhnte Charley und sackte ein bißchen in sich zusammen, und Fats wimmerte: «He, Moment mal, hat einer Bren gesehen?» Fred, die Hand auf dem Halfter, drängte sich an ihm vorbei (er stieß automatisch einen Schmerzensschrei aus) in meine Richtung. Oder besser, in unsere: Meine Frau verstärkte ihren Griff wieder. «Alles in Ordnung», murmelte ich mit belegter Stimme (andere duckten sich, stolperten rückwärts) – und das war es auch: Fred stürzte an uns vorbei, um Vachel zu verfolgen, der kreischend vor Entsetzen hinter Blumenkübel und Requisiten krabbelte. «Das ist ein *abgekartetes* Spiel! Ich bin *reingelegt* worden!»

krähte er und stieß das Tretauto in Freds Richtung. Fred krachte zu Boden, aber Bob hatte sich ihm bei der Jagd angeschlossen und ging den Zwerg jetzt (Charley klatschte vor lauter Verwirrung Beifall, und Regina ließ sich zurückfallen und keuchte: «Gott! Ich dachte, ich wär dran!») vor der rückwärtigen Wand schulmäßig an. Vachel, glitschig von der Vaseline, bekam einen Fuß frei, gab dem Bullen mit dem Schürhaken vom Kamin eins auf den Schädel und raste davon. Aber mittlerweile hatte Fred sich wieder aufgerappelt und nahm ihn in den Clinch. Vachels kurze Beine rotierten wild und ziellos durch die Luft. Wutentbrannt taumelte Bob, der sich den blutigen Kopf hielt, auf sie zu. *«Laßt mich los, ihr Arschlöcher!»* kreischte Vachel mit fliegenden Füßen und Fäusten. *«So könnt ihr nicht mit mir umspringen!»* «Gib ihm eins auf den Kürbis, Bob!» ächzte Fred, der verzweifelt festhielt, und Bob verlagerte sein ganzes Gewicht auf sein kurzes Bein («Ach du liebes bißchen», sagte meine Frau und zuckte zurück) und ließ seinen Knüppel so fest runterkrachen, daß es sich tatsächlich anhörte, als habe er einen Kürbis zu Brei geschlagen. «Scheiße», seufzte Quagg vom Fußboden, «hin ist sie, unsere Show», und Fred, der jetzt den bewußtlosen Vachel wie einen Seesack unterm Arm hielt und mit der anderen Hand seine Mütze aufhob, sagte: «Puh!»

«Wenn das nicht dem Faß den Boden ausschlägt!» Fats schnappte nach Luft, und jemand ließ einen fetten Rülpser los, Dolph wahrscheinlich. «Vachel! Wer hätte das gedacht?»

«Was gedacht?»

«Das ist, was man nennt einen Augprauenheber, nicht warr?» rief Hilario augenrollend aus.

«Dieser degenerierte Gnom!» knurrte der immer noch saure Bob, dem das Blut über ein Auge strömte, und versetzte dem Zwerg einen weiteren Hieb, der merkwürdigerweise seine Füße genauso ins Wippen brachte wie seinen Kopf.

«Das reicht», sagte Pardew. «Kommen Sie jetzt», und meine Frau ließ meinen Arm los und sagte: «Ich begleite sie zur Tür.»

Ich ließ mich gegen die Lehne der Couch zurücksinken, auf der Regina in einem verkrumpelten weißen Haufen hingestreckt lag und einen Handrücken melodramatisch gegen die Schläfen preßte («Meine Güte, Sally Ann – das Kleid ist doch noch naß!»

bemerkte meine Frau im Vorbeigehen. Zwischen uns kreuzten nun Leute hin und her, ich erhaschte nur flüchtige Blicke auf sie), und sog die Luft in tiefen Zügen ein. Auch ich fühlte mich außer Atem, meine eine Hälfte wurde bleiern zu Boden gezogen, die andere war in einem gefährlichen Schwebezustand. «Man darf nicht versuchen, es zu begreifen», hörte ich Hoo-Sin irgendwo in dem wabernden Nebel von Bewegungen vor meinen Augen murmeln. Die Spannung im Zimmer hatte sich in eine Art allgemeines Hintergrundgeflatter aufgelöst; Leute schlüpften aus Falten in der Höhlenwand oder kamen hinter dem Rücken anderer hervor, lachten und schnauften einander erleichtert zu, verschwanden kurz für Drinks oder bedienten sich mit Nachtisch und Kaffee. «Nur Narren denken kausal. Damit begräbt man sich in Leere.»

«Du sagstes, Hoo! Genau, wassich seit – *harr! ha!* («*Ffuhuf haraf!* Ich hab einen von den verdammten – *würg!* – Keksen *ganz* geschluckt!» krächzte der Typ in der breitgestreiften Unterhose) – swanssig Jahrn tu!» lachte Charley und zog beide in seine Arme. Meine Großmutter wußte eine Geschichte dazu oder zu etwas Ähnlichem, erinnerte ich mich, etwas über eine tote Cousine. «*Gefällt* mir!»

«Also, was jetzt, Mr. Quagg?»

Oder Tante. Ich streifte einen Leinenschuh ab und kratzte mich am Fuß.

«Huh! Hatschi!»

Neben mir wechselte der Kameramann die Kassetten, Zack Quagg machte tiefe Kniebeugen, Gudrun band Jannys Haar zu einer festen Schnecke hoch und puderte ihr das Gesicht weiß. «Keine Sorge, Kinder», keuchte Quagg. Wir – *grunz!* – räumen auf, machen eine neue Besetzung und ziehen das ganze Spektakel neu auf!» Janny nieste, Scarborough fluchte, Regina stöhnte, und der Typ in dem Breitgestreiften – *«Krrrr-Prracch!»* – spuckte Keks aus, während Kitty ihn von hinten umfing und sein Zwerchfell massierte. «Wir nennen es ‹Das Fest des heiligen Valentin›, nehmen Mee als Vampir, machen vielleicht 'ne Revue daraus, 'ne Art letzter Ehrenbezeugung für das bürgerliche Theater...» «So besser?» «Was ist passiert?» fragte Brenda, die trüben Blicks im Gewühl unter der Eßzimmertür stand. Gottfried sah ihr wie ein Schaf dämlich über die Schulter. Das grüne Charmeusekleid hing schief an ihr, durch den Ärmelschlitz sah ein rundlicher Arm anstatt der Manschette. Sie zog einen Kaugummifaden aus dem Mund, ließ ihn herunterhängen («Schreiben ein paar neue Melodien, geben der Sache ein bißchen Biß!»), hob dann das Kinn und zog ihn wieder herein. «Wir haben, ähm, Fernsehen geguckt.» Regina richtete sich auf und betrachtete ihre Nägel. «Es ist so ungerecht!» sagte sie, und Fats, der gedeckten Obstkuchen und Schokoladensoße schleckte, sprudelte hervor: «Du wirst es nicht glauben, Bren!» «Wissen Sie was, ich glaube, ich, äh, habe mein Tonbandgerät verloren», sagte Gottfried und wurde rot. «Sie haben gerade *Vachel* mitgenommen!» «Ungerecht?» «Der arme alte Vachel, meine ich», sagte Regina. «Hm!», Horner zuckte die Achseln und rollte sich eine Zigarette, «er hat 'nen guten Abgang gemacht...» «Ja, aber *weiß* er das?» «O *nein*! nicht – *schnapp! –Vachel!*» gähnte Brenda (es war ansteckend, auch meine Kiefer begannen sich zu weiten), und Michelle sagte: «Ich glaube, ich lege mal 'ne Platte auf.»

«Da fällt mir ein», sagte der Inspektor und drehte sich an der Tür um, «unser Eispfriem...»

«Ich hab ihn», sagte Bob und hielt ihn hoch. Dann steckte er ihn wieder in seine Hintertasche.

Fred mußte mein erstauntes Starren gesehen haben (ich war mitten im Gähnen ertappt worden), als ich von der Couchlehne aufstand, denn er zwinkerte und kam herüber (ich preßte die Kiefer zusammen), Vachel unter dem Arm schwenkend. «Einer der Lieblingstricks des Alten», grinste er. «Seine Probe, nennt er es. Stocher rein, sieh zu, was rauskommt. Sie wissen schon.»

«Ich dachte irgendwie, ich – ich!»

«Aber natürlich konnten wir Sie nicht reinlegen! Ach, und übrigens...» Er beugte sich näher und wechselte Vachel unter den anderen Arm. Es war mein aufgeblähtes Ich, das ich in Vachels Skibrille sah, doppelt verkleinert durch die konvexen Linsen. «Ich wollte Ihnen noch sagen: Sie wissen, die Ultraviolett-Untersuchung...» Er nickte zur Flurtür, wo meine Frau stand und müde lächelte. Sie wartete auf den Inspektor, der, jetzt von Patrick angehalten, hilflos seine Taschen abtastete.

«Nun, Sir, blitzsauber!» Er stupste mich wissend an. «Dachte mir, Sie würden's gern wissen...» Er drückte sich näher heran. Kitty, die hinter seinem Rücken an Vachels Kopf herumschnüffelte, zog die Nase kraus und sagte: «Autsch!» «Und hören Sie mal, das war kein Blut an dem Messer, das der Chef gefunden hat, das war Tomatensaft – wir wußten das, wußten es die ganze Zeit.» Er schlug mir mit der freien Hand auf den Hintern. «Prima kleine Frau haben Sie da, Junge. Halten Sie sie fest!»

Vachels blutiger Kopf unter dem blauen SUPERLOVER-Sweatshirt schaukelte neben Freds Hintern, als der Beamte durch die Überreste des Proszenium-Bogens davonging. Einer meiner Skier, an der Bindung geborsten, war nun in einem verrückten Winkel nach vorn abgeknickt, was den Eindruck hervorrief, die Bühne recke sich hoch, um ihn festzuhalten. Beim Versuch, ihn zu richten, brach Scarborough ihn entzwei. «Scheiß drauf», brummte er, und pflanzte das abgebrochene Ende ungehalten in einen Farntopf.

«Vergiß es, Scar, wir blasen das Gastspiel ab», sagte Zack.

«He, wos der alte Earl?»

«Wir ziehen mit der Show an 'nen besseren Platz!»

«Ja? Und wer beschafft die Eier?»

«Cyril? Draußen mit Malcolm, glaube ich, Charley.»

«Wahrscheinlich bekifft er sich, der arme Schweinehund.»

«Keine Sorge, ich hab jemanden. Wir bearbeiten ihn gerade.»

«Nee, ich meinte –»

«Stimmt es, daß Peg ihn verlassen hat, weil er es gern vor Spiegeln treibt?»

«Nein, das war jemand anders.»

«Ich habe gehört, es war, weil sie ihn zu ihrer Silberhochzeit überraschen wollte, und ihn verlassen war das einzige, was ihr einfiel.»

«Klasse!» hahate Charley. «Dasiss wie die alten Leutchen, die srückfuhrn zu ihrm Flipperwochen-Hotel un...»

«Du meinst Peg und –?»

«Weißt du, ich glaube, der Kerl hat nicht alle Tassen im Schrank!»

«Hör mal, du machst dir inne Hose! Sie fuhrn also srück zu diesm verdammten Hotel, verstehste...»

«Also, laut Cyril...»

«Sag mal, hast du von dem Stück gehört, in dem Ros mitspielte, wo sie die Tasse aufheben und kaputtschmeißen sollte?»

«Und – hicks! – der olle Knabe sagt...»

«So hab ich das nicht gehört...»

«Ros?»

«Ja, und – haha! – der Regisseur sagt –»

«Also dann...»

«Nein...»

«Er sagt...»

»*Er* sagte...»

Ich war die Geschichten leid und ging fort. Vielleicht brauchte meine Frau mich. Ich erinnerte mich an ihre Hand auf meinem Arm vor wenigen Augenblicken, wie sie sich daran festgehalten hatte, als wolle sie Kraft daraus ziehen, und dann an ihr blasses Gesicht ein wenig später, als sie ausdruckslos, leiderfüllt an Pardew vorbei ins Zimmer gelächelt hatte, bevor sie ihn hinausführte. Als ich zur Tür ging, kam die kleine teilgefärbte Bunky Baird hindurchgehüpft und rief: «Zack! Zack! Sie haben Vachel was angetan!» «Ja, ich weiß, sie haben ihm eins aufs Dach gegeben, Bunko – und uns auch. Die Show ist abgeblasen, Kind. Also raus aus deiner Haut, wir ziehen Leine!» Ein Proszenium-Bogen, dachte ich, als ich durchging, ist wie ein großer Mund, aber das Gefühl, daß das Publikum durch ihn Nahrung bekommt, ist auch nur so eine Theaterillusion. Das Theater ist nie eine Enthüllung (Bunky war von der Taille aufwärts hellblau und mit Ziermünzen gesprenkelt, von den Schenkeln abwärts noch scharlachrot, aber dazwischen war ein feuchtes, fleischiges Geschmier, häßlich und schockierend nackt), sondern immer eine zusätzliche Maske: Das Theater mästet sich an eingeschachtelter Zeit. Zum Publikum zu gehören (so viele Gedanken, einer nach dem anderen, während ich weiterstolperte und mich von meinem eigenen Bewußtsein aufgesogen fühlte) ist also eine Form des Märtyrertums...

Gudrun warf mir, als ich an ihr vorbeipolterte, einen verständnisvollen Blick zu, als habe sie Mitgefühl mit meinen geplagten Gedanken («Okay, ehe wir gehen, alle zusammen fürs Gruppenbild!» rief Zack), und rieb sich mit einem blauen Finger die Nase. «Ich glaube, jemand hat den Toilettentisch deiner Frau geklaut», sagte sie.

«Kommt schon! Vor den Vorhang!»

«Was –?»

«Das ist ja *aufregend*! Wissen Sie, Mr. Quagg, *ich liebe das Theaterleben, ehrlich*!»

Ich lehnte mich gegen den Türrahmen. Sogar den Toilettentisch... Meine Frau stand an der Haustür und verabschiedete sich von Inspektor Pardew und Fred. Sie schienen nicht gehen zu wollen. Vielleicht wußten sie auch nicht, wie. Sie wollte mich bei sich haben, das wußte ich – ich entnahm es ihrem betrübten Blick, als sie von Vachels leblosen bebrillten Arschbacken zu mir aufsah – aber zwischen uns hatte der große Bulle, Bob, Patrick klatsch gegen die Wand gedrückt, piekste ihn mit seinem Knüppel und beschimpfte ihn als öffentliches Ärgernis und Hure, und mir fehlte der Wille oder vielleicht sogar der Mut, mich an ihnen vorbeizuschieben. «Wenn du nicht aufhörst, den Inspektor anzumachen, du schäbige kleine Schwuchtel, nehmen wir mal deine gottverdammten Eier in die Zange!» «Also! Ist das ein *Versprechen*?» lächelte Patrick unverschämt und spitzte seine geschwollenen Lippen zu dem schwarzbärtigen Kameramann hin, der jetzt hinter der Schulter des Bullen sichtbar wurde. «Du gottverdammter Pervertierter –!» «Probleme, Freundchen?» fragte der Kameramann und packte Bob so fest am Nacken, daß dem Bullen die Luft ausging und er seinen Knüppel fallen ließ. Im Wohnzimmer (am Scheideweg zu stehen, erkannte ich, hieß in Wirklichkeit, nirgendwo zu sein: darin lag unerwarteter Trost) brach Applaus aus, als die Schauspieler zum Verbeugen antraten. Mee schloß sich ihnen jetzt an, er glitt gespenstisch an mir vorbei aus der Toilette, als würde er von den klatschenden Händen angesaugt. Scarborough stellte die Lampen ein, Regina riß sich ihr Laken ab (lautstarkes gutmütiges Buhen), Zack zerrte Fats auf die Bühne, damit er sich verbeugte. Fats, der Schüchternheit vortäuschte, schlurfte heran und führte mit hängenden Schultern einen kleinen Shimmy vor, die Hände in den Taschen und mit den Augen rollend. «Schaff dich rein, Süßer!» lachte Brenda, die am lautesten klatschte: «Macht was los für ihn,

Leute! Den einmaligen Spitzenklassischen!» «Wenn du jetzt mal mein Zeug da aufsammelst, Partner, und es mitnimmst», sagte der Kameramann neben mir, worauf Patrick schmachtend mit den Wimpern klimperte («Ach du meine! Ja!»). Der Kameramann brachte den Bullen im Stelzschritt zur Haustür, eine Hand um den mageren Nacken, die andere am Hosenboden. Bobs Hinkebein glitschte wie ein herabhängendes Senkblei durch den Sahneschaum auf dem Boden. «Dreh auf, Scar!» schrie Quagg. Meine Frau öffnete die Tür, der Kameramann schleuderte den Bullen hindurch und drehte sich dann um, um auf Patrick zu warten. «Okay, jetzt rafft's mal und packt euch, Leute, wir machen diese Kuriositätenbude dicht!» Leute strömten hinaus: Ich gesellte mich zu meiner Frau.

«Desgleichen ist im großen und ganzen der entartete Abschaum der Menschheit, den wir, wie ich bedaure zugeben zu müssen, nie gelernt haben, an die Kandare zu nehmen oder zu eliminieren», sagte Pardew wie in einem Schlußvortrag. «Er zeichnet sich hauptsächlich durch seine Dummheit und Verderbtheit aus sowie durch seine Unfähigkeit, sich an die Spielregeln zu halten –»

«Ach ja?» sagte meine Frau obenhin.

Patrick, die Hände voller Kameraausrüstung, blieb an der Tür stehen, um mir mit zerschundenen Lippen einen Kuß hinzuhauchen und zuzuzwinkern, dann tänzelte er hinter dem Kameramann her, während meine Frau immer noch die Tür aufhielt. Ihre Lippen bewegten sich, als sei sie am Zählen. Hinter uns ergossen sich die Schauspieler lachend und lärmend («Und seine, äh, deformierten Persönlichkeiten, sehen Sie...») in den Flur. «Na dann, zurück zum Bauchladen!» «Gott, Vadge, steck diese Dinger in 'ne Hängematte, ehe jemand drauftritt!» «Nein, glaub mir, Baby, wir haben einen *Sponsor*!» «Ich glaub dir, Zack. Ruf mich am Strand an.» «Gib mir doch jemand 'nen Schluck zum Nachspülen!» rief Fats, während er seinen Daunenanorak überzog. «Ein Schlußakkord für den alten Fats – *aber von Herzen bitte!*» Der Inspektor war schon lange verstummt. Er linste, an seinem Schnurrbart knabbernd, auf meine Frau herunter. «Vielen Dank, daß Sie gekommen sind», sagte sie.

Fats schassierte an uns vorbei, wedelte mit den Händen vor

dem Gesicht und sang «You're gonna miss me when I'm gone». Meine Frau stieß gerade noch rechtzeitig die Windfangtür auf, damit er nicht hindurchkrachte. «Ta-DAA-AA-aa...» Die Polizisten marschierten hinter ihm hinaus. «Passen Sie auf, wo Sie hintreten», konnte ich den Inspektor mürrisch murmeln hören. Seine Stimme hallte in der Nacht wider. «Das mit Vachel ist wirklich zu schlimm», sagte meine Frau mit einem Seufzer.

«Ach, na ja... Ich habe ihn nie sehr gern gemocht.»

«Ich weiß.» Die Schauspieler hatten Fats' Abgang applaudiert, und jetzt umarmte Brenda sie alle. «Aber er konnte immer gut mit Kindern umgehen.»

«Nächste Party bei uns, ihr alle! Versprochen!»

Hilario beugte sich zu uns vor und sagte: «Ihre Küche, wissen Sie, sie rraucht!»

«Was –?!» Ja, ich konnte es sehen, von hinten wälzte sich etwas heran wie üble Dünste.

«Schon gut, Gerald», sagte meine Frau. «Fats hat was auf dem Herd stehenlassen. Wie üblich.»

«Das ist, was man nennt einen Eintopf, nicht?»

«Soll ich mal nachgucken, ob –?»

«Nein.» Sie hielt mich am Arm fest. «Ich hab's schon abgestellt.» Eine sanfte Röte stieg in ihre Wangen. «Dolph und Louise sind dahinten und versöhnen sich», flüsterte sie.

«Ah...»

«Bren!» schrie Fats und taumelte mit weit aufgerissenen Augen wieder durch die Haustür herein, so daß wir alle zusammenschreckten. «Mein Gott, Bren! Es ist der Klempner! *Wie hieß er noch!»*

«Was –? O *nein!* Nicht –?» Seiderascheld stürzte sie an uns vorbei, blieb aber einen Augenblick stehen, um uns beide zu umarmen – «Du bist ein toller Typ, Ger», hauchte sie mir unter dem Knallen des Kaugummis ins Ohr, «du hast ein großes Herz... und *wunderbare* Hände!» Dann klabasterte sie hinter Fats hinaus: «Gott! Ich kann's nicht *glauben*, Fats!»

«He, versehrte Gäste!» rief Zack Quagg. «Unser Engel steigt herab!»

Ich sah auf, wie alle: Es war Alisons Mann, der, gefolgt von Olga und Prissy Loo, Alison vor sich die Treppe hinuntergeleitete. Alison trug jetzt Brendas roten Hosenanzug. Er war ein paar Nummern zu groß für sie, an den Knien fleckig, und die Aufschläge schlotterten ihr um die nackten Füße. Alle Schauspieler applaudierten. Alison, das Make-up durchs Gesicht verschmiert und das Haar verfilzt, geriet ins Stolpern, als sie mich sah. Ihre Blicke suchten meine. Zitterten ihre Lippen? Sie hielt die an den Knien ausgebeulte rote Hose mit einer Hand hoch, über den Schritt war jetzt ein Flicken genäht – wahrscheinlich von Sally Ann –, der, das konnte ich von hier sehen, die Form eines Wegweisers hatte.

«Und was für 'ne Show wir für Sie haben!»

Alisons Mann rümpfte die Nase. «Das Theater», sagte er frostig, «ist tot.»

«Was –?» Zack taumelte vor Lachen einen Schritt zurück. «Ich hab's Ihnen doch gesagt, Zack.» «Ist es Zeit für meinen Auftritt?» fragte Prissy Loo. Sie trug Benis Federhut und falschen Schnurrbart, meine fingerlosen Golfhandschuhe und einen Strumpfgürtel meiner Schwiegermutter, geschmückt mit etwas, was aussah wie zusammengerollte blutige Socken. Olga versuchte, das gelbe Babydoll meiner Frau über ihre hohe, muskulöse Kruppe zu ziehen. Zack breitete seine Arme unter dem Cape weit aus, als ziehe er einen Vorhang auf. «He, haha! Sie machen wohl *Witze*, Mann!»

Alisons Mann schüttelte den Kopf. «Nein, es ist tot. Ganz und gar. Das sehe ich jetzt.» Er schubste Alison weiter die Treppe hinunter.

«Ach, verdammt noch mal, Prissy, du hast es zu weit getrieben!»

«Also, das war aber eine kurze Laufzeit.»

«Mach mir keine Vorwürfe, Zack, es war Olgas Idee.»

«Was für 'ne Idee?»

«Ja, gutt! In einer Minutte!»

«GEFAHR: VIEL BENUTZTER SCHEIDEWEG» stand auf dem Flicken. Sie stand vor mir, trostlos vom Flurspiegel widergespiegelt, hielt sich die schlabbrige Hose und sah verloren aus. «Hatten Sie einen Mantel mit?» fragte meine Frau höflich. «Es ist langweilig, es ist eintönig, es ist ausweglos», sagte Alisons Mann. «Und es ist eine Lüge.»

«Momentchen mal, was wissen *Sie* denn vom Theater, Sie Pißnelke?» explodierte Quagg.

«Zum Teufel, er ist doch bloß ein gottverdammter Maulheld, Zack.»

«Sie pfuschen eine gottverdammte Nacht hier rum und meinen, Sie hätten alles gesehen? Sie haben das Ende noch nicht mal miterlebt, mein Gott!»

«Erzähl mir nicht, daß alles *vorbei* ist!» jammerte Prissy Loo, deren Schnurrbart schiefhing. «Zack, du hast es *versprochen*!»

«Was wissen Sie denn von Spielzeiten und Sponsoren, Sie Arschloch? Leimspritzen und Lichtblenden?» Alisons Mann hatte nur ein mildes Lächeln dafür übrig. «Was ist mit Konventionen, hä? Peripetie, verdammt noch mal? Mit Teasern und Timing –»

«Timing?» Alisons Mann sah uns der Reihe nach an und strich sich über den Bart. «Peripetie?» Plötzlich streckte er den Arm aus und zerrte am Oberteil des roten Hosenanzugs, als wolle er es ihr vom Leibe reißen: Alison hielt es fest, und die Hose fiel herab. Er trat darauf, und als sie sich bückte, um sie hochzuziehen, schob er sich die Hand unters Hemd und ließ in der Achselhöhle einen falschen Furz los. Sie errötete und zerrte wie verrückt an der festgehaltenen Hose; er streckte wieder den Arm aus, packte seine Frau am Nacken und drückte ihr den Kopf nach unten. Er stieß ihr einen Finger ins Rektum, stocherte herum und kam mit einem Taschentuch von Ginger wieder hervor – ja mit einer ganzen Kette, alle zusammengeknotet: Da kamen sie heraus, eins nach dem anderen, und flatterten in der Luft, als er sie hochschleuderte, mehr Taschentücher, als man sich vorstellen konnte, daß da drinnen Platz hätten. Und am Ende, ans letzte Taschentuch geknotet: der weiße Seidenschal des Inspektors! Hinter uns ging die Tür auf: Es war Fred. «Entschuldigen Sie, der Chef scheint seinen – ah! Vielen Dank…» Ein Beifallssturm und Pfeifkonzert brach los (Fred, die Hand am Halfter, ging rückwärts mit dem Schal hinaus und sah verdutzt aus oder tat jedenfalls so), selbst Zack mußte einstimmen. «Wißt ihr was, ich glaube, der Hurensohn hat mich bloß benutzt!» lachte er.

«Dich!» schrie Prissy Loo.

«Ja?» sagte Olga.

Meine Frau kicherte neben mir; ich glaube, es war das erste Mal, daß ich sie an dem Abend lachen sah. Ich lächelte: gerade als Alison sich rot angelaufen und gekränkt aufrichtete, um mich anzustarren. Ich versuchte, das Lächeln verschwinden zu lassen, aber es schien wie versteinert, als sei es mir mit Gewalt über die Zähne gezwängt. «Der helle Mond spiegelt sich gelassen im Strom», sagte Hoo-Sin, die in den Flurspiegel hinter Alison starrte: «Warum ist dem so?» Na. Ich konnte nur hoffen, sie verstand. Ich versuchte, mir etwas einfallen zu lassen, wie ich ihr all das erklären konnte («Gott, ich gebe auf», gähnte Janny, «kannst du mir einen Fingerzeig geben?») oder zumindest ihren Zorn abwenden, etwas, was mit dem Theater zu tun hatte vielleicht oder mit der Zeit, aber ehe ich etwas sagen konnte, war sie an mir vorbeigestolpert und, da die rote Hose ihre Fußgelenke fesselte, an der Schwelle gestrauchelt und hatte ihren Abgang auf allen vieren hinter sich gebracht, von einer weiteren Lach- und Beifallssalve verfolgt.

«Huhu!»

«Guckt euch diesen traurigen Hintern an!»

«Nur gut, daß ihre Eltern das nicht mitgekriegt haben», murmelte meine Frau.

«Das war was *ganz Besonderes*!»

Alisons Mann blieb an der Tür stehen, aller Blicke noch auf sich, seinen auf mich gerichtet. Draußen im Vorgarten brüllte jemand: «He, he! Was ist denn da gerade vorbeigekrabbelt?» «Weiß nicht, Dugan, aber es trug das breiteste *Lächeln*, das ich je gesehen habe!» «Ich glaube, Sie haben noch unsere Uhren», sagte er.

«Ach ja, Entschuldigung! Ich hole sie!» Aber meine Frau hielt mich davon ab: «Ich fürchte, jemand... sie sind nicht mehr da, Gerald.»

«Die Uhren auch –?!»

«*Hier* lang, Kommando! Ich glaube, wir haben die *Quelle* gefunden!»

Alisons Mann schnaubte verächtlich und legte eine Hand auf seinen Bart. Von draußen hörte man betrunkenes Gelächter, Geschimpfe, Gestolper auf der Treppe: «Wah! Paßt auf! Hier ist was *los*!»

«Falls sie noch auftauchen sollten –» begann meine Frau und wollte ihm die Hand geben, aber er ließ sie stehen und schritt steif aus der Tür. Eine letzte Beifallswelle verebbte in seinem Kielwasser.

«Hoha!» rief draußen jemand, der dem Klang nach gerade die Eingangstreppe hinuntergepurzelt war.

«Runter, Junge!»

«Du da!»

«Wo ist *der* Knilch denn hin?»

«Schwer zu sagen, Doog, aber er war entweder *schrecklich nüchtern* – oder *schrecklich betrunken*!»

«Ich weiß nich, wannich schonma soviel Spaß gehabt hab!» lachte Charley Trainer und schlang die Arme um uns beide. Janny stand daneben, die Hände unter dem Kinn gefaltet, die Augen geschlossen, und hörte Hoo-Sin zu, während um uns herum Leute, die ich nie zuvor gesehen hatte, durch die Tür holperten und polterten, sangen, sich begrüßten und verabschiedeten, Flaschen und Kleidungsstücke schwenkten. «O Gott», seufzte meine Frau und versank in Charleys Armen. Ein Typ trug eine Frau mit vom Suff starren Augen auf den Schultern: Sie sah den Türrahmen nicht, als er darunter herging, und knallte mit dem Gesicht dagegen. «Jemand geklopft?» fragte konsterniert der Typ, der die Frau noch an den Fesseln hielt, drehte sich um und legte sich ihren ohnmächtigen Körper nun wie ein Cape um die Schultern. «Haha! Wer da?» rief ein anderer, und Charley drückte uns an sich: «Ihr seid *die Krähm de la Krähm*!»

«Leda!»

«Leda wer, Moose?»

«Nee *wirklich*, Big G! Mir geht das Herz über!»

Ich konnte spüren, wie meiner Frau das Herz immer tiefer sackte, aber sie lächelte und sagte mit kippender Stimme: «Ich – ich freue mich sehr, daß ihr alle kommen konntet...» Niemand hörte sie außer mir – und Charley Trainer, der betrunken vornüber stolperte, mit seinem Kopf gegen ihren schlug und brummte: «Ich auch – aba eins willich euch sagn, *ich mußte abeiten wie der Teufel!*»

«He, he, he! Ist das die kleine Bunky Baird?»

«Leda mit dem Schwan?»

«Nie sollst du mich befragen!»

«Kennen wir die Leute?» flüsterte ich.

«Nein! Rate noch mal!»

«Dann erzähle ich keine Lügen.»

«Ich glaube, wir haben ein paar von ihnen vor langer Zeit mal in Wilmas Haus getroffen, als sie noch mit Miles verheiratet war...»

«Miles?»

«Benedetto!»

«Frisch vom Leda?»

«Gwendoline! Meine Liebe!»

«Gefällt mir, dein Seidenbeutel, Beni! *Très charmant!*»

Die Neuankömmlinge machten sich rücksichtslos im Haus breit, als hätte das Ding einen Blutsturz. «Bitte», sagte ich, aber niemand hörte zu, alle (»Haha, wir geben's auf, Moose!») johlten und lachten. «Gottogott, guckt mal, was *nicht* in dem Babydoll ist!» «He, ich suche Serena!» «Ist das Rhabarberkuchen?» «Sie ist nicht hier, Ralphie!» «*Wer* verdarb den Kuchen?» fragte Olga mit einem dämlichen Grinsen und zog das Babydoll über den Nabel; im Rücken klomm es bis halb zu den Schultern hinauf. «...Wie so viele Stäubchen...», wisperte Hoo-Sin Janny ins Ohr, und Charley («Bin ich besoffen, oder sin die Lampen oben anner Decke?») legte den schweren Kopf schräg und grinste hoffnungsvoll: «He, Ger, inna letzten Seit 'n guten Witz gehört?» Hinten fächelten sie mit der Küchentür *(«Leda treibt es mit dem Schwan –!»)* den Rauch weg. Ich konnte hören, wie die Kühlschranktür zudonnerte und Schubladen mit einem Geräusch wie Marschtritte geöffnet und geschlossen wurden.

«...Die schweben, ansteigen...»

«Du bist betrunken, Claudine – *und* die Lampen sind an der Decke!»

«...Sich auflösen wie Wolken...»

«– während die Party zur Ente geht!»

«Schick deinen ollen Dad mit 'nem kleinen Schmunzler nach Haus, was meinste?»

«Haha!»

«Ich bin völlig leer, Charley. Nichts ist komisch.»

«...In der ungeheuren Leere des endlosen Raums...»

«Moose, du bist zum Piepen!»

«Ach, komm schon, Big G, habn Herz!» bettelte Charley, und Janny, deren Kopf sich auf Hoo-Sins Schulter neigte, seufzte: «Du hast so eine schöne Stimme, Hoo-Sin...»

«Meinst du, sie wollen was zu essen, Gerald?»

«Nein!»

«...Sie schläfert mich gleich ein...»

«Also, dessalb brauchste doch nich gleich *saua* su sein, Freund!»

«Tut mir leid, Charley, ich meinte –»

«Was für Gedanken man auch immer hat, sie sollen bei nichts verweilen», sagte Hoo-Sin leise, während Jannys Kopf sich in ihre Halsbeuge kuschelte und die Hände zu ihren Seiten herabfielen. «Das ist leicht, Hoo-Sin...»

«Warum erzählst du nicht den mit den Nüssen und dem Mädchen, Gerald», schlug meine Frau vor, die unter Charleys Arm klein und verletzlich aussah.

«Nüsse?» Charley grinste breit.

«Hast du gerade schon», sagte ich.

Hoo-Sin faßte Janny unter die nachgebenden Knie, um sie hochzuheben. «Wir kehren zum Ursprung zurück», flüsterte sie, als Janny sich an sie schmiegte, «und bleiben, wo wir immer waren...»

«Flo! Wo hat du das Futter gefunden?»

«Nein, den, wie man herausfindet, ob sie kitzlig ist oder nicht.»

«Da hinten, Rocco, aber du mußt es aus den Töpfen kratzen...»

«Wie man rausfindet, ob – oh, Gott!» Charley krümmte sich vor Lachen.

«Du findest das komisch?» fragte ich einigermaßen verblüfft. Am Fuß der Treppe schüttelte Prissy Loo ihren Federhut («Jetzt!») und stampfte mit dem Fuß auf. «Aber du hast gesagt, du würdest *warten*, Zack!»

«Ich glaub – *hu! ha!* – ich glaub, 's liegt dran», keuchte Charley, fiel rücklings auf die Bank im Flur und hielt sich die schlabbernden Seiten («Ha, ha! Noch nicht!»), *«wie dus erzähls!»*

«Ich wußte, daß ihm der gefällt, Gerald», sagte meine Frau.

«Jetzt mach und erzähl ihn ihm.» Woraufhin Charley, Tränen in den Augen («Du bist eine richtige Kanaille, Zack!»), beinah von der Bank fiel.

«Wollt ihr los, Kinder?»

«Vorsicht, Charley, du verrenkst dir wieder den Rücken.»

«Ach du Scheiße! – hu ha ho –!»

«Ja, vielen Dank, Mr. Quagg! Sobald wir umgezogen sind –»

«– Hab schon!»

«Du kommst besser mal schnell her, Zack! Einer von den besoffenen Clowns hat Olga irgendein starkes Zeugs gegeben, und sie klinkt aus! Sie glaubt, sie ist 'n Vogel und schmeißt sich andauernd gegen die Wand!»

«Was bin ich denn, ein Kindermädchen?» protestierte Zack.

«Sagen Sie mal, wo verstecken Sie denn Ihre Nähmaschine?» fragte Prissy Loo, die in ihren großen Galoschen herübergelatscht kam («Also dann, melde dich, Junge –!»). «Ich bin reingegangen, um diese Binden an mein Kostüm zu nähen, und –»

«Sie meinen, sie ist nicht da?» rief meine Frau aus.

«Und laß mich sehen, was du schreibst!»

«Das hat mich wahrscheinlich meine Rolle gekostet!»

«Das stimmt», sagte jemand («Darauf können Sie sich verlassen!»). «Dein Toilettentisch ist auch weg», sagte ich.

«Uh, Big G...? Ich – *uff!* – ich kannich aufstehen...!

«Der Toilettentisch! Aber das alte Ding ist ganz wertlos!»

«Na ja, *beinah* nich!» stieß Charley hervor und strampelte unbeholfen, «aber, Gott, lauf nich rum un erzähl's allen!»

Anatole half mir, ihn auf die Füße zu ziehen, während Hoo-Sin, die jetzt tief und fest atmende Janny auf den Armen, geduldig daneben stand. Howard hatte sich zu uns gesellt und versuchte, durch Tanias Halbbrille spähend, seinen Mantel zuzuknöpfen, während er gleichzeitig das Bündel Zeichnungen festhielt, die der Bulle vom Tatort gemacht hatte. «Hier, laß mich helfen, Onkel Howard», sagte Sally Ann.

«Was ich nicht verstehe, Gerald, ist, wie sie die ganzen Sachen hier rausgeschafft haben?» Im Eßzimmer konnten wir hören, wie Olga herumpolterte und dabei brüllte: «Twiet! Twiet!» «Sag ihr, sie ist 'ne *Blume*, verdammt noch mal!» brüllte Zack. «Oder ein *Stein*!»

«Niedlich», sagte Prissy Loo und befingerte Sally Anns Dirndl.

«Du mußt sie erst fangen, Zack!»

«Ich habe 'n gansen Abend nich so gelacht! Ha!»

«Meinst du, sie hatten einen Laster?»

Anatole räusperte sich. «Äh, willst du's ihnen sagen, Sally Ann...?» sagte er errötend.

«Also...» Sie nahm Anatoles Arm und sah uns alle der Reihe nach an.

«Twiet – *krächz*!»

«Oh, oh», sagte Prissy Loo, und zog eine Schnute.

«Wir... wir werden heiraten.»

«Wußt ich's doch!» heulte Prissy Loo und brach in Tränen aus. «Ich weine immer bei den Rührszenen!» Flennend pflanzte sie einen schnauzbärtigen Kuß auf Sally Anns und Anatoles Wangen («Das ist ja wunderbar», sagte meine Frau, «ich freue mich so für euch!») und stapfte in ihrem Federhut und dekoriertem Strumpfgürtel ins Wohnzimmer davon. «Wass is? Wass is?» fragte Charley benebelt und krängte gefährlich. Ich sagte: «Aber wovon wollt ihr leben?»

«Ach, Gerald!» schimpfte meine Frau und nahm mich am Arm. «Schweig jetzt!»

«Schon gut», sagte Sally Ann nachsichtig. «Ich wußte, daß er sich aufregen würde.»

«Ich gehe von der Schule ab und schreibe für Mr. Quagg», erklärte Anatole. «Und Dickie beschafft Sally Ann einen Job in einem seiner Massagesalons.»

«Siehst du, Gerald?»

«Und wir werden bei Onkel Howard wohnen», sagte Sally Ann und nahm den Arm des älteren Mannes. «Er braucht uns, und wir brauchen ihn. Jetzt, wo...» Ihre Stimme brach, und Anatole stieg das Wasser in die Augen.

«Ich nehme an, du bist dir bewußt, Gerald, daß die ‹Susanna› fehlt», sagte Howard in seiner steifen, pedantischen Art.

Ich nickte. «Und nicht nur das, Howard, sie haben sogar –»

«Eine solche Sorglosigkeit, Gerald, ist unentschuldbar.»

«Komm jetzt, Onkel Howard», sagte Anatole mit belegter Stimme.

«Halt mal, junger Freund!» rief Charley und hielt Anatole zurück. «Isne harte Welt da draußen, Sohn – du kannst nichmit Nichts heiraten!»

Anatole sah beleidigt drein. «Nicht Nichts, Mr. Trainer. Mr. Quagg sagt, ich habe 'ne Menge Talent und –»

«Nein, Teufelnoma, weiß ich, abba wart doma, verdammt noma!» Er fummelte in seinen Taschen herum. «Die Kunst, Gerald», brummte Howard und runzelte die Augenbrauen über der Brille, «ist alles, was wir haben. Sie ist kein Witz.» Olga, das gelbe Babydoll um die Ohren, kam auf allen vieren angehoppelt, jetzt eher wie ein Lamm oder eine Ziege als ein Vogel. Gudrun, Zack und ein paar Neuankömmlinge verfolgten sie. *«Mäh mäh!»* blökte sie und tollte, den Kopf hochgereckt, ins Wohnzimmer. «Hierher, Olga! Hör auf!» «Sie ist keine Verzierung, kein Nippes. Sie ist *keine* bloße Unterhaltung.» «Wenn sie denkt, sie wäre ein Hund, könnten wir ihr vielleicht 'ne Leine anlegen!» *«Mäh mäh!»* «Hoffentlich fängt sie nicht an, Kötel fallen zu lassen!» keuchte Horner, der hintendreinhinkte. Der Typ bei ihm blieb stehen und zeigte mit dem Finger: «He! Euch Clowns kenne ich doch! Ha! Ich hab euch auf den Fotos gesehen!» *«Die Kunst, Gerald –»* «Fotos?» fragte meine Frau. *«– Ist der Niederschlag des menschlichen Geistes…»* Charley lud sein ganzes Kleingeld in die Taschen von Sally Anns Kleid ab – oder zumindest in die Richtung: Münzen fielen klingelnd zu Boden, rollten vor unsere Füße. «Ja, ein Typ von der Zeitung verkloppt sie im Vorgarten als Souvenirs.» «Da – alles, wassich hab, Kinda», sagte Charley, leerte seine Brieftasche und drängte Anatole die Banknoten auf, «abba, naja – ich mein, verdammnoma –!»

«Ich steh nicht auf Bildchen von Steifen oder all dem Blut und der Scheiße…»

«Oh, Onkel Charley!» schrie Sally Ann und warf die Arme um ihn.

«…Der Schrein der einzigen Bedeutung, die wir in dieser Welt haben…»

«…Aber da ist eines von einem alten Mädchen, das draußen im Hinterhof von der Wippe pinkelt, das einem – Gott! – das Herz bricht!»

«Ich weiß, Howard, aber –»

«Das muß Wilma sein», sagte meine Frau.

«Letzten Endes, Gerald, und das sage ich ganz ernst, bist du ein gefährlicher Mensch!»

Hoo-Sin, die immer noch Janny trug, verneigte sich leicht und ging rückwärts aus der Tür, Howard («Deshalb beabsichtige ich, dich wegen der restlichen Stücke in deinem Besitz gerichtlich zu belangen», erklärte er, und meine Frau sagte: «Ja, du mußt bald wiederkommen!»), Anatole und schließlich Charley folgten. Ein paar der Leute, die Olga jagten, waren hier im Flur ausgeschert, und er füllte sich wieder. Kein bekanntes Gesicht darunter. «Ist das die einzige Flasche, die du finden konntest, Carmody?» fragte einer von ihnen. Ich sah es nun. Ach! Für die Kunst der Liebe genau so zentral, das wußte ich («Ja, und's schmeckt wie Pisse, aber um diese Nachtzeit, wer gibt da 'n Scheiß drauf?»), wie für die Theaterkunst war die genuine Verschmelzung von Prozeß und Produkt, das Eingeständnis der inhärenten Doppelheit – der eigenen Partikularität, Universalität, Person und Persona – des Schauspieler/Liebhabers. Tatsächlich hatte ich («Ich bin so froh, daß ihr euch gefunden habt», sagte meine Frau gerade, «es ist so ungefähr das Schönste, was heute abend passiert ist!») früher am Abend etwas Ähnliches zu ihr gesagt, und sie hatte zugestimmt, wahrscheinlich während sie meinen Nippel liebkoste, wir hatten anscheinend in vollendeter Harmonie, in vollendeter Eintracht da gestanden, und doch... «Gerry?» Ich merkte, daß Sally Ann hinter den anderen zurückgeblieben war und meine Hand genommen hatte. «Versuch, nicht so traurig zu sein, Gerry, es ist das Beste, glaub mir – aber ich verspreche, daß ich dich nie vergesse!» Ihre Augen standen voll Tränen, die ihr nun über die Wangen kullerten. «Ich – ich war blind, bis du mir die Augen für die Liebe geöffnet hast...!» Sie versuchte noch etwas zu sagen, aber es wurde von einem unterdrückten Schluchzer abgewürgt. Sie küßte mich auf den Mund und lief zur Tür hinaus.

Meine Frau, die zusah, lächelte und nahm meinen Arm. Hinter uns ertönten Kotzgeräusche, jemand würgte. «Junge Liebe...!» seufzte sie.

«Gottverdammt, Carmody! Das *ist* Pisse!»

«Wir müssen uns ein Hochzeitsgeschenk überlegen...»

«He, Jungs! Kommt mal her! Das solltet ihr nicht verpassen!» Hinter uns konnte ich etwas hören, das klang wie («Wenn's dir nicht gefällt, Arschgesicht, gib's zurück!») wildes, kehliges Lachen, völlig wahnsinnig, dazu das Knallen von Peitschen. Oder Gürteln.

«*Madre de dios!* Jetzt werden rrauh!» keuchte Hilario, der aus dem Eßzimmer taumelte, gerade als die anderen (etwas krachte) hineindrängten. Er wackelte mit übertrieben krummen Beinen und hervorquellenden Augen auf uns zu. «Jetzt denkt Olga, er sein Pferd, und jederr rreitet ihn! Sie!»

«Wo kommen die alle her, Hillie?» Das hatte es früher nie gegeben; Michelles Traum von dem übervölkerten Nabel der alten Dame fiel einem da ein: das kommt vom Altwerden. «Was soll ich bloß tun?»

«Sie wollen losswerden?»

«Sicher, aber –?»

«Einfach wie ein Farz, Cherry! Weinen nicht!»

Meine Frau, die den Flurschrank durchwühlte, sagte: «Meine gute Pelzstola fehlt auch.»

«*La serpiente* – wie sagt man, die Schlangonesse, nein?» Er streckte die Hände aus, als fasse er um eine Taille, und führte ein paar Rumbaschritte vor. Der Typ, den sie Carmody nannten, wackelte, die hellgrüne Flasche im Arm und «Ich weiß, was ich tue» vor sich hinmurmelnd an uns vorbei (*«Jippie! Laß sie laufen!»* brüllte jemand im Eßzimmer) und verschwand durch die Haustür.

«Paß auf!»

«Au –!!» *Krach!*

«Das funzioniern *immerr*!»

«Das wäre schön, Hillie, ich lege Musik auf», bot meine Frau an, aber genau in dem Augenblick polterte Charley wieder zur Haustür herein und schnappte sich uns beide: «Watet, Jungs! Hab was vergessen!» «Stegatten!» lächelte Hilario und verbeugte sich aus der Taille. Er zog in eleganten Schleifen in Richtung Wohnzimmer, die Hände immer noch auf der eingebildeten Taille. «Hab mein Auto vakauft!»

«Dein Auto?»

«Ja, den großen Kombi. Dein Kumpel – Typ aussem Reisebüro. He, warm weinste denn, Ger? Ich habn phan-tas-tisches Geschäff gemach!» Er fischte in seinen Jackentaschen herum und brachte einen zerknitterten Scheck zum Vorschein. Das verrückte Wiehern hatte aufgehört. Ich konnte jetzt die Musik im Wohnzimmer hören. Hilario stellte lauter. «Siehste? Beinah *sweimal* soviel, wie ich bessahlt hab!»

«Charley, ist der Scheck nicht mit ‹Waterloo› unterschrieben?»

«Richtig – ha! der olle Waterloo – erinnerste dich! Son Idiot!» Ich schaute zu meiner Frau hin: sie seufzte und schüttelte den Kopf: «Und ich habe ihnen auch noch alles gezeigt...»

«Wassis los?» Er starrte unsicher auf den Scheck, hielt ihn gegens Licht.

«Hör mal, Charley, nimm jetzt erst mal mein Auto.» Ich gab ihm die Schlüssel. Die Musik wurde lauter.

«Hmh? O ja, danke, alta Kumpel!» Tölpelhaft schlang er die Arme um mich. «He, ich *liebe* dich, Ger! *Wirklich!*» Er zog sein Taschentuch heraus und wischte damit erst mir und dann sich über die Augen. Über seine Schulter konnte ich sehen, wie eine Schlange von Menschen, die Hände auf den Hüften des jeweiligen Vordermanns und von Hilario angeführt (er zwinkerte mir zu und hob seine langen Finger zu einem V), aus dem Wohnzimmer herausgehüpft und gesprungen kam. Sie alle sangen laut mit der Musik mit, die jetzt auf volle Lautstärke gedreht war: «Don't LAUGH, it may be LOVE...!» Die Frau, die mit dem Gesicht gegen den Türrahmen geknallt war, war immer noch k.o., und der Typ, der sie getragen hatte, schleifte sie jetzt an einem Fußgelenk mit. Als sie sich auf dem Weg nach hinten ins Eßzimmer schlängelten («He! Wartet!» riefen Leute und schlossen sich hinten an), drückten sich Dolph und Louise vorbei, händchenhaltend, erhitzt und verwirrt. Neben mir hielt meine Frau den Atem an, und Charley («It's YOU I'm thinkin' OF!») machte sich los und sagte: «Wahnsinns-Paty, Big G! Besse, auf der ich je war!»

«Das müssen wir wohl unterschreiben», grinste Dolph.

«Es stimmt also?» fragte meine Frau, und Louise errötete und nickte. Sie stürzten sich in eine tränenreiche Umarmung, und dann umarmte Dolph meine Frau, und Louise umarmte mich: Sie zitterte, und ich meinte, sie etwas von «aus Liebe zu dir» oder «verdanke ich dir» hervorstoßen zu hören. Es war schwer zu verstehen, weil es drumherum ziemlich laut wurde. Die beiden umarmten Charley, der keine Ahnung zu haben schien, worum es ging, dann umarmten sie uns wieder (sie hatten zu lange im Qualm gestanden und rochen ein bißchen angesengt), und Louise konnte vor Erregung jetzt kaum noch atmen. Als Dolph seine Arme um mich legte («Da *steh* ich drauf!» sagte Charley. «Gott verdammnomal, Louise!»), sagte ich ihm im Bühnenflüsterton ins Ohr: *«Wenn du mich am Hintern packst, Dolph, beiße ich dir das Ohr ab!»* Dolph lachte, ein piepsiges, aber frohes Lachen, anders als alle, die wir seit über einem Jahr gehört hatten, und meine Frau umarmte die beiden unter Tränen noch einmal. «Ich freue mich so für euch!» schniefte sie, und Charley boxte Dolph in die Rippen und sagte: *«Sies schööön! Wirklich!»*

Hilarios Schlangentanz wand sich mittlerweile wieder aus dem Wohnzimmer, jetzt von Olga angeführt, die zu glauben schien, sie sei ein Frosch: Sie hockte auf den Schenkeln, hüpfte mit rhythmisch vom Boden abprallendem Fettarsch und quakte jedes Mal *«Borp!»*, wenn sie in die Luft sprang. Die Schlange ringelte sich bis zum hinteren Ende des Flurs, Olga machte *«Borp! Borp!»*, dann eine Kehrtwende und hoppelte wieder auf uns zu.

«Life is ONLY what you SEE...!»

Dolph sagte etwas über Einfluß, aber der Lärm im Flur war ohrenbetäubend. «WAS –?»

«ICH SAGTE, IHR JUNGS –»

«Borp!»

«Hier kommen sie!»

«So come DANCE along with ME!»

«Paß auf –!»

Meine Frau riß die Tür auf, wir traten auseinander, um sie vorbeizulassen, aber Olga blieb wie in Panik stocksteif an der Schwelle hocken. Hilario piekste sie wirkungsvoll – «BORP!» – in den Hintern.

«Sie sind ein Genie, Hillie!» schrie ich.

Er lachte und zappelte umher. «Ich abe ihnen allen versprochen, wenn wir drraußen sind, wir ESSEN den FROSCH!» und weg war er, die lange Schlange hüpfte mit Tamtam hinterdrein: *«Won't you TRY to underSTAND...»*

Meine Frau schien etwas zu sagen. «WAS?» brüllte ich. Horner hatte seine Hand unter dem Rock der Frau vor ihm: sie hüpfte steif und starr wie auf Sprungfedern, die Augen glasig, den Mund offen.

«Ich sagte, ich habe das Gefühl, meine halbe Garderobe ist heute abend zur Tür rausspaziert!» Sie zeigte auf Beni, der, eine Hand liebevoll um seinen seidenen Hosenbeutel gelegt, zwinkerte und uns *«Ciao!»* zurief. *«Oder gehüpft!»*

«If you're the GLOVE, then I'm the HAND!»

Ein Typ mit Rotznase und etwas auf dem Hemd, das aussah wie getrocknete Kotze, stolperte aus der Reihe und umarmte uns. *«Gut Nacht!»* schrie er. «Danschö fürie Einladung!» Er schien zu weinen. *«Komm schon, Boomer! Du wirst abgehängt!» «'s waso... Scheiße!... so –» «Das Essen ist fertig, Boomer!» «So gottvadammt... ich weiß nich, wiech... Gott! Sien wiklich TOLL!»* schluchzte er, packte die Hand meiner Frau und küßte sie. Vielleicht putzte er sich auch nur die Nase daran ab. Dann stolperte er wieder zurück in die Reihe und verschwand durch die Tür.

Langsam entfernte sich der Lärm von uns, während die Tänzer vorbeipolonaisten. Ein Typ mit Augenklappe winkte mir mit einer Flasche zu, Bunky warf eine Kußhand – *«Noble hat gesagt, ich soll dir danken, Gerry, vielen Dank!»* – Scarborough bewegte sich erbärmlich unrhythmisch. *«If I'm the HAND, then you're the GLOVE...!»* sangen sie und strampelten, während die Musik immer noch in voller Lautstärke dröhnte. Die Frau, die am Schwanzende mitgeschleift wurde, schien endlich zu sich zu kommen. «Phil...?» fragte sie, als ihr Kopf über die Schwelle rumpelte. «Wo bin ich, Phil...?»

«So don't LAUGH...?»

Ich warf die Tür zu, lehnte mich dagegen und legte den Riegel vor. *«Hui!»* stieß ich hervor.

«Was ist mit Dolph und Louise passiert?» fragte meine Frau und sah sich verwundert um. *«Und Charley –?»*

«Ich weiß es nicht!» sagte ich. Wir brüllten noch immer. *«Sie*

müssen mitgemacht haben.» Sie zuckte die Achseln und sagte dann etwas, was ich nicht verstehen konnte. Über die Küche vielleicht: sie ging in die Richtung. *«Ich stelle die Musik leiser!»*

Im leeren Wohnzimmer tanzte Michelle alleine. Blaß unter den hellen Deckenlampen, schwebte sie wie ein Gespenst durch den Trümmerhaufen, die Hände über der Brust gekreuzt, die Augen geschlossen. Die plötzliche Stille, als ich den Tonarm abhob, war schockierend, beinah körperlich zu spüren, und ich hörte Michelle leise keuchen, mitten in der Bewegung erstarrt. «Ich glaube, es ist an der Zeit, Michelle.» Die tödliche Stille war unheimlich, und ich war beinah versucht, noch eine Platte aufzulegen. Ich dachte: Früher war es feinsinniger.

«Hast du geweint?» flüsterte sie.

«Ach, na ja», sagte ich und wischte mir über die Wange, «ich hasse Abschiede.»

«Einmal, als ich für Tania Modell stand...» Sie zögerte. «...Das ist schon lange her... Ich war noch jung...» Ihr Kopf neigte sich leicht. «...Erst wenig Haar... ‹wie ein Knabenschnurrbart›, sagte sie...» Sie schien in ihrer Träumerei verloren. «...Versuchte mir zu helfen, damit ich mich... gelöster fühlte...»

«Michelle?»

«Was? Ja...» Sie verschränkte die Hände im Nacken, die Ellbogen vor dem Gesicht. Ihre feingeklöppelte Spitzenbluse war aufgeknöpft und hing über dem verknitterten Rock. «An dem Tag entschuldigte sie sich, weil sie mich so lange in derselben Stellung hielt... und es stimmte... mir tat alles weh... es war schrecklich... ich wäre am liebsten aus der Haut gefahren...» Sie hob den Kopf, reckte den Nacken gegen die verschränkten Hände, ließ sie dann vorrutschen und stützte ihr Kinn darauf. «‹Aber ein unfertiges Bild macht mir angst›, sagte sie...» Ja, «ein leeres Stück Leinwand», hatte sie einmal zu mir bemerkt, «ist wie eine schrecklich endgültige Nacktheit...» «...Ich sehe noch ihr Gesicht vor mir, wie sie das sagte... ihre Augen...» «...Realität, die sich obszön entblößt...» «‹Ich kann nicht schlafen›, sagte sie, ‹ich kann nicht essen, ich kann noch nicht einmal richtig denken, bis ich es fertig habe... ich werde grausam zu mir und grausam zu anderen...›» Ich erinnerte mich, wie sie sich umgedreht hatte und beinah zu erschaudern schien. «...‹Und dann... wenn es plötzlich fertig ist...›» Michelle ließ die Hände schlaff herunterfallen und senkte das Kinn. «...‹Dann ist da diese schreckliche Leere...›»

Ich sah sie davongehen, barfuß durch Zigarettenkippen und zerknüllte Servietten, verschüttetes Essen und die Reste von Scarboroughs Bühnenbild schreiten (in der Nähe der Höhlenöffnung lag Malcolm Mees abgeworfenes Plastikcape wie der Panzer eines Insekts, glitzernd und tot), und obwohl ich wollte, daß sie ging, fühlte ich mich gleichzeitig im Stich gelassen, zurückgelassen in einem Zimmer (weshalb waren die Fenster so nackt, die Lichter so grell?) voll tiefer Unruhe. Die blutigen Stores und Leintücher waren dunkel und schmutzig geworden. Unter dem zusammengeklappten Pingpongtisch sah die Kreidezeichnung von einem Paar Beine hervor. Scarborough hatte die Kabel aller Lampen zu einer Art Schaltanlage in einer Kiste gezogen, die direkt hinter dem Proszenium-Bogen baumelte, aber ich hatte Angst, sie anzufassen. Sie sah wacklig und doch lebensgefährlich aus, als könne sie explodieren. Ich brauchte was zu trinken, aber ich wollte nicht da reingehen, wo Vic war. Also trat ich in die zusammengeschusterte Höhle, weg von den Lichtern ohne Schatten und Fenstern ohne Vorhänge, und schnüffelte an den halbvollen Gläsern. Ich fand eins, das mehr oder weniger nach Scotch roch, aber gerade als ich den Drink hinunterstürzte, sah ich Schamhaare darin schwimmen – ich spuckte ihn aus. Doch es waren nur falsche Augenwimpern. Ich sank zurück auf die goldene Couch dort drin und fühlte mich plötzlich sehr müde. Morgen würden wir aufräumen müssen. Draußen im Flur konnte ich meine Frau hören, die Michelle gute Nacht sagte, ihre Stimme dünn in der hohlen Stille («Meine Güte, Michelle, wo hast du denn – *gähn!* – diese schlimmen Bißspuren her...?»), und das erinnerte mich an die Zeit, als wir auf Höhlensuche in Griechenland waren und zu dieser Höhle mit Menschenknochen gekommen waren. Damals hatte sie – dünn und dumpf – gesagt: «Ist dir das aufgefallen? Keiner von ihnen hat einen Kopf...!»

Natürlich ... das war gar nicht meine Frau ...

«Irgendwie», sagte sie jetzt, sich erschöpft umschauend (sie stand vor mir und streifte die Schuhe ab: Ich hatte sie nicht reinkommen sehen), «machen Parties nicht mehr soviel Spaß wie früher.» Sie setzte sich neben mich, kuschelte sich unter meinen Arm, den, den ich noch bewegen konnte, und zog die Füße herauf. «Es ist beinahe, als hätten die Parties angefangen, uns zu geben, anstatt wir sie ...» Sie knöpfte mein Hemd auf und legte schläfrig den Kopf auf meine Brust. «Das macht mir ein ... komisches Gefühl ...»

«Ja ...»

«Trotzdem, wahrscheinlich ist es das wert ...»

Die Frau in Griechenland hatte so ungefähr das gleiche über das Liebesspiel gesagt. Sie hatte Lust auf das Ungewöhliche, sogar das Perverse, und ich war damals ziemlich übersättigt, frustriert von den Gemeinplätzen des Sex, gelangweilt von all seinen abgedroschene Konventionen – dem Zustand der Kunst sozusagen –, und brauchte deshalb noch ausgefalleneres Neues, noch größeres Risiko, um mich zu irgendeiner Art von Leistung aufzuschwingen. Was bei ihr funktionierte – und deshalb bei uns beiden – war, an einem mehr oder weniger öffentlichen Ort unerwartet angefallen zu werden. Der Schlüssel zu einem erfolgreichen Orgasmus war nicht so sehr der Schauplatz oder die Gewaltanwendung wie das Element der Überraschung. Das war ein wesentlicher Auslösemechanismus für sie – wie wenn man jemand erschrecken muß, damit sein Schluckauf aufhört. So ging ich etwa mit ihr durch städtische Parks, Kirchen, Warenhäuser und zog sie mit exotischen Möglichkeiten auf, während ich mich ihr aber versagte, nur um sie in der geschäftigen Hotelhalle, wenn sie nach dem Schlüssel fragte, von hinten anzubohren. Oder ich arrangierte einen Abend an einem mysteriösen Ort, überredete sie, sich hübsch zu machen, lockte sie aus dem Hotel, winkte ein Taxi – und fiel plötzlich auf dem Bürgersteig über sie her, wenn sie gerade ins Taxi steigen wollte. Ich weiß nicht, warum ich glaubte, in jener Höhle mit den verblichenen Opfern von Greueltaten würde es funktionieren. Vielleicht, weil es so unwahrscheinlich war. Aber nichts geschah. Um die Wahrheit zu sagen, es war ein Fiasko. Wir wurden schmutzig, sie tat sich an den Knochen den Rücken weh, schlug sich die Nase blutig, ich verknackste mir den Ellbogen, wir beide erstickten am Staub, und als es vorbei war – oder besser, als es keinen Sinn mehr hatte, weiterzumachen –, befahl sie mir einfach, sie allein zu lassen und zu gehen. Ich sah sie nie wieder, mein letztes Bild von ihr war sie dort ausgestreckt in – *«Autsch!»*

«Entschuldigung, Gerald, ist was...?» Sie hatte mich durch die Hose gestreichelt und die Stelle erwischt, wo Jim mich zu fassen bekommen hatte. Vorsichtig öffnete sie die Hose und zog die Unterhose herunter. «Ach, ich seh schon...» Sie leckte sanft, nahm dann die Spitze in den Mund und überzog sie mit warmem Speichel. «Dasis aber auch 'ne schwimme Kwetschwng», stellte sie fest und streichelte meinen Bauch, und ließ dann den Mund allmählich über den Schaft gleiten. Ich griff nach dem Saum ihres Kleides, und sie rückte die Hüften zurecht, drehte die Knie zum Rücken der Couch.

Dann krachte plötzlich etwas, das ganze Haus erzitterte – ich warf mich zur Seite, fuhr hoch – und dann ein Schaben, noch ein Krachen, ein Rumpeln, etwas rollte auf die Straße. Sie schloß den Mund wieder um meinen Schwanz, legte die Hände hinter meine Hüften und zerrte an meinem Hosensitz.

«Aber... mein Gott, was *war* das –?!»

«Wahschweinlich Charley, der auser Wausfwaht fwäht...»

«Ah...» Sie schob mir vorsichtig die Hose über die Hüften – draußen knirschte wieder etwas, in der Ferne quietschten Reifen – und zog sie dann über die Schenkel. Sie legte meine Hand wieder auf den Saum ihres Kleides. Dort war ein Zettel angeheftet, bemerkte ich, von der städtischen Polizei abgestempelt. «Wokker, Gewald», flüsterte sie. Es gefiel mir, wie sie die Zunge gegen die Konsonanten stieß, und mich dem ergebend, rutschte ich auf ihre Knie zu. «Erzähl mir noch mal...»

«Wocker,... Gewald...?»

«Ja ...gut...» Es läuft alles auf Worte hinaus, wie ich mit Vic hätte argumentieren können. Oder Teile davon. «Ist das ein neues Kleid?»

«Mmh», sagte sie und pellte meine Hose bis zu den Fesseln runter: ich hob einen Fuß heraus und legte ihn auf die Couch. «Gefwällt es dir?»

«Im Augenblick ist es mir im Weg...»

«Du sagst die nettesten Dinge, Gerald», seufzte sie, den Kopf hebend. Sie machte den Verschluß ausfindig, hakte ihn auf und schob den Rock hinunter. Ich beugte mich vor und zog ihn ihr nach vorne über die Füße. «Was machst du denn mit Puder-Make-up hinten im Nacken?» fragte sie.

«Weiß ich nicht mehr.»

Ich zupfte an ihrem Strumpfgürtel und dehnte ihn über ihre weichen Hüften, und sie nahm wieder meinen Penis in den Mund und wärmte ihn rundherum, eine Hand zärtlich um meine Eier geschlossen. Sie knetete sie zärtlich und zog sie zu sich, als pumpe sie sie behutsam, während sie die andere Hand herumgleiten ließ, um meine Arschbacken zu streicheln und das Loch zu befingern. Ein Arm reichte, um ihr die Kleider auszuziehen: den tauben ließ ich vorläufig zwischen ihren Beinen liegen, und sie preßte ihre Schenkel darum herum. «Bloß... eine Sekunde...» Höschen und Strümpfe fielen in einem Knäuel ab. Langsam ließ ich meine Zunge von der Wade aus ihr Bein hinauffahren, übers Knie und in die Innenseite ihrer Schenkel hoch: Sie spreizte die Beine und hob, als ich die Nase in die Vulva steckte, das obere über meinen Kopf. «Mmh!» Sie hatte jetzt einen Finger in meinem Anus und saugte rhythmisch, den Mund voll schäumenden Speichels wie ein warmes Schaumbad. Ich hatte mit der Zungenspitze das Nüßchen ihrer Klitoris gefunden und arbeitete dagegen, als versuche ich es aufzubrechen. Ich faßte von hinten herum, tauchte meine Finger in ihre feuchte Vagina und schob einen in ihr Rektum – *«Autsch!»* schrie sie und ließ meinen Penis los.

«Entschuldigung...» Ich drängte meine Nase tiefer zwischen ihre Schenkel, um mir das genauer anzusehen: der Anus war zu einem dichten kleinen Plisseerund zusammengezogen, entzündet und gerissen, dazu leicht verfärbt, wie mit Asche eingerieben. «Wie hast du –?»

«Du weißt doch. Die Polizei.» Sie hielt inne, hielt meinen Penis an der Wurzel. Vielleicht besah sie ihn sich genau. Oder dachte einfach nach.

Ich drückte das Kinn gegen den Helm ihrer Klitoris und betrachtete nachdenklich ihren zerfurchten Anus, erinnerte mich jetzt an ihre Stellung auf dem Schlachterblock (als würde sie gewickelt, hatte ich gedacht, als sie sie herunterließen), die Schenkel zurückgebogen, der Bauch faltig, winzige dünne rote Linien waren über ihre Backen gelaufen. «Was ... was ist eigentlich ein Knallbonbon ...?» fragte ich beklommen.

«Ach, Gerald!» lachte sie und wackelte neckisch mit meinem Penis. «Kapierst du keinen Witz?»

«Ah ...» Ich streichelte sanft ihre Arschbacken, während mein Penis in sein linderndes Bad zurückkehrte, und rieb rhythmisch mein Kinn gegen ihr Schambein. Wie ich mich erinnerte, waren sie mir eben wie geäderter Marmor oder so etwas in der Richtung vorgekommen, obwohl sie nun unter dem hellen Deckenlicht in einer Art frischer, taubenetzter Unschuld funkelten (es war das Gefühl, das ich selbst jetzt zwischen den Beinen hatte). Sie begann sich nachdrücklich an meinem Kinn zu wetzen, ihre Schenkel legten meinen Ohren Manschetten an, deshalb brachte ich meinen Mund wieder über ihre rosigen Lippen, tauchte meine Zunge in ihre warme, samtweiche Tiefe – ich schwamm auch in warmer, samtweicher Tiefe, wir beide –

«Sagt mal, ... wo zum Teufel *sind* alle?» fragte jemand. Ich spähte zwischen den zuckenden Schenkeln meiner Frau hoch, meine Hüften gegen die Kissen gestemmt: Es war Knud, der mit verquollenen Augen über uns stand und sich den Nacken rieb. «Gott!» murmelte er, die Stimme träge von Schlaf. «Ihr werdet nicht glauben, was ich gerade geträumt habe!»

«Es sind alle nach Hause gegangen, Knud», stieß ich hervor. Mein Kinn rutschte nun in den sämigen Säften darunter ab.

«Hm?» Er blickte stirnrunzelnd auf sein leeres Handgelenk. Meine Frau hatte aufgehört, den Kopf wie einen Pumpenschwengel über meinen Penisschaft zu bewegen, aber sie lutschte noch daran und streichelte ihn mit der Zunge, trat sozusagen auf der Stelle, während ihre pulsierende Klitoris meinen Mund suchte. «Kitty auch? Gott, wieviel Uhr ist es?»

«*Alle* sind gegangen, Knud. Es ist *spät*.»

«Gott im Himmel, ich muß die ganze Party verschlafen haben», murmelte er weiter, immer noch auf sein Handgelenk starrend. Er gähnte und rülpste. «Junge! Aber was für ein Traum!» Die Hüften meiner Frau hatten aufgehört, mir zuzuspielen. Sie hielt noch meine Eier und eine Backe fest, hatte aber den Penis an den Zähnen vorbei in eine Wange rutschen lassen. «Ich war in so was wie 'nem Kriegsgebiet, versteht ihr, nur, daß alle ganz durcheinander waren und man nicht wußte, auf wessen Seite man war –»

«Nicht jetzt, Knud», keuchte meine Frau, ließ mich los und verrenkte sich, um zu ihm hochzuschauen. Ihre Backen gaben ein bißchen nach und erlaubten mir, Knud deutlicher zu sehen: er war triefäugig und zerzaust, die Krawatte offen, der Hemdenschoß herausgezogen, die Hose feucht und klebrig, und er sah aus, als könne er eine Rasur gebrauchen.

«Nein, hört mal, es war viel länger. Und echt unheimlich. Weil man nicht sicher sein konnte, wer wer war, versteht ihr, mußte man natürlich, bloß um sicherzugehen, alle umbringen – capito? Haha! So viel Blut und Schmodder könnt ihr euch gar nicht *vorstellen*! Und alles in Drei-D und Farbe, ganz ohne Verarsche! Ständig lief ich Leuten übern Weg und fragte sie: ‹Wo bin ich?› Sie antworteten: ‹Was für 'n *Irrer*›, oder so was – und dann hackte ich ihnen den Kopf ab, versteht ihr?»

«Bitte, Knud –?»

Er schaute auf meinen Penis, der in der Hand meiner Frau zusammenschrumpelte, auf ihre Arschbacken, die sich vor meinem Gesicht ausbreiteten. «Ach, stimmt... bedaure...» Er sah sich im Wohnzimmer um und fuhr sich mit der Hand durch das verfilzte Haar. «Sagt mal, erinnert ihr euch, ob ich eine Uhr trug, als ich heute abend kam?»

«Also...» begann meine Frau, die sich auf einen Ellbogen stützte, zaghaft, und ich warf ein: «Ich kann mich nicht erinnern, Knud.»

Das schien er zu akzeptieren. Er schielte einen Augenblick gegen das Deckenlicht und gähnte. «Kitty schon lange weg?»

«Nein, du kannst sie wahrscheinlich noch einholen.» Ich begann das Gewicht meiner Frau zu spüren: ich schubste ein bißchen, und sie ging von meinem Gesicht runter.

«Steht nicht auf», beharrte Knud. «Ich finde alleine raus.» Er stolperte davon und stopfte sich dabei das Hemd in die Hose. Meine Frau setzte sich und ließ ihre Hand gemütlich auf meine Hüfte fallen. Wir konnten Knud geräuschvoll in die Toilettenschüssel pinkeln hören. Es war ein einsames Geräusch, aber nicht so einsam wie die Stille darum herum. «Wenigstens funktioniert sie», sagte meine Frau. Sie hob die Strümpfe und den Strumpfgürtel auf und tupfte sich damit zwischen den Beinen ab. «He, danke», sagte Knud von der Tür. «Bis zum nächstenmal.»

«Zieh bitte ab, Knud!» rief meine Frau, aber er war schon aus der Tür. «Auch egal.» Ich schmiegte mich von hinten an sie und umarmte sie fest, und sie tätschelte mit schläfriger Zuneigung meine Hüfte. Mein Penis kuschelte sich zärtlich zwischen ihre Backen. Er fühlte sich gut da. Darüber müßte man nachdenken. «Findest du's auch so kühl hier drin?» murmelte sie schläfrig.

«Na ja, die Fensterscheiben sind alle raus», sagte ich. Ich strich mit der Hand über ihren Schenkel, wo er die Couch berührte. «Wir könnten es im Fernsehzimmer probieren, jetzt, wo Knud es geräumt hat...»

Sie lächelte, ein bißchen abgespannt, nahm dann meine gesunde Hand und zog mich auf die Füße. Ich strampelte die Hose ab, die noch in einem Knäuel um meinen Fuß hing, und Hand in Hand traten wir unter den zeltförmigen Vorhängen und Leintüchern hinaus in das gleißende Licht und die Trümmer dessen, was einst unser Wohnzimmer gewesen war. Sie drängte sich plötzlich an mich und preßte ihre nackte Hüfte gegen meine. Auch ich fühlte es. Als hätte das Haus sich nicht geleert, sondern gefüllt. Die Fenster, ohne Vorhänge und ohne Scheiben, schienen uns zu bestürmen und ließen die dunkle Nacht an ihren Rändern wie ein tödliches Miasma hereinsickern. Einander um die Taille haltend, versuchten wir uns barfuß einen Weg durch die Scherben von zerbrochenen Blumentöpfen und Gläsern, das in den Teppich getretene Essen, die Kreideumrisse und verbogenen Cocktailspieße zu bahnen. Die Wand zum Eßzimmer war von einem Stück gedeckten Obstkuchen, das jemand geworfen haben mußte, bekleckert und gestreift, und selbst das, so harmlos es war, schien unsere Gefühle der Angst und Melancholie zu verstärken.

Die Wand über dem Sideboard im Eßzimmer war leer. Die Leere, auf der die Bilderhaken saßen wie festgesteckte Insekten, sprach Bände. Flaschen lagen umgekippt wie gefallene Soldaten. Aus einem der offenen Hälse gluckerte, erstaunlich genug, noch Schnaps. «Was genau ist eigentlich mit Vic gewesen?» flüsterte meine Frau.

«Er... wurde erschossen...»

«Er läßt dich an Tanias Bild denken, nicht? Dem mit den Augen...»

«Ach...»

Ich zog sie ins Fernsehzimmer weiter. Hier schienen wir irgendwie sicherer zu sein. Vielleicht, weil das Licht gedämpfter war («Unsere antiken Lampen sind weg», bemerkte sie ruhig, wie zur Erklärung) oder weil die Stores noch an den Fenstern waren und die Möbel mehr oder weniger, wo sie sein sollten. Oder einfach wegen der tröstlichen blauen Wände. Ich spürte, wie die Hüften meiner Frau nachgiebiger wurden, und auch ich schien weniger steif zu gehen, meine Knie entkrampften sich, meine Eier rutschten wieder an ihren Platz. Schnee flimmerte über den Fernsehschirm und machte ein krackelndes Geräusch wie eine Nadel, die am Außenrand einer Schallplatte hängengeblieben ist, aber ich wollte nicht ausmachen. Es war so was wie Gesellschaft. «Ich lege eine Kassette ein», sagte ich und ließ ihre Taille los. Sie setzte sich aufs Sofa, um zu warten. «Mach nicht zu lange, Gerald», gähnte sie.

Ich konnte keins unserer alten Bänder finden, aber es lagen reichlich neue herum, aus denen man wählen konnte. «Wie wär's mit ‹Der antike Arsch?›» las ich ihr die Etiketten vor. «Oder ‹Kalte Show im Eispalast› – oder hier ist eine: ‹Schiffer im Laichteich›.»

«Ich glaube, das heißt *Seichteich.* Die habe ich gesehen. Die will ich nicht noch mal sehen.» Ah, jetzt begriff ich. «Unter der Treppe», «Schlachterblock-Blues», «Party Time», «Die mysteriösen Strömungen des Lebens», «Die Kalamität des Gastgebers», sie alle paßten wie die Faust aufs Auge. «Bezaubernde Bullen.» «Ein Leckerbissen.» «Besondere Gunsterweisungen.»

Ich fühlte mich geschlagen, noch ehe ich begonnen hatte. Ich spürte Tränen in den Augen und einen merkwürdigen Luftzug auf meinem nackten Hintern wie eine gespenstische Erinnerung an kalte Knöchel. Ich schauderte. «Leg ‹Verborgene Schätze› ein», schlug meine Frau vor, die sich Bluse und Jacke aufknöpfte.

Ich durchsuchte den Stapel Kassetten, wollte unbedingt mein Bestes geben und kam auch irgendwie durch, aber mir war die Lust vergangen. «Es... es wird nie wieder so sein wie früher», murmelte ich mit zugeschnürter Kehle.

«Tzz. Das hast du das letzte Mal auch gesagt, Gerald. Nachdem Archie und Emma...»

«Ja, gut...» Es stimmte, das hatte ich beinah ganz vergessen. «Aber Ros, Vic, Tania...»

«Roger, Noble...»

«Ja, das stimmt, Roger...»

«Fiona...»

«Fiona –?» Ich nahm die Kassette mit dem Etikett «Der schlimme Finger» raus, schob «Verborgene Schätze» hinein, ließ sie auf Anfang zurücklaufen, und drückte den «Play»-Knopf, während ich mir wünschte, es wäre alles so leicht wie das.

«Ja, deshalb war Cyril ja so außer sich.» Sie war jetzt vollkommen nackt. Auf dem Sofa ausgestreckt, die Hände hinter dem Kopf, die Augen halb geschlossen, kratzte sie sich mit einem Zeh die Fußsohle. «Was meinst du, wie Peg es rausgefunden hat?»

«Was rausgefunden?» Ich zog mein Hemd aus und faltete es ordentlich über die Sofalehne, ein Hinhaltemanöver. Auf dem Fernseher half meine Schwiegermutter Mark in seine Pyjamahose. «Das ist brav», sagte sie. Mark hielt Peedie, dem jetzt einer von Sally Anns Flicken auf die Unterseite genäht worden war. «HEISSE MÖSE», stand darauf.

«Na ja, sie war schwanger.»

«Peg?»

«Nein, Fiona.» Ich setzte mich neben sie und streichelte ihre Schenkel, drang zu der warmen Stelle zwischen ihren Beinen vor, aber ich war nicht mit dem Herzen bei der Sache. Mark auf dem Fernsehschirm fragte: «Was ist eine ‹Möse›, Grandma?» Die Schlafzimmertür hinter ihm war völlig eingetreten. «Darum geht's ja gerade, Gerald. Hast du das nicht mitgekriegt? Es war deutlich zu sehen.»

«Das ist ein… Ort, sehr weit weg», erklärte meine Schwiegermutter. «Eine Art geheimer Garten…»

«Ich bin mir nicht sicher, ob ich sie überhaupt heute abend gesehen habe», sagte ich. Vielleicht war es die Narbe, kalt und bläulich im Licht des flimmernden Fernsehbildes, die mich störte. Ich sah mich um und erspähte eine ihrer Schürzen über der Ecke des Kartentischs.

«Ist es da immer heiß, Grandma?»

«Aber du hast doch gehört, wie Peg sich ausließ, als sie wegging – sie hat es allen erzählt!»

«Nein, es ist warm da. Wie ein Bett. Jetzt krabbel mal in deins, junger Mann.»

«Ich glaube, das habe ich verpaßt.» Ich brachte die Schürze herüber: «Hör mal, macht es dir was aus –?»

«Aber deshalb hat Cyril ja nachher allen so leid getan.» Sie hob die Hüften, damit ich ihr die Schürze umbinden konnte. «Gehe ich da eines Tages auch mal hin?» fragte Mark. «Weißt du, sie beide in einer Nacht zu verlieren…»

«Beide –?»

«Das ist wohl unvermeidlich, Kind…»

«Ja – meine Güte, Gerald, wo warst du denn?» Meine Hand tastete sich unter die Schürze: ja, das war besser. Endlich eine schwache Regung zwischen meinen Beinen, die meine Schwiegermutter vom Fernsehschirm her zu überwachen schien. In ihrem Gesicht stand eine Mischung aus mitleidiger Trauer und Belustigung. «Erzähl mir eine Geschichte davon, Grandma», bettelte Mark schläfrig, als sie ihn zum Bett führte. «Du hast ja von nichts was mitgekriegt!»

«Von was?» fragte sie.

«Du weißt doch, von der Möse», sagte Mark, als meine Hand den Venushügel meiner Frau erreichte. Ich ließ meine Finger zärtlich im Haar dort herumkrabbeln, während mein Daumen zwischen ihre Schenkel glitt und sich in ihrer Vagina krümmte. «Also, es war einmal», begann sie und hob Mark ins Bett, und auch ich hob leicht an und ließ die Hand dann wieder fallen. «Weißt du… manchmal, Gerald…» seufzte sie und schloß ihre Hände zärtlich über meine, «...ist es beinah, als ob...» «Ein junger Prinz...»

«...du auf einer anderen Party gewesen wärst...»

«Hieß er Mark?»

Ich rückte näher an die Hüften meiner Frau, mein Daumen arbeitete rhythmisch gegen den Ballen meines Zeigefingers («O ja... gut...»), und sie nahm mein schlaffes Organ in die Hand. Auf dem Fernsehschirm deckte meine Schwiegermutter Mark zu. «Also gut, ein junger Prinz namens Mark – ab unter die Decke mit dir, sonst erzähle ich nicht.»

Ich schob meinen Daumen so tief hinein, wie es ging, während ich gleichzeitig meine Finger über ihren Bauch ausstreckte und ihre Pubis sich unter der Schürze gegen mich wölbte, sich um meinen Daumen und ihre Hand schloß (meine Schwiegermutter hatte Prinz Mark schon zu seinem «einmaligen Abenteuer» aufbrechen lassen, aber Mark wollte wissen: «Wo sind sein Vater und seine Mutter? Ist er ein Waisenkind?») und sie mich in einem sanften, aber eindringlichen Rhythmus streichelte. Das half mir langsam zu vergessen, was ich gerade, als ich nach der Schürze griff, unter dem Kartentisch hatte hervorspitzen sehen: einen Fuß, eingewickelt in eine Plastiktüte, aus der ein Zeh hervorlugte. Der Nagel angemalt. Kirschrot. «Nein, er war der kleine Sohn von der Schönen und dem – ihrem Mann...», sagte meine Schwiegermutter, während die Aussicht auf einen Orgasmus in meinem Geist anschwoll wie eine betäubende Intuition. Ich blickte auf meine Frau hinab, deren Haar jetzt lose ausgebreitet um ihre blassen Schultern lag. Ihre dünnen Lippen hatten sich geteilt, die Nüstern blähten sich, und ich meinte, Ros wispern hören zu können: *O ja, laß uns!*

O nein...

«...Aber inzwischen war er ein großer Junge, und es war Zeit, daß er von zu Hause fortging und sein Glück suchte...»

Ich hatte Angst und wollte aufhören («Wir stecken mitten drin, Gerry, wir kommen nicht raus», meinte ich Vic direkt vor der Tür murmeln zu hören – hatte er sich irgendwie bewegt?!), aber meine Frau zog mich blind an sich, spreizte die Beine, die Schürze schob sich zwischen uns hoch, und meine Genitalien, so schien es, waren durchaus bereit, ohne mich weiterzumachen.

«Wir können uns nur wehren oder uns verkrümeln...»

Was? Vic –?

«War das Biest jetzt nett?»

«O ja, ja...!» keuchte meine Frau.

«Die meiste Zeit...»

Ich löste meinen Daumengriff um ihren Wichszapfen und – meine Hand umdrehend, mein Mund jetzt an einer Brust saugend (ah, was wollte ich *wirklich*? Ich wollte nicht darüber nachdenken...) – ließ statt dessen sämtliche Finger dort unten hineingleiten. Meine Körperteile schwärmten aus wie ein Haus voll betrunkener und unbotmäßiger Gäste, jedes für sich. Sie zog noch immer an diesem wunderbarsten aller Glieder, dem Wirt sozusagen («Er blieb am Rand des Zauberwaldes stehen: er war unheimlich und gefährlich und...»), pumpte fester und fester, während ihre andere Hand meine Eier wie einen Türknauf umklammerte: sie drehte weiter, machte dann auf, ich ging auf die Knie, wie um meinen Hintern der heranstürmenden Leere darzubieten («Und... dunkel?» fragte Mark ängstlich und drückte unter der Decke seinen Peedie an sich), und kletterte, den Mund immer noch auf ihrer Brust, zwischen ihre Beine.

«Ja...!»

«Beeil dich, Gerald!»

«Ich habe Angst, Grandma!»

Es gab jetzt ein Gewühl von Fingern und Organen, eine gummiartige Drängelei vor dem Portal («Aber er war nicht allein», erklärte meine Schwiegermutter in ermutigendem Tonfall), aber dann schossen ihre Hände vor, um meine Arschbacken zu pakken und sie mit einem Ruck an sich zu ziehen, wie um zu verhindern, daß sie wie Heißluftballons davonschwebten – vielleicht hatte ich mir darüber Sorgen gemacht, ich hatte ein Gefühl, als fiele ich in Stücke auseinander und gleichzeitig in mich zusammen –, und als ihre Beine nach oben fuhren («Der kleine Prinz Mark wurde von seinem treuen Gefährten Peedie, dem tapferen Kaninchen, beschützt...»), fiel ich durch den Seim hinein, als werfe ich dort Anker. *Dies,* dachte ich mit einiger Erregung und auch Bestürzung – was ist dieses «Wir», wenn die Ichs weg sind? –, *ist meine Frau*! Unter meiner Zunge hatte sich ihr Nippel («...Und von seinem magischen blauen Hemd...», sagte ihre Mutter gerade) aufgerichtet wie ein kleiner Pilzstiel («...das Dämonen abwehrt...»), und jetzt bewegte ich mich – ich sage ich, aber mit Gewißheit bewegte sich *etwas* – über ihre heiße, sich hebende und senkende Brust, um beherzt an dem anderen zu saugen.

«...Und von seiner guten Fee, die über ihn wachte, wo immer er hinging...»

«O Gerald! Du bist so... so...!»

Nun packte ich ihre Arschbacken, eine stramme, sich rhythmisch zusammenziehende Backe in jeder Hand («Sah sie wie du aus, Grandma?»), spürte das erste ferne Beben tief im schwarzen Loch meiner Eingeweide («Ein bißchen...») und erinnerte mich an einen Abend im Theater, an dem sie sich – die Bühne war mit vögelnden Paaren übersät, die die Figuren der Rhetorik darstellen sollten (der Sketch hieß «Stelldichein der Meinungen») – zu mir gebeugt und geflüstert hatte: «Ich weiß, sie wollen, daß wir die Zeit hier anders empfinden, Gerald, eher wie in einer ewigen Gegenwart als wie in der geläufigen Folge Vergangenheit, Gegenwart und Zukunft, aber der einzige Augenblick, in dem das für mich je funktioniert, ist am Ende, wenn die Lichter ausgehen («Nein, Peedie stirbt nicht», sagte ihre Mutter, «noch nicht...») und der Vorhang fällt. Und ich bin mir» – ihre Füße traten über meinem Rücken aus und vertrieben ihre eigenen Hände, darum griff sie jetzt nach oben und klammerte sich an Hals und Haar – «nicht sicher, ob es mir gefällt.» *«Gut!»* ächzte sie jetzt. Ihr Kopf hing über die Sofakante, ihr Rücken bog sich, ihre Hüften wanden sich, und auch meine hämmerten in einem fort, vollkommen («Keine Sorge...») selbstvergessen – es war eine Art Ausgelassenheit des Beckens, ein Schluckauf der Muskeln (hatte Pardew das mit Mord verglichen?), unsere Schambeine prallten aufeinander wie ferne Unterwasserzusammenstöße, so unvermeidlich wie die Pointen im Theater.

«Dafür sind gute Feen ja da...»

Nur nicht zu schnell, bettelte ich (wie meine Frau auch: «Warte, Gerald! *Noch... ooh! ah...! nicht...!*»), weil ich diesen Augenblick wie so viele zuvor festhalten wollte, aber ihre Vagina schien sich wie eine Faust gefüllt zu haben und sich ums liebe Leben an meinen Penis festzuklammern, sie pumpte und pumpte in angespannten Muskelzuckungen, und während ich mich noch auf seine Ankunft freute, war er schon (*«Ja –!!»* schrie meine Frau, deren Kopf jetzt nicht mehr zu sehen war) vorüber.

Ich lag hingegossen über ihre Brüste, mein Kopf eingeklemmt in die fusselige Ecke zwischen Arm- und Rückenlehne des Sofas, und versuchte die Idee der Ewigkeit als einzelne heftige Zuckung zu begreifen. Ich konnte es mir noch nicht einmal vorstellen. Allerdings konnte ich mir überhaupt nicht viel vorstellen. Es war, als trage ich meinen Samen im Kopf und der Orgasmus habe ihn leergesaugt. In der Ferne konnte ich meine Schwiegermutter Mark den «geheimnisvollen ummauerten Garten» inmitten des Zauberwaldes beschreiben hören, «wo Feen spielen und Rubine wie Beeren an den Büschen hängen und man nie alt wird oder sich verirrt». Das hätte ganz tröstlich sein können, hätte es nicht geklungen, als schimpfe sie. Wir waren immer noch in einem lieblichen aromatischen Knäuel verbunden. Ich wollte sagen: «Ich liebe dich», aber statt dessen ertappte ich mich dabei, daß ich sagte: «Du ziehst... all meine Aufmerksamkeit auf dich...» «O Gerald», seufzte sie von unter mir und langte herauf, um meine Hüfte zu tätscheln, «deine süßen Nichtigkeiten sind nicht immer süß... aber wenigstens...»

Wir rutschten auseinander, der Venushügel meiner Frau glitt seitlich auf den Boden, dem Rest ihres Körpers hinterher. Marks Großmutter erzählte ihm von einem verborgenen Schatz in dem ummauerten Garten, «bewacht von einem bösen und gehässigen tätowierten Drachen, der gleichzeitig Eis und Feuer spie». Als ich mich zurückfallen ließ, schien ich ihrem Mattscheibenblick zu begegnen: eine Art Warnung... «Und um an den Schatz zu kommen, mußte der Prinz», fuhr sie fort, als meine Frau sich aufsetzte und nach dem Abschaltknopf langte («Tut mir leid, Mutter...»), «den Kopf –»

Klick.

Plötzlich herrschte entsetzliche Stille. «Meine Güte», murmelte meine Frau und sah sich um, «ich weiß kaum noch, wo ich bin...» Irgendwo meinte ich Klopfzeichen zu hören. Wie Darts, die auf eine Zielscheibe trafen. «Meinst du, wir sollten...?»

«Nein, laß alles bis morgen früh.» Ich dachte an den Eispfriem, dieses unwahrscheinliche Objekt. Als der Beamte ihn mitnahm, war ich froh gewesen, ihn verschwinden zu sehen – in dem Moment dachte ich: Endlich frei! Aber jetzt war ich mir nicht mehr so sicher. Ich meinte seine Gegenwart erneut zu spüren, als sei er irgendwie wieder ins Haus gekommen.

Sie rappelte sich auf, drehte sich dann um und sah mit einem mitfühlenden Lächeln auf mich herab. Sie trug immer noch die Schürze. Es war die blauweißgestreifte Schlachterschürze. Aus Amsterdam. «Ich liebe dich, Gerald.»

«Ich weiß...» Oder Monaco.

«Bleib doch gleich, wo du bist.» Ihre Augen waren feucht, sah ich, die Pupillen geweitet und die Lippen gerötet und geschwollen. «Ich schlafe auf der Bettcouch im Nähzimmer.» Vielleicht runzelte ich darüber die Stirn oder sah verdutzt aus, denn sie setzte hinzu: «Unser Bett ist belegt, fürchte ich. Mr. und Mrs. Elstob bleiben offensichtlich über Nacht.» Irgend etwas schien daran nicht zu stimmen, aber ich konnte mich nicht erinnern, was. «Es wird wohl eine Weile dauern, ehe wir *das* Bett wieder benutzen können.» Sie beugte sich über mich, so daß ihre Brüste meinen Arm streiften, und küßte mich. «Es ist alles in Ordnung, Gerald», flüsterte sie und legte eine Hand auf meinen Bauch. Ich meinte Vic darüber verächtlich schnauben zu hören («Erzähl mir keinen Scheiß von wegen in Ordnung!»), und ich zitterte, worauf sie ihre Hand wegnahm. «Ist was –?»

«Nein... na ja... es ist, als wäre hier ein Echo. Oder...»

«Das sind wahrscheinlich die Leute draußen im Hinterhof», sagte sie und richtete sich auf.

«Im Hinterhof? Aber was machen die denn da?»

«Nichts, erzählen sich bloß Geschichten, so weit ich sehen konnte. Du weißt, die üblichen Nachzügler. Aber mach dir keine Sorgen, ich habe abgeschlossen. Morgen...» Ihre Stimme schien zu verhallen. «Nein, warte –!» rief ich, aber sie war schon weg. Nur ein ganz zarter Duft blieb, und auch der verschwand. Ich lag da auf dem Rücken, alleine und verängstigt, und wußte und erinnerte mich nur zu gut, warum wir diese Parties gaben. Und auch wie unter Zwang weitere geben würden. Wenigstens hatte sie das Fernsehen wieder angemacht. Vielleicht hatte ich sie darum gebeten. Prinz Mark ritt jetzt durch den Zauberwald. Oder vielleicht war es der ummauerte Garten, vielleicht war der tätowierte Drache schon tot, wahrscheinlich. «Dass isses, nur die alte Rübe gebrauchen, Mark», sagte Peedie mit einem betrunkenen Glucksen. «Ich glaub, wir sin beinah da, alter Junge – haltse bloß hoch – jaff! haff! – *dreh dich nich um!*» «Guck! Da ist sie! Ich sehe sie! Sie ist *wunderschön*!» Ja, dies *war* der Garten, ich konnte sie auch sehen: Sie lief federnd durch die Lotusblüten auf mich zu, strahlend vor Lebenslust und Freude, das blonde Haar flatterte hinter ihr, die Augen sprühten Glanz, sie streckte die Arme aus, ihr weiches, weißes Kleid umhüllte ihre Glieder wie zarteste Gaze. Ich fühlte mich wie zwischen Wind und Wasser in strahlendem Sonnenschein. «Gerry!» rief sie, sprang über einen unmöglichen Abgrund und warf die Arme um mich. Oh, was für eine Umarmung! Oh! Großartig! Ich konnte kaum wieder zu Atem kommen! Tränen stiegen mir in die Augen, und ich erwiderte ihre Umarmung mit ganzer Kraft. Aber dann packte sie plötzlich meine Testikel und schien sie mit der Wurzel ausreißen zu wollen! Ich schrie auf vor Schmerz und Entsetzen, krümmte mich zu Boden. «Nein, nein, Ros!» hörte ich jemanden brüllen. Ich konnte nicht sehen, wer es war, ich konnte nicht einmal die Augen aufschlagen. «Es heißt ‹Nimm die *Glocken* und läute›, verdammt noch mal –!» O mein Gott! Steh auf! befahl ich mir. (Aber ich konnte mich nicht einmal rühren.) Stell es ab. «Herrje, tut mir leid...» (Aber ich *mußte*!) «Also, jetzt komm schon, noch mal! Von Anfang an!» Nein! *Jetzt!* –!